Schon als kleines Kind hat Hildegard Visionen: Sie sieht ein gleißendes Licht am Himmel, ihr offenbaren sich Dinge, von denen niemand sonst weiß. Früh versteht sie, dass sie ihre besondere Begabung für sich behalten muss – zu groß ist die Gefahr, in der streng gottesfürchtigen Umgebung auf Ablehnung zu stoßen.

Ihre Eltern schicken sie ins Kloster, den einzigen Ort, wo sie das Kind sicher glauben. Dort eröffnet sich ihr eine neue Welt: Sie beschäftigt sich mit Philosophie und Musik, erlangt umfassende Kenntnisse in der Heil- und Pflanzenkunde. In Bruder Volmar findet sie zudem einen Vertrauten, ihm kann sie sich offenbaren. Mit seiner Unterstützung wagt sie es, für die Anerkennung ihrer Visionen zu kämpfen und selbst gegen die mächtigsten Männer der Kirche anzugehen ...

Tochter des Lichts ist ein ebenso einfühlsames wie mitreißendes Portrait der Hildegard von Bingen (1098-1179), einer der bedeutendsten Frauen des Mittelalters. Ihr Leben wird in diesem Roman, der psychologisches Drama und historischer Spannungsroman zugleich ist, eindrucksvoll erzählt.

Anne Lise Marstrand-Jørgensen wurde 1971 in Frederiksberg/Dänemark geboren. Nach dem Studium der Literaturwissenschaft veröffentlichte sie bislang mehrere Gedichtsammlungen und Romane. Außerdem rezensiert sie Literatur für die Zeitung *Berlingske Tidende*. 2009 erschien ihr Roman *Hildegard*, der sich in kurzer Zeit zu einem Bestseller in Dänemark entwickelte und für den sie den Literaturpreis der Zeitung *Weekendavisen* erhielt. Sie lebt in Kopenhagen.

insel taschenbuch 4155
Anne Lise Marstrand-Jørgensen
Tochter des Lichts

ANNE LISE MARSTRAND-JØRGENSEN

Tochter des Lichts

Ein Hildegard von Bingen-Roman
Aus dem Dänischen von Patrick Zöller

Insel Verlag

Die Originalausgabe erschien 2009 unter dem Titel *Hildegard*
bei Gyldendal, Kopenhagen.
© Anne Lise Marstrand-Jørgensen & Gyldendal, Copenhagen 2009.
Published by agreement with the Gyldendal Group Agency.
Umschlagabbildungen: Städel Museum/Artothek;
Jochen Remmer/Artothek; Electa/akg-images

Der Verlag dankt dem Literaturausschuss des Dänischen Kunstrats
für die freundliche Förderung der Übersetzung.

*Die Autorin dankt dem staatlichen Fonds für Bibliothekstantiemen
sowie dem Literaturausschuss des Dänischen Kunstrats für die Unterstützung
und ganz besonders für das Reisestipendium: »Dadurch war es mir möglich,
den Weg nachzuvollziehen, auf dem Hildegard von Bingen ihre
historischen Spuren hinterlassen hat. Danken möchte ich auch all denen,
die auf diesem Weg ihr großes Wissen mit mir geteilt haben. Und denen,
die immer da sind.«*

Erste Auflage 2012
insel taschenbuch 4155
Deutsche Erstausgabe
© Insel Verlag Berlin 2012
Alle Rechte vorbehalten, insbesondere das des
öffentlichen Vortrags sowie der Übertragung durch Rundfunk
und Fernsehen, auch einzelner Teile.
Kein Teil des Werks darf in irgendeiner Form
(durch Fotografie, Mikrofilm oder andere Verfahren)
ohne schriftliche Genehmigung des Verlages reproduziert oder
unter Verwendung elektronischer Systeme verarbeitet,
vervielfältigt oder verbreitet werden.
Vertrieb durch den Suhrkamp Taschenbuch Verlag
Umschlag: bürosüd, München
Satz: Hümmer GmbH, Waldbüttelbrunn
Druck: CPI – Ebner & Spiegel, Ulm
Printed in Germany
ISBN 978-3-458-35855-8

*If it be your will, that I speak no more
And my voice be still, as it was before.
I will speak no more, I shall abide until
I am spoken for, if it be your will.*

Leonard Cohen

I

Bermersheim
1098-1106

Ich kann nicht.
Doch, du kannst.
Es tut so weh.
Es ist beinahe überstanden.
Es fühlt sich falsch an.
Du schaffst es, denk daran, du hast es schon viele Male zuvor geschafft.

Es ist ein Mädchen, aber sie ist sehr klein. Ihre Augen sind geschlossen. Leblos, bleich, atmet ganz schwach. Halt sie mit dem Po nach oben, ein paar Klapse, damit sie zu schreien anfängt. Na also.

I
21. Juli 1098. Bermersheim, Deutschland

Licht. Schmerz.
Der Schmerz kommt mit dem Licht.

Die Zimmerdecke. Es gibt noch keine Zimmerdecke. Worte. Es gibt keine Worte. Körper: gibt es nicht. Der Raum, das Licht, die Wärme der Feuerstelle, all das gibt es noch nicht. Ein jammernder, vibrierender Ton, der hochrot in alle Richtungen strahlt, ein Laut, der durch die Luft schneidet, gebremst von fremden Körpern, vom Bett, dem Tisch, dem Fenster. Weiß. Weiß gibt es schon.

Das Licht zwängt sich durch den Spalt zwischen Stoff und Fensterbrett, ein Rasiermesser, das die Welt zuschneidet, sodass nur der Ton weiterhin ansteigt und abfällt, bis das Licht von glühenden Streifen abgelöst wird. So wie zu der Zeit, als der Säugling noch ein Fötus war und nicht wusste, dass es etwas anderes gibt, auch keine Gegensätze und Übergänge. Wie Salzwasser oder noch nicht entwickelte Lungen, wie Rot, Schwarz, Rot, Schwarz. Es ist das gleiche sanfte Licht, aber es strahlt keine Sicherheit mehr aus, denn die Haut ist jetzt dünner, dünn und durchlässig. Scht, scht! Es sind nur deine Augenlider, du machst sie auf und wieder zu, das ist nichts, wovor du Angst haben musst.

Sie spürt einen warmen Griff um den Nacken, die Luft, die nass auf das Gesicht trifft, die Angst vor Steinböden und Leere. Ein

Kreis aus Licht wächst vor dem Kleinen, schwingt sich näher heran. Eine Stille ist in dem Licht. Sie versucht, genau hinzusehen, aber gerade, als ihr Blick das Licht auffängt, zerfließt es, wird zu einem feuchten, glühenden Kranz. Baumelnde Arme, der Kopf, der nach vorne fällt, sie dürfen nicht loslassen, so viel weiß sie, obwohl sie sich bislang keine Sorgen machen musste, zu fallen. Zuvor war sie schwebend, fließend, glatt, niemand hat sie zuvor berührt.

2

»Ruft den Herrn des Hauses, damit sie getauft werden kann, sie lebt nicht lange.«

Mechthild hört es und hört es doch nicht. Ihre Schwägerin Ursula von Sponheim schreitet ungeduldig zur Tür, wartet nicht darauf, dass das schwerfällige Dienstmädchen reagiert. Sie lässt die Tür offen stehen, hebt das Kleid an und stampft den Gang hinunter. Ursulas Tochter Kristin, die zusammen mit ihrer Mutter und deren Gefolge am Abend zuvor angekommen ist, tätschelt Mechthild die Wange. Ihr rundes Gesicht gleicht einem undeutlichen, schlammigen Wasserloch.

»Ist sie ...«, flüstert Mechthild und will sich aufsetzen, als ein scharfer Schmerz wie glühendes Eisen durch ihren Unterleib und den Rücken hinaufschießt und sie zurück aufs Bett wirft.

Kristin schüttelt den Kopf. Dunkle Augenflecken schwimmen in dem Wasserloch herum, ein kirschroter Mund, der sich bewegt, aber stumm bleibt. Es ist die erste Geburt, bei der Kristin zugegen ist, es soll eine Vorbereitung sein auf das, was sie erwartet. In diesem Frühjahr erst hat sie geheiratet, und gesegnet mit der Fruchtbarkeit der Familie ist sie bereits schwanger.

Mechthild ist es gleichgültig, was Kristin zu sagen versucht, das Kind lebt, so viel versteht sie. Aber Kristin flüstert weiter, obwohl sie spürt, dass es nicht zu Mechthild durchdringt, die aufgequollen und heiß im Bett liegt. Wie sie von dem Geburtsstuhl ins Bett gekommen ist, davon hat Mechthild selbst keine Ahnung, aber nun liegt sie auf mehreren Lagen feinem Leinen, die sorgfältig geglättet und unter die Matratzen gestopft sind. Die Stube mit dem Wochenbett riecht nach frischem Streu, das auf dem Boden verteilt wurde, nach dem Rauch der Fichtenscheite, nach Schweiß und dem süßen, sauren Geburtsgeruch aus Blut und Körper.

Es ist Hochsommer, der wärmste seit Menschengedenken, und niemand kann sagen, wo es am wärmsten ist – auf dem Hofplatz oder zwischen den dicken Steinmauern des Hauses. Auf der Feuerstelle schwelt die Glut und hält den Kessel am Kochen, entlang der Wände sitzen die Frauen mit den Händen im Schoß und mit glänzenden Gesichtern. Sie haben dort seit dem frühen Morgen gesessen, waren nicht einmal zur Messe gegangen, obwohl es Sonntag ist, und jetzt ist es nicht mehr lange bis Sonnenuntergang. Stumm betet Kristin für Mechthild, für das Neugeborene, für sich selbst und für das Ungeborene, das sich den ganzen Tag noch nicht gerührt hat, als ob es ahnt, dass es in Gefahr ist. Wenn Mechthild oder das Kleine nicht überleben, dann ist es schwer, das nicht als böses Vorzeichen aufzufassen. Bei dem Gedanken daran schnappt Kristin vor Angst nach Luft.

Hildeberts Schritte sind wie ein tiefer und langsamer Gesang, der Ursulas hastigem Trippeln trotzt. Mechthild kann die Augen nicht offen halten, die Schwangerschaft war anstrengend, und die Geburt hat viel zu lange gedauert, wenn man bedenkt, dass dieses Kind ihr zehntes ist. Roricus, Clementia, Drutwin, Benedikta, Irmengard, Odilia, Hugo. Und die beiden Jungen, die Zwillinge, die nicht einmal getauft werden konnten. Unter der Decke ballt sie die Hände zu Fäusten. Es darf nicht wieder geschehen, nicht noch mehr Kinderseelen sollen verurteilt vor den Toren des Paradieses umherirren müssen, weil sie der Teufel geholt hat. Mechthild will protestieren: Kommt ein Mann zu einer Geburt, wird jemand sterben müssen, sagt man, aber die Trockenheit in ihrer Kehle erstickt ihre Worte. Stirbt sie, wird sie auch ohne die Letzte Ölung zurechtkommen, sie, die bei Vater Cedric gebeichtet hatte in der Woche, bevor die Wehen eingesetzt haben. Mit dem Ungetauften haben die Dämonen hingegen leichtes Spiel. Da hilft es auch nicht, dass Ursula die Heiligenamulette zwischen die Laken geschoben und die Fenster abgedeckt hat, sodass nur ein einzelner, standhafter Lichtstrahl hereindringt. Sie greift nach Kristins Hand, aber das Mädchen murmelt nur geistesabwesend vor sich hin, als sei Mechthild, die stöhnt und sich räuspert, ein kleines Kind, das es zu beruhigen gilt.

»Lebt sie noch?«, fragt sie, aber niemand antwortet.

Sie lauscht auf Hildeberts Stimme, während er die Worte der Taufe spricht. Sie wartet auf den Namen, sie haben noch nicht darüber gesprochen, aber das Kind braucht ganz eindeutig einen kraftvollen Namen, und sie hofft, er möge an die Heiligen denken.

»Nenn sie Margaretha«, flüstert sie. Außer Kristin hört niemand, was sie sagt. Das Mädchen sieht sie aber nur mit ausdruckslosem Blick an, während sie ihr mit dem verschlissenen Lappen über die Stirn wischt, der inzwischen weder warm noch kalt ist und die Haut unerträglich kratzt.

»Hildegard«, erklärt Hildebert barsch.

Etwas krümmt sich in ihr bei dem Gedanken, dass das Kind einen heidnischen Namen haben und nach seinem Vater benannt werden soll. Nie widerspricht er ihrem starken Glauben, und niemand könnte ihn beschuldigen, er würde Gott nicht fürchten. Dennoch spürt Mechthild einen Splitter in seinem Herzen, eine Dunkelheit, die sich in seinen Pupillen ausbreitet, jedes Mal, wenn sie über Vater Cedric und ihren Verpflichtungen gegenüber der Kirche spricht. Hildeberts Trotz kann niemand durchschauen, nicht einmal sein Eheweib. Sein verwirrtes, fieberheißes Eheweib, das Erscheinungen hat und in seiner schwindenden Vernunft den Teufel zwischen sie treten und Unfrieden stiften sieht. Trotzdem weiß sie, dass Margaretha besser gewesen wäre, Hildegard ist ein kriegerischer Name, der nach Schwert und eisenbeschlagenen Rädern auf Kopfstein klingt, wie Frost und Feuer, die niemals eins werden können.

Hildebert nimmt den nackten Säugling. Das Mädchen strampelt nicht, liegt nur still auf seinem Arm. Ursula reicht ihm die Schale mit dem dampfenden Wasser. Sie überwacht seine Bewegungen genau, um sicherzustellen, dass alles richtig zugeht. Mit diesem Würmchen von einem Kind kann es zwar ganz gleich sein, denkt sie, aber wenn die Kleine stirbt, hat sie es ja noch dringender nötig, von den Sünden der Vorväter durch die Taufe reingewaschen zu werden. Mit dem Kind in den Armen, schwerfällig wie ein Bär, kniet er da, stützt sich gegen den Bettpfosten und vermeidet es, Mechthild anzusehen, die unrein im Bett liegt. Er betet laut, und hinter seiner eigenen hört er Mechthilds Stimme, die nur einzelne Worte zustande bringt: *Pater Nostra ... sanctificetur ... debitoribus ... ne ... tentationem.*

Danach reicht er das bläuliche, schmierige Kind an die junge Kristin, die nicht weiß, wie sie die Arme halten soll, um es zu nehmen. Sie starrt es mit einem Ausdruck von Schrecken und Ekel an, der Hildebert das Blut in die Wangen treibt.

»Gans«, zischt er, und Kristin steigen Tränen in die Augen. Ursula schiebt sich zwischen sie, nimmt das Kind und reicht es weiter an die kleine Agnes, Tochter einer der Frauen aus dem Dorf, die zur Pflege des Kindes herbeigerufen wurde. Mit einer Handbewegung gibt sie Hildebert ein Zeichen, er könne gehen. Er zögert einen Augenblick, weiß aber, dass er am Kindbett nichts weiter zu tun hat. Es ging nur darum, zu vermeiden, dass das Kind von einer Frau getauft werde. Unbedacht wirft er die schwere Tür mit Wucht hinter sich zu, sodass das Kind zusammenzuckt. Beschämt und wie von Sinnen weint Kristin, sie kann die Tränen nicht zurückhalten, obwohl sie weiß, dass ihrer Mutter die Flennerei nicht gefällt. Dass sie Angst vor Hildebert hat, ist zu verstehen, dass sie es nicht wagte, das kleine Kind zu berühren, ist schlimmer. Doch ausnahmsweise lässt Ursula das Mädchen zufrieden. Sollte sich das Neugeborene entscheiden zu sterben, ist es doch wohl das Beste, es geschieht nicht in Kristins Armen. Es könnte sich auf Kristins ungeborenes Kind übertragen, und es gibt keinen Grund, dem Teufel mehr zu geben, worüber er sich hermachen könnte.

Die kleine Hildegard hat große, glänzende Augenlider, und das sparsame Haar klebt ihr am Schädel. Auch die Wangen und Ohren sind mit durchsichtigen Haaren bedeckt, und die Nägel sehen dünner und zerbrechlicher aus, als es bei einem Säugling der Fall ist, der zur rechten Zeit geboren wurde. Sie ist nicht gesund, aber sie lebt. Agnes bekommt Bescheid, die Wiege nicht in den dunkelsten Winkel zu stellen, was unter anderen Umständen für die Augen des Kindes das Beste wäre, sondern direkt vor die Feuerstelle, sodass das Blut im Körper des Kleinen schneller fließen kann.

Zuerst drückt und presst Ursula auf Mechthilds Bauch, um sich zu vergewissern, dass nicht noch mehr darin ist. Dann setzt sie sich auf die Bank an der Wand. Eine kleine Schar Hausmädchen von den umliegenden Großhöfen hat den ganzen Tag über hier gesessen und Wache gehalten und alles verfolgt. Jetzt flüstern sie leise miteinander. Obwohl Ursula von der Fähigkeit ihrer Schwägerin beeindruckt ist, gute Mägde um sich zu versammeln, sogar an einem so öden Flecken wie Bermersheim, ist sie ganz entschieden nicht in der Stimmung, sich zu unterhalten. Es gefällt ihr nicht, dass Hildebert gerufen wurde, bevor die Mädchen das blutige Fichtenreisig vom Boden unter dem Geburtsstuhl entfernen konnten. Die Unreinheit einer Wöchnerin kann gefährlich sein für einen Mann, und ohne Hildebert wären Mechthild und ihre Kinder schlecht gestellt, obwohl es sicher schon irgendjemanden geben würde, der sie zur Frau nähme, das Land und ihren Stand in Betracht gezogen. Ursula holt die Häkelnadel und das farblose Wollgarn hervor und macht da weiter, wo sie aufgehört hatte, bevor sie sich um die Geburt kümmern musste. Die Frauen flüstern. Sie weiß, dass sie den Sonntag mit Müßiggang heilig halten sollte, aber an einem solchen Tag, so meint sie, muss man eine Ausnahme machen. Wenn der Herr bestimmt hat, Mechthild möge an einem Sonntag in großer Angst und unter vielen Schmerzen niederkommen, und wenn Gebete nicht mehr ausreichen, Sinne und Gemüt zu beruhigen, sieht er wohl nicht so streng auf ihre Handarbeit.

Besonders gottesfürchtig ist Mechthild nicht, wenn es darauf ankommt, denkt Ursula und lacht einmal kurz und leise verächtlich auf. Sie hatte doch tatsächlich davon gesprochen, die Frau aus dem Dorf zu rufen, aber Ursula wollte davon nichts hören. Vater Cedric würde das nicht gefallen, hatte sie gesagt. Aber Mechthild war hartnäckig geblieben. Die Frau war dabei gewesen, als die Zwillinge geboren wurden, hatte Ursula sie erinnert. Daraufhin hatte Mechthild dann doch geschwiegen. Diese Frauen bringen mehr Schaden als Nutzen, da gibt sie dem Abt in Sponheim recht. Dort, in den Klöstern, kennen sie die Kräfte der Kräuter und die Mysterien der Fortpflanzung, und kann man keine Hilfe von einem Gelehrten oder einer der Frauen bekommen, denen der Bischof durch seinen Segen die Erlaubnis zu praktizieren erteilt hat, ist es besser, sich allein auf die Kraft der Gebete zu verlassen. Außerdem hatte sie selbst sechs Kinder geboren, man kann also nicht sagen, sie sei unerfahren.

Dass Hildebert sein Kind selbst nottaufen musste, war ganz gewiss nicht das Beste. Aber zum einen kann das Kind, wenn es denn lang genug lebt, bald in das heilige Wasser des Taufbeckens getaucht werden, und zum anderen kann es auch ganz egal sein, wenn der Priester, dessen Berufung in die Gemeinde von ihrem törichten Bruder unterstützt wurde, dieser untaugliche Vater Cedric ist. Obwohl Ursula zu schweigen versteht, kennt sie die Gerüchte doch sehr genau und denkt die gleichen Gedanken, wie ein jeder christliche Mensch außerhalb Bermersheims. Sie ist sich darüber im Klaren, dass die Bereitschaft ihres Bruders, in diesem Punkt mit dem Bischof zusammenzuarbeiten, vermutlich einem höheren und komplexeren Ziel dient. Doch sie kennt die Schwächen in Hildeberts Charakter ebenso genau. Obwohl sie im gleichen christlichen Zuhause aufgewachsen sind, verbirgt er einen schwarzen Trotz in seinem Herzen, der leicht zu Nachlässigkeit wird, was kirchliche Angelegenheiten angeht. Vater Cedric diente der Kirche in einer

Gemeinde in Schwaben, aber als der Heilige Stuhl endlich gegen verheiratete Priester zu Felde zog, verlangte der Bischof, ihn von seinem kirchlichen Amt abzusetzen, sollte er die Heirat mit seiner noch kinderlosen Ehefrau nicht annullieren lassen. Vater Cedric, dem die heiligen Gebote offenbar weniger wichtig waren als die Bedürfnisse des Körpers, verweigerte geradeheraus, den Anweisungen des Bischofs Folge zu leisten. Man entzog ihm das Recht, der Messe vorzustehen, aber als Gott ihn kurz darauf mit dem plötzlichen Tod seiner Frau strafte, stand die Sache anders. Der Bischof behauptete, Vater Cedric habe seine Sünde bereut, und wollte ihn gerne wieder in ein unbesetztes Priesteramt berufen, doch die Dorfbewohner lehnten ihn verständlicherweise ab. Der Bischof musste sich etwas anderes einfallen lassen, wollte er nicht sein Gesicht verlieren.

Ursula reckt den Hals, als das Kleine einen schwachen Laut ausstößt, aber Agnes beugt sich schon über das Kind. Sanft schaukelt sie die Wiege, während sie auf den fest eingewickelten Säugling hinunterblickt. Erst als Ursula mit einem Nicken zu verstehen gibt, sie könne sich wieder setzen, zieht Agnes sich auf die Bank an der Feuerstelle zurück, wo sie mit halb geöffnetem Mund sitzt und vor sich hin starrt.

Ursula konzentriert sich auf ihre Handarbeit, entdeckt aber, dass sie einige Reihen weiter oben eine Masche hat fallen lassen, und muss das Ganze wieder aufriffeln. Sie denkt an Hildebert, kann es nicht ruhen lassen. Es gibt keinen Zweifel daran, dass er den Leuten im Dorf und denen gegenüber, die auf seinem Besitz arbeiten, rechtschaffen ist. Auch dem Herzog von Sponheim ist er treu ergeben, an dessen Hof er in Diensten steht, seit er im Alter von nur sieben Jahren dort als Page angenommen wurde. Sollte es jemandem einfallen, ihm vorzuwerfen, er vernachlässige seine Pferde, würde er ohne Zögern sein Schwert ziehen. Doch wenn ihm die Gerüchte über Vater Cedric zu Ohren kommen, zuckt er bloß mit den Achseln. Das ist eine unkluge Disposition, findet Ursula, und es ist schwer, ihm das zu vergeben. Wenn sie ihm das sagt, lacht er nur oder entgegnet geradeheraus, dass er das mit ihr nicht diskutieren wird. Die Zeit auf Erden ist kurz, und wenn man nicht sicher sein kann, dass der Priester helfen wird, den Übergang ins ewige Leben zu erleichtern, kann man genauso gut auf ihn verzichten.

Kristin heult nicht mehr, Hildeberts Wut ist mit ihm verschwunden. Stille herrscht im Wöchnerinnenzimmer, abgesehen von Mechthilds rasselnden Atemzügen und dem schwachen Knistern des Stoffs, wenn eine der Frauen sich bewegt. Eine Fliege surrt träge vor Kristins Gesicht herum. Als sie nach ihr schlägt, fällt sie, von der Hitze bereits entkräftet, langsam und plump auf den Boden. Kristin zerquetscht die Fliege mit dem Fuß. Dann holt sie, dem Beispiel ihrer Mutter folgend, eine Handarbeit hervor und kommt über ihrem Nähzeug zur Ruhe. Aufrecht und mit durchgedrücktem Rücken sitzt sie da, den Blick auf den Faden geheftet. Sie bestickt das Bettzeug für ihr Erstgeborenes und müht sich mit jedem Stich. Sie stößt schweigend ein »Au« aus, jedes Mal, wenn sie die Nadel durch die Vorderseite des Stoffs sticht, und ein ebenso unhörbares »Maria«, wenn sie sie durch die Rückseite führt. Der Schrecken der Geburt hält sie noch immer gepackt, aber sie gibt sich größte Mühe, sich nichts anmerken zu lassen. Trotzdem fühlt es sich an, als würden alle Frauen sie anstarren, und ihr Gesicht wird noch wärmer als zuvor. Die Nadel rutscht ihr durch die feuchten Finger, der Schweiß läuft von der Kante ihrer Haube über die Schläfen, den Hals hinunter bis zum Schlüsselbein. Das Kind liegt still in der Wiege, Mechthild stöhnt, als ihr das Gesicht mit kochend heißen Lappen gewaschen wird. Wieder und wieder fädelt Kristin die Nadel ein und stickt weiter an dem Blumenkranz. Ab und zu sieht sie verstohlen hinüber zu Mechthild, die jetzt zwischen einem Berg aus Seidenkissen im Kindbett thront. Kristin hätte sie beinahe nicht wiedererkannt, als sie gestern von ihr empfangen wurden. Groß und unförmig war sie, die Augen verschwanden in schmalen Schlitzen, und die Finger zitterten an den Händen wie bratende Würste. Es war irgendeine Krankheit, die mit der unmittelbar bevorstehenden Geburt zu tun hatte, wie sie hörte, und bis jetzt hatte sie sich nicht gegeben. Wüsste man es nicht besser, könnte man glauben, Mechthild sei immer noch schwanger.

Kristin hat die Dienstmädchen flüstern hören, es sei eine Art der Schwellkrankheit, die Frauen befalle, die Angst haben zu gebären und deshalb das Kind nicht loswerden wollen. Aber sie weiß nicht recht, was sie glauben soll. Soweit sie es versteht, wurde dieses Kind zu früh geboren. Sie hatten gedacht, sie hätten noch reichlich Zeit, sich bei Mechthild einzurichten, bevor die Geburt alles beherrschen würde. Aber sie hatten nur eine einzige Nacht im Haus verbracht, bevor das Zimmer und alles Weitere hergerichtet werden musste. Vor dem heutigen Tag war ihre Angst nicht größer, als dass sie sie nicht mit Nähzeug und täglicher Hausarbeit hätte im Zaum halten können. Jetzt kann sie kaum mehr atmen, und es wird ihr schwindelig. Das Bild der schlummernden Mechthild verschwimmt mit dem eines toten Pferdes, das sie auf dem Weg hierher gesehen haben. Mit aufgeblähtem Bauch und zum Himmel verdrehten Augen lag es am Wegesrand im Graben, gerade noch außerhalb der Grenzen von Mechthilds und Hildeberts Hof. Ein Gewimmel aus Fliegen summte über dem Kadaver, der stank, dass sich ihr der Magen umdrehte.

Mechthild schläft, bis die Sonne längst wieder untergegangen ist. Das Blut gerinnt, und die Kraft kehrt zurück. Sie kann ihre Kinder nicht lange genug bei sich behalten, und sie gebären kann sie auch nicht ordentlich. Dennoch hat der Herr sie mit sieben lebend Geborenen gesegnet, und nun dieses kleine Wesen, das seinen Wert erst noch beweisen muss.

Mechthild erwacht vom süßen Duft von Kuhmilch und greift sich an den Bauch. Agnes badet das Kleine in lauwarmer Milch, sie lebt also noch. Ursula steht schweigend neben dem Zuber, die Hände vor der Brust gefaltet, aber es sieht so aus, als würde das Agnes nichts ausmachen, die mit ihren großen, wasserfarbenen Augen das Kind ansieht. Das Kleine gibt keinen Laut von sich, als sie es wieder in die Tücher wickeln. Und mit einem Mal wird Mechthild unruhig, das Kind könne stumm sein. Der Schmerz hat sich verzogen, Ursula sieht sie mit einem Ausdruck an, der wie aus goldgelbem Feuerstein gemeißelt und unmöglich zu deuten ist.

»Wird sie...«, fleht Mechthild um Prophezeiungen und Versprechen, die ihr niemand geben kann. Trotzdem nickt Ursula gnädig. Hinter ihr ist der Raum dunkel, die Flammen der Feuerstelle werfen einen glühenden Schimmer auf die Wände, ein Kranz aus Strahlen um Ursulas Haar, der sie wie ein Engel erscheinen lässt. Ein müder, alter Engel ohne weißes Gewand und ohne Goldkranz im Haar. Mechthild richtet sich im Bett auf. Sie haben bereits die schöne, mit Stickereien verzierte Decke über die Leinen gelegt, sodass sie bald Kindbettgäste empfangen kann. Das ist ein gutes Zeichen.

»Schau, jetzt saugt sie«, Mechthild lacht, obwohl ihr das im Schoß weh tut. Vielleicht musste sich das Kleine auch nur ein wenig erholen. Sie saugt nicht gierig und ist schnell satt, aber dann muss sie eben ein paar Mal öfter an die Brust ihrer Mutter gebracht werden. Heimlich freut sich Mechthild darüber, dass es niemand wagen wird zu sagen, das Kleine nehme Schaden davon, aus ihrem aufgedunsenen, schmerzenden Körper zu trinken. Dieses Kind wird, so Gott will, ihr letztes sein, und mit der Milch wird sie ihm alle ihre guten Eigenschaften geben. Sie hat von Edelfrauen gehört, die ihre Kinder von einfachen Bauersfrauen stillen lassen, findet den Gedanken, Hohes mit Niedrigem zu mischen, aber unnatürlich und abscheulich.

Danach ist das Kind noch bleicher als zuvor, sie hat wächserne Haut, und Blutergüsse umgeben die Pupillen. Sie zittert und zuckt, und Agnes wird geschickt, Wolldecken zu holen, die sie über das Kleine legen können. Mechthild isst ein paar Löffel voll Suppe, die Kristin ihr an die Lippen hält, hat aber selbst keine Kräfte, den Löffel zu halten. Kristin hilft ihr, aber Mechthild stößt ihre Hand weg, sodass die Suppe über Kristins Ärmel läuft. Ursula schickt Kristin zurück an ihr Nähzeug und übernimmt die Fütterung. Warum sowohl Mechthild als auch Hildebert Anstoß an der stillen und demütigen Kristin nehmen, versteht sie nicht, das Mädchen tut doch gar nichts. Es muss wohl der Wechselhaftigkeit ihres Temperaments zugeschrieben werden.

Hildebert nahm zu seiner Zeit Mechthild wegen ihres runden Gesichts und ihres weichen Körpers. Ihr Vater war Großbauer, aber sie bekam keine besondere Mitgift. Ursula dachte damals, das sei gut, er konnte sie verlassen, sollte sich zeigen, dass sie unfruchtbar war. Er wurde mit vielen Kindern beschenkt, aber auch mit einer eigensinnigen Frau, deren Gemüt mit jedem Jahr, das verging, streitbarer wurde – auch wenn Hildebert das in seinem vollen Umfang bislang nicht erkennt, weil Mechthild es versteht, in seiner Gegenwart ihr Mundwerk zu zügeln. Aber die Dienstmädchen und Hofknechte merken es, laufen nervös zusammen, wenn Mechthild durch die Säle schreitet oder Küche und Werkstätten inspiziert. Dieses Temperament wird sich das Kind hoffentlich nicht mit der Muttermilch aneignen, denkt Ursula und führt den Löffel an Mechthilds Lippen. Ebenso wenig wie die Ungeschicklichkeit, die jede Handarbeit in Mechthilds Fingern zweitklassig werden lässt. Aber ihre Gesundheit ist die eines Ochsen, und das ist genau, was das Kind braucht, denkt Ursula und sehnt sich bereits danach, wieder zurück in Sponheim zu sein. Sobald die vierzig Kindbetttage überstanden und die verborgenen Innereien in Mechthilds Schoß wieder zusammengewachsen sind, werden sie und Kristin sofort nach Hause zurückkehren. Dann wird das Kind womöglich tot und begraben sein, und Mechthild wird klagen und heulen, wie sie es bei den Zwillingen getan hat. Es war eine Schande, als würde sie sich weigern, Gottes Willen anzuerkennen, undankbar darüber, trotz allem sieben lebendige Kinder zu haben. Wenigstens das hat Vater Cedric inzwischen in Ordnung gebracht. Niemand beichtet so fleißig wie Mechthild.

»Sie wird schon überleben«, sagt Ursula, ohne selbst wirklich daran zu glauben und ohne eine Miene zu verziehen. Mechthild verlangt, man möge das Kind wieder zu ihr ins Bett bringen. Ursula fügt sich ihr, obwohl sie denkt, dass Ruhe für das Kind besser sei; und hebt das Kleine selbst aus der Wiege, wickelt sie in eine Wolldecke und legt sie neben ihre Mutter.

Mechthild dreht sich mühsam und schwerfällig auf die Seite, stützt sich auf den Ellbogen und sieht ihr Kind an.

3

Mechthild zeichnet ein Kreuz über Hildegards Brust. Es ist die Signatur der Ungelehrten, es ist die Zehn, das Kreuz, um ein Achtel gedreht. Zehn ist ein Segen. Das Zehnte vom Hundert ist, was die Kirche bekommen soll. Das Kind kennt den Duft seiner Mutter. Ein Duft voller Trost, eine Zuflucht, in der sie liegen kann. Mechthild zeichnet ein Kreuz auf Hildegards Brust, und die Luft, die sie ausatmet, atmet das Kleine ein. Der Säugling will die Augen aufschlagen, aber die Augenhöhlen sind voll von flüssigem Eisen.

Sie ist geboren mit einem brennenden Licht in der Stirn, dessen Flamme durch Haut und Schädelknochen dringt. Die Stimme ihrer Mutter kennt sie bereits. Zuerst war sie dunkel und drang nur gedämpft zu ihr. Jetzt schneidet sie quer durch ihr Ohr, quer durch die Flamme, die den Ton zu Löchern brennt, die tanzen und zu Glühwürmchen werden, die vor- und zurückzucken und durcheinanderwackeln, schneller und schneller, entzündet von der Flamme im Auge, brennen, brennen, brennen, sodass das Kleine schreit vor Schmerz.

4

Das Neugeborene beginnt mit einer solchen Kraft zu schreien, dass Ursula auffährt und Mechthild sich zuerst erschreckt, dann aber vor Erleichterung darüber lacht, dass ihr Kind so viel Lebenskraft besitzt. Agnes bekommt sie auf die Arme gelegt mit dem Bescheid, das Kleine fester zu wickeln, fummelt herum und schwitzt vor Nervosität über die plötzliche Aufgabe. Als es ihr endlich gelingt, seufzt sie erleichtert. Das Kind ist wieder still. Ein Muster aus zarten rosafarbenen Flecken flackert auf ihrer Stirn und an den Schläfen. Agnes wiegt sie vorsichtig in ihren Armen, nimmt den Duft des kleinen Menschen in sich auf, ein so frischer und besonderer Duft. Einen Moment lässt sie ihre Wange am weichen Kopf des Kindes ruhen, bevor sie es behutsam zurück in die Wiege legt.

Mechthild lachte laut und voller Freude, als Agnes Hildegard wickelte. Jetzt schläft sie wieder, schwer und lang, und träumt fremde Träume, in denen eine Farbe gegen eine andere kämpft, aber nichts Form annimmt.

Als Mechthild aufwacht, ist der Traum immer noch bei ihr, und sie will sich jemandem anvertrauen. Es ist früh am Morgen, Kristin hat in der Gästekammer ein wenig geschlafen, jetzt kommt sie herein, ein blaues Tuch um das schwarze Haar gebunden. Ursula kann sie nirgendwo sehen, und die Frauen sind weg. Agnes wiegt das Kleine in den Armen und legt es Mechthild an die Brust. Das Kind saugt genauso träge wie immer, ein blauer Schimmer umgibt ihre Lippen, und ihre Stirn ist trotz der Wärme im Raum kühl und trocken.

»Schickt einen Boten zu der Frau«, sagt sie und kratzt das Kind leicht am Kinn, damit es wieder saugt.

Kristin zögert, es kann sicher nicht an sie gerichtet gewesen sein. Sie tut so, als habe sie es nicht gehört, und vertieft sich in das Aufwickeln ihres Stickgarns aus der kleinen Tasche mit dem Nähzeug.

Schließlich schickt sich das Dienstmädchen an, Mechthilds Befehl nachzukommen. Doch die Frau kommt nicht bis ins Wöchnerinnenzimmer. Ursula erwartet sie bereits vor der Tür und schickt sie mit ein paar harschen Worten, sich fernzuhalten, fort. Der Ruf, den sie als alltagskluge Geburtshelferin hat, kann sich umkehren, bevor die Sonne untergeht, wenn jemand sie verdächtigt, mit dem Bösen im Bunde zu stehen. Also ist es besser, demütig zu sein und zu gehen, obwohl sie der Herrin des Hauses gerne helfen würde mit dem kranken Säugling. Zum Glück hat sie die Türschwelle nicht betreten. So können sie ihr die Schuld nicht geben, sollte das Kind sterben.

Mechthild kocht vor Wut, als Ursula freimütig erzählt, sie habe die Frau davongejagt, aber sie kann ihre Schwägerin nicht wegschicken, bevor die Kindbetttage vorüber sind. Außerdem ist Ursula umsichtig und schlägt eine andere und bessere Lösung zum Heil des kranken Kindes vor. Sie selbst wird Hildebert zur Kirche begleiten, damit das Kind in das Haus Gottes geführt und in das heilige Wasser des Taufbeckens getaucht werden kann.

»In Wahrheit«, sagt Ursula mit milder und gedämpfter Stimmen, »brauchst du dein Kind nur dem Herrn zu reichen, so wird Er seinen Willen geschehen lassen.«

Mechthild will sagen, das Kleine sei bereits durch die Taufe gereinigt und man könne noch einige Tage warten, es ins Haus Gottes zu führen, bis es Kräfte gesammelt hat. Aber sie schweigt. Was kann sie schon ausrichten gegen Ursula. Ihr bleibt nichts anderes, als die vierzig Tage im Kindbett zu ertragen und im Gebet um Reinheit im Herzen zu bitten. Und sich darüber zu freuen, dass gerade Hochsommer ist, denn dann muss das Kind wenigstens nicht hinaus in Frost und Schnee.

»Es ist der Tag der Maria Magdalena«, flüstert Kristin drüben an ihrer Wand so leise, dass sie nur soeben hören können, was sie sagt.

»Der bußfertigen Maria Tag, dadurch wird es wohl nicht besser«, sagt Ursula und klopft auf die Bettdecke. »Und natürlich muss sie in der steinernen Kirche im Dorf getauft werden.«

Mechthild lässt sich in die Kissen sinken und schweigt. Sagt sie, was sie denkt, dass die Kapelle des Hofs genauso gut ist und das Kind dann nicht unnötig weit von der Milch seiner Mutter weggebracht werden muss, wird Ursula ihr das übelnehmen. Noch dazu wäre es, als würde man den Teufel geradezu in Versuchung führen, wenn sie so spräche, als glaube sie selber nicht daran, dass das Kind den Weg zur Dorfkirche und zurück überstehen könne.

Agnes wickelt das Neugeborene aus den Stofflaken und packt es in eine Decke. Sie muss nackt sein, wenn sie ins Wasser des Taufbeckens getaucht wird. Das Taufkleid mit den Perlenstickereien hängt über dem Stuhl am Feuer bereit. Kristin erhält Order, bei Mechthild zu wachen, während sich die Taufprozession zur Kapelle begibt. Kaum ist das Kind aus dem Wöchnerinnenzimmer hinausgetragen worden, bittet Mechthild Kristin, ans Fenster zu gehen und die Prozession zu verfolgen. Das Mädchen stellt sich auf die Steinbank, um besser sehen zu können, und schiebt mit einem Finger, der streng nach Harz und Talg riecht, das Stoffpaneel zur Seite.

»Wie ist das Wetter?«, fragt Mechthild ungeduldig und atemlos aus ihren Kissen. »Kannst du sie noch sehen?«

»Es regnet«, antwortet Kristin und atmet die frische Luft, die durch das Fenster hereinströmt, tief ein. Es waren einige unerträglich schwüle Tage zuletzt, Gewitterfliegen in Schwärmen, Gestank von Dung und Mist und stechende Regenbogenbremsen.

»Regnet es?«, fiept Mechthild wie ein Esel, als ob irgendein Kind jemals durch Regen Schaden genommen hätte, kurz bevor es in das heilige Wasser getaucht werden soll.

»Nur ein wenig«, antwortet Kristin und sagt nichts von den rußfarbenen Wolken, die sich auf der anderen Seite des südlichen Wachturms und der Küche zusammenziehen. »Jetzt kommen sie.«

Kristin bemüht sich, die Prozession zu beschreiben, wie sie sich quer über den Hofplatz durch den Regen bewegt. Schwere Tropfen beflecken die steinernen Gebäude, und wenn sie erst den Weg draußen vor dem Tor erreicht haben, wird es nicht lange dauern, und sie werden durch Matsch und Schlamm laufen müssen. Vorneweg gehen Hildebert und Ursula. Wüsste man nicht, dass sie Geschwister sind, man würde es nicht erraten können. So gedrungen Ursula ist, so hoch gewachsen und breit ist Hildebert. Er hat sich daran gewöhnt, den Nacken zu beugen, wenn er mit anderen spricht, und es sieht beinahe so aus, als könne er sich gar nicht mehr zu seiner vollen Größe aufrichten. Er hält das Kind mit einem Arm, als sei es ein Sack, aber das erzählt Kristin Mechthild nicht, die aus ihrem Bett heraus weiter törichte Fragen stellt. So wie sie voranschreiten, langsam und mit ernsten Mienen, gleicht es mehr einer Beerdigung als einer Taufe. Mechthild fragt nach dem Gefolge, nach der Kleidung der Taufpaten, ob Agnes sich in angemessenem Abstand hält und wer von den Knechten und Mägden sich der Prozession angeschlossen hat.

Kristin kann eine Selbstzufriedenheit in Mechthilds Stimme spüren, als sie den Namen der einen Taufpatin ausspricht. Sophia von Sponheim kam vor der Geburt zu ihnen nach Bermersheim, und es ist nicht unverständlich, dass Mechthild sehr froh über eine Patin von solch hohem Stand ist. Dennoch ist da etwas in ihrem Tonfall, das Kristin irritiert. Sie weiß noch nicht, wen ihr Mann als Taufpaten für ihr Erstgeborenes gewählt hat. Er steht, genau wie Hildebert, im Dienst des Herzogs von

Sponheim und hat gute Kontakte zum Hof, ebenso wie Sophias Mann gute Verbindungen hatte, als er noch lebte. Kristin hatte nicht gewagt, ihm vorzuschlagen, sie sollten Sophia ebenfalls um die Gunst bitten. Sie war zu nervös, fürchtete, es könnte unpassend sein. Gleichwohl beschleichen sie Trotz und Missmut immer noch genauso wie in dem Moment, als sie erfuhr, dass Sophia zu Hildeberts Ersuchen ja gesagt hatte. Es ist, als habe Mechthild ihr etwas gestohlen, und ihre Tante wird ihr mehr und mehr zuwider. Deshalb erzählt sie nicht von dem eleganten Kleid, das diese Gräfin Sophia von Sponheim trägt, sagt nur, es sei aus hellroter Seide, und verschweigt die prachtvollen Stickereien. Am Halsausschnitt und an den Enden der Ärmel sind Sandperlen wie Weintrauben eingenäht, umgeben von dunkelgrünen, aus Seide gestickten Blättern. Ihr kräftiges, kastanienbraunes Haar ist kunstfertig geflochten und unter einem leichten Schleier hochgesteckt. Es vergeht nur ein Augenblick, und die Prozession ist durch das Tor hindurch verschwunden. Kristin setzt sich auf die Bank unter dem Fenster, so weit weg wie möglich von der Feuerstelle und der unerträglichen Hitze.

Mechthild starrt mit leblosem Blick vor sich hin. Sie denkt nicht länger an ihr jüngstes Kind. Sie begleitete sie in Gedanken bis zur Tür der Kirche, wo Vater Cedric sie entgegennahm, und ließ das Kleine dann zusammen mit Hildebert dort zurück.

Auf allen vieren kriecht sie an der Steinwand mit den schwarzen Feuchtigkeitsflecken entlang. Sie schnappt nach Luft und will sich aufrichten, fällt aber vornüber und schürft sich Hände und Knie an den kalten Steinen auf. Also muss sie auf dem Bauch vorwärtsrobben, durch eiskaltes Wasser, das den Stoff ihrer Kleidung durchdringt, den wollenen Umhang und die Unterwäsche aus Leinen darunter, ihren Körper gefühllos macht und schwer werden lässt. Als sie sich nicht mehr bewegen kann, versucht sie zu schreien, aber obwohl sie den Mund weit aufreißt, kann sie nur die heiseren Laute eines Pfaus ausstoßen. Sie ist starr vor Schreck, wird in dünnes, weißes Leinen gewickelt, ein hauchdünnes Leichentuch. Rund herum wird der Stoff gewickelt, wieder und wieder, von unsichtbaren Händen, und ihr wird schwindelig, sie fällt und fällt durch den Stoff und das Wasser, sogar durch den Steinboden fällt sie, sinkt durch die Luft, während der Wind ihr das Leichentuch wegreißt und sie nackt zurücklässt. Ein milder Wind streicht über ihren Körper, der nach Korn und Staub duftet und nicht länger Schmerz oder zerrissenes Inneres ist. Sie wird nie wieder auf die Erde treffen, nie wieder Kleidung tragen, nur eine Feder am Firmament sein, getragen von Licht und Wind.

Als Mechthild aufwacht, sind sie immer noch nicht zurückgekommen. Nur Kristin und das Dienstmädchen sind im Kindbettzimmer. Kristin schläft mit über dem Nähzeug hängenden Kopf, und das Dienstmädchen stochert nutzlos mit einem Schürhaken in der Glut herum. Mechthilds Körper ist träge und schwer von der Wärme und dem Damenhemd, das an ihr klebt. Dennoch erwacht sie mit einem Gefühl der Ruhe und der Gewissheit. Es steht so klar vor ihr, als habe es ihr jemand ins Ohr geflüstert: Sie wird einen Pakt mit dem Herrn eingehen. Lebt Hildegard, soll sie der Kirche gegeben werden, als Oblate, sobald sie acht Jahre alt ist.

5

Zuerst will Hildebert nichts davon hören. Aber als das Kind nach einer Woche immer noch kraftlos und bleich daliegt, gibt er nach. Außerdem hat das Kleine seit seinem Aufschrei und Mechthilds ausgelassenem Lachen keinen Laut mehr von sich gegeben. Wenn Hildegard überlebt, kann sie als Oblate der Kirche anvertraut werden. Er vermeidet es, seine Frau anzusehen, als er zustimmt. Er sollte nicht im Kindbettzimmer sein, aber es ist Nacht und Ursula und Kristin schlafen in der Gästekammer. Er will Mechthild nicht berühren, solange sie unrein ist, also tritt er gegen den Bettpfosten, sodass sie aufwacht und mit einem Ruck hochfährt. Murmelnd antwortet er auf ihr plagendes Drängen, und sie weint vor Erleichterung. Sie flüstert ein klägliches Danke, er nickt, und sie bittet ihn, es niederzuschreiben. Er erklärt sich jedoch lediglich bereit, es Vater Cedric zu sagen. Als die Tür hinter ihm zufällt, setzt sich die kleine Agnes, noch schlaftrunken, bei der Feuerstelle auf. Sie schläft dort auf dem Boden, ganz nah bei dem Kind. Mechthild ist hellwach, tut aber so, als schliefe sie. Im Schein der Glut betrachtet sie Agnes, die aufsteht und zu der Wiege geht, um nachzusehen, ob es das Kleine war, das sie geweckt hat. Doch kein Laut kommt von Hildegard, und so legt sie sich wieder auf ihre Decke und beginnt augenblicklich zu schnarchen. Es ist ein süßer und leicht pfeifender Ton, der Mechthild in gute Laune versetzt.

Niemandem gegenüber erwähnt Hildebert seinen nächtlichen Besuch im Kindbettzimmer, und Mechthild ist beunruhigt und fragt sich, ob er sein Versprechen gehalten und mit Vater Cedric gesprochen hat. Zuerst tut sie ihre Zweifel ab, geht mit sich selbst ins Gericht darüber, dass sie ihrem Mann nicht vertraut. Als die Frage sie weiter quält, entschließt sie sich, es Ursula anzuvertrauen, und zwar an dem Tag, an dem sie und Kristin den Heimweg zurück nach Sponheim antreten.

Mechthild hat das Bett verlassen, etwas bleich und kraftlos ist sie immer noch, aber wenigstens auf den Beinen und nicht mehr so aufgedunsen wie in den Tagen nach der Geburt. Jetzt, da Ursula und Kristin reisefertig auf dem Hofplatz stehen, wird der Abschied, den Mechthild herbeigesehnt hat, ein Abschied mit Wehmut.

Vierzig Tage lang ist sie frei von jeder Verantwortung gewesen, hat nur im Bett gelegen und an sich selbst und an Hildegard gedacht. Ursula hat sich um die gesamte Hauswirtschaft und die Verköstigung der Gäste gekümmert, die wegen des Kindes angereist waren. Jetzt wimmeln die anderen sieben um sie herum, ziehen an ihren Rockzipfeln und reden, dass ihr Kopf schwindelig und weich wie Erde wird.

Mechthild stützt sich auf ihre älteste Tochter Clementia, die den Arm ihrer Mutter mit festem Griff hält und sie in winzigen Schritten über die unebenen Steine führt. Clementia ist froh darüber, dass Ursula abreist, denn in den letzten vierzig Tagen mussten sie alle härter arbeiten, als Mechthild es jemals zugelassen hätte. Während die Töchter des Hauses im Nutzgarten auf den Knien gelegen und zwischen den Pflanzen gejätet haben, behielten sich Ursula und Kristin die leichteren Arbeiten vor.

Ursula tut so, als bemerke sie nicht, dass Mechthild auf dem Weg quer über den Hofplatz ist. Es ärgert sie, dass Mechthild so ein Aufheben um alles macht und angehumpelt kommt, als sei sie krank. Also inspiziert Ursula ihre Reisekisten und -säcke und kehrt Mechthild den Rücken zu, während Kristin, die sich darauf freut, ihren Mann wiederzusehen, freundlicher gestimmt ist und sich von ihrer Tante umarmen und küssen lässt. Wie sie sich ihrer Cousine Clementia gegenüber verhalten soll, weiß Kristin nicht. Sie ist erst zehn Jahre alt und so still, dass man glauben könnte, sie sei dumm, wenn sie nicht schon beinahe lesen könnte. Auf Hildeberts Hof lernen auch die Mädchen Latein, so hat er es bestimmt, auch wenn Mechthild meint, das sei närrischer Unsinn. Ursula gibt ihr recht; die Mädchen brauchen diese Art von Gelehrsamkeit nicht, aber Hildebert besteht darauf. Wenn Vater Cedric sowieso jede Woche drei Vormittage mit den Jungen in der kleinen Stube sitzt, können die Mädchen ebenso gut dabei sein. Vorläufig sind nur Clementia, Benedikta, Roricus und Drutwin alt genug. Roricus ist zwölf, und er und Clementia sind die gelehrigsten. Odilia und Irmengard hängen ständig an der Schürze ihres Kindermädchens Estrid. Hugo, erst drei und der Sonnenschein der Familie, ist hässlich und immer schmutzig, aber er bringt alle zum Lachen. Und er ist es auch, den die Erwachsenen schließlich auf den Schoß nehmen. Es ist nicht anders als mit Tieren, denkt Ursula. Hässliche Fohlen können prächtige Hengste werden, tumbe Jungen können hübsche Männer werden. Deshalb irritiert es sie doppelt, dass Mechthild ihrem jüngsten Sohn nicht viel Aufmerksamkeit schenkt. Bei dem Gedanken fühlt Ursula Zorn in sich aufsteigen, geht das Gepäck noch einmal durch, um die Zeit in die Länge zu ziehen, während sie mit stiller Freude hört, wie Mechthild stöhnt, lauter und lauter, sich räuspert, um ihre Aufmerksamkeit auf sich zu lenken. Kristin rennt, obwohl sie eine Frau und noch dazu schwanger ist, kreuz und quer über den Hofplatz hinter den drei Kleinen her, wie ein Troll, der versucht, sie einzufangen.

»Ursula«, sagt Mechthild schließlich, und damit ist sie gezwungen, sich umzudrehen. Mechthild stinkt nach Schweiß und saurer Milch.

»Mechthild«, erwidert Ursula gnädig und hält ihr beide Hände hin. Mechthild ergreift die eine, lässt sie aber sofort wieder los, um sich an Clementia zu klammern, die unter dem Gewicht ihrer Mutter schwankt.

»Ein großer Dank, euch beiden«, beginnt sie.

Ursula verscheucht eine Fliege vor ihrem Gesicht. Beide Frauen wissen, dass es für Ursula und Kristin undenkbar gewesen wäre, nicht zu kommen, um sich um Hauswirtschaft und Gäste zu kümmern, solange Mechthild im Kindbett lag. Mechthild hat keine Mutter und keine Schwestern mehr, und so ist Ursula ihre nächste weibliche Verwandte.

»Ich hoffe, ihr habt eine angenehme Reise nach Sponheim«, bemüht sich Mechthild nach ihrem ersten fehlgeschlagenen Versuch um Freundlichkeit. Ursula nickt nur und gibt dem Kutscher Order, den Wagen zu beladen.

»Wo ist mein Bruder?«, fragt Ursula und späht hinüber zum Haus.

»Er ist auf dem Weg«, antwortet Mechthild und blickt in dieselbe Richtung. Sie muss sich beeilen, bevor Hildebert kommt, aber sie will nicht einfach so mit ihrer Frage herausplatzen und damit preisgeben, dass sie nicht sehr oft mit ihrem Mann über wichtige Angelegenheiten spricht.

»Hat er dir von den Klosterplänen erzählt?«, fragt sie daher wohlüberlegt und richtet sich auf.

»Ja, ja«, antwortet Ursula schnell. Mit den Augen verfolgt sie die spielenden Kinder und gibt Kristin mit einer Handbewegung ein Zeichen, innezuhalten.

Mechthild fühlt Erleichterung in sich aufbrausen, die aber erstirbt, als Ursula fortfährt.

»In einem Jahr, wenn ich richtig verstanden habe, nicht wahr?«

Eine Leere überkommt Mechthild. In einem Jahr? Soll Hildegard in einem Jahr ins Kloster? Dann kommt sie zu sich. Ursula spricht von Roricus, natürlich, wie konnte sie nur so dumm sein.

»Ja«, sagt sie und lächelt angestrengt, »Roricus soll nächsten Sommer im Sankt Alban-Kloster in Mainz aufgenommen werden, so Gott will.«

»Das wird er sicher wollen«, entgegnet Ursula brüsk, fährt aber gleich beschwichtigend fort: »Roricus ist ja tüchtig, wie ich höre, er wird es weit bringen.«

Mechthild nimmt das Lob der Schwägerin mit einem Lächeln entgegen, gibt aber nicht auf, eine Antwort auf ihre eigentliche Frage zu bekommen.

»Und Hildegard«, beginnt sie, bricht aber sogleich wieder ab, als sie Hildeberts Schritte hinter sich hört.

»Ja?«, sagt Ursula und sieht geradewegs an Mechthild vorbei, »ja, wir beten dafür, sie möge stärker werden.«

Als der Wagen zum Tor hinausfährt, bleiben sie auf dem Hofplatz stehen und sehen ihm nach. Hugo läuft auf seinen kurzen krummen Beinchen hinterher, stolpert, fällt, schreit, und Benedikta hebt ihn auf. Die unbeantwortete Frage nagt an Mechthild. Hat Ursula sie nur missverstanden, oder kennt ihre Schwägerin das Versprechen nicht? Es wird viel Zeit vergehen, bis sie Ursula wiedersieht, und während des feierlichen Hochamts in Mainz wird es unmöglich sein, unter vier Augen miteinander zu sprechen. Obwohl Mechthild sich darüber im Klaren ist, dass ein Versprechen, ein Kind der Kirche zu geben, keine endgültige Verpflichtung ist, wird es doch für das Gewissen schwerer zu ertragen sein, ein Versprechen gegenüber einem Priester zu brechen. Und selbst Hildebert hat ein Gewissen, so viel weiß sie. Sicher gehört er nicht zu den zartfühlendsten Ehemännern, aber er hat bei allen in der Gegend den Ruf, gerecht zu urteilen.

Hildebert steht ein paar Meter von seiner Frau entfernt, er hebt die Hand zum Abschiedsgruß und lässt sie erst wieder sinken, als er den Wagen durch das offene Tor nicht mehr sehen kann. Hugo heult immer noch, Blut sickert aus den aufgeschlagenen Knien unter seinem Wams hervor. Er streckt die Arme nach Estrid aus, die herbeigelaufen kommt. Hildebert schnalzt ein paar Mal laut mit der Zunge, um den Jungen aufzumuntern, aber er schreit weiter und vergräbt den Kopf in Estrids Schulter. Mechthild stiert noch immer auf die Stelle, wo der Wagen eben noch gestanden hat. Dann pufft sie Clementia verärgert in die Seite, die ihre Mutter gehorsam zurück in die Kammer und zu Hildegard führt.

6

Die Ruhe, die das Kleine empfand, als Agnes ihre Beine zusammen- und die Arme eng an den Körper band, verwandelt sich in Angst. Sie kämpft gegen die fummelnden Bewegungen, wirft sich zurück und schreit zum Steinerweichen, wenn Agnes sie mit festem Griff quer über das Tuch auf dem breiten Bett legt und zu wickeln beginnt.

Versteht das Kind, dass der Laut von ihm selbst stammt? Will sie mit ihrem Gebrüll die Welt zerreißen? Agnes' Gesicht bricht ganz plötzlich auf, ihre Stimme steckt einen Pfropfen in den Mund des Kindes. *Siehst du,* sagt Agnes, als das Kind sich nicht bewegen kann, *siehst du, es hat doch geholfen, jetzt weinst du nicht mehr*. Auf den Arm, durch das Zimmer, den Kopf hoch gestreckt, der Hals knackt, den Kopf wieder nach vorne und zur Seite gedreht.

Das Kind kennt viele Gesichter, aber noch nicht sein eigenes. Sie lebt in einem Ozean aus Dunkelheit, einem Sternenhimmel aus von Feuchtigkeit gemusterten Mauern und der verräucherten Luft, aus der Körper wachsen. Ein Duft ist der von Agnes, ein anderer der ihrer Mutter. Fremde Düfte verklumpen zu unsteten, verwirrenden, lachenden, lauten Mündern, die glänzen und schwimmen und wieder in die Luft über ihrer Wiege verschwinden. Sie lebt in einem Ozean aus Lärm, sie wird getragen und weggerückt und saugt sich zahnlos durch in Honig getauchten Stoff, durch Hände und Düfte, eine Puppe, ein Kätzchen, dem man die Krallen abgeschnitten hat.

Alles verschwindet, taucht auf und verschwindet wieder. Alles, was sie kennt, wird von einem unsichtbaren Strom weggerissen, der kreuz und quer durch das Zimmer läuft. Sie wartet zwischen Düften und Lärm, ist wachsam zwischen Licht und Schatten, sie wartet auf die einzigen wirklichen Flaggen auf ihrer Landkarte: Gesichter, Augen, plötzlich da, plötzlich weg.

Der Hungerschmerz explodiert im Zentrum der Welt, verwandelt sich zu der süßen, warmen Milch an ihrem Gaumen. Zwischen den Händen tanzt schwarze Dunkelheit. Im Licht nehmen Menschen und Dinge ihre rechte Gestalt an, dort findet sie blendende Lichtblitze, dort findet sie ein Sternenauge, das größer ist als alle anderen Augen. Es kommt immer zurück. Auch wenn es in der Kammer leise ist, leuchtet das Auge treu über ihr. Die anderen bemerken, dass eine plötzliche Ruhe über das Kleine kommt. Sie sagen: *Seht mal, sie hat ihre Hände entdeckt, seht mal, sie betrachtet die Schatten, das Sonnenlicht, die Mauern.* Die anderen sehen das Sternenauge nicht, aber Hildegard lauscht. Das Licht wird lebendig, es spricht, obwohl es keinen Mund hat.

7

Hildegard überlebt ihr erstes Jahr, und Mechthilds Sorgen häuten sich. Als das Haar des Mädchens endlich wächst und dichter wird, ist es blassrot, wie eine Ingwerwurzel, die quer durchgeschnitten und an der Luft eingeweicht wurde. Das ist kein gutes Zeichen. Alle anderen Kinder haben Hildeberts kräftiges, blondes Haar. Die roten Locken des Mädchens dagegen sind ihr ein Rätsel. Während ihrer Monatsblutung hat Mechthild nicht bei Hildebert gelegen. Sie hat Vater Cedrics Anweisungen befolgt, welche Tage für die Empfängnis eines Kindes günstig sind. Fällt der Schein der Sonne darauf, ist Hildegards Haar schön. Im Haus ist es dünn und ohne Glanz.

Zuerst ist sie stolz auf die Aufgewecktheit des Kindes, dann bereitet sie ihr Kummer. Das ist nicht natürlich, denkt sie. Woher hat sie das? Viele Jahre später versucht sie sich einzureden, ihr Gedächtnis spiele ihr einen Streich, aber die Erinnerung an die Jahreszeit und an die Umstände rücken ihr jedes Mal den Kopf zurecht. Es war der erste Sommer, der Monat, in dem Hildegard ein Jahr alt wurde. Die Pferdeegel vermehrten sich in den kleinen Wasserlöchern, die Kletten trugen Blüten. Es war ganz sicher Juli, denn Roricus war gerade aufgebrochen, um Novize im Sankt Alban-Kloster in Mainz zu werden. Der Abschied brannte in Mechthild. Das ganze Frühjahr über hatte sie vom

Tor des Klosters geträumt. In einem der Träume war es wie ein Schoß gewesen, in einem anderen wie ein zahnloser Schlund. Dennoch war sie stolz gewesen, als sie ihn den Brüdern übergaben. Einen Sohn zu haben, der Diener Gottes ist, ist eine Ehre, und einen besseren Ort als das Kloster in Mainz hätten sie nicht finden können.

Der Abschied brannte, ebenso wie Hildegards sonderbare Aufgewecktheit in ihr brennt. Mechthild schämt sich über die Wut, die unbarmherzig ihren Bauch knetet, als sei er ein Teig, über das Gefühl, Gott habe ihr etwas gestohlen, jedes Mal, wenn sie an die Zwillinge denkt, die gestorben sind. Als sie obendrein hört, dass Kristin Zwillinge bekommen hat, flammt die Raserei in ihr wieder auf, und sie braucht sehr lange, bis sie Hildebert ihre Glückwünsche mit auf den Weg nach Sponheim geben kann. Ob es dieselbe Wut und dieselbe Scham sind, die nur einen anderen Charakter annehmen, wenn sie Hildegard ansieht? Mechthild weiß nur, dass etwas an ihrem jüngsten Kind unnatürlich wirkt. Hildebert hingegen bemerkt überhaupt nichts, verbringt viel Zeit in Sponheim. Sie fragt sich, ob ihn überhaupt noch interessiert, was in seinem eigenen Zuhause vorgeht. Wenn er endlich zurückkommt, fragt er nach Hildegard, bevor er sich nach den anderen erkundigt, als wäre das schwächliche Kleine das Einzige, das ihm am Herzen liegt. Hild nennt er sie, genauso, wie sein Vater ihn nannte, und Mechthild gefällt das nicht. Hil-de versucht sie, aber er hört nicht darauf. Die anderen Kinder wachsen und verlieren Zähne und ritzen lateinische Wörter in ihre Wachstafeln, aber Mechthild vergisst, wann das eine oder das andere war. Sie heftet sich allein an Hildegards Aufgewecktheit, und die Sorge ist eine Sense, die durch ihre Freude schneidet. Wenn sie mit Absicht falsch zurückrechnet, damit es nicht ganz so merkwürdig erscheint, wird ihre

Erinnerung beim Gedanken an Roricus und diesen ganzen unglückseligen Sommer wieder geradegerückt.

Sie weiß, dass Hildegard erst ein Jahr alt war, denn damals sprachen sie von einem Wunder, dass das Kind auf dem Hof herumstolperte, hell und dünn, und seine Arme nach den Hühnern ausstreckte, die in alle Richtungen flüchteten, sodass sie sich vor Lachen schüttelte. Dass sie bereits gehen konnte, war an sich schon unbegreiflich. Sie hatte sich durch den Winter gewimmert und war im Frühjahr selten mehrere Tage am Stück ohne Fieber gewesen. Sie war in die Länge geschossen, aber dabei dünn wie eine Bohnenstange geblieben.

Ihre Arme sind nicht die eines Kleinkindes, die Handgelenksknochen ragen hervor wie bei einem Erwachsenen. Nur die Wangen haben ihre Rundung bewahrt. Und die Augen, die immer aussehen, als wollten sie ihr aus dem Kopf springen. Die Arme in die Seiten gestemmt, begutachtet Mechthild ihr jüngstes Kind. Es ist Zeit für die Mittagsruhe, aber Hildegard schläft nicht gerne. Es ist eine Unruhe in ihr, die Mechthild der gebrechlichen Gesundheit zugeschrieben hat, die sich aber, sobald sie wohlauf ist, in einen Strom aus Leben verwandelt. Das Kind ist nie ruhig, und Agnes ist müde. Mechthild hatte gedacht, das Kindermädchen könne ihr im Haus zur Hand gehen, aber selbst mit einem Seil um den Leib ist Hildegard schwer zu beherrschen. Sie sitzt immer nur einen Augenblick still, wirkt zwar ab und zu, als sei sie in ihre Gedanken versunken, schläft aber tagsüber nur selten ein. Stattdessen schläft sie am Abend früh und wacht auf, bevor die Sonne am Himmel erscheint. Agnes hat Mechthild herbeigerufen. Sie steht neben ihr und folgt dem Kind mit den Augen, Agnes nickt und nickt, wenn Mechthild fragt, ob sie sicher sei. Das Kind hat gesprochen.

Nicht Mama oder Papa. Nicht gack gack oder muh oder mäh. *Licht,* hat sie gesagt, und Agnes ist nicht die Einzige, die es gehört hat. Der Küchenjunge nickt von der Bank am Küchenhaus herüber, wo er in einer Wolke aus Daunen und Federn ein Huhn rupft. Mechthild ruft Hildegard, die fest entschlossen ist, das größte Huhn einzufangen, und nicht reagiert. Also läuft sie zu dem Kind, legt einen Arm um ihren Bauch und hebt sie hoch. Das Kleine streckt seine Arme hinunter zu dem Huhn und schaut missmutig drein, aber Mechthild zwickt sie mit den Lippen in die Backe und bringt das Kleine zum Lachen. »Schau«, sagt Mechthild und zeigt zum Himmel. »Licht«, sagt das Kind. »Licht.«

Wenn das Kind Licht sagt, sollte es auch noch mehr sagen, denkt Mechthild, doch nach dem ersten Sommer kommt eine unheimliche Stille über das Kind. Fragen Mechthild oder Agnes sie, wo der Hund ist, dann zeigt sie bloß. Die Milch, die Schale, die Nase, Mama, Papa, Drutwin, Irmengard, Odilia, Hugo, Benedikta, Clementia, Agnes, sie zeigt auf sie. Und sagt immer noch nur das eine Wort. Oft sagt sie es nur für sich, wenn sie auf dem Boden sitzt, umgeben von ihren Spielsachen. Eine Lederschnur mit gefärbten Perlen, ein Pferd, das Roricus geschnitzt hat, bevor er wegging, eine Puppe, die sie von Hildebert bekommen hat, die ein Glasauge und ein Gesicht hat, das so lebendig wirkt, dass man sich beinahe erschrecken könnte. Ab und zu nimmt Hildegard die Puppe, küsst sie oder legt eine Decke darüber, und wenn sie nicht noch so klein wäre, könnte man glauben, sie tue es aus Höflichkeit und wolle Dankbarkeit für das feine Geschenk zeigen und nicht aus wirklichem Interesse. Sie streichelt den Hunden über den Rücken und schaut sich die Haare an, die an ihren Händen kleben bleiben.

Hinter den Hühnern läuft sie nicht mehr her, nimmt aber ihre Körner in die Hand, glotzt sie an, als seien es Edelsteine, und drückt sie mit dem Daumen platt. Sie streckt die Hand in das Licht, das durch die Fensteröffnung hereinfällt, sie legt ihre Wange auf den sonnenwarmen Steinboden. Sie sieht den Staub an, der tanzt, und ihre Hände tanzen mit. Mechthild findet, sie ähnelt einer Verrückten, so wie sie dasitzt. Dass sie Licht sagt, ist ausgezeichnet, aber warum interessiert sie sich nicht auch für anderes? Mechthild nimmt sie mit hinüber zu den Kühen, damit sie den Mädchen beim Melken zusieht. Das Kind schaut es sich an, streckt aber nicht die Arme aus oder greift nach irgendetwas. Sie trinkt die warme Milch, die eins der Mädchen ihr reicht, zeigt aber keinerlei Anzeichen, dass sie mehr wolle. Sie ist in sich gekehrt und anders als die anderen. Mechthilds Sorgen wachsen schneller als das Kind, und als das Kleine nach einem guten Sommer mit Fieber daniederliegt, kaum dass der erste Frost einsetzt, ist es wie eine Ader, die geöffnet wird und der aufgestauten Angst freien Lauf lässt.

Mechthild geht selbst in die Speisekammer und holt Kräuter hervor, während Agnes bei dem Kleinen sitzt und ihr Gesicht mit einem Lappen wäscht. Manchmal singt sie dazu, um das Kleine in den Schlaf zu lullen. Aber ihre Stimme bringt das Kind zum Weinen und es dreht das Gesicht von ihr weg. Mechthild kommandiert den Koch herum. Sie bleibt hinter ihm stehen und schaut ihm über die Schulter, während er die Kräuter abkocht, stößt ihn beiseite und übernimmt gereizt die Dosierung, als sei er ein unfähiger Trottel.

Am fünften Tag setzt sich Hildegard im Bett auf, und Agnes ruft Mechthild herbei. Eilig kommt sie gelaufen, gefolgt von Drutwin und Hugo, die ihrer kleinen Schwester zuwinken. Hildegard sitzt kerzengerade im Bett, das rötliche Haar klebt ihr an der Stirn.

»Sie sieht aus wie ein Mönch«, kichert Hugo. Mechthild findet das nicht komisch und reißt drohend die Hand hoch, sodass der Junge zusammenzuckt. Hildegard stiert geradeaus, als schlafe sie mit offenen Augen. Mechthild legt eine Hand an ihre Stirn. Die Haut ist wieder kühl und trocken, das Fieber ist weg. Dann sinkt sie auf den Stuhl neben dem Bett, auf dem Agnes sonst Wache hält, von Müdigkeit übermannt. Hildegard sieht ihre Mutter an und streckt die Hände aus, Mechthild nimmt die eine Hand, vermag es aber plötzlich nicht, das Kind hochzuheben. Hildegard legt den Kopf ein wenig zur Seite und sieht zum Fenster. Dann legt sie den Kopf in den Nacken und starrt zur Decke. Es sieht ganz sonderbar aus, und Mechthild lässt ihre Hand los, packt sie im Nacken, um ihren Blick in eine andere Richtung zu zwingen. Sie ist steif wie ein Stock. Auch Hugo und Drutwin bemerken, wie sonderbar sich ihre kleine Schwester verhält, stehen ein wenig verlegen am Fußende des Bettes, treten gegen den Bettpfosten und rufen nach ihr: »Hild, Hild, schau mal, Hild.« Aber das Kind ist unerschütterlich, streckt die Arme zur Decke und lächelt glückselig. »Licht«, sagt sie dümmlich, »Licht, Licht, Licht.«

Mechthild ist wütend und verzweifelt, Drutwin lacht unsicher und Agnes steht nur dumm da, den Schürhaken an der Seite, und glotzt auf das kleine Mädchen und Mechthild, die das Kind an den winzigen Schultern packt und schüttelt. Nichts kann das Lächeln auf Hildegards Gesicht erschüttern, sogar als sie wieder auf das Kissen sinkt und einschläft, lächelt sie. Mechthild eilt aus dem Krankenzimmer, um wieder Luft zu bekommen. Agnes hat das Feuer in Gang gebracht und setzt sich neben das Bett. Sie zieht die Decke bis über den Mund des Kindes, um nicht das Lächeln des Teufels sehen zu müssen.

Als Hildegard aufwacht, ist die Sprache in sie gefahren wie ein Wirbelwind. Mama, sagt sie plötzlich. Und Agnes. Ich habe Hunger, sagt sie. Und Durst. Jede Silbe formt sie mit ihrem kleinen Mund, der zuvor nur Licht sagte, und wieder ist das Haus in Aufregung. Hildebert kommt aus Sponheim, an seinem Sattel baumeln Rebhühner, er riecht nach Pferd und Erde, als er im Zimmer steht und sein Jüngstes anlacht. »Vater«, sagt sie. »Vater ist zu Hause.«

8
Das Jahr 1102

Das Kläffen der Hunde ist moosgrün und schmeckt nach Metall. Es sind Vaters Hunde. Mutters Stimme hat die gleiche Farbe wie das dünne Bier, schmeckt aber weder süß noch bitter, eher als stünde man mit offenem Mund im Wind. Agnes' Stimme leuchtet wie der Himmel nach dem Regen, duftet nach Thymian und nassem Gras. Vaters Worte verändern beständig ihre Farbe: Wenn er mit anderen spricht, hat seine Stimme abwechselnd die Farbe von feuchtem Mutterboden und die der trockenen flachen Steine am Bach. Wenn er zu seiner Hild spricht, wird seine Stimme eine schleierhafte rote Wintersonne. Die Laute flammen auf, laufen zu Mustern zusammen, drehen sich wie ein Kreisel, rund herum und herum.

Als sie das letzte Mal in Mainz waren, sah Hildegard die Mönche am Fluss Wolle färben. Zuerst lag die Wolle in großen Holzbottichen mit verschiedenen Farben. Danach wurde sie im kalten Wasser des Flusses ausgespült, der die Farben in flatternden, länglichen Fahnen mit sich nahm. Wenn sie das Wasser in den großen Bottichen nicht mehr brauchen konnten, kippten sie es in den Fluss. Rot, Ocker, Grün. Die Farben mischten sich zu braunem, trübem Wasser, in dem die Füße der Mönche verschwanden.

Im Wagen nach Bermersheim weinte Hildegard, weil die schönen Farben so hässlich wurden, bevor sie verschwanden. Hugo alberte mit ihr herum, und Mechthild brachte er auch zum Lachen. Hildegard weinte und konnte nicht erklären, warum. Tränen und Rotz liefen ihr in den Mund. Mit ihrem Ärmel wischte Clementia ihr das Gesicht ab, tätschelte ihre Wange und versuchte zu verbergen, dass auch sie mit den anderen lachen musste. Nur Drutwin lachte nicht, sein Arm hing über den Wagenkasten hinaus, er starrte über Felder und Bäume, als hielte er nach etwas Ausschau. Vater lachte auch nicht. Auf dem braun gescheckten Hengst ritt er voran und konnte weder hören noch sehen.

9

Mechthild will keine Blumen im Haus haben, nur kleine Lavendelzweige, die unter die Streu auf dem Boden gemischt werden und für einen angenehmen Duft in den Räumen sorgen. Drutwin hört nicht auf sie. Auf einem Tuch breitet er ein Bund Feldblumen vor Hildegard aus und bringt sie dazu, die Namen nachzusprechen: Zypergras, Rainfarn, Schafgarbe, Hahnenfuß. Als er gegangen ist, wirft Mechthild den Strauß in die Glut, wo er aufflammt und verkohlt. Drutwin mag seine jüngste Schwester und sitzt lieber an ihrem Bett, als mit den anderen zu spielen. Wenn er bei Vater Cedric im Unterricht war und nicht mit Hildebert, der seinen Sohn zu seinem Pagen gemacht hat, nach Sponheim muss, erzählt er Hildegard alles, was er weiß. Er erzählt von Daniel in der Löwengrube und erklärt, ein Löwe sei wie eine Katze, nur hundert-, nein tausendmal größer, wie ein Pferd oder ein Ochse. Er lebt nicht in den Bermersheimer Wäldern, sondern weit, weit weg, denn die Welt ist größer, als ein Pferd in einem ganzen Jahr laufen kann, und sie sind beide sehr erstaunt.

Hildegards Augen wachsen, wenn sie krank ist. Ihre Haut wird durchsichtig, und am Hals und auf der Brust sind bläuliche Streifen zu sehen. Am schlimmsten ist es in dem Spätsommer, als sie gerade vier Jahre alt geworden ist. Sie hustet, bis sich ihr Gesicht lila verfärbt, sie keucht und ringt nach Luft, und weder Mechthilds abgekochte Kräuter noch ihre Gebete können etwas daran ändern.

Im Dorf sagen die Leute der Frau bereits Böses nach, und so wagt Mechthild nicht, einen Boten zu ihr zu schicken. Wird sie auf dem Hof gesehen, wird sich das bald bis zu Vater Cedric und vielleicht bis nach Sponheim herumsprechen. Ursula erzählte die schlimmsten Gerüchte, als sie im Frühjahr zu Besuch nach Bermersheim kam. Dass bei den Geburten, zu denen die Frau gerufen wird, viele Kinder sterben, weil sie deren Seelen dem Teufel verspricht, kann Mechthild sich nur schwer vorstellen, aber sie wagt es nicht, ihrer Schwägerin zu widersprechen. Statt einen Boten zu schicken, muss sie sich selbst ins Dorf begeben. Als der Husten noch schlimmer wird und nichts zu helfen scheint, macht sie sich auf den Weg. Sie versteht nicht, warum das Kind nicht mit der Jahreszeit kräftiger wird, wenn doch reichlich Früchte an den Bäumen hängen. Die Apfelernte ist besser als jemals zuvor, und der schwere, süße Duft aus dem Pflaumengarten wallt ihr entgegen, als sie durch das Tor geht. Die Getreidefelder sind ein Meer des Reichtums, der Sommer ist gut gewesen, und jede Ähre beugt den Kopf und nimmt dankbar Sonne und Regen entgegen, bekommt dichte, feste Kerne und lange, wetterfeste Stängel. Aber Hildegrad ist mager und schlapp, hustet und röchelt, obwohl sie ihr Absud und Wein gegeben, Kräuter unter ihre Füße gebunden und eine hellrote Decke über ihr Bett gelegt hat. Es muss noch andere heilende Geschenke des Herrn geben, die sie nicht kennt oder die sie übersehen hat, und warum sollte die Frau ihr nichts beibringen können?

Mechthild geht mit langen Schritten, voll des Trotzes, der aus der Einsamkeit erwächst. Ursula macht sich wichtig mit all dem, was sie von den Mönchen in Sponheim gelernt hat, aber obwohl sie für ihre Gelehrtheit ebenso berühmt sind wie für ihren Kräutergarten, ist es hochmütig zu glauben, sie wüssten alles besser als andere. Mechthild schnaubt und findet in ihren hastigen Schritten eine eigentümliche Ruhe. Es ist fast schon so weit, dass Ursula alle Ehre für die drallen Zwillinge, die Kristin zur Welt gebracht hat, für sich in Anspruch nimmt, obwohl sie nichts anderes getan hat, als der Geburt beizustehen.

Die Erntezeit beginnt, und die ersten Tagelöhner sind bereits auf dem Hof angekommen, um Arbeit zu finden, und bald wird sie so viel damit zu tun haben, für alle einen Schlafplatz und Essen bereitzustellen, dass sie den ganzen Tag über nicht nach Hildegard sehen kann. Dem Kind tut die Ruhe gut und es beklagt sich nicht über seine Einsamkeit. Aber Mechthild ängstigt der Gedanke, eines Tages in die Stube zu kommen und das Kind tot zu finden. Agnes ist da, ganz gewiss, aber auch sie muss im Haus zur Hand gehen, wenn so viele Menschen verköstigt werden wollen.

Eilig geht Mechthild den unbefestigten Pfad entlang, bis sie das Dorf erreicht und vor dem Haus der Frau steht, wo sie über eine schlammige, nach Urin stinkende Pfütze springt, um die Sicherheit des abgewetzten Trittsteins zu erreichen. Sie muss sich bücken, um durch die Türöffnung hindurchzukommen, blinzelt, damit sich die Augen schneller an die Dunkelheit in dem fensterlosen Raum gewöhnen, in den nur durch das Abzugsloch ein wenig Licht dringt. Ganz hinten im Raum ist der Verschlag für die Kuh; er ist leer, denn solange die Sonne noch am Himmel steht, ist sie zusammen mit den anderen Tieren des Dorfes auf der Allmende. Doch selbst eine Lage frischen Strohs kann den Gestank und die Fliegen nicht vertreiben. Die Frau sitzt auf einer groben Wolldecke an der Wand mit einem Kind an der Brust. Als Mechthild ihr Anliegen vorgebracht hat, stößt die Frau das Kind weg und beginnt, im Dunkel herumzuwühlen. Sie flüstert und murmelt, und obwohl Mechthild keinen Zusammenhang in dem finden kann, was die Frau zischelt und wispert, so hört sie doch Latein und Deutsch und eine Sprache, die sie nicht kennt. Das Atmen fällt ihr schwer in der engen, muffigen Stube, das Kind bewegt sich wimmernd auf einer Wolldecke und reckt den Po in die Luft, saugt an seinen Händen, rollt sich hin und her und kommt dabei der Feuerstelle gefährlich nah. Die Frau streckt Mechthild einen ledernen Beutel entgegen, und als sie ihn nimmt, packt die Frau ihre Hand und hält sie fest. Zeigt sich, dass die Kräuter helfen, wird sie die Frau gut bezahlen, verspricht Mechthild, aber die Frau lässt nicht los. Mechthild muss sich losreißen und wankt rückwärts zur Tür. Die Frau verzieht keine Miene, schiebt eine

Locke hinters Ohr und klopft zweimal mit dem Zeigefinger auf den Wangenknochen direkt unter dem Auge.

Mechthild rennt durch das Dorf. Es war alles noch zu ertragen, bis die Frau das Zeichen mit dem Finger machte, das Mechthild nicht verstand. War es ein Fluch? Eine Mahnung, sie werde sie im Auge behalten?

Auf halbem Weg den Hügel hinauf zum Hof stolpert sie und stürzt zu Boden. Sie schürft sich Kinn und Hände auf und verliert den Beutel. Keuchend kämpft sie sich hoch, schiebt die Kräuter in ihren Halsausschnitt und humpelt weiter. Ihr Bein schmerzt.

In ihrem aufgebrachten Zustand kann sie nicht zu Hildegard gehen, ihre Angst würde direkt in das Kind fahren. Das Herz hämmert so heftig, dass sich ihr Kleid über der Brust im Rhythmus der Schläge hebt und senkt. In der Kapelle des Hofes wirft sie sich vor dem Erlöser auf die Knie, der mit seinen aufgemalten Augen siegreich vor sich hin blickt. *Herr, reinige mich von meinen Sünden,* flüstert sie und ringt die Hände. Sie spricht zum Erlöser, der aus Fleisch und Blut ist und vor dem sie nichts verbergen kann. *Hilf mir,* flüstert sie, jetzt auf allen vieren, bevor sie sich beschwerlich ausstreckt und auf dem Bauch auf dem kalten Steinboden liegt. *Hilf mir.* Sie bleibt liegen, bis der Herr einen stabilen Stock in die Speichen des sich drehenden Rades ihrer Gedanken steckt. Dann kommt sie auf die Beine, langsam und mühevoll. Ächzend streckt sie den Rücken und fasst sich an das schmerzende Kinn. Sie tätschelt den Fuß Christi, lässt die Hand auf dem bemalten Holz ruhen, zieht fummelnd den Kräuterbeutel aus dem Halsausschnitt und lässt ihn einen Augenblick auf dem Holzfuß liegen.

Ob es die Kräuter oder Mechthilds Gebete sind, die das Kind gesund werden lassen, weiß niemand, aber Mechthild gelobt sich selbst, nie wieder zu der Frau zu gehen. Das Zeichen mit dem Finger hinterlässt ein Brandmal auf ihrer Seele, und oft muss Mechthild mitten in der Nacht aufstehen. Sie bezahlt die Frau nicht, wie sie es versprochen hat, weil sie es nicht wagt, noch einmal zu ihr zu gehen, und auch niemanden bitten kann, es für sie zu tun.

Nachts steht sie auf und schleicht durch die Schlafkammern der Kinder. Drutwin runzelt im Schlaf die Nase und zieht verächtlich die Oberlippe hoch. Nachdem er jahrelang seinem Vater als Page gefolgt ist, lässt Hildebert ihn nun in der Regel zu Hause, wenn er nach Sponheim reitet, obwohl der Junge bald Knappe werden soll. Drutwin tut so, als mache es ihm nichts aus, doch alle wissen natürlich, dass es keine größere Schande gibt als die Zurückweisung durch den Vater.

Hugo zerwühlt sein Bett im Schlaf, liegt oft mit dem Kopf am Fußende, und Mechthild legt vorsichtig die Decke über ihn, auch wenn sie weiß, dass er sie strampelnd und wälzend wieder abstreifen wird, sobald sie weg ist. Irmengard und Odilia schlafen im selben Bett, sie saugen beide immer noch am Daumen, obwohl sie schon zehn und acht Jahre alt sind. Wenn Mechthild die Finger aus ihren schlafenden Mündern zieht, folgen kleine Girlanden aus Speichel mit. Clementia und Benedikta liegen in der Kammer nebenan, bewacht von Meister Otto, der vor ihrer Tür schläft. Die ältesten Töchter sind ihr ganzer Stolz, und es verschafft ihr Ruhe, sie zu betrachten. Clementia liegt ganz still, mit dem Gesicht zur Wand, ihre Schultern bewegen sich ganz leicht. Benediktas Haar ist ein Vogelnest und ihr Gesicht ein kleines Ei.

In ihren schlaflosen Nächten geht Mechthild nie zu Hildegard hinein. Lange steht sie vor der Tür zu ihrer Kammer. Sie lauscht, kann aber nichts hören. Falls Hildegard tot ist, wird sie es erst wissen, wenn es Morgen ist.

In dem Frühjahr vor ihrem fünften Geburtstag ist Hildegard kräftiger als je zuvor. Mechthild erlegt ihr nur unbedeutende Pflichten auf, und die meiste Zeit spielt sie alleine. Sie entdeckt Verstecke außerhalb der Mauer. Manchmal brauchen sie Stunden, um sie zu finden. Agnes ist jedes Mal ganz verzweifelt und droht den anderen Kindern, sollten sie Mechthild etwas davon erzählen.

Wenn Hildebert zu Hause ist, bringt er die Kinder gerne zum Lachen, aber bei Hildegard ist das nicht so leicht. Sie sieht ihn mit ernsten Augen fast gleichgültig an, welche Späße er auch immer macht. Wenn er resignierend beide Arme ausbreitet, bricht sie manchmal jedoch plötzlich in lautes Gelächter aus, und dann lacht er mit ihr, ohne es zu verstehen, und hebt sie hoch in die Luft.

Sie hat Angst vor den sonderbarsten Dingen, während andere sie vollkommen unberührt lassen. Hildebert kann sich immer noch darüber amüsieren, wie sie als Zweijährige in der Sonne hin und her rannte, Angst hatte vor dem schwarzen Geist, der sie hartnäckig verfolgte. Dass es ihr eigener Schatten war, konnte er ihr nicht begreiflich machen, sie schrie und rieb sich mit den Händen über die Fußsohlen.

Einmal weinte sie, als einer der Hunde ein Kaninchen fing und dessen Ohren blutig biss. Aber wenn am Hof geschlachtet wird und die Tiere zerlegt werden, schaut sie interessiert zu. Wenn Hugo versucht, sie mit heidnischen Geschichten von der Nebelfrau oder von verlorenen Seelen, die auf dem Friedhof herumspuken, zu erschrecken, hört sie aufmerksam zu und verzieht keine Miene. Aber die entstellten und missgestalteten Bettler auf dem Marktplatz in Mainz oder Gerüchte über den Tod eines Kindes bringen sie zum Weinen. Aus Hildegard wird man nicht klug, aber Hildebert wünscht sich nicht, sie möge anders sein, und immer ist sie es, zu der seine Gedanken als Erstes wandern, wenn er nicht zu Hause ist.

Jedes Mal, wenn Mechthild über die Kinder sprechen will, hört er nur ungeduldig zu. Die großen Linien sind bereits gezeichnet: Roricus ist im Kloster, die Mädchen werden heiraten, und irgendwann einmal wird entweder Drutwin oder Hugo den Hof übernehmen. Dass es Drutwin sein wird, hält Hildebert für unwahrscheinlich. Er hatte ihn mit zum Grafen von Sponheim genommen, als Drutwin acht Jahre alt war. Er sollte den Knechten am Hof zur Hand gehen und etwas über die Bewirtschaftung lernen und seinen Vater bedienen, wenn der nicht in den Kampf zog. Dass sowohl Drutwin als auch Hugo als Ritter bei Hof dienen sollen, versteht sich von selbst, doch fällt es ihm zunehmend schwer, sich Drutwin im Kampf vorzustellen. Der Junge ist ein elender Schwertkämpfer, und beim Üben mit der Lanze bringt er Schande über seinen Vater. Um ihn zu bestrafen, hat er ihn mehrere Monate lang nicht mitgenommen, aber es scheint eine ebenso große Befreiung für den Jungen zu sein wie für ihn selbst. Im Stillen hat Hildebert bereist beschlossen, dass es das Beste ist, den Jungen wie seinen großen Bruder ins Kloster zu schicken. Insgeheim hat er bereits Erkundigungen über ein Kloster in Frankreich eingezogen, will Mechthild seine Entscheidung aber erst wissen lassen, wenn alles entschieden ist.

Will Mechthild über Hildegards Zukunft sprechen, unterbricht er sie. Einmal träumte er, sie fliege auf dem Rücken eines Vogels und es sei ihr dabei ganz leicht ums Herz gewesen. Erst als ihm später am Tag die nächtliche Erscheinung noch einmal in den Sinn kam, begann er sich Sorgen zu machen, es könne die Prophezeiung eines frühen Todes sein.

Mit der Zukunft soll man sich nicht aufhalten, sagt er zu Mechthild, die Zukunft gehört uns nicht. Dann schweigt sie. Senkt den Blick und schweigt, obwohl das Schweigen zwischen ihnen vor Unfrieden vibriert.

Er kann sich über sein Schicksal nicht beklagen, auch wenn Mechthild ihm den Zutritt zu ihrer Kammer verwehrt. Schon als Junge hatte er sich am Hof in Sponheim hervorgetan. Er war einer der besten Reiter und im Zweikampf unübertroffen. Zum Dank erhielt er den Hof in Bermersheim und das Recht auf Felder und Wald. Für seinen Vater war es eine Erleichterung, dass er Grund und Boden nicht zwischen seinen Söhnen aufteilen musste, und so will er es auch einmal haben, wenn die Zeit gekommen ist. Er hat einen Verwalter, der ihm treu ergeben ist, und gute Leute in Lohn und Brot. Er hat die richtigen Entscheidungen getroffen, was die Bewirtschaftung des Hofs angeht, und erntet Jahr für Jahr die Früchte seiner Arbeit. Wenn er nach Sponheim reitet, nimmt er keinerlei Sorgen mit. Manchmal hält er sein Pferd an, bevor er in den Wald reitet, und blickt auf seinen Hof zurück. Die viereckigen Türme mit den Wimpeln, die kreisförmige Steinmauer, der Hügel, auf dem das Haus gebaut ist, ragen aus den flachen Feldern heraus.

10

Mechthild freut sich darüber, dass sich Hildegard als das einzige ihrer Kinder für die Tiere auf dem Hof interessiert.

Manchmal nimmt sich Mechthild selbst den Eimer und füttert die Hühner. Sie stößt das Hühnermädchen zur Seite und tastet im Stroh nach Eiern. Anschließend inspiziert sie die Schafe und Lämmchen, begräbt die Hände in ihrer filzigen Wolle und erklärt Hildegard, wann sie geschert werden müssen. Sie schmiert Salbe auf die Ohren der Lämmchen, wenn sie geschwollen sind, und sorgt dafür, dass das hinkende Schaf Ruhe vor den anderen hat. Nur die Jagdhunde interessieren sie nicht, sie gehören Hildebert. Er behandelt sie wie Fürstenkinder, aber wenn sie an ihnen vorbeigeht, entblößen sie das violette Zahnfleisch und knurren sie an. Ist Hildebert in Sponheim, nimmt der Verwalter sie mit in den Wald, wenn er nach den Fallen sieht. Ansonsten sperrt er sie in den Hundezwinger, wo sie bellen, sich wie wahnsinnig gebärden, sich gegenseitig beißen und nach den Kindern schnappen. Mechthild spuckt nach ihnen, wenn ihr Weg sie am Zwinger vorbeiführt. Die große Hündin ist die Anführerin des Rudels. Hildebert nennt sie Oktober, weil ihr geflecktes Fell die Farbe von gefallenem Laub hat. Letzten Winter bekam sie Welpen, biss zwei von ihnen in der ersten Nacht tot. Den letzten wollte Mechthild ertränken, der Nachkomme eines bösartigen Köters sei es nicht wert, ihn zu behalten. Aber Hildegard weinte, als sie das hörte, und Hildebert wurde weich. Schließlich musste Mechthild einwilligen, ihn zu behalten, sollte er überleben. Es ist ein Rüde, und er wurde schon vor längerer Zeit von seiner Mutter getrennt. Es ist der einzige Hund, der nicht in den Zwinger gesperrt wird. Er spaziert im Haus ein und aus, wie es ihm passt, obwohl das Mechthild nicht gefällt. Er hat einen breiten Kopf und große, flache Pfoten. Seine gelben Augen blicken nicht bösartig wie die seiner Mutter, aber er ist kein guter Jagdhund. Hildebert hat es aufgegeben, ihn abzurichten. Dafür schnappt er Laute auf, die kein anderer hören kann, und er schlägt an, sobald sich jemand dem Hof nähert. Er heißt Falk. Hildegard hat ihn so genannt. Und obwohl Hildebert über sie gelacht hatte und fand, dass das kein Name für einen Hund sei, ließ sie sich nicht davon abbringen. Er hat Federn, sagte sie und wühlte mit ihren Fingern in dem goldbraunen Fell. Hildebert hatte über sie gelacht, und sie hatte mitgelacht. Mechthild fand das alles nicht besonders komisch. Ab und zu, wenn das Kind in Gedanken versunken dasteht und in der Luft herumfuchtelt, steht Falk neben ihr, die eine Vorderpfote und die Schnauze schnüffelnd in die Luft gehoben. Es sieht aus, als könnten das Kind und der Hund etwas sehen, das den anderen verborgen bleibt. Manchmal hüpft Hildegard auf und ab und zeigt dabei vor sich hin, während der Hund ihr um die Beine springt und bellt, obwohl es eigentlich nichts zu bellen gibt. Dann bekommt Mechthild Lust, dem Hund einen Strick um den Hals zu binden und ihn an der großen Ulme auf dem Hofplatz aufzuknüpfen. *Dann werden wir ja sehen, ob du fliegen kannst,* murmelt sie und versetzt ihm mit dem Knie einen Stoß. *Dann werden wir ja sehen, wie viele Federn dir aus deinem hässlichen Pelz wachsen.*

Am liebsten geht Mechthild zu den Kühen, sie mag es, in ihre Augen zu sehen, ihre Hände auf die Stirn der Tiere zu legen, ihre Hörner zu packen und festzuhalten. Sie mag die warme Milch, die schäumend in den Eimer spritzt, wenn die Mädchen melken. Wenn sie kalben, will sie gerufen werden, und sie packt gerne mit an, um einem Kalb auf dem letzten Stück Weg in die Welt behilflich zu sein. Hildegard folgt ihrer Mutter durch den Stall. Sie geht mit hinaus zur Hürde, steht neben ihrer Mutter und sieht die großen Tiere träge kauen. Sie klettert auf den Zaun, zeigt auf sie und kennt ihre Namen. Mechthild kann weder schreiben noch lesen, aber sie kann spüren, wann die Kälber kommen. Sie erklärt Hildegard alles, was sie über die Wunder des Lebens weiß, und das Kind lauscht, während es auf der untersten Querstange steht und sich an der obersten festhält. Hin und wieder löst sie ihren Griff und lässt sich ein Stück rückwärts fallen, bevor sie den runden Balken wieder packt. Die große braune Kuh ist so alt wie du, erklärt Mechthild, und Hildegard fällt es schwer, das zu glauben. Der Bauch der Kuh ist aufgebläht, sie zittert und schwankt auf ihren wackligen Beinen. Mechthild ruft nach ihr, lockt sie mit einigen Grasbüscheln zum Zaun. Hildegard legt die Wange an das große Tier, verscheucht einige Fliegen von seinem Fell. Dann steht sie ganz still, hält die Handflächen an den Körper der Kuh und lächelt. Mechthild sagt Hildegards Namen, noch einmal, laut und deutlich, aber sie lächelt nur. Mechthild packt sie an den Schultern, schüttelt sie, bis sie erschrocken zusammenzuckt.

Die trächtige Kuh ist ein kochender Kessel. Hildegard macht es Spaß, mit ihren Fingern den Adern zu folgen, die sich über dem gespannten Bauch abzeichnen. Es sind umgekehrte Flüsse, die sich nicht in die Erde graben, sondern in die Luft wölben. Wenn sie eine Ader zusammendrückt, beult sie sich auf der einen Seite ihres Fingers aus und wird dicker.

Mit ihren scharfen Zähnen reißt die Kuh Gras aus der Erde, ihr Maul glänzt. Hildegard lässt ihre Hände auf dem Tier ruhen, es zittert. *Süßer, warmer Duft aus Leben, süßes, warmes Milchtier,* flüstert sie und lacht. Lacht, weil sie plötzlich direkt auf das Kalb sehen kann, das im Bauch seiner Mutter schwebt, sie sieht es in einem Lichtblitz, sieht es wie einen Schatten auf dem Feld stehen, schwarzäugig und unsicher auf den Beinen. Sie sieht, dass es Schmuck um den Hals und am Vorderbein trägt, einen Kranz aus Steinen und Perlen, kreideweiß und kohlschwarz, und sie lacht.

Mechthild steht direkt neben Hildegard, aber trotzdem schreit sie laut. Sie schüttelt Hildegard am Arm, dass es weh tut und sie vom Zaun herunterpurzelt.

»Das Kalb hat eine Halskette und einen Armreif«, sagt Hildegard. Die Kuh macht einen schwerfälligen Schritt vorwärts gegen den Zaun. Mechthild thront über ihrer Tochter in der Luft, sieht sie mit Mirabellenaugen an, ernst und schweigend.

»Welches Kalb?«

»Das Kalb der Kuh.«

»Welcher Kuh?«

»Der Kuh!«

Mechthild lässt ihren Blick auf Hildegard ruhen, warnend und wachsam.

»Das ist dumm, Hildegard, man kann ein Kalb nicht sehen, bevor es geboren ist. Das ist dumm«, zischt sie, und das Kind duckt sich. Mechthilds Handfläche ist bleich und fleischig, kühl wie ein Licht. Knallend trifft ihre Hand auf den Zaunpfahl. »Du hältst dich zurück, hörst du! Und schweigst still.«

Später, als die Kuh kalbt, untersucht Mechthild das Tier, es ist ihre beste Milchkuh. Hildegard will mitkommen, und Mechthild streicht ihr über das dünne Haar.

Das Kind steht zwischen Agnes und Mechthild und sieht das Kalb auf die Welt kommen, ihre Augen sind die ersten, die auf dem zusammengekrümmten, nassen Kalb ruhen. Eine Woge aus Schleim und Blut, aus Wasser und einem gärigen Geruch nach feuchtem Stroh breitet sich im Stall aus. Mechthild legt eine Hand auf die Schulter ihrer Tochter, während sie zusehen, wie die Mutter ihr Kalb von seinen Geburtskleidern befreit.

»Mutter, Agnes, seht«, sagt Hildegard, »es hat Edelsteine und Perlen in seinem Fell, genau so, wie ich es gesehen habe.«

Die Kuh leckt das goldene Fell ihres Jungen, rhythmisch und raspelnd. Das Kalb hat eine Kette aus regelmäßigen, weißen Flecken um den Hals, eine Reihe schwarzer Flecken oberhalb der Klaue. Und Mechthild sieht es. *Pst, pst,* sagt sie zu ihrer Tochter, aber sie sieht es. Und in ihrem Blick ist keine Wut, keine Sorge, keine Freude. Sie nickt ein einziges Mal, und Hildegard schweigt. Lange stehen sie da und betrachten das schmuckvolle Kalb. Ein Brunnen aus bangen Ahnungen tut sich in Mechthilds Gedanken auf. Hildegard bemerkt es nicht, spricht mit dem Kalb, nennt es kleine Fürstin. Agnes weicht dem Blick des Kindes aus. Jedes Mal, wenn Hildegard sie ansieht, hat Agnes den Zipfel ihrer Schürze in den Händen und knetet ihn in verzweifelter Verlegenheit, während sie starr geradeaus schaut.

»Agnes soll es bekommen«, sagt Mechthild kühl.

»Ja aber, Frau!« Agnes schlägt die Hände auf die Wangen.

»Das Kalb, Mutter?«, fragt Hildegard, ohne den Blick von dem Tier abzuwenden.

»Ja aber, Frau!«

»Ja, das Kalb, Hildegard. Agnes, bring es hinunter zu deiner Mutter, sobald es abgesetzt ist.« Sie dreht sich um und geht in Richtung der Stalltür, will hinaus in den Tag, der nicht dunkel wie ein Brunnen ist. In der Tür dreht sie sich noch einmal um und zeigt auf Agnes.

»Aber es heißt nicht Fürstin.«

»Nein, Frau.«

»Wie heißt es dann, Mutter?«, fragt Hildegard und blinzelt in das Licht, das zur Stalltür hereinfällt.

»Sonntag, Hildegard. Es heißt Sonntag.«

11
November 1104

Hildebert kommt aus Sponheim mit der Nachricht, es seien bald Gäste in Bermersheim zu empfangen. Ursula und ihr Mann Kuntz, Kristin und Georg, der Herzog und die Herzogin von Sponheim sowie ihr gesamtes Gefolge. Obwohl sie auf ihrem Weg zur Domkirche in Worms nur eine Nacht bleiben, steht das Haus in den Wochen bis zur Ankunft der Gäste Kopf. Der Vormittagsunterricht fällt aus, alle müssen helfen. Es ist November, Schlachtzeit. Die Schweine werden aus dem Wald, wo sie sich an Eicheln und Bucheckern fett gefressen haben, zurück zum Hof getrieben und geschlachtet, zusammen mit den ältesten Tieren, die es nicht mehr wert sind, den Winter hindurch gefüttert zu werden. Es wimmelt von Leuten aus dem Dorf, die beim Schlachten helfen sollen. Die Jungen werden in den Wald geschickt, um Brennholz zu sammeln, damit auf dem Hofplatz Feuer angezündet werden können. Die Schweine werden eins nach dem anderen auf die Schlachtbank gelegt. Wenn den Tieren der Hals aufgeschnitten wird, läuft das Blut in den großen Holzbottich. Mechthild selbst rührt das Blut immer wieder durch, sodass es nicht gerinnt; es wird für die Würste gebraucht. Mit beiden Händen packt sie zu, führt den riesigen Spatel durch das Blut, rund herum und herum, dass er mit einem langgezogenen Raspeln über den Boden des Bottichs schabt, bis ihr der Schweiß ausbricht. Es ist eine mühsame Arbeit, denn das Blut ist dick und dunkel, und wenn kein Blut mehr sickert, muss das Schwein mit kochendem Wasser übergossen und saubergeschrubbt werden, bevor es aufgehängt werden kann, um auf der Bank Platz für das nächste zu schaffen. Mechthild ruft den Kleinsten zu, sie sollen sich von den Wannen mit Wasser fernhalten, die über den Feuern auf dem Hofplatz hängen. Einmal alberte der Sohn einer der Frauen herum und stieß eine Wanne um. Das heiße Wasser ergoss sich über ihn, verbrannte Haut und Fleisch. Die Schweine hängen in Reih und Glied mit den Köpfen nach unten, der Bauch wird aufgeschnitten, sodass die Gedärme in violetten Girlanden hervorquellen. Erst gegen Abend sind die toten Körper der Schweine kalt und das Fleisch kann geschnitten und in das Fass gelegt werden, in dem sich überschüssiges Salz an der Oberfläche des gelblichen Wassers in zerbrechlichen und kantigen Mustern sammelt.

Mechthild mag das emsige Treiben, sie riecht nach Rauch und Tran und Tierblut, ruft Anweisungen hierhin und dorthin, nimmt sie zurück und ändert sie, jedes Mal, wenn ihr eine neue Idee für das Festessen kommt. Die Haut an Clementias Händen ist dünn geschliffen vom Salzstoßen für das Trockensalzen. Irmengard und Odilia schlagen Butter, bis sie Blasen an den Händen haben. Benedikta bessert Laken und Leinen aus, Hildegard muss Garn und Nadeln bereitlegen und zur Hand gehen, wo sie kann. Drutwin und Hugo gehen mit Hildebert auf die Jagd und bringen Hirsche, Rebhühner und Tauben mit nach Hause. Es müssen jede Menge Speisen zubereitet, die Wandteppiche ausgeklopft und wieder aufgehängt und die Gästezimmer hergerichtet werden. Hildebert muss seine Kammer für das Herzogspaar räumen, die Mädchen ziehen zusammen in einen Raum.

An dem Tag, an dem die Gäste erwartet werden, jagt Mechthild Hildebert und alle Kinder in die Wanne. Während die Mädchen darauf warten, als Letzte an die Reihe zu kommen, helfen sie Mechthild, für alle die Sachen bereitzulegen. Sie frieren, bevor sie endlich in die Wanne steigen können, stehen bleich und mit blauen Lippen vor dem Zuber und schubsen sich gegenseitig, um nach vorne zu kommen. Das Wasser ist noch warm, als sie dran sind. Die getrockneten Blütenblätter, die darin schwimmen, kleben am Körper und in den Haaren, und Hildegard läuft der Mund voll, als Clementia sie untertaucht. Agnes wartet mit einem Leinentuch, als sie wieder in die kalte Luft steigen muss. Sie klappert mit den Zähnen, und die anderen lachen sie aus. Der Rücken brennt warm und rot nach Mechthilds energischem Schrubben, aber die Haut ist nicht aufgescheuert wie an Clementias Schenkeln, die sie sich selbst mit Holzwolle und Seife abgerieben hat. Agnes hilft Hildegard in ihre Sachen, aber trotz leinenem Unterhemd und Wollkleid friert sie und muss sich an die Feuerstelle setzen, die Füße auf einem Schemel, damit die Wärme durch die Fußsohlen in ihren Körper gelangen kann. Agnes legt ihr eine Pelzstola um die Schultern, und sie streckt die Hände zum Feuer aus. Benedikta kämmt ihr Haar und zieht so heftig, dass Hildegard Tränen in die Augen schießen. Als sie nachher die Augen mit der Stola abwischt, kneift Clementia sie in die Backe und sagt, sie sei zart wie eine Blume. »Eine Flachsblume«, lacht Odilia und lässt die Hände durch die Luft flattern, um zu zeigen, wie der Flachs seine blauen Kronblätter nach wenigen Stunden abwirft. Hildegard antwortet nicht, reibt die Hände aneinander und tut so, als höre sie die Neckereien nicht. »Und dann ist nur der Stängel übrig«, sagt Odilia, die ihre kleine Schwester nicht so leicht davonkommen lassen will. Auch Mechthild lacht, sagt aber dann, kaum eine Pflanze sei so widerstandsfähig wie der Flachs, der sogar noch wächst, wenn der Boden schon Risse vor Trockenheit bekommt. Hildegard denkt an die Flachsfelder auf dem Weg nach Mainz, den engelblauen Flor über der Erde, flimmernd wie heiße Sommerluft. Aber Odilia bringt Irmengard dazu, mitzumachen. »Hildegard ist ein Flachsstängel, dürr und vertrocknet«, sagt sie. *Stängel, Stängel,* ärgern sie ihre kleine Schwester, und Mechthild tut, als bekäme sie nichts mit, während sie ihr kräftiges Haar flicht und mit einer goldenen Spange am Kopf befestigt. Stängel ist ein graubraunes und ekliges Wort, wie Holzwolle auf der Haut. Hildegard weiß, dass es nichts nützt, zu protestieren, also sieht sie stumm in die Flammen, bis ihre Augen trocken werden.

Bald vergessen Odilia und Irmengard die Sticheleien, denn die Kleider werden geholt. Hildegard freut sich, genau wie ihre Schwestern, über die glatte, kühle Seide, den üppigen, farbenfrohen Stoff, der so ruhig über den Körper fällt. Hildegard muss das Wollkleid darunter anbehalten, damit sie nicht friert. Dadurch füllt sie das Kleid aus und sieht ausnahmsweise beinahe gut genährt und gesund aus.

Spät am Nachmittag taucht das Gefolge aus dem Wald auf. Hildegard und Hugo haben die Erlaubnis bekommen, zu der Wache im Turm hinaufzusteigen und Ausschau zu halten. Sie stehen auf einem Steinblock unter dem Fensterloch und schauen über die Felder. In dem Moment, in dem das erste Pferd am Waldrand erscheint, hebt eine Schar Vögel von der schwarzen Erde ab. Die Federn schimmern silbern, bevor sie über den Wald davonfliegen und hinter den Baumwipfeln verschwinden. Über dem Wald leuchtet der Himmel rot und gelb, die Stämme spucken Pferde und Wagen aus, die Stille wird von Hufschlag und knirschenden Rädern zerbrochen. Hugo brüllt vor

Begeisterung, ruft etwas zu den Menschen auf dem Hofplatz, springt die Treppe hinunter wie ein Hase. Hildegard bleibt stehen, sieht dem Gefolge zu, wie es sich über das Feld schlängelt. Die einzelnen Gesichter zu erkennen ist noch unmöglich. Die großen Tiere zertreten den Raureif und zerwühlen die Furchen.

Auf dem Hofplatz herrschen Lärm und Tumult. Genauso klein, wie die Pferde von Hildegards und Hugos Ausguck ausgesehen haben, genauso gewaltig wirken sie, wenn sie sich innerhalb der Mauer mit grauen Locken aus Atemluft vor den Nüstern zusammendrängen. Schaumflocken tropfen aus ihren Mäulern und hängen am Zaumzeug. Hildebert klopft seinen Gästen auf den Rücken, verbeugt sich vor der Herzogin und lacht. Mit gesenktem Blick machen Mechthild und die ältesten Mädchen einen Knicks. Währenddessen springt Hugo zwischen den Pferden herum, bis der Stallmeister ihm mit einem Tritt den rechten Abstand zu den großen Tieren beibringt.

Hildegard steht mit dem Rücken zum Küchenhaus und hält sich die Ohren zu. Niemand bemerkt sie hier. Sie schiebt sich an der Wand entlang bis zur Tür. Die Luft im Küchenhaus ist dick von Qualm und Rauch, aus dem irgendwo das rot glänzende Gesicht des Kochs auftaucht, wie ein Stein, den man über dunkles Wasser hüpfen lässt. Es wird geschuftet, mit hochgekrempelten Ärmeln und Locken, die sich befreien und mit der Rückseite klebriger Hände hinters Ohr gestrichen werden. Es duftet nach Gewürzen, Mandelmilch, Honig und Bratenfett, sodass man allein schon vom Atmen satt wird. Ganz nah an der Tür macht sich ein Küchenjunge, der nicht viel älter ist als Hildegard, mit beiden Händen in einem Lehmfass voller Milch und getrockneten Brombeeren zu schaffen. Seine Hände und Arme sind lila und rot gestreift. Er sieht konzentriert und missmutig drein, während er die Beeren auspresst und mit der Milch verrührt.

Hildegard schleicht tiefer in das Halbdunkel, gibt sich Mühe, nicht im Weg zu sein. Trotz der Betriebsamkeit ist es hier friedlicher als draußen, hier drinnen gehört jeder Laut an einen bestimmten Platz. Die platschenden Hände des Jungen in der Milch, das siedende Öl, in dem die Pasteten baden, der große Spatel, der über den Boden des Bottichs kratzt und wetzt. Dennoch wird es ihr zu viel, die Augen brennen, der Geruch kommt von überall her, gräbt Gänge unter die Geräusche und lässt sie in einem einzigen großen, unordentlichen Haufen zusammenstürzen. Hildegard will hinunter zum Stall und zu den Kühen, läuft wieder nach draußen auf den beinahe entvölkerten Hofplatz, wo die Erde matschig und von Füßen und Hufen zerstampft ist. Bevor sie den Stall erreicht, packt Agnes sie im Genick und zerrt sie an den Haaren mit sich.

Im Speisesaal flackern Fackeln und Lampen, der Lärm aus Stimmen und Geräuschen steigt zusammen mit Rauch und Dunst wie wallender Nebel zur Decke hinauf. Dem Eingang gegenüber sitzen Hildebert und Mechthild, Tante Ursula, Onkel Kuntz und die feinen Leute an einem etwas erhöhten Langtisch. Der Herzog ist ein kräftiger Mann mit lauter Stimme, pechschwarzem Haar und olivenfarbener Haut. Er hat seinen Mantel über die Bank gelegt und hämmert die ganze Zeit mit geballter Faust auf den Tisch, obwohl er nicht wütend ist. Die Herzogin ist ebenso kräftig gebaut wie ihr Mann, an ihrem kurzen, breiten Hals baumelt ein mit Steinen besetztes Kreuz aus Gold. Sie flüstert ihrem Tischherrn etwas zu, der sich vorbeugt und Mechthild, die auf der anderen Seite sitzt, einen Wink gibt.

Die Kinder sitzen an den Tischen verteilt, die dem Langtisch am nächsten stehen. Agnes und Estrid und der alte Meister Otto halten sich in der Nähe. Hildegard und Drutwin sitzen nebeneinander, am anderen Ende ihrer Tischreihe lärmt eine Horde Knappen. Die Schatten tanzen unruhig auf den Wandteppichen, Dienstmädchen öffnen und schließen den Mund, ohne dass man hören könnte, was sie sagen. Cousine Kristin sitzt etwas von Hildegard entfernt, aber jedes Mal, wenn sich ihre Blicke begegnen, ist es, als sehe Kristin sie überhaupt nicht.

Drutwin kennt einige der Männer aus Sponheim. Sie ziehen ihn ein wenig auf, doch er lacht nur entwaffnend, anstatt es ihnen mit gleicher Münze zurückzuzahlen. Hildegard versucht, den Gesprächen der Erwachsenen zu folgen, aber die Worte treiben von ihr weg. Kristin hat Soße an der Unterlippe, bemerkt es aber nicht, bevor ihr Tischherr sich vorbeugt und sie mit einer kurzen Handbewegung entfernt. Sie errötet und lacht. Hildegard isst, bis es unter den Rippen spannt, und als die mit Farce gefüllten Wachteln hereingetragen werden, kann sie kaum noch die Arme heben. Sie sitzt nur zusammengesunken da, schläfrig und satt. Hildeberts Blick fällt auf seine jüngste Tochter, die mehr am Tisch liegt als sitzt, den Kopf auf der Tischplatte, ein Ohr gegen das Holz gepresst und einen Finger in das andere gesteckt. Er ruft ein Dienstmädchen zu sich, weist sie an, ihm das Kind zu bringen, und behält sie im Auge, wie sie sich zwischen den Tischen hindurch zu Hildegard schiebt. Er taucht seine Finger in das parfümierte Wasser und schüttelt sie, dass es nach allen Seiten spritzt, bevor er sein jüngstes Kind entgegennimmt.

Hildegard sitzt auf Hildeberts Schoß, er streicht ihr über das Haar. Neben ihm sitzt Ursula und etwas weiter unten am Tisch eine blonde Frau mit schiefem Mund. Die Blonde beugt sich vor, langt an Ursula vorbei und zwickt Hildegard gutmütig in die Wange und lacht. Hildegard lässt den Kopf an die Brust ihres Vaters sinken. Irgendwo da drinnen, unter Rock und Mantel, schlägt sein Herz, aber sie kann es nicht hören.

Ein jüngerer Ritter mit schwarzen Locken und einer Narbe, die quer über die Augenbraue die Wange hinunter und über die Oberlippe läuft, erhebt sich halb von seinem Stuhl und schlägt Hildebert auf den Rücken, als der gerade seinen Becher gehoben hat. Der Wein läuft über seine Hand und am Handgelenk entlang.

»Man sagt«, lacht der Junge und reibt sich den fettigen Mund mit dem Handrücken ab, »der Frieden des Rheinlands sei an der Zahl der Kinder Hildeberts zu bemessen.« Er schlägt ein Lachen an. Die blonde Frau hält sich die Hand vor ihren schiefen Mund und kichert.

»Sagt man das?«, entgegnet Hildebert und lächelt zurückhaltend, während er seinen Becher hebt, damit das Dienstmädchen ihn wieder füllen kann. »Sagt man das tatsächlich?«

Der Junge schlägt mit der Handfläche auf den Tisch, dass es dröhnt. »Ja, das sagt man, denn nur Friedenszeiten können solch fruchtbare Zeiten sein.«

Hildebert lacht, legt seinen freien Arm um Hildegard und drückt sie so kräftig, dass ihr die Luft wegbleibt. Er riecht nach Wein, und sie wendet das Gesicht ab. Er geht ihr mit den Fingern durchs Haar, hält sie ein wenig von sich weg und sieht ihr gerade in die Augen.

»Stell dir vor, so etwas sagt man über deinen Vater. Und der junge Herr ist obendrein auch noch im Heiligen Land gewesen, weshalb er doch voller frommer Worte sein sollte.«

Der Krausköpfige legt den Kopf zurück und leert seinen Becher in einem einzigen Zug. Dann beugt er den Nacken und drückt die Faust auf seine Brust, da, wo das Herz ist. Hildebert nickt Hildegard zwinkernd zu, piekst sie mit dem Zeigefinger in den vollen Bauch, dass sie sich zusammenkrümmen muss, zieht sie gutmütig an den Ohren und küsst sie aufs Haar. Einen Augenblick später ist der junge Ritter eingeschlafen. Sein Kopf hängt dumpf auf seinem Brustkasten. Hildebert lacht, steht mit Hildegard in den Armen auf und wirbelt mit ihr einmal um sich selbst. Er verliert das Gleichgewicht, wackelt und stolpert, sodass das Dienstmädchen zur Seite springen muss und so eben noch vermeiden kann, von ihm getroffen zu werden, als der Herr des Hauses hinschlägt. Mechthild springt von der Bank auf. Die blonde Frau hält sich nicht länger eine Hand vor ihren schiefen Mund, sie und Ursula lachen geradewegs auf Hildegard hinunter. Der Herzog wirft einen Blick auf seinen Ritter, der mit dem schwächlich wirkenden Kind in den Armen am Boden hin und her kollert. Mechthild tritt ihm versehentlich in die Seite, als sie versucht, ihm das Kleine abzunehmen. Mit der einen Hand packt Hildegard das Handgelenk ihrer Mutter, mit der anderen klammert sie sich an den Rock ihres Vaters. Hildebert hält sie mit so kräftigem Griff, dass es weh tut. Mechthild zieht an dem keuchenden Kind, während eine Woge des Gelächters durch den Saal schwappt. Schließlich lässt Hildebert los, und das Kind fliegt hinauf in Mechthilds Arme, die beinahe rückwärts umkippt. Den Kopf an die Brust ihrer Mutter gedrückt, fängt Hildegard an zu weinen, obwohl sie versucht, die Tränen zurückzuhalten. Mechthild trocknet ihr die Augen, pustet ihr ins Gesicht, um die Haare davor wegzubekommen. Hildebert ist wieder auf die Beine gekommen, einen Augenblick steht er da, die Hand auf der Schulter des Krausköpfigen, dann lacht er ein tiefes und rollendes Lachen, bevor er quer durch den Saal wankt, um hinaus ins Freie zu kommen.

Der Herzog beugt sich zu Hildegard. Er hebt ihr Kinn mit dem Daumen ein wenig an und sieht ihr in die Augen. Sie will den Blick niederschlagen, aber da ist etwas in seinen Augen, das sie aufsaugt, etwas Neckisches und gleichzeitig Freundliches. Dann nimmt er den Daumen weg, tätschelt ihr die Wange und hebt den Zeigefinger.

»Hört«, sagt er laut und lässt seinen Blick durch den Saal wandern, bis alle schweigen. »Als ich zuletzt von Trier nach Sponheim ritt, kam ein altes Weib des Wegs. Sie war schlecht zu Fuß und schon so lange gewandert, dass sie kaum noch Haut an den Füßen hatte. Ich bot dem Weibsbild an, auf meinem Pferd zu reiten. Sie wog nichts und war so dünn, dass sie leicht vor mir auf dem Tier Platz fand. Im Gegenzug sollte sie mich und meine Männer ein Stück der Reise mit Geschichten unterhalten.« Der Herzog hebt die Hand, um das unter den Zuhörern aufkommende Gelächter zu unterbinden, und versichert ihnen, die Geschichte sei wahr. »›Geschichten kenne ich keine als die von Christus, unser aller Erlöser‹, antwortete die Alte frommen Herzens. ›Doch kann ich vielleicht den gnädigen Herrn um die Antwort auf ein Rätsel fragen, über das ich lange gegrübelt habe.‹« Wieder hält der Herzog inne, beugt sich vor zu Hildegard und fragt sie, ob er aufhören soll. Sie schüttelt den Kopf so heftig, dass er lacht und sie auf beide Wangen tätschelt.

»Nun denn«, fährt er fort. »Ich forderte sie auf, von dem Rätsel zu sprechen. ›Gut‹, sagte die Alte.« Der Herzog nickt nach rechts und nach links, während er die Stimme einer alten Frau nachahmt. Gebannt von der Geschichte vergisst Hildegard zu weinen. »Mein Haus ist nicht still, doch ich sage keinen Laut. Mein Heim ist sicher wie kein zweites. Von Zeit zu Zeit ruhe ich, doch meine Wohnstatt läuft allzeit. Dort wohne ich, solange ich lebe, denn ohne mein Haus, so hat Gott es bestimmt, muss ich sterben.« Der Herzog reißt die Augen auf, dass sie kugelrund werden. Er legt eine Hand hinter jedes Ohr und sieht sich fragend um. »Nun«, fragt er, »wer kann erraten, wovon die Rede ist?«

»Eine Schnecke«, ruft ein bartloser Knappe, während er selbstsicher den Becher hebt.

Der Herzog wedelt mit dem Zeigefinger in der Luft. »Wohl versucht, mein Freund, doch ein Schneckenhaus läuft nicht, und dies ist also nicht die richtige Antwort.«

»Der Atem?«, versucht sich Ursula, und alle lachen.

»Noch besser«, sagt der Herzog, »doch wer unter allen Kriegern und Kindesmüttern würde es wagen, den menschlichen Körper ein Haus so sicher wie kein zweites zu nennen?« Er lacht und lässt ein unsichtbares Schwert die Luft zerteilen.

»Ein Fisch«, sagt Hildegard. Sie sitzt aufrecht in Mechthilds Schoß und zupft den Herzog am Ärmel.

»Was sagst du?« Der Herzog reißt den Mund weit auf, als ob sie ihn erschreckt habe.

»Ein Fisch«, wiederholt sie, »es ist ein Fisch.«

Der Herzog legt beide Hände um Mechthilds Gesicht und zieht sie an sich, sodass Hildegard beinahe von ihrem Schoß auf den Boden rutscht. Er küsst Mechthild auf die Stirn und danach küsst er Hildegard direkt auf den Mund. Sie wischt sich die Lippen mit der Rückseite der Hand ab, wischt einen sauren und alten Geruch weg. Mechthild weiß nicht, ob sie lachen oder weinen soll. Sie lächelt steif, hebt aber doch die Hand und winkt Agnes, zum Langtisch zu kommen. Agnes eilt herbei und greift nach Hildegard, die mehr als gerne ins Bett will, aber der Herzog schubst sie zur Seite und legt eine Hand auf Mechthilds Arm.

»Das Kind vergnügt mich«, sagt er und leert seinen Becher, »so lasst es doch sitzen.«

Mechthild antwortet nicht, sie späht durch den Saal. Hildebert ist auf dem Weg zurück zu seinem Platz, er schwankt.

Der Herzog hebt seinen Becher in Hildeberts Richtung und lobt Hildegards Klugheit, so dass Hildebert mit der Faust auf einen der Tische schlägt und zustimmt, sein jüngstes Kind sei das gescheiteste. Dann fährt er herum und schaut über den Saal. Sein Blick fällt auf Drutwin, der immer noch mit den jüngeren Knappen redet, die ihm inzwischen gröbere Worte an den Kopf werfen als zuvor und ihn schubsen, ohne dass er sich beklagt.

»Hildegard ist klug«, ruft er und zeigt mit der einen Hand auf seine Tochter, »Drutwin ist ein Weib oder ein Mönch«, sagt er und zeigt mit der anderen in Drutwins Richtung. Es wird still am Langtisch.

»Was tut ein Mönch an meinem Hof?«, ruft der Herzog und versetzt Hildebert einen leichten Schlag gegen die Schulter, fast nur ein Klaps. Ursula kichert deutlich hörbar.

»Du bist sehr großzügig der Kirche gegenüber«, sagt die Herzogin und lächelt kühl. »Zuerst dein ältester Sohn und nun auch dein zweitältester.«

»Hildebert scherzt«, kommt Mechthild ihrem Mann zu Hilfe, der aber nicht so aussieht, als bemerke er es. Er steht mit dem Rücken zum Langtisch und glotzt seinen zweitältesten Sohn an, der den Auftritt am Langtisch gar nicht mitbekommen hat.

»Aber Hildebert«, ruft der Herzog, sodass der Herr des Hauses sich umdrehen und Drutwin vergessen muss.

»Mein Herr?«, sagt Hildebert und verbeugt sich linkisch in Richtung des Herzogs, der die Arme vor der Brust verschränkt hat, als habe er etwas Ernsthaftes auf dem Herzen.

»Sollte die Herzogin vor mir sterben«, sagt er geradeheraus, und Mechthild zuckt zusammen. Er nickt seiner Gattin zu und unterdrückt ein Lächeln, aber Mechthild wagt es trotzdem nicht, sie anzusehen.

»Ja, mein Herr?«, antwortet Hildebert. Er hat sich immer noch nicht auf seinen Platz gesetzt, sondern steht dem Herzog gegenüber und hält sich an der Tischkante fest, sodass der Diener es schwer hat, zu ihm hinzukommen.

»Dann will ich nur eine haben«, er macht eine lange Pause und gibt sich Mühe, ernsthaft dreinzublicken.

»Hildegard!« Der Herzog streckt die Arme nach dem Mädchen aus, doch das Kind weicht zurück. Hildebert sieht verblüfft aus. Es dauert ein wenig, bis die Worte des Herzogs durch seinen Rausch dringen. Dann lacht er, langt mit der Hand über den Tisch und drückt die seines Herrn. Spaßend legt Ursula ihre Hand über die der beiden Männer, als wolle sie den Pakt besiegeln.

Hildegard kann die Tränen nicht zurückhalten. Sie hört Mechthild sagen, es sei nur ein Scherz, aber sie glaubt ihr nicht. Mechthild hat Herzklopfen und ihre Handflächen schwitzen. Eheabsprachen sind nichts, womit man scherzt, selbst dann nicht, wenn sie in Trunkenheit getroffen und von einer Frau besiegelt werden.

Der Herzog wendet sich wieder dem Kind zu, sie hat den Kopf an Mechthilds Brust vergraben. Er streichelt ihr unbeholfen über den Rücken und beugt sich zu ihr hin.

»Ach, meinst du tatsächlich, ich sei so hässlich?«, fragt er. Hildegard presst das Gesicht noch fester an ihre Mutter.

Er schiebt beide Hände unter Hildegard und zieht sie an sich. Sie wehrt sich mit Armen und Beinen. Der Herzog ist stärker, er hält sie so fest, dass sie sich nicht rühren kann, sein Bart kratzt ihre Haut, und Rotz und Tränen bleiben in dem schwarzen Vollbart hängen. Zuletzt hat sie keine Tränen mehr in sich.

»Nun ist sie sicher müde«, versucht Mechthild, während Agnes unruhig hinter dem Langtisch von einem Fuß auf den anderen tippelt.

Der Herzog löst seinen Griff, und Hildegard klettert wieder hinüber auf den Schoß ihrer Mutter. Sie stiert hinunter auf das fleckige Tischtuch und den schmutzigen Teller ihrer Mutter. Am Rand liegen kleine Knochen von Wachteln und Tauben.

»Sie ist nicht sehr stark«, sagt Mechthild entschuldigend.

»Nun sieh einmal«, sagt der Herzog mit milder und kindlicher Stimme, »ich habe etwas für meine kleine Zukünftige.«

Angespannt erwidert Mechthild sein Lächeln, aber Hildegard unternimmt keinerlei Anstrengungen, interessiert auszusehen.

Der Herzog schiebt die Hand unter sein Wams und holt eine lederne Schnur mit einem blank polierten Anhänger hervor. Er zieht sie über den Kopf und legt sie um Hildegards Hals. Sie sieht ihn an mit einem Blick, in dem keine Angst oder Wut ist, der aber so durchbohrend ist, dass selbst der Herzog zu schrumpfen scheint.

Seine Hand zittert, als er nach seinem Becher greift. Mechthild erkennt die Gelegenheit und setzt Hildegard mit einer raschen Bewegung auf den Boden. Agnes ist sofort da, um das Kind ins Bett zu bringen.

»Es ist das Horn eines Einhorns«, sagt der Herzog und dreht sich dabei halb um. Er zeigt auf den Anhänger an Hildegards Hals. Hildegard sagt nichts, aber Mechthild drückt auf ihrem Stuhl den Rücken durch, sitzt jetzt ganz gerade. Das Horn eines Einhorns hat heilende Kräfte, ist aber nur schwer zu beschaffen. Sie lächelt erleichtert und voll aufrichtiger Dankbarkeit.

12

Noch bevor sie aufwacht, kann Hildegard es spüren. Ein großes, nasses Tier hat sich auf ihre Brust gesetzt. Sie liegt ganz still in der Dunkelheit. Eine Katze? Das Tier wirkt größer. Einer von Vaters Hunden? Das Tier hat ein längeres und weicheres Fell. Es muss im Bach gewesen sein, so nass wie es ist, muss über die Wiese gelaufen, über die Mauer geklettert sein oder sich durch ein Loch zwischen den Steinen hindurchgezwängt haben, so wie der Frost in seinem Fell hängt. Es hat scharfe Krallen, die leicht an Hildegards Hals kratzen. Aber da ist nichts, wovor sie Angst haben müsste. Es liegt ganz still, atmet warm und feucht gegen ihr Kinn, es will sich nur ein wenig aufwärmen. Auch mit offenen Augen kann sie das Tier nicht sehen. Es ist noch lange bis zum Morgengrauen. Das Tier ist ein zitterndes Bündel auf ihrer Brust. Sie bebt unter seinem Gewicht, und das Tier bebt mit ihr. Es ist schwer, unter einem solchen Gewicht zu atmen. Das Tier bewegt sich auf und ab im Takt ihrer Atemzüge. Wenn sie jemanden ruft, wird das Tier Angst bekommen. Es kann ein fremdes Tier sein, ein Tier aus den Wäldern oder den Bergen oder vielleicht sogar vom Fluss. Ein Tier, das sich wie das Einhorn stets vor den Menschen versteckt und nur hervorkommt, weil es Winter geworden ist und es nur noch schwer Nahrung findet.

Wird es auf meiner Brust sterben? Ist es den ganzen Weg gekommen, um einen guten Platz zum Sterben zu finden?

Es ist nicht das Tier selbst, das ihr Angst macht. Angst macht ihr vielmehr, dass es weiterhin so kalt bleibt. Es saugt Wärme aus ihrem Körper, und sie friert nicht nur dort, wo es liegt. Die

Kälte breitet sich entlang der Rippen aus, bis zur Hüfte und ihren Beinen.

Es ist ein Tier, denkt Hildegard, *nur ein Tier.* Aber sie ist jetzt wacher, es ist unnatürlich, dass ein Tier den Weg in ein Haus aus Stein findet, mitten in der Nacht, dass es sich auf einen schlafenden Kinderkörper legt, schwer und still. Jetzt hat die Kälte ihre Füße erreicht, es ist, als sei jeder einzelne Zeh aus Eis.

Hildegard will schreien, aber das Tier drückt so schwer auf ihre Brust, dass sie keinen Laut über ihre Lippen bekommt. Sie will ihre Schwestern oder Agnes rufen, die in Unwissenheit neben der Feuerstelle schnarcht. Sie mögen die Glut anfachen, ein Licht anzünden und das Tier fortscheuchen, aber es kommt kein Laut. Sie kann es auch nicht von sich abwälzen. Jedes Mal, wenn sie versucht, die Finger unter das Tier zu schieben, faucht es leise auf eine sonderbare röchelnde Art und reckt seine Krallen, dass es ihr am Hals weh tut. In der Dunkelheit kann sie kreideweiße Zähne in dem Bündel erahnen; vielleicht wird es zubeißen, ohne zu verstehen, dass sie ihm nichts Böses will.

Der kleine Hammer des Herzens. Ein dunkler und verzweifelter Gestank von Flusswasser in der Schlafkammer. Agnes, die wie tot bei der Feuerstelle liegt und nichts sieht. Hildegards Schwestern, die unter Bergen aus Kissen und Decken verschwunden sind. Ihre Stimme, die in der Kehle festklemmt. Krallen, Zähne, Fauchen. Sie weiß, dass sie sterben muss.

13

Agnes ist außer sich und stürzt mit Hildegard im Schlepptau in die kleine Stube. Sie hat das Mädchen fest am Oberarm gepackt, schüttelt sie, als sei sie eine Puppe. Es ist spät am Vormittag und die Gäste sind bereits aufgebrochen, aber das Kind ist immer noch nur im Unterhemd. Die dünnen weißen Beine stechen unter dem ungebleichten Stoff hervor.

Agnes bringt kein Wort über die Lippen, zeigt nur fortwährend auf das Kind. Gleichzeitig schiebt sie ihren Körper schützend vor sie, sodass Mechthild weder etwas sehen noch verstehen kann. Hildegard sieht nur vor sich hin, müde und noch ein kleines bisschen benommen davon, aus dem Bett und durch das kalte Haus gezogen worden zu sein. Mechthild steht auf und drängt Agnes zur Seite. Als das Kindermädchen seinen Griff um den Arm ihrer kleinen Gefangenen löst, erhält sie die Gabe der Rede in so reichem Maß zurück, dass die Worte sich überschlagen, sodass Hildegard lachen muss. Hinter Mechthilds Rücken hebt Agnes warnend die Hand, als wolle sie das Kind schlagen. Mechthild streichelt mit den Fingern über den Hals ihrer Tochter, den weichen, runden Fingern, die Hildegard liebt, sieht ernst und nachdenklich aus, zieht das Unterhemd zur Seite, um besser sehen zu können.

»So sah sie aus, als ich sie weckte«, keucht Agnes, »sie ist nicht von selbst aufgewacht, wie sie es für gewöhnlich tut, und ich fürchtete, das Fieber sei zurückgekehrt, Frau, und wollte nach ihr sehen, und so lag sie dann da.« Agnes lässt den Kopf seitlich auf die Schulter sinken und breitet die Arme aus, führt ein regelrechtes Theater hinter Mechthilds Rücken auf, die sich nicht umdreht und sie keines Blickes würdigt. »Ja, sie lag da wie eine Tote, sage ich«, fährt Agnes in dem gleichen, aufgebrachten Tonfall fort und lenkt endlich Mechthilds Aufmerksamkeit auf sich.

Blitzschnell fährt sie auf dem Absatz herum und versetzt dem Kindermädchen eine Ohrfeige, die in der Luft nachhallt und einen deutlichen Abdruck ihrer Hand auf Agnes' Wange hinterlässt.

»Das war nicht gerecht«, sagt das Kind und sieht seiner Mutter in die Augen. Mechthild bekommt Lust, auch sie zu schlagen, zügelt sich aber und schickt stattdessen Agnes hinaus. Wie ein Kiebitz schwirrt Agnes davon. Hildegard sieht ihr nach, während Mechthild wieder mit den weichen Fingern über ihren Hals streichelt.

»Wie ist das passiert?«, fragt Mechthild.

Hildegard berührt ihren Hals, zieht das Kinn ein und sieht nach unten auf ihre Brust. Vier dicke, geschwollene, rötliche Striemen, die zur Mitte der Brust laufen, aber abbrechen, bevor sie zusammentreffen. Es sieht aus, als strahlten sie vom Anhänger des Herzogs aus. Es tut nicht weh, aber es überrascht sie. Ein paar Sekunden lang schließt sie die Augen, um sich genau erinnern zu können.

»Es war ein Tier«, sagt sie dann. »Und ich glaubte, ich müsse sterben.«

Die Kratzer sind oberflächlich, das ist es nicht, was Mechthild antreibt, im Speisesaal ruhelos auf und ab zu gehen, nachdem Hildegard zum Anziehen zurück in die Schlafkammer geschickt wurde. Dass sich das Kind im Schlaf kratzt, mag noch angehen, scheint sogar einleuchtend, besonders wenn es von einem unheimlichen Tier geträumt hat. Es ist mehr die vollkommene Selbstsicherheit, mit der sie behauptet, das Tier sei wirklich gewesen, und ihre unerschütterliche Ruhe, mit der sie ihre

Mutter zurechtwies und sagte, es sei nicht gerecht, dass sie, Mechthild, Agnes geschlagen hat. Gerechtigkeit! Was weiß ein Kind von sechs Jahren davon? Agnes' Gedanken sind flatterhaft, wechseln die Richtung hundert Mal an einem einzigen Tag, und gerät sie über irgendetwas in Rage, gehorcht ihr die Stimme nicht mehr. Mechthild kennt dann keine anderen Mittel, als das Mädchen zu ohrfeigen. Vielleicht ist Agnes gar nicht gut für Hildegard, denkt Mechthild und bleibt am Tisch stehen. Sie hält sich an der Tischplatte fest und kann doch keinen vernünftigen Grund dafür finden, dass es Agnes' närrisches Verhalten ist, das sie so aufbringt. Es ist das teuflische Tier, das sie plagt. Hartnäckig blieb Hildegard bei ihrer Behauptung, es sei da gewesen, beschrieb das Fell und die Zähne des Tieres und dass es sehr schwer gewesen sei. Die Male am Hals sehen tatsächlich so aus, als könnten sie von einem Tier stammen, und das Kind ist zu alt, um sich so etwas zusammenzufantasieren. Ein Tier? Über die Mauer, durch den Garten? Und Frost im Fell? Mechthild schlägt mit der Handfläche auf die Tischplatte und nimmt ihre rastlose Wanderung wieder auf. Sie hält die Lederschnur mit dem Anhänger, den sie dem Kind über den Kopf gezogen hat, immer noch in ihrer Hand. Manchmal könnte man glauben, das Mädchen sei verrückt, oder... Mechthild legt erschrocken eine Hand auf die Brust. Sie will so etwas nicht denken, nicht von ihrem eigenen Kind, will nicht denken, der Teufel habe etwas damit zu tun. Doch ihre Gedanken drehen sich wieder und wieder im Kreis.

Seit Hildegards Geburt hat sie ihre Pflichten als Eheweib erfüllt. Sie hat Hildebert abgewiesen, als sei er bereits tot und sie ins Kloster gegangen, wie viele Witwen es tun. Kann es wirklich sein, dass der Teufel dennoch freies Spiel hat? Als Hildegard noch ein Säugling war, dachte Mechthild, das kränkliche

Kind sei ein Zeichen Gottes an sie, nicht noch mehr Kinder zu bekommen. Dennoch wagte sie es nicht, sich darauf zu verlassen, Gott habe daran gedacht, ihr die Fähigkeit zu nehmen. Also blieb ihre Kammer für Hildebert verschlossen.

Mechthild bohrt die Fingernägel in die Schläfen. Die Gedanken springen hierhin und dorthin, Gesichter, von denen sie glaubte, sie habe sie vergessen, tauchen in einem Wirrwarr neben- und nacheinander auf – Mädchen, die ihnen im Laufe der Zeit gedient haben, der Küchenjunge, der im Fluss ertrank. Jedes Mal, wenn jemandem aus der Hauswirtschaft etwas zustieß, haben sie sie nachher angesehen, heimlich, aber sie hat es ganz deutlich gespürt.

Du musst tapfer und mutig sein, hatte ihre Mutter zu ihr gesagt, als sie frisch verheiratet und in Tränen aufgelöst von zu Hause wegging. Damals hatte sie gedacht, ein Feldherr sei mutig, ein Ritter tapfer. Aber sie war nur ein vierzehnjähriges Mädchen mit einem pelzgefütterten Mantel und einem Seidenkleid, aus dem Hildebert sie befreite, kaum dass sie in seinem Zuhause angekommen waren. In ihrem Zuhause, wo die Mägde und Knechte standen und lachten. Oftmals machten sie sich noch nicht einmal die Mühe, es vor ihr zu verbergen, und sie hatte Angst. Nachts lag sie wach, noch lange nachdem Hildebert neben ihr eingeschlafen war, lauschte nach Schritten hinter der schweren Holztür. Sie hatte befürchtet, das Haus sei verflucht, und obwohl sie später darüber lachen konnte, wirft genau derselbe Gedanke nun seine Schlinge nach ihr aus und legt sich wie eine Fessel um ihre Beine. Die Nägel in den Schläfen helfen nicht, und so stößt sie ihren Körper mit aller Kraft gegen die Tischkante, schlägt die Hüfte gegen das harte Holz, dass der Schmerz durch ihren Unterleib jagt.

Sie hatten gelacht. Sie war ein unwissendes vierzehnjähriges Mädchen mit flussbraunen Augen und einem Körper, der in einem Mann weit über ihrem Stand die Begierde geweckt hatte, sie zur Frau zu nehmen. Es war ein böses und heimliches Lachen, das sie jetzt wieder fühlen kann, als habe es sich in den Steinmauern festgesetzt oder im Bach geschlummert, als würde es mit dem Gestank von Herbst ins Haus geweht. Hildebert hatte sich nicht darum gekümmert, obwohl sie versucht hatte, mit ihm darüber zu sprechen. Er war zufrieden mit seinem Verwalter und mit seinen Leuten, die ihre Arbeit gut und sorgfältig ausführten und auch das Haus instand gehalten hatten in den Zeiten, in denen er bei Hofe oder auf dem Schlachtfeld gedient hatte.

War Hildebert zu Hause, wollte er sie in jeder Nacht gleich mehrere Male haben, und sie konnte nicht begreifen, wie ein einzelner Mensch eine solche Kraft besitzen konnte. Oft wünschte sie sich, er würde ihrem wunden Schoß ein wenig Ruhe gönnen, aber wenn er fort war, vermisste sie ihn doch. Wenn sie damals an ihn dachte, durchlief sie ein Schauer aus Sehnsucht und Verlangen. Mit seinem Feuer hatte er ihr Fleisch entzündet, und sie hatte sich geschämt über die Wildheit, die in der Nacht über sie kommen konnte. Auch wenn er ihr am Tag danach frech ins Gesicht lachte und die Male vorzeigte, die sie an seinem Hals und auf seiner Brust hinterlassen hatte. Es war nicht natürlich, dachte sie. Es war nicht natürlich, dass sie nachts ein Mensch voller tierischer Begierden sein konnte und am Tag ein ängstliches, unterträniges Mädchen war.

Hildebert kommt erst in zehn Tagen wieder aus Sponheim zurück, und das ist gut so. Dann muss er nichts erfahren von dieser sonderbaren Begebenheit mit dem Tier im Traum. Als sie ihre Tür für ihn verschloss, flehte er sie an, aber er brauchte niemals Gewalt. Einmal schlief er vor ihrer Tür. Die Dienerschaft bemerkte ihn und machte sich darüber lustig. Sie selbst wäre beinahe über seinen großen Körper gefallen, der zusammengekrümmt wie ein Hund auf dem Steinboden lag. Er hatte seinen Mantel über sich gelegt, und sein Kopf ruhte auf dem einen Arm. Als sie sich über ihn beugte, fuhr er hoch, einen wilden Ausdruck in den Augen. Später am selben Tag war er nach Sponheim geritten und hatte sich mehrere Wochen lang nicht zu Hause blicken lassen.

Sie schließt die Augen. Beim Gedanken an Hildebert senkt sich ein überraschender Friede über sie. Letztlich hat er aufgehört, an ihre Tür zu klopfen, und es ist lange her, dass er vulgäre Andeutungen gemacht hat. Er wird seine Lust wohl andernorts stillen, denkt sie und dreht geistesabwesend den Ring an ihrem Finger. Der Gedanke daran behagt ihr nicht, aber solange sie kein Gerede hören muss und solange sie sich nicht um seine unehelichen Kinder kümmern soll, kann sie damit leben.

Sie setzt sich an den Tisch und stützt den Kopf in die Hände. Auf Unrast folgt Erschöpfung, und es ist, als könne sie sich gar nicht mehr richtig erinnern, worüber sie so aufgebracht war. Als Agnes und Hildegard kommen, schaut sie die beiden etwas desorientiert an, das Kind mit dem stramm geflochtenen Haar und dem hellblauen Kleid, Agnes mit gebeugtem Kopf und der immer noch glühenden Wange.

Agnes ist ein gutes Mädchen. Vielleicht nicht die Gescheiteste, aber treu und gut. Es war nicht richtig, sie zu schlagen, das sieht sie jetzt ein und will es wiedergutmachen, indem sie das Kindermädchen mit am Tisch sitzen und mit ihnen essen lässt. Mechthild teilt das Brot, gibt zuerst Hildegard etwas, die sich dicht an sie drängt und die Beine unter dem Tisch vor und zurück schwingt, die Kruste in Bier einweicht und daran saugt wie ein Kleinkind. Agnes zupft missmutig und nervös unter dem Tisch an ihrem Kleid herum.

»Wann kommt Vater zurück?«, fragt Hildegard, und Mechthild, die sich normalerweise darüber ärgert, dass das Kind so oft nach seinem Vater fragt, ist erleichtert und streicht ihr übers Haar. »Er ist im Gefolge des Herzogs nach Worms geritten«, erinnert sie ihre Tochter, »und erst in ein paar Tagen wieder zurück.«

»Darf ich ihm von dem Tier erzählen?«, fragt Hildegard und tunkt noch ein Stück Brot in das Bier.

Mechthild erschreckt sich über ihre eigene Stimme, als sie nein sagt. Es klingt, als breche sie das Wort in der Mitte entzwei. Hildegard lässt sich nichts anmerken, stopft nur das letzte Stück Brot in den Mund und steht auf. Dann fasst sie den Kopf ihrer Mutter mit beiden Händen und drückt einen Kuss auf ihre Stirn.

14

»Kann Hildegard nicht am Unterricht teilnehmen, zusammen mit den anderen?«, fragt Mechthild Hildebert, als sie nach der Abendmahlzeit endlich alleine sind.

Unruhig rutscht sein großer Körper auf dem Stuhl herum, und er sieht Mechthild von der Seite her an. Ihr gerader Rücken und die steifen Bewegungen haben ihm schon während der Mahlzeit verraten, dass sie etwas auf dem Herzen hat, und jetzt fragt er sich, ob es nur das ist.

»Ich glaube, es wäre gut für sie, nicht den ganzen Tag lang nur Umgang mit Agnes zu haben.« Sie heftet den Blick konzentriert auf die Spindel in ihren Händen.

Es ist selten, dass er seine Frau mit einer Handarbeit beschäftigt sieht. Sie behauptet, ihre Augen sähen nicht mehr scharf genug, aber er ist sich sehr wohl im Klaren darüber, dass es nur eine willkommene Ausrede für Müßiggang ist. Nicht dass sie faul wäre, Mechthild, es wäre verkehrt, das zu sagen. Sie hat nur die Fähigkeiten nicht. Es liegt ihr mehr, das Haus in Ordnung zu halten und nach den Tieren zu sehen.

»Was ist mit Agnes?«, fragt er und versucht, dabei gleichgültig zu klingen. Seit damals, als er aus Verzweiflung und Entbehrung bei dem Kindermädchen lag, das sie vor Agnes hatten und an dessen Namen er sich nur mit Mühe erinnern kann, haben sie über Dienstmädchen im Großen und Ganzen nicht mehr miteinander gesprochen. Damit findet er sich ab, es passt ihm sogar gut. Wenn es nach ihm geht, kann sich Mechthild gerne um diesen Teil der Hauswirtschaft kümmern.

»Nichts ist mit Agnes«, erwidert sie scharf.

Zuerst antwortet Hildebert nicht. Sie hieß Edel, fällt ihm jetzt wieder ein. Mit grauen Augen und einem herzförmigen Gesicht. Als sie schwanger wurde, begannen die Leute zu reden, und sie musste nach Mainz geschickt werden, wo sie in das Haus eines Handelsreisenden kam. Über das Kind weiß er nichts. Er gab Edel Geld, bot aber keinerlei Rechte für das Kind an, wohl wissend, dass Mechthild sich dagegen zur Wehr setzen würde, die Hurenkinder ihres Mannes ins Haus zu bekommen.

»Warum willst du dann, dass sie am Unterricht teilnehmen soll, wenn sie gerade einmal sechs Jahre alt ist?« Er lässt sich vom Tonfall seines Eheweibs nicht einschüchtern.

»Ich denke nur daran, was das Beste für sie ist«, sagt Mechthild ungehalten, und es wundert ihn, dass sie sich nicht mehr Mühe gibt, ihre Sache durchzusetzen.

»Sie ist gescheit«, sagt er, und der Gedanke an seine Jüngste bessert seine Laune.

Mechthild nickt. Sie legt eine Hand auf seine, und er lässt sie liegen. Zart wie die der Frau des Hauses, zart wie die einer Dirne, es ist eigentlich dasselbe. Er nimmt ihre Hand in seine, sie ist so klein in seiner großen Pranke, er wendet und dreht sie, als sei sie ein Gegenstand, dessen Wert er einschätzen will. Dann führt er sie hinauf an seine Lippen, drückt einen Kuss auf ihren Handrücken und lässt los. Noch einige Sekunden lang lässt sie ihre Hand mit der gleichen Geistesabwesenheit vor seinem Gesicht in der Luft hängen, mit der sie in die Glut starrt. Die Handspindel ist auf den Boden geglitten, doch sie scheint es nicht bemerkt zu haben.

»Sie gedeiht nicht unter Müßiggang«, stellt Mechthild fest, ohne den Blick vom Feuer abzuwenden. »Sie hat eine ungezähmte Fantasie.«

Hildebert weiß nicht, was er sagen soll. Es ist ein Rad, das sich dreht und dreht, und sie kommen niemals an demselben Wegstein vorbei. Er steht auf, kann Mechthilds Erzählungen, Hildegard habe dies gesagt und Hildegard habe das gesagt, jetzt nicht ertragen. Es ist, als habe sie das Mädchen nie wirklich angenommen, als halte sie sie die ganze Zeit über am ausgestreckten Arm wie etwas Fremdes, das sie studiert, das sie züchtigt, über das sie wacht, und er begreift nicht, warum.

Hildebert ist froh darüber, dass Hildegard gescheit ist, aber sie soll nicht über die Wachstafel und die Bücher gebeugt sitzen, bevor sie acht ist. Mechthild versteht nicht, warum er so streng daran festhält, muss sich aber fügen. Sie überlegt, Agnes fortzuschicken oder ihr wenigstens andere Aufgaben zu geben, als Hildegards Kindermädchen zu sein. Aber als sie dem Kind den Gedanken anvertraut, sie solle bei ihren Schwestern schlafen und Agnes solle anderweitig im Haus zur Hand gehen, bricht die Kleine in Tränen aus. Am selben Abend hat das verteufelte Fieber sie wieder gepackt, und Mechthild beginnt beinahe zu glauben, das Kind habe einen bösen und starken Willen, mit dem sie das Gleichgewicht ihrer Körpersäfte nach Belieben lenken kann. Sie verweigert sich, am Abend bei ihr zu sitzen, schickt Clementia und nimmt den Bericht vom Krankenbett entgegen, ohne eine Miene zu verziehen.

Hildegard führt sich auf, als sei sie die Königin selbst. Mechthild will ihr eine Lehre erteilen und lässt sie die meiste Zeit alleine daliegen. Vier Tage verbringt das Kind im Bett, bevor das Fieber weg ist. In der Zwischenzeit hat Mechthild sowohl Agnes als auch die anderen Kinder ermahnt: Hildegard darf keine anderen Geschichten hören als die, die der Priester erzählt, es darf in ihrer Nähe nichts anderes mehr gesungen werden als Psalmen.

Bis Mitte Dezember schneit es nur nachts, und im Laufe des Tages ist der Schnee bereits wieder geschmolzen. Den Rest des Monats und den ganzen Januar über ist die Landschaft von einer weißen Decke überzogen. Der Winter lässt die Welt schrumpfen, der Schnee dämpft die Geräusche, unter dem Eis verstummt der Bach. Die Sonne zeigt sich nur selten am Himmel, und dann steht sie so niedrig, dass die Schatten ausfransen und unscharf werden. Der Wald schließt sich dichter um das offene Land, um den Hof vor umherstreifenden Tieren zu schützen. Die Unbeweglichkeit des Winters legt sich auch über die Menschen auf dem Hof, setzt sich wie Trockenheit in die Kehle und den Rachen, wie Gehässigkeit und Trägheit in den Körper. Herrscht strenger Frost, dann ist draußen nicht viel zu tun. Christi Geburt feiern sie mit Mäßigung, denn Hildebert begleitet den Herzog nach Trier, und Mechthild findet, es sei so am besten.

Hildegard ist gesund, und Mechthild behält sie im Auge. Sie darf mit ihrer Mutter zu den Tieren gehen und nach ihnen sehen, aber ansonsten hält Mechthild sie auf Abstand. Hildegard darf nicht länger neben ihrer Mutter am Tisch sitzen, sondern bekommt einen Platz am anderen Ende zugewiesen, so weit entfernt von Mechthild wie möglich. Mechthild wünscht sich, das Kind möge verstehen, dass es eine Strafe ist, aber darauf deutet nichts hin. Härter kann sie sie nicht bestrafen, ohne Hildebert erklären zu müssen, worin die Untat des Kindes besteht, und das kann sie nicht. Dass sie sich bei der Vorstellung, von Agnes getrennt zu werden, selbst ein Fieber auferlegte, kann sie nicht sagen. Das Kind müsse lernen, seine Fantasie im Zaum zu halten, taugt ebenfalls nicht. Wenn sie es sich nicht einmal selbst erklären kann, wie soll sie es dann Hildebert gegenüber rechtfertigen können? Ihrem Mann, der fortreitet und Anfang Februar zurückkommt, der eine schmutzige schwarze Spur über die weißen Felder zieht. Dem Vater, der seiner Jüngsten verschwenderisch viele Geschenke mitbringt, Perlen, Holzfiguren, ein kleines aus einem Knochen gefertigtes Messer. Dem Kind bedeuten die Dinge nichts, sie gefallen ihm nicht einmal. Sie gibt sie weiter an ihre neidischen Geschwister, sobald sie Gelegenheit dazu hat. Es würde Mechthild nicht wundern, wenn sie es nur aus schierer Berechnung täte. Gäbe sie ihnen nichts, würden sie noch neidischer werden und sie wegen ihrer Schwächlichkeit und ihres merkwürdigen Verhaltens schmähen und verhöhnen. Oft ärgert sich Mechthild, wenn Hildegard dasitzt und ins Sonnenlicht starrt, doch es ist nichts im Vergleich zu ihren anderen Kindern, die auf ihre Schwester anspringen. Drutwin ist der Einzige, der in der Regel Geduld mit ihr hat und sanft zu ihr ist. Sie spazieren umher und sprechen miteinander, nur Gott weiß, worüber. Aber Hugo peinigt und plagt seine Schwester und stachelt auch Irmengard und Odilia an mitzumachen. Mechthild tut so, als bemerke sie es nicht, denkt, es werde Hildegard abhärten.

Mechthilds Härte bewirkt keinerlei Veränderung im Gemüt des Kindes, macht es für sie selbst aber erträglicher. Sie zwingt sich dazu, mit den Schultern zu zucken, als das Mädchen im Frühjahr bald mit der einen Schwäche, bald mit der anderen Krankheit ans Bett gefesselt ist. Sie steht im Krankenzimmer, die Hände in die Seiten gestemmt, und stößt Anordnungen aus, wie das Kind zu behandeln sei, lässt Agnes über sie wachen, wenn sie kein zusätzliches Paar Hände im Haushalt braucht. Dennoch sitzt sie in der Falle, sobald das Kind im Fieberwahn spricht. Dann zieht sich ihr Inneres zusammen, und sie kann das Kind nicht alleine lassen. Aber hat sich das Fieber gelegt, lässt sie sich willig von Haushalt und Hofwirtschaft in Anspruch nehmen. Sie hat sich entschieden, den Nutzgarten zu erweitern, und muss die ganze Zeit ein Auge darauf haben, dass ihre Anweisungen, wie die Beete anzulegen sind, befolgt werden. Sie hält Clementia und Benedikta an der kurzen Leine. Sie sollen alles in so kurzer Zeit wie möglich lernen. Sie geht auch dagegen an, dass die Mädchen weiter an Vater Cedrics Unterricht teilnehmen. Hildebert protestiert nicht. Wenn er denn in Bermersheim ist, spricht er die meiste Zeit über mit dem Verwalter, beaufsichtigt das Pflügen der Felder und sieht nach der Reparatur der Südmauer, in die der Frost Risse gebrochen hat. Nach der Abendmahlzeit wünscht er, nicht mit Kleinigkeiten belästigt zu werden.

15

Hildegard ist krank und fragt nach ihrer Mutter, aber sie kommt nicht. Von Agnes erfährt sie, worum sich Mechthild kümmert: Im Frühjahr hat sie viel Arbeit im Garten, im August müssen die Pflaumen zum Trocknen ausgelegt werden. Wenn Hildegard gesund ist, kommen ihr die Tiere im Stall zu Hilfe. Sie nicken Mechthild so freundlich zu, dass sie milde gestimmt wird und ihre jüngste Tochter an der Hand nimmt. Nachts schläft Hildegard mit dem schwarzen, glatten Stein, den Mechthild unlängst aus dem Bach gefischt hat, in ihrer Hand.

Jede Jahreszeit hat ihren eigenen Klang. Hildegard hat so oft alleine im Zimmer auf ihrem Bett gelegen, dass sie sie allesamt kennt. Wenn die Bäume und Büsche in knisternden Herbstfarben glühen, wenn die Luft süß und schwer vom Duft der Äpfel ist, von nassen Stängeln und Blättern, die mürbe werden, dann klingt das Brüllen der Kühe doppelt so laut, steigen das Wiehern der Pferde, Schritte und Stimmern lärmend und gellend durch das Fenster. Jede Jahreszeit hat ihren eigenen Klang. Der des Herbstes kündigt den Winter an, trägt die ersten Schneeflocken, die erst unhörbar auf die Erde sinken und dann zu Mustern aus Reif sprießen, die die stoppeligen Felder, das Gras und das Dach mit einem dichten Pelz überziehen. Manche Jahre kommt der Winter plötzlich, eine harte und kalte Klinge, direkt durch die Wolken. Der Schnee bricht über das Land herein, legt sich in Haufen an die Mauern, fegt durch Fenster, unter Türen hindurch, hinterlässt nasse Lachen auf dem Boden. Andere Male kommt die Kälte schleichend, heimtückisch, bringt den Duft des Herbstes dazu, sich zusammenzukrümmen und in grünlichen Tönen aus Frost und Schimmel zu verschwinden, kriecht die Mauer hinauf, schlägt in zerbrechlichen Eisblumen an der Wand aus. Frost und Schnee pressen das Leben aus Stimmen und Schritten, pfeifend und jammernd dringen sie durch Fensterläden und Vorhänge. Nur das Frühjahr mit seiner hemmungslosen, lebendigen Kraft kann den Frost aus der Erde verjagen, lässt seine Klänge durch alles rinnen, das saftig sprießt und grünt. Hildegard wartet sehnsüchtig darauf, der Sommer möge kommen, raschelnd, in seinen mit Juwelen besetzten Kleidern; die Hitze, die wie Wasser über das Gesicht läuft: jemand, der laut lacht; der Hahn, die Hühner, klappernde Hufe; der Milcheimer, der umfällt und einige Schritte rollt; die schallende Ohrfeige für die Melkerin, die noch ein paar Augenblicke lang in der zitternden Luft singt. Der Klang des Sommers steigt hinauf in den unendlichen Himmel. Der Sommer baut Treppen aus Wärme und Sonne, und Hildegard kann die mächtige Pilgerkirche in Rom vor sich sehen, die Kirche des Papstes, die ihr Drutwin einmal so lebhaft beschrieben hat, als sei er selbst dort gewesen. Sie wacht auf, sie schwitzt, sie schläft am Tag. Wenn sie alleine in der Kammer ist, sieht sie die Klänge menschliche Gestalt annehmen und freut sich daran. Das abendliche Klagen der Kühe wird zu breiten, stämmigen Frauen mit von der Sonne gebräunten Händen und runzeligen Gesichtern. Ein plötzliches Zwitschern der Vögel, die vom Dach des Stalls abheben, wenn die Pferde nach draußen geführt werden, verwandelt sich in junge Mädchen mit dicken, dunklen Locken, die sich um ihre ernst dreinblickenden Gesichter ringeln. Der spröde Klang der Kapellenglocke stößt mit dem Abendgeläut aus dem Dorf zusammen, wird zu einem schwarz gekleideten Mönch mit kahlem Schädel. Ihm folgt Drutwin, sie reisen auf einem Pferderücken, sie verschwinden weit weg in ein fernes Land, dessen Namen Hildegard nicht kennt. Die Frauen, die Mädchen, der Mönch, Drutwin, sie selbst, sie drängen sich auf der breiten, blanken Steintreppe der Kirche zusammen, bewegen sich auf die prächtigen Kirchentüren zu, die strahlen und funkeln, weil sie aus purem Gold sind. Erst mit dem Herbst werden alle die Türen erreicht haben, und da ist es, als flammten die Klänge auf, als wollten sie protestieren, bevor sie vom Winter in Ketten gelegt werden.

Dann summt der Hof von Erntearbeitern, klirrenden Töpfen und Krügen, Bierkannen, die in andere Hände wechseln, Gelegenheitsarbeitern, die unter dem Zeltleinen auf dem Hofplatz schlafen. Und die Türen der päpstlichen Kirche werden weit geöffnet, wenn die Ernte eingebracht ist. Die Nacht ist ein Band, das nach Getreide duftet, ein Freudenfeuer aus Trommeln und Tamburinen, aus Gesang und tanzenden Schritten. Dann steht Hildegard zusammen mit den Pilgern auf der obersten Stufe, inmitten einer warmen und sanft drängenden Herde aus Gesichtern, die brennen vor Erschöpfung und Freude darüber, endlich angekommen zu sein. Nach dem Erntefest ersterben die Stimmen allmählich, und obwohl es nur die gewöhnlichen Tage sind, die zurückkehren, klingen sie, als seien sie schon kraftlos und tot.

Mechthild ist wie ein Bach, der mal anschwillt, mal trocken wie eine abgeworfene Schlangenhaut daliegt. Hildegard versteht, dass jeder Bach dem Rhythmus aller Dinge folgen muss. Der Himmel schenkt Regen, schenkt Sonne, schenkt die zerbrechliche Kruste aus Eis, die von Regen und Sonne wieder aufgelöst wird.

Sie wünschte, der Bach bei Bermersheim wäre wie der große Rhein. Wenn der Schnee schmilzt und der Bach anschwillt, stellt sie sich vor, sie wohne wirklich an einem Fluss.

Im Frühjahr bekommt sie Nasenbluten. Einmal wird es so schlimm, dass das Blut die Kehle hinunter- und aus dem Mund herausläuft. Agnes ruft Mechthild, die sofort herbeieilt. Sie drückt Hildegards Kopf an sich, hält ihr die Nase zu, während das Kind spuckt und spuckt. Blutsprenkel breiten sich auf Mechthilds Kleid aus, und sie zieht die Brauen zusammen.

Hildegards Blut ist wie ein Fluss, der direkt durch Mechthild hindurchläuft, und sie kommt zurück. Sie sitzt wieder am Bett ihrer Tochter und streichelt ihre Stirn. Der schwarze Stein gleicht einem Pferd, und Mechthild lässt ihn über Hildegards Arme und Hände galoppieren.

16
Oktober 1105

Schon seit einiger Zeit nimmt Hildebert Drutwin nicht mehr mit nach Sponheim. Eines Morgens Anfang Oktober befiehlt er dem Jungen, sich anzuziehen, noch bevor das erste Tageslicht am Himmel erscheint. Er weckt Mechthild, damit sie sich von ihrem Sohn verabschieden kann. Zuerst versteht sie nicht, was er sagt, glaubt, er habe seinen zweitältesten Sohn begnadigt und will im Morgengrauen mit ihm nach Sponheim reiten. Dann dringen die Worte langsam zu ihr durch: Drutwin soll ins Kloster. Hildebert will ihn nach Frankreich schicken, er hat ein günstiges Abkommen mit den Mönchen in Cluny geschlossen. Mechthild jammert und rauft sich die Haare.

»Das kannst du mir nicht antun«, weint sie, während der Junge bleich und schlaftrunken am Tisch sitzt.

Dass er sich nicht zum Ritterhandwerk eignet, ist längst offensichtlich, sogar für sie. Aber die Sorge um seine Zukunft hat sie nicht davon abgehalten, sich in aller Stille darüber zu freuen, ihren zweitältesten Sohn auf dem Hof zu haben. Hildebert hat sie hintergangen, ist um sie herumgeschlichen wie ein Jäger, der sich an eine Hirschkuh heranpirscht. Sie ist wie benommen und hat keine Möglichkeit mehr, einzugreifen, steht auf nackten Füßen im Speisesaal und klammert sich an ihren Sohn. Sie will ihn nicht loslassen, obwohl er versucht, sich von ihr freizumachen. Hildebert hebt die Hand, als wolle er sie schlagen, aber sie drückt den Jungen fest an sich, drückt seinen dürren Körper, der keinerlei Anzeichen macht, sich in den eines Mannes verwandeln zu wollen, obwohl er schon sechzehn Jahre alt ist. Drutwin fleht sie an. Er schubst sie von sich weg und sitzt mit hängendem Kopf und roten Wangen da. Er zittert vor Kälte und Anspannung. Er hält den Blick gesenkt und isst unendlich langsam.

Hildebert treibt ihn zur Eile an. Er will mit ihm nach Worms reiten, wo einer der Ordensbrüder aus Cluny zu Besuch im Kloster ist und Drutwin mit nach Frankreich nehmen wird.

»Das hat mich einige Überredungskunst gekostet«, sagt Hildebert.

Der Junge krümmt sich bei den Worten seines Vaters zusammen, taucht den Löffel in die Grütze und stößt dabei gegen den Bierkrug, der umkippt.

»Darf ich auf Wiedersehen sagen?«, flüstert Drutwin.

»Das hast du gerade getan«, sagt Hildebert und nickt in Mechthilds Richtung.

»Darf ich Hildegard auf Wiedersehen sagen?«, fragt er.

»Hildegard schläft«, antwortet Hildebert und trommelt ungeduldig mit den Fingern auf den Tisch. Der Junge schiebt die Schale von sich weg und nickt zum Zeichen, er sei bereit.

Mechthild folgt ihnen auf den Hofplatz. Die Kälte setzt sich in ihren Füßen fest, Tau durchdringt ihr Nachthemd, aber sie achtet nicht darauf. Schlägt die Arme um den Körper und klappert mit den Zähnen, während sie ihren Sohn aufs Pferd steigen sieht, den Rücken ihres Mannes sieht, der sich über den Hals seines Pferdes beugt und es freundlich klopft. Kein Blatt rührt sich in der Krone der großen Ulme. Dann segelt doch eins durch die Luft und landet sanft vor Mechthilds Füßen, golden und glänzend. Sie starrt auf das Blatt, als berge es eine Botschaft in sich. Als sie wieder aufsieht, reiten ihr Mann und ihr Sohn gerade durch das Tor. Drutwin dreht sich um, wendet ihr das Gesicht zu und hebt zögernd die Hand zum Abschied. Seine Augen sind groß und dunkel, aber er weint nicht. Hinter dem Wald leuchtet ein bleicher Kranz unter dem dunkelblauen Himmel. Im Stall brüllen die Kühe vor Schmerz über ihre gespannten Euter. Mechthild bleibt stehen und stiert zum Tor. Noch mehr Blätter landen vor ihr auf der Erde. Rote, gelbe, braune. Sie sammelt ein paar zu einem kleinen Strauß zusammen, eine geisterhafte Braut mit offenem Haar und eiskalten Händen. Dann schleudert sie die Blätter weg, tritt rasend nach der Katze, die aus dem Stall geschlichen kommt, tritt gegen einen Stein, gegen ein paar Zweige, die auf dem Hofplatz liegen, gegen einen Holzeimer, der dumpf und hohl über die Erde poltert.

Erst als Hildebert ohne Drutwin aus Worms zurückkehrt, fragt Hildegard nach ihrem Bruder. Hildebert antwortet nicht, und auch Mechthild sagt nichts. Als Hildebert mit Hugo nach Sponheim reitet, erklärt Agnes ihr wortkarg und unbeholfen, Drutwin sei gerufen worden, um dem Herrn zu dienen. Hildegard ist außer sich, als ihr klar wird, dass er nicht zurückkommt. Sie weint und tobt, und Mechthild meint, es sei das Beste, sie in

Ruhe zu lassen. Früher oder später muss sie sich daran gewöhnen und lernen, dass Menschen verschwinden können. Und dass wir nur in die Welt gesetzt werden, um zu verlieren.

17

Als das Küchenmädchen an der Feuerstelle steht und sich schwerfällig über ihren dicken Bauch bückt, um die Glut anzufachen, sieht Hildegard es und schreit. Agnes kommt herbeigeeilt, zuerst wütend über den Aufruhr, dann ängstlich. Mechthild hört das Kind kreischen, steht in der Tür zum Küchenhaus und verdunkelt die Sonne.

»Was ist in dich gefahren, Kind? So schweig doch still.« Agnes bohrt ihre Finger in den Arm des Mädchens, aber das lässt die Erscheinung nicht verschwinden. Der Klang von Hildegards Stimme steigt hinauf unter den Himmel, wo er sich in einem Echo vervielfacht, das die Vögel auf dem First die Flucht ergreifen lässt.
»Ich habe nichts getan. Sie kam einfach herein und starrte mich an, und dann schrie sie.« Das Küchenmädchen hält sich die Hände vor die Ohren, denn das Kind schreit wie eine vollkommen Wahnsinnige.

Mechthild jagt das Küchenmädchen hinaus, jagt Agnes hinaus, nimmt das Gesicht ihrer Jüngsten zwischen beide Hände, die feucht sind von der sauren Milch, mit der sie eben noch zu Gange war.
»Sprich mit mir, Hildegard, was ist in dich gefahren?«
»Es ist das Kind«, sagt Hildegard, »es lebt nicht mehr.«

Die Zeit ist ein Spinnennetz zwischen zwei Ästen. Mehr sagt das Kind nicht, sie kämpft mit der Erscheinung. Es war nicht nur der Tod, den sie sah, es war ein tanzender Teufel, der über den Rücken des Küchenmädchens sprang und so sehr lachte, dass seine feuerrote Zunge bis zu ihren Knöcheln hinabhing. Über ihrem Bauch rieb er sich das Hinterteil, und Hildegard sah ihn und sah ihn gleichzeitig nicht. Er war da, das weiß sie, aber sie kann es nicht erklären. Er zog den Tod in einer nach Verwesung stinkenden Wolke hinter sich her.

Danach sickert schwarze Galle durch Hildegards Fleisch, färbt ihre Lippen mit Blaubeersaft. Sie friert unter Daunendecken und Wolldecken. Mechthild wacht über ihr Kind, wie damals, als sie noch ein kleines Mädchen war, wacht aus Angst davor, Hildegards im Fieberwahn gesprochene Worte könnten anderen zu Ohren kommen.

Hildegard, schweig still, hörst du? So schweig doch still, oder ich binde dir einen Lappen vor den Mund.

Als sie zwei Wochen später Nachricht erhalten, dass das Küchenmädchen in den Wehen liegt, eilt Mechthild mit Hildegard an der Hand durch das Dorf zu ihrem Haus. Das Küchenmädchen liegt auf Decken auf dem mit Stroh bedeckten Boden im einzigen Raum des Hauses. Es ist bereits überstanden, sie stiert gegen die schiefen Bretter der Wand, dreht sich nicht zur Frau des Hofes und ihrer verrückten Tochter um.

Hildegard wendet das Gesicht von dem toten Kind ab. Es liegt unter einer zerlumpten Wolldecke, als fürchteten sie, es könne frieren. Mechthild ist in ein Haus voller Verzweiflung eingebrochen, murmelt Gebete, zieht die Decke von dem Kleinen. Blau und hässlich ist die Totgeburt, missgebildet wie ein Teufelskind. Die Niedergekommene zittert vor Angst.

Sie jammert und beteuert wieder und wieder, sie habe nichts falsch gemacht. Mechthild schickt alle Frauen aus dem Raum, hält aber ihre Tochter so fest an der Hand, dass sie nicht wegkommen kann. Mechthild zeigt auf das Teufelskind. Sie will eine Erklärung haben, damit sie nicht befürchten muss, es sei die Schuld ihrer Tochter.
»Ist es der Vater? Ist er es? Hast du gesündigt? Hast du?«
Es nützt alles nichts, das Küchenmädchen schluchzt und blutet so heftig, dass sich die dunkelroten Flecken auf der Decke immer weiter ausbreiten. Mechthild lässt die Frau rufen, und sie drücken fest auf den Bauch des Küchenmädchens, um einen Damm herzustellen, der das Blut aufhalten soll.

»Schweig still, schließ die Tür, schweig still.«
Auf ihr Geheiß springt Hildegard hierhin und dorthin und wieder zurück, während das Teufelskind tot unter der Decke liegt und das Leben aus dem Küchenmädchen sickert, das sich an der Wand zusammenkrümmt.

18

»Hildegard wird im Sommer acht«, sagt Mechthild, während sie mit der Hand Krumen zusammenkehrt. Da Hildebert nur mit einem Grunzen antwortet, fährt sie fort.
»Wir haben sie der Kirche versprochen, als sie noch ein Säugling war, und der Herr hat sie am Leben gelassen ...« Sie ver-

stummt. Die Worte, die noch einen Moment zuvor klar und deutlich in ihren Gedanken waren, verschwimmen, als Hildebert sich mit plötzlicher Heftigkeit aufrichtet.

»Nichts ist beschlossen.« Warnend hebt er die Hand, aber Falk achtet nicht darauf und stößt seinen Herrn weiter mit der Schnauze an, um einen Happen von seinem Brot zu erbetteln. »Jetzt, da sowohl Roricus als auch Drutwin Ordensbrüder sind, schulden wir der Kirche nichts mehr«, spricht er weiter und versetzt dem hartnäckigen Hund einen Tritt, dass der sich trollt.

»Nein, aber...« Mechthild weiß, ist er erst einmal in Rage, ist nicht mit ihm zu reden. Wenn sie die Augen schließt, tauchen die Worte, die sie sich zurechtgelegt hat, wieder auf, aber sie sind nichts als Staub, der im Sonnenlicht wirbelt.

»Eines von zehn Kindern der Kirche zu geben, das ist der Zehnte«, belehrt er sie, »das ist unsere Pflicht, zwei sind eine Dreingabe, aber drei...« Er breitet herausfordernd die Arme aus.

Der Ärger über seine herablassende Belehrung pocht in ihrem Hals.

»Aber Hildegard wird nicht kräftiger.« Sie hält es nicht aus, still zu sitzen, steht auf und stößt gegen den Hund, der ihr plump und klobig den Weg versperrt. Die Art, auf die er sie zum Narren gehalten und um Drutwin gebracht hat, nagt immer noch an ihr. Ab und an erwischt sie sich dabei, wie Rachegelüste ihrem Mann gegenüber in ihr aufsteigen, obwohl sie weiß, dass es Sünde ist. Doch sie würde kein Mitleid haben, wäre er einmal dem gleichen Schmerz ausgesetzt, der gleichen bitteren Leere, die in ihr wohnt.

Hildebert reibt sich den Nacken, rutscht ein wenig auf dem Stuhl herum, antwortet ihr aber nicht. Mechthild gibt dem

Dienstmädchen mit einer Handbewegung ein Zeichen, sie solle verschwinden. Sie fürchtet, dass Hildebert von der Liebe zu seinem jüngsten Kind so geblendet ist, dass er nicht sieht, wie schwächlich und merkwürdig sie ist.

Der Hund legt sich in die Sonne, den kleinen Kopf auf den gekreuzten Vorderbeinen. Vor dem Fenster ragt die Birke mit ihren prallen Knospen auf, die Äste wiegen sich im Wind. Zwei Zweige fangen ihre Aufmerksamkeit und halten sie fest, schwarz und nackt inmitten des Grüns. Es war alle Kraft, die der Baum hatte, denkt sie, er musste die Zweige unfruchtbar lassen. Es liegt eine Unruhe im Wiegen und Zittern des Baums, die sich zu ihr fortpflanzt, über den Fußboden aus Stein in alle ihre Glieder fährt. Sie geht hinüber zu dem anderen Fenster, die Füße klappern über den Boden. Die Läden sind nur halb geöffnet, und sie stößt sie auf. *Todesmesse,* denkt sie ohne zu wissen, woher der Gedanke stammt. Sie sieht ein Ölkreuz, gezeichnet über Augen und Mund, und ist entsetzt. Mit einer Hand greift sie sich an die Brust, um die Luft nach unten in ihre Lungen zu zwingen. Ganz unten an der Mauer, die den Garten umgibt, steht sie. Hildegard mit ihrem rötlichen Haar und ihrer durchsichtigen Haut. Sie trägt keine Schuhe, und sie hat die Hände und die Stirn an die ungleichmäßigen Steine der Mauer gelegt. Es sieht aus, als spreche sie mit der Mauer.

»Geh doch hinaus in die Sonne, närrisches Kind«, flüstert Mechthild so leise, dass Hildebert es nicht hören kann. Das Kind bleibt unbeweglich und stumpfsinnig im kalten Frühjahrsschatten stehen. Klein und schmächtig in dem grasgrünen Kleid vom letzten Herbst. Mechthild hatte es genäht, um stillschweigend zu feiern, dass ihr Kind einen ganzen Sommer über gesund geblieben war. Damals passte es ihr wie angegossen. Jetzt hängt es an ihr herunter. Feuchtigkeit hat sich im Rock festgesetzt, er ist ganz dunkel. Da, wo sie gegangen ist, hat sich das Gras zu einem schmalen Pfad gebeugt. Mechthild hält es nicht aus und trotzt erneut der Schweigsamkeit, von der sie weiß, dass Hildebert sie während der Mittagsstunde von ihr verlangt.

»Hildebert, ich habe Angst«, sagt sie und ringt die Hände. Sie will sich an den Tisch setzen und ruhig und vernünftig ihre Sache vortragen, wandert aber stattdessen hin und her über den steinernen Fußboden. Sie kann nicht am Fenster stehen bleiben und diese sonderbare Unbeweglichkeit des Kindes betrachten, und auch am Tisch kann sie nicht zur Ruhe kommen.

»Du machst dir zu viele Sorgen«, antwortet er. Aber sie spürt eine Unruhe in seiner Stimme, die ihr Fassung und Mut zurückgibt.

»Vor einer Woche noch war sie ans Bett gefesselt ...« Sie setzt sich auf die Kante des Stuhls. »Wie oft habe ich nicht gedacht, es wäre besser um sie bestellt, würde der Herr sie sogleich zu sich rufen.« Das Letzte fügt sie mit so zerbrechlicher Stimme hinzu, dass ihr nachher selbst Zweifel kommen, ob ihr die Worte tatsächlich entwischt sind.

Hildebert antwortet nicht, sondern fängt wieder zu essen an. Sorgfältig schneidet er kleine Stücke von dem gesalzenen Fleisch mit dem Messer, das sie vor Jahren in Mainz von einem Handelsreisenden aus Venedig für ihn gekauft hat. Sie hatte das Messer mit einem Schaft aus weißem Knochen gekauft, um ihrem Mann eine Freude zu machen. Er hatte es auf seine ihm eigene, schroffe Art genommen und prüfend in seiner großen Hand gewogen, war mit dem Zeigefinger über die geschnitzten Pfauen und Blumenranken gefahren und hatte ohne ein Wort genickt. Dass er sich darüber immer noch freut, zeigt er, indem er es bei jeder einzelnen Mahlzeit benutzt. Es verschwindet in seiner Hand, und sie kann die Zurückweisung nicht ertragen.

»Wenn meine Tochter zu Erde und Staub werden soll«, ruft sie aufgebracht, »dann lass sie doch wenigstens zuvor dem Herrn nahe sein.«

Der Hund hebt den Kopf, blinzelt und schnüffelt einen Augenblick, bevor er sich wieder beruhigt.

»Also, wie lautet dein Vorschlag?«, fragt er ruhig.

»Ich habe an Jutta gedacht«, sagt sie und reibt mit dem Zeigefinger über den dunkelroten Stein an ihrem Ringfinger.

»Jutta?«, fragt er ungläubig, »Jutta von Sponheim? Sophias Tochter?«

»Ja«, sie wird wieder mutig. Sie hat es genau durchdacht, hat es so lebendig vor sich gesehen, als sei es schon in Erfüllung gegangen. Sie hat Hildegard in Juttas Obhut auf dem Besitz in Sponheim gesehen, der nicht so weit weg liegt, als dass sie ihre Tochter nicht besuchen könnte. Sie hat gesehen, wie Hildegard Jutta ins Kloster folgen wird, wenn sie in einigen Jahren ihre Gelübde ablegt, und wie Hildegard es ganz natürlich finden wird, in ihre Fußstapfen zu treten und ebenfalls Nonne zu werden, wenn sie alt genug ist. Mechthild hat es sich so deutlich vorgestellt, wie das fromme Leben das Kind vor dem Argwohn in seiner Umgebung schützt, wie es dem Kind einen angesehenen Platz im Paradies sichern wird, sollte sie sterben, bevor sie erwachsen wird.

Hildebert schüttelt den Kopf und steht auf, aber sie kennt ihn gut genug um zu wissen, dass er darüber nachdenkt.

»Sophia ist trotz allem Hildegards Patin«, setzt sie wieder an. »Und die Lobpreisungen der Frömmigkeit Juttas sind allerorten zu hören. Deine eigene Schwester hat mir erzählt, Jutta habe beschlossen, ihr Leben Gott zu widmen, schon als sie dreizehn war und ein fürchterliches Fieber überstanden hatte. Seitdem hat sie alle Freier abgewiesen, die ihr Aussehen und ihr Stand anlocken.« Mechthild zögert einen Moment. »Selbst Vater Cedric hat von ihr gehört und sie ein Vorbild für alle jungen Frauen genannt«, fügt sie hinzu, verschweigt aber, wie oft sie Vater Cedric aufgesucht und ihn wegen Hildegard um Rat gefragt hat. »Sie hat denselben Unterricht in Latein erhalten, den auch ihr Bruder bekam, und könnte . . .«

»All das weiß ich«, unterbricht er sie wütend. Sie will seine Wut nicht reizen und schweigt.

Im Saal wird es schrecklich still, Falk winselt im Schlaf und scharrt mit den Vorderpfoten in der Luft herum, ohne sich dessen bewusst zu sein.

»Jutta«, sagt er und zuckt resignierend mit den Schultern. »Sie will Inklusin sein, wusstest du das? Sie hat den Bischof um Erlaubnis ersucht, als Klausnerin eingemauert zu werden, im Kloster bei Disibodenberg, wenn es wieder eingeweiht wird, und das wird wohl kaum mehr als ein paar Jahre dauern. Zu diesem Zeitpunkt wird Hildegard zehn sein, und Jutta nicht älter als achtzehn.«

Mechthild nickt. Das lässt die Idee in einem noch besseren Licht erscheinen, doch das versteht er nicht. Wenn Hildegard mit niemandem spricht als mit Jutta, wird es auch Juttas Sache sein zu entscheiden, wie sie mit den Erscheinungen und Ahnungen des Mädchens umgehen will. Dann werden Jutta und der Abt herausfinden müssen, ob sie aus dem Himmel oder der Hölle kommen, und noch nie hat sie gehört, dass ein Kind aus einem Kloster verwiesen wurde, weil es mit dem Teufel im Bunde stehe, unter keinen Umständen. Ihre Hände zittern bei dem Gedanken, und sie steht wieder auf. Sie stellt sich vor die

Feuerstelle, reckt die Hände zur Glut hin. Bevor er spricht, weiß sie, dass Hildebert es nicht so sieht wie sie. Er sieht nur die Enge der Zelle und Hildegard, die ihren Vater verlässt, um Gott zu suchen; und seine Unwilligkeit, sein Opfer zu bringen, versetzt sie in Wut.

»Zehn Jahre, ein reines Kind«, schnaubt Hildebert. »Für die Welt ist Hildegard dann gestorben, willst du das? Soll sie den Rest ihres Lebens abgesondert von allem und in Armut verbringen? Lebendig begraben? Auf diese Weise gibt man Kinder nicht ins Kloster!« Jetzt ist er es, der mit langen, ungeduldigen Schritten durch den Saal zu wandern.

»Hättest du vorgeschlagen, sie solle Oblate werden in einem Nonnenkloster, in Mainz oder in Worms, hätte ich dich verstanden. Aber Disibodenberg.« Er bleibt stehen, breitet die Arme aus und kehrt die Handflächen nach oben, und Mechthild spürt, dass sie ein wenig warten muss, bis er sich ausgetobt hat.

»Disibodenberg«, höhnt er und stochert mit dem Schürhaken in der Glut herum. Dann setzt er ihn hart auf den Boden, lässt ihn los und mit einem Knall auf den Stein fallen, der den Hund auf die Beine bringt. Dumm und verwirrt steht der da und sieht seinen Herrn an.

»Es wird zu dieser Zeit nicht einmal fertig erbaut sein. Erzbischof Ruthard ist erst letztes Jahr aus seinem Exil zurückgekehrt, und obwohl er schon in Hildegards Geburtsjahr den Wunsch geäußert hat, die Geistlichen zu vertreiben, die auf Disibodenberg leben, ist daraus bis heute nichts geworden. Und zu einem solch berüchtigten und trunksüchtigen Haufen willst du sie ja wohl nicht schicken? Oder willst du das? Sie wurden bereits der Simonie, der Gier und des Müßiggangs beschuldigt.« Mechthild tritt einen Schritt zurück, als sich Hildebert vor ihr aufbaut, rot im Gesicht und völlig aufgebracht. »Sogar der Hurerei!«, schleudert er ihr in einer Kaskade aus Speichel entgegen.

»Nein«, flüstert sie und beugt den Kopf, »aber so wird es ja auch nicht bleiben.« Da er sie nicht unterbricht, fährt sie mit derselben leisen Stimme fort. »Der Erzbischof will der heiligen Stätte doch gerade Ehre erweisen, nicht wahr?« Sie blickt auf den Rücken ihres Mannes, als er sich an den Tisch setzt. »Vater Cedric sagt, Erzbischof Ruthard habe große Pläne mit der Stätte. Er will Mönche vom Sankt Alban-Kloster in Mainz dort einziehen lassen, vielleicht könnte es sogar Roricus sein, der ... Und Ruthardt will die Stätte neu formen, er will die Heiligkeit streng in Ehren halten und nicht zulassen, dass es jemals wieder zu weit geht. Vater Cedric hat den Erzbischof sagen hören, er wünsche, die Stätte werde wieder erschaffen wie zur Zeit Sankt Disibods, mit ebenjener Frömmigkeit und Strenge.« Die Worte sprudeln ihr förmlich aus dem Mund, doch dann gehen sie ihr aus, und sie fühlt einen Widerwillen in sich aufsteigen, dazustehen und zu ihrem Mann zu sprechen, als sei er ein unwissendes Kind. Er kennt den Erzbischof besser als sie. Sie hat ihm nur einen Gruß dargeboten, kurz nachdem er aus seinem Exil nach Mainz zurückgekehrt war. Sie hat auch an Roricus gedacht. Daran, ob er vielleicht nach einiger Zeit Abt in dem neuen Kloster werden könnte. Mechthild wendet Hildebert den Rücken zu.

»Jutta hat bislang noch nicht einmal die Erlaubnis des Erzbischofs erhalten. Und für gewöhnlich kann man nur Inkluse werden, wenn man bereits die Klostergelübde abgelegt hat, in einen Orden aufgenommen wurde und schon viele Jahre im Kloster verbracht hat. Wie kannst du dir da vorstellen, Jutta bekäme die Erlaubnis, Hildegard mitzubringen?« Er kneift die Augen zusammen.

»Das weiß ich nicht«, flüstert Mechthild, »aber sie benötigen viel Land, um sich selbst versorgen zu können.«

Hildebert klatscht in die Hände und lacht höhnisch. »Ja, wir können sie loswerden dafür, dass wir der Kirche auch noch Land dazugeben«, spottet er. »Stellst du dir so vor, dein Jüngstes loszuschlagen?«

»Das weiß ich nicht«, flüstert sie wieder, und es ist wahr. Sie wünschte, sie könnte weinen. Sie kann gerade noch sehen, wie Hildebert sie höhnisch und stumm nachäfft. *Das weiß ich nicht.*

»Doch ohne darum zu ersuchen, kann nichts daraus werden«, flüstert sie.

»Dann soll sie also auf einer kalten und abgeschiedenen Bergseite leben. Wie sollte das etwas Gutes für sie bewirken?« Er steht auf, geht auf sie zu.

»Ihre Frömmigkeit reicht so weit«, sagt Mechthild, immer noch mit dem Rücken zu ihrem Mann. Obwohl sie ihre Zweifel hat, ist es das einzige Argument, das sie hat. »Das ist ihre einzige Rettung.«

»Ja?« Hildebert bleibt hinter ihr stehen, packt sie an den Schultern und dreht sie herum, sodass sie sich Angesicht zu Angesicht gegenüberstehen. Sie betrachtet seine Schuhspitzen. »Und wie kannst du dir ihrer Frömmigkeit so sicher sein, Mechthild?«

»Ich weiß es aus meinem ganzen Herzen«, lügt sie und zwingt sich, ihm in die Augen zu sehen. Seine Strenge kennt sie, aber auf seinen Kummer ist sie nicht vorbereitet.

»Du musst wissen, dass ich Tag und Nacht bete, der Herr möge uns zeigen, was wir mit diesem Kind tun sollen, bitte um seine Gnade, um ...« Sie kann die Worte nicht länger in sich halten und platzt mit all dem heraus, das sie ganz entschieden nicht hatte sagen wollen. »Sie wird niemals ein Kindbett überleben, sollte sie wie durch ein Wunder überhaupt lange genug leben, um erwachsen zu werden. Sie gehört nicht in das Gewimmel aus Menschen und Tieren, wie es hier ist, Hildebert. Siehst du nicht, wie ihre Augen und ihr Haar allen Glanz verlieren, sobald der Frost einsetzt? Wie sie ängstlich wird in dem Treiben und dem Trubel und bei lauten Geräuschen, wie die Lebenskraft sie vollkommen wider die Natur immer gerade dann verlässt, wenn das Gras grünt? Der Gestank des Dorfes geht ihr ins Blut, und ihre Lippen nehmen die Farbe von Galle an. Ich glaube, das Kind hat gerade so viel Zeit im Bett verbracht wie außerhalb des Krankenlagers. Und du hast selbst einiges gehört von dem, was sie sagt!« Mechthild wirft sich ihm mit plötzlicher Heftigkeit entgegen. Sie klammert sich an ihn. »Du musst auf mich hören«, weint sie, »ich weiß nicht mehr weiter.«

Er stößt sie von sich, und sie taumelt, schluchzt, als habe sie den Verstand verloren. Sie steht so nah an der Feuerstelle, dass ihre Haut heiß wird. Er schlägt mit der Hand auf den Tisch, verbissen, aber nicht hart.

»Sie prophezeite, Hedwigs Kind sei tot«, flüstert sie und presst die geballte Hand auf die Lippen. Es dauert eine Ewigkeit, bis er es vom Tisch zur Feuerstelle geschafft hat. Den ganzen Weg über hält sie seinen Blick fest, bemerkt das Messer, das er immer noch in der Hand hält, einen Streifen Fett auf dem Wams, einen Krumen in seinem kurz geschorenen Bart.

»Was sagst du da?« Er kniet vor ihr nieder, die Wut ist der Angst gewichen. Aber sie sagt nichts mehr. Sie verbirgt ihr Gesicht und fühlt eine sonderbare Erleichterung darüber, dass es nicht länger ein Geheimnis zwischen ihnen sein soll.

»Ist das wahr?« Er bleibt auf den Knien vor ihr hocken, aber sie sieht nur die Innenseite ihrer eigenen Hände, es leuchtet rot zwischen den Fingern.

Sie nickt, flüstert, es sei bei weitem nicht das erste Mal, doch habe sie versucht, es geheim zu halten. Er will wissen, ob es außer ihr noch andere gehört haben, und beugt den Nacken, als sie den Kopf schüttelt.

»Was sagt sie selbst?« Er bleibt vor ihr sitzen.

»Sie sagt, sie habe lange geglaubt, alle Menschen sähen dasselbe, aber nun wisse sie, dass sie Dinge sehe, die anderen verborgen sind.« Mechthild legt zwei Finger auf die Lippen, atmet keuchend aus und fährt fort: »Sie sagt auch, dass sie Gott in einem Licht sieht und eine Stimme hört, die zu ihr spricht.« Jetzt ist alles gesagt, jetzt ist es an ihm, eine Entscheidung zu treffen.

Hildebert schweigt so lange, dass Mechthild vor Nervosität Herzklopfen bekommt.

»Ich spreche mit Witwe Sophia und Jutta selbst, wenn ich wieder nach Sponheim reite«, sagt er und kommt auf die Beine.

Sie will seine Hände nehmen, sich an ihn drücken. Sie will ihre Kammer wieder für ihn öffnen, so oft er es wünscht, das sanfte Eheweib sein, das er verdient. Aber sie schafft nur, mit den Fingern seinen Arm zu streifen, bevor er sich abwendet, Falk zu sich ruft und geht.

»Es wird gelingen, so Gott will«, ruft sie ihm nach, aber die Tür ist schon hinter ihm zugefallen.

Mechthild ist sowohl erleichtert als auch unruhig. Sie lehnt sich aus dem Fenster und ruft das Kind, wütend darüber, dass sie noch immer mit nackten Füßen in der Frühjahrskälte steht, wütend darüber, dass Agnes nirgends zu sehen ist. Hildegard reagiert nicht, es ist, als sei sie taub und blind, und Mechthild rauscht durch den Saal, rasend über ihr eigenwilliges, merkwürdiges Kind. Durch den Saal und die Vorhalle, um das Haus herum, durch das kleine Tor zum Obstgarten. Das lange Gras peitscht ihr um die Knöchel.

19

Hildegard spürt die Steine, die Erhebungen, die Zacken, die Hohlräume in ihrem Inneren, all die Stellen, an denen das Wasser eindringen kann, den sanft strömenden Regen, der sich hart macht und zu einem Stemmeisen wird, wenn der Frost einsetzt, Risse in die Steine treibt, den Granitstein entzweisprengt.

Hildegard spürt den Schmerz, wenn sie die Stirn dagegenlegt, die Lippen, die Handflächen an die eiskalte Mauer drückt, hört, wie der Schatten singt, wie die Feuchtigkeit ihre Füße umfängt wie die Flammen einen Pfahl.

Sie spürt den Schmerz, der die Unterschenkel hinaufkriecht, in den Kniekehlen Purzelbäume schlägt, sich bis ganz zu den Ellbogen schlängelt, den Wangen, den Augenhöhlen, die Kälte, die wie Nadeln sticht.

Sie ist aus Stein, nur der Magen tief in ihrem Körper ist eine flammende Sonne, wie der Duft von Stall und schwülem Sommerwind. Sie lauscht, die Steine singen, die Farbe Grau singt, die Erhebungen sind ein Gesang, die Hohlräume ein anderer. Gurrende, langsame Töne, die durch die Ohren und gleichzeitig durch die Füße dringen.

Sie springt von der Mauer weg, hin zu einem Grasbüschel in der Sonne, hin zum Duft von Thymian, Salbei, stillstehendem Wasser und Moos. Wenn sich die Glieder wieder von Stein in Fleisch verwandeln, wird sie zu einem Bienenstock, summend, schmerzend, brennend wie nach einem Stich. Der Duft ist der Klang einer Stimme, die sie nicht deuten kann, die sie aber in allem sucht, was sie tut, ein Geheimnis, eine Sehnsucht, die besser ist als die Ruhe in Hildeberts Stimme, besser als Mechthilds mildestes Lächeln.

Die Erde dröhnt und schmatzt wie ein zähflüssiger Brei, Schritte nähern sich ängstlich, hitzig. Aber Hildegard öffnet ihre Augen nicht, klammert sich an die Stimme und den Gesang der Steine. Das Kleid klebt an ihren Beinen, aber die Erde ist warm. Sie ist immer noch eine Kugel aus Feuer.

Hildegard, Hildegard, rufen die Schritte, die verzweifelt zwischen den Bäumen des Obstgartens hindurchjagen. Sie geht in die Hocke, trommelt mit den Fingern eine Antwort auf die Erde. Da ist die Schale der Erde, die im Frühjahr aufbricht und nichts mehr gefangen halten kann: nicht die hellroten Regenwürmer, nicht die Maulwürfe, Keime und Triebe, die Feuchtigkeit, die durch alles sickert, eine matschige Suhle aus Veränderung.

Mutter? Warum weinst du? Mutter?

Der Stein ist nicht nur Stein, er ist zum Bersten voll mit feuchter, grüner Kraft, die ihn zusammenhält, voll von Stärke, sodass Menschen Mauern bauen können, die sie beschützen, voll von rotem, brennendem Feuer, sodass er erhitzt und gehärtet werden kann.

Mutter, ich habe es selbst gehört. Es waren nicht die Steine, die sangen, es war das Licht, es war die Stimme. Ich hörte es, ich sah es, es war ein Gesang, das ist wichtig, willst du das nicht hören, Mutter?

20

Erst als Mechthild nur noch wenige Schritte von ihr entfernt ist, dreht sich Hildegard um. Ihr Blick ist fern und offen, auf ihrer Stirn sind Abdrücke von den rauen Steinen der Mauer. Sie zuckt zusammen, als Mechthild sie am Arm packt. Das Kind versucht, etwas zu erklären, aber sie hebt nur warnend die Hand und zerrt Hildegard mit sich.

Erst im Saal spricht Mechthild zu Hildegard. Sie befiehlt dem Kind, sich auf den Stuhl bei der Feuerstelle zu setzen, und gibt ihr ein Zeichen, sie solle ihre Beine ausstrecken. Sie kniet sich vor die Füße ihrer Tochter und reibt die Haut, um sie zu wärmen. Ohne ein Wort legt das Kind eine Hand auf ihren Kopf. Mechthild erstarrt und hört augenblicklich mit ihrem hektischen Reiben auf.

»Ich habe etwas gehört«, beginnt Hildegard, aber Mechthild zieht den Kopf mit einer ruckartigen Bewegung von ihrer Hand weg, sodass sie verstummt.

»Du!« Mechthild will sie zurechtweisen, sie ausschimpfen dafür, sich schon wieder vergessen zu haben, für die Dummheiten, die sie sagt, dafür, im Schatten zu frieren, für die Kälte der Erde und ihre Gebrechlichkeit, aber die Worte wollen nicht heraus. Stattdessen schickt sie Agnes, die den ganzen Weg bis in den Saal hinter ihnen hergehuscht ist, hinunter, um Fett zu holen, das sie in die Füße des Kindes einmassieren kann.

Sie wollen die Wärme von Mechthilds Händen nicht annehmen.

Als Agnes mit dem Topf zurückkehrt, hat sich Mechthild beruhigt. Hildegard sitzt mit geschlossenen Augen da und sieht aus, als sei sie in der wohligen Wärme der Feuerstelle eingeschlummert. Trotz allen Einreibens ist ihre Haut kühl wie ein Seerosenblatt. Und Mechthilds Sorgen werden nicht zu Scham. Am selben Abend befällt Hildegard wieder ein hohes Fieber, und sie spricht im Wahn über Steine und den dreieinigen Gott. Mechthild und Agnes bekreuzigen sich.

21

Es sind der Lärm und die Unruhe. Es ist Agnes, die so laut schnarcht, dass Hildegard aufwacht und sich die Decke um den Kopf wickeln muss, um wieder einschlafen zu können. Es ist Hugo, der kleine Steine nach Irmengard wirft, weil sie gegen seine Lehmkugeln getreten hat. Es ist Mechthilds kommandierende Stimme, wenn sie mit der Dienerschaft spricht. Es sind Schritte, die über die steinernen Fußböden klappern, bis Hildegards Gedanken im gleichen Takt klappern. Es ist Odilia, die, ohne zu fragen, ihre Puppe genommen und sie zwischen den Büschen im Garten liegengelassen hat, wo die Erde matschig und schlammig ist, als sie sie viele Tage später zufällig findet. Es ist jemand, der ruft und ruft, nach Hildegard oder nach jemand anderem. Es sind Stimmen, die sich während der Mahlzeit ineinander verwickeln, die von einem scharfen Klirren durchschnitten werden. Der große Holzspatel, der über den Boden des Fasses kratzt, die Messerklinge, die durch den Apfel in Hildeberts Hand geht. Geräusche, die ansteigen und ansteigen, bis Hildegard sie nicht mehr voneinander unterscheiden kann, sondern unter den Tisch gleitet und sich die Ohren zuhält, bis irgendeiner sie findet, über sie lacht und wieder auf die Bank hievt oder bis die Stimmen taumelnd vom Tisch aufstehen, lauthals lachend, und sie still und leise hervorkriecht, damit niemand bemerkt, dass sie einen Augenblick fort war. Es ist das Bellen der Hunde, die Glocke in der Kapelle, die Betriebsamkeit vor einem Feiertag, Tuch, das auf dem Tisch mit einem langen, knisternden Geräusch ausgerollt wird, das Wollkleid, das die Haut aufkratzt, eine Falte im Stoff, die sie während der Messe peinigt. Es ist das Erntefest und das Kreischen und Rufen und Gackern, es ist die Kuh, das Huhn, der Hahn: Hildeberts Hof.

Hildegard versteckt sich im Garten, beim Bach, unter dem Tisch. Es sind ihre Schlupfwinkel, wenn die anderen Fangen spielen. Zwei Enden, die zu einem Kreis zusammengefügt werden sollten, aber einander immer ausweichen.

 Will sie weg? Sie weiß es nicht, denn weg gibt es nicht. Weg ist, als würde sie mit der Fußsohle sehen oder darüber nachdenken, wohin der Bach läuft. Weg ist Frankreich oder der Gedanke an Drutwin mit glattrasiertem Schädel. Es sind nur Punkte, die vor den Augen tanzen, die mächtige Hand des Windes im Getreide. Die Welt ist hier. Sie endet da, wo der Weg auf der anderen Seite von Bermersheim im Wald verschwindet, endet in einer Wolke goldenen Staubes, der um die Pferde herum aufwirbelt, um Vater und Drutwin und Roricus. Und nachher ist nur der Weg übrig.

Sie haben harsch zueinander gesprochen, Mechthild und Hildebert. Hildegard weiß es, weil sie ihre undeutlichen Stimmen durch das Fenster hörte. Sie weiß es, weil Hildebert nicht aufsieht, während sie essen, weil dafür aber Mechthild ihn die ganze Zeit ansieht, versucht, die kleinste Bewegung seinerseits vorauszuahnen, das Mädchen wegschickt, um selbst Bier in seinen Krug zu gießen, bevor er ihn auch nur halb geleert hat, ihm das Brot hinhält, noch bevor er bittet, es ihm anzureichen. Hildegard sieht ihre Mutter an, sieht auf ihren Hals, eine blaue pulsierende Ader unter der hellen Haut wie ein kleines erschrockenes Tier, das sich an die Erde drückt. Sie sieht ihren Vater an, seinen kräftigen Bart, die hellrote, gedunsene Narbe quer über der Augenbraue, die er sich auf dem Schlachtfeld zugezogen hatte, bevor sie geboren wurde, und die sie immer unerklärlich traurig macht. Ihre Gesichter sind unruhig auf die gleiche Weise wie Blätter, die sich im Wasser spiegeln. Schaukelnd und wie verschleiert. Sie werden aus dem dunklen Wasser nach oben getragen und sind gleichzeitig ein Teil des Flusses, der niemals von der Oberfläche weggeschnitten werden kann, ganz gleich, wie scharf das Messer ist, das man benutzt. Ihre Gesichter sind Weidenbäume, die sich im Wasser spiegeln, da, wo die großen Steine im Bach liegen, direkt vor der Biegung. Ihre Gesichter sind Wasser, und das Wasser ist kochendes Öl, das die Pasteten golden werden lässt, das einem Menschen die Haut abzieht, das sie zu einem Nichts in der Welt auflöst.

Vielleicht ist es das Licht, das sich verändert? Vielleicht sind die Flammen in der Feuerstelle aufgelodert? Vielleicht braut sich Regen zusammen?
  Aber der Himmel strahlt verräterisch blau, die Sonne flicht ihr kräftiges, goldenes Haar und wirft es leichtsinnig zur Fensteröffnung herein. In der Feuerstelle schläft die Glut unter Asche und Staub.

Ein Schatten fließt den Strom herauf, gleicht der Fährte eines Tieres im schwarzen Humusboden der Felder, nur tausendmal größer und aus Dunkelheit gemacht, genau wie ein Schatten. Sie sind Wasser, sie sind Erde, Blätter, zerrissene Gesichter, die gleich von der Schattenfährte verschlungen werden. Und Hildegard? Was ist sie selbst?

22

Am Tisch sitzend, beginnt Hildegard plötzlich zu weinen, sie schluchzt so laut, dass alle innehalten und glotzen.

»Was ist denn?«, fragt Hildebert, aber sie antwortet nicht, heult nur lauter und lauter.

»Irmengard, Odilia? Wart ihr das? Hugo, hast du ihr etwas getan?« Hildebert erhebt sich halb von seinem Stuhl und beugt sich drohend über die Tischkante. Die Kinder ziehen die Köpfe ein.

»Was hast du denn?«, versucht es Mechthild und legt einen Arm um ihre Jüngste. Die Heulerei kann sie aushalten, aber den Zug, der über das Gesicht des Kindes geht und es in zwei ungleiche Hälften zerteilt, kann sie nicht ertragen.

Hildegard sinkt mit dem Oberkörper auf den Tisch und schluchzt, ohne sich trösten lassen zu wollen. Hildebert steht auf, schnappt sich das Kind mit einer schnellen Bewegung, nimmt es auf die Arme und muss lachen, als sie ihre geballten Fäuste gegen seine Schulter hämmert. Ihre Augen sind offen und leer, das ist nicht natürlich. Er schüttelt sie, doch es kommen nur mehr Tränen, mehr Schreie. Mit ihren kleinen Händen versucht sie, seinen Bart zu packen.

Mechthild ist direkt hinter ihnen, als Hildegard aus dem

Speisesaal getragen wird. Hugo lacht, Benedikta schlägt ihm über den Hinterkopf, um seinen unpassenden Ausbruch zu unterbinden, Odilia isst weiter, als sei nichts geschehen. *Wenn sich jedes Mal das ganze Haus in Bewegung setzt, weil Hildegard einen ihrer Anfälle bekommt, werden sie nie Ruhe haben,* sagt sie und erhält als Quittung für diese Bemerkung ebenfalls einen Schlag über den Hinterkopf.

In der Kammer beruhigt sich das Kind. Agnes eilt herbei, aber Mechthild schickt sie hinaus, kniet sich neben die Kleine, die nach ihr schlägt und ihre Liebkosungen nicht annehmen will. Hildebert fühlt sich wie ein tapsiger Bär, der versehentlich auf eine Lichtung geraten ist und dem es nun nicht einfällt, auf dem Absatz kehrtzumachen, sondern nur dümmlich dasteht und auf den Pfeil wartet, der bereits auf dem Bogen liegt.

»Da siehst du es«, zischt Mechthild, genau wie er es erwartet. Obwohl er nicht weiß, was es ist, das er sehen soll, besteht kein Zweifel daran, dass sie meint, es sei seine Schuld. Aber er hat nichts gemacht. Nur dagesessen, na gut, und auf dem Gespräch herumgekaut, das sie vorher geführt hatten, über Mechthilds ungeheuerlichen Vorschlag, Hildegard in einer Klosterzelle einzukerkern, am Disibodenberg, der ihm alles andere als behagt, gegen den er aber auch nichts sagen kann. Aber er hat wirklich nichts gemacht. Wie gewöhnlich steigt die Wut plötzlich und heftig in ihm hoch, wünscht, Mechthild zu treffen, die am Bett des Kindes sitzt. Doch der Anblick von Hildegards leichenblassem Gesicht und der kleinen Hände, die zu Fäusten geballt auf der Decke liegen, hält ihn zurück. Stattdessen dreht er sich auf dem Absatz um, geht mit polternden Schritten zurück in den Speisesaal, setzt sich und schielt auf die Kinder, die wie verschreckte Kaninchen die Köpfe einziehen. Er leert den Becher, putzt sich den Mund ab, taucht die Finger in die Fingerschale und schnipst Hugo, der ihm am nächsten sitzt, Wasser ins Gesicht. Zuerst sieht er seinen Vater erschrocken und verblüfft an, dann bemerkt er das Blitzen in dessen Augen und lacht. Die anderen lachen auch, laut und ausgelassen. Hildebert steht auf, formt die Hände vor dem Mund zu einem Trichter: BUH. Dann halten sie sich die Bäuche und lachen, denn sie verstehen gut, dass es komisch ist, verstehen gut, dass sie so ängstlich und niedergedrückt dasaßen und sehr komisch ausgesehen haben müssen. Nur Clementia versteht es nicht, oder sie versteht es sehr wohl, denkt aber an ihre jüngste Schwester und macht sich Sorgen, will fragen, kann aber nicht den Augenblick finden, um zu Wort zu kommen. Außerdem kennt sie die Antwort: Hildegard braucht Ruhe.

Mechthild sitzt noch immer bei dem Kind. Sie streichelt ihr über Wangen und Stirn, und Hildegard protestiert nicht länger gegen die Berührung. Den süßen Duft des Kindes würde Mechthild wiedererkennen, auch wenn man die ganze Bermersheimer Kinderschar rings um sie herum aufstellen und ihr die Augen verbinden würde. So ist es für sie mit allen ihren Kindern, genau wie bei den Tieren, denkt sie und drückt vorsichtig ihre Lippen gegen die Wange des Kindes. Kühl und weiß, sie atmet so schwach, dass Mechthild einen Finger unter ihre Nasenlöcher halten muss, um sicher zu sein, dass sie Luft holt.

»Mein Kind«, flüstert sie sanft, und Hildegard hört die Stimme, aber nicht die Worte. Hört diejenige von Mechthilds Stimmen, die sie am liebsten mag.

»Was ist passiert?«, flüstert Mechthild, als sie spürt, dass das Kind sie nicht länger zurückweist, sondern mit seinem leisen Atem auf der Kante zum Schlaf balanciert.

»Ich weiß es nicht.«

»Hat dir etwas weh getan?«, fragt Mechthild und lässt ihren Blick suchend über Arme und Hals des Kindes wandern in der Hoffnung, den Stich einer Biene oder etwas anderes zu entdecken, das die Aufgebrachtheit ihrer Tochter erklären kann. Aber Hildegard schüttelt nur den Kopf, ganz schwach, lauscht dem fast unhörbaren Rascheln von Haar gegen Stoff.

»Es war ...« Sie zögert, will die milde Stimme ihrer Mutter festhalten, aber Mechthild drückt ganz sachte ihre Hand, ermuntert sie, mit einem leisen, weichen Ja weiterzusprechen.

»Ihr wart ...«

»Ja?«

»Du und Vater ...«

»Ja?«

»Es war ...«

»Ja?«

»Ihr wart Blätter, die plötzlich weg waren. Es war ...«

»Blätter?«

»Und kochendes Öl, gerade so, als würde man kleine Pasteten kochen, aber die Haut ...«

»Die Haut?«

»Und ein Schatten, der einer Fußspur glich. Es war nicht der Tod, aber wie tot.«

»Tot?« Mechthild gibt sich große Mühe, die Wange des Kindes weiter im gleichen, ruhigen Rhythmus zu streicheln, aber ihre Finger sträuben sich.

»Kein guter Tod«, flüstert Hildegard. »Nicht der Garten des Paradieses.« Sie schweigt, öffnet die Augen zu kleinen, hellen Schlitzen und dreht den Kopf eine Ahnung zu ihrer Mutter hin. Obwohl Mechthild nichts sagt, weiß Hildegard, dass sie die milde Stimme verloren hat.

»Ich konnte es einfach nicht verstehen.« Dann schließt sie die Augen, der Kopf sinkt tiefer in das Kissen. Ein feiner Faden Speichel läuft aus dem Mundwinkel und bildet einen dunklen Flecken auf dem Stoff. Hildegard gleicht einer Toten, aber sie schläft nur. Schläft erschöpft und unbeweglich, schläft eine ganze Nacht durch, in der Mechthild kaum wagt, sich zu bewegen, bis schließlich beide Beine eingeschlafen sind und sie aufstehen muss.

Agnes wartet auf der anderen Seite der Tür. Sie hat sich auf den nackten Boden gelegt und ist eingeschlafen. Mechthild stößt sie mit dem Fuß an, und erschrocken setzt sie sich auf.

»Frau«, sagt sie und kommt auf die Beine, stolpert beinahe und richtet sich auf.

»Sie schläft«, entgegnet Mechthild schroff. Sie lehnt sich gegen die Wand, um den Fuß zu massieren, in dem es immer noch kribbelt.

»Hat sie Fieber?«

»Nein.«

»Oh, Gott sei gelobt.« Agnes sieht so erleichtert aus, dass Mechthild einen Stich der Dankbarkeit verspürt.

Mechthild findet keine Ruhe. Jedes Mal, wenn sie kurz davor ist, einzunicken, fährt sie hoch, eine Palette unheimlicher Erscheinungen vor Augen. Hildegard ist tot. Hildegard ist verrückt. Und alle Gedanken gehen in Flammen auf, rote und orange Zungen in einem Feuer aus trockenen Stöcken und Zweigen, kleine Tiere, die schreiend aus dem Rauch flüchten. Da sind auch ein mattschwarzes Pferd, das über einen Hofplatz läuft, und ein Donnerschallen. Mechthild ist im Zweifel darüber, ob sie schläft oder wach ist. Als es hell wird, steht sie auf. In ihrer kompletten Kleidung hat sie dagelegen, und ihr Rücken ist steif und schmerzt. Sie geht zu Hildeberts Kammer, noch bevor sie ihr Haar gekämmt hat. Sie klopft an die Tür, zuerst leise, dann laut und dröhnend, bis Meister Otto mit Schlaf in den Augen auftaucht. Hildebert ist bereits vor dem Morgengrauen aufgebrochen.

»Nach Sponheim, Frau.«

»Warum so früh?« Mechthild gefällt es nicht, dass Otto mehr über die Pläne ihres Mannes weiß als sie selbst. Barsch und herrisch versucht sie, ihre Unsicherheit zu verbergen.

»Das hat er nicht gesagt, Frau. Er befahl dem Stalljungen, aufzusatteln.«

»Wann ist er zurück?« Ihre Stimme ist hart.

»Das sagte er nicht, Frau.«

Otto kann nichts dafür, und Mechthild zügelt ihre Wut. Mit einem Nicken und einer Handbewegung schickt sie ihn weg und geht zurück zur Kammer. Sie legt sich auf das Bett, um die Schmerzen im Rücken zu lindern. Sie kann hören, wie auf dem Hofplatz der Tag beginnt. Sie hört den Hirtenjungen, der die Ziegen hinaustreibt, die Puten und die Hühner, das Mädchen, das sich im Küchenhaus zu schaffen macht, jemanden, der etwas fallen lässt, dass es auf den Boden kracht, und eins der Kinder von einem der Dienstmädchen, das heult. Ein spröder Ton von der Glocke der Dorfkirche. Die Kinder, die von Clementia den Flur entlanggeführt werden. Sie sieht sie vor sich, Clementia. Sie wird die souveräne Art vermissen, mit der ihre Älteste Ordnung in die kleine Schar bringt, wenn sie bald ihr Zuhause verlässt. Es ist an der Zeit, das weiß sie wohl, und die Ehe ist seit Jahren vereinbart. Selbst Clementia, die lange zurückhaltend war, ist ungeduldig geworden, und jetzt ist das Datum festgelegt: Mariä Heimsuchung, der zweite Tag im Juli.

Clementias zukünftiger Mann kann sich glücklich schätzen. Sie ist dazu geschaffen, Hausfrau zu sein, mit ihren breiten Hüften geschaffen, Kinder zu gebären. Mechthild dreht sich um und seufzt zufrieden. Es ist eine gute Partie, die sie gefunden haben. Ja, schon, er ist etwas älter, fast in Hildeberts Alter, und er wohnt ein paar Tagesreisen entfernt, nördlich von Aachen. Aber dafür werden Clementias Kinder seinen Adelstitel erben, und sie kennt niemanden, der so viel Land besitzt wie er. Er steht in der Gunst von Kaiser Heinrich IV. und bekam die Erlaubnis, eine kleine Burg zu errichten, wofür er als Gegenleistung im Falle eines Krieges Leute abstellen muss. Er ist Witwer, aber die erste Ehe war glücklicherweise kinderlos. Das Beste ist, dass er selbst Clementia wählte, das erspart ihnen Verhandlungen und Tauziehereien. Damals war sie gerade dreizehn geworden, und er machte auf dem Weg nach Hause in Bermersheim halt. Er hatte sich Hildebert angeschlossen, nachdem er in Heidelberg einen kostbaren Jagdfalken geholt hatte. Dort hatten sie die beste Zucht. Der große, goldbraune Vogel saß auf der Ledermanschette an seinem Handgelenk, als sie auf den Hofplatz einritten, was nur schwer anders zu deuten war als Hochmut oder als unmäßige kindliche Freude über die Neuerwerbung.

Zuerst mochte Mechthild weder sein Auftreten noch die Art, auf die er Clementia studierte. Äffisch hatte er ihr zwei erlegte Kaninchen heruntergereicht, als sei sie ein einfaches Küchenmädchen, obwohl ihre Kleidung einen Irrtum unmöglich machte. Aber Clementia hatte die Situation mit Würde gerettet, hatte gesagt, es sei eine Schande, dass die Tiere nicht in einer Falle gefangen worden waren. Wäre das Fell am Rücken nicht zerrissen und blutig, hätte es in diesem Fall durchaus ein hübsches Handschuhfutter abgegeben. Daraufhin hatte sie die Kaninchen selbst den ganzen Weg bis zum Küchenhaus getragen.

Als Graf Gerberts Weg zur Erntezeit wieder an Bermersheim vorbeiführte, hatte er Hildebert und Mechthild sein Eheangebot unterbreitet. Hildebert hatte verlangt, dass die Hochzeit noch einige Jahre warten müsse, bis das Mädchen für einen so großen Haushalt bereit sei, wie sie ihn in ihrem neuen Zuhause führen soll. Gerbert hatte ohne weiteres akzeptiert. Auch Clementias Proteste erstarben bald. Mit ihrem ruhigen Gemüt hatte sie sich mit der Situation abgefunden, wie es ihre Pflicht war, um der Familie Ehre zu machen.

Es beruhigt Mechthild, an Clementias bevorstehende Hochzeit zu denken, an Vorbereitungen und Verbindungen, an Aussteuer und Festessen. Das hält die Gedanken vom Rücken und von Hildegard fern.

Als Mechthild später aufwacht, kann sie sich kaum bewegen, so groß sind die Schmerzen im Rücken. Sie ruft nach dem Mädchen, das jedoch erst nach einer Ewigkeit erscheint. Clementia ist mit Estrid und Otto im Dorf, als die Botschaft den Hof erreicht, ein Handelsreisender mit Kräutern aus dem Osten sei nach Bermersheim gekommen. Benedikta eilt herbei, als sie ihre Mutter jammern hört. Ein warmer Stein aus der Feuerstelle wird in ein weiches Fell gewickelt, und Benedikta legt ihre Hand an Mechthilds Wange.

Den ganzen Tag liegt sie, stöhnt und kann nicht nach Hildegard sehen. Agnes wird herbeigerufen. Nachdem sie gründlich verhört worden ist, schickt Mechthild sie mit der Anweisung zurück, dem Kind abgekochten Kerbel und Petersilie zu geben und dafür zu sorgen, dass sie im Bett bleibt. Benedikta wechselt den Lendenwickel, aber die Wärme macht es nur schlimmer. Mechthild wird zänkisch wie ein altes Weib.

Clementia kommt ohne den Safran für die Torten zurück, von dem sie geträumt hatte. Beim Anblick ihrer ältesten Tochter beruhigt sich Mechthild und schickt Benedikta zurück an ihre Arbeit.

Benediktas Stickereien sind schöner als die irgendeiner anderen im Haus. Sogar Tante Ursula und ihre törichte Kristin haben sie so sehr gelobt, dass sie fast hochmütig geworden ist. Aber als sie die Aufgabe bekam, eine neue Borte für das Brautlaken zu sticken, hörte sie bald auf, sich lustig zu machen. Zwar kann Mechthild selbst nicht so schön nähen, aber die Handarbeit inspizieren und jeden einzelnen schiefen Stich aufziehen und noch einmal machen lassen, das kann sie.

Es schmerzt im Nacken und in den Fingern, und trotz des Fingerhuts schafft es Benedikta, sich mit der Nadel unter den Nagel zu stechen. Das Brautlaken wurde von Sponheim geschickt, wo Tante Ursula und Cousine Kristin den Mittelteil des kreideweißen Leinens schon mit Blumenranken im Plattstich bestickt haben. Der Kantenborte mit Hohlstich soll sich Benedikta annehmen. Die Hochzeitsnacht werden Clementia und Graf Gerbert auf dem Geburtshof der Braut verbringen, weil die Reise nach Aachen lang ist, aber auch weil Mechthild sicher sein will, dass die erste Nacht als Ehepaar so vonstattengeht, wie es die Tradition verlangt. Benedikta schaudert es beim Gedanken an den ekligen, alten Mann, mit dem ihre Schwester verheiratet wird. Sie preist sich glücklich, dass nicht sie es war, die er gewählt hatte. Seitdem ist er viele Male in Bermersheim gewesen, und jedes Mal hat er sich auf Bettelgang zu Clementia begeben. Bei einer Gelegenheit vergaß er all seine Manieren und drängte sie in einen Winkel hinter dem Küchenhaus, wo er versuchte, die Hand unter ihr Kleid zu schieben. Zu ihrem großen Glück wurde sie von Hugo gerettet, der auf der Flucht vor Irmengard und Odilia war. Beim Anblick seiner an die Mauer gedrückten Schwester im Nahkampf mit ihrem Zukünftigen blieb er wie vom Donner gerührt stehen und glotzte. Clementia hatte Hugo gedroht, er solle den Mund halten, und er hatte gehorcht. Sie war entsetzt und wagte es nicht, mit irgendjemand anderem als Benedikta zu sprechen. Aber als Mechthild bemerkte, dass sie keinen Augenblick ohne die Begleitung ihrer Schwester verbrachte, wenn Gerbert zu Besuch war, gestand sie weinend und beschämt, was passiert war. Benedikta war währenddessen selbst im Saal und ärgerte sich über das lang anhaltende Geflenne ihrer großen Schwester.

Mechthild hatte an der Feuerstelle gestanden und Clementia zugehört, ohne eine Miene zu verziehen. Kurz darauf wurde die Hochzeit vorverlegt, und Clementia weinte sich eine ganze Woche lang in den Schlaf. Benedikta wusste nicht, was sie sagen sollte, um ihre Schwester zu trösten, weil sie den Gedanken an Gerbert grauenerregend fand. In ihren Vorstellungen von der Ehe ist der Mann zwar reich wie Gerbert, jedoch nur halb so alt und hat ein Gesicht so schön wie das des neuen Stallmeisters Joachim. Er senkt den Blick, wenn sie vorbeigeht, aber ab und zu gelingt es ihr, unbeaufsichtigt durch den Stall zu gehen, unter dem Vorwand, sie müsse etwas holen oder nach den Fohlen sehen. Den Stallburschen, den zahnlosen Heine, kennt sie, seit sie fünf ist und ihm die Zähne noch nicht von einer widerspenstigen Stute ausgetreten worden waren. Damals hatte er Grimassen geschnitten, bis sie lachen musste. Jetzt ist sie vierzehn, und keiner wagt es mehr, ihr Grimassen zu schneiden oder sie auch nur anzusehen, denn die Strafe dafür, sich an den Töchtern des Hausherrn zu versuchen, ist hart. Joachim schlägt die Augen jedoch nicht immer nieder, und einige Male schon hat sie seinen freimütigen Blick erwidert.

Benedikta lässt bei dem Gedanken die Hände ruhen und knüllt die Kante des Lakens zusammen, ohne es zu wissen. Sie denkt an einen Nachmittag, neulich erst, an dem sie mit Hugo und Odilia zum Bach gegangen war. Während die Kinder Stöckchen und Borkenstücke ins Wasser warfen, lag sie ausgestreckt im Gras. Zuerst hatte sie an überhaupt nichts gedacht. Dünne, weiße Wolken rissen sich voneinander los und zogen als missgestaltete Tiere am Himmel entlang. Wenn sie den Kopf zu der einen Seite wandte, konnte sie eine Ahnung von Hugos oder Odilias Haarschopf im Schilf erhaschen. Auf der anderen Seite lag der Stall, und sie fühlte einen starken inneren Drang, dort hinaufzugehen. Zwar hatte Mechthild ihr aufgetragen, auf ihre Geschwister aufzupassen, doch war sie sich sehr wohl im Klaren darüber, dass es nur ein Vorwand war und in Wahrheit die Kleinen ein Auge auf sie hatten.

Im Stall war es dunkel, doch das Licht hatte an einigen Stellen den Weg durch das Dach gefunden und fiel wie zu Garben gebunden herein. Staub und Stroh tanzten um Joachim herum, als er frisches Heu in die Stände streute, nachdem er Heine zu den Pferden auf der Allmende geschickt hatte. Der Duft von frischem Stroh vermischte sich in der Nachmittagshitze mit dem Geruch der Tiere und dem Gestank von Urin. Joachim wandte sich ihr zu, lehnte sich gegen den Stand und lächelte. Seine Kleidung war staubig und schmutzig von der Arbeit, und sie fühlte sich außerstande, sich zu bewegen. Das brachte ihn zum Lachen. Er warf die Heugabel weg, machte einen Schritt auf sie zu und schob mit einem festen Griff in seinen Schritt den Unterleib vor und zurück, während er sie anstierte.

Sie war aus dem Stall gestürmt, atemlos und durcheinander,

hatte keuchend auf dem Hofplatz gestanden. Als Clementia aus dem Küchenhaus kam, rannte Benedikta hinunter zu den Obstbüschen und kauerte sich hinter dem Zaun zusammen. Sie hatte die Episode niemandem gegenüber erwähnt, aber sie hatte sich geschworen, niemals, niemals wieder alleine durch den Stall zu gehen. Das Gelübde hatte sie jedoch nicht einhalten können. Sie war ein Wirrwarr aus losen Fäden, die Rückseite einer Stickerei, bevor die Enden vernäht sind, Fäden, an denen Joachim mit seinen groben Händen zog. In der Regel ging sie erhobenen Hauptes durch den Stall und bildete sich ein, es bedeute nichts, doch es fiel ihr durchaus schwer, so zu tun, als sei sie nicht enttäuscht, wenn er nicht da war oder, noch schlimmer: da war, aber so tat, als bemerke er sie nicht. Dann kreisten ihre Gedanken um die ausgebliebene Aufmerksamkeit, zwangen sie, zum Stall zurückzugehen, sobald sich die Möglichkeit bot. Es war dumm, das sah sie wohl ein. Sobald es ihr geglückt war, das zu bekommen, wofür sie gekommen war, schimpfte sie auf sich selbst und ihre Besessenheit und ihr kindisches Benehmen.

Nach dem entsetzlichen Nachmittag hatte sie sich mehrere Tage ferngehalten, aber als es ihr gelang, in dem allgemeinen Durcheinander nach dem Abendessen allein davonzuhuschen, trieb die Neugierde sie doch wieder hinunter zum Stall. Auf halbem Weg sah sie Heine Richtung Dorf gehen, und das Herz war ihr bis in den Hals gesprungen bei dem Gedanken, Joachim alleine im Stall vorzufinden. Die Pferde bewegten sich unruhig in ihren Ständen, schlugen mit den Schweifen nach blutdürstigen Insekten. Es war die Zeit für Pferdebremsen und Biesfliegen. Rechts von der Tür hing Hildeberts Zaumzeug. Er war am selben Abend aus Sponheim gekommen, und es war noch nicht in die Sattelkammer gebracht worden. Seine Peitsche stand an die Mauer gelehnt da, sie ließ die Finger über den mit Leder umwickelten Griff gleiten und weiter an den Wandbalken entlang. Die Stille im Stall nahm ihr den Mut, hinter den Lauten der Tiere fand sie nichts anderes als ihre eigenen unterdrückten Atemzüge. Da trat Joachim hinter ihr in die Türöffnung, füllte sie fast vollständig aus, blieb mit gespreizten Beinen und vor der Brust verschränkten Armen stehen. Sie suchte sein Gesicht, mutiger als je zuvor, begegnete seinem Blick, seinem schrecklichen, trotzigen Blick. Er ging einen Schritt auf sie zu, sie trat zurück. Er machte noch einen Schritt, langsam und drohend. Sie wollte sich umdrehen, aus der Dunkelheit des Stalls fliehen, blieb aber mit dem Rücken gegen die Wand stehen, als habe sie sich ergeben. Sein Gesicht war dreckverschmiert, und als er näher kam, stach ein widerlicher Gestank nach Schweiß und Bier in ihre Nase.

»Warum kommst du ständig wieder her?«, flüsterte er.

Die Zunge wuchs in ihrem Mund, wuchs hinunter in den Rachen, bis sie Brechreiz verspürte. Er warf seinen Oberkörper mit solcher Kraft nach vorn und gegen sie, dass sie aus purem Schrecken den Kopf zurückwarf und mit dem Hinterkopf gegen die Balkenwand stieß. Er entblößte seine Zähne, knurrte wie ein Hund. Nein, sagte sie und hob die Hände. Ein pfeifendes, kraftloses Nein, das ihn dazu brachte, innezuhalten, als käme er zur Besinnung. Aber dann lachte er. Es war ein leises und höhnisches Lachen. Er streckte seine große Hand nach ihr aus. Sie bewegte sich nicht, unternahm nicht den kleinsten Versuch zu entkommen, und nachher schämte sie sich gerade darüber am meisten. Er legte die Hand um ihren Hals, drückte genau so fest zu, dass sie keinen Laut hervorbringen konnte, obwohl das NEIN in ihrem Körper zu einem Schrei wuchs, der Mechthild und Hildebert herbeirufen konnte. Ein Schatten, der ihr entfahren und das ganze Dorf herbeirufen konnte. Aber der Laut blieb eingesperrt, schnitt gegen die Innenseite der Kehle, dort, wo er sie am Hals gepackt hielt. Sie starrte ihn an, starrte direkt in sein Haar, als er seinen zerzausten Kopf beugte und gegen ihre Brust presste.

Er ließ die freie Hand dem Stoff auf ihrem Körper folgen, ohne das Kleid zu berühren. Dann ließ er sie los, spuckte in das Stroh neben ihr. »Wenn du plauderst!«, zischte er ihr ins Ohr.

Mit dem Schrei im Hals rannte sie aus dem Stall, rieb und rieb die Haut an der Stelle, an der er sie festgehalten hatte, eilte in den Obstgarten, lief zwischen den Bäumen vor und zurück.

Wenn sie Mechthild oder Hildebert erzählte, was passiert war, würde er möglicherweise bestraft werden. Die Beine zitterten unter ihr, und sie kauerte sich im Gras zusammen, presste die Stirn so hart gegen die Knie, dass es weh tat. Vielleicht würden sie fragen, was sie so spät noch alleine im Stall gemacht habe. Vielleicht würden sie gar glauben, es sei noch anderes geschehen, als dass sie nur seinen Blick herausgefordert hatte. Und er, was würde er sagen? Obwohl er nichts anderes als ein einfacher Stallmeister war, würde auch er gehört werden. Dann würde das Gerücht das ganze Dorf in Brand setzen, es würde wachsen und sich häuten, wieder und wieder, und wenn er tatsächlich bestraft würde, würden sie ganz sicher denken, er habe sich an ihr vergangen, und dann wäre sie in ihren Augen nicht länger Jungfrau.

Sie ging erst wieder in den Saal zu den anderen, als sie ihren Atem unter Kontrolle hatte. Mechthild saß im Dämmerlicht am Tisch, umgeben von ihren Kindern.

»Ja?« Mechthild sah sie an, wartete auf eine Erklärung für ihr verstörtes Erscheinen.

»Ich bin bei den Fohlen gewesen«, antwortete Benedikta dumm und blieb stehen.

»Alleine?«

»Ja, Mutter ... also nein ... ich meine, Heine und Joachim waren ja da.«

»Also bist du alleine gegangen.«

»Ja, Mutter.«

Mechthild sagte nichts mehr, und Benedikta setzte sich auf die Bank, saß mit dem Kinn auf dem Ellbogen da und gab sich Mühe, so auszusehen, als interessiere sie sich für das Brettspiel zwischen Hugo und Irmengard. Hildegard saß wie gewöhnlich da und tat nichts Besonderes. Ab und zu strich sie mit beiden Händen über die Tischplatte, wie ein Zimmermann, der untersucht, ob er seine Arbeit gut gemacht hatte. Benedikta konnte spüren, wie der Blick des Kindes sie fand und an ihr hängen blieb. Es irritierte sie, dass Hildegard sie nicht zufrieden ließ, so wie die anderen es taten.

»Du hast Male auf der Stirn«, sagte Hildegard plötzlich, mit einer Stimme wie ein Jagdmesser, das einen Schnitt in die Haut setzen kann, so präzise und fein, dass es nicht sofort beginnt zu bluten. Blitzschnell wandte Mechthild sich den Mädchen zu. Hildegard sah Benedikta weiter an. Ihr Blick glich dem eines Falken, wenn er die Haube abgenommen bekommt und sofort mit seinen kleinen Augen nach Beute sucht. Erst mit Verzögerung verstand Benedikta, was die Schwester sagte: Male auf der Stirn, wie Abdrücke von den Klauen des Teufels, wie das Böse, das in sie gefahren war, das aus ihr herausgestrahlt hatte, das sie dazu gebracht hatte, Joachim zu locken, ihn mit Raserei und unzüchtigen Gedanken angesteckt hatte. Sie verbarg ihr Gesicht in den Händen, während der Teufel in Gestalt eines Ziegenbocks in ihrer Brust trampelte.

Mechthild erhob sich und riss ihr die Hände vom Gesicht. Ein Fluss aus Tränen und Rotz strömte aus ihr, ein Gurgeln, als habe der Teufel ihre Stimme gestohlen. Sie wollte die Hände wieder vors Gesicht schlagen, wollte um jeden Preis ihre Stirn verbergen, denn sie fühlte, wie die Male brannten, spürte, dass Mechthild sie im nächsten Moment bei den Hörnern packen und quer durch den Saal schleudern würde.

Mechthild zwang ihr die Hände mit einer harten Bewegung vom Gesicht, inspizierte schweigend ihre Züge. Mit dem Zeigefinger rieb sie so hart darüber, dass es brannte, und Benedikta verstand.

»Druckstellen«, sagte Mechthild.

»Ich habe mich hingesetzt und den Kopf auf die Knie gelegt«, schluchzte Benedikta, »ich habe mich im Obstgarten ausgeruht, mit dem Kopf auf den Knien.«

»Dich ausgeruht? Im Obstgarten?« Mechthild blieb vor ihr stehen.

Benedikta nickte nur. Es war besser, nichts zu erklären.

Mechthild nickte ebenfalls. Dann wandte sie sich Hildegard zu und verpasste ihr ohne Zögern eine Ohrfeige. Hildegard saß ganz still und nahm die Zurechtweisung entgegen, fasste sich noch nicht einmal an die Wange, obwohl ihr Tränen in die Augen stiegen.

Es war nicht gerecht, das wusste Benedikta sehr gut, aber dennoch hatte sie sich darüber gefreut, dass es ausnahmsweise einmal Hildegard war, über die es hereinbrach. Das merkwürdige Kind, das ständig Ruhe haben musste, das Mechthilds Gedanken einnahm, sodass kaum noch Platz für anderes war. Wäre es Hugo gewesen, hätte er geheult, bis er nach draußen geschickt worden wäre, aber Hildegard nahm ihren Schlag stumm entgegen, was die Freude eine Ahnung stutzte. Als sie ins Bett sollten, ging Benedikta nicht gleich mit Clementia, sondern folgte Hildegard und Agnes den Flur hinunter, ohne genau zu wissen, was sie wollte. Weil Agnes voran in Hildegards Kammer ging, standen die beiden Schwestern einander gegenüber. Hildegard ging ihr kaum bis zur Brust, obwohl sie schon acht Jahre alt war. Das schlechte Gewissen hatte Benedikta gepackt und sie hatte Hildegard stumm übers Haar gestrichen.

23

Nach acht Tagen kehrt Hildebert nach Bermersheim zurück. Er geht an Mechthild vorbei, ohne zu grüßen. Sie läuft in der kleinen Stube auf und ab, weil es im Rücken weh tut, wenn sie sitzt. Sie fragt ihn nichts und lässt ihn den ganzen Nachmittag über in Frieden. Nach der Abendmahlzeit werden sein Schweigen, die Rückenschmerzen und die lautstarken Stimmen der Kinder unerträglich, und sie schickt Kinder samt Dienstmädchen nach draußen. Sobald sie alleine sind, steht er auf, um zu gehen, doch sie hält ihn zurück. Sie packt seinen Arm, bevor er die Tür erreicht, er bleibt stehen, weicht ihrem Blick aber aus.

»Mit Hildegard wird es so, wie du es wünschst«, sagt er, immer noch ohne sie anzusehen, und sie lässt los.

Vom Fenster aus sieht sie ihn quer über den Hofplatz zum Stallgebäude gehen, wo Joachim aus der kohlschwarzen Türöffnung tritt, gefolgt vom zahnlosen Heine, der dämlich grient, auf den Armen das Zaumzeug, das zu Hildeberts Pferd gehört. Hildebert erteilt Befehle, und Heine verrenkt den Kopf erst zur einen und dann zur anderen Seite, um den Mücken zu entgehen, die mit dem Sommer in Schwärmen einfallen. Mechthild bleibt stehen, reibt sich geistesabwesend ihre Lende, erhitzt von einer sonderbaren Angespanntheit, die sie gleichzeitig lachen und weinen lassen könnte. Wenn er doch nur die Absprache mit Sophia, ihrem Sohn Meinhard und der frommen Jutta zustande gebracht hat, dann werden sie dafür sorgen, dass das Ersuchen an den Bischof, Jutta als Inklusin aufzunehmen, auch Hildegard einschließt. Wie schnell der Bischof diese Sache entscheidet, ist schwer zu sagen und hängt wohl von so vielem ab. Obwohl sie vermutlich einen Teil der Kirche am Disibodenberg wieder beziehen können, stehen noch Bauarbeiten bevor, ehe das Kloster wieder genutzt werden kann, und noch mehr, bevor es selbstversorgend sein wird. Aber wenn sie eingewilligt haben, Hildegard in ihre Obhut zu nehmen, kann sie vermutlich schon diesen Herbst nach Sponheim geschickt werden, wo Jutta sie unterrichten und auf das Klosterleben vorbereiten und schließlich die Entscheidung fällen wird, ob Hildegard geeignet ist.

Joachim führt zwei Pferde heraus. Hugo ist dazugekommen und schwingt sich auf den stämmigen Braunen, Hildebert selbst setzt sich in den Sattel des scheckigen Wallachs. Im Schritt reiten sie durch das Tor. Mechthild ist erleichtert, dass er sich nicht gleich zurück nach Sponheim aufmacht.

Der Schmerz nagt sich durch das Becken bis hinunter in die Schenkel, sie fühlt sich alt und presst die Finger auf ihre geschlossenen Augen, um nicht zu weinen.

Drutwin war der schwerste Abschied, denn sie hatte es als gegeben angenommen, dass er in Bermersheim bleiben und den Hof übernehmen würde. Ohne gefragt zu werden, hatte er sein Erbe an Hugo abtreten und sich gehorsam dem eigensinnigen Willen seines Vaters unterordnen müssen. Wenngleich es offensichtlich war, dass dem Jungen sowohl der Charakter als auch die Mannhaftigkeit fehlte, hätte Hildebert ihn nicht so weit wegschicken müssen, dass sie ihn so gut wie sicher nie wieder sehen wird. Roricus kann sie wenigstens in Mainz besuchen, auch wenn es nicht oft vorkommt.

Clementia wird die erste ihrer Töchter sein, die das Zuhause verlässt, und bald werden sie auch einen passenden Ehemann für Benedikta finden. Sie hat viel zu viel Energie und eigenen Willen, es wird kaum leicht für sie werden, dem Willen eines Mannes zu folgen. Dafür ist sie schön und lebhaft, und das wird die Bewerber erst einmal anziehen. Für Irmengard und Odilia haben sie bereits Vereinbarungen getroffen, es den Mädchen aber noch nicht erzählt. Hugo ist wie geschaffen für ein Leben auf einem Pferderücken, und wenn Hildebert einmal nicht mehr kann, wird der Junge den Hof auf die gleiche Art wie sein Vater weiterführen. Eine Hochzeit im Jahr, denkt Mechthild und schließt die Augen, das müssen sie die nächsten vier Jahre bewältigen, und dann würden nur noch sie, Hildegard und Hugo übrig sein. Und natürlich Hugos zukünftige Ehefrau, mahnt sie sich selbst und lässt sich beschwerlich auf einem Stuhl nieder. Sie muss mit Bedacht gewählt werden. Wenn sie und das Mädchen nicht miteinander auskommen, wird es niemals gehen.

An Clementias Hochzeitstag summt der Hof vor Leben. Die Familie hat frei, während alle anderen schuften müssen. Früh am Morgen inspiziert Mechthild die Küche und den Saal, wo Otto das Aufhängen der schönen Wandteppiche dirigiert. Zufrieden und überzeugt davon, alles unter Kontrolle zu haben, zieht sie sich zurück in die kleine Stube, in der die Töchter warten. Hildegard ist ausnahmsweise einmal gesund, sie sitzt in einem neuen, himmelblauen Seidenkleid da und betrachtet die kommende Braut. Ab und zu beginnt die Kleine einen Satz, den sie nicht vollendet, doch weder Mechthild noch ihre Schwestern haben die Ruhe, auf das zu hören, was sie sagt.

Irmengard und Odilia streiten sich, wer den längsten Zopf hat, Mechthild ist es leid, das Gezänk anzuhören und droht, sich mit der Schere des Haars beider Mädchen anzunehmen. Benediktas Scherze werden gröber und gröber, sie macht unanständige Andeutungen zur bevorstehenden Hochzeitsnacht, bis Clementia in Tränen ausbricht. Benedikta bereut ihre Boshaftigkeit, wirft sich ihrer Schwester an den Hals und heult noch lauter, bis Mechthild anfängt zu lachen und sich ihre ältesten Töchter beruhigen und die Tränen trocknen. Clementia pikt Benedikta in die Seite und sagt, sie freue sich darauf, zu sehen, wer als ihr Zukünftiger auserkoren wird, und zwar noch heute. Benedikta schneidet ihr eine Grimasse, weiß aber ganz genau, dass das Hochzeitsfest eine ausgezeichnete Gelegenheit für die Junggesellen ist, sich die unverheirateten Mädchen des Hauses anzusehen.

»Nicht für mich«, sagt Hildegard mit fester Stimme, und dann brechen alle in Gelächter aus.

Hildegard lacht mit, angestrengt und verständnislos. Mechthild legt die Arme um sie und drückt sie an sich.

»Nicht für dich?«, fragt sie und hält Hildegard von sich weg. »Sollen für dich keine Ehevereinbarungen getroffen werden?«

Die Schwestern lachen Tränen. Mechthild aber küsst ihre Jüngste, die anscheinend keinen Anstoß an Irmengards und Odilias groben Bemerkungen nimmt, sie sei eine Bohnenstange und ein Zwerg, den sowieso keiner wolle. Es brennt Mechthild auf der Zunge, Hildegard von den Zukunftsplänen für sie zu erzählen, aber sie muss sich beherrschen, bis sie Hildeberts Einverständnis hat.

»Wirst du gar nicht heiraten?«, fragt Clementia neckisch. Doch Hildegard sieht nur ins Feuer, ohne zu antworten.

Hildebert klopft an die Tür, er ist herausgeputzt und wirkt noch massiger als sonst mit dem dunkelblauen Umhang über seinem roten Wams. Tante Ursula eilt hinter ihrem kleinen Bruder herbei, aufgeregt, weil der Wachtposten gerade gerufen hat, Gerbert und sein Gefolge werden jeden Moment auf den Hofplatz einreiten, um das Fest beginnen zu lassen. Ursula redet in einem fort, und Mechthild wird still und ärgerlich. Was kümmert es sie, was Ursula zu diesem und jenem meint? Sie redet wie die Herrin des Hauses, die zurückgekommen ist und sich darüber freut, festzustellen, dass alles in Ordnung ist.

Die jüngsten Töchter laufen als Erste die Treppe hinunter, bleiben vor der Tür stehen und rücken ihre Kleider zurecht. Sie streichen sich übers Haar, bevor sie hinaustreten in den blendenden Sonnenschein. Mechthild kommt direkt hinter ihnen, gefolgt von Hugo, der mehr der Gäste kennt als seine Mutter. Ein Schwatzen und Lachen liegt über dem Hofplatz, die Sonne brennt auf die Versammlung nieder, Gesichter glänzen und werden abgewischt, es riecht nach Schweiß und gebratenem Fleisch. Hildegard hält sich an Agnes und an ihre Schwestern, es ist schwül zwischen den fremden Beinen und Bäuchen und Händen. Die Stimmen verwickeln sich ineinander, werden zu steifem und undurchsichtigem Stoff. Sie packt Agnes' Hand, um nicht zu fallen, ringt nach Luft, aber niemand scheint ihre Bedrängnis zu bemerken. Erst als die Tür zum Haupthaus aufgestoßen wird und Hildebert mit seiner ältesten Tochter am Arm heraustritt, entsteht ein Augenblick gesegneten Friedens. Die Menschenmenge teilt sich, um die Braut hindurchzulassen.

Das Resultat mehrerer Tage harter Arbeit im Küchenhaus macht sich bemerkbar, als die schön angerichteten Platten voller Köstlichkeiten hereingetragen werden. Die Musikanten sind den ganzen Weg von Mainz herübergekommen, man hört den Klang von Flöten und Trommeln, eine Frau schlägt das Tamburin. Wenn sie sich zuckend im Takt bewegt, ähnelt sie einem Ziegenbock. An diesem Festtag wird nicht nur leichtes Bier, sondern auch Wein und Starkbier gereicht, das Mastkalb wurde an seinem Spieß goldbraun gedreht. Die Spanferkel gähnen über eingeritzten Äpfeln, in Honig glasiert und bis zum Bersten voll mit gut gewürzter Füllung, Lammtorten, gebratene Tauben und Rebhühner, nach Salbei duftendes Lammfrikassee, Gänseklein in dicker, süßer Soße, gesalzenes Hammelfleisch, Hackfrüchte in kunstvollen Mustern und kleine, gesalzene Pasteten, wie Tiere geformt.

Auf dem Hofplatz feiern die Leute aus dem Dorf und das Gesinde, das gerade nicht damit beschäftigt ist, zu bedienen. Aufgrund des festlichen Anlasses bekommen sie gute Fleischgerichte und in Honig gebackenes Brot auf hölzernen Platten und Starkbier in Kannen. Sie sind laut, beinahe ohrenbetäubend, werden aber vom Lärm aus dem Saal noch übertönt. Zusammen mit den Musikanten ist ein reisender Feuertänzer gekommen. Die Lichter werden gelöscht, und der Tanz kann sich vor dem Langtisch in voller Pracht entfalten. Benedikta stellt sich auf die Bank, um besser sehen zu können. Der Tänzer hat seinen Körper mit Fett eingeschmiert, und die Haut auf seinem nackten Oberkörper glänzt im Schein der Fackeln, die er in den Händen hält. Ein Triller des Flötenspielers setzt den Tanz in Gang, eine Trommel folgt dröhnend nach, und der halbnackte Mann wirbelt wieder und wieder um sich selbst. In der Dunkelheit des Saals werden seine Fackeln zu Rädern, die sich in rasendem Tempo drehen, seinen Körper und sein Gesicht umgeben und Schatten über die Gesichter der Zuschauer werfen. Benedikta ist schwindelig, und die lauten Rufe und das Klatschen steigen ihr zu Kopf. Der Feuertänzer passiert die Reihe der Bänke, in der sie jetzt wieder sitzt, er hat ein Gesicht wie ein Adler, und ein Geruch von ranzigem Fett umgibt ihn, sodass sie sich ihre Hand vor die Nase halten muss. Sie sieht Agnes, die Hildegard in ihre Kammer bringt, die Kleine hat aufgeregt rote Wangen und blanke Augen. Benedikta selbst denkt nicht daran zu schlafen, das dritte Gericht ist gerade erst hereingebracht worden, und im Festsaal flammen Fackeln und Lichter wieder fröhlich auf. Sie will sich wach halten, bis die Braut und der Bräutigam zum Brautbett geführt werden, das sie selbst mitgestaltet hat.

»»Aber wie nun die Gemeinde sich Christus unterordnet, so sollen sich auch die Frauen ihren Männern unterordnen in allen Dingen««, hatte Vater Cedric gesagt, als er den Segen sprach. Unter dem hohen Himmel, in der Sprache, die alle verstanden, und nicht Latein wie in der Kirche. Clementia stand mit gebeugtem Kopf neben Gerbert, der sich so aufplusterte, dass sie wie ein Kind an seiner Seite schien. Benedikta denkt an das Brautbett. Sie denkt an den goldenen Kranz um Clementias offenes Haar, an ihre Haut, die wie Sahne anmutet, und an Gerberts braun gesprenkelte Hände. Am Tisch hatte er seiner Braut einen Falken geschenkt, und obwohl Clementia verstand, welch kostbares Geschenk das war, hatte sie keine Ahnung, was sie mit dem Tier anfangen sollte. Der Vogel trug eine mit Federn verzierte und mit Juwelen besetzte Haube über den Augen und saß in seinem Käfig, als sei er aus Holz geschnitzt. Er war kreideweiß. Hildegard war von ihrem Platz aufgestanden und ganz dicht an den Käfig herangetreten. Der Anblick des dürren rotblonden Mädchens, das so ausdauernd auf den Vogel starrte, lenkte die Aufmerksamkeit der Festgesellschaft von der sprachlosen Clementia hin zu Hildegard.

»Am Hofe Kaiser Heinrichs reiten auch die Frauen zur Falkenjagd«, hatte Gerbert gesagt und seinen Pokal in Richtung Saal gehoben. Clementia wagte es noch immer nicht, dem Blick ihres Mannes zu begegnen, lächelte aber und sah aus, als fühle sie sich ausgezeichnet an seiner Seite.

Hildegard ließ ihren Blick zwischen dem Vogel und Gerbert hin und her wandern. Freimütig fragte sie, ob der Vogel einen Namen habe. Da lachte er sein rohes Lachen und streckte die Hand aus, um ihr den Kopf zu tätscheln. Nein, der Vogel hat keinen Namen, aber Clementia kann einen wählen, wenn sie meint, sagte er und legte den Arm um seine Braut. Danach erklärte er langweilig und weitschweifig, wie Jagdvögel aufgezogen und abgerichtet werden, wie man ihnen als Erstes den Schlaf raubt und Nahrung vorenthält, um sie gefügig zu machen, und sie hernach mit einem Küken belohnt, wenn sie getan haben, was man von ihnen verlangt.

Hildegard hatte als Einzige aufmerksam zugehört und auch Fragen gestellt, aber obwohl Gerbert über sein Lieblingsthema sprach, war er des wissbegierigen Kindes schließlich doch müde geworden.

Nur um es einmal zu probieren, trinkt Benedikta von dem Starkbier. Es schmeckt bitter, ruft aber ein angenehmes Gefühl in ihrem Magen hervor. Ehe sie es recht weiß, hat sie einen Becher geleert und muss sich an der Tischkante festhalten, als sie aufsteht. Draußen in der frischen Nachtluft atmet sie tief durch, und die Leichtigkeit breitet sich bis in die Fingerspitzen und die Zehen aus.

»Nächstes Mal ist die Reihe an dir«, hatte Hildebert zu ihr

gesagt, als sie mitten in Gerberts Gefolge aus Verwandten und anderen Leuten standen, zu denen er Verbindungen hatte. Lautstark erklärte er allen, die es hören mochten, dass sie vor vielen Jahren eine Absprache mit Jonas von Koblenz eingegangen waren, der aber letzten Winter am Fieber gestorben sei. Benedikta hatte von ihrem kommenden Mann und von seinem Tod zwar gehört, doch das hatte sie nicht im Geringsten berührt, da sie ihm nie begegnet war. Stattdessen fühlte sie sich zwischen all den lauthalsigen und zum Feiern aufgelegten Männern und Frauen auf dem Hofplatz wie ein gejagtes Tier. Ein gedrungener Mann, der in seinem mit Seide gefütterten Samtumhang gewaltig schwitzte, lächelte sie einladend an. Sie richtete ihren Blick zu Boden und beeilte sich wegzukommen, sobald sich die Gelegenheit bot. Kusine Kristin hatte den Gedrungenen nach der Segnung diskret für sie auserwählt und erklärt, es sei ihr Schwager, Andreas von Boppard. Ein ehrbarer und wohlhabender Herr, dessen erste Frau im Kindbett gestorben war und das Neugeborene mit ins Grab genommen hatte. Ehrbar oder nicht, bei Benedikta stellte sich dasselbe Gefühl ein wie damals, als sie beinahe an ihrer eigenen Zunge erstickt wäre, nachdem Joachim ihr im Stall zu nahe gekommen war.

Sie legt den Kopf in den Nacken und sieht zum Nachthimmel hinauf. Das Starkbier und der Lärm aus dem Saal versetzen alles um sie herum in Bewegung, sie verspürt Lust, sich hinzulegen. Sie begibt sich hinunter zu den Obstbäumen. Das Gras steht hoch, und der Tau streichelt frisch und kühl ihre Hände. Weit weg rieselt der Bach, und der Wind rauscht durch die Wipfel der Bäume, es duftet nach wildem Kerbel und Kamille.

Vielleicht hat sie richtig geschlafen, vielleicht nur gedöst. Sie hat keine Ahnung und fährt mit einem Ruck hoch. Sie kann sich nicht orientieren, spürt aber, dass sich jemand in der Dunkelheit hinter ihr bewegt. Schnell ist sie auf den Beinen, will zurück zum Fest und zum Lärm, der sich in der Nacht zerstreut. Sie hat erst ein paar Schritte gemacht, bevor jemand ihren Knöchel packt und sie vornüber ins Gras stürzt. Jemand hält sie fest, sitzt schwer auf ihrem Rücken, dreht ihr die Arme um, presst eine grobe Faust auf ihren Mund. Sie will die Hand beißen, merkt aber, dass ihr etwas gegen den Hals gedrückt wird, eine Messerklinge – so kalt, dass ihr die Luft wegbleibt.

»Wenn du still bist, geschieht dir nichts«, flüstert ihr Angreifer, und sie weiß sofort, dass es Joachim ist. Joachim, der seine Knie gegen ihre Hüften drückt, der eine lederne Schnur fest um ihre Handgelenke bindet, der warm und stinkend gegen ihre Wange atmet, an ihrem Rücken herumfummelt, sie an den Haaren packt und ihr Gesicht aus dem Gras hochreißt, sodass die Haut an der Kehle spannt.

»Na, willst du es auch?«, flüstert er, »sag mir, dass du es willst.«

Sie versucht, den Kopf zu schütteln, stößt Laute aus, die im Hals verschwinden, und die Messerklinge wird tiefer in das Fleisch gedrückt.

»Sagst du ja?«, zischt er und dreht das Messer eine Ahnung, sodass es brennt, während er sie mit der anderen Hand am Hinterkopf packt und ihr Gesicht nach unten ins Gras drückt.

Sie schüttelt wieder den Kopf, und er ritzt sie mit der Spitze des Messers, bis warmes Blut über die Haut läuft. Sie weint ohne einen Laut, wagt es nicht, gegen das Messer und die Faust und das Gewicht von Joachims Körper anzukämpfen.

Er wiederholt seine Frage noch ein paar Mal, und erst als sie nickt, zieht er das Messer zurück.

»So ist es schon besser«, flüstert er. Der Geruch nach Pferd, der ihn einhüllt, ist so widerwärtig, dass sich ihr Magen zusammenzieht.

Er macht sich hinter ihr zu schaffen, an ihren Sachen, rollt sie brutal herum auf den Rücken. Jetzt liegt sie auf ihren Händen, die wegen der Schnur schon gefühllos sind. Er legt eine Hand um ihren Hals. Mit seiner freien Hand lässt er das Messer durch ihr Kleid gleiten, entblößt ihre Brüste.

Jedes Mal, wenn sie die Augen schließt, spuckt er ihr ins Gesicht und stößt den Schaft des Messers hart gegen ihre Rippen, aber der Schmerz kommt von einer fernen und verbotenen Stelle. Sie soll ihn ansehen, fordert er. Sie gehorcht und stiert hinaus in die Dunkelheit, als er seinen Kopf zwischen ihren Brüsten vergräbt, in ihre helle Haut beißt, sie mit seinem unrasierten Kinn kratzt. Sie erwidert seinen Blick, als er das Messer triumphierend weiter durch den Stoff über ihrem Bauch und zu ihrem Schoß führt. Während er ihr weiter direkt ins Gesicht glotzt und die Finger in ihren Hals bohrt, reißt er das Kleid mit einem Ruck entzwei, sodass sie nackt in einem Balg aus Seide liegt. Es ist, als gehörten sie und ihr Körper nicht länger zusammen, obwohl sich der Schmerz im Schoß in sie hineinzwängt, als würde sie in zwei Stücke gerissen. Sein wiederholtes *Du willst es doch* wird von einem Grunzen abgelöst, als er den Schaft des Messers in ihre verborgene Stelle stößt. Blut läuft warm und klebrig über ihre Pobacken und ihre Schenkel, er zieht seine Hosen herunter, steht auf allen vieren und gebärdet sich wie ein Tier. Ohne ihren Hals loszulassen, schiebt er sich vor ihr Gesicht, sodass sein Glied gegen ihre Lippen schlägt. Vom Gestank nach Käse und Schweiß, nach Stall und Urin zieht sich ihr Magen erneut zusammen. Sie kann es nicht mehr zurückhalten und übergibt sich. Er zieht sich nicht schnell genug von ihr zurück, eine Girlande aus Erbrochenem hängt von seinem steifen Glied. Er wird wütend, presst sich hinein zwischen ihre Lippen, bis ganz in den Rachen, sodass sie sich noch einmal übergibt. Er schlägt ihr hart ins Gesicht, und sie verschwindet in eine Dunkelheit, die durch Schädel und Nase in dem Gestank von Erbrochenem versickert. Als sie wieder zu sich kommt, bewegt er sich aus ihr heraus, in sie hinein, rollt mit den Augen, zieht sich zusammen, fällt mit einem gedämpften Brüllen von ihr ab. Er bleibt ganz still neben ihr liegen, den Kopf schwer auf ihrer Schulter. Sie schafft es zu denken, er sei tot, wie durch ein Wunder tot, bevor er sich auf Arme und Beine hochstemmt. Er stößt sie weg, als liege sie ihm im Weg.

Kurz vor Morgengrauen liegt sie noch immer im Gras. Der zahnlose Heine findet sie, die Hände hinterm Rücken gefesselt, kalt und übel zugerichtet. Noch in der Nacht waren alle hinausgeschickt worden, um nach ihr zu suchen, Hildebert selbst hatte sich mit einer Fackel in Richtung Dorf aufgemacht. Es war Mechthild, die bemerkt hatte, dass Benedikta verschwunden war. Erst war sie verärgert darüber, dass sich Benedikta nicht dem Gefolge anschloss, um Clementia und Gerbert zum Brautbett zu führen. Als die Neuverheirateten im Bett lagen, ging sie hinüber in Benediktas Kammer. Ihr Bett war leer, und sie wurde noch wütender. Aber erst nachdem sie durch das Küchenhaus und den halbleeren Saal gestürmt war, ergriff sie die Angst.

Beim Anblick des unbeweglichen, entkleideten Mädchens packt Heine das Entsetzen, er wagt es nicht, sie zu berühren. Sein Schreien ruft die anderen herbei, ruft das Gesinde, ruft Mechthild, die Hildebert durch das Tor laufen sieht, er ist direkt hinter ihr, aber sie erreicht ihre Tochter zuerst. Es ist ihr Kind, und die Leute stehen in einem unruhigen Kreis um die

Frau des Hauses herum, die brüllt, die sich wie ein rasendes Tier über ihre Tochter wirft, die lederne Schnur von ihren Handgelenken reißt und das Mädchen an sich zieht.

Zehn Tage später stirbt Benedikta. Clementia war am dritten Tag nach der Hochzeit mit Gerbert nach Aachen aufgebrochen, als es für kurze Zeit so aussah, als ob ihre Schwester auf dem Weg der Besserung sei. Das Unglück hatte Benedikta stumm werden lassen. Der Bauch unterhalb ihres Nabels war aufgebläht und weiß, und sie jammerte vor Schmerzen. Aber das Fieber hatte sich ein wenig gelegt.

Wer sie so misshandelt hat, ist für Mechthild ohne Zweifel. Joachim war seit dieser Nacht verschwunden. Der Name allein hatte das Mädchen zusammenfahren lassen. Mechthild hatte versucht, sie zum Sprechen zu bringen, gelockt und gedroht, aber nichts hatte geholfen. Sie hatte den Mund des Mädchens aufgedrückt, um sich zu versichern, dass es sich nicht die Zunge abgebissen hatte. Es war ein schäbiges Gefühl, als sie Benedikta fragte, ob sie es habe geschehen lassen, aber von all ihren Fragen war es diese, auf die das Mädchen am heftigsten reagierte. Sie sagte es Hildebert nicht. Der war von rachsüchtiger Raserei entbrannt und erging sich in Fantasien, wie Joachim bestraft werden sollte. Sie wurden immer abgefeimter und widerlicher, bis es selbst Mechthild zu viel wurde, obwohl auch sie auf blutige Rache sann. Hildebert brachte es nicht über sich, das Krankenbett seiner Tochter zu besuchen, die bleich und elend in einem Gestank aus Stuhlgang, Urin und Blut dalag.

Mechthild war sich unsicher, ob Benedikta überhaupt verstanden hatte, dass Clementia mit Graf Gerbert aufgebrochen war. Am selben Abend öffnete sie auf ihrem Krankenlager zum ersten und einzigen Mal den Mund und rief nach ihrer großen Schwester. Es war im Wahn, daran hatte Mechthild nicht gezweifelt, dennoch hatte sie es als ein Zeichen der Besserung betrachtet. Im Laufe der Nacht ging das Fieber aber ins Blut über, violette Streifen eilten über ihren Körper, eine Salve roter Male zog sich über Hals und Brust. Es wurde ein Bote zu Vater Cedric geschickt, der nicht wusste, was er mit dem Opfer der Sünde anfangen sollte, aber er gab ihr trotz allem die Letzte Ölung, weil Mechthild geweint und darauf beharrt hatte, die Barmherzigkeit des Herrn sei größer als die Sünde der ganzen Welt. Hastig murmelte er die Gebete und sah Benedikta kaum an. Aber das Öl hat sie bekommen, und damit tröstet Mechthild sich.

24

Zwei Schläge der Kirchenglocke für Frauen, drei für Männer, Hildegard kennt das Läuten, wenn jemand gestorben ist, aber am Morgen nach Benediktas Tod ist es still. Eine morgendliche Stille, ein Keil aus erschöpfter Ruhe, eingehämmert zwischen das Entsetzen, das voranging, und das Entsetzen, das nachfolgt.

Eine mit Stoff umwickelte, verwachsene Schmetterlingslarve wird aus der Kammer und an der Hofkapelle vorbeigetragen und auf den mit Stroh bedeckten Karren gelegt, den Hildebert selbst ziehen will.

Die Sommererde öffnet sich der Schaufel, macht den Totengräbern die Arbeit leicht, ihre Knöchel leuchten, ihre Sachen sind fleckig von Erde und Staub.

Vater Cedric steht am Grab, lässt in der Morgendämmerung heiliges Wasser darüber regnen, verleiht der Puppe, die dort unten bläulich schimmert, feine Flügel aus Erde. Wie bei der Hochzeit ist der Himmel das einzige Dach seiner Kirche. Obwohl er die Sprache spricht, die Hildegard kennt, sind seine Worte dunkel und fremdartig, heißen Kummer und Ewigkeit, und jedes einzelne Gesicht am Grab ist ein Tor, das nicht geöffnet werden kann.

Das Grab wird zugeschüttet. Hildegard will weinen, damit der Kloß im Hals verschwindet, aber Mechthild schreit so, dass der Rest der Versammlung stumm bleibt. Sie schreit und schreit, und die Kiefern, die hagere Schatten über Benediktas Grab werfen, bewegen sich im Takt ihrer Klage.

Die Seele, denkt Hildegard. Die Seelen, die niemals Frieden finden. Die ruhelosen, elenden, verfemten Seelen. Warum will ihr das niemand erklären? Der heilige Garten, das heilige Grab. Und die Flammen der Hölle, das Feuer, das Bäume zu Asche werden lässt, die Erde, die eine zur Puppe verwandelte Schwester nimmt. Hildegard krümmt die Zehen, um nicht zu fallen, und legt ihre kleine Hand in Hildeberts Faust.

25

Benedikta liegt in geweihter Erde, doch so weit weg von der Kirche wie möglich, bei denen, die im Kindbett gestorben sind. Sie hatte die Letzte Ölung bekommen, und obschon keine Rede davon sein konnte, eine richtige Zeremonie abzuhalten, hatte Vater Cedric am Grab das Gebet gelesen. Keiner der Hochzeitsgäste war zur Beerdigung gekommen, niemand wollte in Bermersheim bleiben. Nicht einmal Ursula hatte gefragt, ob sie helfen könne, Benedikta zu pflegen. Sie hatte sich eilig davongemacht, ganz so wie alle anderen, hatte sich nicht einmal damit aufgehalten, eine Entschuldigung vorzubringen.

Jeden einzelnen Tag geht Mechthild hinunter zum Grab, berührt das Holzkreuz über Benediktas Kopf. Sie achtet sorgfältig darauf, nicht zu viele Pflichten auf dem Hof zu versäumen, überlässt aber doch mehr als üblich den anderen. Als die Zwillinge starben, war sie wahnsinnig vor Kummer, und Vater Cedric verbot ihr, ihre Namen auszusprechen. Damals sprach er belehrend zu ihr über die Gaben des Herrn, die Strafe des Herrn für die Sündigen, die Hand des Herrn, die gibt und nimmt. Sie hatte sich an die Hoffnung geklammert, bald wieder ein Kind in sich zu tragen, und der Herr hatte ihre Gebete erhört und ihr Hildegard geschenkt.

Benediktas Grab ist ein Strudel in einem Strom, der Bäume und Laute dazu bringt, sich zu drehen, schneller und schneller, bis die ganze Welt in das schäumende Wasser gesogen wird. Im Auge des Strudels muss man sich sinken lassen, dort verliert man alle Sinne, und Mechthild ruft stumm den Herrn an. Aber Gott bleibt ihr verborgen, ist nicht zu finden in der flirrenden Spätsommerhitze, in der die Luft über den Steinen der Mauer wogt. Die eindringlichen Gebete der ersten Wochen verstummen, die Kiefern beugen sich wehmütig zueinander, ein dunkelgrünes Kirchengewölbe. Mechthild stiert und stiert auf den Erdhaufen, der langsam zusammensinkt. Stundenlang steht sie da, während ihre Füße Wurzeln schlagen. Ihr Herz schlägt Wurzeln in der Erde des Friedhofs, ein Netz aus Wurzeln, das an ihr reißt und zerrt, wo sie geht und steht, dichter zusammenwächst und tiefer wird, Nahrung findet in Gottes hartnäckigem Schweigen. Die Hitzewelle wird von Tagen mit heftigem Regen abgelöst, und sie steht dennoch da, schwer und gebückt in einem einfachen Kleid, das sie wie eine Bauersfrau aussehen lässt. Steht halb im Schutz der Bäume, während der Boden die Nässe aufsaugt, bis Klumpen trockener Erde nachgeben und zu weichem, schwarzem Matsch zusammenfallen. Mechthild sehnt sich danach, das Gras möge das Grab übernehmen, danach, das Blumen ihre Samen säen, am Holzkreuz emporwachsen, es auseinanderreißen. Schwarze Galle steigt von den toten, zu Humus gewordenen Körpern auf und verrußt die Rinde der Bäume, gelbe Galle durchdringt die Luft, gibt dem Himmel einen unnatürlichen Schein, bis er in einem Spätsommergewitter zerbirst.

Nur weil sie jeden Tag aus ihrem Bett aufsteht und ihren Pflichten nachkommt, wagt niemand, etwas zu ihr zu sagen. Könnten sie ihre Gedanken sehen, würden sie erschrecken. Dort drinnen spricht sie nicht länger mit Gott, dort reißen Raubvögel Joachim die Eingeweide heraus, während er noch am Leben ist, dort schneidet sie ihm sein Glied mit einem Messer ab. Sie versteht den Willen des Herrn nicht und ertappt sich bei dem Gedanken, er wolle ihr Böses. Damals bei den Zwillingen sprach Vater Cedric darüber, wie Gott dem Satan erlaubte, Hiob zu peinigen, und wie der Satan behauptete, Hiob werde den Herrn verfluchen, wenn ihm alles genommen werde. Dennoch betete Hiob weiter den Herrn an und unterwarf sich seinem Willen. Damals war es ein Trost gewesen, von den Leiden eines anderen und seiner Treue zu Gott zu hören. Nach Benediktas Tod taumelt sie blind herum und sucht nach Linderung, findet sie aber nirgendwo. Sie denkt an Hiob, der den Tag seiner Geburt verfluchte und wünschte, er wäre im Bauch seiner Mutter gestorben. Sie denkt, dass selbst die ungetauften Zwillinge glücklicher waren als Benedikta, glücklicher als sie selbst, die den Rest ihres Lebens von zerrissenen Bildern der Erinnerung an ihre misshandelte Tochter heimgesucht werden wird. Sie durchwühlt ihren Verstand, um herauszufinden, womit sie Gott gekränkt hat, warum er sie so hart straft. Sie denkt an Hiob, der nicht verstand, welche Freude Gott an seinen Leiden haben konnte, sie denkt an Hiob, der Gott bat, ihn verstehen zu lassen, was sein Vergehen war, warum er zu solchem Leid verurteilt war, warum Gott überhaupt Unglück und Ungerechtigkeit geschehen ließ, wenn alle Macht in seiner Hand lag.

Bald plagt sie auch die Schuld, Gottes Güte in Zweifel zu ziehen. Eines Nachts, als sie verwirrt und von Träumen verfolgt aufwacht, durchzieht ein scharfer Geruch nach Verbranntem die Kammer, und sie ist sicher, einen Augenblick lang den Schwanz des Teufels um den Bettpfosten herum verschwinden zu sehen.

Am nächsten Morgen sucht sie Vater Cedric auf. Sie kommt auf der Suche nach Trost, aber er spricht hart zu ihr. Er will nichts hören von Benedikta, überhaupt nichts, ermahnt sie nur, es nicht Mord zu nennen, da niemand das Mädchen um Hilfe rufen gehört hat.

»Du feilschst mit dem Herrn«, sagt er, »aber der Herr ist niemandes Diener. Der Herr sieht durch fromme Taten, sieht direkt in unsere schwarzen Herzen.«

Als sie nach Hause geht, ist sie doppelt verzweifelt. Nach dem Tod der Zwillinge sagte Vater Cedric, sie solle ohne Sorge sein, da sie Hoffnung habe, und in der Hoffnung werde Christus die Hand ausstrecken. Sie weiß, dass es verkehrt ist, die Hoffnung aus einem Priester herauszwingen zu wollen. Ob Benedikta um Hilfe gerufen hat, weiß niemand, aber keiner, der seine fünf Sinne beisammen hat, kann glauben, dass sich ein junges Mädchen freiwillig einer solchen Misshandlung unterwerfen würde. Im Dorf wird geredet, aber Vater Cedric hat Benedikta mit eigenen Augen gesehen, als sie krank und gequält bis zum Äußersten niederlag. Trotzdem spricht er so. Drohend hebt Mechthild die Faust in die Luft, droht Vater Cedric und Joachim, droht ihrer eigenen Treulosigkeit und dem Herrn selbst.

Mechthild wird zu einer Schlafwandlerin, die das Gesinde und ihre Kinder kaum beachtet. Wenn sie ihnen einen Gedanken schenkt, dann nur in der Hoffnung, sie mögen sie zufriedenlassen. Sie mögen verheiratet werden, ins Kloster gehen, fortgehen, sodass sie sich ihrem Kummer hingeben kann. Hildebert ist auf Befehl des Herzogs auf dem Weg nach Sponheim. Der alte Kaiser Heinrich IV. war im Jahr zuvor gezwungen worden abzudanken, und nun ist er gestorben. Sein Sohn, Heinrich V., der formell auf dem Thron sitzt, seit er dreizehn ist, reell aber keine Macht hatte, begehrte gegen seinen Vater auf. Obwohl es viele gibt, die dem alten Kaiser keine Träne nachweinen, weiß man nie, worauf der neue König verfällt, um seine Stärke zu zeigen. Der Herzog von Sponheim unterstützte den Aufruhr gegen den alten Kaiser, und das ist Hildeberts Glück. Es gab Aufruhr in Köln, und auch an anderen Orten schwelt die Unruhe, deshalb will sich der Herzog mit seinen Männern beraten. Ausnahmsweise einmal machte sich Hildebert die Mühe, Mechthild die Zusammenhänge zu erklären, sodass sie nicht protestieren und ihn bitten konnte, Trauerzeit für seine Tochter zu halten. Es war der alte Kaiser, der Erzbischof Ruthard ins Exil geschickt hatte, und jetzt, nach seiner Rückkehr, ist er auch denen zu Dank verpflichtet, die den neuen König unterstützt haben, was sich als Vorteil für Hildegard erweisen kann.

Hugo begleitet seinen Vater, Irmengard und Odilia laufen

Estrid oder Agnes nach und gehen ihnen zur Hand, Hildegard dagegen geht mehr und mehr umher, wie es ihr passt. Einmal folgt sie ihrer Mutter zum Friedhof. Als Mechthild entdeckt, dass sie ihr nachläuft, wird sie wütend und schickt sie nach Hause.

26

Am Rand des Bachs schaukelt ein toter Frosch. Der weiße Bauch zeigt nach oben, und als Hildegard ihn mit einem Stöckchen auf ein Blatt bugsiert, reißt ein Loch in die Haut. Sie sammelt tote Fliegen, tote Spinnen und eine Hummel auf der Handfläche. Sie legt die Insekten, die der Frosch hätte fressen können, wenn er noch am Leben wäre, in einem Kranz entlang der Kante des Blattes.

Hildegard erwacht beim Morgengrauen. Das erste Tageslicht sickert durch die Ritzen der Fensterläden. Lichtstreifen tanzen und ballen sich zu Klumpen zusammen, werden zu einem regenbogenfarbenen Ei, das entzweibricht. Von den zerbrochenen Schalen strahlt ein pulsierendes, farbloses Licht, ein lebendes Licht, das stärker als die Sonne scheint. Hildegard hat keine Angst, obwohl das Licht ihre Brust und ihre Stirn durchdringt, denn es erfüllt sie mit einem seligen Frieden. In dem Licht sieht sie den toten Frosch vom Tag zuvor, sieht Kreise, die sich wie sich drehende Flammenräder ineinanderfügen. Das Licht ist lebendig, es spricht mit der Stimme, die sie kennt und mehr liebt als irgendetwas anderes. Es erzählt ihr genau, wie Himmel und Erde in einer schönen Symmetrie angeordnet sind.

Als sie durch den Obstgarten geht, sieht sie ein Vogeljunges, das aus dem Nest gefallen ist. Es liegt mit nach hinten verdrehtem Hals im Gras. Sie trägt es hinunter zur Leichenparade und legt es genau gegenüber vom Frosch ab.

Hildegard tritt einen Schritt zurück und betrachtet die Anordnung. Sie hatte Agnes gefragt, wie sie sicher sein konnten, dass Benedikta wirklich tot ist und nicht bloß an einen Ort geschickt wurde, wo niemand ihre Schande kennt. Agnes' Augen wurden schmal, sie antwortete nicht. Hildegard starrt in die Sonne, solange sie kann.

Hildegard arrangiert neu. Rupft Gras aus und legt feuchte Erde bloß, die sie mit den nackten Füßen eben und glatt stampft. Mit einem spitzen Hölzchen ritzt sie ein Zeichen in die Erde. Kreise um Kreise herum. Das sind sie selbst und ihre Geschwister, sie ist der kleinste Kreis in der Mitte. Sie zeichnet zwei weitere Kreise, sehr dicht beieinander direkt außerhalb ihres eigenen. Es sind die Zwillinge, die starben, bevor sie geboren wurden. Sie hatte ihre Mutter gefragt, ob es Platz für sie, Hildegard, gegeben hätte, wenn sie überlebt hätten, aber Mechthild tat so, als habe sie die Frage nicht gehört. Jetzt ist es still in dem großen Haus, selbst während der Mahlzeiten. Nur die Wände jammern, und Mechthilds Gedanken rauschen wie der Wind.

Hildegard findet kleine Steine und legt sie auf der Innenseite des Kreises ab, der Benedikta ist. Unter den Kreis legt sie den Vogel und darunter den Frosch. Darunter wiederum die Hummel, dann die Spinne, danach die Fliegen und ganz unten drei tote Ameisen.

Es ist so, als lege man Balken aufeinander, um ein Haus zu bauen. Gott ist über den Menschen, der Mann über der Frau über dem Kind über den Tieren. Die Tiere in Reih und Glied. Der Vogel, der den Frosch frisst und sich etwas von dessen Kraft aneignet, so wie sich der Mensch die des Ochsen aneignet. Es ist ein Gewimmel aus farbigen Seidenbändern, die sich auseinander- und ineinanderschlängeln und vor ihren Augen tanzen. Sie konzentriert sich auf die Ordnung, die sie in dem lebenden Licht sah. Aber außerhalb der Rangordnung ist da etwas, das allem, was sich aus eigener Kraft bewegt, gemeinsam ist. Steine atmen nicht auf die gleiche Weise wie Tiere und Menschen, Metall und Wasser und Eis auch nicht. Ist der Mensch ein Tier? Mit den gleichen Augen und Gliedmaßen, mit einem Atem, der aufhören kann. Ist Gott, der den Menschen nach seinem Ebenbild erschaffen hat, dann auch ein Tier? Da sind Seidenbänder, die sich zu einem großen, unordentlichen Ballen verwickeln, und jedes Mal, wenn sie an einem losen Ende zieht, um den Ballen abzuwickeln, binden sich Knoten und die Bänder ziehen sich fester zusammen.

Drei Tage später regnet es, und die Erde schmatzt unter Hildegards Füßen, besudelt den Saum ihres Kleides. Die Kreise sind beinahe fort, aber der Kranz aus Steinen liegt immer noch dort. Sie berührt ihn mit dem Fuß, sie freut sich, sie versteht Gottes Zeichen. Er lässt den Schlüssel zum Paradies in der Sonne funkeln, er hat Benedikta in sein Reich eingelassen.

27

Sophia und Jutta von Sponheim fahren in einem breiten, offenen Wagen durch das Tor und machen vor dem Stallgebäude halt. Juttas großer Bruder Meinhardt und zwei Knappen reisen zu Pferd, große, glänzende Tiere, noch rassiger als Hildeberts. Der zahnlose Heine kommt eilig herbei, verbeugt ich vor der Herrschaft und hält die schweißtriefenden Pferde, während der Kutscher vom Bocksitz springt. Heine gibt sich Mühe, nicht die vornehmen Leute im Wagen anzustarren, und obwohl Jutta in ihrer jugendlichen Schönheit strahlt, ist es Sophia, von der er die Augen kaum lassen kann. Meinhardt hilft zuerst seiner Mutter, dann seiner Schwester von dem Wagen herunter. Hildebert kommt aus der Dunkelheit des Tores, begrüßt alle drei freundlich, besonders Sophia, deren Hände er an seine Lippen führt.

Als Mechthild endlich dazukommt, hat Hildebert ihnen auf Sophias Aufforderung hin bereits alle Gebäude gezeigt, die den Hofplatz umgeben. Mechthild sieht fürchterlich aus, hat aber im Gegensatz zu den vorherigen Wochen, als sie die Strähnen einfach hängen ließ und sich nicht die Mühe machte, Hände oder Gesicht zu waschen, immerhin das Haar frisiert und den Zopf unter den Schleier gesteckt. Wegen des besonderen Anlasses hat sie heute das dunkle Wollkleid, das sie seit Benediktas Tod trägt, gegen ein passenderes Seidenkleid ausgetauscht. Sophia und Meinhardt begrüßen Mechthild freundlich. Einen Schritt hinter ihnen steht Jutta in einem groben und einfachen Kleid. Sie tritt als Letzte zu Mechthild hin. Hell und fein ist sie, rank und schmal wie ein Kind, obwohl sie einen Busen und das Gesicht einer Frau hat. Sie ist sechzehn Jahre alt, älter als Clementia. Mechthild macht einen Knicks vor dem jungen Mädchen, das ihre Hand nimmt und flüstert, es tue ihr leid, von Mechthilds Verlust zu hören. Es wärmt Mechthild, dass Jutta Benedikta erwähnt, sie kann die Hand des jungen Mädchens beinahe nicht loslassen. Jutta legt einen Augenblick ihre Hand an die Wange der Frau des Hauses. Obwohl sie noch so jung ist, hat sie eine tiefe Furche zwischen den Brauen.

Hugo wurde geschickt, Hildegard zu holen, die bei Agnes sein sollte, die das Kind aber wie gewöhnlich aus den Augen verloren hat. Hugo springt herum auf der Suche nach seiner Schwester, aufgeregt über den vornehmen Besuch, ruft nach Hildegard, kennt ihre Verstecke und findet sie wie erwartet am Bach. Er bringt sie zu Agnes, die sie an den Haaren zieht, weil sie ihrer eigenen Wege geht, obwohl sie doch Bescheid bekommen hat, ihr zu folgen. Hildegard verteidigt sich nicht, aber die Art, auf die sie es nicht tut, ist schlimmer, als würde sie Widerworte geben. Agnes zerrt sie den ganzen Weg hinauf bis zum Haus, und Hildegard lässt sich mitziehen, ohne sich zu wehren. Agnes weist sie an, das verdreckte Kleid auszuziehen, und schickt das Dienstmädchen, saubere Sachen für das Kind zu holen, während sie grob und rücksichtslos Hildegards Haar löst und den Kamm durch die sparsame Pracht jagt. Sie hilft ihr in ein sauberes Kleid, streicht den Stoff über dem Körper des Mädchens mit beiden Händen zurecht, betrachtet sie kritisch und fragt sich nervös, ob es passend ist, die feinen Gäste in dem Kleid zu empfangen, das sie auch bei Clementias unglückseliger Hochzeit trug. Hugo überbringt den Bescheid, das Kind solle ordentlich hergerichtet und direkt in den Speisesaal geschickt werden. Obwohl die Frau des Hauses es nicht offen gesagt hat, spürt Agnes doch, dass etwas im Werden ist, das Hildegards Zukunft betrifft, und es macht sie unruhig, nicht genau zu wissen, was es ist. Es ist schwer, das Herz nicht an die Kinder

der Herrschaft zu hängen. Über Hildegard hat sie so viele Nächte gewacht, dass all die Unruhe sich zu einer Liebe gesammelt hat, die schmerzt wie ein Geschwür bei dem Gedanken an den Abschied, den die Zukunft bringen wird.

Im Saal warten die Gäste zusammen mit Mechthild und Hildebert. Als Agnes sie durch die Tür schiebt und im Bruchteil einer Sekunde wieder verschwunden ist, macht Hildegard einen Knicks, ohne aufzusehen. Sie hört ihrem Gespräch zu, verliert aber die Konzentration, da es ausschließlich um Zusammenhänge geht, die sie nicht versteht. König Heinrich und Bischof Ruthard werden erwähnt, aber sie kennt sie nicht. Sie streckt Arme und Beine und einmal gähnt sie so laut, dass das Gespräch zwischen den Erwachsenen verstummt. Mechthild sieht sie streng an, aber Juttas Augen lächeln. Sie streicht Hildegard übers Haar, als würde sie sie kennen, nimmt ihre Hand und bittet ihre Mutter um Erlaubnis, mit dem Kind einen Spaziergang im Garten machen zu dürfen.

Jutta ist die schönste Frau, die Hildegard je gesehen hat. Im Obstgarten sagt sie es zu ihr, geradeheraus und ohne darüber nachzudenken, ob es passend ist.

»Du bist so schön«, sagt sie einfach und lässt Juttas Hand los.

Jutta lächelt, sie antwortet nicht, gibt ihr aber auch nicht das Gefühl, sie habe etwas Falsches gesagt, so wie Agnes oder Mechthild oder ihre Geschwister es getan hätten.

»Erhältst du Unterricht im Lesen?«, fragt Jutta stattdessen und nimmt wieder Hildegards Hand, geht weiter zwischen den Bäumen umher. Bienen und Wespen scharen sich um gelbe und lila Pflaumen im Gras.

»Ich soll zuerst acht werden«, antwortet Hildegard, und ihre Handfläche schwitzt.

»Du bist acht«, sagt Jutta, während sie weiter durch das Gras bis zur Steinmauer gehen.

»Es soll erst Winter sein«, antwortet Hildegard, denn Hildebert hat sie hingehalten und gesagt, es wird erst so weit sein, wenn die Ernte eingebracht ist.

Jutta lacht, sie will hinunter zum Bach, und Hildegard zeigt ihr den Weg. Sie schlägt einen Bogen um die Stelle, an der sie die Kreise in die Erde geritzt hat. Dort ist es zu schlammig, sagt sie, denn Jutta wird nach dem Kreis aus Steinen fragen, und sie weiß nicht, wie sie es erklären soll. Der Rohrkolben steht aufrecht und reckt seine braunen Kolben in die Luft, um sie vor den Stellen zu warnen, an denen das Wasser tief wird.

Hildegard weist Jutta den Weg zu den breiten, flachen Steinen, wo sie selbst so gerne sitzt.

Jutta geht in die Hocke und schließt die Augen. Ihre Hände und Arme sind schmächtig, obwohl sie runde Wangen hat. Gelbrandkäfer und Wasserläufer tanzen über das Wasser, ein Fisch schnappt perfekte Kreise in die Oberfläche, die träge davonwippen und von dem grünbraunen Wasser verschluckt werden. Eine Ruhe fällt über Hildegard, sie klemmt ein Schilfrohr mit ihren Nägeln ab, sieht einem Schatten nach, der unter der Oberfläche dahingleitet. Jutta seufzt. Eine Libelle steht mit schwirrenden Flügeln still in der Luft, und Hildegard streckt die Hand nach ihr aus.

»Das ist ein schönes Geschöpf«, sagt Jutta. »Sieh, wie das Licht in seinen Flügeln spielt. Und sieh, die Becherjungfer und den Blattkäfer dort«, Jutta dämpft die Stimme und zeigt auf den Käfer, der einen Hahnenfuß als Wippe benutzt, »welch feine Kleider sie heute angelegt haben.«

Hildegard wird von einer feierlichen Stimmung erfasst. Sie betrachtet den kleinen, grünlich schimmernden Käfer, der seine Reise zwischen den Blättern des Hahnenfußes fortsetzt. Sie kennt die Namen vieler Tiere und Pflanzen, sagt sie oft vor sich hin und freut sich über sie.

»Der Herr hat all diese Schönheit geschaffen, um uns zu erfreuen«, lächelt Jutta und nickt Hildegard zu.

Hildegard nickt ebenfalls. Er hat Jutta geschaffen, denkt sie, und sogar sie selbst, auch wenn es kaum zu glauben ist, dass er sie mit derselben Hand geschaffen hat.

»Bettlerhahnenfuß«, sagt Jutta und zeigt auf die gelben Blüten, die sich in großen Büscheln im sanften Wind wiegen, »weißt du, warum er diesen Namen bekommen hat?«

Hildegard antwortet, sie wisse, man könne den Saft gegen Warzen verwenden, und ist stolz, als Jutta ihr über die Wange streicht.

»Man sagt, die Bettler schmieren sich die Haut mit dem Saft der Pflanze ein, das gibt Ausschlag und Blasen auf der Haut. So werden sich die Leute ihrer eher erbarmen«, erklärt Jutta und hält einen Stängel zwischen zwei Fingern.

Hildegard denkt an einen beinlosen Mann, den sie einmal auf dem Marktplatz in Mainz sah. Er schob sich mit Hilfe seiner Arme vorwärts, und seine Wangen waren von schorfigen Krusten bedeckt. Sie hatte Mitleid mit dem Mann gefühlt und war vor ihm stehen geblieben, bis Mechthild sie weggezogen hatte. Dass jemand sich selbst Schmerzen zufügt, versteht sie nicht.

»Ich habe etwas, das du sehen sollst«, sagt Hildegard und springt auf. Sie wird plötzlich mutig und will Jutta die Kreise zeigen, sie will ihr erklären, wie sie die Rangordnung in dem lebenden Licht gesehen hat. Sie trippelt unruhig vor Jutta hin und her, die zunächst nicht so aussieht, als wolle sie aufstehen.

»Es ist etwas, das ich gesehen habe.«

Jutta hört geduldig zu, während Hildegard zeigt und ihr von den Kreisen und den Steinen und den toten Tieren berichtet, die jetzt fort sind. In ihrem Eifer tritt sie verkehrt und sinkt bis zum Knöchel in den Schlamm, sodass Jutta sie wieder herausziehen muss, aber das bremst den Wortschwall nicht. Erst als sie meint, sie habe das Ganze so gut erklärt, dass sie selbst es verstehen würde, schweigt sie. Jutta sieht sie lange schweigend und ernst an.

»Ich bin froh darüber, dass du es mir zeigen willst«, sagt sie dann. »Hast du es deiner Mutter gezeigt? Oder deinem Vater?«

Hildegard sieht hinunter auf ihre verschmutzten Schuhe und schüttelt den Kopf.

»Deinen Geschwistern aber?«, setzt Jutta nach und versucht vergeblich, Hildegards Blick aufzufangen.

Hildegard schüttelt wieder den Kopf. Sie beißt sich in die Unterlippe und wickelt eine Haarlocke um ihren Finger.

»Überhaupt niemandem?«

»Nein«, antwortet Hildegard heftig. Sie hat Tränen in den Augen, die sie mit der Rückseite ihrer Hand abwischt. »Sie lachen mich aus, sie sagen ...« Sie zögert, aber Jutta nickt nur, um sie dazu zu bringen, weiterzusprechen. »Sie sagen, ich sei verrückt«, flüstert sie leise und lässt zum ersten Mal seit Benediktas Tod den Tränen freien Lauf.

Jutta legt eine Hand auf Hildegards Kopf. Sie streicht ihr ein einziges Mal übers Haar, zieht sie aber nicht an sich.

»Was sagen deine Mutter und dein Vater?«

»Meine Mutter ...«, Hildegard blickt auf den Steinkreis im Schlamm, »sie sagt, es wird mir übel ergehen, wenn ich jemals zu jemandem so spreche, wie ich zu dir gesprochen habe«, flüstert sie. »Meine Mutter ist ...« Sie bremst sich, es ist Sünde, schlecht über seine Eltern zu sprechen, und sie weiß auch nicht, ob sie selbst es ist, die sich irrt, oder Mechthild. Stattdessen schüttelt sie den Kopf.

»Dein Schweigen ist eine gute Antwort«, sagt Jutta und nimmt Hildegard an der Hand wie zuvor. »Jetzt gehen wir zurück zum Speisesaal.«

Hildegard versteht Juttas Reaktion nicht und denkt angestrengt darüber nach. Es fühlt sich gut an, an Juttas Hand zu gehen, und obwohl sie vor ein paar Stunden noch eine Fremde war, hat Hildegard jetzt das Gefühl, sie zu kennen.

Hildegard sträubt sich mit allen Kräften dagegen, doch sie wird nach dem ersten Gang von Erschöpfung und Kopfschmerzen übermannt. Hugo und Irmengard lachen laut, als sie die Stirn auf die Tischplatte sinken lässt. Mechthild sieht sie mit ihrem gleichgültigen und durchsichtigen Blick an, und es ist Hildebert, der Agnes die Order geben muss, seine Jüngste zu Bett zu bringen. Als Hildegard den Tisch verlässt, nickt Jutta ihr zu, ernst und ohne zu lächeln, sodass die senkrechte Furche zwischen ihren Brauen deutlich hervortritt.

Der letzte flüchtige Anblick Juttas am Tisch ist das Erste, woran Hildegard denkt, als sie aufwacht. Sie fürchtet, dass es doch falsch war, ihr den Steinkreis am Bach zu zeigen. Vielleicht hat sie es Mechthild und Hildebert gesagt, vielleicht Sophia und Meinhardt, die jetzt auf sie herabsehen werden. Sie holt Mechthilds schwarzes Steinpferd unter der Decke hervor und reibt es gegen ihre Lippen, um sich selbst zu beruhigen. Sie ist voller Angst und Scham, weil sie gegen Mechthilds Gebot verstoßen hat, niemandem von dem zu erzählen, was sie hört und sieht.

Jutta grüßt sie mit der gleichen Freundlichkeit wie am Tag zuvor, und die anderen Erwachsenen sehen so aus, als würden sie sie kaum bemerken. Hildegard ist erleichtert und trippelt leichtfüßig wie ein Fohlen, während die Gäste in den Wagen steigen. Sie hält Hildeberts Hand, sie ist warm und trocken, und er drückt ihre ein paar Mal so fest, dass es weh tut. Auch Mechthild ist herausgekommen, um Abschied zu nehmen. Hildebert schämt sich seines Eheweibs, die ihren Gefühlen freien Lauf lässt. Hildegard streicht ihrer Mutter über den Arm, als der Wagen zum Tor hinausrumpelt, aber Mechthild macht auf dem Absatz kehrt, ohne sie eines Blickes zu würdigen, und verschwindet im Haus.

Hildebert geht vor seiner jüngsten Tochter in die Hocke, umfasst ihr Kinn und sieht ihr gerade in die Augen, forschend, fragend. Hildegard erwidert seinen Blick, und er lacht beim Anblick des todernsten kleinen Gesichts. Er kneift sie in die Nase, und sie lacht zusammen mit ihm. Hildeberts Lachen ist wie frisch geschleuderter Honig, der weich durch seine Augen läuft, sich in die Lachfalten und zu seinem großen Mund ausbreitet. Er hebt sie hoch und schwingt sie herum, dreht sich dabei, wie er es tat, als sie noch ein ganz kleines Mädchen gewesen war. Rund herum und herum schwingt er sie, sodass sie kreischt, und der Himmel wirbelt um sie herum, der Wind wirbelt, die Häuser, die Bäume, die Gedanken. Hildebert dreht sich, dass ihm schwindelig wird, und mit dem Kind in den Armen taumelt er zur Stallwand und stützt sich dagegen, lacht, dass er kaum noch Luft bekommt. Er stellt sie so vorsichtig ab, wie er kann. Hildegard kippt purzelnd um, liegt schwindelig und benommen auf dem Hofplatz und lacht geradewegs hinauf in den Himmel.

Hildebert muss die Holzschlagarbeiten inspizieren, und er will Hildegard dabeihaben. Er muss niemanden um Erlaubnis fragen, schickt sie einfach ins Küchenhaus, wo Agnes Teig aufschlägt, um Essen für sie beide zu ordern. Agnes traut ihren Ohren nicht, trocknet die mehligen Hände an der Schürze und tritt blinzelnd auf den Hofplatz hinaus, um mit eigenen Augen zu sehen, ob das Kind die Wahrheit sagt. Hildegard ist nie mit ihrem Vater im Wald gewesen, und vor Benediktas Tod wachte die Frau des Hauses über sie wie ein Habicht. Sollte sie irgendwohin mitkommen, musste sie in Decken eingepackt und in den Wagen verfrachtet werden, sie hat nie auf dem Rücken eines Pferdes gesessen.

Hildegard hat keine Angst vor dem großen Tier, und Agnes freut sich über die Ungezwungenheit des Kindes. Das Haus brütet dunkel und still vor sich hin. Irmengard und Odilia, die Erlaubnis bekommen haben, Zöpfe und Blumen aus Teig zu machen, um die Torten damit zu verzieren, kommen gerade noch rechtzeitig angerannt, um ihre kleine Schwester auf dem dunklen Pferd thronen zu sehen. Hugo kommt ebenfalls hinzu, aber Hildebert macht keinerlei Anstalten, ihn mitzunehmen. Er steht mit dem Rücken zu seinem Sohn und spricht mit Hildegard, während er den Essensbeutel festzurrt. Irmengard und Odilia glotzen nur einen Augenblick, bevor sie zurück ins Küchenhaus gehen, der Wald zieht sie nicht an. Hugo bleibt trotzig stehen, und als sich Hildebert in den Sattel schwingt, tritt er mit dem Fuß quer über die Erde, bevor er hinter dem Stall verschwindet.

28

Hildegard legt die Hände um den Hals des großen Tieres, die Muskeln zittern unter dem glänzenden Fell. Sie hält sich die Hände vors Gesicht, saugt den kräftigen Duft des Tieres ein. Als sie das offene Stück zum Wald überqueren, schlägt Hildebert die Hacken in die Flanken des Pferdes, legt einen Arm um das Kind und hält es fest. Sie bohrt die Hände in die Mähne des Pferdes und legt den Kopf zurück gegen den Körper ihres Vaters. Sie drückt die Schenkel fest an das Tier, um nicht herunterzufallen. Die Kraft des Tieres überträgt sich auf sie, durchdringt sie wie eine Quelle, die aus einem Felsen entspringt, sodass sie sich zusammenkrümmen und lachen muss.

Zwischen den Stämmen lässt Hildebert das Pferd ruhig im Schritt trotten, es setzt die Hufe sorgfältig zwischen die weichen Grasbüschel und meidet die scharfen Steine. Hildebert summt leise vor sich hin und spricht zu dem Pferd, Hildegard schwitzt an seinem Körper. Ein stiller Wind spielt in den Baumwipfeln, da sind weiße Fetzen aus Schweiß am Hals des Pferdes, wie ein Schwall Holunderblüten. Hildegard kann den Körper nicht ruhig halten, sie folgt den Bewegungen des Pferdes, vor und zurück, vor und zurück, eine große und heimliche Freude, so als finde man einen kühlen und feuchten Platz an einem warmen und lauten Tag, einen einsamen Ort, an dem es nach Farn und Erde duftet.

Wenn sie die Augen schließt, zeichnen der Duft des Pferdes und das Geräusch des Windes und die Stimme ihres Vaters und die knirschenden Schritte des Tieres kreuz und quer Striche auf die Innenseite ihrer Augenlider. Zuerst ähneln sie einer

Sonne, dann einer Schwalbe, dann einem fremden Gesicht. Wenn sie die Augen wieder öffnet, streckt sie die Arme aus. Zweige schlagen sachte gegen ihre Hände, Trauben aus Vogelbeeren schlagen wie kleine Fäuste.

Tief im Wald klingt das dumpfe Klopfen der Äxte, die von den Holzfällern gegen die glatten Stämme geschlagen werden. Hildebert springt vom Pferd, zieht es das letzte Stück bis zur Lichtung. Licht wallt vom Himmel, die Lichtung glitzert von der grünen Kraft der Erde, die sich auf seinen federnden Gang überträgt, auf Hildegard, als er sie um den Leib fasst und absetzt, auf seine starken Hände, die das Pferd hinaus in die Sonne führen, auf das Tier, das wiehert und den Kopf schüttelt, als er es freigibt.

Er hat sie in das weiche Gras am Rand der Lichtung gesetzt und ist zu den Holzfällern hinübergegangen. Sie laufen zwischen den Stämmen hin und her, verschwinden und kommen wieder zum Vorschein, klopfen mit den Händen gegen die Bäume, zeigen auf die breiten Kronen, nicken die ganze Zeit.

Hildegards Pobacken und ihr Schoß brennen, ihre Hände riechen nach Pferd, und der Geruch vermischt sich mit den Düften des Waldes: das Laub, das Gras, die Erde, verwelkte Blätter und der scharfe Geruch des Sauerklees. An einem gerodeten Hang spielt ein kleiner Junge. Es ist mitten am Tag, und alle außer dem Verwalter, der mit ihrem Vater spricht, liegen zwischen den Bäumen im Schatten und ruhen sich aus. Wenn sie die Augen zusammenkneift, kann sie sie genauer ausmachen, auf dem Rücken ausgestreckt oder wie ein Halbmond zusammengekrümmt, die Hüte über die sonnengebräunten Gesichter gezogen. Nur an einer Stelle beim Hang entdeckt Hildegard eine Frau, sicher die Mutter des Jungen, die mit Essen für die Männer gekommen ist. Die Frau liegt unruhig über ihrem Mann, sie wälzen sich langsam im Gras herum, als würden sie miteinander balgen.

Der Junge läuft den Hang hinauf bis ganz nach oben, sein Mund steht offen, als würde er rufen, aber der Wind nimmt den Laut mit und weht ihm die Haare aus dem Gesicht. Die Sonne jagt über die Lichtung, versucht hitzig, das Gras von Schatten freizuhalten. Dann legt der Junge sich ausgestreckt hin und rollt in einer Wolke aus Staub und Gras das ganze Stück hinunter bis zum Fuß des Hangs. Mit langen, fegenden Bewegungen bürstet er sich ab, streckt die Arme vom Körper zur Seite weg, um die Balance zu halten, und läuft unbeholfen wieder hinauf. Rollt, läuft, rollt, läuft. Hildegard behält ihn und die Schatten im Auge. Das Licht fällt durch die Kronen der Bäume, befleckt das Gras, lässt Menschen und Stämme verschwinden und mit der grünen Dunkelheit verschmelzen. Jedes Mal, wenn der Junge den Hang hinaufgeht, zieht er einen keilförmigen Schatten hinter sich her, der ihn wieder hinunterzieht.

Ein Spatz landet auf einem Stein wenige Meter von Hildegard entfernt. Er hüpft vor und zurück, bewegt den Kopf ruckartig von einer Seite zur anderen, sieht das Mädchen forschend an, so wie sie ihn erforscht. Seine Federn sind weich, so hellbraun und fein, genau die gleiche Farbe wie Benediktas Haar, und Hildegard ist erfreut. Sie holt das Steinpferd aus der Tasche und hält es dem Vogel hin. Der legt den Kopf schief, nickt ihr zu, hüpft von dem Stein herunter und wieder hinauf, gerade so wie der Junge, der rollt, gerade so wie Benediktas Haar. Als sie wieder die Hand nach ihm ausstreckt, hebt er ab. Sie folgt ihm mit den Augen, hoch oben über der Erde steht er einen Augenblick still in der Luft, bevor er in einem Bogen zwischen den Stämmen hindurchfliegt und verschwindet. Sie ist sich sicher, dass er ihr wieder zunickt, und sie lacht. Sie faltet ihre Hände, sie dankt Gott, weil er ihr Zeichen sendet.

29

Als Hildebert zu Hildegard zurückkehrt, zufrieden mit dem, was er von der Arbeit der Männer gesehen hat, liegt sie auf dem Bauch im Gras und schläft. Er hebt sie auf, sie wiegt beinahe nichts. Mit ihr auf den Armen kniet er da und zupft Gras und Moos aus ihren Haaren, streicht ihr über die verschlafenen Wangen. Sie lächelt, bevor sie die Augen aufschlägt, und er trägt sie zu dem Pferd. Schläfrig wiegt sie sich vor ihm im Rhythmus des Tieres, als sie nach Hause reiten. Das Schweigen ist gut.

Als sie aus dem Wald kommen, hält Hildebert das Pferd an. Die Nachmittagssonne ist gegen Ende September noch warm, obwohl es zwischen den Bäumen schon kühl wird. Hildebert beschattet die Augen mit der Hand. Er sieht durch die Büschel grasender Schafe auf der Wiese, durch die Mauer und das Tor, durch die Wände des Hauses und die Säle und auf der anderen Seite weiter in Richtung Sponheim. Für einen kurzen Moment macht er halt bei Mechthilds ausdruckslosem Gesicht, ein Fetzen seiner Gedanken hängt sich fest wie Schafwolle, die sich an einem Busch verfängt. Er nickt, ohne es zu wissen. Ihm gefällt die Art nicht, wie sie in letzter Zeit zu ihm kommt, untertänig, ohne es zu sein, eigensinnig, aber immer im Verborgenen. Er wischt sich über Stirn und Augen, und Hildegard dreht sich halb zu ihm um.

»Soll ich weg?«, fragt sie ohne weiteres, und ihre Frage ist ein Schlag, den er nicht hat kommen sehen.

»Wer hat das gesagt?« Er streicht ihr übers Haar. Wie sie dasitzt, gleicht sie mehr einem Zwerg als einem achtjährigen Kind, mit der hohen Stirn, den tiefliegenden Augen und dem stramm geflochtenen Haar. Sie ist ein Pünktchen unter dem Himmel und den Kronen der Bäume, und er spürt einen Stich verzweifelter Angst, weil sie für ihn bald verschwunden sein wird.

Sie antwortet nicht auf seine Frage, wendet das Gesicht ab und sieht in dieselbe Richtung, in die er zuvor geblickt hat. Die Sonne hat sich auf die gegenüberliegende Seite des Hofs bewegt und wirft ein zartes Licht über die Landschaft, das alle Konturen aufweicht und die Einzelheiten gleichzeitig hart und nackt hervortreten lässt. Im Gegenlicht ist die Mauer dunkel, als sei sie von Regen und der Feuchtigkeit der Erde durchnässt.

»Deine Mutter?«, fragt Hildebert. Niemand außer ihm selbst, Mechthild, Vater Cedric und der Familie in Sponheim weiß etwas von den Plänen, Hildegard schon diesen Winter fortzuschicken. Obwohl Mechthild wie entrückt wirkt seit Benediktas Tod, hätte er sich nicht vorgestellt, dass sie das Kind auf eigene Faust in die noch unfertigen Pläne einweiht. Er hat sie gebeten zu warten, bis sie verabredet haben, wann das Kind die Reise antreten soll.

Hildegard schüttelt den Kopf, ohne ihn anzusehen.

»Soll ich weg?«, fragt sie wieder. Lügen kann er nicht, und er muss schlucken, bevor er ihr antworten kann.

»Magst du Jutta?«, fragt er, und das Kind nickt.

»Jutta geht ins Kloster, und du sollst mit ihr gehen«, entgegnet er und wischt wieder mit der Hand über die Stirn.

»Das ist gut«, sagt Hildegard und nickt. Sie fragt nicht weiter und sagt nichts mehr, und so spornt Hildebert das Pferd an und reitet im Galopp auf das Haus zu.

30

Die Ulme auf dem Hofplatz ist mächtig und stark. Sie stand schon dort, lange bevor der Hof errichtet wurde. Es ist eine Glocke aus Schatten, ein löchriges Segel, behutsam über das unruhige Herz des Hofs gespannt.

Hildegard legt sich auf die hart gestampfte Erde unter der Baumkrone, sie starrt, bis die Augen voller Wasser sind, starrt sich schwindelig, starrt, bis der Stamm aus ihrer Stirn wächst und Blätter und Himmel ineinanderfließen.

Ohne Licht ist da nichts, die Blätter ringeln und verdrehen sich auf ihre Kehrseite, verschwinden in dunklen Feldern, entstehen aufs Neue, wenn der Wind sie wieder ins Licht schubst, nervöse, fleckige Tiere, die aus einem Stall herausgelassen werden. Schatten können aus bekannten Gesichtern Teufelsgrimassen schneiden, der eine Mundwinkel ein Lächeln, der andere verzerrt. Schatten können Arme und Beine abschneiden, und nur das Licht kann sie wieder fest mit dem Körper vereinigen.

Einmal, als der Bach vom Schmelzwasser angeschwollen und breit war, führte die Strömung einen toten Hund mit sich. Direkt vor dem Hof keilte sich der tote Körper zwischen den Zwillingssteinen fest. Hugo fand ihn, und Hildegard lief hinunter, um zu sehen, warum er so begeistert rief und schrie. Mit einem

Stock in der Hand sprang er auf den größten Stein und stieß mit dem Fuß gegen das Tier, schlug und zerrte, um es freizubekommen. Das Fell war dunkel und verfilzt, die Hälfte der Schnauze und beide Augen waren schon fort. Er schaukelte schwerfällig, gab aber beim ersten Versuch nicht nach. Also hob Hugo den Stock und drosch auf den toten Körper ein, bis er entzweibrach. Ein Vorderbein riss ab, wie ein Schenkel von einem gar gebratenen Hähnchen.

In der Krone der Ulme sprechen die Blätter miteinander. Sie sind sich uneins, ihre Worte wogen erst hierhin, dann dorthin. Sie fügen sich zusammen in einer unendlichen Kette wechselnder Bilder, auf die man keinen Einfluss hat: Zuerst ist es ein lächelndes Gesicht, dann ist es eine Puppe, der der Kopf abgerissen wird, dann ein krumm gebeugter armer Kerl, der einen Abhang hinunterfällt.

Benedikta liegt in der Erde, ihr Körper bricht entzwei wie der des Hundes im Bach. Blätter sind Staub, der von den kräftigen Fäusten des Windes aufgewirbelt wird, der willenlos niedersinkt, aufwirbelt und niedersinkt, ein unruhiger Atem, die wilde Mähne des Pferdes. Die Baumkrone ist ein Granitblock, die raue Oberfläche, die im Licht glitzert, flirrt und wabert in der Luft, blendet, wenn die glitzernden Stücke die Sonne einfangen. Die Blätter sind Wasser, das über ein steiniges Flussbett läuft, sie sind heftiges Feuer, ein Scheiterhaufen, der ein Heer von Teufelskindern aus seinem Griff entlässt.

Agnes ruft nach ihr, aber ihr Name besteht nur aus zerbrochenen und unbekannten Lauten. Agnes kommt gelaufen, will Hildegard hochziehen, sie soll stehen, reißt an ihren Armen und

Beinen. Doch sie schreit, Agnes solle sie in Ruhe lassen, denn sie ist auch ein Hund im Bach mit Steinchen im verfilzten Fell, Gliedmaßen, die abreißen können so leicht wie nur irgendetwas. Agnes sagt: Fieber und kalte Erde. Sagt: Feuchtigkeit und Regenwasser. Hildegard brüllt: LASS MICH IN FRIEDEN.

31

Anfang November setzt der Frost ein. Hildebert ist seit über einem Monat zu Hause und ist rastlos und reizbar. Er wartet auf Nachricht aus Sponheim: Darauf, dass der Herzog ihm befiehlt, zurückzukommen, oder darauf, dass Sophia einen Boten schickt, um seine jüngste Tochter zu holen. Die Ernte war die beste seit Jahren. Der Sommer war warm und feucht zugleich und bot sowohl dem Getreide als auch dem Obst beste Bedingungen. Mechthild spricht fast nicht mehr, sie geht abwesend durch die Räume, aber ihre Anwesenheit ist anmaßend, und Hildebert fühlt sich überwacht und belästigt. Hugo ist unmöglich zu bändigen, die Kinder toben und das Gesinde lärmt. Nur Hildegard kann er ertragen, und sie wird ihm bald weggenommen. Er wundert sich, wie die Natur sie mit so reichen Gaben überschütten kann, wie alles blühen und wachsen kann und es doch so ist, als würde das Leben auf seinem Hof langsam verebben. Scheune und Vorratskeller sind prall gefüllt mit den Gaben des Herrn, doch die Seele liegt danieder vor Hunger. Von Clementia haben sie noch nichts gehört, und das Einzige, was Mechthild ab und zu aus ihrem Dösen weckt, ist die törichte Unruhe, ihre Tochter sei nicht imstande, Graf Gerbert einen Sohn zu schenken.

In Sponheim denkt Sophia an Hildeberts seltsames Kind. Sie will ihm gerne den Dienst erweisen, sein Gotteskind zusammen mit Jutta ins Kloster zu geben, ihre Sorgen wollen aber nicht abreißen. Es widerspricht ihrer Vernunft, ein Kind einmauern zu lassen. Als Hildebert ihr geradeheraus sagte, es sei nicht seine, sondern Mechthilds Idee gewesen, bekräftigte dies eine Ahnung, die sie bereits hatte. Hildebert hat nie sehr viel über sein Eheweib gesprochen, und sie hat selbst nur einen oberflächlichen Eindruck von ihr. Es gefiel ihr nicht, zu sehen, wie der Kummer über die arme Benedikta sie ausgezehrt hatte. Es ist gefährlich, sich auf diese Weise gehenzulassen. Wenn Kummer und Hinfälligkeit in den Körper eindringen, wird die Haut feucht und schlaff wie bei Mechthild, das bleiche Fleisch saugt das Elend in sich auf.

Jutta neben Hildeberts grober Frau zu sehen war, als pflanze man eine Lilie neben eine Nessel. Jutta war dem Kind sogleich freundlich gesinnt, und obwohl Sophia sich auf sie verlassen kann, was religiöse Angelegenheiten betrifft, kann sie doch ihre Sorge nicht loswerden, ob es falsch war, ihr Wort zu geben. Sie denkt an ihre eigene Tochter, eine polierte Kugel aus Marmor, so rein und glatt, dass keinerlei Schmutz an ihr kleben bleibt. Niemand kann noch daran zweifeln, dass sie berufen ist, Gott zu dienen, aber versetzt sie das in die Lage, sich um ein Kind zu kümmern? Sophia kann nicht mit dem Priester sprechen, denn ihre Sorge dreht sich weder um Glauben noch um Geist, und wenn sie versucht, die Gedanken an Hildegards Wohl und Wehe festzuhalten, entgleiten sie ihr und verknüpfen sich zu einem strammen Netz, das sich um Jutta schlingt. Die Sorge ist ein kalter und unförmiger Nebel, der sie nachts weckt und frieren lässt. Sie entspringt aus ihrer Liebe und ihrer Besorgnis, aber in den frühen Morgenstunden nehmen ihre eigenen geheimen Gedanken in dem Nebel Form an und werden zu weniger willkommenen Gestalten. Dann sieht sie Mechthild, wie sie im Sterben liegt, Hildebert als Witwer. Sie stellt sich vor, dass er nach Sponheim geritten kommt, und sie muss ihren Verwalter nie wieder für seine Verschwiegenheit bezahlen, wenn sie ihn in ihrem privaten Gemach empfängt. Sie und Hildebert: Dort teilt sich der Nebel und macht einem zaghaften Morgengrauen Platz.

Als sie ein junges Mädchen war, war es unmöglich, sich mit Hildebert zu verheiraten, weil er keinen Titel hatte, wie sie selbst einen trug. Aber eine Witwe kann jedweden Mann nehmen, den sie wünscht, ihre Eltern sind außerdem längst tot und hätten auch kein Wort zu sagen gehabt. Meinhardt würde auch nichts einzuwenden haben, könnte er doch dann den Hofschneller übernehmen. Sophia liegt jede Nacht wach und hat am Tag Kopfschmerzen. Jutta, die Hildegard mit sich in die enge Zelle nimmt, ist ein Bild, das sich verzerrt in einem Fluss spiegelt, bis ein Fisch mit der Schwanzflosse schlägt und die Erscheinung in Schuppen und Flusswasser auflöst, sodass es nicht mehr Jutta und das Kind sind, die sie sieht, sondern sich selbst, die als Frau des Hauses in Bermersheim durch den Speisesaal geht.

Sophia weiß, dass der Herr direkt in ihre verrußte Seele sehen kann. Sie bittet nicht länger um Vergebung, es gibt Sünden, die sie nie gebeichtet hat. Sie sagt sich, dass manche Frauen sich nicht dazu eignen, alleine zu leben, dass sie Meinhardts Erbe schützt, indem sie nicht wieder heiratet. Versteht der Herr sich auf die Natur der Frau, denkt sie, die Natur, die er selbst erschaffen hat, wird er sich gnädig zeigen. So wie der Fluss über seine Ufer tritt, hat auch sie geheime Flüsse und Seen, die sie zum Schäumen bringen, glatt und sanft, ihren Duft dazu bringen, Männer zu sich zu rufen. Dennoch tröstet es sie, dass Jutta das Klosterleben gewählt hat. Gott wird es als einen mildernden Umstand sehen, wenn er am Jüngsten Tag sowohl ihre als auch Meinhardts Seele wiegt.

Nachts lässt die Dunkelheit die Welt fremd erscheinen, aber die fremde Welt ist genauso unveränderlich, wie es das Gemach am Tag ist. Es ist nur eine Frage des Kennenlernens. Sophia setzt sich im Bett auf und wartet darauf, dass sich die Augen an die Dunkelheit gewöhnen. Die Glut in der Feuerstelle gleicht Nieren und Herzen. In der Dunkelheit ist die Welt in Wirklichkeit klein und einfach, wenn die Einzelheiten fort sind. Die Dunkelheit feilt die geschnitzten Weinreben aus den Bettpfosten und macht sie schwer und glatt, die Dunkelheit wäscht die Farbe aus dem Betthimmel und den gewebten Wandteppichen, glättet die Striche auf ihren Händen, die die Jahre hinterlassen haben. Sophia lässt sich schwer zurück in die Kissen fallen. Wenn sie nicht Angst hätte, das Gesinde aufzuwecken, würde sie aufstehen. Aber der Gedanke an die verwunderten Blicke veranlasst sie, liegen zu bleiben. In diesem Bett lag sie mit ihrem Mann. In diesem Bett starb er. In diesem Bett nahm sie zum ersten Mal einen anderen Mann. Es ist ein dicker, fest geflochtener Zopf, der durch die Finger gleitet, all dieses Leben, aus dem niemand klug wird.

Während Sophia sich hin und her wälzt, steht Jutta auf, um zu beten. Der Hunger brennt unter ihren Rippen, obwohl Sophia sie ständig nötigt zu essen. Jutta geht das ganze Jahr über auf nackten Füßen, um ihren Körper zu züchtigen, auch besteht sie darauf, auf einer Matratze aus Pferdehaar anstelle des feinen Federbetts zu schlafen. Selbst wenn sie betet, wandern ihre Gedanken, denn sie ist eine furchtbare Sünderin. Vater Thomas sagt, man solle sich selbst züchtigen, aber weder Körper noch

Seele für Sünden strafen, die man nicht begangen hat. Er sagt, sie solle es Gott erlauben, ihre Sinne in der gleichen Weise zu öffnen, wie er die verborgenen Glieder einer gebärenden Frau löst. Er sagt, ihre Ungeduld mit sich selbst und ihre Verzweiflung darüber, die Welt nicht aus ihren Gedanken ausschließen zu können, sei mit den Wehen der Gebärenden vergleichbar. Aber Wehen sind echte Schmerzen, und wenn Jutta bemerkt, dass ihre Gedanken fliegen, beißt sie sich in die Lippe. Als sie einmal ein Loch hineingebissen hatte, zeigte Vater Thomas auf ihre schorfige Lippe und sagte, es sei nicht richtig, dem Körper Wunden zuzufügen, um die Gedanken im Zaum zu halten. Das ist, sagte er, nur eine weitere Art, die Gedanken von Gott abzulenken, und sie wusste, dass er direkt in sie hineinsehen konnte. Andere Male erklärt er ihr, dass die heiligen Männer, die in der Wüste umherwanderten, um Gott zu suchen, gerade dem Körper entsagten, um ein jedes Band zu lösen, das sie an diese flüchtige Welt fesselte. Es war der fromme Wunsch, so zu werden, wie Gott sich den Mensch gedacht hatte, bevor Eva sich gegen den Herrn versündigte und die verbotene Frucht aß. Dieser Wunsch brachte sie dazu, zu entsagen, bis sie nicht länger Hunger oder Durst fühlten. Jutta wünscht nur, so zu handeln wie sie, obwohl sie weiß, dass sie eine Nachkommin Evas und nicht Adams und damit schwächer sowohl an Seele als auch Körper ist.

Sie hat Meinhardts Epistel an Erzbischof Ruthard selbst gelesen und weiß, dass er der Kirche größere Reichtümer angeboten hat, als es jemand von einem Mann erwarten würde, der seine Schwester Gott zum Geschenk macht. Danach hat sie Meinhardt so lange bedrängt und angefleht, bis er ihr versprochen hat, sofort nach Neujahr nach Worms zu reiten und für ihre Sache zu sprechen, sollten sie bis dahin keinen Brief vom

Bischof erhalten haben. Sie teilt die Tage auf zwischen Gebet, Andachtsübungen, praktischen Verrichtungen und dem Gespräch mit Vater Thomas, als sei sie schon im Kloster. In guten Nächten träumt sie, ihr Körper sei strömendes Wasser, in schlechten Nächten, sie werfe sich sündig über Fleischtorten und Honigbrot, bis sie Blut und Galle erbricht.

Seit der Begegnung mit Hildegard ist sie davon überzeugt, Gott habe ihr ein Zeichen geschickt. Mit ihren sonderbaren Steinkreisen am schmalen Ufer des Bachs erklärte das Mädchen Wahrheiten, die ihr niemand gesagt haben kann. Es war die Ordnung des Universums selbst, die Hildegard in einem Aufleuchten verstanden hatte, darüber war Jutta nicht im Zweifel. Ganz gewiss haben die älteren Geschwister des Kindes Unterricht von Bermersheims unmöglichem Priester erhalten, Vater Cedric, aber es ist offensichtlich, dass es mit ihm nicht weit her ist. Meinhardt machte sich oft über Drutwins dürftige Lateinkenntnisse lustig, und mit Hugo steht es noch schlimmer. Dass der schäbige Priester dem Mädchen die Hierarchien in der Ordnung des Universums erklärt haben soll, ist völlig undenkbar, und dennoch stand sie gleichsam unbefangen da und erklärte es Jutta besser, als ein Gelehrter es hätte tun können. Dass das Kind sagte, sie habe es von einem Licht erfahren, das stärker als die Sonne schien, ein lebendes, sprechendes Licht, kann nur bedeuten, dass Gott direkt zu ihr gesprochen hat. Es ist die einzige vernünftige Erklärung, die Jutta finden kann, und in diesem Fall ist es dringend geboten, sie angemessen zu unterrichten.

Jutta hat etwas Ähnliches selbst nie erlebt, aber sie glaubt dem Kind. Hildegard scheute sich zunächst, ihr zu erzählen, was sie gesehen hatte. Das überzeugte Jutta davon, dass Hildegard keine Geschichten erzählte, um sich in den Augen anderer interessant zu machen. Und welches Kind würde auch solche Geschichten erfinden? Welches Kind würde sich wünschen, dass die kritischen und forschenden Augen anderer Menschen auf ihm ruhten und seine Mutter von Wahnsinn und Pakt mit dem Teufel flüstert? Ein solches Kind wäre wahrlich ein außergewöhnliches Kind. Sie war viel zu klein für ihr Alter, mager und schwächlich mit ihrem dünnen Haar und den blauen Schatten um ihre hellen Augen. Nur ihre Lippen waren rot und frisch, sie schob die Unterlippe eine Ahnung vor, wenn sie sprach, als sei sie es gewohnt zu flennen. Jutta vernahm zwar die Liebe der Eltern zu dem Kind, aber auch Mechthilds Strenge und Hildeberts ungebildete Grobheit. Die anderen Geschwister ärgerten die Kleine, sobald sie Gelegenheit dazu bekamen, und das Kindermädchen tat nicht sehr viel, um sie zu schützen. Trotzdem legte das Mädchen seine Hand in die ihre, vertrauensvoll und neugierig. Obwohl ihre Eltern ihr klugerweise verboten hatten, über das lebende Licht und das zu sprechen, was andere nicht sehen konnten, vertraute sie sich Jutta an. Es war nicht schwierig, einander zu verstehen. Darum bekümmert es sie nicht, dass das Kind in einer Klosterzelle eingemauert werden und für die Welt sterben soll, gerade so wie sie selbst. Sie denkt nur darüber nach, wie sie sich in dem Brief ausdrücken soll, den sie an den Erzbischof zu schreiben gezwungen ist, als Appendix zu dem ersten. Hildebert hat ihr ein Dokument gegeben, das detailliert die Reichtümer beschreibt, die er dem Kloster schenken will. Obwohl es ungewöhnlich ist, verschlossene Briefe zu schicken, ist er versiegelt, sodass sie ihn nicht lesen kann. Aber sie ist sicher, dass Hildebert genau so großzügig ist, wie er es sein sollte. Mit Vater Thomas kann sie nicht darüber sprechen, was sie schreiben soll, zu leicht lässt sie sich von der Meinung anderer durcheinanderbringen. Sie hatte sich zunächst vorgestellt, dass ihre Zelle ganz und gar geschlossen sein sollte, nur mit einem Gitterfenster zur Kirche, damit sie der Messe folgen könne, und einem zweiten, durch das sie Essen und Trinken gereicht bekommen könne. Jetzt ist sie sich darüber klar, dass sie Sorge für das Gedeihen des Kindes tragen muss. Ein Kind braucht Zugang zu frischer Luft und die Möglichkeit, sich zu bewegen, sodass der Körper nicht steif wird, genauso wie das Kind täglich zwei Mahlzeiten anstelle der einen haben muss, mit der die Mönche und sie selbst sich bescheiden. Sie hatte diese Gedanken in Bermersheim geäußert, und Hildebert hatte genickt und hinzugefügt, er könne zwar akzeptieren, dass das Kind das Kloster nicht verlassen dürfe, aber nicht, dass die Welt, für die es zeit seines Lebens beten soll, ihr vollkommen fremd wird. Es ist sein Wunsch, dass Hildegard zum Fluss gehen und sehen kann, wie Fische gefangen werden, die Felder und Wiesen und den Berg sehen kann, auf dem sie leben wird, die Tiere, das Skriptorium, die Weberei, das Infirmarium und den Kräutergarten. Jutta hörte die Vernunft in allem, was er sagte, unterstrich aber, dass sie unter keinen Umständen die Zelle verlassen und das Kind begleiten könne. Ihre eigene Tür zur Welt wird an dem Tag zugemauert, an dem sie hoffentlich ihr neues Klosterleben beginnen kann. Sie kann keinerlei physischen Kontakt mit einem anderen Menschen zulassen, auch nicht mit dem Kind. Es kann eine Öffnung geben zwischen ihrer Zelle und der Kammer des Kindes, aber sie muss vergittert sein, sodass sich nicht einmal ein Kind hindurchzwängen kann. Mechthild hatte kein Wort gesagt, sondern nur mit verschränkten Armen dagesessen und vor sich hin gestarrt, als gehe sie das alles nichts an. Sophia und Hildebert einigten sich, eine fromme Witwe zu finden, die sie ins Kloster begleiten kann. Sie muss alt genug sein, dass die Mönche ihre Anwesenheit im Kloster akzeptieren, geschickt genug, um zur Hand zu gehen, und klug genug, dem Kind keine törichten Ideen in den Kopf zu setzen. Jutta wird sich selbst um Hildegards Ausbildung kümmern: Sie wird sie alles lehren, was sie selbst weiß, mehr ist nicht notwendig. Keine Frau braucht von all den freien Künsten Kenntnis zu haben, es reicht aus, wenn sie imstande ist, Latein zu lesen, schreiben kann für den Hausgebrauch und die Grundlagen der Musik kennt, um die Messen zu verstehen, die Andachtsübungen, Gebete und Psalmen. Darüber hinaus wird sie natürlich die Handarbeit erlernen, und da sie keinen Platz für einen Webstuhl haben werden, will Jutta dem Kind das Sticken beibringen. Darin ist sie selbst gut, und das wird sie in die Lage versetzen, das Kloster mit einem Altartuch und anderen liturgischen Textilien zu versorgen.

Wenn Jutta mit einer Handarbeit dasitzt, verliert sie sich in Gedanken und legt Pläne zurecht, wie sie die Kleine am besten ausbilden und gleichzeitig in Christus ihren ewigen Bräutigam suchen soll. Erst als alles leuchtend klar vor ihr liegt, schreibt sie an den Erzbischof:

Ehrwürdiger Vater Ruthardt, der Ihr im Namen des Herrn alle Sünde bekämpft und Gottes lebendigen Sohn mit Euren Plänen erfreut, den Disibodenberg zu einem Ort zu machen, an dem der Name des Herrn wieder gefürchtet und geehrt wird wie in des heiligen Sankt Disibods Zeit.

Ich erlaube mir abermals, Ihr bedeutendes Tun zu stören. Als ich von meinem brennenden Wunsche schrieb, Inklusin auf Sankt Disibods Berg zu werden, hatte mich noch nicht das Ersuchen erreicht, welches mich zwingt, mich nun erneut an Euch zu wenden, noch bevor Ihr Zeit fandet, auf meinen ersten Brief zu antworten.

Ich weiß, dass die Ehre, die es ist, sich vollkommen aus der

Welt zurückziehen und ein Leben in Stille mit Gott leben zu dürfen, für gewöhnlich nicht solch geringen Geschöpfen zuteil wird, wie ich eines bin, die weder die Vollkommenheit des Alters erlangt noch das Klostergelübde abgelegt hat. Dennoch bekräftige ich, dass es mein einziger Wunsch ist, dem Herrn in allem zu dienen, was ich denke und tue. Oft schon habe ich Gott angefleht und gebetet, mir ein Zeichen zu geben, das den Weg, der sich so deutlich in meinem Herzen geöffnet hat, für den Rest der Welt sichtbar werden lässt. Ich weiß nun, dass Gott noch wunderbarere Pläne mit mir hat, als ich es mir zuerst vorgestellt habe.

Auf Hildebert von Bermersheims Anerbieten hin habe ich ihn und seine gottesfürchtige Frau, Mechthild von Merxheim, in ihrem Heim besucht. Dort hatte ich Gelegenheit, ihrer jüngsten Tochter zu begegnen, Hildegard. Obschon sie gerade erst in ihr neuntes Jahr eingetreten ist, hat sie, seit sie ganz klein war, große Stärke im Glauben gezeigt. Sie ist ein gehorsames und demütiges Kind, das mit Milde und Liebe auf Erden wandelt und nie ein Wesen um sich selbst macht, aber doch von einem jeden bemerkt wird. Ihre Eltern haben es nach reiflichen Überlegungen für richtig befunden, mich zu bitten, ihr jüngstes Kind zu mir zu nehmen und es im Glauben an den wahren, ewigen Gott zu erziehen. Daher bitte ich Euch inständig darum, mir zu erlauben, es mit zum Disibodenberg nehmen zu dürfen. Da Hildegard nur ein Kind ist, werden wir eine fromme Witwe mit ins Kloster bringen, die für die Bedürfnisse des Kindes sorgen kann, welcher dieser Welt angehören. Wer diese Frau ist, hat mir der Herr noch nicht offenbart, aber mit meiner demütigen Kenntnis Seiner barmherzigen Güte weiß ich, dass Er sie mir zeigen wird, sobald die Zeit gekommen ist.

Mein Bruder, Meinhardt, wird nach Beratung mit den Mön-

chen und dem Abt dafür Sorge tragen, dass des Kindes Kammer und meine Zelle auf die bestmögliche Weise errichtet werden, sodass ich fortgesetzt als Inklusin leben und doch für die Unterweisung dieses von Gott geliebten Kindes Sorge tragen kann.

Als Hildegards Vater vor Monaten meine Mutter, die Gräfinwitwe Sophia von Sponheim, in dieser Angelegenheit hier im Zuhause meiner Kindheit aufsuchte, da verstand ich, wie sehr es ihm am Herzen liegt, Hildegard möge mir in mein Refugium folgen. Zunächst erschrak ich über seinen Vorschlag. Sollte ein Kind von zehn oder elf Jahren wie eine Inklusin im Kloster leben? Würde ich sündige und schwache Seele es auf mich nehmen können, ihre Erziehung in einem Leben mit dem Herrn zu verantworten? Ich brachte meinen Zweifel zum Ausdruck, wie hätte ich anders gekonnt? Aber da ich die Sorge in sowohl seinen als auch meiner Mutter Augen sah, musste ich einwilligen, das Kind zu sehen, welches so außergewöhnlich sein sollte.

Diese Begegnung, die ich gerade beschrieben habe, fand vor wenigen Wochen statt, und ich durfte erfahren, dass die Rede Wahrheit sprach und nicht nur Ausdruck der Liebe des Vaters zu seiner Tochter war. Nachdem ich eine Weile mit Hildegard verbracht hatte, kniete ich alleine in meiner Kammer nieder und bat den Herrn von ganzem Herzen, mir in dieser schwierigen Frage beizustehen. In der Kammer in diesem Heim, wo Hildegard bislang gelebt hat, hörte ich Gott zu mir sprechen. Es war eine klare und deutliche Stimme, die sagte: Es möge geschehen. Da erfüllte mich eine große Freude, und da sah ich vor mir, wie die Engel des Herrn ihre Flügel um mich und dieses Kind breiteten.

Darum bitte ich Euch allergnädigst, als treuer und demütiger Diener des Herrn, um Erlaubnis, mich Gott fügen und dieses Kind zu mir nehmen zu dürfen. Ich bitte Euch aus meinem vol-

len Herzen im Namen des Herrn, Er, der nicht nur Gott ist, sondern die Quelle der Güte selbst.

Ich bin bereit, mich jeder erdenklichen Ermahnung und Restriktion zu unterwerfen, welche dieser Wunsch mit sich führen mag. Zusammen mit diesem Brief schicke ich einen Brief, der Hildebert von Bermersheims Siegel enthält und sein großzügiges Angebot.

Ich wünsche Euch Stärke an Seele und Leib. Amen.

Jutta von Sponheim, Sankt Michaels Tag, 29. September, 1106.

Weder Jutta noch Sophia können den Gedanken an Hildegard loslassen, doch keine spricht mit der anderen darüber. Sophia stellt sich vor, wie es sein wird, wieder ein Kind im Haus zu haben. Auch wenn das Mädchen nur ein oder zwei Jahre in Sponheim sein soll, bis die Klause am Disibodenberg fertiggestellt ist, und auch wenn es nicht ihr eigenes Kind ist, wird sie versuchen es als solches zu behandeln. Soweit sie Hildebert verstanden hat, wollen er und Mechthild das Kind Juttas Obhut überlassen, ganz gleich, was der Erzbischof antwortet. Erhalten sie keine Erlaubnis, soll das Mädchen mit Jutta in ein anderes Kloster gehen. Doch fragt sich Sophia, was sie anfangen wollen, wenn nur Jutta zum Disibodenberg kommen darf. Da ist etwas an ihrer Vereinbarung, das ihr verborgen bleibt, dessen ist sie sich mit einem Mal sicher, sonst wären sie nicht so erpicht darauf, das Kind loszuwerden. Sie sah auch merkwürdig aus, die Kleine, wirkte so zart und unruhig, liegt wohl auch ständig mit Fieber und Krankheit danieder. Andererseits, denkt sie, ist Hildebert sicher klaren Verstandes, wenn er seine Tochter wegschicken will. Mit dem Unglück, das seinen Hof und sein Eheweib getroffen hat, ist es besser für das Kind, fortzukommen.

Sophia selbst fühlte sich von Gottes Zorn getroffen, als ihr Mann starb und die Kinder noch klein waren. Sie hatte sich vor Gott gedemütigt, hatte ihr Haar abgeschnitten und ihren Kopf vor dem Herrn entblößt, um ihre Bußfertigkeit zu zeigen. Sie hält noch immer das Fasten ein und beichtet bei Vater Thomas, obwohl sich mit den Jahren eine gewisse Trägheit und Treulosigkeit in ihr Verhältnis zum Herrn geschlichen hat. Trotzdem hat Gott die Hand über ihr Haus und ihre Anverwandten gehalten. Er schickte ihr einen Verwalter, der sie gut beraten hat. Ihre Kinder sind gesund, und ihr Reichtum ist größer als zu Lebzeiten ihres Mannes. Den Willen des Herrn kann niemand verstehen, und sie weiß, sie sollte nicht darüber nachsinnen. Aber es ist schwer, den Gedanken daran loszulassen, warum Gott seinen Finger auf Hildeberts Familie gerichtet und ihn gestraft hat, indem er seine Kinder nimmt und ihm ein unglückliches Weib gibt. Ab und an wird sie von dem bitteren Gedanken ergriffen, sie könnte mitschuldig sein. Den Mann einer anderen Frau zu begehren ist eine unverzeihliche Sünde, das weiß sie, aber es gibt einen Weg aus der dunklen Reue, sie ist ein Fuchs oder ein Maulwurf, der sich Erde aus dem Fell schüttelt und die Schnauze ins Freie steckt, während sie den Eingang sorgsam mit Entschuldigungen und Ausreden verschließt: Es war Hildebert, der zu ihr kam, beim ersten Mal, und der Herr hat ihr keinen anderen Mann geschickt. Sie war es, die Hildebert zuerst geliebt hat, sie begegnete ihm beim Herzog, lange bevor er sich mit Mechthild verheiratete.

Das nächste Mal, wenn Hildebert zu ihr kommt, wird sie versuchen, ihm zu entlocken, was es mit dem Kind auf sich hat. Aber die Wochen vergehen, ohne dass er sich zeigt. Meinhardt berichtet, er sei mehrere Wochen nicht in Sponheim gewesen, und obwohl Sophia weiß, dass der Herbst in Bermersheim genauso viel Arbeit mit sich bringt wie in Sponheim, kann sie ihre Besorgnis nicht dämpfen. Es gibt keinen vernünftigen Grund dafür, dass sie es sich so zu Herzen nehmen müsste, das weiß sie gut, aber es hilft nicht. Hildebert kommt, wenn es ihm passt, so ist es jahrelang gewesen. Auch wenn sie sein Vertrauen hat, kann sie keine Ansprüche an ihn stellen. Es gibt nichts, das sie zusammenbindet, nichts anderes als die Ketten, die von einem Herzen zu einem anderen wachsen können.

Sophia findet keine Ruhe. Sie kommandiert den Verwalter herum und reitet selbst hinaus, um die Erntearbeiten zu inspizieren. Drinnen schimpft sie die Mädchen aus und weist sie unaufhörlich an, das Stroh in ihrer Kammer zusammenzufegen und neues auszulegen. Ihre Unruhe über Hildebert und seine sonderbare Tochter ist ein Felssturz, der Erde und Stein durch alles schleudert, was sie denkt und tut. Es trifft auch Jutta, über die sie bei den Mahlzeiten streng wacht. Wenn Meinhardt nicht zu Hause ist, thront Sophia in seinem Stuhl mit der hohen Rückenlehne am Kopf des Tisches und zählt die Löffel vor, die Jutta von ihrem Essen nehmen muss. Dass ihre Tochter der Welt entsagen will, hat sie verstanden, aber seinen eigenen Körper bis zum Verfall auszuhungern muss eine größere Sünde als die Völlerei sein.

Sie essen schweigend, wenn Meinhardt nicht zu Hause ist. Selbst das Gesinde schaufelt das Essen stumm in sich hinein, bedrückt von Sophias donnerndem Schweigen. Meinhardt ist oft beim Herzog, doch es gehen auch Gerüchte um, er sei ein Zechbruder und ein Hurenkerl. Die ersten Male tat Sophia es als törichtes Gerede ab, aber wenn ihr wieder und wieder die gleichen Geschichten zu Ohren kommen, sind sie schwer zu überhören. Es ärgert sie auch, dass mehrere junge Männer, die gehofft hatten, mit Jutta eine gute Partie zu machen, zu Meinhardt gesagt haben, sie schätzten sich nun glücklich darüber, dass es nicht zur Ehe gekommen sei. Obwohl Sophia ob solcher Aussagen wütend ist und sich gekränkt fühlt, scheint Meinhardt es seelenruhig hinzunehmen. Treu erzählt er es ihr, als seien es gleichgültige Scherze, und er verteidigt seine Schwester nicht. Sie werden schon Ruhe geben mit der Zeit, sagt er nur, wenn Sophia ihn ermahnt und nicht begreifen kann, dass er die Ehre der Familie so leichtnimmt.

Als die Gerüchte über sein unsittliches Gebaren im Hurenhaus in Mainz schneller laufen als sein eigenes Pferd, verliert Sophia die Geduld. Er ist gerade erst auf den Hofplatz geritten, als sie ihm entgegengeht. Entlang der rechten Schläfe hat er ein halbmondförmiges Mal, und als er vom Pferd gestiegen ist, dreht sie sein Gesicht mit der Hand, sodass sie es sich genauer ansehen kann. Er reißt sich los, betastet mit den Fingerspitzen vorsichtig das Mal, während er nach dem Stallburschen pfeift. Sie will eine Erklärung von Meinhardt, aber er hält es nicht der Mühe wert, ihr zu antworten, und stapft zum Haus. Warum sie sich plötzlich für eine unbedeutende Schramme interessiert, kann er nicht fassen und spuckt auf die Erde, bevor er in den Saal geht. Sophia verfolgt ihn, und wäre sie nicht seine Mutter, hätte er sie weggescheucht.

»Dieses Mal da«, bleibt sie hartnäckig, und ihre Stimme zittert vor Wut.

»Das ist nichts«, sagt er und sinkt schwer auf den mit Schnitzereien verzierten Stuhl bei der Feuerstelle. Er ist hungrig, aber Sophia hat das Mädchen hinausgeschickt, um unter vier Augen mit ihm zu reden.

»Ich habe schon schlimmere Verletzungen gehabt«, sagt er müde, »warum ist das plötzlich so wichtig?«

»Weil du dir das da nicht beim Herzog eingehandelt hast«,

beharrt sie, während sie mit den Armen in der Seite vor ihm steht.

»Nicht?«, sagt er und versucht zu lachen, um zu zeigen, wie albern sie ist. Aber er hat Kopfschmerzen, und das Gesicht gehorcht nicht.

»Du warst in Mainz, ohne Angelegenheiten zu haben, wie ich höre«, sagt sie geradeheraus.

»Was weißt du von meinen Angelegenheiten?«, faucht er sie an, besinnt sich aber und fragt: »Was sollte daran nicht in Ordnung sein?«

»Du solltest dich zusammennehmen und heiraten.« Sie setzt sich an den Tisch schräg hinter ihm.

»Heiraten?«, lacht er überrascht. »Was hat das mit meiner Verletzung zu tun?«

»Dann bräuchtest du dich nicht in Spelunken und Hurenhäusern herumzutreiben«, erwidert sie scharf. »Dann könntest du zu Hause trinken und dich mit dem Segen des Herrn zum Beischlaf legen.«

Meinhardt seufzt, Sophia ärgert sich.

»Dann müsstest du zusammen mit einer anderen Frau regieren«, stellt er fest.

»Dann würdest du dich nicht prügeln und besaufen«, antwortet sie matt. Sie ist entsetzt, als ihr plötzlich aufgeht, dass sie Mechthild gedanklich schon zu Grabe getragen und sowohl ihren Mann als auch Haus und Hof von ihr übernommen hat. Sie wünschte, sie hätte dieses Gespräch nicht angezettelt.

»Ha!« Er wendet sich ihr zu. »Ist es meine Errettung oder deine Ehre, an die du denkst?«, fragt er hart.

Sie steht auf, verletzt und wütend über seine doppeldeutige Antwort. Sie kann nichts sagen. Meinhardt ist der Mann im Haus, seit Stephan gestorben ist. Eigentlich sollte sie sich glücklich preisen darüber, dass er lieber kämpfen, saufen und huren will, als die Leitung des Gutes zu übernehmen und sie ins Kloster zu schicken. Aber sie ist es leid, Gerüchte über ihre Kinder zu hören, bösartige Gerüchte, die es unmöglich machen, Wahrheit von Lüge zu trennen.

»Ich bin nur in den Händel geraten, weil einer etwas über Jutta gesagt hat«, sagt er mit dem Rücken zu ihr. Obwohl Sophia nicht sicher ist, dass es wahr ist, spürt sie doch einen Stich von Dankbarkeit.

»Was ist da gesagt worden?«

»Nichts Neues«, er zuckt mit den Schultern und macht mit dem Zeigefinger eine drehende Bewegung direkt neben der Schläfe.

»Wer sagt so etwas?«, fragt Sophia und setzt sich wieder an den Tisch.

»Einer, der nicht bekam, worauf er ein Recht zu haben meinte«, antwortet er kryptisch und löst seinen Umhang. Sie steht auf, nimmt ihn ihm ab, faltet ihn zusammen und glättet den groben Stoff mit der Hand.

»Ich habe Hildebert getroffen«, sagt er, als sie Anstalten macht, zu gehen und ihn in Frieden zu lassen.

»Ja?« Sie versucht, unbekümmert zu klingen, aber ihr Herz hämmert vor ausgelassener Freude. Ihm ist nichts zugestoßen.

»Er hatte viel zu tun mit der Ernte, aber nun hatte er Zeit, in Mainz den reichen Segen zu feiern«, antwortet er und dreht sich halb um, um die Reaktion seiner Mutter zu sehen.

Sie gibt sich Mühe, sich bei seinen Worten nichts anmerken zu lassen. Hildebert in einem Hurenhaus. Hildebert als Zechbruder, der den Arm um die Schulter des Taugenichts gelegt hat, der ihr Sohn ist. Sie hat gesehen, wie die Huren in den Gassen in Mainz frech ihre Röcke heben, wie sich angemalte Weiber mit künstlichen Frisuren feilbieten, wenn Markt ist in der Stadt.

»Er bat mich, dich zu grüßen und zu sagen, er plane am Tag der 11 000 Jungfrauen nach Sponheim zu kommen.« Meinhardt zuckt mit den Schultern, er wird aus seiner eigenen Mutter nicht schlau, die sich den einen Augenblick über etwas aufregt, das sie nichts angeht, und den nächsten nur dasteht und dumm glotzt.

»Ja?«, sagt Sophia beherrscht. »Dann laden wir auch Ursula und Kuntz ein ... und vielleicht Kristin und Georg. Es ist schon viel zu lange her, dass ich Gelegenheit hatte, mit Hildeberts Schwester und Schwager zu sprechen, und wenn Hildegard mit Jutta ins Kloster soll, bringt das die Familien nur noch enger zusammen als zuvor.« Sie strahlt. Hebt die Hand und klopft ihrem Sohn unbeholfen auf die Schulter.

Obwohl es keine große Gesellschaft ist, freut sich Sophia, etwas zu haben, worum sie sich in der kommenden Woche kümmern kann. Man isst gut bei Sophia von Sponheim, das weiß ein jeder, und sie macht sich Mühe damit, die Gerichte zu planen. Der Gedanke an Meinhardt und Hildebert im Hurenhaus quält sie immer noch. Meinhardt hat sie rasch aus ihren Gedanken verdrängt. Er ist jung und noch nicht zur Ruhe gekommen, und daher wäre es dumm zu erwarten, er würde leben wie ein Mönch. Hildebert dagegen taucht immer wieder auf, sie sieht seinen nackten Oberkörper, die breite, weiße Narbe, die quer über das Schlüsselbein verläuft und an der Brustwarze endet. Sie erschauderte, als sie die Narbe zum ersten Mal sah. Ein süßer und wonnevoller Schauder, während er erzählte, wie er sie in genau jener Schlacht abbekommen hatte, in der er auf dem Schlachtfeld zum Ritter geschlagen worden war. Und als sie an die Narbe denkt, weiß sie im selben Augenblick, dass sie Hildebert nicht nach seiner Tochter fragen wird. Jutta und Hildegard ins Kloster zu geben wird Gott dazu bewegen, sie alle am Tag des Jüngsten Gerichts mit milderen Augen zu betrachten. Sowohl Meinhardt als auch Hildebert sind da klug, wo sie dumm ist, wenn sie den Bischof mit Angeboten reicher Gaben für sein neues Kloster überhäufen. Sie schlägt sich vor die Stirn und lacht. Mitten zwischen gerupften Hühnchen und abgezogenen Mandeln lacht sie, sodass das Küchenmädchen zu ihr hinüberschielt, lacht, dass es sich anfühlt, als zerberste etwas in ihr.

Jutta, die sonst immer für sich alleine ist, wenn Gäste kommen, freut sich auf die bevorstehende Zusammenkunft. Natürlich wird sie teilnehmen, dazu fühlt sie sich verpflichtet. Das wird ihr die Möglichkeit geben, mit jemandem über die Klosterpläne zu sprechen, dem diese ebenfalls im Sinn liegen.

Jutta plagt Meinhardt fortwährend mit Fragen danach, wann man Antwort vom Erzbischof erwarten könne, bis er wütend wird und die Stimme hebt, und sie zu weinen beginnt. Natürlich kann er nicht des Bischofs Gedanken lesen, aber er hat mehr Erfahrung mit Briefwechseln als sie, und es war nichts weiter als eine Vermutung, um die sie ihn gebeten hatte. Stattdessen sind sie in Streit geraten, und er läuft noch gereizter herum als gewöhnlich.

»Hildegard kommt sicher bald, ungeachtet, ob der Erzbischof zu antworten vermag oder nicht«, sagt Meinhardt beim Abendessen in dem Versuch, sich zu versöhnen.

Aber Jutta fasst es genau gegenteilig auf und bekommt wieder Tränen in die Augen. Er soll nicht glauben, dass sie der Einsamkeit bereits überdrüssig sei, aber sie will ihm keine Widerworte geben und teilt stattdessen den Fisch mit ihrem Löffel in winzig kleine Stücke, während sie auf ihren Teller starrt.

Nachts träumt Jutta von Hildegard. Das Kind weint Blut und breitet zu Jutta gewandt ihre Hände aus, die ihr nicht zu Hilfe kommen kann, weil dorniges Gesträuch um ihre Füße emporwächst. Als sie aufwacht, hat sie Angst und ist genauso müde, als habe sie überhaupt nicht geschlafen. Es kommt ihr vor, als sei jemand bei ihr in der Kammer. Sie zieht die Decke über den Kopf, liegt ganz still und lauscht. Sie denkt die ganze Zeit daran, dass ihre Angst eine Sünde ist. Vater Thomas hat ihr gesagt, sie solle furchtlos durch die Dunkelheit wandeln, um Gott zu finden, aber diese Dunkelheit verbleibt voller Angst und unsichtbarer Feinde. *Er wird dich mit seinen Fittichen decken,* flüstert sie, *und Zuflucht wirst du haben unter seinen Flügeln.* Durch die Tür kann sie das Dienstmädchen schnarchen und sich regen hören. Sie findet Ruhe in den vertrauten Geräuschen und schläft wieder ein. Dieses Mal träumt sie, die Klosterzelle sei ein wirkliches Grab, in dem sie in den Schlamm sinkt und ruft, ohne dass sie jemand hören kann. Als sie bis zum Hals im Schlamm steht, sieht sie Hildegards Kinderhand direkt vor sich aus der Erde ragen.

Jutta ist erschöpft von Alb- und Wachträumen. Sie macht sich die ganze Zeit über Gedanken, und es fällt ihr schwer, Ruhe zu finden, selbst wenn sie betet. Sie will das Kind nicht zu ihrem eigenen machen, denn nichts soll ihr Gespräch mit Gott stören. Dennoch glaubt sie, dass sie ein Kind, das Gott ihr schickt, auch zu sich nehmen muss. Sie kann im Kloster keine engen Freundschaften schließen, das hat Vater Thomas ihr eingeschärft. Im Grunde, denkt sie, ist alles, was meine Gedanken von Christus ablenkt, zu vergleichen mit einem Eheweib, das seinen Mann betrügt.

An manchen Tagen geht sie stundenlang umher. Sie folgt

dem Weg zum Wald, kehrt um und geht zum See, folgt ihm ein Stück, bevor sie umkehrt und wieder zurück zum Haus geht. So geht sie umher, wieder und wieder, während sie sich den Weg als ein Dreieck vorstellt und jede Seite des Dreiecks als einen Teil des dreieinigen Gottes. Heiliger Geist, Heiliger Geist, Heiliger Geist wiederholt sie für sich den ganzen Weg bis zum Wald hinüber, Vater, Vater, Vater den ganzen Weg bis zum Fluss hin, Sohn, Sohn, Sohn auf dem Stück zurück. Manchmal fühlt es sich an, als ob eine Kolonie Krähen in ihren Gedanken nistet. Sie krächzen und ziehen Haare aus dem Schädel heraus. Sie hält ihren Kopf mit beiden Händen fest, während sie vor und zurück geht, vor und zurück. Die Tage, an denen die Krähen am meisten lärmen, zieht sie es vor, am Fluss entlangzugehen. Dort sind die Steine hart und scharf, und der Schmerz jagt die Vögel weg.

Am Tag der 11 000 Jungfrauen kommt Hildebert später als die anderen, und er scheint nicht besonders froh zu sein, seine Familienangehörigen zu sehen. Die Einzige, die er ordentlich zu begrüßen sich die Mühe macht, ist Jutta. Sie ist lange vor dem Morgengrauen aufgestanden und hat seitdem nicht die Ruhe gehabt, sich hinzulegen. Sie hofft, dass Hildebert ihr mehr sagen kann als Meinhardt, und kann es beinahe nicht abwarten, ihn zu fragen.

Ursula ist herausgeputzt, als solle sie zu einer Hochzeit, neben ihrem farbenprächtigen Kleid gleicht ihr Kuntz einem Spatz. Kristin ist mit ihrer vierten Schwangerschaft belastet, ihr Mann ist in Heidelberg, aber sie versichert ihnen, dass er gerne alles hätte liegen- und stehenlassen, wenn er nur von der Einladung gewusst hätte.

Sophia ist, schon bevor sie sich an den Tisch gesetzt haben, über Kristins zuvorkommende Fasson verärgert, fragt aber dennoch nach der Schwangerschaft und der bevorstehenden Geburt. Es ist Kristins fünftes Kind, erzählt Ursula, bevor ihre Tochter es schafft, etwas zu sagen. Großmutter ist anscheinend stolz auf ihre Zuchtkuh, denkt Sophia und späht zu Meinhardt am Kopfende des Tisches hinüber. Zu seiner Rechten sitzt Kuntz, daneben Hildebert, der recht übellaunig dreinblickt. Sophia lächelt und nickt und tut so, als höre sie zu, während Ursula und Kristin darum wetteifern, belanglose Geschichten zu erzählen.

Als der erste Gang hereingetragen wird, senkt sich einen Augenblick lang eine gesegnete Stille über den Tisch. Ursula greift tüchtig zu, es kommt nicht von ungefähr, dass sich der Bauch unter dem fülligen Busen wölbt, so fett ist sie geworden. Obwohl das Kleid neu ist, spannt es überall. Sie schwitzt, während sie isst, fährt sich mit der Hand übers Gesicht und lächelt Sophia zu. Kristin leckt sich die Finger mit einem kleinen, klebrigen Laut, der Sophia auf die Nerven geht.

Zuerst nickt Ursula viele Male, als nehme sie Anlauf, dann sagt sie, sie habe gehört, Hildegard solle in Sophias Obhut. Kristin berichtigt sie leise. In Juttas Obhut, sagt sie und taucht ihre Hände in die Fingerschale. Danach trocknet sie sie lange an der Serviette ab, ohne aufzusehen. Auf der anderen Seite des Tisches erwacht Jutta, als sie Hildegards Namen hört. Sie hat ausgesehen, als schlafe sie mit offenen Augen. Sophia hätte sie am liebsten in die Seite gepikt. Nun hellt sich ihr Gesicht auf, und sie blickt zuerst zu Ursula und Kristin und dann zu ihrer Mutter, dann weiter zu Hildebert, um zu sehen, ob auch er es gehört hat. Aber Hildebert sitzt nur da, den Kopf zwischen die Schultern gezogen, und schweigt. Er langt kräftig zu, kommentiert aber Meinhardts und Kuntz' Unterhaltung mit nichts weiter als einem Grunzen. Er sieht gar nicht erst in Richtung der Frauen. Jutta sinkt wieder in sich zusammen, antwortet aber entgegenkommend, sie sei dankbar für die Aufgabe, die Gott ihr gegeben habe, sich um das Kind zu kümmern. Ursula hustet, Kristin nickt viele Male, und Sophia will etwas sagen, ist aber nur mit halber Aufmerksamkeit bei der Sache.

»Hildegard ist ein frommes Kind, wie wir hören«, sagt Sophia und zwingt ihren Blick zurück auf die Frauen.

Jetzt ist es Ursula, die nickt. Sie beugt sich vor, sodass der Busen auf der Tischplatte ruht.

»Ja, man hat immer sehen können, dass dieses Kind etwas Besonderes ist.«

»Ist das wahr?«, fragt Sophia.

»Ja, ja«, lächelt Ursula, und Kristin stimmt bei.

»Wir haben bei ihrer Geburt beigestanden«, sagt sie und dämpft die Stimme, »wir fürchteten, sie würde nicht überleben, aber durch ein Wunder des Herrn . . .«

»Damals war es, als ihre Mutter sie Gott versprach«, unterbricht Ursula und klopft mit dem Zeigefinger auf den Tisch, um die Wichtigkeit ihrer Worte zu unterstreichen.

»Wirklich?«, fragt Sophia, das hat sie vorher noch nicht gehört. »Wurde es damals beim Priester verzeichnet?«

»Hm, nein«, Ursula kratzt sich mit zwei Fingern zwischen den Augenbrauen, »nein, das wurde es wohl nicht, aber sie sagte es Hildebert, der es Vater Cedric weitergesagt hat. Ist es nicht so, Bruder?« Sie beugt sich vor, sodass sie Hildebert sehen kann. »Ihr habt Hildegard Gott versprochen, als sie noch ein Säugling war?«

Mit einem knackenden Geräusch dreht Hildebert den Kopf von einer Seite zur anderen. Dann nickt er ein einziges Mal, sagt aber: »Daran kann ich mich nicht erinnern.«

»Ja aber, du warst es doch, der es mir damals erzählte«, beharrt Ursula. Ihr Hals färbt sich in einem hitzigen Rot.

Hildebert zuckt mit den Schultern, ohne seine Schwester anzusehen. »Daran kann ich mich nicht erinnern.« Alle Augen ruhen auf ihm.

»Ich habe es damals auch gehört«, flüstert Kristin, um ihrer Mutter zu Hilfe zu kommen, »ich war auch dabei.«

Hildebert sieht auf. Er sitzt ganz still mit dem Messer in der einen, einem Stück Brot in der anderen Hand. Meinhardt lehnt sich im Stuhl zurück und faltet die Hände über dem Bauch. Es sieht so aus, als amüsiere ihn der Auftritt.

»Wie geht es Mechthild?«, fragt Ursula mit weicher und zuvorkommender Stimme, »fehlten ihr die Kräfte für die Reise?«

Mit einem Ruck wendet sich Hildebert ihr zu, und sie weicht seinem Blick aus, indem sie sorgfältig ihren Brotteller auskratzt.

»Es geht ausgezeichnet«, antwortet er nach einigen Sekunden des Schweigens, »genauso ausgezeichnet, wie es dir gehen würde, wenn ...« Dann schweigt er, und Ursula sagt nichts mehr.

»Sie ist wirklich ein frommes Kind«, versucht es Kristin an Sophia gewandt, aber die sieht Hildebert an und hört nicht zu, nur Jutta lehnt sich über den Tisch und tätschelt Kristins Hand.

»Nun werden wir bald vom Erzbischof hören«, ruft Hildebert beinahe aus und nickt Jutta zu.

»Ich bin so schrecklich ungeduldig.« Sie ringt ihre gefalteten Hände.

»Er ist ganz schön dumm, wenn er ablehnt«, sagt Meinhardt und streckt Hildebert die Hand hin, als gäbe es etwas zwischen ihnen, das versöhnt werden müsse. Hildebert lässt seine Hand ein wenig in der Luft hängen, bevor er einschlägt. Meinhardt legt seine andere Hand einen Augenblick darauf, bevor er loslässt.

Hildebert nickt, Jutta schlägt ein Kreuzzeichen vor der Brust, und Sophia kann es fast nicht aushalten. Ein Gefühl überkommt sie. Als ginge etwas hinter ihrem Rücken vor, aber sie weiß nicht, was es sein kann, und findet keinen Ansatzpunkt, es zu erfragen.

»Habt ihr jemanden gefunden, der euch im Kloster zu Diensten sein kann?«, fragt Ursula, die anscheinend sehr gut unterrichtet ist. »Hildebert sagte ...« Sie nickt vielsagend in Richtung ihres Bruders, während sie den Mund mit Pastete vollstopft.

Sophia glotzt wieder Hildebert an. Er war offenbar in Sponheim und hat seine Schwester besucht, sie aber gemieden. Sie bekommt Herzklopfen und stößt wütend das Dienstmädchen an, das Bier auf der Tischdecke verschüttet.

»Nein, aber Gott wird uns ein Zeichen geben«, antwortet Jutta und faltet wieder ihre Hände. Sophia findet, ihre Tochter gleicht einem grauen und flügellahmen Vogel, der mit den Augen blinzelt.

»Ich habe darüber nachgedacht«, sagt Meinhardt und streckt sich. Er macht eine Pause, während er seinen Blick langsam über alle Gesichter wandern lässt. »Vielleicht solltest du mitgehen, Mutter.« Er sieht Sophia an, die zuerst nicht begreift, was er sagt.

»Ich?«, fragt sie und lacht kurz und atemlos. »Ich soll mitgehen? Als Dienerin meiner Tochter und Patentochter?«

Als sonst niemand lacht, sieht Sophia sich ratlos um. Hat Hildebert sie deshalb nicht besucht? Ist das der Grund, warum er und Meinhardt sich die Hand gegeben haben? Haben sie einen Handel über sie geschlossen?

Sie erhebt sich, steht am Tisch und schwankt, setzt sich wieder. Es fühlt sich an wie damals, als sie als Kind von einem hohen Baum fiel, durch das Laub und die Zweige, und so hart im Gras landete, dass alle Luft aus ihr herausgepresst wurde. Kristin zupft nervös an ihrem Ausschnitt herum, bis Ursula ärgerlich ihre Hand wegzieht. Jutta sitzt mit geschlossenen Augen da und sieht aus, als ob sie beten würde. Nur die Männer haben das Gespräch wiederaufgenommen, und zum ersten Mal, seit er angekommen ist, beteiligt Hildebert sich eifrig. Sie sprechen über Wilddieberei und über Graf Gerberts Jagdfalken, der der schönste auf der ganzen Welt sein soll.

»Das ist unmöglich«, sagt Jutta und legt beide Handflächen klatschend auf den Tisch.

Meinhardt sieht seine Schwester verblüfft an. »Was ist unmöglich?«

»Dass Mutter mit zum Disibodenberg kommt.«

»Natürlich ist das möglich«, antwortet Meinhardt mürrisch und leert seinen Bierkrug in einem Zug, »warum in aller Welt redest du solchen Unsinn?«

Jutta lässt sich von Meinhardts gereiztem Ton nicht entmutigen. Sie schließt die Augen und bewegt leicht die Lippen. Sophia hält den Atem an, selbst kann sie nicht gegen den Willen ihres Sohnes protestieren.

»Nein«, sagt Jutta entschieden. »Nein, so kann es nicht werden. Das wäre nicht richtig.«

»Richtig?« Meinhardt lacht. »Was sollte daran nicht richtig sein, dass deine Mutter ins Kloster geht?« Er nickt Sophia zu. »Das einzig Bemerkenswerte an einer gottesfürchtigen Witwe deines Standes ist, dass du nicht bereits Absprachen mit einem Kloster getroffen hast.«

»Nein!« Jutta fährt hoch. Sie beugt die Ellbogen und ballt die

Hände an ihren Schultern zu Fäusten. Hildebert lehnt sich zurück, aber Kuntz muss lachen beim Anblick der kleinen Frau, die aussieht, als wolle sie sich prügeln. Sie spreizt die Finger und bleibt mehrere Sekunden lang stehen, bevor sie fortfährt.

»Es ist nicht richtig, denn wenn ich als Inklusin ins Kloster eintreten soll, muss ich für die Welt sterben und alles zurücklassen, was ich liebe.«

»Und was ist mit deiner Mutter?«, fragt Meinhardt geradeheraus. In Sophia krümmt sich alles zusammen. Sie hat dafür gesorgt, dass er ausgebildet wurde, Rüstung und Waffen erhielt und gute Kleider. Es ist ihr Verdienst, dass das Gut blüht und gedeiht, und jetzt will er sie loswerden, um selbst regieren zu können.

»Soll sie den Hof zusammen mit meinem Eheweib führen?«

Ursula keucht, und Kristin fächelt sich mit beiden Händen Luft zu. Obwohl es kühl ist im Saal, schwitzt sie, dass ihr das Haar an der Stirn klebt.

»Dein Eheweib?« Jutta lacht. »Noch bist du es uns schuldig, sie uns erst einmal vorzustellen!« Sie schüttelt den Kopf über ihren Bruder, als sei er ein Narr, und setzt sich wieder an den Tisch.

»Ich bin kein Mönch«, sagt Meinhardt und schlägt die Hand auf den Tisch, dass sein Krug umkippt. Hildebert springt auf.

»Nein, das bist du nicht«, sagt Jutta leise, »doch würde Mäßigung dir gut zu Gesichte stehen.«

Meinhardt ist rasend vor Wut, aber er sagt nichts. Niemand kommt ihm zu Hilfe.

»Das ist jedenfalls unter keinen Umständen möglich, Meinhardt«, sagt Jutta. »Du sollst deine Mutter ehren, und ich gehe alleine ins Kloster. Wohl hast du Macht, aber Gott sollst du nicht herausfordern.«

Es kommt sehr gelegen, dass gerade der letzte Gang hereingetragen wird. Das Gespräch stottert und flüstert sich wieder in Gang. Sie wissen allesamt, dass Jutta recht hat, und Meinhardt ärgert sich darüber, dass er daran nicht gedacht hat. Hätte er nachgedacht, hätte er Jutta verweigern sollen, Inklusin zu werden, und ihr nur die Erlaubnis geben können, auf gewöhnliche Weise ins Kloster zu gehen. Dann würde sie sich nicht widersetzen können, von ihrer Mutter begleitet zu werden, und das Kind könnte sie wohl trotzdem mitnehmen. Aber nun liegt der Brief beim Bischof, und es bleibt ihm nichts anderes übrig, als zu hoffen, dass dieser es als eine komplett wahnwitzige Idee ansieht, eine junge Frau und ein Kind im Kloster einzusperren. Er ist es leid, ständig den Blick seiner Mutter auf sich zu spüren. Er wird heiraten, erträgt es aber nicht, dass sie sich in alles einmischen muss. Würde Hildebert ihn wenigstens unterstützen, so wie er es versprochen hat. Als Meinhardt sich in Mainz mit ihm traf, um ihn in seine Pläne einzuweihen, war er nicht unbedingt dafür. Aber nachdem Meinhardt damit gedroht hatte, Gerüchte über Sophia zu streuen, gab Hildebert nach. Meinhardt war darüber amüsiert, wie leicht er an das schlechte Gewissen des Mannes rühren konnte, wie einfach er in die Bürde aus Schuld stechen konnte, die er trug. Zuerst wollte Hildebert herausfinden, wie viel Meinhardt wusste. Das war ihm Beweis genug. Eigentlich hatte er nur vermutet, dass seine Mutter in einem unzüchtigen Verhältnis zu Hildebert stand, es war mehr ein Gefühl, aber er setzte alles auf eine Karte und ließ einige grobe Andeutungen fallen. Hildebert protestierte nicht, sah aus wie ein untertäniger Hund. Das überraschte Meinhardt. Erst als er mit der Bemerkung zu weit gegangen war, dass Hildebert wohl lieber Hildegards Jungfräulichkeit aufs Spiel setzen wolle, als ihm zu helfen, Sophia ins Kloster abzuschieben, wurde es Hildebert zu viel. Er ging auf ihn los und traf ihn mit einem Schlag an der Seite des Kopfes. Meinhardt schlug nicht zurück.

Trotzdem ärgert es ihn, dass Hildebert in dieser Sache keine Lösung vorbringt. Dass er mit seinem Eheweib eine Abmachung über das Kind getroffen hat, aus der er nicht herauskann, das hat Meinhardt verstanden. Aber dennoch könnte er jetzt gerade gut für Meinhardts Verschwiegenheit über seine Privatangelegenheiten bezahlen, indem er ihm hilft. Geht Sophia nicht mit Jutta zum Disibodenberg, bleibt sie garantiert auf dem Gut, bis sie stirbt. Er könnte seine Macht ausspielen und sie fortschicken, aber das würde schwierig sein, ohne einen triftigen Grund zu haben. Er könnte es nicht mehr damit rechtfertigen, dass sie über ihre Tochter und Patentochter wachen soll. Meinhardt faltet die Hände unter dem Tisch. Er bittet den Herrn seltener und seltener um Hilfe, aber jetzt braucht er sie. Er betet und klammert sich an den letzten Strohhalm: Der Bischof möge seine Erlaubnis verweigern. Jutta kann ihn noch so sehr damit plagen, die Behandlung der Angelegenheit zu beschleunigen, er wird keinen Finger rühren. Könnte er sein großzügiges Angebot an das Kloster zurückziehen, würde er es sofort tun. Doch das wagt er nicht, denn auch er hat eine Seele, die einmal nach Rettung dürsten wird.

Hildebert will nicht übernachten. Gleich nach der Mahlzeit steht er auf und gibt ohne einen Laut ein Zeichen, dass die Pferde bereitgemacht werden sollen. Er hat Hugo beim Herzog gelassen und behauptet nun, er habe wichtige Geschäfte zu erledigen. Obwohl Sophia darauf brennt, ihn zu fragen, was ihn von ihrem Gut treibt, schweigt sie. Kristin stöhnt und prustet, als sie sich vom Tisch erhebt. Es zieht über der Lende, und Ursula flüstert so laut, dass alle es hören können, die Geburt kündige sich bereits seit gestern an. Aber Kristin habe zu Sophias freigiebiger Einladung nicht nein sagen wollen. Sophia ist nicht in der Stimmung für Höflichkeiten und antwortet knapp. Jutta ist zusammen mit Hildebert verschwunden, und sie will wissen, wo sie hin sind. Vom Fenster aus kann sie sie auf dem Hofplatz miteinander reden sehen. Hildebert nickt und nickt, aber Juttas verwirrte Hände flattern in der Luft. Ab und zu sieht er zum Haus herüber, um sich zu vergewissern, dass niemand kommt. Was es für Geheimnisse sind, in die Jutta Hildebert einweiht, weiß Sophia nicht, aber sie ist fest entschlossen, es herauszufinden. Soll sie als Kinderpflegerin für ihre Patentochter auftreten, muss sie wissen, was da vorgeht. Voller Trotz schreitet sie direkt an ihren Gästen vorbei, die sich mitten in einer umfassenden Verabschiedung befinden. Sie reißt die Tür auf, geht quer über den Hofplatz und bleibt einen Meter von Hildebert entfernt stehen. Jutta lässt ihre Hände sinken, sie steht ganz still und starrt ihre Mutter schweigend an. Hildebert sagt ebenfalls nichts, macht aber auch keine Anstalten zu gehen. Jutta bleibt viel zu lange stehen, als bemerke sie das peinliche Schweigen und die ungeduldige Gegenwart ihrer Mutter nicht. Als ihr die Situation endlich bewusst wird, zieht sie sich rückwärtsgehend zurück. Erst als sie auf halbem Weg hinunter zur Kapelle ist, dreht sie ihnen den Rücken zu und eilt davon.

»Nun?«, fragt Sophia, ohne eine Miene zu verziehen.

Zuerst schüttelt Hildebert bloß den Kopf, sein Blick ist schwer vor Kummer, und das kommt für sie vollkommen überraschend.

»Das war nicht meine Absicht«, flüstert er, während er zum Tor späht. Sophia sagt nichts. Hildebert schrumpft, wird vor ihren Augen zu einem verkommenen Gockel.

»Verstehst du das nicht?«, fragt er heftig. Er packt ihr Handgelenk und drückt, bis es weh tut.

»Verstehst du nicht, dass mein Wille nichts zählt? Meinhardt will regieren, und da kann ein Mann von niedrigerem Stand nichts ausrichten.« Er löst seinen Griff, schubst ihren Arm von sich und wendet das Gesicht ab. Lange stehen sie da, ohne etwas zu sagen. Sophia lauscht seinen Atemzügen und findet eine sonderbare Freude darin, dass auch er kämpfen muss, um sich zu beherrschen.

»Was tust du nun?«, fragt sie.

»Was kann ich tun?« Er breitet die Arme aus. »Ich hole Hugo beim Herzog, dann habe ich Begleitung auf der Reise nach Worms. Dort biete ich Erzbischof Ruthardt noch größere Reichtümer an dafür, Hildegard mit Jutta ins Kloster gehen zu lassen. Nur dann kannst du auf deinem Gut bleiben, Sophia. Meinhardt ist seine Schwester egal, du kommst mich also teuer zu stehen.«

»Und was tust du dann?« Sophia knüllt die Hände fest zusammen.

»Dann gehe ich nach Bermersheim und verhalte mich ruhig, solange es sich machen lässt.«

»Kommst du zurück?«, flüstert Sophia, aber im selben Moment geht die Tür auf und Meinhardt und die Gäste kommen lachend und lärmend heraus auf den Hofplatz.

Hildebert steigt auf sein Pferd. Er sagt nichts, er reitet einfach durch das Tor hinaus, hebt die Hand zum Abschied und ist fort.

Kurz vor Weihnachten, im Jahr 1106 nach Christi Inkarnation, ist der Frost streng. Der See ist zugefroren, nur am Rand bleibt das Eis dünn und spröde. Dort rührt sich das Wasser unruhig, bahnt sich durch kleine Löcher einen Weg nach oben und bricht durch das Eis. Gelber, brauner, schwarzer Schilf, steif und hohl, leicht zu brechen. Jutta geht immer noch ihre tägliche Runde, auf nackten Füßen. Auf dem Weg zurück zum Gut bleibt sie ab und zu stehen und sieht auf den Pfad, den sie hinter sich ausgetreten hat. Der schwache, knirschende Laut, wenn sie die dünne Eisschicht oben auf dem Schnee durchtritt, das Rauschen der Vögel, die in einem Schwarm abheben.

Sophia friert, ganz egal, wie sehr sie die Glut in der Feuerstelle anfachen. Sie will die Fenster verhangen haben, aber Jutta bekommt keine Luft in der geschlossenen Stube und lockert Vorhänge und Läden. Vom ersten Stock aus kann man weit über die weißen Felder nach Westen sehen. Am Rand des Waldes hat jemand ein Feuer angezündet, das wie ein ferner und einsamer Stern glüht. Es wird Abend, der Himmel zieht seinen schwarzen Umhang dicht um sein frostrotes Gesicht. Jutta überlässt sich ihren Gedanken und starrt in die Dämmerung hinaus. Dann sieht sie es: Zuerst ähnelt es einem dunklen Tier mit vielen Beinen, aber näher beim Hof zerfällt es in eine Schar aus fünf Pferden mit fünf Reitern. Als sie auf den Hofplatz reiten, steht sie schon da.

Es ist einer der Männer der Kirche, der den Brief überbringt, und er weigert sich, ihn an andere als Jutta abzugeben, obwohl Meinhardt die Faust in der Luft ballt. Jutta öffnet den Brief sofort, noch auf dem Hofplatz, und fällt auf die Knie, bevor sie ihn auch nur bis zur Hälfte gelesen hat. Meinhardt glaubt, es sei aus Enttäuschung, aber dann erkennt er, dass der Erzbischof seine Erlaubnis gegeben hat.

II

Disibodenberg
1108-1123

I
Sponheim, Allerheiligen, 1. November 1108

Disibodenberg: Zwei Jahre lang hat Hildegard jeden Abend den Namen des Klosters wiederholt, nur für sich selbst. Sie kann sich nicht vorstellen, wie es dort aussieht, denn sie kennt keine Klöster. Sie flüstert, lauscht, wartet. DISI ist der Ruf eines Vogels, ein Frühlingstag, an dem der Bach nach und nach aufplatzt und durch die Felder tost, Gras und Erde in seinem verschleierten Gefolge mitreißt.

DI DI DI DI DI DI DI DI DI DI DI DI DI
SI SI SI SI SI SI SI SI SI SI SI SI SI

BODEN

ist der Geruch nach Erde und Stein, nach Juttas schwarzen Wollsachen, ein tiefer, bohrender Ton vom Nasenloch bis zum Schädel, ihre langsamen Schritte.

BERG

ist eine kühle Brise, Hildeberts schwere Schritte, er ist ein paar Meter vor ihr, sie sind auf dem Weg den Hang hinauf in einem Sommer, der nach Gras duftet, nach raschelnden, flüsternden Kornfeldern, nach Staub von einem Wagen, der mit jemandem wegfährt, während Hildegard mit viel zu vielen Sachen am Leib dasteht und winkt und weint und nicht weiß, warum.

2

Allerheiligen, es soll der Toten gedacht werden, und Jutta und Hildegard sollen für diese tragische Welt sterben. In der stillen Kammer des Todes, in der monotonen Einsamkeit kann Gott klarer strahlen als hier, wo das konstante Summen und die Unruhe aller Dinge die Gedanken verschleiert und die Sinne verschließt. *Zuerst sieht man sich selbst, gespiegelt in der zugemauerten Tür,* hat Jutta gesagt, *sodann verschwindet das eigene Gesicht, und da begegnet man Gott, mit Augen so rein wie die eines Neugeborenen.* Da ist man der Ewigkeit in Gottes Reich näher, da wendet man dieser flüchtigen Welt den Rücken zu, die nichts anderes ist als ein langgezogener Atemzug, der schon bald erstirbt.

Hildegard wird vor Sonnenaufgang geweckt.

»Auf, Hildegard«, flüstert Jutta, und Hildegard braucht ihre Augen nicht zu öffnen, um zu wissen, dass Jutta das schwarze Kleid schon angezogen hat, das sie für den Tag genäht hat. Der grobe Stoff streift ihre Wange. Juttas Haut hat an diesem Morgen keinen Duft an sich, nur der weiche Geruch der Talgkerze und ein Anflug von neuen Wollsachen umgibt sie. Sie steht neben dem Bett, ohne sich im Geringsten zu bewegen, während Hildegard sich setzt und die Felldecke um ihren Körper zusammenzieht.

»Ich habe geträumt«, beginnt sie, aber Jutta legt einen Finger über die Lippen.

An diesem Morgen sollen sie schweigen, daran erinnert sie sich jetzt wieder. Auch Juttas Hände haben keinen Duft, das ist fremd und unnatürlich, sodass Hildegard sich auf die Knie hochzieht, indem sie sich an ihrem Arm festhält, die Nase in den Ärmel drückt. Sie zieht einen schwachen Duft nach Getreide aus dem Stoff, haucht ihn mit ihrem eigenen, süßen Atem wieder aus.

Jutta isst nichts, überwacht aber Hildegard, die auf der Bank sitzt und Grütze mit Fleischstücken isst. Das Kind hat seinen schwarzen Stein in der Hand, sie spielt, er ist ein Pferd. Ab und zu lässt sie ihn mit von der Grütze essen, ab und zu reibt sie ihn an ihrer Wange. Hätte Jutta ihr nicht auferlegt zu schweigen, würde Hildegard ihr von dem Traum erzählen und noch einmal nach der Reise fragen. Und Jutta hätte geduldig zugehört, mit ihrem ausdruckslosen Gesicht. Vielleicht hätte sie den Traum kommentiert, vielleicht die Fahrt nach Disibodenberg und das Ritual noch einmal erklärt.

Der Wagen wird angespannt, noch bevor Hildegard mit dem Essen fertig ist. Sie will sofort hinaus und die Pferde begrüßen, aber Jutta hält sie zurück und zeigt auf die halbleere Schale, damit sie versteht, dass sie nichts übrig lassen darf.

Die Fleischstücke sind bleiche Inseln in der Grütze, sie taucht sie mit dem Löffel unter und lässt sie in der milchweißen See untergehen. Fleisch ist für die Schwächlichen und Kranken, nur Wild ist etwas anderes oder Huhn im Teig, wie es der Koch zubereitet. Jutta isst nie Fleisch, sie hat harte Knochen und glatte Haut. Und Hildegard freut sich darauf, selbst nicht länger schwächlich zu sein, darauf, dass das Gebet sie für immer heilen wird, denn Jutta hat angedeutet, dass so etwas geschehen kann. Als sie vor zwei Jahren nach Sponheim geschickt wurde, sagte ihre Mutter, dies sei die Hoffnung, auf die sich alle stützen werden. Sie kratzt gehorsam die Schale aus, schluckt jeden einzelnen Mundvoll, ohne das Gesicht zu verziehen. Sie dankt Gott still für jeden Bissen, wie Jutta es ihr beigebracht hat.

Danke, kauen, kauen, danke, kauen, kauen, danke, kauen, kauen, danke, kauen, kauen.

Das Fleisch ist weich zwischen den Zähnen, es wächst mit seinem salzigen und säuerlichen Geschmack, sodass sie es mit dem hintersten Teil der Zunge hinunter in den Hals schieben muss. Jutta steht still am Tisch mit dem Umhang über dem Arm. Sie ist ernst und ängstlich, begreift besser als das Kind die Bedeutung dieses Tages. Hildegards schwarzes Kleid gleicht Juttas, es kratzt, aber es ist nur eine Frage der Zeit, bis die Haut sich daran gewöhnt hat, behauptet Jutta. Trotzdem hat sie Hildegard einen Unterrock mit langen Ärmeln aus weichem Leinen gegeben. Als Hildegard nach Sponheim kam, hatte Jutta nie zuvor eine so vornehme Garderobe wie die des Kindes gesehen. Man konnte glauben, sie sei eine Königstochter, dachte Jutta, während sie mit Sophia den Inhalt der Reisekiste bewunderte. Anfangs ließ sie sie noch in ihren feinen Kleidern herumgehen, aber nach und nach tauschte sie ihre Sachen aus. Es war, als ob die Kleine es bemerke, und Jutta freute sich darüber, wie leicht das Kind verzichten zu können schien. Der erste Winter war dennoch hart. Hildegard weinte jeden einzelnen Tag, und nachts rief sie im Schlaf nach ihrer Mutter und nach Agnes. Jedes Mal, wenn sie einen Hund oder eine Katze oder ein Pferd sah, meinte sie, sie ähnelten ihrem Falk, und war Meinhardt beim Herzog gewesen, konnte es ihr einfallen ihn zu fragen, ob er mit ihrem Vater gesprochen habe.

Am ersten Tag der Weihnachtszeit war sie überaus widerspenstig und spähte jeden Augenblick zum Fenster hinaus. Als es dunkel geworden war, war sie untröstlich, und erst da ging es Jutta auf, dass Mechthild beim Abschied versprochen hatte, zu kommen und das Fest mit ihrer jüngsten Tochter zu feiern.

Jutta war wütend über ein so dummes Versprechen, ließ die Kleine aber ausnahmsweise einmal nicht alleine einschlafen. Sie hielt ihre Hand, bis sie eingeschlafen war. Nach diesem Tag ging es aufwärts. Von Zeit zu Zeit bemerkte Jutta, dass Hildegard über die Felder blickte, besonders bei Festen und an Feiertagen, aber sie war leicht zurückzuholen und weinte nur noch selten. Stattdessen klammerte sie sich an den schwarzen, pferdeförmigen Stein – nachts schlief sie mit ihm in der Hand ein, tagsüber schob sie oft die Hand in die Tasche, um sich zu vergewissern, dass sie ihn nicht verloren habe. Jutta ließ sie ihn haben. Ein jeder muss mit leeren Händen ins Kloster gehen, denn dort darf niemand etwas besitzen, aber in Sponheim gelten andere Regeln.

Hildegard sieht nach unten auf den Tisch, während sie isst. Es wird ein langer Tag für die Kleine werden, und Jutta bittet den Herrn, dem Kind und ihr Kraft zu geben. Es ist erst einen Monat her, als Jutta plötzlich wieder von der Schwere all dessen übermannt wurde, was sie aufgeben muss.

Es war ganz überraschend für sie gekommen. Sie hatte auf der Steintreppe vor dem Haupthaus gestanden und über das Tal geschaut. Es war ein kalter Morgen Anfang Oktober, das Gras war von Tau überzogen, das Licht legte sich über die Bäume wie Öl auf das Wasser.

Vielleicht war es die Schönheit, vielleicht der vertraute Laut der Kuhglocken und das Hopphopp des Hütejungen. Vielleicht die plötzliche Kälte, die Luft, die eine Mauer aus Feuchtigkeit war, die ganze grüne Welt, geschmückt mit roten und schwarzen Beeren und buntem Laub, vielleicht der Gedanke an den langen Schweif früherer Morgen, der sich aus der Kindheit voran bis zu diesem unbedeutenden Augenblick schlängelte und sich mit plötzlicher Wehmut selbst erschuf. Der Schweif wirbelte die Gedanken voller Erinnerungen durcheinander, Erinnerungen an Alltag und Festtage, Morgen, an denen sie von brüllenden Milchkühen geweckt worden und dem Tag unbekümmert entgegengetreten war. Die Zeit vor dem Tod ihres Vaters, vor dem Blutsturz, der die Lebenskraft aus dem großen Menschen saugte. Es war der Gedanke an all das, was der Mensch aufgeben muss, das, was jeder verlieren muss. Der plötzliche Kummer war aus der Landschaft geströmt, hatte die Tiere und die Tage und den Wechsel der Jahreszeiten mit sich gezogen, hatte Freude und Trauer, Blut und Galle, Speichel mit sich gezogen, sodass sie kurz davor war, umzufallen. Zweifel hatten sie ergriffen und ein plötzlicher Drang, den Herrn anzuflehen, ihr eine andere Stimme zu geben, der sie folgen sollte, einen anderen Ruf als den des Klosterlebens. Sie lief so schnell sie konnte hinunter zur Kapelle, holte eine Haarlocke unter dem Tuch hervor und zog so fest daran, dass die Kopfhaut brannte. Das Schlimmste war nicht, dass der Alltag sie mit kindlichen Versprechungen von Güte und kommender Fruchtbarkeit lockte, viel schlimmer war das jungenhafte Gesicht, das sie hartnäckig verfolgte. Es war Wilhelms Gesicht, er sah sie beharrlich mit demselben verletzten Blick an wie damals, als sie ihm erzählte, dass sie das Versprechen nicht halten konnte, das sie so töricht gegeben hatte.

Jutta verliert sich in Gedanken, während sie Hildegard ansieht, die den Blick nicht hebt. Ihr Kopf ist voller Luft, die von hinten auf die Augen drückt. Sie hat die ganze Nacht über fast nicht geschlafen, gespannt auf die Abreise ins Kloster, aber nicht länger im Zweifel. Sie ist eine Vereinbarung mit Gott eingegangen, und es geht dabei nicht nur um sie selbst. Wenn sie nicht die Verantwortung für Hildegard auf sich nähme, wäre es unmöglich zu wissen, wie es dem sonderbaren Kind ergehen würde. Hildegard ist gehorsam, sie tut, was Jutta sagt, sie lauscht aufmerksam, und sowohl zu Psalmen als auch zu Bibelgeschichten hat sie ein inniges Verhältnis. Manchmal wirkt sie eigensinnig, aber niemals trotzig, und Jutta muss nur selten harsche Worte benutzen, um sie anzuleiten. In der ersten schweren Zeit erschien sie ihr passiv, aber jetzt weiß sie, dass das Kind ein reichhaltigeres inneres Leben hat als die meisten. Manchmal sitzt sie stundenlang in sich gekehrt da, sie bewegt ab und zu ihre Hände und spricht leise mit sich selbst. Die Heiligen sind ihre Freunde, sie führt Gespräche mit ihnen, und darin kann Jutta nichts Böses sehen. In Bermersheim hatte Mechthild ihr damit gedroht, über ihre merkwürdigen Erscheinungen zu schweigen und das Gerede über ›Das Lebende Licht‹ sein zu lassen. In Sponheim ermahnt Jutta sie, nur mit ihr und sonst niemandem darüber zu sprechen. »Du gehörst dem Herrn«, hat sie zu dem Kind gesagt, »deine Stimme ist die Gottes in alle Ewigkeit, sie gehört nicht dir selbst.«

Während Hildegard isst, wird der Wagen auf dem Hofplatz aufgetakelt, der Stallbursche schleift den Reisesack über die Erde. Ginge es nach Jutta, so würde sie dem neuen Leben mit ganz und gar leeren Händen begegnen. Aber Sophia hat darauf bestanden, dass sie ihr eigenes Leinen mitbringen und hat ganz gewiss noch weitere Sachen in den Sack geschmuggelt, von denen sich Jutta später trennen und die sie an die Armen geben muss. Jetzt gerade interessieren die heimlichen Einfälle ihrer Mutter sie nicht, sie will die Gedanken zu einem kleinen, harten Wollknäuel knüpfen und nur an das Gebet und die Reise denken. Aber in einem unaufmerksamen Augenblick rollt das Knäuel davon und zieht das Ende flatternd hinter sich her, rollt zurück zu dem Morgen auf der Steintreppe, wo sie das letzte Mal so verzweifelt weinte, rollt zurück zu Wilhelms Augen, zu dem Versprechen und dem Herzen und den eigenwilligen Wegen des Körpers.

Ein Versprechen an Gott tilgt ein jedes Versprechen zwischen Menschen, das versicherte ihr Vater Thomas, als sie ihr Herz vor ihm erleichterte. Und da niemals eine offizielle Verlobungsvereinbarung getroffen worden war, sondern das Versprechen nur Kulmination der Torheiten zwischen zwei Kindern war, gab es nicht einmal jemanden, der zu wissen brauchte, wie es sich verhielt.

Entgegen allgemeinem Brauch hatten Sophia und Graf Stephan keine Eheabsprache für ihre Tochter getroffen, als sie klein war. Obwohl man meinen konnte, es sei nur eine Frage von Formalitäten, da Juttas Schönheit und Stand ihr keinen Mangel an Bewerbern bescheren würde, konnte man es auch als Zeichen dafür sehen, dass sie für das Klosterleben bestimmt war. Dem hatte niemand einen Gedanken geschenkt, bevor sie in dem Winter, als sie dreizehn wurde, erkrankte und daniederlag und um ihr Leben kämpfte. Wenn sie an diesem Abreisetag an ihr Krankenlager denkt, ist es, als habe jemand die große Schafschere genommen und einige Wochen weggeschnitten, nur um ein fernes und nacktes Gefühl zu hinterlassen, nicht in dieser Welt zugegen gewesen zu sein. Wo sie sich auch befand, welch sonderbare und unheimliche Träume sie auch quälten, sie war immer mit gefalteten Händen zu Bewusstsein gekommen. Das hatten alle, die an ihrem Bett wachten, bemerkt. Als sie sich allmählich wieder erholte, bat sie ihre Mutter, einen Boten zum Priester zu schicken. Sie wollte unter vier Augen mit ihm sprechen, und Sophia fügte sich dem Wunsch ihrer

Tochter, erleichtert darüber, dass das Fieber auf dem Rückzug war. Als Jutta und Vater Thomas allein im Krankenzimmer waren, kniete der Priester neben ihrem Bett nieder, um mit ihr zusammen zu beten.

»Sollte ich leben«, sagte sie, »so gebe ich mein Leben dem Herrn.«

Vater Thomas verharrte lange, ohne zu antworten. Dann legte er seine Hände über ihre und nickte. Er ermahnte oder belehrte sie nicht, weder über Erlösung noch über Entsagung.

Als sie wieder zu Kräften kam und mit Sophia an dem einen und der Magd Kunlein an dem anderen Arm einen Spaziergang auf dem Hofplatz unternehmen konnte, dankte sie Gott für jeden Schritt, den sie machte, dankte ihm für das Leben und dafür, sie mit so klarer Stimme zu rufen.

Sophia beugte den Nacken und hörte zu, ohne etwas zu sagen, als Jutta ihr von ihrem Versprechen an Gott erzählte. Mehr als einen Tag und eine Nacht lang sagte sie kein Wort, aber nach der Abendmahlzeit des folgenden Tages holte sie das Kristallkreuz aus seinem Schrein und hängte es Jutta um den Hals. Zuerst ruhte es kalt und schwer auf der Haut, aber bald nahm es die Wärme des Körpers entgegen, und Jutta war der Gedanke gekommen, dass es genauso mit ihrem eigenen Entschluss war – zuerst war es nur ein Willensakt, eine Danksagung. Danach würde es ein Ruf werden so stark, dass nichts ihn übertönen konnte.

Während sie zu Kräften kam, fühlte sie die ganze Zeit über dieses euphorische Glück. Erst eines späten Nachmittags, viele Wochen später, als sie alleine auf der Bank an der Südseite des Haupthauses saß, dachte sie an Wilhelm. Es war beinahe, als ob es sie nichts mehr anginge, obwohl sie vor ihrer Krankheit an nichts anderes als ihn gedacht hatte. Dennoch begann der

Teufel gleich mit seinen Späßen, gierig und begehrlich bei der Aussicht, sich an der Sünde satt essen zu können. Er stieß mit den Hörnern nach ihr und flüsterte: *Dann musst du dich damit abfinden, aus zweiter Hand von seiner Ehe und seinen Nachkommen zu hören. Dann musst du dich damit abfinden, deine Kusine an seiner Seite zu sehen, stolz und hochmütig wird sie sein, dich kaum eines Blickes würdigen, dich bemitleiden, dass du ins Kloster gingst, und nicht ein einziges Mal wirst du bei ihm liegen.*

Sie suchte Zuflucht in der Kapelle, und dort traf sie die Erkenntnis, dass sie auf diese Weise an Wilhelm gedacht hatte, weil sie es ihm schuldig war, es selbst zu sagen und ihn ihre Entscheidung nicht auf Umwegen erfahren zu lassen. Mit diesem Gedanken tröstete sie sich, bis sich die Möglichkeit ergab, ihn wiederzusehen.

Es war bei der Messe zum Gedenken an die Wiederfindung des Kreuzes, und da sie sicher war, Wilhelm würde da sein, bereitete sie sich genau darauf vor, was sie sagen sollte. Es hatte viele Tage heftig geregnet, und der Weg zur neuen Kirche in Sponheim war ein einziger Schlamm. Der Verwalter hatte sich am Tag zuvor mit dem Wagen in einer Lache der Talsenke festgefahren, und als er endlich freigekommen war, hatte er einen Mann passiert, dessen Wagen umgestürzt und völlig demoliert war. Sophia wollte die Messe und den Markt keinesfalls versäumen, wollte aber noch weniger ihre eigene Sicherheit und die ihrer Kinder auf einem unbefahrbaren Weg riskieren. Meinhardt bestand darauf, aufzubrechen, auch wenn er allein reiten müsse. Sophia sagte nichts. Sie wusste, dass die Mädchen und die Bierkrüge in den Marktzelten ihren Erstgeborenen mehr anzogen als die Messe. Etwas anderes war es mit Jutta – sie wurde bleich und verschlossen, als Sophia ihre Sorgen wegen des

Wegs äußerte. Sie sagte nichts, sah nur steif hinunter auf den Boden. Sophia deutete Juttas Verärgerung als ein Zeichen, dass der Weg auf sich genommen werden müsse, ungeachtet aller Widrigkeiten.

Schon als die Prozession in die noch unfertige Kirche zur Kreuzmesse einzog, konnte Jutta Wilhelm in der Menge ausmachen. Er stand zwischen seinem Vater und seinem ältesten Bruder und machte keine Anstrengungen, seinen neugierigen Blick zu verbergen. Er glotzte sie an, dass sie den Blick senken musste.

Sie hatte ihm ihr Versprechen unmittelbar vor Maria Himmelfahrt letztes Jahr im August gegeben. Conrad von Stauderheim, Wilhelms Vater, hatte bei Sophia einige Angelegenheiten zu regeln. Das Gespräch sollte hinter verschlossenen Türen vorgehen, und Sophia schickte sowohl Jutta als auch das Gesinde hinaus.

Sie kannten einander ausgezeichnet, Jutta und Wilhelm, sie hatten als Kinder zusammen gespielt, damals hatte sie ihn unerträglich gefunden, er wusste immer alles besser, und Meinhardt und er hatten sich mehr als einmal geprügelt. Aber jetzt waren er und Meinhardt Freunde und ritten oft zusammen auf die Jagd. Es war lange her, dass Jutta ihn gesehen hatte, er war sehr beschäftigt bei Hofe, wo er sich als einer der besten Bogenschützen auszeichnete. Er interessierte sich für Jagdfalken und verbrachte viel Zeit mit dem Falkner des Schlosses, um etwas über die Aufzucht der kostbaren Vögel zu lernen. Davon sprach er, als Jutta ihn bat, sich ihr gegenüber an die Feuerstelle zu setzen. Obwohl es schon längst hätte Sommer werden sollen, war das Wetter von einer unerbittlichen Rauheit, Nässe und Wind durchdrangen die Kleidung. Erst als sich Wilhelm setzte, sah sie ihn richtig. Es war eine bestimmte Bewegung, die er mit der einen Hand machte, wenn er sich durchs Haar strich, sodass es nach allen Seiten abstand. Jutta sah ihn an, ohne ein Wort zu sagen, er sprach über die Vögel und das Pferd und die Jagd, von der er hoffte, sie werde gut. Dann schwieg auch er, und was sich in eine peinliche Stille zwischen ihnen hätte entwickeln können, wurde zu einer angenehmen Wärme. Was er in Juttas ernstem Gesicht sah, erfuhr sie einen Augenblick später, als er sich mit einer ungeahnten Heftigkeit vor ihre Füße warf. Er bekannte, einer größerer Schönheit als der ihren sei er nie begegnet. Jutta wich zurück, überrascht und erschrocken, und er stand auf, plötzlich beschämt, trat ein paar Schritte zurück und entschuldigte sich stammelnd für sein Auftreten. Er hatte sich ans Fenster im am weitesten entfernten Winkel der Stube gestellt und sich mit dem Rücken zu ihr gegen die Wand gelehnt. Sie hatte über seine Verlegenheit lachen müssen, darüber dass er einem kleinen beleidigten Jungen glich. Sie hatte ihr Lächeln hinter der Hand verborgen, aber das Lachen war ihr doch herausgerutscht, sodass er sich zu ihr umdrehte, rasend und rot im Gesicht. Also war die Reihe an ihr, sich zu entschuldigen und an ihm, zu lachen. Da erkannte sie ihren Spielkameraden wieder, und die Befangenheit zwischen ihnen verschwand. Sie spielten Dame, und er gewann, triumphierte aber nicht, wie damals, als er noch ein Junge war, er scherzte nur und erzählte unglaubliche Geschichten. Jutta konnte sich nicht erinnern, wann sie sich zuletzt so gut amüsiert hatte.

Über Mittag tauchten Sophia und Conrad endlich wieder aus der kleinen Stube auf. Sie hatten eine Verständigung erzielt, und sie hatte ihren Gast eingeladen, die Lagergebäude und Stallungen zu sehen. Obwohl der Wind sich nicht spürbar gelegt hatte, war es aufgeklart, und Jutta reckte sich auf dem Hofplatz, streckte beide Arme in die Luft der Sonne entgegen, als wolle sie sie herunterziehen und sich an ihr wärmen. Wilhelm blieb stehen und sah sie an. Da überkam sie wieder dieses beunruhigende und verlockende Gefühl wie zuvor, als sie den Schimmer eines fremden Mannes in dem Jungen gesehen hatte, den sie zu kennen glaubte.

Wilhelm wollte die Pferde sehen, und Jutta begleitete ihn zum Stallgebäude. Sie wollte nicht mit hinein, sie hatte Angst vor den großen Tieren, seit sie als kleines Mädchen gesehen hatte, wie einem Stallburschen vom Schlachtross ihres Vaters das Gesicht zertreten wurde. Sie blieb draußen stehen, hörte Wilhelm im Halbdunkel mit einem Knecht sprechen, hörte die Pferde wiehern, stellte sich Wilhelms Hände vor, die über ihr dunkles Fell strichen, die warmen Mäuler, die ihn leicht anstießen. Sie schämte sich ihrer eigenen Fantasie, fühlte sich mit einem Mal so närrisch, vor dem Stall zu stehen und auf ihn zu warten. Sie ging um das Haus herum, ließ die Hand entlang der unebenen Steinmauer gleiten, besuchte den Rosengarten, aber er fand sie.

Noch vor der Abenddämmerung hatte sie ihm ihr Versprechen gegeben. Sie stand neben Sophia, als er mit seinem Vater den Weg hinunterritt. Die Pferde schlugen mit den Schweifen, fielen in Trab und verschwanden im Wald. Sie schnappte nach Luft und versank in Träumen von der unwirklichen Zukunft: dass sie ihm gehören sollte.

Sie hatte ihm ihr Versprechen im Rosengarten gegeben, während der Augustwind an ihnen beiden zerrte und riss und die Dornenzweige gegen die Erde schlugen, und jetzt sah er sie quer durch die Kirche an, als sei sie sein Besitz. Seine Eltern waren mit der Werbung einverstanden, sagte er, als sie sich das erste Mal seit jenem Nachmittag trafen, und Sophia und Meinhardt würden kaum einen Grund finden, zu protestieren. Dennoch wollte er es einige Jahre geheim halten, sodass niemand über ihn lachen und sagen konnte, er sei nicht Manns genug zu heiraten.

Wilhelm lachte offen und ansteckend, als sie nach der Messe auf ihn zuging, und er verbeugte sich, ohne die Augen von ihr abzuwenden. Sie war krank gewesen, das wusste er, sie hatte um ihr Leben gekämpft, hatte die Krankheit aber überwunden und stand jetzt vor ihm. Sie war bleich und dünner als zuletzt, ihre Augen tränten in dem klaren Licht. Sie erwiderte weder sein Lächeln noch seinen Blick, hielt eine Armeslänge von ihm entfernt an und leierte ihre Botschaft herunter, so schnell und monoton wie einer, der im Schlaf redete. Dann machte sie auf dem Absatz kehrt, ließ ihn zerschlagen und gedemütigt zurück, während sie sich unter die Plane auf den Wagenkasten setzte, fest entschlossen, nicht am Markttag teilzunehmen, egal, wie sehr Sophia lockte und drohte. Kunlein wurde abbestellt, Wache zu halten, und der Kutscher lachte über ihren verärgerten Gesichtsausdruck, als sie begriff, dass sie Kindermädchen spielen sollte. Auch sie versuchte, Jutta zu locken, sagte: *Sieh dir den Bärendompteur an, sieh den Feuerschlucker, und kannst du die mit Honig gerösteten Plätzchen riechen?* Aber Jutta war unbeugsam. Saß gerade und ausdruckslos da, ohne auch nur mit einem Nicken zu antworten.

Zu Hause in Sponheim tat sie nichts anderes, als zu beten, zu fasten und ihr ganzes Gewicht gegen die Tür zu legen, jedes Mal wenn der Teufel sie mit Erinnerungen oder mit der eigensinnigen Lust des Fleisches zu locken versuchte. Am schlimmsten war es nachts. Da trieb der Teufel seinen Schabernack mit ihr, nahm in Gestalt von Wilhelm ihre Träume ein und berührte sie, sodass der Körper erzitterte und sich ebenso stark in Freude wie in Schmerz wand. Zuletzt wagte sie überhaupt nicht mehr zu schlafen, gab Kunlein Order, zu wachen und sie zu den undenkbarsten Zeiten zu wecken. *Sie wolle sich auf das Klosterleben vorbereiten,* sagte sie, *sich an die Stundengebete gewöhnen und daran, nur wenige Stunden zu schlafen.* Sie bedrängte ihre Mutter und ihren Bruder, ihr die Erlaubnis für eine Pilgerreise nach Santiago de Compostela zu erteilen. Aber Meinhardt wollte von einer solchen Reise nichts hören, unter keinen Umständen. Gewiss hatte ihre Tante die Reise früher einmal auf eigene Faust unternommen, aber für ein so junges Mädchen war es zu gefährlich, ganz egal, wie beschützt und berufen von Gott sie auch war. Also verfiel Jutta wieder einige Tage lang in Schweigen, bis sie einen neuen Einfall hatte. Sie wollte ohnehin nicht ins Kloster nach Trier, wie es beabsichtigt war. Sie wollte ein Kloster finden, das sie als Inklusin aufnahm und sie zu einem Leben in äußerster Frömmigkeit und Askese geleitete. Vater Thomas wurde wieder herbeigerufen, der ihr erklärte, dass für gewöhnlich nur Mönche und Nonnen, die bereits das Klostergelübde abgelegt und seit mehreren Jahren ein frommes Leben geführt hatten, die Erlaubnis erhielten, eingemauert zu werden. Dann müssen sie eine Ausnahme machen, hatte sie, ohne zu zögern, geantwortet.

Vater Thomas kam einen Monat lang jeden Tag und sprach mit ihr. Sie erzählte ihm von ihren qualvollen Nächten, und er antwortete, das Band zur Welt müsse gelöst und der Körper gezüchtigt werden, damit der Mensch eins mit Gott werden könne. Der Teufel findet Nahrung in der Menschen Sünde, er frisst sich fett und dick an Torheit und Unzucht, er rafft an sich in immer neuer Gier. In seinem Bauch öffnet sich ein Mund, er hat Zähne und Klauen überall, er schlingt seinen gezackten Schwanz um verlorene Seelen. Vater Thomas schlug ihr vor, Novizin im Kloster in Trier zu werden und mit der Entscheidung, Inklusin zu werden, ein paar Jahre zu warten. Er malte ihr aus, wie die Totenmesse für den gelesen wird, der eingemauert werden soll, wie sie ein einsames Leben in Schweigen und Gebet ohne viel Kontakt zu anderen Menschen leben würde. Jutta blieb hartnäckig. Opferte sie ihr Leben Gott, musste sie es so vollkommen wie nur möglich tun. Sie fragte ihn über die Wüstenväter aus, fragte nach den Regeln für weibliche Inklusen, auf die er hinwies, und Vater Thomas begann zu glauben, dass es der scharfe Kopf des Mädchens war und nicht ihr leicht entzündliches Fleisch, der letztendlich die größte Distanz zwischen ihr und Gott ausmachen würde.

Schließlich gab er nach. Er informierte zuerst Meinhardt und Sophia, erklärte ihnen, dass Jutta ihren Wunsch beharrlich und mit einer solchen Bestimmtheit wiederholte, dass es schwer war, es als etwas anderes zu deuten als einen Ausdruck des Willens Gottes. Sophia protestierte. Sie wollte ihre Tochter für die Welt nicht sterben lassen, sagte sie. Vater Thomas sah sie mit hartem Blick an und antwortete nicht einmal. Als sie schwieg, sprach er weiter, und langsam hatte der Plan so lebendige Gestalt angenommen, als sei Jutta bereits von einer Steinmauer umgeben. Das Kloster am Disibodenberg sollte reformiert werden, und ein Inkluse war genau das, was dem Rest der Welt seine Strenge und Intentionen unter Beweis stellen konnte. War es obendrein ein Inkluse, der ansehnliche Gaben in Form von Land und Unterstützung für die Errichtung und den Ausbau des Klosters anbieten konnte, fiel es ihm schwer, sich vorzustellen, sie könnten ablehnen. Normalerweise musste ein geistlicher Rat einberufen werden, um diese Art von Entscheidungen zu treffen, aber in Anbetracht der Umstände könnten sie vielleicht das Glück haben, dass der Erzbischof eigenhändig seine Erlaubnis geben und die Dinge beschleunigen würde.

Meinhardt versetzte die Verschwörung zwischen Jutta und Vater Thomas in Wut, und er verließ Sponheim für mehrere Wochen. Sophia hörte auf zu protestieren, als sie merkte, dass es die genau gegenteilige Wirkung auf Jutta hatte. Jutta schrieb selbst ein Gesuch an den Bischof, und bevor sie eine Antwort erhielt, war Hildebert aus Bermersheim gekommen und hatte hinter verschlossenen Türen mit Sophia gesprochen. Danach erklärte sie Jutta, dass Hildegard mit ins Kloster solle, und Jutta empfand es als Belohnung des Herrn für ihre Unbeugsamkeit.

Hildegard ist fertig mit der Grütze und sieht Jutta fragend an, die nichts bemerkt. Sie weiß, sie darf nichts sagen, kann es aber nicht aushalten, noch einen Augenblick länger auf der Bank zu sitzen. Sie klopft vorsichtig mit dem Steinpferd auf die Tischplatte. Aber Jutta steht nur da und schaut vor sich hin mit einem Blick, den Hildegard so gut kennt, der durch Dinge und Menschen hindurchsieht, als wären sie Geister und Blendwerk. Hildegard klopft wieder, diesmal etwas fester, und dann noch einmal mit allen Kräften. Ein Ruck geht durch Jutta. Sie nickt, als habe sie überhaupt nicht bemerkt, dass Hildegard den Stein auf den Tisch geknallt hat. Jutta gibt ihr ein Zeichen, sie könne aufstehen. Sie ist froh, dass das Kind versteht, dass sie an diesem besonderen Tag nicht miteinander reden dürfen, sondern sich dem Gespräch mit Gott widmen. Umso mehr quälen sie ihre eigenen Gedanken, die so flatterhaft sind, dass ihr nicht einmal Gebete Ruhe verschaffen.

Jutta hat in den vergangenen Jahren genug über ihre eigene Natur gelernt, um zu wissen, dass ihr Gemüt nichts anderes ist als Staub, der unaufhörlich bei der kleinsten Berührung hierhin und dorthin gewirbelt wird. Deshalb war sie auch vor weniger als einem Monat in Tränen ausgebrochen. Gedanken an Wilhelm vereinigten sich mit dem Kummer darüber, Abschied nehmen zu müssen. An diesem Tag entschloss sie sich endgültig, ihrem irdischen Verlangen ein für allemal zu Leibe zu rücken. Sie legte sich auf dem kalten Boden der Kapelle auf den Bauch. Sie faltete die Hände unter dem Körper, sodass die Knöchel gegen den Brustkasten drückten. Kummer und Zweifel wollten nicht loslassen, aber sie blieb liegen, wohl wissend, dass Beharrlichkeit ihre einzige Stärke war. Als Meinhardt schon spät am Vormittag kam, um zu beten, und sie zwang aufzustehen, konnte sie ihre Füße und Beine nicht mehr spüren. Aber das trotzige Verlangen war besiegt. Meinhardt schüttelte sie und herrschte sie mit harten Worten an. Doch sie nahm nur sein Gesicht in ihre Hände und legte ihre kalten Finger auf seine bärtigen Wangen. In seinen Augen begegnete ihr echte Verzweiflung, und sie hätte einen ihrer Arme dafür gegeben, er möge verstehen, wie sehr sie Gott liebte und fürchtete. Er sah sie an, höhnisch und stolz, wandte ihr den Rücken zu und suchte die Stille am Altar, die sie nicht stören durfte. Später am selben Tag bat sie den Kutscher, sie und Hildegard zur Kirche nach Sponheim zu fahren, um zu beichten. Während Jutta ihre Sünden bekannte, saß Hildegard im Kirchenschiff und blickte Christus direkt in die Augen. Jedes Mal, wenn sie ihn sah, wurde sie von großem Mitgefühl ergriffen. Er sah siegreich vor sich hin, sein knöchellanges Gewand war aus Gold, aber die Hände waren ans Kreuz genagelt. *Denk an Christi Wunden,* hatte Jutta zu ihr gesagt, *denk an die Dornenkrone und den Judaskuss, denk an die Wunde in seiner Seite, die er unter seiner Kleidung verbirgt, denk an Gott, der seinen einzigen Sohn opfern musste, um den Tod zu überwinden. Dann wirst du verstehen, dass das, was du verlierst, nur ein geringes Opfer ist, um Gott zu ehren.*

Nach dem Frühstück steht Hildegard unruhig da und lässt sich von Jutta mit dem Überwurf helfen. Sie friert trotz des pelzgefütterten Umhangs und der drei Paar Wollsocken. Der Kutscher kommt mit einigen Stücken Pelz und stopft sie um das Kind herum. Jutta zeigt stumm auf das Steinpferd in Hildegards Hand, und Hildegard lächelt und hält es ihr zeigend hin. Erst als Jutta ihr ein Zeichen gibt, sie solle es ihr geben, verschwindet das Lächeln. Hildegard weigert sich, schüttelt den Kopf und schließt die Hand so fest um den Stein, dass die Knöchel weiß werden. Jutta will keine Macht anwenden und das Kind nicht aufregen, also lässt sie sie in Ruhe. Wenn das Kind nicht versteht, dass sie sich vom Letzten trennen muss, das sie in der Welt außerhalb des Klosters festhält, muss sie eine andere Art finden, Hildegard dazu zu bringen, es freiwillig abzugeben.

Sophia kommt mit raschen Schritten herbei, sie steigt auf den Wagen und küsst Hildegard auf die Stirn. Sie küsst auch ihre Tochter, aber Jutta sieht nicht so aus, als würde sie es bemerken. Meinhardt küsst nicht, streckt aber die Hand über die Kante des Wagens und tätschelt Hildegard die Wange. Er war mürrisch und boshaft, jedes Mal wenn das Gespräch auf die Abreise kam, obwohl er sich den größten Teil des Herbstes in der Nähe vom Disibodenberg aufgehalten hatte, um die Bauarbeiten am Verlies seiner Schwester zu beaufsichtigen. Er schickte alle Bewerber gemäß Juttas Wunsch wieder fort und musste obendrein seinem Jugendfreund Wilhelm mit dem Schwert drohen, weil er wieder und wieder angeritten kam, mit Unterstellungen und Hoffnungen, obwohl es auf der Hand lag, dass das Versprechen einer jungen Frau nicht mehr verpflichtend war als eine Fieberfantasie. Dennoch ist da ein Dorn in seinem Herzen. Sophia bemühte sich, geduldig zu sein, und sagte nie etwas zu seinen harten Worten, und was Jutta angeht, kann niemand von ihrem Gesicht ablesen, was sie denkt.

Sophia und Meinhardt sollen bei der Zeremonie zugegen sein, aber sie fahren in einem anderen Wagen, so wie Jutta es wünscht, damit sie und das Kind ihr Schweigen beibehalten und die bevorstehende Trennung erkennbar machen können. Meinhardt geht einmal ganz um den Wagen herum. Er tritt gegen die Räder und streicht mit der Hand am Wagenkasten entlang. Danach macht er die Runde ein weiteres Mal und noch einmal, bevor er endlich bei Jutta stehen bleibt. Er steht mit hängendem Kopf da und schabt mit der Schuhspitze über den Raureif, ein Schlangenmuster, das sich halb um seinen Fuß herumwickelt. Er nickt, immer noch ohne den Kopf zu heben, und schiebt die Unterlippe vor. Dann streckt er die Hand hinauf zu seiner Schwester, die geradeaus vor sich hinblickt und doch seine Hand nimmt. Sie nickt, er nickt, sie nickt wieder. Und der Wagen setzt sich rumpelnd in Bewegung, wie ein dunkles und schwangeres Tier, das unter seiner lebenden Last beinahe kentert.

3

Der Wagen fährt über ein Loch, sodass Hildegard beinahe hintenüber kippt und vor Schreck lachen muss. Jutta legt einen Finger an ihre Lippen, und das Kind nickt. Der Graben ist schon hart gefroren, so früh ist der Winter mit seiner ganzen Strenge gekommen. Der Rosenkranz zwischen Juttas Händen hat die gleiche Farbe wie der hart gefrorene Graben, eine Nuance zwischen Grün und Schwarz, wie Schlamm im Herbst, wie ein Gewitterhimmel.

Es mahlt und surrt wie Räder durch Hildegards Gedanken. Herbst, Schlamm, Gewitterhimmel, Graben, Rosenkranz. Rund und wieder rund, rund Schlamm, rund Himmel, rund Graben. Herbst, Sommer, Winter, Sommer, Herbst. Aber wo ist das Frühjahr geblieben? Wo ist die helle Zeit? Wo sind die Lerchen, die Duftveilchen, der Blütenschnee der Obstbäume?

Es surrt wie ein Rad. Der Rosenkranz hat die gleiche Farbe wie Schmelzwasser, das im Frühjahr kalte und zerbrechliche Perlen durch den Bach in Bermersheim fließen lässt. Er hat die Farbe des dreckigen Strohs der Tiere, wie die Unterseite eines Pferdehufs, wie von Schlägen zurückgelassene Flecken.

Es surrt wie ein Rad. Der Rosenkranz ist das Frühjahr, so muss es sein, und das hat sich Gott schön ausgedacht, Jutta von allen Kränzen der Welt gerade diesen Kranz zu geben. Hildegard war dabei, als sie ihn kaufte, er fiel so natürlich in ihre Hand, lag weich und richtig über der Herzlinie der Hand, sodass ein jeder sehen konnte, er müsse ihr gehören.

Hildegard schließt die Augen, sie hält das surrende Rad fest. Sie schließt die Augen, ihr Fleisch ändert die Form, zerfällt in winzig kleine Körner, die in alle Richtungen geschleudert werden, Schauer über schwarzer Erde. Wurzeln werden nach unten gestreckt, das Gesicht wendet sich einem farblosen Himmel zu. Es ist das Fleisch in der Grütze, es sind Körner und Rosenkranz, es ist der Wagen und der Berg, den sie nie gesehen hat, das Kloster, das Jutta aus purem Gold erbaut hat. Es sind ihre Füße in den Lederschuhen, die Lederschuhe auf der Felldecke, die Decke auf dem Boden des Wagens, die Erde des Wegs, der stumm vorbeitanzt, eine Kruste, die von schweren Rädern zerborsten wird und sich öffnet, aber nie so weit, dass jemand sehen kann, was die Erde in sich versteckt. Alles kann mehrere Formen annehmen: Der Atem ist sowohl Wassertropfen auf der Felldecke als auch die weiße Wolke, die im Frostwetter aus dem Mund aufsteigt. Der Wind ist ein Abdruck im Korn, im Laub, im Wasser, wird zu Tränen in den Augen, obwohl man weder glücklich noch traurig ist. Kälte färbt die Gesichter rot, Wärme zieht feucht durch die Haut. Alles wechselt die Form, aber nur ›Das Lebende Licht‹ hat so viele Formen, dass es keinem Menschen möglich ist, sie alle zu kennen. Hildegard legt den Kopf zurück. Der Duft von Schnee, knirschende Pferdehufe, das einschläfernde Rumpeln des Wagens. Sie schließt die Augen einen Moment, reißt sie weit auf, um nicht einzuschlafen. Funken schlagen um die Hufe der Pferde, Juttas weißer Atem tanzt mit ihrem eigenen. Der Weg teilt sich vor ihnen in drei Wege: Gott, Christus, der Heilige Geist. Die Wege sind aus Wolken gemacht, der Wagen fährt über alle drei, und Hildegard weiß, dass es die Unendlichkeit ist, die sie vor sich sieht.

4

Mit ein paar hundert Metern Abstand überqueren die beiden Wagen den Fluss Nahe und fahren durch Bad Sobersheim, das wenig mehr ist als der Geruch nach Kaminrauch und eine Ansammlung grauer Holzhäuser, die sich gegeneinander lehnen. Direkt hinter dem Dorf schlägt der Weg einen Bogen und folgt dem Fluss, dessen Wasser unter einer dünnen Kruste Eis eingeschlossen ist. Hinter den Fichten öffnet sich der Himmel einen Spalt breit, die Landschaft ist erstarrt, nur zwei einsame Wagen sind in Bewegung.

Das Geräusch eines Wagens, Stimmen, die sich nähern, Männer und Frauen. Jemand geht draußen auf dem Gang vorbei, und das Geräusch verhallt. Hildegard meint, sie könne Mechthilds Stimme hören und kurz darauf Hildeberts, aber sie verklingen, bevor sie sicher ist. Trotzdem springt sie erwartungsvoll auf, als die Tür geöffnet wird, sinkt aber wieder auf der Bank zusammen, als sie sieht, dass es nur eine Frau ist, die Arme voller Stoff. Jutta steht auf, hilft der Alten, ihre Last abzulegen, ergreift ihre Hände und drückt sie herzlich. Auch Hildegard steht auf, verbeugt sich vor der Fremden, die sie am Kinn fasst. Ihre Augen haben die gleiche Farbe wie ein hoher, heller Himmel, sie sieht lange auf sie herab. Vielleicht spöttisch, vielleicht freundlich, das ist schwer auszumachen.

»Ich bin Uda von Golheim«, sagt die Alte, ohne den Blick abzuwenden, »du brauchst nicht so erschreckt dreinzuschauen.« Sie schiebt den Haufen Stoff in die Mitte des Esstischs.

Hildegards Gesicht ist rot vom Weinen. Gestern fragte sie Jutta, ob sie ihre Eltern sehen werde, und Jutta antwortete, das werde sie wohl, obschon sie nicht erwarten solle, mit ihnen reden zu können. Hildegard hatte sich bei dem Gedanken so gefreut, aber jetzt ist die Freude verschwunden, Jutta ist gut zu ihr, Jutta ist böse. Das Steinpferd muss alleine im Morast liegen, es ertrinkt unter Füßen und Hufen.

»Ich weiß, ihr sprecht heute nicht, und so will auch ich schweigen«, sagt Uda und lässt sie endlich los. Sie breitet die Stoffe auf dem Tisch aus. Zwei kreideweiße Kleider, zwei Kränze aus Stroh, ein Kamm aus Knochen. Uda streicht mit beiden Händen über den Stoff, glättet unsichtbare Falten.

Uda brauchte nicht einen Augenblick Bedenkzeit, als Meinhardt unerwartet das Pferd vor ihrem Haus anhielt und mit seinem Gefolge in ihrer kleinen Stube stand, um sie zu bitten, auf Disibodenberg Mädchen für Jutta und das Kind zu sein. Es ist eine Ehre für eine Witwe wie sie, eine Ehre, die sie dem Herrn und einem sorgenfreien Tod einen Schritt näher bringt. Sie soll Hildegard begleiten, wenn sie herumgeht, ein Kind kann nicht die ganze Zeit eingeschlossen sein. Uda soll ihnen Essen bringen und für sie sorgen, wie eine Mutter für ihre Kinder sorgt. Ihre eigene Tochter wurde beklommen und hatte sich für ihre Mutter gefreut, obwohl ihr bei der Aussicht, sie nur ein paar Mal im Jahr zu sehen, Tränen in die Augen traten. Aber Uda hatte gestichelt – siebzehn Jahre alt und schon verheiratet, da würde sie doch wohl zurechtkommen können, ohne am Rockzipfel ihrer Mutter zu hängen.

Hildegard streckt gehorsam die Arme aus und lässt sich von Uda das Kleid über den Kopf ziehen. Sie könnte es selbst tun, aber es ist etwas Beruhigendes an den raschen Bewegungen der Alten. Sie löst auch Hildegards Haar und streicht geistesabwesend darüber, während sie darauf wartet, dass Jutta mit dem Kämmen fertig wird. Hildegard hat Jutta nie mit offenem Haar gesehen und kann nicht anders, als sie anzustarren. Das Haar reicht ihr bis zum Leib, es ist dunkel und gewellt, aber nicht glänzend und dick wie Mechthilds. An einigen Stellen des Schädels sieht es aus, als wachse dort gar kein Haar, aber Jutta streicht sich mit beiden Händen über den Kopf, sodass die dünnhaarigen Flecken verdeckt werden. So steht sie mit nackten Füßen da und sieht zu, wie Uda Hildegard zurechtmacht, folgt den eiligen Bewegungen des Kamms durch das blassrote Haar, so unerbittlich, dass Hildegard Tränen in die Augen steigen, obwohl sie keine Miene verzieht. In dem weißen Kleid gleicht Hildegard einem überirdischen Wesen, während Jutta zu einer Birke ohne Blätter wird. Der Boden unter ihren

Füßen ist eisig kalt, es tut weh, einen Schritt zu machen, aber es ist noch schlimmer, still zu stehen. Hildegard verlagert das Gewicht von einem Fuß auf den anderen, wieder und wieder, um die Kälte zu vertreiben, bis Uda die Hände schwer auf ihre Schultern legt, sodass sie wieder still stehen muss. Sie drückt den Strohkranz fest um ihren Kopf, tritt einen Schritt zurück und nickt. Jutta nickt auch, kleine hellrote Flecken treten auf ihren Wangen und am Hals hervor.

Sie gehen barfuß über den Platz vor der Kirche, die Kälte schneidet wie ein Rasiermesser durchs Fleisch. Jutta geht quer durch die Schneewehen, Hildegard folgt ihr, das Messer knirscht. Eine alte Frau aus dem Dorf kommt im letzten Augenblick herbeigehumpelt, sie steht vor der Tür und bürstet Schnee von ihrer Schürze. Als die Mädchen sich nähern, geht sie zuerst auf die Knie und fällt dann vornüber, sodass sie bäuchlings auf der gefrorenen Erde liegt. Hildegard zögert, aber Jutta würdigt die Alte keines Blickes. Erst als sie direkt vor ihr sind, sieht Jutta sie an. Sie berührt sie mit dem Fuß, die Alte hebt den Kopf und rollt mit den Augen, als sei sie krank oder verrückt. Jutta stößt sie noch einmal mit dem Fuß an, sagt aber nichts. Hildegard geht neben der Alten in die Hocke. Uda zieht an Hildegards Arm, aber sie will nicht aufstehen und die Alte einfach liegen lassen. Die Frau kommt wieder auf die Knie, sie ergreift die Hand des Kindes und drückt sie gegen ihre Lippen. Dann steht sie schwankend auf, stützt sich gegen die Mauer, ihr Gesicht ist nass vor Tränen. Hildegard will sie trösten, aber Uda zieht an ihr, bis sie mitgeht.

Die Glocke schlägt einen tiefen und einsamen Schlag, zwei weitere folgen stolpernd nach. Die Mädchen warten vor der Kirchentür, bis ein Schatten sie hereinwinkt. Das Kirchenschiff ist nicht halb so groß wie das der Kathedrale in Mainz. Das ist die Grotte des Herrn, erleuchtet von Feuer, gewärmt von Menschenkörpern, die sich erheben, als wären sie zusammengenäht, raschelnder Stoff, ein großer und lärmender Atem. Die Kirche ist ein dunkles Tier, das in der Dämmerung die Borsten aufrichtet und sein glühendes Inneres durch viele kleine Augen leuchten lässt.

Es war viel Arbeit, die Kirche für den heutigen Tag herzurichten. Die Wände sind im dämmrigen Licht grau, nur in den Halbkreisen um die Fackeln herum, die an den Mauern befestigt sind, glimmen die Sandsteinblöcke golden und rot marmoriert. Die rechteckigen Säulen, die Haupt- und Seitenschiffe trennen, sind mit einem einzelnen Band aus geschnitzten Weinblättern und Trauben geschmückt. Sie haben es weder geschafft, die Wände auszuschmücken noch die flache Holzdecke, es ist ein strenger und nackter Raum. Das Altarretabel haben Sophia und Hildebert gemeinsam gespendet, es wurde beim besten Holzschnitzer der Gegend bestellt, schon bevor der Bischof seine Erlaubnis gegeben hatte. Dort sitzt Christus auf dem Schoß seiner Mutter, ein Königskind des Himmels, er sieht über die Gemeinde und hebt triumphierend seine rechte Hand. Auf jeder Seite von ihm stehen Jünger, fein geschnitzt, ihre Gesichter sehen gleichzeitig freundlich und streng aus. Der Holzschnitzer bekam Bescheid, an nichts zu sparen, und sogar in der Dunkelheit funkeln der blank polierte Anstrich und die Goldplattierung am Thron Christi.

Ein Teil des Seitenschiffs muss noch errichtet werden, und obwohl es sorgfältig gegen das Wetter geschützt ist, weht der Wind zwischen den Brettern hindurch und zerrt an den Fackeln, sodass die Flammen waagerecht brennen. Zum Frühjahr, wenn der Frost aus dem Boden ist, soll die Arbeit weitergehen. Den ganzen Winter über werden sich die Steinmetze auf das große Motiv vom Tag des Jüngsten Gerichts konzentrieren, das den Eingangsbereich zieren soll. Später sollen auch die einfachen Holztüren durch Bronzetüren ersetzt und mit der Zeit die Decke dekoriert werden. Niemand wollte die Weihe des Klosters länger hinausschieben. Zudem scheint Juttas und Hildegards Ankunft die finanzielle Lage so verbessert zu haben, dass die Planungen eingehalten werden können.

Hildegard und Jutta bleiben nebeneinander stehen, bis Erzbischof Ruthardt seine Hände hebt und den Segen über die Versammlung spricht. Das Kind sieht jünger aus als seine zehn Jahre, ein Engelswesen mit Strohkranz im Haar, einem weißen Kleid, das so lang ist, dass sie beinahe darüber stolpert, mit umgeschlagenen Ärmeln, damit ihre Hände frei sind. Jutta steht mit gebeugtem Kopf da, während das Kind sich umschaut. Sie legt den Nacken zurück und sieht direkt hinauf in die Dunkelheit, erforscht die Gemeinde Gesicht für Gesicht, suchend und ernst. Sie ist so darin versunken, alles mitzubekommen, dass Jutta sie leicht gegen den Arm puffen muss. Seite an Seite knien sie vor der Lage aus Tannennadeln und Zweigen, die auf dem Steinboden an der Eingangstür bereitet ist. Der Erzbischof hebt beide Hände zum Zeichen, sie mögen sich hinlegen. Mit den Gesichtern in die Zweige und die Nadeln gedrückt, liegen sie da, es duftet mild und klebrig nach Fichtenwald, es sticht durch die Kleidung und kratzt an den Wangen, das schmächtige Kreuz zweier Körper. Ihre Hände berühren sich beinahe. Ein eisiger Wind weht über den Boden, er kneift in ihre nackten Füße und Beine. Das Blut gefriert und bahnt sich hackend seinen Weg durch die Adern, wie ein wiederkehrender, ruckartiger Schmerz, ein langsamer Puls, der sich in den halb unverständlichen Worten der Priester und des Bischofs spiegelt und im Gesang der Brüder: *Und er heißt Wunder-Rat, Gott-Held, Ewig-Vater, Friede-Fürst.*

Der Erzbischof führt die Prozession an durch das Kirchenschiff. Knisternde Seidenumhänge, rasselnde Goldkreuze. Aus den Weihrauchfässern wallt ein guter Duft, ein berauschender, schwerer Duft, und gleich werden sie sich aus ihrer unbequemen Stellung erheben. Er segnet sie mit ausgestreckten Armen, Tausende Glühwürmchen sprühen von den Händen, sie brennen auf dem Rücken. Er spritzt Wasser auf ihre ausgestreckten Körper, kleine dunkelgraue Inseln treten auf dem weißen Stoff hervor, ein kreisförmiges Muster, eine schöne Symmetrie. Jutta liegt unbeweglich da, das Kind zittert. Ein einziges Wort ist Zeichen genug für Jutta, die sich auf alles konzentriert, was gesagt wird, und langsam kommt sie auf ihre Knie, schiebt beide Hände unter den Arm des Kindes und zieht sie hoch. Hildegards Gesicht glüht rot und weiß, die Zweige haben ein Labyrinth über Wangen und Kinn gezeichnet, der Strohkranz ist ihr über die Augenbrauen gerutscht. Es sieht so aus, als würde sie fallen. Sie schwankt von einer Seite zu anderen, sie öffnet und schließt ihre Hände, aber sie bleibt stehen. Auf jeder Seite von ihnen ist ein Priester, er reicht jeder von ihnen zwei brennende Kerzen. Ein Licht für die Liebe zu Gott, eins für die Liebe zu deinem Nächsten, brennende Spuren von Talg über Hildegards Händen.

Aber deine Toten werden leben, deine Leichname werden auferstehen. Wachet auf und rühmet, die ihr liegt unter der Erde! Denn ein Tau der Lichter ist dein Tau, und die Erde wird die Toten herausgeben.

Ein Seufzer aus Körpern, die sich erheben, jemand lässt etwas mit einem harten Knall auf den Boden fallen, jemand hustet, ein anderer ächzt. Hildebert und Mechthild treten vor und stellen sich neben ihr Kind. Hildebert steht so nah, dass Hildegard seinen wohlbekannten Duft einatmen kann, Mechthild steht direkt hinter ihm. Mit dem Bischof an der Spitze bewegt sich der Begräbniszug durch die Kirche. Es summt in Hildegards Füßen, sie klammert sich fest an die Kerzen, der Körper ist aus seiner Lethargie erwacht. Hildebert steht so dicht, dass sie seinen Umhang spüren kann, das weiche Fell schabt unerträglich über ihren Arm.

Veni, Creator Spiritus, mentes tuorum visita, imple superna gratia quae tu creasti pectora.

Vor dem Altar müssen sie dreimal niederknien.

Suscipe me, Domine, secundum eloquium tuum, et vivam et non confundas me in expectatione mea.

Die vier Lichter, Juttas zwei und Hildegards zwei, sollen auf dem Altar platziert werden. Der Wind lässt die Flammen beinahe ersterben, doch der Priester schützt die Lichter mit seiner Hand. Das Feuer spiegelt sich tanzend in seinem Goldring, macht Hildegard zu einem Schlafwandlerkind, das die Hand ausstreckt, um das Feuer zu berühren. Hildebert fasst sie an der Schulter, hält die vorgestreckte Hand zurück, dreht sie herum, sodass sie Jutta und dem Rest des Gefolges zurück zu der unbequemen Lage folgen muss, die Wärme seiner Hand dringt durch die Kleidung. Während der Lesung und der Predigt liegen sie wieder ausgestreckt da, und als sie abermals Erlaubnis erhalten aufzustehen, blickt Hildegard forschend in die Gemeinde und sucht nach dem Gesicht ihres Vaters. Leute sind von überall her angereist, Männer und Frauen, unruhig trippelnde Füße, farbenprächtige Umhänge, Pelzwerk und halboffene Münder. Es ist ein Tag ohne Ende, der Augenblick vor dem Tod, in dem das Licht aus dem Paradies fern und unmöglich lockt. Hildebert ragt zwischen den anderen Männern heraus, steht breitschultrig und mit gebeugtem Kopf da und faltet die Hände. Als Hildegards Name in dem halb unverständlichen Gebet genannt wird, geht ein Zucken über sein ansonsten so ausdrucksloses Gesicht. Mechthilds Gesicht verliert sich in Schatten und Licht, weiche, unruhige Felder, die ihre Augen und ihren unbeweglichen Mund bedecken. Hildegard starrt und starrt, bevor sie sich wieder auf die Tannennadeln legen muss, ihre Augen sind trocken, aber ihre Gesichter stoßen gegen das Vermissen, das sie beinahe vergessen hat. Kleine Stöße, ein glühend heißer Klöppel gegen die Innenseite einer Eisenglocke.

Die Mädchen knien auf dem Boden vor ihrer Zelle. Die Schaufel ist so klein, dass sie in der Hand des Bischofs nahezu verschwindet. Eine feine Schicht aus staubiger Erde sammelt sich entlang des Strohkranzes um Hildegards Kopf. Danach lässt der Bischof auch über Juttas Kopf Erde herabrieseln, sie blinzelt. *De terra formasti me et carne induisti me. Redemptor meus domine, resuscita me in novissimo die.*

Mechthild schiebt den Arm unter den Hildeberts, aber er rückt von ihr weg. Sophia nickt Mechthild zu, die zurücknickt, während ihr die Tränen über Wangen und Mund laufen, obwohl Hildebert sie mit harten, verurteilenden Augen ansieht. Mechthild sieht ihre Tochter an, die mit dem Rücken zu ihr niederkniet. Selbst wird sie ihren Fuß nie in die Räume setzen, in dem ihre Jüngste den Rest ihrer Tage zubringen soll. Bis jetzt hat sie den Schmerz über den Verlust einigermaßen im Zaum halten können, indem sie sich in ihrer Phantasie vorstellte, Hildegard wiederzusehen. Aber auf diesem Berg haben Tagträume keinen Platz. Sie wird allerhöchstens einmal im Jahr mit ihrer Tochter sprechen können, durch ein kleines vergittertes Fenster. In diesem nackten Kirchenschiff wird sie auf einem Holzstuhl sitzen und die Stimme ihres Kindes hören, hier wird sie die Finger durch das Gitter stecken, um ihre Hände zu streicheln, hier wird sie sehen, wie die Jahre ihr Kindergesicht auslöschen und durch das unbekannte Antlitz einer erwachsenen Frau ersetzen. Es war ihre Idee, Hildegard ins Kloster zu schicken, aber obwohl sie keinen anderen Ausweg sieht, hat sich der Zweifel in ihr festgesetzt, seit Hildegard nach Sponheim gebracht wurde. Viele Male war sie kurz davor gewesen, ganz alleine den ganzen Weg bis zu Sophias Gut zu reiten und ihre Tochter zurückzunehmen. Es war unmöglich, mit Hildebert darüber zu sprechen. Er sagt fast gar nichts mehr, sondern führt sich auf, als hätten sie eine Rechnung offen.

Herr, du erforschest mich und kennest mich. Ich sitze oder stehe auf, so weißt du es; du verstehst meine Gedanken von ferne.

Die Männerstimmen des Chores tönen beruhigend durch die Kirche, die Mädchen rücken auf ihren Knien vorwärts, während die Gemeinde hinter ihnen stehen bleibt. Jemand spricht murmelnd den Psalm mit, die meisten sehen stumm den Mädchen nach. Der Erzbischof, die Priester und die Brüder folgen ihnen in die kleine Zelle mit Weihrauchfässern, Weihwasser, Mörteleimer und Kelle. Jutta verschwindet als Erste, dicht gefolgt von Hildegard. Juttas leuchtendes, weißes Gewand kann der Dunkelheit nicht widerstehen, nur die Stimme des Bischofs dringt noch hindurch, stark und kraftvoll.

Und du wirst im Alter zu Grabe kommen, wie Garben eingebracht werden zur rechten Zeit.

Die Priester antworten mit einem Murmeln, das so schwach ist, dass die vordersten Zuhörer einen Schritt nach vorne treten.

Wahrlich, wahrlich, ich sage euch: Wenn das Weizenkorn nicht in die Erde fällt und erstirbt, bleibt es allein; wenn es aber erstirbt, bringt es viel Frucht. Wer sein Leben lieb hat, der wird's verlieren; und wer sein Leben auf dieser Welt haßt, der wird's erhalten zum ewigen Leben.

Hildegard verschwindet, die Dunkelheit verschluckt ihr Weizenkorn, und Mechthild ringt die Hände so heftig, dass es weh tut. Sophia berührt ihren Arm. Sie sagt etwas, das Mechthild nicht hört. Sie denkt nur daran, dass es ist, als sei Hildegard nie auf der Welt gewesen, sondern aus dem dunklen Schoß ihrer Mutter direkt in ihr Grab hinter dieser fremden Kirche gekrochen.

5

Nach der Totenmesse mauerten sie zuerst den Durchgang zwischen Juttas und Hildegards Zelle zu. Der feuchte Mörtel roch nach Regenwasser und schmutzigem Kies. Die Mönche arbeiteten schweigend, ein knirschender Laut von behauenen Sandsteinen gegen Mörtel. Lange konnte Hildegard Juttas Gesicht sehen, glänzend von den Ölkreuzen, mit denen der Bischof ihr Augen, Stirn und Mund versiegelt hatte. Juttas Gesicht war so ruhig, als schliefe sie. Mit Reihe um Reihe behauener Steine trennten sie Jutta von Hildegard, zuerst Füße, dann Beine, Hände, Körper, Arme. Zuletzt konnte Hildegard nur noch die Decke in Juttas Zelle sehen, erleuchtet von einem einzigen Licht, Hände fleckig von Mörtel, den buckligen Mönch, der die Steinblöcke hinaufreichte zu dem jungen Bruder mit der Kelle. Jutta wiederholte die Worte des Priesters, ihre Stimme wurde immer schwächer, sie bewegte sich nicht, sie streckte die Arme nicht aus wie eine, die dabei ist, zu ertrinken. *Ich bin nicht mehr in der Welt,* sagte Jutta. Hildegard verstand es, obwohl sie noch nicht viele lateinische Wörter voneinander unterscheiden kann, denn das hatte Jutta so oft gesagt. *Dies ist die Stätte meiner Ruhe ewiglich; hier will ich wohnen,* das verstand Hildegard auch.

Als der Durchgang verschlossen war, spürte Hildegard wieder die Menschenansammlung hinter sich. Das Kirchenschiff schrumpfte vor ihren Augen, es glich einem Trichter, durch den die Lebenden gegossen wurden, und zuvorderst standen ihre Mutter und ihr Vater. Sie sahen sie an, und sie starrte aus dem Halbdunkel zurück, der Schmerz in ihrem Körper war nicht länger von Bedeutung, die Kälte und die Druckstellen an ihren Knien und Hüften, ihre brennenden Wangen und Augen, alles wurde durch den Trichter gequetscht, wurde entzweigespalten und mit dem Blick ihrer Eltern vermengt, die Unruhe in der Menschenansammlung, die Fackeln, die flackerten, sodass Hildegard unmöglich etwas zusammenhalten konnte. Vermengt in einem unförmigen Klumpen, einem zähen Teig, der in ihren Mund gedrückt wurde und sie stumm machte. Sie waren durch einen Trichter gegossen worden, aber sie war zurückgeblieben. Der Bischof stand mitten in ihrer Zelle. Er bespritzte Wände und Boden mit Weihwasser, sorgte dafür, dass der Weihrauch in jeden einzelnen Winkel und durch jede Ritze drang. Als er seinen Segen über Hildegards Grabkammer gesprochen hatte, trat er zurück und gab ein Zeichen, sie könne nun ganz hineingehen. Uda blieb zusammen mit den anderen im Kirchenschiff stehen, Hildegard sah sie an, während die Steine übereinandergeschichtet wurden, Lage um Lage. Uda nickte die ganze Zeit über, als wolle sie dem Kind zeigen, alles sei gut und richtig. Jutta hatte zu Hildegard gesagt, sie werde nicht alleine in der Zelle sein, dass es nur sie selbst sei, die bereit war für die beinahe vollkommene Isolation. Aber ihr Versprechen verschwand mit der Dunkelheit der Zelle, sie hatten ihr kein Licht mitgegeben, und sie konnte keine Feuerstelle sehen. Juttas Versprechen verschwand Stein für Stein, wurde von der Kälte der Wände zerschlagen, vom Duft des Weihrauchs, der Hildegard mit einem Mal so vorkam, als sei er mit einem uringelben Gestank von Erbrochenem vermischt. Als die Steine dem Kind bis zur Brust reichten, hob sie die Hand, es war nichts, das sie wollte, die Hand flog wie von selbst nach oben, berührte den feuchten Mörtel. Mechthild sah es, das spürte das Kind deutlich, ihr Gesicht floss zusammen mit dem zähen Teig, ihr salziges und feuchtes Gesicht, ihr rotfleckiges Gesicht, wie sollte Hildegard da etwas zurückhalten?

Es musste der Herr sein, der seine Hand um ihre Kehle gelegt hatte, den Laut ihres Schreis daran hinderte, herauszudringen. Erst hinterher verstand sie die Güte, die er ihr erwies, als er sie mit Stummheit schlug, aber als sie den letzten Stein von außen einsetzten und die Mauer verschlossen, riss der stumme Schrei in ihrem Hals.

Sie presste die Hände auf den Mund, der Geschmack von Mörtel, ein Lebender begraben, der kratzt und kratzt, um einen Spalt zu finden. Sie ging auf ihren Knien in ihre Zelle, genau wie Jutta es getan hatte, und danach konnte sie einfach nicht aufstehen, sie fiel zur Seite, schlug mit der Schulter auf den harten Steinboden, tastete nach etwas, das ihr wieder auf die Beine helfen konnte, tastete und sank tiefer und tiefer in die alles umfassende Dunkelheit, Erde und Salz und ihr eigenes, aufgelöstes Gesicht. Sie schlug mit der Schulter auf, und eine weiße Taube landete vor ihrem Gesicht, eine Explosion aus Licht, Daunen, die wie ein warmer Regen über ihre Hände fielen. *Komm, Taube,* flüsterte sie, *führ mich hier heraus.* Aber die Taube verschwand, und sie wurde wieder von Angst gepackt, erstickender, feuchter Angst, ein stinkender Fluss aus Schlamm und Schweiß und Mörtel, der die Kammer durchzog. *Komm zu mir als Taube, komm nicht als Rabe oder Krähe, große, plumpe Vögel mit halbmondförmigem Schnabel und schuppigem Fuß.*

6

Als die letzten Totengebete für Hildegard und Jutta gesprochen waren und Uda sich von den Verwandten der Mädchen verabschiedet hatte, wollte sie Brot, getrocknetes Fleisch und Milch für das Kleine holen. Die Zeit, zu der für gewöhnlich gegessen wurde, war längst vorüber, aber Uda brachte es nicht über sich, das Kind nach einem solch langen und anstrengenden Tag hungrig ins Bett gehen zu lassen.

Jutta und Hildegard haben beide ihre eigene Zelle. Juttas ist nach der Einmauerung ganz und gar ohne Tür, wohingegen Hildegards Klause aus drei Räumen besteht: Die eigene kleine Schlafkammer des Kindes, die an das Kirchenschiff stößt, Udas noch kleinere Schlafkammer und ein Gelass. Vom Gelass aus gibt es ein vergittertes Fenster hinein zu Jutta. Jutta kann das Fenster mit schweren Holzläden öffnen und verschließen, und durch dieses Fenster soll das Kind seine Unterweisungen erhalten. Daneben ist ein kleineres Fenster mit einer Drehvorrichtung, in die Uda Juttas Essen stellen kann, und Jutta kann mit ihrem Topf quittieren. Zur Kirche hin haben die Zellen beider Mädchen ein Fenster, von wo aus sie den Hochaltar sehen und der Messe folgen können. Durch das Kirchenfenster kann Jutta außerdem beichten und mit den Pilgern sprechen, die sie anziehen wird. Da das Haus auf der Nordseite der Kirche gebaut ist und der Wind vom Tal und vom Fluss heraufweht, hatte Hildebert darauf bestanden, dass es in allen Räumen Feuerstellen geben solle. Jutta hatte sich dem verweigert und hatte, wie in anderen Punkten, ihren Willen bekommen. Der Kompromiss ist eine große Feuerstelle im Gelass an der Wand geworden, die nicht an Juttas Kammer grenzt. Sophia hatte Jutta vorgeschlagen, einen Garten anlegen zu lassen, der an ihre Kammer stieß, sodass sie, ohne die Isolation zu brechen, im Sommer die Sonne würde genießen und ihre Beine weiter strecken können, als es die enge Zelle zulässt. Jutta wollte davon nichts hören. Die einzige Art, auf die man Zugang zu Juttas Kammer bekommen kann, ist, die Mauer einzureißen, und das wird nicht geschehen, bevor ihre Seele endgültig bereit ist, diese Welt zu verlassen. Hildegard und Uda haben einen kleinen Innengarten bekommen, und mit dem großen Schlüssel, der an Udas Gürtel baumelt, kann sie die Tür öffnen und das Kind in die meisten Bereiche des Klosters mitnehmen.

Uda wollte Essen holen, konnte aber den Küchenmeister nicht finden. Zuerst wartete sie lange vor dem Küchenhaus, dann ging sie ins Warme und setzte sich an die Feuerstelle. Es war ein schrecklich kalter Tag, und ihre Füße schmerzten. Als sie sich aufgewärmt hatte, war er immer noch nicht aufgetaucht, und so hatte sie den Küchenschreiber gebeten, der auf das Feuer achtete, das zu finden, was sie brauchte. Sie hatte das Essen in ihre Schürze gelegt und hielt das Bündel mit der einen Hand zusammen, während sie in der anderen den gefüllten Milchkrug und die Lampe balancierte. Sie dachte daran, dass sie Hildegard gerne aufpäppeln würde. Und Jutta gleich mit, wenn sie schon dabei war, aber da musste sie mit Vorsicht zu Werke gehen. Sie wird nicht klug aus der frommen Entsagung, die Jutta zelebriert. Aber dass ein Kind essen muss, um zu wachsen, das kann ein jeder verstehen.

Kaum hatte Uda den Schlüssel ins Türschloss gesteckt und das Bündel auf den Tisch geleert, als das Kind auf dem Boden seiner Kammer angekrochen kam. Erst konnte sie den zusammengekrümmten Klumpen gar nicht sehen, der im schwachen Schein der Feuerstelle aus dem harten Boden zu wachsen schien. Das Mädchen war durchgefroren, in Tränen aufgelöst, die Haare von Rotz und Erde und dem Stroh des geflochtenen Kranzes verfilzt. Ihre Ärmelbündchen waren triefend nass, als habe sie daran gesaugt. Uda bugsierte sie auf die Bank und fachte die Glut an, sodass sie das Kind in dem Feuerschein besser sehen konnte. Sie zitterte und klapperte mit den Zähnen, die Kleine, sah so entsetzt aus und wie im Wahn, dass Uda das Kreuzzeichen vor der Brust schlug. Sie wollte weder sprechen noch essen, und als Uda die Milch in sie hineinzwang, hätte sie sich beinahe übergeben. Schließlich nahm Uda das Kind auf den Schoß. Sie wog nicht viel, und ließ es ohne weiteres mit sich geschehen. Uda legte beide Arme fest um sie, wiegte sich mit dem Kind vor und zurück, bis Hildegard einschlief. Sie saß lange da und betrachtete das schlafende Mädchen. Die Lippen des Mädchens waren beinahe blau, und sie hielt Udas Kleid krampfhaft gepackt. Als Uda von Müdigkeit übermannt wurde, trug sie Hildegard zum Bett und legte sich mit ihr in den Armen zwischen die eiskalten Decken und Vliese.

Erst als sich die Mönche um drei Uhr morgens in der Kirche versammelten, um die Matutin zu singen, wachte sie wieder auf. Das Kind lag mit dem Kopf an ihrer Schulter, ihr Arm war von der Last gefühllos. Vorsichtig zog sie ihren Arm weg, aber das Kind griff im Schlaf nach ihrem Ärmel und klammerte sich daran. Als sie sich freigemacht hatte, wollte sie hinüber zu ihrem eigenen Bett schleichen, aber der Laden zu Jutta stand offen, und die junge Frau drückte ihr Gesicht gegen die Gitterstäbe.

»Wo bist du gewesen?«, fragte Jutta.
»Ich half Hildegard einzuschlafen.«
»Hildegard soll alleine schlafen.«
»Das tut sie nun.«
»Widersprich mir nicht. Niemals.«
Jutta schloss die Läden, und Uda war voller Scham und Wut. Sie konnte danach nicht mehr einschlafen, obwohl es immer noch dunkel war. Sie setzte sich in das Gelass und sah in die Glut, döste vielleicht ein wenig, aber schlief nicht richtig ein. Die Läden zu Jutta blieben verschlossen, und sie sah keinen Grund, Hildegard zu wecken, es sei denn, Jutta verlangte es.

Hildegard wurde von den Strapazen und davon, so lange auf dem kalten Boden gelegen zu haben, glücklicherweise nicht krank. Sie klagt nur über Schmerzen in der Schulter, und als Uda das näher untersuchen will, entdeckt sie ein flügelförmiges blaues Mal, das sich vom Schlüsselbein über den Oberarm ausbreitet.

»Ich bin gestürzt«, erklärt Hildegard, »deshalb habe ich geweint.«

Mehrere Tage geht Uda alleine mit dem Kind umher und wartet auf Juttas Instruktionen. Sie will das Mädchen bei diesem starken Frost nicht mit nach draußen nehmen. Hildegard folgt ihr unruhig mit den Augen, wenn sie die Tür aufschließt und geht, aber wenn sie zurückkommt, sieht es dennoch nicht so aus, als habe es dem Kind etwas ausgemacht, alleine zu sein. In all dieser Zeit isst Jutta nichts. Uda wagt nicht, sie zu fragen, wie lange sie fasten wird. Es geht sie auch nichts an, sie soll sich auf Hildegard konzentrieren. Wäre es nicht wegen des Kindes, wäre sie gar nicht mit ins Kloster gekommen. Sie stellt die Kanne mit dem dünnen Bier auf den Drehteller, leert den Nachttopf und sagt nichts. Sie kann Jutta rumoren hören, wenn die Stundengebete gesprochen werden, aber nach fünf Tagen kann Uda nicht länger so tun, als sei nichts. Sie wartet vor der behelfsmäßigen Schreibstube, die im einzigen fertigen Steingebäude eingerichtet ist, auf Abt Kuno. Ihr ist nicht wohl dabei, ihre Loyalität gegenüber Jutta zu brechen, aber sie fürchtet, dass die junge Frau krank ist oder auf der anderen Seite der Wand verhungert. Zwar hat sie nur das Kind in ihrer Obhut, aber stirbt Jutta, ist sowohl ihre als auch die Lage des Kindes mehr als unsicher.

Der Abt hat die Kapuze hochgeschlagen und die Hände in den Ärmeln verborgen, als er vom Kapitelsaal in den Kreuzgang tritt. Sie hat Benediktinermönche gesehen, die Fellmützen trugen, aber der junge Kuno wurde wegen seiner Strenge als Abt für Disibodenberg auserwählt. Seine Nase ist rot von der Kälte, und ein feines Netz violetter Adern läuft über seine Wangen. Uda wartet im Schatten zwischen den Säulen. Als sie vortritt, weicht er zurück. Doch er nimmt sich die Zeit anzuhören, was sie zu sagen hat.

Uda ist erleichtert, als sie zu Hildegard zurückkehrt. Das Kind sitzt an der genau gleichen Stelle, an der sie saß, als Uda sie ein paar Stunden zuvor verlassen hat. Sie zeichnet mit ihrem Zeigefinger auf die Tischplatte, ein Krimskrams aus Strichen und Punkten. Sie sprechen nicht viel miteinander. Hildegard hilft ihr, die Streu zusammenzukehren und Holz auf das Feuer zu legen. Sie fragt, wann sie mit hinausdarf, und Uda zuckt mit den Schultern. Sie beordert das Kind nach einem willkürlichen Muster zu beten, lässt sie ansonsten häkeln, damit sie etwas hat, womit sie sich beschäftigen kann. Sie verteilt Streu auf dem Boden, obwohl die alte durchaus noch etwas länger hätte liegen können, und weil sie nichts Besseres zu tun hat, schüttelt sie mehrmals am Tag die Decken des Kindes aus und glättet die Falten in ihrer Matratze.

Die Schlafkammer des Kindes ist so klein, dass es nur einen schmalen Streifen zwischen Bett und Wand gibt. Dort steht ein Schemel, auf dem sie während der Messe knien kann. Uda zieht den Vorhang am Guckloch zur Kirche ein wenig zurück, um das Kirchenschiff sehen zu können. Es brennen keine Fackeln, und der fünfarmige Kerzenleuchter am Altar ist leer. Nur oben unter der Decke sickert Winterlicht von beiden Seiten durch die Rundbogenfenster herein, fusselige Lichtbündel, die über dem Kirchenschiff die Klingen kreuzen. Zuerst bemerkt sie den Abt nicht, der aus der Sakristei kommt. Als sie ihn sieht, vermag sie nicht vom Fenster wegzugehen. Sie zieht den Vorhang vor, lässt aber einen fingerschmalen Streifen offen stehen. Abt Kuno steht vor Juttas Fenster und klopft mit seinem Fingerring gegen das Gitter, dass es summt. Er muss es mehrmals tun, bevor Jutta ihren Vorhang zur Seite zieht. Er spricht sie ehrerbietig an, verwickelt sich in gleichgültige Höflichkeitsfloskeln und findet wieder aus ihnen heraus. Er schlägt vor, dass sie zusammen beten, und Juttas Stimme dringt während des Gebets deutlicher zu ihr durch. Uda murmelt jedes einzelne Amen mit, bekreuzigt sich mit der einen Hand, ohne jedoch die andere von dem Vorhang zu nehmen. Danach ermahnt der Abt Jutta, Nahrung zu sich zu nehmen. Jutta antwortet etwas, das Uda nicht hören kann und das den Abt nur veranlasst, seine Ermahnung zu wiederholen. Er wechselt ins Lateinische, das Uda nicht versteht, und Jutta antwortet zunächst nicht, sagt dann aber dreimal deutlich Amen. Das Gespräch ist kurz, hier kann Jutta ihrem Abt nicht widersprechen.

Als Uda sich umdreht, steht Hildegard in der Türöffnung und sieht sie an. Im Gegenlicht haben ihre Augen die Farbe polierten Horns, durch die das Licht direkt hindurchfließen kann. Uda stemmt die Arme in die Seiten. Hör auf zu glotzen, will sie sagen, aber der Blick des Kindes macht sie stumm. Sie drückt sich an ihr vorbei und geht ohne ein Wort.

Als sie Scheite für die Feuerstelle geholt hat und zurückkommt, steht das Kind immer noch in der Türöffnung zwischen Gelass und seiner eigenen Kammer. Uda gefällt das nicht. Es ist, als könne die Kleine mit dem wachsamen Blick in stumme und leere Dummheit versinken, und Uda weiß nicht, was sie davon halten soll. Sie weiß, wie sich der Teufel schwacher Herzen bemächtigen kann, wie er als Frost ins Fleisch fahren oder die Zunge mit Stummheit schlagen kann. Obwohl sie das Kind noch nicht kennt, ist da etwas, das nicht stimmt. Etwas Fremdes und Unbändiges, etwas Einsames und Nachgiebiges. Das Mädchen spricht mit sich selbst und gestikuliert, dreht die Handflächen nach oben, legt den Kopf in den Nacken und starrt geradewegs zur Decke hinauf. Wenn Uda sie anspricht, reagiert sie sofort. Dann schiebt sie die Unterlippe nach vorne, als sei sie verärgert darüber, gestört zu werden, aber sie protestiert nie. Wenn Jutta endlich die Läden öffnet, muss Uda mit ihr darüber sprechen und darüber, wie das Kind erzogen werden soll.

Eine Woche nach der Ankunft beginnt Jutta zu essen, aber die Läden zwischen ihrer Zelle und der Hildegards sind immer noch geschlossen. Während Uda die Reste der Mahlzeit zum Küchenhaus trägt, steht Kuno wieder in der Kirche und klopft an Juttas Gitterfenster. Hildegard sitzt auf ihrem Bett und lauscht. Es klingt wie ein Specht an einem Stamm. Vier Klopfzeichen und eine Pause, vier Klopfzeichen und eine Pause. Sie zählt an den Fingern mit, und erst nach sechzehn Klopfzeichen zieht Jutta den Vorhang zurück. Kuno wird von einem Priester begleitet, der Juttas Beichtvater sein soll. Sie sprechen murmelnd und leise miteinander, Hildegard kann nichts verstehen. Schritte sind im Kirchenschiff zu hören, eine dünne Stimme mischt sich ein. Kuno spricht streng zu dem Neuankömmling. Hildegard stellt sich auf den Stuhl und schiebt den Vorhang ein kleines Stück zur Seite. Es ist die alte Frau, die bäuchlings vor der Kirche lag, sie ist bleich, zittert und stützt sich an der Mauer ab, kehrt aber nicht um, obwohl Kuno sie wegschicken will. Der Beichtvater geht auf sie zu, aber Jutta bittet ihn, stehen zu bleiben. Sie will hören, was die Alte zu sagen hat. Kunos Schritte klatschen hart auf den Boden, die Kutte des Beichtvaters fegt über die Steine. Die Frau murmelt etwas, aber Hildegard kann nicht verstehen, was sie sagt, und klettert wieder herunter.

Es vergeht noch eine Woche, bevor Jutta die Läden zu Hildegard und Uda aufschlägt. Es ist ein Tag, an dem die Sonne hell scheint, ein selten schöner Tag an dem windigen Hang. Der Schnee ist zu Wehen zusammengestoben, die sich mannshoch rund um die Außenmauer der Kirche und des Dormitoriums ziehen.

»Es ist Zeit«, sagt Jutta. Hildegard lässt ihr Häkelzeug fallen, läuft zum Fenster und presst ihre Hände gegen das Gitter.

»Hildegard soll den Ort sehen, an dem sie wohnt, und bald wird die Unterweisung beginnen«, sagt Jutta. Uda stellt sich hinter das Kind und nickt. Jutta sieht nicht mehr krank aus, da ist ein frisches Glühen in ihren Wangen.

»Sie muss die Einrichtungen des Klosters kennenlernen«, fährt Jutta fort, »Hildegard wird zur gleichen Zeit beten wie die Brüder und ich, nur von der Matutin kann sie befreit werden, bis sie zwölf Jahre alt wird.«

Hildegard hat die Hände zurückgezogen.

»Nein«, sagt sie, »ich möchte nicht befreit werden.«

»Kinder müssen mehr schlafen als Erwachsene«, erklärt Jutta, »daher wird es so sein.«

»Nein«, sagt Hildegard trotzig, »ich brauche nicht mehr zu schlafen.«

Jutta hebt den Zeigefinger, und das Kind sagt nichts mehr.

»Latein am Montag, Mittwoch und Freitagvormittag. Und ich brauche weißes Leinen, damit ich ein Altartuch sticken kann«, sagt sie zu Uda. »Einer der Brüder möge den Altar aufzeichnen, und Hildegard soll das ungebleichte Leinen bekommen, an dem sie üben kann.«

»Ich kann schon sticken«, sagt Hildegard, ohne aufzublicken, »du hast es mir in Sponheim beigebracht.«

»Hier sticken wir für den Herrn. Da schadet etwas mehr Übung wohl nicht, oder?«, sagt Jutta streng.

Hildegard schüttelt den Kopf.

»Gut«, sie klopft sich mit zwei Fingern an die Stirn, als käme ihr etwas in den Sinn, das sie vergessen hat. »Wenn das Psalterium aus Italien ankommt, beginnen wir mit dem Musikunterricht, aber das wird erst so weit sein, wenn das Eis schmilzt und die Schiffe wieder Rhein und Nahe befahren.«

»Können sie es nicht mit dem Wagen herfahren?«, fragt Hildegard.

Jutta antwortet nicht, hebt aber wieder den Zeigefinger. Dann beordert sie Hildegard in deren Kammer, sodass sie unter vier Augen mit Uda sprechen kann.

Sobald das Kind weg ist, ruft Jutta Uda zu sich an die Gitterstäbe.

»Das Kind hat zu gehorchen«, sagt sie, und Uda nickt, ohne etwas zu sagen. »Sie soll sich in stille Gebete vertiefen, anstatt ihrem Mundwerk freien Lauf zu lassen.« Uda nickt wieder. »Sie soll nicht sprechen, ohne gefragt worden zu sein, und sie soll nicht protestieren oder Fragen stellen. Wir sind an diesen Ort gekommen, um unsere eigene Stimme aufzugeben und unsichtbar für die Welt zu werden. Ist das verstanden?«

Uda nickt und nickt. Sie ist nicht begierig darauf, dem Kind aus eigenen Stücken Restriktionen aufzuerlegen, sie tut ihr beinahe leid, eine kleine Pflanze, mit der Wurzel ausgerissen, in trockene und dürre Erde versetzt.

»Aber sie ist ein Kind«, sagt Jutta nachdenklich, als sei es ihr erst jetzt wieder eingefallen. »Sie ist weniger straffe Zügel gewohnt, auch von mir, wir müssen also behutsam vorgehen.«

Uda ist einig mit ihr. Sie müssen behutsam vorgehen. Sie wird mutig.

»Ich weiß nicht, wie ich damit umgehen soll, dass . . .« Sie faltet ihre Hände vor der Brust und zögert. »Ich meine«, sie hält wieder inne, seufzt und breitet die Arme aus, »sie ist nicht wie andere Kinder.«

Jutta schüttelt den Kopf. »Nein«, sagt sie, »Hildegard hat eine Gabe, deren Umfang ich aber noch nicht kenne.«

Uda tritt ganz an die Gitterstäbe heran. Ihr Herz pocht, sie will gerne mehr wissen, wagt aber nicht zu fragen. Jutta schweigt lange.

»Umso mehr muss sie geformt werden«, sagt Jutta endlich, »sie ist ein Weinstock, der beschnitten werden muss, um die süßeste Frucht zu tragen.«

Den ganzen Tag über denkt Uda daran, was Jutta über den Weinstock gesagt hat. Jutta erlegte dem Kind für den Rest des Tages Schweigen auf, als Buße dafür, dass sie ihr patzig geantwortet hatte. Ein Tag Schweigen ist eine milde Strafe, das ist es nicht, was an Uda nagt. Ginge es nach ihr, könnte Jutta das Kind ruhig härter bestrafen, ohne dass es dem Mädchen schaden würde. Dennoch wird sie aus dem Bild mit dem Weinstock nicht klug. Wer weiß, wie sehr ein Stock beschnitten werden muss?

Als Jutta am nächsten Tag die Läden öffnet, sitzt das Kind schon auf der anderen Seite des Fensters bereit. Jutta schreibt auf die Wachstafel, und Hildegard lernt schnell. Sie fangen mit dem ersten Psalm an, Jutta singt, Hildegard antwortet. Mittendrin hält das Kind plötzlich inne.

»Bist du müde?«, fragt Jutta, aber Hildegard schüttelt den Kopf.
»Was ist es dann?«
»Warum kam sie?«
»Wer?«
»Die Alte gestern in der Kirche?«
»Hast du mich beobachtet?«
»Ja.«
Jutta schweigt, Uda lässt die Hände ruhen. Das Kind gibt ohne Reue zu, dass sie Jutta belauscht hat, als ahne sie nicht, dass es falsch ist.
»Es ist falsch, mich zu belauschen«, sagt Jutta und sieht das Kind streng an.
»Ja.«
»Das weißt du doch?«
»Ja.«
»Warum hast du es dann getan?«
»Ich glaubte, es sei etwas Wichtiges.«
Uda ist bemüht, sich hörbar zu schaffen zu machen, damit niemand glaubt, sie lausche. Sie schüttelt den Kopf. Wüsste sie es nicht besser, würde sie annehmen, das Kind habe keinerlei Erziehung erhalten. Ob es Trotz oder Dummheit ist, die das

Kind dazu bringen, so freimütig nach etwas zu fragen, das sie nichts angeht, weiß sie nicht. Sie wartet auf Juttas Urteil.

Lange ist es still. Hildegard wendet den Blick nicht von Jutta ab, Jutta sieht auf ihre Hände.

»Sie hat eine Schau gehabt«, flüstert Jutta, und Uda hält ihren diensteifrigen Besen an.

Hildegard seufzt, als sei sie erleichtert.

»Als sie uns vor der Kirche sah, hatte sie eine Schau – sie sah uns am Disibodenberg, und wir lebten gut zusammen.«

Uda schnaubt. Wenn das eine Schau sein soll, hat auch sie die Gabe. Jutta sieht sie scharf an.

»Sie sah auch meinen Tod.« Bei diesen Worten krümmt sich Uda zusammen. »Sie ist eine arme Witwe, die Trutwib heißt, und hat dem Vernehmen nach nie zuvor die Gabe der Seherin empfangen. Aber um zu beweisen, dass die Schau die Wahrheit sprach, wurde sie auch gewarnt, ihr eigener Tod stehe nahe bevor, und heute Morgen habe ich Bescheid erhalten, dass sie im Infirmarium zu Tode liegt.«

Hildegard steht auf. Sie schlingt die Arme um Uda, die sich verblüfft aus ihrem Griff windet.

Jutta deutet auf den leeren Stuhl vor ihrem Fenster, und das Kind setzt sich gehorsam wieder hin.

»Vierundzwanzig gute Jahre wurden ihr gezeigt, und erst im fünfundzwanzigsten soll ich das große Glück erleben, meinem Bräutigam Jesus Christus zu begegnen.«

Hildegard nickt. Vierundzwanzig Jahre sind eine Unendlichkeit. Der Tod ist ein Segen für den, der stirbt.

7

Der erste Winter am Disibodenberg hinterlässt vage und diffuse Erinnerungen. Später erinnert sich Hildegard an die ersten dunklen Monate nur in kurzen, sinnlosen Fetzen. Ein goldener Kranz um das Talglicht, der Schnee, der alle Laute dämpft, das Geräusch der Meißel der Steinmetze, der Gesang der Mönche, die Wintersonne, die sie blinzeln lässt, wenn sie aus ihrer Zelle kommt, um Uda Gott weiß wohin zu folgen.

Da, wo vorher Bewegung war, ist es ruhig. Da, wo gesprochen wurde, ist es still. Wo Körper waren, ist es leer. Die Abwesenden haben die Luft mit sich genommen. Hildegard lebt in ihren Abdrücken und wartet verstört, sie mögen kommen und sie füllen. Das Vermissen der ersten Zeit in Sponheim kehrt zurück, und sie wartet darauf, Hildebert oder Drutwin unter den Kirchgängern der Weihnachtsmesse zu sehen, wartet, dass Mechthild oder Agnes an ihrem Bett wachen werden.

Nachts wacht Hildegard auf und wartet. Sie tastet in der Stille, um einen Beweis zu finden, dass die Welt nicht verschwunden ist. Sie findet das Geräusch zweier Flüsse und hält es fest. Nahe und Rhein. Selbst in den Wochen, in denen der Frost am strengsten ist, plätschert das Wasser an der Stelle, an der Fluss über die Felsen stürzt und die Eiskruste durchbricht, mit einer beharrlichen Sturheit weiter. Sie weiß nicht, woher der Fluss kommt oder wo er endet, aber sie hält sein schäumendes Wasser fest. Der Fluss ist ein Atemzug, verästelt sich in ihren Adern, die durch die Haut an der Unterseite der Arme zu sehen sind. Der Fluss schlängelt sich kalt durch ihre Gedanken, reißt ihre Vernunft mit sich, reißt das Schweigen, die Träume, die Schauen mit sich, wirbelt Sand und Schlamm auf, wirbelt Fragen in ihre Gedanken:

Welcher Körper versorgt den Fluss mit Wasser? Wo bleibt das Blut, wenn es sich doch nicht in den Fingerspitzen aufstaut? Wenn das Blut strömt wie der Fluss, wie kann es dann gegen den Strom fließen?

Jutta sagte, ihre Stimme gehöre Gott. Nur Gott kann die wirren Gedanken eines Kindes hören, nur Gott kann auf Fragen antworten, die niemals laut gestellt werden. Jutta wahrt das Schweigen und wird in ihrer Zelle unsichtbar. Hildegard denkt, dass Jutta Gott mit in ihre leere Dunkelheit gelockt hat. Sie grübelt, ob sie Gott wütend gemacht hat und er sie deshalb straft und sie ›Das Lebende Licht‹ nicht sehen lassen will. Jutta sagte, man solle mit leeren Händen ins Kloster gehen. Vielleicht ist Gott wütend, weil sie sich weigerte und sich an das Steinpferd klammerte? Weil sie weinte und Jutta in Gedanken sowohl geschlagen als auch getreten hat, als sie es ihr wegnahm? Manchmal ist der Fluss ein Trost. Manchmal ist er voller Bosheit und Dämonen. Dann geht er zusammen mit dem Wind durch die Dunkelheit, klingt wie ein Heer Leprakranker mit Schnarren und Glocken. Aber Hildegard wagt nicht, Uda zu rufen. Sie kann Jutta nicht hören, ihre Atemzüge sind lautlos wie Insektenflügel, sie könnte genauso gut tot sein.

Himmlischer Vater, flüstert Hildegard und wartet auf Antwort. Die gefalteten Hände sind ein Halbdach, unter dem sie sich zusammenkrümmt, sie ist sowohl taub als auch blind. Erst nach der Frühjahrs-Tagundnachtgleiche kommt ›Das Lebende Licht‹ zurück. Und dieses Mal mit einer solchen Kraft, dass sie umgeworfen wird. Uda von Golheim findet sie, zusammengekrümmt wie ein Säugling liegt sie auf dem Boden, halb unter ihrem Bett. Uda ruft um Hilfe, Uda flüstert zum Herrn, er möge in Gnade auf das arme, schwächliche Kind sehen. Hildegard kann sich kaum auf den Beinen halten, sie schwitzt und friert abwechselnd, aber sie ist glücklicher, als sie es lange gewesen ist: Da ist nichts, das weh tut. Der ramponierte Körper bedeutet nichts, das Fieber ist nur Fieber. Gott hat sie nicht vergessen. Er sprach. Und sie hörte jedes einzelne Wort.

8

Es gibt Dinge, die man mit eigenen Augen sehen muss, um sie zu verstehen. Hildegard heftet sich zwei Nachmittage in der Woche an Udas Fersen, und Uda zeigt ihr alles, worum Jutta sie gebeten hat. Das Infirmarium, die Tiere und der Kräutergarten wecken das größte Interesse bei ihr. Zum Skriptorium hat sie keinen Zutritt, und im Küchenhaus zu sein hat sie überhaupt keine Lust.

Hildegard hat etwas Freimütiges an sich, eine Art, direkt vor den Mönchen zu stehen und sie anzustarren, wenn sie arbeiten. Uda denkt, es könne leicht mit Einfältigkeit verwechselt werden, aber wenn sie Fragen stellt, sind sie kompliziert und gründlich, und sie merkt sich alles, was sie erzählt bekommt.

Hildegard darf nicht untätig sein, denn dann gewährt sie dem Teufel Zugang zu ihrem reinen Herzen. Man muss beten oder arbeiten, das kommt auf eins heraus, denn das Gebet ist auch eine Arbeit, und im Kloster beten sie für alle. Einsam mit Gott zu sein ist, sich selbst als Abendmahlbrot zu brechen, erklärt Jutta. Hildegard sieht es vor sich. Jutta zerbrochen wie ein Brot.

Uda hatte gerade die Tür aufgeschlossen und wollte Hildegard mit nach unten nehmen, um nach den trächtigen Schafen zu sehen, als sie sie auf dem Boden fand. Das mitgenommene Gesicht des Kindes hatte sie erschrocken, und sie rief so laut, dass Jutta die Läden zur Seite schlug.

Obwohl sie sich bemühen zu flüstern, wacht Hildegard auf. Sie hat beinahe drei Tage und Nächte lang ununterbrochen geschlafen. Wenn Uda meint, sie sollten sie zwingen zu essen, ist Jutta überzeugt, dass es reicht, wenn sie sie nur dazu bringen können, Suppe und dünnes Bier zu trinken. Uda muss sich fügen, Jutta hat den Herrn auf ihrer Seite. Sie betet und singt Psalmen für die Kleine, die aber die meiste Zeit über döst und es nicht zu bemerken scheint.

Uda weiß nicht, ob sie sich mehr um das schwächliche Kind oder um Jutta Sorgen machen soll, die zuerst so streng war, nachher so verzweifelt, als läge Hildegard im Sterben. Aber der Tod hat hier nichts zu tun, das erkennt Uda instinktiv, und sie kann nicht begreifen, dass Jutta ihr Vertrauen den einen Augenblick den Schauen einer verrückten Frau schenkt, während sie im nächsten allen Mut verliert.

Jetzt, da Hildegard wach ist, bittet Jutta Uda darum, die Tür zur Kammer weit zu öffnen, sodass Hildegard hören kann, was sie sagt. Sie will alleine mit dem Kind sprechen. Erleichtert eilt Uda zum Infirmarium, um zu erfragen, was das Kind am besten essen soll, jetzt, da sie sich schnellstens erholen soll.

Hildegard will sich aufsetzen, aber die Kräfte genügen nicht. Jutta will, dass sie zusammen beten, und Hildegard faltet die

Hände über der Decke. Als Jutta Amen gesagt hat, ist es, als ginge das Schweigen, das Hildegard seit ihrer Ankunft am Disibodenberg ertragen musste, mitten entzwei. Die Worte strömen hervor. Hildegard spricht von der Stimme und ›Dem Lebenden Licht‹, zuerst verworren, dann gefasster. Die Bande, die ihr die Kehle zugeschnürt und es unmöglich gemacht haben, zu erzählen, was sie hört und sieht, sind wie durch ein Wunder gelöst. Jutta hört schweigend zu, ohne Agnes' Angst oder Mechthilds Wut. Hildegard schweigt genauso plötzlich, wie sie begonnen hat. Zuerst ist Jutta still, dann nickt sie.

»Es ist Gott, der zu dir spricht«, sagt sie, »es gibt viele, die das nicht verstehen wollten.« Sie legt die Stirn an die Gitterstäbe. Hildegard liegt mit halb geschlossenen Augen da, sie wird beinahe eins mit den blassbraunen Decken. »Du musst es mir sagen, aber niemals anderen. Sagst du es, wirst du verhöhnt werden, und niemand will noch etwas mit dir zu tun haben. Es ist wichtig, dass du dir meine Worte merkst, Hildegard: Wenn du deine Stimme nicht zügelst, kannst du ausgestoßen werden und wirst ohne Obdach sein.«

Hildegards Kopf hängt wie ein Spätsommerapfel an einem dünnen Zweig. Sie umfasst mit beiden Händen ihren Kopf, sie will kein solcher Baum sein, der seine Früchte verliert. Jutta glaubt, das Kind halte sich die Ohren zu und wolle nicht zuhören. Ich muss behutsam sein, denkt sie, es ist eine schwierige Gabe, Gottes Stimme hören zu können, seine leibhaftigen Schauen zu empfangen und mit ihnen umgehen zu müssen. Also sagt sie nichts, während das Kind die Hände gegen die Schläfen presst und presst.

»Ich bin glücklich, wenn das Licht lebendig ist«, sagt Hildegard und lässt die Hände sinken. »Es kann mir überhaupt nichts geschehen.«

»Dir nichts geschehen? Wenn du daran denkst, dass Schweigen die beste Art der Frau ist, dem Herrn zu dienen, und versprichst, niemals anderen als mir etwas über das zu sagen, was du siehst, so kann dir nichts geschehen. Sonst ...« Jutta zögert. Sie weiß nicht, wie sie dem Kind verständlich machen soll, wie ernst es ist. Solange sie ein Kind ist, werden viele wohl denken, es sei kindlicher Unsinn, während andere glauben werden, es seien Jutta und die Abgeschiedenheit, die ihr Flausen in den Kopf setzen. Später aber, wenn sie kein Kind mehr ist, werden die Konsequenzen unüberschaubar sein. Kommen Hildegards Worte den Falschen zu Ohren, kann das Tod und Verdammnis für sie beide bedeuten. »Sonst«, fährt sie fort, »wird Gott dich von sich weisen und nie wieder zu dir sprechen.«

»Aber es kann leicht allen anderen etwas geschehen«, flüstert Hildegard, als habe sie gar nicht gehört, was Jutta sagte. »Ich träumte auch von Benedikta.«

»Du hörtest Gottes Stimme«, sagt Jutta. Wenn sich das Kind von der Aussicht, von Gott verstoßen zu werden, nicht erschrecken lässt, dann muss sie es ihr auf eine andere Weise begreiflich machen. »Es ist ein großes Geschenk«, fährt sie fort, »du hast zwei Juwelen bekommen, über die du in deiner Schatzkammer wachen sollst. Zwei Juwelen«, wiederholt Jutta, »die mit der Sonne im Wettstreit strahlen.« Sie steckt die Finger durch die Gitterstäbe und zeichnet Kreise in die Luft. »Das eine ist deine Jungfräulichkeit. Du sollst niemals einen Mann kennen, sondern stattdessen den ewigen Bund mit dem Herrn eingehen.« Hildegard nickt. Darüber haben sie Tausende Male gesprochen.

»Das zweite«, spricht Jutta weiter, »ist, dass Gott auf dich gedeutet hat und dich seine Stimme hören lässt. Beide Juwelen sollst du verbergen und niemals jemanden sehen lassen«, sagt Jutta und betont jede Silbe.

Hildegard nickt. Das eine Juwel ist zartrosa wie eine Blüte in der Knospe, es ist die Jungfräulichkeit. Jutta hat gesagt, Jungfräulichkeit bedeute, dass man die Kronblätter der Blüte niemals zwingt, sich zu öffnen, sie niemals den verführerischen Duft versprühen lässt, der nur ein Vorzeichen ihres baldigen Todes ist. In der Knospe bewahrt die Blüte ihre Schönheit, aber öffnet sie erst ihre Blätter, werden sie zur Erde fallen, eins nach dem anderen, verwelken und sich zusammenrollen und nur einen nackten Blütenstand hinterlassen, den niemand ansehen will, sondern nur wegschnippen wird.

Das andere Juwel kann sich Hildegard leicht vorstellen, aber dennoch nicht sehen. Es leuchtet auf die gleiche Weise wie die Stimme in dem Licht, wenn es zu ihr spricht. Es leuchtet in der gleichen Farbe wie die Luft, und doch leuchtet es stärker als irgendetwas anderes. In dieses Licht zu sehen ist schwerer, als in die Sonne zu starren.

9

Hildegard ist wieder auf den Beinen, sie folgt dem festgelegten Schema der Tage. Uda bleibt vor dem Küchenhaus stehen. Sie spricht mit dem Jungen und gibt Bestellungen auf. Drinnen sind sie damit beschäftigt, Teig zu kneten. Ein Novize, den Hildegard bislang noch nicht gesehen hat, hebt den Blick und sieht sie an. Er blinzelt und lächelt. Uda folgt Hildegards Blick, ein Habicht auf Ausschau nach Beute, auf die er sich stürzen kann, aber der Novize hat sich wieder seiner Arbeit zugewandt, er schwitzt, dass die Stirn glänzt. Hildegard hört nur halb hin, was Uda zu dem Jungen sagt. Es hat etwas mit der Fastenkost und mit einer Fischart zu tun, versteht sie, aber das interessiert sie nicht. Das Geräusch von Teig, der auf die Tischplatte geklatscht wird, der Staub wie eine dichte Gardine über der Türöffnung.

Uda geht weiter, Hildegard trottet ihr hinterher. Ab und zu hält Uda an, um etwas zu dem einen oder anderen zu sagen, Stakkatosätze und Bestellungen. Wie sie so viel zu sagen haben kann, versteht Hildegard nicht, wenn die Mönche in Stille arbeiten müssen.

Nachdem Abt Kuno Jutta ermahnte, das Fasten nicht zu übertreiben, akzeptierte sie es, den Essgewohnheiten der Brüder zu folgen. Eine Mahlzeit im Winter, zwei im Sommer.

Niemandem am Disibodenberg konnte es einfallen, Fleisch von unreinen Tieren zu essen, aber Jutta weigert sich, überhaupt Fleisch zu essen. Dazu kann niemand etwas sagen. Rehfleisch ist für die Schwachen und für die Kranken und für die, die hart arbeiten, in den Weinbergen oder anderswo. Im Winter ist es für Menschen nicht gut, Wasser zu trinken, da muss Jutta also Bier trinken wie alle anderen, aber sobald der Frost aus der Erde ist, will sie Wasser trinken, obwohl Bier gut nährt und Farbe im Gesicht gibt. Sie hat Uda verboten, ihr eine eigene Portion des Essens zu bringen, und besteht darauf, nur Hildegards und Udas Reste zu essen. Wenn das Kind gesund ist, hat sie guten Appetit, und wenn Jutta erst Fleisch und Fisch aussortiert hat, ist nicht viel übrig. Uda sorgt für besonders große Portionen, aber Jutta isst nicht mehr als das, was nötig ist, um sich am Leben zu halten. Uda weiß, dass sie oft mit ihrem Beichtvater über Züchtigung spricht. Ein einziges Mal ging er aufgebracht weg, denn Jutta ist eigensinnig und stur: Jetzt will sie nur trockene Kost essen. Sie weiß, dass andere Inklusen es so gemacht haben, und warum sollte sie es besser haben?

Uda und Hildegard müssen heute zur Webstube, um Stickgarn zu holen. Über Monate ist ein Altartuch für die Klosterkirche zwischen Juttas Händen gewachsen. Das feine, kreideweiße Flachsleinen ist in der Zelle auf einen Holzrahmen gespannt. Der Faden ist genauso weiß, und nur, wenn man nahe herantritt, kann man Muster und Bilder sehen. Am besten gefällt Hildegard das Kreuz, umrankt von Weinblättern und Blumen. Ab und zu fädelt sie den Faden für Jutta ein, und jedes Mal muss sie ihre Hände waschen und sie danach von Jutta inspizieren lassen. Jutta selbst hat eine Waschschüssel neben sich auf dem Boden stehen, wenn sie näht. Ihre Hände sind kühl und trocken, aber dennoch wäscht sie die Hände ständig, um zu vermeiden, dass das Altartuch beschmutzt wird. Als Hildegard einmal fragte, ob das Tuch nicht gewaschen werden könne, wenn es fertig sei, nickte sie auf ihre geistesabwesende Art, hob nicht einmal den Blick, sondern sagte, das Kreuz erstrahle am stärksten in reinstem Weiß.

Vor der Tür zur Weberei bleibt Hildegard stehen. Uda ist in den großen Raum gegangen, wo die Mönche an den Webrahmen arbeiten: Wolle für das Bettzeug und die Ordenstrachten, das grobe, ungebleichte Leinen für gewöhnliche Tücher und Handtücher, das feine, weiße für Altartücher und Stickereien. Ein junger Mönch, der aus Italien ins Kloster gekomen ist, sitzt in stummer Konzentration über ein besonderes Gewebe gebeugt da. Es ist kleiner als die anderen, und die Enden aus gefärbter Wolle stehen nach allen Seiten ab. Er webt Bilderteppiche mit schönen Motiven. Hildegard ist neugierig darauf, zu sehen, was er macht, aber es ist, als könne sie einfach nicht durch die Türöffnung kommen. Uda geht weiter in den am weitesten entfernten Winkel der Weberei, wo das Stickgarn hängt – Docken aus gefärbter Wolle rechts, weißer Faden links. Hildegard sieht ihr nach, sieht ihren Rücken, das Kopftuch, die Art, auf die sie das eine Bein ein wenig nachzieht. Sie will ihr nachgehen, aber sie kann ihre Füße nicht bewegen.

Eine Faust ist in der Luft, die Hildegard zurückhält, es braucht Zeit, sich aus ihrem Griff zu winden. Etwas zittert in der Luft, etwas strömt über ihrem Gesicht zusammen, etwas, das keine Form annehmen will. Es braucht Zeit, sich freizuwinden, aber als die unsichtbare Faust ihren Griff löst, stolpert sie zur Türöffnung hinein. Fast im selben Moment, in dem ihr Knie den Boden berührt, ist sie wieder auf den Beinen. Sie weiß sofort, dass nur sie sonderbare Laute hören kann, dass nur sie eine fremde Kraft von der Webstube weghalten will. Hier sind fleißige Hände, müde Augen, krumme Rücken, niemand sieht so aus, als bemerke er irgendetwas.

Hildegard sieht nach unten, um loszukommen, sie versucht, sich auf etwas anderes zu konzentrieren, aber das Zittern der Luft wird immer bedrängender, es brodelt und bebt und poltert. Sie richtet sich auf, faltet ihre Hände, tritt geradewegs in die lärmende Schau, die Luft ist nicht länger durchsichtig, sie entfaltet sich in ungeordneten Kreisen und Wellen, sprengt Stücke von der Dunkelheit, wird zu trockenem Regen, wird zu Blut, das aus Schlachtschweinen läuft, und Hildegard muss dem Blick der Dunkelheit begegnen, muss alle ihre Kräfte sammeln und das von sich wegstoßen, das Form annimmt: Grobe Hände, die losgelöst dicht vor ihrem Gesicht in der Luft tanzen, borstige, dunkle Härchen, zerfurchte Nägel. Hier drinnen hat ein Mensch um sein Leben gekämpft. Hier drinnen hat ein Mann einer Frau etwas angetan, das sieht Hildegard an den

Händen, die kein anderer sehen kann. Sie streicht über ihren Hals, um Luft durch die Kehle zu zwingen. Es sind fremde Männerhände ohne Arme und ohne Körper, breite, gelbliche Knochen, Finger, die einen feinen und weichen Hals zusammendrücken und drücken und drücken. Es ist der Blick eines jungen Mädchens, nicht Benedikta, dieses Mädchen ist jünger. Aber ihre Angst ist die gleiche, sie hat die großen, blanken Augen eines Kalbes, den Mund eines Hechts.

Es ist, als ob die unsichtbare Faust auch ihren Körper aufrecht gehalten habe. Jetzt, da sie loslässt, sinkt Hildegard zusammen. Die plötzliche Stille, Hände an den Webrahmen, die innehalten, ein Wollknäuel kullert davon und zieht einen flammenden Schweif hinter sich her.

»Ist sie krank?«
»Was ist mit dem Kind?«
»Wie konnte sie so plötzlich fallen? Sie stand doch bloß da.«

Uda eilt herbei. Sie packt Hildegard, zieht sie mit einem harten Griff am Oberarm hoch, zerrt sie hinter sich her aus der Webstube heraus, am Küchenhaus und den Ställen vorbei, quer über den Hofplatz. Hildegard stolpert hinter ihr her, lässt sich hochziehen, jedes Mal, wenn sie fällt, die ganze Welt atmet wie bei Frostwetter, verschwindet vor ihrem Blick, weiß und fusselig und fort. Vor der Mauer zum Innengarten lässt Uda das Kind los, um aufzuschließen. Sie versucht, sie aufrecht zu halten, indem sie sie mit dem Ellbogen gegen die Mauer drückt, aber das Kind entgleitet ihr. Hildegard versucht aufzustehen, kommt auf alle viere, ihre Hände sinken in feuchte Erde. Uda zieht sie am Kragen hoch, es schnürt ihr den Hals zu, Hildegard öffnet den Mund, aber es kommt kein Laut heraus.

10

Als sie mit Jutta alleine ist, spricht Hildegard wieder. Juttas ausdrucksloses Gesicht ist ein Segen, es ist ein leeres Gefäß, das die Worte entgegennimmt. Jutta hört zu, ohne zu fragen. Es ist gut, dass Hildegard zu erzählen wagt, es ist gut. Sie ist nach einem langen Winter erwacht.

Hildegard schläft ein, kaum dass sie den Kopf auf das Kissen gelegt hat. Jutta lässt Bruder Jacob holen, den Chronisten des Klosters. Er steht in dem leeren Kirchenschiff mit dem Ohr an Juttas Fenster, die Stirn in die Handfläche gestützt und lauscht mit geschlossenen Augen. Ein paar Mal sieht er auf zur Decke und schlägt das Kreuzzeichen vor der Brust. Als Jutta aufhört zu flüstern, wird es still. Jutta lauscht Jacobs Atem, der flüchtig ist wie der einer Katze. Er sagt nichts, aber auch die Stille kann beredsam sein, und Jutta weiß, was er sagen wird, lange bevor er zu sprechen beginnt. Jacobs Worte spritzen wie Wein aus einem undichten Fass, das dem inneren Druck nicht standhalten kann. Er bekräftigt, es sei wahr, was das Kind gesagt hat. Hildegard hat so klar gesprochen, als sei sie an jenem unglückseligen Abend selbst dabei gewesen, damals, bevor Erzbischof Ruthardt die gottlosen Kanoniker zum Tor hinausjagte. Es war ein Kanoniker, flüstert er gegen das Gitterfenster, und Jutta befreit ihr Ohr von dem Schleier, um ihn deutlich hören zu können. Bruder Jacob schweigt, er will Jutta damit verschonen, eine ausführliche Schilderung der Sünde hören zu müssen, aber sie lässt ihn nicht davonkommen.

»Infolge der Erzählungen legten die ersten gottesfürchtigen Männer, die auf den irischen Wandermönch, den heiligen Disibod, folgten, ihre Wohnstätten als Zellen wie in einem Bienenkorb an. Anfangs lebten sie ein demütiges Leben, Seite an

Seite in Stille und Genügsamkeit. Dennoch erhielt mit der Zeit der Teufel Zugang zum Berg. Die Alten starben, neue kamen hinzu, und die Veränderung geschah auf die gleiche Weise, auf die Grütze verkocht, wenn man sie nicht sorgsam umrührt. Eine schwarze und harte Schicht bildet sich um das höllische Feuer herum, das sich unsichtbar über dem Rest der Grütze wie ein bitterer und verdorbener Geschmack ausbreitet. Die Kanoniker wurden faul und gierig. Statt selbst ihre Felder zu bestellen und die Früchte einzubringen, Netze im Fluss auszuwerfen und Vieh zu halten, das ihnen Nahrung verschaffen konnte, ließen sie sich von den Bauern das Beste aus deren Ställen und von deren Feldern bringen. Sie bereiteten das Essen kaum noch zu, sie lebten wie in einem Schweinestall und hielten das Fasten nicht heilig. Disibodenberg wurde zu einem Ort, an dem es nach Mist und Abfall stank, an dem alle die gleiche verpestete Luft einatmeten und keiner der Sünde entging.«

Jacob hält inne, er reibt sich das Kinn und wartet, aber Jutta drängt ihn fortzufahren.

»Es ging sogar so weit, dass kein Bauer mehr seine Tochter mit Waren zum Kloster schicken wollte«, sagt er und schweigt wieder. Versteht Jutta die Bedeutung hinter seinen Worten, oder soll er es deutlich sagen? »Sie wollten nicht einmal mehr Brennholz sammeln, sondern forderten einen alten, hinkenden Mann, der früher einmal in den Wäldern gearbeitet hatte, auf, sie mit Reisig und Knorren zu versorgen. Der Alte konnte den Weg hinauf zum Kloster, beladen mit der Last, nicht bewältigen, und da er keine Söhne hatte, sah er keinen anderen Ausweg, als seine älteste Tochter zu schicken. An diesem Abend sandte der Satan eine Schar junger Teufel mit der Jungfrau über den Hofplatz. Das Gebäude, das nun als Weberei wieder errichtet ist, stand lange unbenutzt und verfiel. Es war als Scheune mit

Tenne angelegt, aber die Faulheit hatte alle Tatkraft aufgezehrt. Es war ein älterer Mönch, der vor langer Zeit aus Turin gekommen war, ohne dass ihn jemand gekannt hätte. Dem Vernehmen nach soll er die Mädchen im ...« Jacob hält inne. Wie kann er Jutta von Hurenhäusern berichten? Er erzählt stattdessen, dass der betrunkene Turiner Mönch mehrere Male in den frühen Morgenstunden auf dem Weg den Berg hinauf gesehen wurde, dass er gesehen wurde, in der Nähe der »Häuser der Mädchen ... ja, ihrer Häuser, und wie ...«

Jutta bedeutet ihm zu schweigen, und er ärgert sich über sein ungezügeltes Mundwerk. Er kann sie in der Dunkelheit hinter dem Gitter undeutlich ausmachen, ihr Gesicht leuchtet unter dem Tuch. Bruder Jacob krümmt sich. Er war selbst skeptisch, Frauen in einem Mönchskloster wohnen zu lassen, aber jetzt schämt er sich darüber, dass der Zweifel anscheinend nur Folge seiner eigenen sündigen Gedanken war. Juttas Haut leuchtet nicht wie Fleisch, sondern wie die Goldplattierungen am Altarretabel, und er wagt es nicht, ihrem Blick zu begegnen. Sie hat ihn gebeten zu kommen, weil er es ist, der die Geschichte des Klosters niederschreibt, und weil er in dem Ruf steht, klar zu sprechen. Aber jetzt kann er sich kaum ausdrücken. Lange sitzen sie schweigend da. Er faltet seine Hände und singt. *In der Zeit meiner Not suche ich den Herrn; meine Hand ist des Nachts ausgestreckt und läßt nicht ab; denn meine Seele will sich nicht trösten lassen.*

Jutta stimmt ein, ganz leise. Es liegt weniger als ein Meter zwischen ihnen, und es ist, als ginge ihr Atem wie ein milder Wind über sein Gesicht. Danach nickt sie ihm zu und bittet ihn, weiter zu erzählen. Der Psalm hat seine Stimme gereinigt und seine Scham getilgt. Schweigend hört Jutta zu, während er erzählt, wie der Turiner Mönch die Tochter des Holzfällers bat, den Karren in die unbenutzte Scheune zu schieben und das Brennholz dort abzuladen. In der Dunkelheit hatte er sich an ihr vergangen, und nach dem Akt hatte er sie mit bloßen Händen erwürgt. Um seine Untat zu verbergen, hatte er ihren entseelten und verstümmelten Körper auf den Handkarren ihres Vaters geworfen, sie mit Tüchern und Reisig bedeckt und den Karren hinüber zur Nordseite gezogen, wo er ihn den Abhang hinuntergestürzt hatte. Natürlich war es entdeckt worden, aber nicht sofort. Die Bäume wuchsen dort sehr dicht, und erst, als einer der Dorfbewohner Hasenfallen aufstellen wollte, fand er die Leiche. Der Holzfäller hatte verzweifelt nach seiner Tochter gefragt, aber der Turiner Mönch behauptete frech, er habe ihr persönlich mit dem Brennholz geholfen und sie dann nach Hause geschickt. Dass er daraufhin nicht sogleich geflüchtet war, zeugte entweder von Dummheit oder Bosheit, denn er zeigte zu keinem Zeitpunkt Reue, auch nicht, als ein Küchenjunge, der ihn in das Gebäude hatte gehen und später mit vollbeladenem Wagen wieder herauskommen sehen, gegen ihn Zeugnis ablegte. Bruder Jacob schweigt einen Augenblick, bevor er fortfährt, von dem Prozess zu erzählen, aber Jutta unterbricht ihn, das Urteil interessiert sie nicht im Geringsten. Sie beten gemeinsam. Er darf niemandem erzählen, worüber sie gesprochen haben, das muss er ihr geloben, und er legt die Hand auf sein Herz.

11

Jetzt, da das Frühjahr gekommen ist, ist die Luft voller Düfte: Kiefernnadeln und Harz, weiches Moos und ein Heer von Siebensternen, das auf dem Waldboden vorrückt. Der Fluss rauscht,

Vogelchöre schrillen, nachts raschelt es entlang der Mauer. Der Ruf des Kuckucks, der Schrei des Hasen, wenn der Fuchs die Zähne in seinen Rücken schlägt.

Die Bauarbeiter haben Zelte aufgeschlagen, den ganzen Tag über sind Hacken und Hämmer zu hören, Sägen und Rufe. Reisende Arbeiter kommen, das Werkzeug um den Leib geschnallt, um Arbeit zu finden. Der Abt muss sie allesamt für gut befinden, aber er versteht nichts von Bauarbeit und schätzt sie nur nach ihren Gesichtern und starken Armen ein. Nachts machen sie einen solchen Lärm, dass der Abt aufstehen und zur Ruhe mahnen muss. Manchmal verschwinden sie in Scharen den Hang an der Seite des Berges hinunter, um erst gegen Morgen wieder aufzutauchen. Jutta gefällt das Durcheinander nicht. Sie lässt sowohl den Abt als auch den Prior holen und weist sie zurecht. Uda lauscht an Hildegards Fenster. Der Abt weiß sich keinerlei Rat, er beugt den Kopf vor der frommen Jutta, aber in der Nacht ist der Radau wieder der gleiche. Die Sünde hat sich in der Erde unter dem Kloster eingenistet, sagt Jutta, sie brodelt wie giftiger Dampf und bringt selbst den stärksten Glauben ins Wanken. Der Abt versucht zu erklären, dass die Bautätigkeiten zügiger voranschritten, als man zu hoffen gewagt habe, und meint, dies müsse ein Zeichen für das Wohlwollen des Herrn sein. Jutta hält dagegen. Das Haus, das auf schwachem Fundament erbaut sei, werde früher oder später zur Erde stürzen. Sie gibt nicht nach, bis der Abt den Baumeister dazu gebracht hat, die Schlimmsten wegzuschicken, und den Verbliebenen in der Messe das Seelenheil versprochen hat, wenn sie sich mit dem nächtlichen Lärmen zurückhalten. Zunächst funktioniert es, aber als der August seine dichten, warmen Nächte über Disibodenberg ausbreitet, geht es wieder los. Erst im November wird es ruhig. Da ist die Kirchenmauer um mehrere

Meter gewachsen, etliche Holzhäuser sind fertig, und die Szene vom Tag des Jüngsten Gerichts ist am Eingangstor befestigt.

Dennoch ist Jutta nicht zufrieden. Sie schreibt an den Erzbischof und bittet ihn, zur Messe zu kommen. Disibodenberg muss noch einmal gereinigt werden. Als Meinhardt gleichzeitig verspricht, der Kirche einen prachtvollen Seitenaltar zu schenken, wird die Messe ohne weitere Diskussion abgehalten.

Zur Weihnachtszeit, als Hildegard zwölf Jahre alt ist, kommen viele Pilger zum Disibodenberg. Sie sitzen geduldig im Kirchenschiff und warten, bis Jutta den Vorhang zur Seite zieht und für sie betet. Einzelne, die ein streng persönliches Anliegen haben und von großen Versuchungen geplagt werden, warten den ganzen Tag lang, um sicher zu sein, sich Jutta ohne Zuhörer anvertrauen zu können. Der Abt schlägt vor, dass sie nur einen Tag in der Woche empfängt, doch Jutta will nicht darauf eingehen. Sie suchen sie auf, vom Weg abgekommen und voller Sorge, und sie will sie nicht abweisen. Als der Pilgerstrom nicht nachlässt und es zum dritten Mal April wird, seit Jutta und Hildegard nach Disibodenberg kamen, muss sie sich fügen. Mittwoch ist Pilgertag, und oftmals kommen die Ersten schon am Abend zuvor an. Der Abt ist zufrieden. Die armen Pilger schlafen unter einem Schutzdach auf dem Kirchplatz, die Wohlhabenden logieren sich in der Gästeherberge ein und beschenken das Kloster mit reichen Gaben. Unter den Pilgern sind viele junge Mädchen im Gefolge ihrer Eltern. Ihre Mütter wollen, dass die Mädchen stark im Glauben werden, einige möchten ihre Töchter ohne Umschweife der Kirche geben und für die Errichtung eines Zwillingsklosters am Disibodenberg bezahlen. Es sind fromme und reinherzige Gotteskinder, heißt es, aristokratische Mädchen mit teuren Kleidern und feinen Zügen.

Jutta muss lange mit dem Abt sprechen, um ihre Interessen zu vereinen. Sie will nicht die Gebete eines ganzen Tages versäumen, um die jungen Mädchen in Psalmen und Liturgie zu unterweisen, aber er hält nicht viel davon, jemanden unverrichteter Dinge fortzuschicken.

»Ich darf gar nicht unterweisen«, ermahnt Jutta den Abt, »so sind die Regeln für Inklusen.«

Der Abt ist zu klug, Hildegard zu erwähnen, obwohl er denkt, es würde nicht schaden, wenn Jutta mehrere gleichzeitig unterweisen könnte. Die ersten Jahre am Disibodenberg haben seine Strenge gemildert und ihm zu einer praktischeren Sicht auf die Dinge verholfen. Es ist, als könne Jutta seine Gedanken lesen. Sie muss sich beherrschen, nicht aufzufahren.

»Wie soll ich mich meinem himmlischen Bräutigam hingeben, wenn diese Mädchen die ganze Zeit an mir ziehen?«, fragt sie, ohne die Antwort des Abts abzuwarten, »nur durch das Gebet kann ich überall zur gleichen Zeit sein.«

Der Abt fügt sich. Er begrenzt die Besuchszeit für die Adelstöchter und hat Ruhe vor Juttas Klagen. Dennoch streiten sie ein paar Tage später, wie Uda hört. Sie kann nur verstehen, dass Jutta einen Wunsch beständig wiederholt, flehend und stur, während der Abt sich hartnäckig weigert. Sein eigenes Kreuz zu tragen, sagt Jutta, sein Fleisch zu kreuzigen. Der Rest verschwindet, obwohl Uda sich auf Zehenspitzen stellt und das Ohr an den Vorhang in Hildegards Kammer drückt. Es ist deutlich zu hören, dass Kuno aufgebracht ist, aber Jutta gibt nicht auf, bevor er ihr verspricht, am nächsten Tag wiederzukommen. Als er erneut vor ihrem Gitterfenster kniet, fährt sie da fort, wo sie aufgehört hat. Ihre Stimme ist gedämpft, aber schrillt ab und zu wie die eines aufgeschreckten Vogels. *Kann nicht ... kann nicht ... wird nicht hier bleiben auf diese Weise.* Dann erhebt sich Kuno. Uda schiebt den Vorhang ein wenig auf, sein Gesicht glüht vor Wut. Er ruft Jutta, aber sie hat sich hinter dem zugezogenen Vorhang verschanzt.

Mehrere Tage lang bleibt sie stumm. Der Abt kommt, aber sie antwortet ihm nicht. Er spricht freundlich zu ihr, er regt sich auf, er schlägt gegen die Gitterstäbe und spricht von der Macht des Teufels. Hildegards Unterweisung ist ausgesetzt, und Jutta antwortet nicht auf Udas Fragen. Hildegard sagt nichts, es ist, als seien Jutta und sie geheime Verbündete. Jutta hört wieder auf zu essen, und Uda sucht Abt Kuno noch einmal im Kreuzgang auf, um ihrer Sorge Luft zu machen. Der Abt kann seine Wut Uda gegenüber nicht verbergen. Er will überhaupt nicht mit ihr sprechen, er scheucht sie weg, bevor sie etwas sagen kann. Uda bittet Hildegard, mit Jutta zu sprechen, aber das Mädchen schüttelt nur den Kopf.

Nach einer Woche gibt der Abt anscheinend nach. Als Uda im Küchenhaus Essen holt, erhält sie vom Kellermeister Bescheid, der Abt werde zu den Frauen hineinkommen. Uda wartet zusammen mit Hildegard auf der Steinbank im Kräutergarten. Der Duft von Thymian und Hopfen, Gemeiner Bläuling und Trauermantel scharen sich um die Heckenkirsche. Der Abt ist in Begleitung eines ganz jungen Bruders, den weder Hildegard noch Uda zuvor gesehen haben. Er verzieht keine Miene, hat aber freundliche Augen. In den Armen hält er ein Bündel, eingewickelt in grobes Tuch. Er schwitzt und schüttelt eine Fliege von seinem Gesicht, kann aber den schweren Packen nicht loslassen. Der Abt und der junge Bruder folgen Uda zur Zelle. Als der Abt sie bittet aufzuschließen, zögert sie, und er wird ärgerlich.

»Törichtes Frauenzimmer«, sagt er, »öffne die Tür. Glaubst du etwa, die Sünde kommt in Gestalt eines Abts und eines Mönchs, die Geschenke für Jutta bringen?«

Uda fügt sich, trippelt unruhig voran, zeigt stumm auf den Esstisch, auf dem der junge Bruder das Bündel ablegt. Der Abt sagt, Hildegard dürfe es erst öffnen und auspacken, wenn sie und Jutta alleine sind. Der junge Bruder reckt und streckt die Arme und massiert sich die Schultern, er wischt sich den Schweiß mit seinem Ärmel von der Stirn. Hildegard beobachtet ihn neugierig. Uda stößt sie an, sodass sie beinahe umfällt.

Sobald sie gegangen sind, öffnet Jutta ihre Läden. Sie schickt Uda hinaus und bittet Hildegard, den Packen zu öffnen. Eine starke, schmiedeeiserne Kette und ein klobiges, behelfsmäßig zurechtgemachtes Schloss samt Schlüssel fallen rasselnd auf den Tisch. Jutta steht auf Zehenspitzen und drückt das Gesicht gegen die Gitterstäbe.

»Reich alles hier herein«, flüstert sie.

Die Kette wiegt schwer in Hildegards Kinderhänden. Sie ist wie benommen, hebt die Kette an ihr Gesicht und berührt sie mit ihren Lippen, sie ist eiskalt, sie schmeckt wie Blut.

»Gib sie mir, Hildegard«, kommandiert Jutta.

»Warum?«, fragt Hildegard, ohne die Kette abzulegen.

»Ich brauche sie.«

»Wofür?«

»Gib sie mir, Hildegard, dann werde ich es dir erklären.«

Hildegard bleibt einen Augenblick regungslos stehen, bevor sie gehorcht. Das Herz tanzt unruhig im Brustkasten.

Die Kette ist eine Schlange, die von der einen Seite der Zelle zur anderen kriecht. Als sie verschwunden ist, zeigt Jutta auf den groben Stoff.

»Auch das Büßerhemd«, flüstert sie, und erst da erkennt Hildegard, dass der Stoff, in den die Kette gewickelt war, ein knöchellanges Hemd ist. Sie hält es vor sich hin, bevor sie es zusammenfaltet und durch die Luke schickt. Lange, steife Haare stehen in alle Richtungen ab und kratzen an Hildegards Händen.

»Woraus ist es gemacht?«, fragt sie und hält das Ende auf ihrer Seite fest, als Jutta versucht, es zu sich hereinzuziehen.

»Ziegenhaar«, antwortet Jutta und zieht wieder, aber Hildegard ist stark und lässt nicht los.

»Wirst du es tragen?«

»Ja, lass jetzt los, Hildegard.«

»Über deiner Tracht?«

»Nein, darunter, unter meiner Tracht.«

»Auf der nackten Haut?« Hildegard hält den Ärmel mit beiden Händen gepackt, es tut ihr an den Fingern weh, wenn Jutta am anderen Ende zieht.

»Ja.«

»Du hast versprochen, mir zu erklären, wofür du die Kette brauchst.«

»Lass jetzt los, Hildegard.«

»Wofür die Kette?«

»Lass los, Hildegard, gehorche endlich!« Juttas Stimme ist laut und schrill.

»Wofür die Kette?«

»Unmögliches Kind! Ich werde auch sie tragen, unter dem Büßerhemd.«

»Warum?«

»Lass los!«

»Warum?«

»»Denn wenn ihr nach dem Fleisch lebt, so werdet ihr sterben müssen; wenn ihr aber durch den Geist die Taten des Fleisches tötet, so werdet ihr leben. Die aber Christus angehören, die haben ihr Fleisch gekreuzigt samt den Leidenschaften und Begierden.‹«

»Was ist mit mir?«, flüstert Hildegard.

»Was soll mit dir sein, Hildegard?« Jutta gibt es auf, an dem Hemd zu zerren. Ihre Hände zittern.

»Soll auch ich mich peinigen und mein Fleisch kreuzigen?«

»Wir sind nicht eins.«

»Soll ich?«

»Nein, nicht auf diese Weise, Hildegard, denn du und ich sind nicht eins. Dein Fleisch brennt nicht in der gleichen Sünde wie das meinige.«

Hildegard löst ihren Griff um den Ärmel, und Jutta zieht das Hemd zu sich herein. Hildegards Hände schmerzen und sind zerkratzt, sie drückt die Stirn so hart gegen die Gitterstäbe zu Juttas Zelle, dass es weh tut. Jutta sitzt mit der Kette und dem Hemd wie ein Drache, der sein Gold bewacht, auf dem Bett.

»Wirst du die Kette um den Leib tragen? Wirst du das kalte Eisen auf deiner Haut tragen?«, flüstert sie.

»So ehre ich Gott«, sagt Jutta knapp. Wenn sie könnte, würde sie aufstehen und die Läden schließen.

»Wie ein Tier«, weint Hildegard, »wie der Bär, den ich auf dem Markt in Mainz sah, als ich mit meiner Mutter und meinem Vater dort war. Der Bärenbändiger hatte eine Kette, die geradeso schwer wie die deinige war, um den Leib des Bären geschlungen. Er hielt die Kette fest gepackt, und der Bär folgte ihm, als sei er ein Hund und kein wildes Tier. Sein Fell war zerschunden, Jutta.«

»Ich bin kein Bär«, entgegnet Jutta scharf aus dem Halbdunkel. Das aufgelöste Weinen des Kindes irritiert sie.

»Nein, aber obwohl der Bär ein dickes Fell hatte«, beharrt Hildegard, »riss die Kette Wunden in seine Haut.«

»Du verstehst nichts. Du solltest lieber schweigen, als deine

Unwissenheit zur Schau zu stellen«, antwortet Jutta und kommt auf die Beine. Sie nähert sich den Gitterstäben, hebt warnend den Finger.

»Vater sagte, das Tier sei angekettet, weil es wild sei und den Menschen übelwolle, aber dass es überhaupt nicht auf einem Marktplatz vorgeführt werden, sondern im großen Wald bleiben sollte, wo es sein Zuhause hat«, schnieft Hildegard. Es ist lange her, dass sie geweint hat, aber jetzt kann sie nicht wieder aufhören.

»Du redest von Bären, aber was weißt du von der Wildheit des Leibes? Du bist nur ein Kind und weißt nichts davon, wie süß die Sünde spricht, wie sie lockt«, schreit Jutta und wirft knallend den einen Laden zu. Hildegard schiebt die Finger zwischen die Gitterstäbe.

»Zurück, Hildegard, oder ich klemme deine Finger ein!« Hildegard rührt sich nicht.

»Wenn dein Leib Wunden trägt, wirst du krank werden und sterben«, sagt Hildegard, »meine Mutter sagte allzeit, Wunden seien ...«

»Schweig endlich still«, kreischt Jutta außer sich. »Du versuchst, mich mit deinem albernen Gefasel über Wunden zu schrecken, obschon des Satans Schlange mehr Gift verspritzen kann als jede Wunde, die dem Leib zugefügt werden kann.« Sie drückt den Laden gegen die Hände des Kindes, aber Hildegard zieht sie immer noch nicht zurück.

»Aber wenn du stirbst, was geschieht dann mit mir?«, weint Hildegard.

»Mit dir? Du sollst dein Vertrauen niemand anderem als Gott schenken, Hildegard. Dein eigener Wille ist fruchtbare Erde für der Sünde Keim.«

»Doch wenn der Leib leidet und es weh tut, immer und immerzu, wirst du vielleicht nur an den Schmerz und nicht an Gott denken«, sagt Hildegard.

Jutta zögert. Sie beugt den Nacken. Dann schlägt sie den Laden so hart zu, dass Hildegard aufheult vor Schmerz.

Als Uda das verweinte Gesicht und die zerschlagenen Hände des Kindes sieht, will sie wissen, was passiert ist. Hildegard sieht weg.

»Ich war ungehorsam«, sagt sie mit einer Stimmer so leise, dass Uda sich vorbeugen muss, um zu hören, was sie sagt.

Ganz gleich, was Uda tut, sie kann das Kind nicht dazu bringen, mehr zu sagen, und Jutta öffnet ihre Läden nicht. Sie legt in Milch getunkte Umschläge um die kleinen Finger, aber obwohl das Kind die Hände vorstreckt und nicht protestiert, ist es, als sei sie überhaupt nicht anwesend.

Am Abend isst Jutta wieder, und Uda besieht sich zufrieden ihren halbleeren Teller, als sie ihn entgegennimmt. Hildegard geht mit ihrem kleinen verzweifelten Gesicht umher, und Uda fragt sich, welcher Ungehorsam eine solche Reue bei der Kleinen hervorrufen kann. Jutta rasselt wie ein Kettenhund in der Dunkelheit, Hildegard friert vor der Feuerstelle.

12

Wie wäre es gewesen, hätte Hildegard in ihrem letzten Sommer in Bermersheim gewusst, dass sie nie mehr so daliegen würde, wie sie es damals tat – auf dem Rücken im hohen Gras, weit weg von allen anderen? In Stille liegen, in den Lauten, im Duft, im Sommer. Hätte sie es gewusst, hätte sie dann anders über die Zukunft gedacht? Hätte sie sich an Hildeberts Bein geklammert, als der Wagen auf dem Hofplatz in Bermersheim vorgefahren wurde? Hätte sie den ganzen Weg nach Sponheim über geweint, hätte sie Jutta von sich gestoßen?

Sie erinnert sich an das Gefühl des feuchten Atems der Erde am Rücken, den Duft des Grases als einen singenden Ton, beharrlicher als die vibrierenden Grashüpfer. Der Duft des Grases ist am Disibodenberg, in Sponheim, in Bermersheim, in der ganzen Welt der gleiche. Die Luft ist ein Pinsel, der ihn in breiten, saftigen Strichen aus der Erde zieht. Der Grasduft saugt andere Düfte an sich: Kamille, Kerbel, Erde, stille Wasser. Es ist ein fetter Strick, der sich aufwärtswindet, eine grüne Spirale, die zum Himmel steigt, sich mit dem klaren blauen Himmel vermischt, kreideweiße Wolken, die von Westen hereinziehen, eine Heugabel, die die Grastöne in geheime Muster zerreißt.

Hildegard ist ein Katalog aus singenden Düften und Tönen aller Couleur. Sie konzentriert sich darauf, einen Ton vom anderen zu unterscheiden, und sieht Laute als Farben. Sie lauscht dem Gesang der Mönche mit geschlossenen Augen. Im Laufe eines Tages singen sie siebenmal für Gott, weiche Töne steigen und fallen im gleichen Takt. Sie singen, um sich Gott zu nähern, sagt Jutta, aber obwohl es schön ist, kann Hildegard nicht das Licht in ihrem Gesang hören. Es ist ein heiliger Gesang, der wie ein Schlaflied klingt, schön und einschläfernd. Sie kann die Farben des Gesangs sehen, wenn sie die Augen schließt, aber es fehlen so viele Nuancen. Die Farben des Winters beherrschen die Brüder bis zur Perfektion: das Eisblau des Himmels, das graugrüne Winterfell des Dammwilds, eine Krempe aus Gold über kohlschwarzen Tannen. Die Farben des Herbstes treffen sie punktuell, ebenso das trockene, gelbe Gras des Spätsommers, aber die saftig pralle grüne Kraft des Frühjahrs kann sie in ihrem Gesang nicht spüren. Einmal versucht sie, es Jutta zu erklären. Sie singen jede Woche alle Psalmen durch, sagt Jutta nur, und Hildegard sagt nichts mehr.

Hildegard lauscht mit geschlossenen Augen. Uda kann nie Ruhe halten, ihr Hantieren, ihre raschelnden Röcke, ihr trockenes Husten vermischen sich mit dem Gesang. Udas Geräusche gehören in die gleiche Farbskala wie der Lobgesang der Mönche, und es sind jedes Mal die gleichen Bilder, die Hildegard vor sich sieht: flache, breite Treppenstufen, von Schritten weich geschliffen. Auf dem Weg nach oben oder unten überspringt der Gesang ab und zu ein paar Stufen, hat aber dennoch alle Stufen betreten, wenn der Psalm zu Ende ist. Wer hat die Melodien gemacht, fragt Hildegard, aber Jutta weiß es nicht und bedeutet ihr, still zu sein. Hildegard schämt sich des Trotzes, der sie durchdringt, wenn Jutta auf ihre Fragen nicht antworten kann. Hochmut ist eine Sünde, und ihr Beichtvater erlegt ihr dreitägiges Schweigen als Buße auf.

In den stummen Bußtagen unterbricht Jutta ihre Unterweisung, und Hildegard muss sich damit begnügen, Uda hinterherzulaufen. Die eintönigen Farben des Mönchgesangs nehmen weiterhin ihre Gedanken ein. Nicht, dass sie den Klang ihres Gesangs nicht mag. Es ist mehr ein Drang, sich quer durch die Laute zu werfen, sie mit ihren eigenen Händen anzuschieben, um sie dazu zu bringen, sich wild und üppig zum Himmel hinaufzuschlängeln. Sie sammelt Laute: Hammer und Meißel des Steinmetz', Schritte, die über den Steinboden der Kirche poltern, das Schaben des Feuerhakens in der Glut. Es ist Winter, und sie sehnt sich nach dem Gesang der Vögel und dem Rauschen des Flusses. Der Hahn kräht jeden Morgen, und der Laut löst sich in der Morgenkälte auf wie Blut in Wasser. Jutta wollte es nicht verstehen, obwohl Hildegard versuchte, es ihr zu erklären. Die Sehnsucht nach dem Licht im Gesang versteht Hildegard nicht einmal selbst. Aber sie spürt sie im Körper, da ist eine dünne Kruste aus Eis unter der Haut, eine Wand zwischen ihr und der Welt. Sie ist jetzt ein großes Mädchen, aber nach der Mahlzeit lehnt sie sich bei Uda an, die den Arm um ihre Schulter legt und sie kurz an sich drückt, bevor sie sie von sich schiebt. Die Eiskruste schmilzt nicht, es tut weh, so zu frieren.

Sie lauscht die ganze Zeit. Nachts ruft sie nach der heiligen Ursula und ihren elftausend Jungfrauen und allen anderen Heiligen, mit denen sie als kleines Kind sprach. Aber es kommt niemand. Ab und zu gaukelt Benediktas bleiches Gesicht durch die Dunkelheit, doch es ist kein Trost. Die Stimme flüstert, ›Das Lebende Licht‹ ist schwach. Die Eiskruste zerbricht in kleine Stücke und friert hastig wieder zu.

Erst in dem Sommer, in dem Hildegard dreizehn wird, erreicht das von Jutta georderte Psalterium endlich das Kloster. Uda bringt es herein und überreicht es Hildegard. Jutta schlägt die Läden zurück und legt die Stirn an das Gitter, um besser sehen zu können. Hildegards Hände flattern, als sie das Instrument aus dem Tuch packt, und Uda lacht wegen der aufgeregten roten Flecken, die sich ihren Hals entlang und in ihrem Gesicht ausbreiten.

Hildegard wird nicht müde, die Finger über das helle, polierte Birkenholz und die zehn gespannten Saiten laufen zu lassen. Jutta muss sie durch das Gitterfenster hindurch instruieren. *Setz die Finger dort an, halt es so, nein, aufrechter.* Hildegard kann nicht warten, auch nicht, wenn die Fingerspitzen abgewetzt sind. Das Psalterium zieht sie an, sie hält es nicht aus, wenn sie nicht spielen kann. Zuerst ist der Laut hässlich und schrill, eine Krähe, die gerne die Stimme einer Nachtigall hätte. Jutta wiederholt ihre Instruktionen, und Hildegard weint, als die Finger nicht so wie die Ohren wollen, dumme Krähenklauen, eine unerträgliche Wärme hinter der Stirn, und dann geschieht das Wunder: Gras, sagt sie, Sommergras, das so rank und so scharf steht, dass es wie ein Messer durch die Haut gehen kann. Es ist Sommergras und Blut.

Hinter dem Gitter legt Jutta den Kopf schräg.

Hildegard entlockt den zehn Saiten ihre Gedanken, zieht Bruchstücke von Erinnerungen durch die Ausschnitte. Jutta wabert wie Nebel durch das Gitterfenster, erfüllt den ganzen Raum. Uda ist nur ein Insekt, das in einer Ritze verschwindet.

»Die Wiesen des Paradieses«, flüstert Jutta. »Davids Psalmen«, fügt sie hinzu, mitten in einem Satz, der verschwindet, so wie Erde Regenwasser an sich zieht und weiche, feuchte Schatten zurücklässt. Das Gewicht der verunstalteten Jutta ist mehr, als die Zellenwand ertragen kann, mehr als der Schädel ertragen kann, und alles löst sich auf und zersplittert wie Donner.

Hildegard kann dem Psalterium die ganze Wiese bei Bermersheim entlocken, vielleicht alle Wiesen, die es auf der Welt gibt, wenn Jutta sie nur sechs Tage in der Woche üben lassen würde. Jutta hört sich ihre Bettelei an und schweigt lange.

»Drei Tage in der Woche«, sagt sie schließlich.

Hildegard brennt vor Enttäuschung, starrt auf das Instrument, starrt die Tränen aus den Augen, während sie das Instrument behutsam in das Tuch einschlägt und wegstellt. Sie wird so tun, als sei nichts. Jutta bestraft Ungehorsam. Mit Hildegards Begeisterung für das Psalterium hat Jutta ein neues Mittel bekommen, sie zu züchtigen, und die Musik weggenommen zu bekommen ist schlimmer, als seine eigene, aufrührerische Wut in sich hineinfressen zu müssen.

Nacht wird zu Nacht und wieder zu Nacht. Da sind keine Tage dazwischen, kein Morgenlicht, das die Wände rosa färbt, keine Schatten, die Kreuze auf den Boden werfen. Jutta näht. Meistens betet sie, aber zwischendurch näht sie, stickt unsichtbare Löcher in den Stoff, schafft Platz für den Faden, auf und ab in einer Unendlichkeit. Hildegard kann ihr Gesicht nicht sehen, nur die Konturen ihrer krumm gebeugten Gestalt erahnen, verwischt und doch da. *Es ist Juttas Seele, die ich sehen kann,* denkt sie, bevor auch dieser Gedanke von Juttas Nadel aufgespießt, abwärts durch den Stoff und auf der anderen Seite wieder hinaufgezogen wird, in einem wirren und Schwindel erregenden Tanz.

Hildegard hat so feine Hände. *So kraftvolle Hände, so weiche und feine und weiße, wie geschaffen für... wie geschaffen... wie.* Uda und Jutta sprechen leise miteinander, während Hildegard wieder im Fieber liegt. Sie schläft nicht, denn da ist eine Bewegung im Raum, die ihre Stirn mit Rot und Gold und Schwarz streicht. Die Stimmen gehen durch das Ohr und die Stirn, die eine wird die andere, ich werde du, ich, du, die andere, die kleine Hildegard in einem einzigen unendlichen Strom, als habe der Fluss sie genommen, der Fluss zur Frühjahrszeit, eiskalt und schäumend, als habe er Hildegard genommen und mit seiner Kälte gelähmt, sie mit Blindheit geschlagen und verstört. Sie kann hören, dass da einer ist, der gedämpft lacht, und weiß nicht, ob sie selbst es ist.

Das Psalterium steht in der Nähe der Feuerstelle, eingepackt in Tuch, aber dennoch tanzt es unter der Decke von Hildegards Kammer. Uda und Jutta sind stumm, sie lauschen auf das plötzliche Lachen der kranken Hildegard. Hildegard hat ein Ei zwischen den Augen. Sie muss sich konzentrieren, damit es nicht auf den Boden kullert. Widerliche, eiskalte schwarze Flammen lecken an der Unterseite der Eierschale, die in himmlisches Feuer ausbricht. Das Licht ist wieder lebend, es ist die Stimme, die zurückkehrt.

»Höre des Herrn Rede. Süßere Musik wirst du niemals hören«, sagt sie.

Hildegard kann sich nicht bewegen, alle Kraft des Körpers sammelt sich in der Stirn. Ihre Augen sind offen, sie schläft nicht. Sie sieht den Himmelsraum. Es ist die Art, auf die alles zusammenhängt. Es ist die von Feuer erfüllte Kraft, es ist Gottes Liebe, der Fluss, der wieder ruhig ist, der Hildegard an ein grasbewachsenes Ufer spuckt, die Wolken spiegelt, ihr Gesicht spiegelt, die Pupille spiegelt, den Lichtblitz in der Pupille, tiefer und tiefer hinein in den Strom, der durch die Unendlichkeit der Seele direkt hinauf in den Himmelsraum fließt. Wie das Herz im Körper verborgen ist, ist der Körper in der Seele verborgen, und die Seele trifft auf die Luft, die auf den Himmel trifft, der sich bis zum äußersten Rand der Welt erstreckt.

Das Ei wächst, es spitzt sich nach oben hin zu, die Schale wird zu Feuer, das so stark leuchtet, dass sie die Augen zusammenkneifen muss. Sie streckt die Hand aus, eine klare Sonne scheint mild und warm, färbt ihren Handrücken und die Nägel rot. Das schwarze Feuer, das zuvor an der Unterseite des Eis leckte, glimmt nun matt unter den klaren, guten Flammen. Sie zieht die Hand zurück, ein Unwetter braut sich zusammen, Sturm und Hagelschauer. Es ist das Feuer des gefallenen Engels, das Element des Satans.

Sie muss im Warmen Zuflucht suchen, geradewegs durch das Feuer sehen, sehen, wie die Erdscheibe inmitten des Eis Form annimmt: Erde, Feuer, Wasser, Luft, die Behausungen der Menschen, die vom Wind und von Kräften zusammengehalten werden, die das Auge nicht sehen kann.

»Ihr Unglücklichen«, sagt die Stimme, »wer hat die Sterne erschaffen? Manchmal geben sie nach meinem Willen den Menschen Zeichen, was geschehen wird, so wie mein Sohn im Evangelium sagt: ›Und es werden Zeichen geschehen an Sonne und Mond und Sternen, und auf Erden wird den Völkern bange sein, und sie werden verzagen vor dem Brausen und Wogen des Meeres.‹«

Obwohl Hildegard weiter starrt, wird das Licht schwächer und schwächer, bis es ganz verschwindet. Sie hat genau die gleiche Schau schon zuvor gehabt, hat das Ei gesehen und die Flammen, hat den gleichen Satz gehört, aber in dem Moment, in dem sie ihre Sinne dafür öffnet, mehr zu hören, verschwindet alles.

»Meinst du nicht, ich sei bereit?«, fragt sie weinerlich. »Warum lässt du mich einen Augenblick des Lichts sehen, um mich dann mit Schweigen zu strafen? Welcher Sünde habe ich mich schuldig gemacht?«

Es ist wie ein Geist, der überall eindringt. Hildegard zerspringt beinahe vor Schuld, Jutta legt Nadel und Stoff beiseite.

»Hildegard?«

Hildegard nickt, antwortet aber nicht. Sie schließt ihre Augen, und es ist, als stünde Jutta direkt neben ihr. Als lege jemand die Hand an ihre Wange und streiche ihr übers Haar, als sei sie ein kleines Mädchen auf Hildeberts Hof.

»Hildegard? Zu wem sprichst du?«

Hildegard formt die Lippen. Zu niemandem, will sie sagen, aber es kommt kein Laut. Sie legt die Hand auf ihre Brust und spürt den Rhythmus ihres Herzschlags in den Fingerspitzen. Die Tür zur Zelle geht auf, es ist Uda, die mit Kräutern aus dem Infirmarium zurückkommt. Jutta klingt aufgeregt, aber Hildegard kann nicht hören, was sie sagt. Uda kniet neben dem Bett, es ist schwer, die Augen offen zu halten. Die Hand der Alten auf der Stirn ist ein Segen, Hildegard erzittert unter der sanften Berührung.

»Das Fieber ist fort«, flüstert Uda. »Noch vor einem Augenblick war sie so heiß, aber nun ist das Fieber tatsächlich fort.«

13
Das Jahr 1111

Hildegards mädchenhafter Körper beginnt sich zu verändern. Inzwischen ist sie dreizehn Jahre alt geworden, Uda hat darauf gewartet, aber nicht mit Jutta darüber gesprochen. Sie nimmt Hildegard mit in die Badestube, um zu sehen, wie weit sie in ihrer Entwicklung ist. Hildegard, die vor einem halben Jahr noch einem Jungen ähnelte, hat rundere Hüften und knospende Brüste bekommen. Noch sind sie nicht größer als Pflaumen, aber dem Mädchen muss erklärt werden, was sie erwartet. Uda wagt nicht, ohne Juttas Erlaubnis etwas zu sagen, und bedeutet dem Mädchen, sie solle im Innengarten warten, als sie zur Klause zurückkommen. Sie weist sie an, ihren Schleier abzunehmen, damit die Sonne ihr Haar trocknen kann.

Das Mädchen muss Bescheid wissen, räumt Jutta ein, sie wird sich dessen selbst annehmen. Schwieriger ist es mit den Brüdern. Werden sie akzeptieren, dass eine junge Frau unter ihnen umhergeht? Und wie denkt Jutta selbst darüber? Der knochige Zeigefinger folgt zuerst einem senkrechten, dann einem waagerechten Stab in dem Gitterfenster. Jutta nickt, ohne etwas zu sagen, als sei es eine Antwort. Dann schließt sie die Läden und lässt Uda genauso unaufgeklärt zurück, wie sie gekommen ist.

Hildegard sitzt auf der Bank an der Südmauer im Innengarten und sieht so aus, als bemerke sie gar nicht, dass Uda zurück ist. Sie lächelt ihr seltsames, fernes Lächeln. Dann breitet sie die Arme aus und lacht.

»Sieh, die Welt, Uda! Sieh, womit Gott uns erfreut.«

Es duftet nach Blumen und Staub. Uda nimmt den Kamm und gibt Hildegard ein Zeichen, sie möge sich halb umdrehen, damit sie ihr die Haare kämmen kann. Als Uda fertig ist, befreit sich Hildegard von ihren Händen, streicht ihr Haar nach vorn über die Schultern, sodass sie es in der Sonne glänzen sehen kann.

»Sieh, mein Haar«, flüstert sie und steht auf. Uda nickt. Als Hildegard nach Disibodenberg kam, war sie strubbelig wie ein junger Vogel, jetzt ist das Haar eher braun als rot, und in der Sonne hat es die Farbe von Kupfer.

»Eitelkeit«, sagt Uda warnend und gibt ihr ein Zeichen, sie solle sich wieder setzen.

»Nein«, sagt Hildegard und tritt einen Schritt zurück.

»Nein?«

»Es ist keine Eitelkeit, Gottes Schöpfungswerk zu bewundern«, antwortet Hildegard ernst und setzt sich hin.

Uda weiß nicht, was sie dazu sagen soll. Vielleicht hat sie recht, obwohl Jutta meint, dass alles, was schön ist und der Welt angehört, Verlockung des Teufels ist. Uda flicht Hildegards Haar und steckt es im Nacken zusammen, bevor sie den weißen Unterschleier stramm um ihren Kopf zieht. Sie sollte Jutta erzählen, was das Kind sagt, aber etwas hält sie zurück.

Uda wartet darauf, dass Jutta Hildegard die Mysterien des weiblichen Körpers erklärt, so wie sie es ihr zugesagt hat, aber Jutta ist stumm. Uda hat keine Ahnung, ob es ein Wunder Gottes oder eine Krankheit ist, dass Jutta selbst nicht blutet. Mehrere Male schon wollte sie es dem Infirmarius sagen, aber sie wagt es nicht.

Allmählich kann Hildegard alles lesen, was Jutta auf die Wachstafel schreibt. Sie kann die Psalmen im Schlaf, und sie singt so schön, wenn sie dazu auf dem Psalterium spielt. Zahlen und Kopfrechnen bereiten ihre keine Schwierigkeiten, und auch wenn es mit dem Schreibenlernen nur langsam geht, geht es doch voran. All die Lehre kann Hildegards Wissbegierde nicht dämpfen. Jutta muss die Unterweisung mehrere Male abbrechen, weil sie ständig Fragen stellt. Ein paar Mal ist es, als stelle sie nur Fragen, um zu fragen: unendliche Ketten von Fragen, wobei sich die eine an der anderen festhakt. Es ist ein bodenloser Brunnen, und Jutta gefällt das nicht.

»Du bist trotzig und ungehorsam«, warnt sie Hildegard, die mit einem aufrichtig verblüfften Gesichtausdruck antwortet. »Nicht alles kann man erklären oder sich durch Denken erschließen. Das ist nicht der Sinn, Hildegard.«

»Der Sinn?«

»Jetzt fängst du wieder an.«

»Ja aber, ich wollte nur ...«

»Hörst du überhaupt nicht, was ich sage?«

Uda weiß nicht, was sie denken soll. Sie versteht nicht, warum Hildegard wissen will, wie die Sonne die Farbe wechseln kann und was dem Himmel so viele verschiedene Nuancen verleiht. Das ist kein nützliches Wissen wie das der Brüder über Weinanbau oder Juttas Kenntnis der heiligen Schriften. Wenn Hildegard singt, strahlt sie eine so reine Freude aus, dass man davon angesteckt wird. Sobald sie das Instrument weglegt, fragt sie, warum die Brüder auf die eine statt auf eine andere Weise singen. Man sollte meinen, sie habe genug, worum sie sich zu kümmern hat. Es gibt keine Stunden des Müßiggangs, jeder

Augenblick ist mit Verrichtungen ausgefüllt. Jedes Mal, wenn Jutta Hildegard zurechtweist, bereut sie. Oftmals bricht sie weinend zusammen und ist nur schwer zu trösten. Sie ist von Schuld und Gedanken daran geplagt, dass sie ein sündiger und unwürdiger Mensch ist. Das hören Jutta und Uda, wenn sie sich ihrem Beichtvater anvertraut, aber er bestraft sie selten besonders hart. Jutta erlegt ihr jedes Mal Buße auf, wenn sie etwas sagt, das darauf hindeutet, dass sie Gottes Autorität in Zweifel zieht.

Für ihre Fragen, wie viele Fische es auf der Welt gibt und warum Gott sich nicht damit begnügt hat, eine Handvoll Arten zu schaffen, darf sie einen Tag und eine Nacht lang nicht reden. Für die Frage, was auf der anderen Seite des Himmelsgewölbes ist und ob die Sterne von jedem gedeutet werden können, kassiert Jutta Hildegards Mahlzeit. Hildegard wächst schnell und ist immer hungrig, und Uda kann es kaum aushalten, vor ihr am Tisch zu sitzen und zu essen. Als sie aber absichtlich einen ansehnlichen Brotklumpen liegen lässt, während sie die Schüsseln zurück ins Küchenhaus trägt, rührt das Mädchen ihn nicht an. Am Abend weint sie in ihrem Bett, und Uda erbarmt sich und schleicht zu ihr hin. Hildegard klammert sich an ihre Hand, sie ist ein kleines Mädchen in einem Körper, der dabei ist, sie zu verraten.

»Ich bin ein entsetzlich sündiger Mensch«, flüstert sie, und Uda weiß nicht, was sie antworten soll.

»Wir sind alle Sünder«, sagt sie nur.

»Mit mir steht es schlimmer«, sagt Hildegard, »ich kann mich nicht beherrschen, ich frage und frage, und selbst wenn ich stillschweige, zerspringt mein Kopf beinahe von all den Fragen. Ich weiß meine Gefühle nicht zu mäßigen. Ich kann in ein Gebet vertieft sein und verspüre plötzlich ein Verlangen, zu lachen oder zu weinen...« Sie drückt das Gesicht in Udas Ärmel. »Ich kenne mich selbst nicht länger, es ist, als könne ich meine Seele nicht finden, als ob sie in einem Wald aus Gedanken herumflattert, Gedanken, törichte, sündige Gedanken.« Sie setzt sich auf, presst die Hände auf ihre Augen und weint.

Jutta schlägt die Läden auf. Uda muss sich von Hildegards Griff losreißen. Jutta ermahnt sie streng: Sie hat keinen Zutritt zu Hildegards privater Kammer, nur wenn das Mädchen krank ist oder Pflege braucht. Hildegard weint hemmungslos, und Uda breitet die Arme aus – Jutta kann selbst hören, dass das Kind leidet.

»Es sind Versuchungen, deren wir uns alle erwehren müssen, dabei kann nur der Herr helfen«, antwortet sie und hebt die Stimme, um sicher zu sein, dass Hildegard sie hört.

Hildegard springt aus dem Bett, eilt auf ihren nackten Füßen zum Gitterfenster, wild und zerzaust steht sie da.

»Ich bin ein unwürdiger Mensch«, ruft sie, »ich halte es nicht aus, Jutta, ganz gleich, was ich tue, ist es doch verkehrt.«

Jutta hebt die Hand, um das Kind zum Schweigen zu bringen, aber Hildegard setzt ihre hysterische Klage fort. Schließlich muss Uda ihr hart ins Gesicht schlagen. Hildegard fasst sich an die Wange und starrt stumm ihr Kindermädchen an. Sie scheint zur Vernunft gekommen zu sein, obwohl sie gefährlich aussieht mit ihren roten Augen und dem tränenbedeckten Kleid. Dann wendet sie sich wieder Jutta zu, wippt von einem Fuß auf den anderen, als beschäftige sie etwas.

»Wenn es nicht Gott ist, der mir all diese Fragen in den Kopf setzt, wie soll ich dann wissen, dass es Gott ist, der in dem Licht zu mir spricht?«, fragt sie mit einer Stimme, die beinahe verschwindet.

Jutta zieht sich vom Fenster zurück. Ihre Augen sind violette

Schatten, ein unruhiger Schein zieht sich über ihren Mund. Uda gefällt die Stille nicht. Jutta sollte Hildegard lieber für ihre Aufsässigkeit bestrafen, sie ins Bett schicken, sie einschließen und zehn Tage lang fasten lassen. Die Stille ist nicht zu ertragen. Aber Hildegard kommt in der Stille zur Ruhe. Jutta rührt sich nicht, und die Angst zieht sich um Udas Hals zusammen.

»Deine Gabe ist von Gott«, bricht Jutta das Schweigen. Uda seufzt vor Erleichterung. »Er hat auf dich gezeigt und dich für würdig befunden. Er hat dich Krankheit überleben lassen, von der niemand glaubte, du würdest sie überstehen, aber mit der Gabe der Seherin geht nicht notwendigerweise einher, dass man ein frommerer Mensch ist oder mehr Liebe in sich trägt. Du musst mehr Kräfte aufwenden, um deinen Sinn zu reinigen und zu bessern, als andere Menschen, Hildegard. Du musst deine Seele erforschen und das, was du in den entlegensten Gegenden findest, in Übereinstimmung mit Gottes Geboten gebrauchen. Aber zuallererst musst du gehorsam sein und dich daran erinnern, dass du dem Herrn mit deinem Schweigen dienst.«

Hildegard nickt. »Danke, Jutta«, flüstert sie, »tausend, tausend Dank.«

Hildegard wird zu Udas Erstaunen für die nächtliche Unruhe nicht bestraft. Am nächsten Tag ruft Jutta sie zu sich, und sie flüstern lange miteinander. Danach instruiert sie Uda: Das Kind muss mehr Lehre erhalten als die, die Jutta selbst ihr angedeihen lassen kann. Zuallererst soll sie im Infirmarium in Krankenpflege und Medizinherstellung unterwiesen werden, wo sie sehen wird, wie Gott seine Kinder mit Krankheit straft und ihnen zur gleichen Zeit die Gnade der Heilung zuteilwerden lässt. Danach soll Abt Kuno einen passenden Lehrer finden, der Hildegards Unterweisung übernehmen und ihr die geistliche Wegweisung geben kann, die sie braucht. Sie erlegt Uda zum zehntausendsten Mal Schweigen über die Gabe des Kindes auf, und Uda nickt gehorsam, obwohl sie im Stillen über die ewige Wiederholung verärgert ist. Zu wem sollte sie etwas sagen? Und wer würde einer alten Frau wie ihr zuhören?

Erst einmal ist Uda verblüfft. Ginge es nach ihr, so sollte das Kind nicht noch mehr lernen. Wie es aussieht, hat all die Lehre nichts Gutes mit sich geführt. Es ist, als ob Jutta ihre Gedanken lesen könne. Auch die Schärfe des Verstands und die Fragelust sind Gaben von Gott, erinnert sie Uda, und dann ist nichts mehr hinzuzufügen.

14

Der Körper hat seine eigene Uhr, und Hildegard wacht von selbst auf, bevor die Glocke zur Matutin läutet. Träume kommen in Schwärmen – nach Wochen ruhigen und erschöpften Schlafs landen sie wie Scharen lärmender Dohlen.

Wenn Hildegard überhaupt zu hoffen wagte, Christus würde sich ihr in einem Traum zeigen, hätte sie erwartet, dass er sich in einer Tracht aus Purpur, Saphiren und Gold zeigt. Sie stellte sich vor, dass das Licht um sein Haar genauso stark leuchten würde wie ›Das Lebende Licht‹, tausendmal stärker als die Sonne. Aber am Tag des Cordius' im März, in den Stunden vor der Matutin, kommt er zu ihr. Seine Krone ist aus Blut und Stein, er sagt: »Steh auf, Geliebte, komm mit, Freundin.« Seine Hände sind aus Fleisch und Blut, sie streicheln ihre Wangen und ihren Hals, sie ruhen auf ihrem Gesicht. Im Traum brennt sie vor Verlangen, seinen Mund auf ihren Lippen zu spüren, aber sie wagt nicht, sich zu bewegen, aus Angst, er würde verschwinden. Er streichelt ihre Brust, legt die Handfläche auf ihr Herz, sagt: »Nun ist der Winter vorbei, es ist die Zeit des Gesangs, die Obstbäume schwellen und die Erde ist schwer von Nässe.«

Er führt sie zu Hildeberts Hof, es ist eine unbekannte Stille in dem grauen Licht. Sie stehen so dicht beieinander, dass sie die Wärme seines Körpers spüren kann. Er breitet sein Hände aus, so, wie er am Kreuz hing. Quer durch seinen Körper wächst ein Apfelbaum mit grünen Früchten. Hildegard empfängt einen Apfel aus seiner Hand und beißt hinein, er schmeckt süß wie Honig. Eine starke Wärme strömt vom Gehirn zum Schoß, lustvolle Soge, schwindelnde Höhe. Da laufen Füchse zwischen seinen Beinen hin und her, wie folgsame Hunde. Sie beißen unreife Früchte von dem Apfelbaum, sie scharren mit ihren scharfen Klauen in der Erde und lassen ihn ihre Rücken und Köpfe streicheln. Er führt sie zum Brunnen, die Kälte und der Geruch der Tiefe schlagen ihr ins Gesicht. Er drückt sich gegen ihren Rücken und beugt sich zusammen mit ihr vor, aber dennoch ist es nur ihr eigenes Gesicht, das sich im schwarzen Mund des Brunnens spiegelt. Sie will ihr Kopftuch wegreißen, elend vor unerfüllter Liebe. Er hält sie zurück. Aus seinen Händen läuft wohlriechendes Blut über ihr Hemd, es durchdringt den Stoff, ist warm und klebrig an ihren Schenkeln. Hinter dem Steinwall kommt Hildebert auf einem Pferderücken zum Vorschein. Sein Pferd ist sehr klein, er verschwindet in einem Fuchsbau. Ein kalter Wind geht durch ihr Kleid, rüttelt an Christi kreideweißem Gewand. Er kniet vor Hildegard und wäscht Blut von ihren Füßen. Sie schämt sich. Doch er lacht, als er sich erhebt und direkt vor ihr steht. Wieder legt er seine Hände um ihr Gesicht und küsst ihre Lippen.

»Hildegard«, flüstert er, »dein Name ist Friede, du sollst mich auch weiterhin rufen, wenn ich fort bin.«

Ein süßer, dunkler Wein strömt von seinem Mund zu ihrem, über Zähne und Lippen. Er hält sie fest, seine Finger umschließen ihr Handgelenk. Eine Ranke ohne Dornen sprießt in ihrem Schoß.

Als sie aufwacht, fühlt sie eine angenehme Schwere in ihrem Schoß. In der Dunkelheit tanzen feine, brennende Fäden. Immer wieder laufen flatternde Blitze des Traums wie Stöße durch ihren Körper. Sie kämpft nicht dagegen an, versucht aber, die Bilder vorübergleiten zu lassen, ohne sich bei ihnen aufzuhalten. Es ist das geheime Leben des Körpers, das hat nichts mit ihr zu tun, es ist regelrecht wie bei einem Huhn, das noch mit den Flügeln schlägt, nachdem man ihm bereits den Kopf abgeschlagen hat. Sie dreht und wendet das Gefühl, neugierig und forschend: So hat Gott die Frau angelegt. So will der Herr dafür sorgen, dass sich die Frau ihrem Ehemann mit Lust hingeben und seinen Samen in ihren Vertiefungen wachsen lassen soll, so sorgt der Herr dafür, dass Leben entsteht. Als sie ein kleines Mädchen war, erzählte Mechthild ihr alles, was sie über die Mysterien der Fortpflanzung wusste, während sie einer Kuh beim Kalben halfen. Sie erklärte, alle lebenden Wesen besäßen Kräfte, die sie zueinander zögen, um zur Freude Gottes Nachkommen hervorzubringen, Kräfte, die einen Menschen dazu bringen, nach einem anderen zu greifen. Hildegard verstand es nicht, erinnerte sich aber dennoch.

Als sie mit Jutta darüber spricht, wird sofort der Beichtvater herbeigerufen. Die Versuchungen des Fleisches, sagt Jutta ernst. Hildegard schämt sich nicht. Der Körper ist stark, aber der Glaube wird einen soliden Kanal bauen, der das Verlangen auf Gott lenken wird. Das erklärt sie Jutta, aber die hört überhaupt nicht hin. Der euphorische Rausch der Nacht, der ihren Körper mit Wohlbehagen füllte, wurde zur Wärme in den Lenden, wurde verwandelt in einen Strudel, der durch den Schädel läuft, der harte Knall von Juttas Läden, die geschlossen werden, ein plötzlicher Schmerz unter dem Nabel. Sie denkt, dass die Neugierde vielleicht doch Blendwerk des Teufels war, aber in dem Traum war Christus so sanft, wie es nur Gottes Sohn sein kann. Sie würde Jutta gerne frage, ob der Teufel die Liebe Gottes nachbilden kann, denn in dem Traum brannte sie stärker als ihr eigenes Geschlecht. Aber Jutta bleibt in ihrer Zelle, sie versteckt sich in der Dunkelheit und steht mit den Füßen in eiskaltem Wasser, bis sie sie nicht länger spüren kann.

Hildegard will sich nicht schämen. Sie lauscht auf Antworten in ihrem Gebet. Aber der Schuld kann kein Mensch entgehen, sie läuft so stark durch Hildegards Adern, dass sie aus ihrer geheimen Stelle rinnt, und sie wacht mit von Blut klebrigen Schenkeln auf. Ein neuer und unerwarteter Schmerz, eine schwere Kugel, die im Becken vor- und zurückrollt, Gottes Faust und Strafe. Hildegard will sich verstecken, will so tun, als sei nichts, aber das Laken und das Stroh entlarven sie. Sie beugt ihren Kopf und wartet auf Udas Entsetzen, auf Juttas Strafe. Aber Uda nickt nur, als habe sie erwartet, dass es passieren würde. Sie nickt und spricht einfühlsam mit Hildegard, als sei es ein Geheimnis, das sie teilen, als ob Hildegard schon wisse, warum sie so bestraft werden muss.

Erst als Uda alle Brüder aus der Badestube gejagt und ein Alterchen vor die Tür gesetzt hat, um sie von draußen zu bewachen, versteht die Alte es: Jutta hat es dem Mädchen gar nicht erklärt, so wie sie es zugesagt hatte.

Uda schrubbt Hildegards Rücken, bis es brennt, schrubbt ihre Arme, bis die Haut beinahe in Fetzen hängt. Latein und Psalmen und Bibelverse kann Jutta sie lehren, aber über den Körper, an den ihre Seele in dieser Welt gekettet ist, will sie offenbar nicht reden. Uda schrubbt und schnaubt und tobt, bis Hildegard erschrocken von ihr wegrückt, und sie will es wiedergutmachen, indem sie sanft zu ihr spricht, es ihr so gut erklärt, wie sie es selbst verstanden hat, ihre Arme und ihren Rücken mit Lavendelöl und Fett einreibt. Hildegard nimmt ihre Erklärung schweigend entgegen. Ausnahmsweise unterbricht sie sie nicht mit Fragen. Erst als sie zurück in der Klause sind und Hildegard das Leinen ausbessert, während Jutta sich hinter ihren Läden versteckt, wagt sie es, über das schändliche Blut zu sprechen.

»Es ist also eine Reinigung?« Uda nickt, ohne von ihrer Handarbeit aufzusehen.

»Deshalb ist das Blut unrein? Und so giftig, dass es den Wein sauer und Hunde wahnsinnig machen kann?« Uda nickt wieder. Sie wagt nicht, zu viel über die magischen Kräfte des Blutes zu sprechen, das würde Jutta nicht gefallen.

»Und es soll zeigen, dass die Frau fruchtbar ist und unter Schmerz gebären muss, weil Eva Adam verlockte und sie aus dem Garten des Paradieses vertrieben wurden?« Uda deutet nickend auf Hildegards Handarbeit, und das Mädchen senkt den Blick und nimmt ihre Arbeit wieder auf. Sie schweigt lange, aber dann kann sie sich wieder nicht beherrschen.

»Warum hat Jutta mir nicht davon erzählt?«, flüstert sie so leise, dass es fast nicht zu hören ist. »Warum beschützt der Juwel der Jungfräulichkeit mich nicht? Glaubt Gott nicht daran, dass ich nur seine Braut sein will und überhaupt nicht fruchtbar zu sein brauche?«

15
Das Jahr 1113

Hildegard besteht darauf, die Klostergelübde abzulegen, bevor sie ihre Lehrzeit im Infirmarium beginnen soll. Jutta hatte gemeint, das könne warten bis nach Weihnachten, aber sie fügt sich. Hildegard hat recht. Es wäre eine Zumutung, die Brüder zu bitten, eine junge Frau zu unterweisen, die sich noch nicht vollkommen Gott ergeben hat. An ihrem Tauftag, dem Tag der bußfertigen Maria im Juli, kurz nach ihrem fünfzehnten Geburtstag, liegt Hildegard wieder auf dem Boden der Kirche am Disibodenberg. Sie weint vor Freude und Erleichterung, als sie den Schleier bekommt. Ihre Eltern sind gekommen, um bei der Zeremonie dabei zu sein. Sie haben sich verändert im Laufe der Jahre, die vergangen sind, seit sie sie das letzte Mal gesehen hat. Sie sind Fremde, die nur eine schwache Ähnlichkeit mit den Menschen haben, die sie in den ersten acht Jahren ihres Lebens großgezogen haben. Sie ist ihrer Mutter über den Kopf gewachsen und kann kaum glauben, dass die kleine alte Frau wirklich Mechthild ist. Auch Hildebert ist geschrumpft, seine Haut ist gelb, das macht Hildegard Kummer. Es ist ein ängstlicher Kummer, der aus einer anderen Zeit stammt. Ein Kummer, der wie ein Pfeil durchs Fleisch geht, an brennende Erinnerungen über all den Verlust rührt, den sie erleiden musste, als sie sie fortgeschickt haben.

Am Abend sitzt Mechthild in der leeren Kirche vor dem Fenster ihrer Tochter. An diesem Tag denkt niemand daran, ihre gemeinsame Zeit zu begrenzen, und Hildegard streckt die Hände hinaus zu ihrer Mutter. Mechthild folgt den Adern auf den feinen Händen ihrer Tochter mit ihren alten Fingern.

»Dein Vater ist krank«, erzählt sie, aber das hatte Hildegard schon gesehen. Es war sehr ernst im Frühjahr, aber jetzt sah es so aus, als erhole er sich. Hildegard muss versprechen, für Clementia zu beten. Noch ein Kind ist tot geboren worden, es war das fünfte. Mechthild fürchtet, dass Gerbert die Ehe bald annullieren lassen wird, wenn das Kind, das sie trägt, nicht überlebt. Roricus ist nicht länger im Kloster im Mainz, er ist Kanoniker an einem Kloster an der Saar geworden, und der Ruf seiner Frömmigkeit und Güte dringt überallhin. Odilia ist noch kinderlos und hat ihrer Mutter im Geheimen anvertraut, dass sie trotz vieler Jahre Ehe immer noch Jungfrau ist. Sie warten nur darauf, dass eine Untersuchung beweisen wird, dass sie die Wahrheit sagt und die Ehe annulliert werden und sie ins Kloster gehen kann, wie sie es sich lange schon gewünscht hat. Hugo ist Hugo, und über ihn ist nichts Neues zu sagen. Sie haben eine passende Ehefrau für ihn gefunden, und Hildebert hat die Mitgift verhandelt, es ist also nur noch eine Frage der Zeit, bis der Hof in Bermersheim die letzte Heirat für diese Abkunft erlebt. Drutwin erwähnt Mechthild überhaupt nicht. Da das wohl bedeutet, dass Mechthild selbst nichts weiß, fragt Hildegard auch nicht, obwohl er derjenige auf der ganzen Welt ist, von dem sie am allerliebsten Neues hören würde. Kusine Kristin ist tot, gestorben an der Seuche, und hat einen untauglichen Mann und fünf mutterlose Kinder hinterlassen, die Ursula großzieht, so gut sie kann. Zuletzt muss Hildegard versprechen, auch für Irmengards Seele zu beten, sie starb mit ihrem ersten Kind im Kindbett vor vier Jahren, nur siebzehn Jahre alt. Obwohl Mechthild nicht darum zu bitten wagt, nimmt Hildegard auch Benediktas unglückliche Seele in ihr Gebet auf. Dankbar und erleichtert küsst Mechthild ihr die Hände. Sie sprechen nicht darüber, aber Hildegard weiß, dass Mechthilds Herz damals zerbrach und nie wieder geheilt ist. Es ist, als würden die Körperflüssigkeiten durch das gebrochene Herz gefiltert, als seien sie seitdem verkehrt durch ihren Körper gelaufen und haben das Fleisch erschlaffen lassen und den Verstand verkleinert. Es ist unnatürlich, wie Mechthild am Kummer hängt, es ist, als halte sie den Rhythmus des Lebens an, als ließe sie in einer Unendlichkeit Winter auf Winter folgen.

Vor drei Jahren, als Mechthild sie zuletzt besucht hatte, sprachen sie über Benedikta. Mechthild saß an der gleichen Stelle wie jetzt und weinte über ihre verlorene Tochter. Wieder und wieder fragte sie, warum der Herr sie so hart bestraft und welchen Sinn das Leben habe, wenn ihr alles genommen werde. Hildegard hatte gebetet und gebetet, hatte Psalmen gesungen, hatte versucht, sie zu beruhigen, und konnte ihr nicht eine einzige Antwort geben. Dieses Mal weint Mechthild nicht, sitzt nur stumm und verschlossen da.

»Dir geht es gut, wie ich höre«, sagt sie endlich. »Du machst gute Fortschritte in allem, was du tust.«

Hildegard weiß nicht, was sie antworten soll. Sie hat sich nicht sehr wohl gefühlt seit dem Tag, an dem sie eine Frau wurde. Sie sieht ›Das Lebende Licht‹ öfter als je zuvor und hört auch die Stimme klarer als bisher. Gleichzeitig brennt jedoch ein böser Trotz in ihr, eine Wut, gegen Jutta gerichtet, zu der sie vorher grenzenloses Vertrauen hegte. Nachts in ihren Träumen schlägt die Wut aus, wird zu Visionen und Versuchungen, über die sie mit keinem einzigen Menschen sprechen kann. Wenn sie ihre Hände im Gebet faltet, lauscht sie nur noch nach Antworten auf ihren eigenen Zweifel, statt für andere zu beten, wie sie es sollte. Sie versucht, ihr Herz leer und einsam zu machen, sodass es Gott aufnehmen kann. Sie versucht, über sich selbst hinauszureichen und anderen Gutes zu tun. Aber die Selbstbezogenheit ist ein Pfropfen, der sich festgesetzt hat, sodass der gute Wille angehäuft wird und verdirbt. Sie wird schweigsam und reizbar, und sowohl Jutta als auch Uda meinen, sie brauche mehr Aufgaben, in die sie sich vertiefen kann, wenn sie nicht mit Gott spricht. Sie sehen nicht, dass sie von Schuld zerfressen wird. Sie weiß, dass Jutta Abt Kuno von ihrer Gabe erzählt hat und dass sie sich gemeinsam einig geworden sind, ihr die Bedeutung ihres Schweigens einzuschärfen. Dass ihre Stimme nicht ihr gehört, hat Jutta so viele Male gesagt, dass sie das Echo ihrer Stimme immerzu in ihren Gedanken hört. Sie schweigt, aber das Schweigen gibt dem fürchterlichen Trotz noch mehr Nahrung.

»Ich soll meine Lehre in der Pflege der Kranken beginnen«, erzählt sie Mechthild. »Ich soll auch einen neuen Lehrer bekommen, aber Abt Kuno hat ihn noch nicht benannt.«

»Ein Mann?«, fragt Mechthild.

»Einer der Brüder natürlich.«

»Lässt Jutta das zu?«

»Warum sollte sie es nicht zulassen? Ich bin nun Christi Braut, unsere Verbindung ist durch meine Jungfräulichkeit besiegelt, und nichts kann mich von ihm trennen.«

Mechthild sieht auf, etwas beunruhigend Wachsames und Spöttisches funkelt in ihrem Blick, und Hildegard schweigt.

»Hat ein Heilkundiger nach Vater gesehen?«, fragt sie, und Mechthild zuckt zweideutig mit den Schultern.

»Sonst kann er sich auch im Infirmarium untersuchen lassen, während ihr hier seid. Ich weiß, dass einer der Brüder an der Schule von Salerno Medizin und Heilkunde studiert hat.«

»Du bist immer mein bestes Kind gewesen«, flüstert Mechthild, ohne auf den Vorschlag ihrer Tochter einzugehen. Hildegards Herz tanzt vor Stolz.

»Ich bete für euch alle«, sagt sie und berührt durch die Gitterstäbe hindurch die Stirn ihrer Mutter.

»Du betest auch für Benediktas unglückliche Seele«, sagt Mechthild, und Hildegard nickt.

Mechthild fängt plötzlich an zu weinen.

»Seit damals«, jammert sie, »habe ich mein Leben für wertlos gehalten. Du ahnst nicht, wie oft ich daran gedacht habe, allem ein Ende zu setzen, daran, wie ein Mensch unverhofft ertrinken kann, das Gleichgewicht verlieren und von einem Turm fallen kann oder...«

Hildegard zieht erschrocken die Hand zurück, so darf niemand sprechen.

»Der Herr ist nahe denen, die zerbrochenen Herzens sind, und hilft denen, die ein zerschlagenes Gemüt haben. Der Gerechte muß viel erleiden, aber aus alledem hilft ihm der Herr«, flüstert sie.

Mechthilds Weinen hört so abrupt auf, wie es begann. Sie kneift die Augen zusammen.

»Ich habe des Herrn Nähe seit Jahren nicht gespürt«, sagt sie mit einer so lauten Stimme, dass Hildegard sie mit einem Pst auffordern muss, leiser zu sprechen.

»So darfst du nicht reden, Mutter.«

»Nein, das darf ich wohl nicht«, antwortet sie und sieht ihre Tochter trotzig an. »Aber sag mir, wie sollte ich anders reden können? Ich bete jeden Tag, ich halte das Fasten ein, ich beichte und bereue meine Sünden. Meine Seele steht kurz davor, auseinandergerissen zu werden, aber Gott antwortet mir nicht.«

Hildegard schwitzt. Sie kann nicht ruhig auf dem Stuhl sitzen. Wenn Mechthild so spricht, wird der Herr sie hart strafen.

»Nun gar, wenn du sprichst, du könntest ihn nicht sehen –

der Rechtsstreit liegt ihm vor, harre nur seiner!«, sagt Hildegard und faltet wieder die Hände.

Mechthild sieht ihre Tochter wütend an, sie zeigt auf sie.

»Wie kannst du so ruhig dasitzen und zu mir sprechen wie ein Priester und nicht wie meine Tochter, mein eigen Fleisch und Blut? Was weißt du von Leid«, faucht sie, »was weißt du von Verlust? Du, die abgeschieden von wirklichem Schmerz lebt, du, die vergessen hat, wo sie aufwuchs, die Liebe vergessen hat, die wir dir gaben.«

»Ich bete für dich, Mutter«, flüstert Hildegard. »Dieser Zeit Leiden werden nicht ins Gewicht fallen gegenüber der Herrlichkeit, die an uns offenbart werden soll.« Sie schlägt das Kreuzzeichen vor Brust und Stirn. »Aber ich habe offenbar nicht inbrünstig genug gebetet.«

Mechthild zuckt mit den Schultern, ein wenig besänftigt.

»Vater ist krank«, flüstert Hildegard. »Wir wissen nicht, wann Gott uns für unsere Sünden straft und wann er uns seine Gnade erweist ... er straft uns manchmal durch unsere Nächsten, Mutter. Du musst beichten, für sein und auch dein eigenes Wohlergehen ... du musst fasten und ... du musst ihm sagen, er solle die Brüder nach ihm sehen lassen.«

»Er will nicht«, sagt Mechthild und steht auf. Sie stützt sich an der Mauer ab und vermeidet es, Hildegard anzusehen, die sich an die Gitterstäbe drückt.

Hildegard sieht ihrer Mutter nach, wie sie durch die Kirche geht. Sie war so froh, als Mechthild kam, um mit ihr zu sprechen. Jetzt hat sie einen Schmerz in der Brust. Sie verurteilte und ermahnte ihre Mutter im Namen Gottes, anstatt sie mit ihrer Liebe zu umfangen.

Hinter dem Gitter im Gelass ruft Jutta nach ihr, und sie geht widerwillig hinein.

Juttas Augen schimmern im Dämmerlicht. »Du hast das Richtige getan«, sagt sie, als könne sie Gedanken lesen. »Du gabst ihr das Wort des Herrn, und größere Liebe kann man einem anderen Menschen nicht erweisen.«

Es ist ein warmer Abend, und Hildegard sucht die Einsamkeit im Hof des Innengartens. Sie versucht, sich den Obstgarten bei Bermersheim in Erinnerung zu rufen, bis ins kleinste Detail. Sie denkt an all das, was für die meisten unsichtbar ist, daran, wie Begebenheiten und Gefühle ihre Abdrücke in der Welt hinterlassen können. Die Orte haben ihre eigenen Erinnerungen, die als heimliche Düfte in die Luft entweichen und nur von den wenigen aufgeschnappt werden können, die einen offenen Geist haben und deshalb von größeren Versuchungen geplagt werden als andere. Nur sie konnte merken, dass am Disibodenberg ein junges Mädchen getötet worden war. Nur sie fand, dass die Pflaumen des Baumes, unter dem Benedikta geschändet wurde, danach nach Blut schmeckten.

Jutta sagt, es gebe noch andere, die die gleiche Gabe haben wie sie, aber sie kennt niemanden und hat noch nie gehört, dass einer beim Namen genannt worden wäre. Ihr ist es noch nie schwergefallen, ›Das Lebende Licht‹ von den Träumen der Nacht zu unterscheiden, es ist gerade so leicht wie Licht von Dunkelheit zu unterscheiden. Aber sie versteht nicht, warum sich Gott nicht damit begnügt, ihren Sinn für seine Botschaften, Bilder und Erklärungen zu öffnen, die sie seine Worte besser verstehen lassen. Wenn ›Das Lebende Licht‹ nicht zu ihr spricht, sind da all die anderen Erscheinungen, die vor ihren Augen brennen. Es sind Voraussehungen und Ahnungen über Vergangenheit und Zukunft, über anderer Menschen Gedanken und innerste Geheimnisse. Es peinigt sie, dass sie es nicht versteht, und noch mehr, dass es ein ewiglich mahlender Lärm ist, den nur die äußerste Konzentration des Gebets übertönen kann. Jutta hilft ihr nicht, und es ist schwieriger geworden, sich ihr anzuvertrauen. Hildegard spürt deutlich, dass jede von ihnen auf ihrer Seite einer Kluft steht, die sich durch ›Das Lebende Licht‹ zwischen ihnen auftut. Trotz ihres Wohlwollens wird Jutta niemals verstehen, wie es sich anfühlt, von Gedanken und Erscheinungen geplagt zu werden und keine Stimme zu haben, die sie ausdrücken kann. Das Glück, das sie fühlt, wenn ›Das Lebende Licht‹ zu ihr spricht, wird in penibel aufgezwungenes Schweigen verwandelt, und sie schämt sich ihres Geizes, wenn sie die Reichtümer des Herrn für sich behält, wird aber beim Gedanken daran, sie mit Jutta zu teilen, gleichzeitig von einer der Scham direkt entgegengesetzten Wut erfasst. Welchen Unterschied sollte es machen? Jutta sagt es höchstens dem Abt weiter, obwohl Hildegard mehrere Male schon zu ihr gesagt hat, dass die Worte, zu denen sie Zugang hat, die Welt wie tausend Fackeln erleuchten könnten. Jutta weiß am besten, Jutta steht Gott am nächsten, aber dennoch ist es Hildegard, zu der Gott spricht. Doch sie solle sich für die Welt unsichtbar machen und nur Gott ihre Gedanken sehen lassen. Sie muss sich in Mäßigung der Rede üben, um nicht den Teufel zu verlocken, sich ihrer Stimme zu bemächtigen.

Hildegard beißt sich in die Fingerknöchel. Ihr Hochmut, ihre Wut und Undankbarkeit sind Sünden, die ihre schreckliche Natur und Schwäche offenbaren. Aber obwohl sie bereut, kehrt das Gefühl, dass Jutta sich irrt, immer wieder zurück.

Bald kann sie jeden Tag in den Kräutergarten gehen. Sie freut sich darauf, die Gewächse kennenzulernen, sich die Form ihrer Blätter einzuprägen, wie sie sich zwischen den Fingern anfühlen. Auf das Gefühl von Freiheit und Friede, das der Gedanke in ihr weckt, in Zukunft Juttas Gesellschaft und ihrer Unterweisung entrinnen zu können, folgt noch mehr Schuld. Sie bereut, dass sie ungeduldig mit Uda war, dass sie hochmütig gehandelt hat, als sie Dinge besser zu wissen glaubte als Jutta und ihr Beichtvater, sogar besser als Abt Kuno. Hildegard wollte nicht darauf warten, dass sie ihr erlaubten, den Schleier zu tragen, sondern drängte, bis sie nachgaben. Sie fühlt sich wie ein unwürdiges Wesen, den Kopf viel zu voll mit Lehren, die sie Gott näher bringen sollen, die aber nur Myriaden unbeantwortbarer Fragen und diesen Ungehorsam zu erzeugen scheinen.

Etwas raschelt im Kies unter der Bank, der Wind flüstert in den Tannen. Am hellen Abendhimmel glitzern einige Sterne, der Tag war lang. Zur Vesper war sie noch leicht und voller Gesang. Jetzt kommt die Nacht, und etwas geht entzwei. Wenn sie die Augen schließt, setzt sich die Dunkelheit in Bewegung. Ihr wird schwindlig, ein Wirbel aus offenen Mündern, ein Chor verzerrter Stimmen, der leiert: *Ich elender Mensch! Wer wird mich erlösen von diesem todverfallenen Leibe?*

Vor drei Tagen strahlte ›Das Lebende Licht‹ rein und klar für sie. Im Licht nahm der Berg Form an, er war grau und schwarz wie Eisen. Hoch droben saß der Herrscher und breitete seine Flügel aus Schatten aus. Am Fuß des Berges stand einer, den sie viele Male in ihren wachen Schauen gesehen, aber dessen Bedeutung sie bislang nie verstanden hat: eine Gestalt, bedeckt mit so vielen Augen, dass man kaum die menschlichen Umrisse ausmachen konnte. Jedes Auge leuchtete, hellwach auf den Herrscher am Gipfel des Berges gerichtet. Es war die Gottesfurcht, jetzt verstand Hildegard. Indem er unablässig wie mit tausend Augen, die niemals schlafen, auf den Herrn starrt, wird der Mensch zu keiner Zeit Gottes Rechtfertigung vergessen. Neben der Gottesfurcht stand ein Kind in weißem Gewand und mit Schuhen aus Licht. Die Stimme spaltete die Schatten über dem Berg, Licht floss dick wie Honig und legte sich über das Gesicht des Kindes, um es für die Ankunft des Geistes bereitzumachen. Es ist der Arme im Geist, der keinen Hochmut kennt und weiß, dass alles, was sie Gutes tut, nicht von ihr kommt, sondern von Gott. Hildegard vergräbt ihr Gesicht in den Händen. »»Selig sind, die da geistlich arm sind, denn ihrer ist das Himmelreich. Selig sind, die da Leid tragen, denn sie sollen getröstet werden««, flüstert sie. Ihr Atem stößt feucht gegen die Handflächen, duftet nach Obst und Korn. Sie wird von Gottes Finger berührt, er setzt sein Mal auf ihre Stirn. Das, was zuvor zerbrochen war, wird auf neue und schönere Weise zusammengefügt, und sie wird vom gleichen goldenen Licht überwältigt, das das Gesicht des Kindes verbarg. Hildegard steht auf, stützt sich taumelnd gegen die Mauer, bevor sie sich zusammenkrümmt und auf die Erde kniet. Sie weint vor Erleichterung, weil sie plötzlich versteht: Wenn sie nicht aus Adams Rippe geformt wäre. Wenn sie nicht schwach und ungelehrt wäre. Wenn ihr Blut nicht dünn schäumen würde, und ihr Inneres voller Luft wäre. Wenn sie nicht geschaffen wäre, ihr Gesicht zu verbergen und Gott zu dienen. Wenn nicht Zweifel und Schwermut wie ein Band um ihren Kopf lägen. Dann würde Gott sie nicht erwählt haben. Weil er aber sie erwählt hat, muss es für alle Zeit und einen jeden deutlich sein, dass die Schauen, die sie selbst nur halbwegs versteht, niemals, niemals, niemals von ihr selbst kommen können. Weder aus ihrer Vorstellungskraft noch aus ihren törichten Gedanken. Weder aus ihrem ziellosen Kreisen um flatternde Punkte oder der Unstetigkeit des Gemüts noch ihrer unbeholfenen, schlichten Sprache. Gott verlangte nach einer leeren Schale, denkt sie. Ein tönernes Gefäß, so zerbrechlich, dass es früher oder später nachgeben und die Schauen hinaus in die Welt fliegen lassen muss. Jutta erlegt ihr Schweigen auf, aber sie weiß, dass sie ihre Schauen früher oder später anderen mitteilen muss, denn so, wie ihr keine eigene Stimme gehört, gehören ihr auch die Schauen nicht, sie ist nur eine Feder für Gottes Geist.

Als sie aufsteht, ist die Hoffnung ein zerfurchter Stamm: Er spross in ihrem unberührten Schoß und fand Nahrung in ihrem Blut. Seine Krone breitet ihr Laub im tönernen Gefäß ihres Kopfes aus. Auf jedem einzelnen Blatt steht ein Wort. Licht fällt durch die Blätter, grün, weich, gedämpft. Sie lacht in der Dunkelheit, lacht, bis Uda die Tür aufreißt und sie sich zusammennehmen muss.

In dieser Nacht schläft sie glücklich ein: Alles ergibt wieder einen Sinn.

16

Viermal am Tag gehen zwei Novizen mit Wedeln durch die Liegehalle des Infirmariums und fächern ungesunde Gerüche fort. Auf beiden Seiten des Mittelgangs liegen die Kranken. Im größten Raum liegen die Mittellosen. Der Frauenbereich ist vom Männerbereich durch einen dichten Vorhang getrennt. Manchmal ist es sehr voll, manchmal sind nur ein paar wenige da. Geht man durch die Tür am hinteren Ende hinaus und schräg über eine Wiese, kommt man zu einem kleineren Gebäude, das die Abteilung für die Schwerkranken beherbergt. Gleich daneben sind die wohlhabenden Patienten untergebracht. Rechts vom Eingang führt eine Tür in einen ganz kleinen Raum, in dem nicht mehr als fünf Menschen Platz finden. Das ist der Ort für die Sterbenden, jedes Bett ist vom nächsten durch einen

Vorhang abgetrennt. Geht man stattdessen nach links, kommt man in die Abteilung für die wohlhabendsten und bedeutungsvollsten Kranken. Hier ist mehr Platz zwischen den Betten, es gibt Daunenmatratzen und feinstes Leinen. Die eigene Krankenabteilung der Brüder liegt gegenüber vom Infirmarium auf der anderen Seite des Klosterhofs. Der Kräutergarten liegt versteckt hinter dem kleinsten Gebäude der Ordensanlage. Obwohl der Garten bei der Wiedereinweihung des Klosters fürchterlich verkommen war und neu angelegt werden musste, war es nicht zu Lasten der großen Bäume gegangen, die außerhalb des Flechtzauns standen: Hainbuche, Quitte, ein junger Birnbaum mit einer großen und nützlichen Mistel in der Krone, zwei zylinderförmige Wachholderbäume und die Eberesche mit den vielen Früchten, die zwar keinen Schaden anrichtet, jedoch auch nicht von Nutzen ist.

Hildegard kann es kaum erwarten anzufangen. Obwohl Jutta es sich nicht so vorgestellt hatte, ist alle Unterweisung beendet, seit Hildegard ihre Klostergelübde abgelegt hat. Abt Kuno lässt sich Zeit damit, einen neuen Lehrer für das Mädchen zu finden, und Jutta drängt ihn nicht. Vielmehr drängt Kuno Jutta, mehr Pilger zu empfangen. Ein Tag in der Woche muss offengehalten werden für jedermann, der ihre Wegweisung oder Gebete braucht, ein zweiter muss reserviert werden für die Vornehmen, die mit ihren Adelstöchtern anreisen.

Es scheint Hildegard gutzutun, so viel Zeit im Infirmarium und im Kräutergarten zu verbringen, sie wirkt beherrschter, sie spricht weniger und fragt Jutta kaum noch etwas. Nur zweimal im Laufe des Herbstes wird Hildegard krank, und beide Male ist sie bald wieder auf den Beinen. Jutta denkt darüber nach, ob Hildegard immer noch Schauen des Herrn empfängt, fragt sie aber nicht. Die Schauen sind eine Gabe, und sie sollen weder heraufbeschworen noch unnötig ergründet werden. Vielleicht, denkt Jutta, hat der Herr ihr die Schauen auch gesandt, um Hildegard ihre wahre Berufung zu zeigen. Und jetzt, da sie ihre Gelübde abgelegt und sich mit dem einfachen Klosterleben abgefunden hat, sind sie nicht länger notwendig. Zwar kann sich Jutta nicht davon freisprechen, ab und zu darüber nachzugrübeln, warum das Mädchen so stark berufen werden musste und was Gottes Absicht dabei sein kann, doch schiebt sie die Gedanken von sich. Gottes Wege liegen im Dunkel, und es ist hochmütig zu glauben, man habe das Recht, seinen Atlas zu studieren.

Nach Weihnachten, während der Frost die Erde noch plagt, hat Hildegard genug gelernt, um neue Aufgaben im Infirmarium zu übernehmen. Während sie zuerst dafür sorgen musste, dass die Liegehalle sauber gehalten wurde, helfen musste, das Bettstroh zu wechseln, Decken zu lüften und für Getränke für die Kranken zu sorgen, erhält sie nun die Erlaubnis, die Brüder zu begleiten und an der eigentlichen Behandlung und Pflege teilzunehmen. Hildegard lernt schnell, und für ihre Schnelligkeit, die sowohl ihr selbst als auch Jutta so oft Qualen bereitet hatte, sieht sie hier niemand schräg an. Sie stellt gute Fragen und behält, was sie erzählt bekommt: Namen und Wirkung der Pflanzen, die gewöhnlichsten Krankheiten und die Lehre von der Ausgeglichenheit der Körperflüssigkeiten.

Der junge Mönch, dem Hildegard das erste Mal begegnete, als er und Abt Kuno mit der Kette und dem Büßerhemd kamen, teilt seine Tage zwischen Skriptorium und Infirmarium. Bruder Volmar hat in Salerno studiert, und sein Wissen ist nützlich für die Kranken, auch wenn Abt Kuno nicht alles, was sie in Salerno lehren, gutheißen kann. Hildegard hält sich in Volmars Nähe. Er kann ihre Fragen beantworten und nimmt sich

Zeit, ihr alles zu erklären, was sie wissen will. Jedes Mal, wenn er einen der Kranken untersucht, werden seine Bewegungen sanft, sein Blick fern. Hildegard betrachtet ihn, er gleicht einem Wesen geschaffen aus Luft und grüner Kraft. Der Ernst, mit dem sie ihm das sagt, bringt ihn zum Lächeln. Sie bittet ihn, ihr ihre Dummheit zu vergeben, und kann ihm nicht glauben, als er ihr versichert, er halte es eher für überraschend als dumm.

»Grüne Kraft?«, fragt er, als sie die Wiese überqueren, um nach einem der Schwerkranken zu sehen. Hildegard nickt.

»Alle Kraft stammt von Gott, Hildegard.«

Hildegard bleibt mitten auf der Wiese stehen. Sie wird rot im Gesicht, und Tränen steigen ihr in die Augen.

»Ich habe nie etwas anderes gesagt«, protestiert sie mit einer Heftigkeit, von der Volmar völlig überrumpelt wird. Er weiß nicht, was er sagen soll, faltet nur die Hände vor der Brust.

Im Krankensaal kniet Volmar neben einem Patienten. Der Kranke liegt mit dem Gesicht zur Wand, die Beine angezogen. Volmar kniet sich neben das Bett und legt eine Hand auf seinen Rücken. Der Kranke reagiert nicht. Der Bruder, der über die Kranken wacht, schüttelt den Kopf, und Volmar nickt zustimmend. Der Patient lebt, aber es ist keine Besserung zu erkennen. Es gibt nichts mehr, das sie tun können. Gottes Wille ist stärker als Volmars Wissen und all die Kräuter, die der Herr mit seiner heilenden Kraft versehen hat. Sie beten für den Kranken, und Volmar flüstert, es müsse nach dem Priester geschickt werden, damit der Mann die Letzte Ölung erhalten und beichten kann, sollte er des Sprechens noch fähig sein.

Die Luft ist schwer vom Gestank der Krankheiten und vom Rauch des Feuers. Es brennt in Hildegards Augen. Erst lachte Volmar über sie, dann ermahnte er sie. Obwohl sie weiß, dass sie nicht aufbegehren soll, ist es schwer, das Missverständnis zu ertragen. Die himmelschreienden Tränen springen ihr wieder aus den Augen, und sie beeilt sich, sie wegzuwischen, bevor jemand sie bemerkt.

Volmar kniet bei einer anderen Patientin, und Hildegard stellt sich neben ihn. Volmars Hände sind schmal und glatt, so feine Männerhände hat Hildegard nie zuvor gesehen. Sie denkt an Hildeberts breite, raue Pranken. Er nahm ihr Gesicht in seine Hände, als sie ein kleines Mädchen war, er roch nach Wolle und Schweiß. Er kniff sie in die Wangen und zog sie so fest an sich, dass sie keine Luft mehr bekam. Die Kranke ist aufgedunsen und erschöpft, sie sieht Hildegard mit großen, ängstlichen Augen an. Hildegard hört auf ihren Atem. Die Patientin wendet die Augen nicht von ihr ab, während Volmar sie untersucht. Die Kranke versucht, etwas zu sagen, wird aber von einem Hustenanfall unterbrochen. Ein süßer und fauliger Gestank umgibt die Patientin, und Hildegard dreht sich der Magen um. Ab und zu streift Volmars Blick Hildegard, ab und zu die Decke oder den Boden, lange, ferne Striche, die alles um ihn herum auslöschen. Hildegard streckt die Hand zu der Kranken aus. Die Hände der Frau zittern. Dann kniet sich Hildegard neben Volmar. Ihre Schulter stößt gegen seinen Arm, und er rückt von ihr weg.

Die Patientin soll mit mehreren Wolldecken zugedeckt werden, und während Hildegard die Decken fest um sie schlägt, muss sie den Atem anhalten. Volmar nimmt die heißen Steine entgegen, die ein anderer Bruder in Fell gewickelt bei der Feuerstelle abgelegt hat. Er erklärt Hildegard gewissenhaft, an welchen Stellen sie die Steine auf den Bauch der Frau legen soll, und hält selbst die Decken, während sie seinen Instruktionen folgt. Die Frau jammert schwach, und Volmar legt eine Hand auf ihre Stirn. Sie ist trocken und warm, aber bald sollte sie anfangen zu schwitzen. Volmar instruiert den anderen Bruder, wie er die Füße der Kranken mit einer Mischung aus Essig und Salz einmal pro Stunde einreiben und ihr die Stirn mit Rosenwasser kühlen soll. Sollte sich zeigen, dass die Schwitzkur keinen Effekt hat, müssen sie sie heute Abend zur Ader lassen, damit sie auf diese Weise die überschüssige Flüssigkeit loswerden kann.

Als sie wieder nach draußen kommen, kann Hildegard sich nicht länger zurückhalten. Mitten auf dem Pfad sprudeln die Worte aus ihr heraus, sie kann Volmar währenddessen nicht ansehen.

»Die grüne Kraft entspringt der Schöpfungskraft Gottes, sie singt in allem Lebendigen, sie bewegt das Gras und den Atem, sie ist Leben spendend und gesund und wird für das Auge in der Fruchtbarkeit der Natur sichtbar, für den Geist, wenn die Seele sowohl Lerche als auch Wolf ist, denn Gott erschafft sichtbare und unsichtbare Dinge. Diese Kraft existiert seit aller Ewigkeit, ist grün wie die Hügel am Disibodenberg, sie durchdringt alles und richtet das wieder auf, was verfallen und krank ist. Du kannst über meinen Eifer spotten, aber nicht mich dem Verdacht aussetzen, ich würde nicht versuchen, zu gehorchen und an den Herrn zu denken in allem, was ich tue.« Sie verstummt und ballt ihre zitternden Hände zu Fäusten, um ruhig zu bleiben.

Volmar schweigt, und sie wagt nicht, ihn anzusehen. Sie stehen auf dem Pfad zum Kräutergarten, hinter dem Flechtzaun harkt einer der Brüder die Beete mit einem trockenen, rhythmischen Geräusch.

»Vergib mir«, sagt Volmar und streckt die Hand aus. Bevor er sie berührt, zieht er sie wieder zurück. »Ich wusste ja nicht...«

Aber Hildegard ist aufgebracht und unterbricht ihn mit einer

Handbewegung. Schweiß perlt entlang der Kante ihres Schleiers. Sie legt eine Hand über ihre Augen, schüttelt den Kopf, und Volmar weiß nicht, was er tun soll.

»Hildegard«, flüstert er und klingt wie ein Vater, der nachsichtig zu seinem widerwilligen Kind spricht.

Hildegard nimmt die Hand von den Augen. In ihrem Blick brennt eine Verzweiflung so groß und wild, dass er schweigt. Sie zögert, als wolle sie etwas sagen, geht dann aber weiter den Pfad entlang zum Kräutergarten. Er folgt ihr. Sie sollen Rainfarn und Blutwurz schneiden. Sie lässt sich auf den Knien vor dem Beet nieder, sie zieht Unkraut und verirrte Grashalme mit hitzigen Bewegungen aus der Erde. Er kniet sich vor ein anderes Beet ein paar Meter von ihr entfernt und jätet sorgfältig zwischen den Pastinaken. Sie arbeiten still, bis er aufsteht und das kleine, scharfe Schnittmesser von seinem Gürtel löst. Ohne sie anzusehen, kann er spüren, dass sie sich beruhigt hat. Sie kommt zu ihm, und er spricht, während er durch die zähen Stängel des Rainfarns schneidet: gut gegen Katarrh und Husten, eine warme Pflanze, die überschüssige Körperflüssigkeiten bindet, sodass sie den Leib nicht in Form von Schleim oder Galle überschwemmen, kann in Gebackenem oder zusammen mit Fleisch gegessen werden, wenn der Patient so schwach ist, dass es ratsam ist, Fleisch zu essen. Hildegard nickt und nimmt die Blumen entgegen, die Volmar schneidet.

»Wirkt also die kalte Natur von Ziegenfleisch der Wärme des Rainfarns entgegen?«, fragt sie.

»Nicht unbedingt«, antwortet er, »aber die Frage ist ausgezeichnet.«

»Aber was ist mit Kalbfleisch, das noch kälter ist?«, fragt sie, und er nickt.

»Was würdest du also vorschlagen, Hildegard?«

Sie verlagert das Gewicht von einem Fuß auf den anderen, wie es ihre Gewohnheit ist, wenn sie etwas gründlich überlegt.

»Ich denke, der Hund muss das wärmste Tier sein, das wir kennen, weil er uns mehr ähnelt als irgendein anderes Geschöpf und weil er ein besonderes Gespür für seinen Besitzer hat und imstande ist, Liebe und Loyalität zu zeigen«, sie riecht an dem Arm voll Blumen und lächelt. »Aber ich glaube nicht, dass jemand, der alle fünf Sinne beieinanderhat, einen Hund essen würde.«

Volmar lächelt ebenfalls. »Der Teufel hasst und verabscheut gerade den Hund wegen seiner Loyalität gegenüber dem Menschen«, sagt er, »und obwohl du es nicht glaubst, können Menschen in großer Not darauf verfallen, alles zu essen. Aber Hundefleisch ist unrein, es würde nur größeren Schaden bei Schwachen und Kranken anrichten. Eingeweide und Leber des Hundes sind geradezu giftig, aber ich habe mir sagen lassen, die Zunge sei so warm, dass sie Wunden heilen könne, die sonst nicht heilen würden.«

»Die Zunge?« Hildegard schneidet eine Grimasse.

»Ja, so heißt es, aber ich habe noch nie gesehen, dass es ausprobiert wurde.«

»Von einem toten Hund?«

»Ja, natürlich.«

»Ich dachte nur, man könnte doch einen lebenden Hund eine Wunde lecken lassen...« Hildegard zuckt mit den Schultern und geht hinter Volmar her, der Kurs auf den Blutwurz setzt.

»Nein, das...«, er weiß nicht, was er zu dem sonderbaren Gedanken des Mädchens sagen soll, »das ist wohl keine gute Idee.«

»Dann bleibt es bei Ziegenfleisch, Lammfleisch oder Federvieh«, sagt Hildegard und legt das Bündel Rainfarn auf einem Tuch vor sich auf die Erde.

»Was?« Volmar dreht sich verwirrt zu ihr um.

»Die am besten für die Kranken sind«, sagt sie und wickelt Bast um den Strauß.

17

Es sei Sünde, sich mehr dem einen als dem anderen anzuschließen, wenn man das Klosterleben gewählt hat, ermahnt Jutta Hildegard, denn menschliche Verbindungen stehen dem Verhältnis zu Gott im Weg. Hildegard schämt sich nicht. Zwischen ihr und Volmar ist keine Sünde, und Hildegard bittet Abt Kuno selbst darum, von Volmar weiterhin unterrichtet zu werden. Jutta ist entsetzt über die Eigenmächtigkeit des Mädchens. Sie sollte unter keinen Umständen selbst zum Abt gehen, sondern gehorsam warten, bis Kuno und Jutta gemeinsam einen passenden Lehrer gefunden haben. Hildegard lauscht stumm Juttas Anklagen, aber sie ist unerschütterlich. Jutta hat selbst gesagt, sie solle den bestmöglichen haben, und Volmar ist unbestreitbar der Belesenste von allen. Jutta schließt die Läden und zeigt sich über eine Woche lang nicht. Als sie das Gespräch wiederaufnimmt, ist Hildegard sich ihrer Sache so sicher wie niemals zuvor und sagt plötzlich, der Herr habe ihr Volmar gezeigt. In einer Schau wuchs Volmars Gestalt mitten aus Gottes rechter Hand. Jutta ist aufgebracht, wirft Hildegard vor, ungehorsam und falsch zu sein, da sie nicht gleich von ihrer Schau berichtet hat. Hildegard sagt nichts und senkt den Blick. Ihre Schauen stammen von Gott, das hat Jutta selbst eingeräumt, warum sollte es dieses Mal anders sein? Obwohl es Jutta irritiert, wagt sie nicht, dem Mädchen zu widersprechen.

Abt Kuno ist beunruhigt von dem Gedanken, eine junge Frau einem Mann anzuvertrauen, der nur wenige Jahre älter ist, aber auch er findet keine Argumente, die Hildegards Schau entgegenstehen könnten.

Es wird, wie Hildegard es wünscht, und zur Verblüffung des Abts sagt niemand etwas dazu. Nicht einmal der neu ernannte Prior, der ansonsten hart gegen jedes Anzeichen von Sünde vorgeht, hat etwas einzuwenden. Hildegard hat einen Sonderstatus, das spürt jeder, der ins Kloster kommt, auch wenn niemand es anders als mit ihrer Frömmigkeit und Begabung erklären kann. Die Schauen halten Jutta und der Abt immer noch geheim. Nur ein einziges Mal haben sie einen jungen Novizen dabei erwischt, wie er ihr Gespräch mithörte, aber er wurde so heftig zurechtgewiesen, dass er sich hüten wird, etwas zu verraten. Dennoch wundert es Jutta, dass so viele der Pilger, die zum Disibodenberg reisen, nach Hildegard fragen. Jedes Mal antwortet sie, das Mädchen sei andernorts beschäftigt, und jedes Mal sehen sie gleich enttäuscht aus. Eine Inklusin im Kloster zu haben ist eine Attraktion an sich, dass sie Gesellschaft von einer jungen Frau hat, sollte die Sache eigentlich nicht vergrößern. Abt Kuno hat auch keine Erklärung dafür. Es sind besonders die Adelstöchter, die nach ihr fragen, und Jutta, die ansonsten nur mit dem Wort des Herrn spricht, sieht sich gezwungen, geradeheraus zu fragen. Die Antwort ist jedes Mal dieselbe: Das Gerücht von dem sonderbaren Kind, das mit ins Kloster kam, geht durch das ganze Rheintal. Mehr erfährt Jutta nicht, und das wenige hilft ihr kaum weiter, denn es ist nichts Ungewöhnliches daran, ein Kind ins Kloster zu schicken.

Zu Hildegard sagt Jutta nichts und sorgt dafür, dass sie an

den Pilgertagen außerhalb der Zelle ist. Sie sprechen fast nicht mehr miteinander, und obwohl Hildegards Schweigsamkeit Jutta peinigt, kann sie sie nicht dafür kritisieren, ihr den Frieden zu lassen, sich Gott hinzugeben.

Es überrascht Abt Kuno, dass Volmar über den Auftrag, Hildegard zu unterrichten, nicht verwundert ist. Hildegard folgt nicht den gleichen Regeln wie andere und hat mit ihm zuerst gesprochen. Als Kuno dies ihr gegenüber beanstandet, antwortet sie, sie habe Volmar keine Aufgabe zumuten wollen, gegen die er sich sträube. Sie habe zuerst mit ihm sprechen wollen, um zu erfahren, ob er die Verantwortung von Herzen auf sich zu nehmen wünsche oder es lediglich mit dem gleichen Gehorsam gegenüber dem Abt tun würde, wie er all seine anderen Pflichten erledigt.

Hildegard kann Volmar an den meisten Tagen begleiten. Im Infirmarium ist sie binnen kurzem die, mit der er diskutiert, welche Behandlung am besten für die schwerkranken Patienten geeignet ist, und bald kann sie selbstständig Diagnosen stellen und die richtige Kur finden. Hildegard ist nicht zufrieden damit, nur die Namen der Pflanzen und deren Wirkung zu lernen, sie fragt auch, woher er sein Wissen hat. Wenn er von den Schriften berichtet, die er in Salerno studiert hat, kann es ihr einfallen, nach den sonderbarsten und irrelevantesten Dingen zu fragen. Hast du beim Lesen gesessen oder gestanden? Wie groß war die Bibliothek? Wie viele Abschriften gibt es von Hippokrates' wichtiger Abhandlung »Von der Atemluft«? Wie kann man wissen, dass alle Abschriften genau gleich sind?

Er antwortet geduldig, denn obwohl sie eine junge Frau ist, hat sie die ungeduldige Neugierde eines Kindes. Manchmal sieht sie ihn lange und forschend an oder stellt ihm geradeheraus Fragen über den menschlichen Körper und die Fortpflanzungsorgane. Es scheint nicht so, als entsprängen ihre Fragen unzüchtigen Gedanken, und Volmar versucht, sich nichts anmerken zu lassen. Er hat sich nicht mehr in der Nähe von Frauen befunden, seit er vor zehn Jahren das Zuhause seiner Kindheit verließ, und das ist nun inzwischen die Hälfte seines Lebens. In diesen Jahren hat es Versuchungen und Prüfungen gegeben, aber die Verlockungen des Fleisches haben nicht sehr viel Raum eingenommen. Nachdem er sich an die Einsamkeit und die Trennung von seinen Eltern und Geschwistern gewöhnt hatte, folgten einige ruhige Jahre. Jetzt muss er wieder beichten und Buße tun, um sein Fleisch von Lust und Gedanken an Sünde zu reinigen.

Mittlerweile kann Volmar Hildegards Gesicht entschlüsseln. Es ist eine Sprache, die nicht weniger kompliziert ist als die Grammatik, die er sie lehrt. Wenn sie nicht so große Anstrengungen unternehmen würde, in wahrhafter Demut zu leben, sich zu beherrschen und zu verbessern, würde sie fürchterlich launisch sein. Jetzt registriert er ihre Stimmungsschwankungen in den kleinen Details, die andere nicht bemerken: Die Art, auf die sie fortwährend ihre Locken unter dem Kopftuch zurechtrückt, wenn sie nervös ist, ein besonderer Zug um den Mund, die ausgelassene Freude, die ab und zu in ihrem Blick aufflackert. Am schwersten fällt es ihr, ihre Wut zu zügeln, und sie vertraut Volmar an, dass sie diese Schwäche jedes Mal mit in die Beichte nehmen muss.

Er erklärt ihr die vier Temperamente – cholerisch, phlegmatisch, melancholisch, sanguinisch –, und ihr fällt es schwer, davon abzulassen. Sie fragt ihn mehr, als er beantworten kann. Ja, das Temperament eines Menschen zeigt sich sowohl in seinem Körperbau als auch in seinem Gemüt. Nein, Tiere haben keine Temperamente gleicher Art. Ja, das Temperament bestimmt zum Teil das Verhalten eines Menschen. Nein, selbstverständlich kann ein jeder sich im Leben mit Gott verbessern, und nein, er weiß nicht, warum Gott es vorgezogen hat, die Menschen auf diese Weise zu erschaffen. Lange danach kann es ihr einfallen, darauf zurückzukommen, mit neuen Fragen, die für ihn schwierig zu beantworten sind: Welches Temperament eignet sich für das Klosterleben am besten? Ist es vorzuziehen, dass in einer Ehe Mann und Frau das gleiche Temperament haben, oder ergibt sich ein besseres Gleichgewicht, wenn sie verschieden sind? Manchmal bittet er sie um ein wenig Ruhe, aber auch wenn ihre Gesellschaft beschwerlich sein kann, ist sie ihm nie lästig. Obwohl Hildegard eine Frau ist, kann er mit ihr über geistige und wissenschaftliche Themen reden, die er nie mit einem Ebenbürtigen seines Fachs besprochen hat. Selbst wenn sie nicht zusammen sind, denkt er an sie. Er denkt daran, was er nicht vergessen darf ihr zu erzählen, daran, was sie noch nicht gelernt hat. Immer öfter aber denkt er daran, worüber er gerne mit ihr sprechen und wozu er ihre Meinung hören will.

Im Laufe des ersten Jahres lernt Hildegard mehr, als Volmar zu hoffen gewagt hätte. Nach und nach nimmt die Unterweisung mehr den Charakter von Gesprächen an. Hildegard untersucht alles, was sie sieht und hört, und fügt ihre Beobachtungen in neuen Betrachtungen zusammen. Sie ist überzeugt davon, dass die Kenntnis der Temperamente für sehr viel mehr Dinge von entscheidender Bedeutung ist, als Volmar sich vorstellt. Sie analysiert das Temperament der Patienten, indem sie deren physisches Erscheinungsbild und deren Symptome beobachtet und ihre Behandlung eifrig mit Volmar diskutiert. Manchmal regt sie sich heftig auf, wenn einer, von dem sie geglaubt hatten, er werde überleben, dennoch stirbt, andere Male nimmt sie es mit erhabener Ruhe hin.

Als es wieder September wird, ist es ein Jahr, dass Hildegard von Volmar unterrichtet wird. Sie ist mehrere Tage lang ungewöhnlich still und verschlossen. Als Volmar den Faden eines Gesprächs wiederaufnehmen will, das sie wenige Tage zuvor geführt hatten, wirkt sie unkonzentriert und gleichgültig. Sie sitzen einander gegenüber im leeren Lesesaal. Sie kratzt sich nervös am Hals und am Handrücken.

»Ich weiß nicht, warum ich dich nie um Vergebung gebeten habe«, ruft sie aus und bohrt einen Nagel in die Ecke der Wachstafel.

»Für was, Hildegard?« Volmar ist an ihren sprunghaften Gedankengang gewöhnt und daran, dass sie oft mitten in einem Zusammenhang beginnt, ohne sich die Mühe zu machen, ihn darüber zu informieren, woran sie dabei denkt.

»Du bist so geduldig mit mir, Volmar, viel mehr, als ich es verdient habe.« Sie vergräbt das Gesicht in den Händen.

»Ich weiß nicht, worauf du hinauswillst«, antwortet er.

»Mir ist, als seist du mein Vater«, sagt Hildegard durch die Hände hindurch. »Jutta sagt, es sei Sünde, sich einem anderen Menschen anzuschließen, aber ich bereue es nicht.«

»Jutta sieht strenger...«, beginnt er, denn Volmar kennt Juttas unmenschlich strengen Glauben. »Jutta will das Beste für dich«, sagt er stattdessen.

»Das macht auch nichts«, flüstert Hildegard, »Gott sieht in mein Herz, und ich weiß, er findet nichts Sündiges im Verhältnis einer Tochter zu ihrem Vater.« Er kann an ihrer Stimme hören, dass sie lächelt, und das verwirrt ihn.

»Ich verstehe nicht...«

»Um Vergebung, Volmar, ich spreche nicht klar zu dir. Ich

weiß nicht, was heute mit mir ist, aber mich plagen Schuldgefühle und Reue, seit ich dir gegenüber so aufgefahren bin, als du nicht verstanden hast, was ich meinte.«

Volmar lehnt sich im Stuhl zurück. Er reibt sich den Nacken, schließt ein paar Sekunden lang die Augen. Er hat keine Ahnung, wovon sie spricht.

»Nein, jetzt tue ich es wieder«, sagt sie leise, »vergesse und wühle.« Sie schüttelt den Kopf, vermeidet es aber, Volmar anzusehen.

»Es war damals, als ich gerade begonnen hatte, dir im Infirmarium zu helfen. Ich habe dir gegenüber zum ersten Mal die grüne Kraft erwähnt. Du hast nicht verstanden, wovon ich sprach, weil ich es nicht erklärt hatte, und ich habe geglaubt, du würdest mir mit Misstrauen und Spott begegnen, obwohl du nur neugierig warst. Ich habe mich geschämt ... und doch wusste ich, dass ich recht hatte.« Das Letzte sagt sie so leise, dass er es beinahe nicht hören kann.

»Ich hätte dich fragen können, was genau du gemeint hast. Ich dachte aber nie, weder damals noch jetzt, dass es dein Wunsch war, mich mit deinem Zorn zu treffen.«

»Das weiß ich wohl«, flüstert sie.

»Aber zu sagen, dass du wusstest, du hattest recht, klingt weniger nach Demut als Hochmut, Hildegard.« Er trommelt zerstreut mit den Fingerspitzen auf die Tischplatte.

Sie fährt auf. Geht zur Tür, bleibt auf halbem Weg stehen und kommt zurück. Sie hat Tränen in den Augen, als sie sich hinsetzt.

»Jutta sagt, ich darf unter keinen Umständen mit jemandem darüber sprechen, sie sagt, dass alle anderen außer ihr und dem Abt es missverstehen werden und glauben, ich sei verrückt oder vom Teufel verleitet«, ihre Stimme zittert.

Er will etwas sagen, aber sie hebt warnend den Finger.

»Obwohl ich mich bemüht habe, kann ich einfach nicht glauben, dass Jutta recht hat, Volmar. So ungehorsam bin ich, hättest du das von mir geglaubt?«

»Du musst mit deinem Beichtvater sprechen«, beginnt er, aber sie unterbricht ihn.

»Nicht einmal mit meinem Beichtvater kann ich sprechen, Volmar. Du musst mich anhören, denn von den Menschen vertraue ich dir am meisten.«

Hildegard erzählt. Sie spricht in kurzen Sätzen. *Das Lebende Licht*, sagt sie. *Zu sehen, was für andere unsichtbar ist.* Volmar fragt, wie lange sie schon Schauen hat. *Schon immer*, antwortet sie. *Als ich drei Jahre alt war, sah ich ein so mächtiges Licht, dass meine Seele erbebte, und seitdem habe ich viele Dinge gesehen. Das Kalb, die Totgeburt, das ermordete Mädchen, gewöhnliche Dinge wie die reisenden Pilger, die das Kloster empfangen wird, Dinge und Zusammenhänge, die mir niemand erzählt hat.* Volmar will wissen, wem sie es erzählt hat. *Meiner Mutter, meinem Kindermädchen, Jutta und Abt Kuno. Jutta sagt, es ist der Herr, der zu mir spricht.* Volmar ist einen kurzen Augenblick still, bevor er nach den Begleitumständen fragt. *Ich bin wach*, erklärt sie, *bei vollem Bewusstsein, es ist, als sähe ich mit anderen Augen, aber gleichzeitig doch mit jenen, mit denen ich dich in diesem Augenblick sehe. Alles steht klar vor mir, jedes Detail ist deutlich wie am helllichten Tag, nichts entgeht meinem Blick, und obwohl ich nicht sehr alt war, als ich verstand, dass kein anderer das hört oder sieht, was ich höre und sehe, sind die Stimme und die Schau gerade so deutlich wie das, was ein jeder mit seinen Augen sehen und mit seinen Ohren hören kann.* Volmar fragt noch einmal, ob sie es noch anderen erzählt haben kann. Uda vielleicht? Uda weiß es, auch wenn sie nichts gesagt hat, denn jedes Mal, wenn die Schau stark war, wird Hildegard vom Fieberwahn gepackt.

»Obwohl du meinst, da seien keine anderen, die von deiner Fähigkeit wissen, so sprechen sie doch über dich«, sagt Volmar und steht auf.

»Wer spricht?« Hildegard bleibt sitzen.

»Die Novizen, die Brüder, die Reisenden, die Pilger, die Kranken. Immer wieder spricht einer von deiner Frömmigkeit und deinen Schauen. Manche kommen nur, um dir zu begegnen, Hildegard, um in der Nähe der Jungfrau zu sein, die Gott so sehr zu lieben scheint, dass er sie zu seinem Sprachrohr gemacht hat.«

»Ich brauche deinen Rat«, ihre Stimme verschwindet beinahe, »ich weiß nicht, was ich tun soll.«

»Ich bin nicht sicher, ob du den Richtigen fragst«, antwortet Volmar.

»Das tue ich.« Sie betont jede Silbe.

»Dann kannst du mit mir darüber sprechen, sooft du willst«, sagt er, »etwas anderes können wir nicht tun, wenn der Abt und Jutta dir zum Schweigen geraten haben.«

»Mir Schweigen auferlegt haben«, flüstert sie.

»Zu deinem eigenen Besten«, antwortet er und hebt warnend einen Finger.

18

Sich Volmar anzuvertrauen war eine natürliche Folge ihrer Freundschaft, spürbare Erleichterung brachte es Hildegard allerdings nicht. Volmar fragt nicht von sich aus, hört aber gerne zu, wenn sie spricht. Es ist genau so, wie Hildegard es wünscht, und das weiß er, ohne dass sie es sagen muss. Weder Jutta noch irgendjemand anderer wagt es noch, ihre Freundschaft zu kommentieren. Sie sind ein Behälter mit einem dicht schließenden Deckel, von außen betrachtet stets eins.

In dem Sommer, in dem Hildegard zwanzig wird, versucht Volmar mit dem Abt über Hildegards Schauen zu sprechen. Ob es angemessen sei, sie verborgen zu halten. Aber dabei kommt nichts Neues heraus. Der Gedanke daran, wie die Welt reagieren würde, lässt den Abt zurückhaltend bleiben. Kuno kennt Hildegard und ihre Frömmigkeit, aber das tun die Menschen außerhalb vom Disibodenberg nicht, und niemand kann sicher sein, dass sie ihr glauben werden. Im besten Fall werden sie sich über sie lustig machen, im schlimmsten Fall sie verurteilen, und das würde nicht nur sie, sondern das ganze Kloster in Verruf bringen. Kommt es dem Erzbischof zu Ohren, wird er gezwungen sein, eine Untersuchung anzustrengen. Und obwohl er selbst nicht erkennen kann, dass Hildegard irgendeinen Schaden anrichtet, ist er nicht sicher, dass die Männer des Papstes es ebenso sehen. Die Beurteilung, ob sie vom Teufel besessen ist, wäre eine Sache, denn der Teufel kann mit dem Kreuz ausgetrieben werden. Eine ganz andere Sache wäre, wenn sie aus der kirchlichen Gemeinschaft ausgeschlossen werden würde. Eine Exkommunikation darf man nicht leichtnehmen, denn dann wäre Hildegards Seele verloren. Solange der Abt die Gerüchte nicht öffentlich bestätigt, Hildegard besitze die Kraft der Seherin, kann alles so weitergehen wie gewohnt. Volmar ist entsetzt darüber, Abt Kuno so reden zu hören. Der Teufel und Hildegard. Kein Pakt könnte ihm unwahrscheinlicher vorkommen.

Volmar hoffte irrtümlicherweise, die Schauen würden weniger werden, wenn Hildegard reifer wäre. Doch als sie zweiundzwanzig ist, kommen sie häufiger als je zuvor. Hildegard versucht festzustellen, ob es ein Muster gibt, wann sich ihr ›Das Lebende Licht‹ zeigt, aber es folgt augenscheinlich seinem eigenen, unvorhersehbaren Rhythmus. Das Einzige, was sie mit Sicherheit weiß, ist, dass sie jedes Mal nach einer besonders klaren Schau krank wird. Mit der Zeit folgen dem Fieber unerklärliche und schmerzhafte Lähmungen in Füßen und Beinen, die ihr Angst machen, aber nach einigen Tagen im Bett stets wieder abnehmen und sie bislang ohne Schaden zurückgelassen haben. Volmar sieht nach ihr, wenn sie krank ist, aber er hat aufgehört, nach einer Kur zu suchen. Er betet für sie und verabreicht ihr den Sud abgekochter Gerste und Birkenrinde gegen das Fieber, in Wein gekochte Ambra, um die unreinen Flüssigkeiten auszutreiben.

Vorahnungen, Anzeichen und Bilder aus der Vergangenheit treten manchmal als kurzzeitige, plötzliche Eingebungen auf, andere Male als hellwache Schauen, doch nie begleitet von ›Dem Lebenden Licht‹. Obwohl sie oft von Angst gepackt wird vor dem, was sie gesehen hat, ist sie niemals ängstlich, solange es andauert. Sie ist erfüllt von einem unerklärlichen Gefühl der Gewissheit davon, kurzzeitig Zugang zu Zusammenhängen zu haben, die den geheimnisvollen Gesetzen des Herrn unterliegen. Es geschieht fast immer an Tagen, an denen die Welt besonders lärmt, an denen Farben strahlen und kreischen, Stoff kratzt, die Grütze die Zunge verbrennt, das Brot einen Beigeschmack hat, den andere nicht schmecken können. An diesen Tagen ist Hildegards Verstand wie eine Blase, die spannt und schmerzt und endlich zerplatzt. Dann ergießt sich die klare Materie quer durch die Zeit, lässt im Bruchteil einer Sekunde Lichtblitze von zukünftigen oder vergangenen Ereignissen vor ihrem inneren Auge vorbeiziehen. Oft sind es kleine, unbedeutende Dinge, die sie sieht: einen Reiter mit einem wichtigen Brief für den Abt, eine Kuh, die zwei Kälber auf einmal bekommt, das Gebüsch, in dem das rot gefleckte Huhn seine Eier versteckt. Andere Male sind die Schauen beunruhigend: dass einer der Brüder krank werden wird und absolut keine Bohnen und Nüssen zu sich nehmen darf, dass ein anderer bald stirbt und ein dritter nach einem scheinbar harmlosen Fieber plötzlich das Augenlicht verliert, dass ein Sturm die Trauben vom Stock reißen wird, wenn sie nicht eine Woche vor der Zeit damit beginnen, sie zu pflücken. Anfangs vertraut sie sich ergeben sowohl Jutta als auch Volmar an, aber nach und nach schweigt sie in der Regel und spricht nur mit Volmar, wenn die Schau eine Warnung in sich trägt.

Weder sie noch Volmar können etwas gegen unerwarteten Tod oder plötzliche Krankheit tun. Sie bittet Gott, ihr zu erklären, warum sie all das sehen soll, wenn daraufhin keine Weisungen folgen, wie sie den Schmerz lindern kann. Aber Gott ist die meiste Zeit über still. Er ist bei ihr, in Psalmen, die nach der Lesung der Benediktusregel auftauchen, in neuen Melodien, die ihre Finger plötzlich dem Psalterium entlocken, in Gleichnissen, über die sie meditiert und die sich zu einem Reichtum an Bildern verwandeln.

Nur in ›Dem Lebenden Licht‹ hört sie Seine Stimme, aber die Antworten, die sie bekommt, sind nie Antworten auf die gleichgültigen und selbstsüchtigen Kleinigkeiten, mit denen sie ihren Verstand quält. Im Licht ertönt die Stimme vom Gipfel des Himmelsbergs, sie spricht für alle Menschen und strömt über die Bergseiten hinab. Hildegard ist wie ein ausgetrocknetes Flusstal, das sich mit tosendem Schmelzwasser füllt, das Leben spendet und ihren eigenen Willen auslöscht.

Vogelkrallen fahren kreischend über einen Himmel aus Quarz, bei dem Geräusch stellen sich die kleinen Härchen auf. Es ist kurz vor Lichtmess, und der Wintermond steht dicht über dem Tal, schwankend hängt er an Ketten aus Frost unter dem schwarzen Himmelsgewölbe. Das Mondlicht ist Kalk, das kleinste Ding wirft einen Schatten aus Tinte. Hildegard steht im Innengarten und blickt auf die Sterne: Das Wintersechseck mit dem Hundsstern, der so klar leuchtet, mit Fuhrmann, Orion, Großer Hund. Die Frostnacht hat keinen Gesang, nur einen gedämpften Ton, schwarzgrün und murmelnd. Es ist, als würde sie geschubst und rücklings fallen, und sie muss sich auf die von Raureif bedeckte Bank setzen, wo die Kälte gleich durch Kleid und Umhang dringt. Der mächtige Schnabel eines Falken taucht durch die Wolken, gelb und scharf, zerteilt die Nachtfinsternis, der Mond färbt sich blutrot. Sie denkt nur selten an Clementia, aber sie weiß sofort, dass es um ihre Schwester geht. Sie sieht sie in einem Blitz, versteinert vor Kummer, sieht Gerbert einen schneebedeckten Hang hinunterrollen, sein Körper zieht eine schwarzrote Spur hinter sich her. Ein Aufleuchten, und dann sind sie fort. Hildegard presst die Fingerknöchel auf die Augen. Sie muss sofort mit Volmar sprechen.

Volmar schreibt etwas auf ein Stück Tierfell, Pergament, das einmal der Schutzschild eines Kalbs, eines Schafs, einer Ziege gegen die Welt war, nun aber in quadratische Vierecke geschnitten und mit Bimsstein geglättet zum Schreiben benutzt wird. Er schreibt mit einem Gänsekiel und aus Kräutern gemachter, mit Apfelextrakt der Gallwespe durchsetzter Tinte. Vor ihm stehen Fässchen mit roter und schwarzer Tinte. Er hat sich vorgenommen, ein Manuskript fertigzustellen, und wenn es ihn den nächtlichen Schlaf kosten sollte. Die Unterweisung Hildegards und die Pflege der Kranken lässt nicht viel Zeit fürs Schreiben, aber mit einem Halbkreis flackernder Lichter geht es, obwohl seine Augen brennen und tränen und dem Prior so viel Feuer im Skriptorium gar nicht behagt. Es sind die ruhigsten Stunden des Tages und der Nacht. Keine Schritte oder Glocken, keine Tiere, die blöken oder gackern oder krähen.

Uda sollte besser über Hildegard wachen, aber sie ist alt und schläft tiefer als ein Säugling. Es ist falsch von Hildegard, mitten in der Nacht zu ihm zu kommen. Sie schleicht sich an wie ein Dieb, er hört nicht einmal, wie die Tür aufgeht, bemerkt sie erst, als sie nur noch wenige Schritte von ihm entfernt ist. Erschrocken fährt er hoch, spritzt rote Tinte auf die Seite, die er gerade begonnen hat, die Arbeit ist ruiniert. Seine erste Eingebung ist, sie anzuherrschen, aber bevor er ein Wort sagen kann, wirft sie sich vor ihm auf die Knie und packt seine Kutte. Er tritt einen Schritt zurück, aber sie hält fest, knüllt den schwarzen Stoff zwischen ihren Händen zusammen, versucht, ihr Gesicht zu bedecken. Er hat sie schon früher vor Wut weinen sehen, sie aber nie so verzweifelt erlebt. Ihr helles, gequältes Gesicht und ihr entsetzter Blick bremsen seinen Zorn, und er reicht die Hand zu ihr herunter, um ihr aufzuhelfen. Er streift ihre Stirn und die nassen Wangen, ihre weiche und warme Haut. Sie lässt die Kutte los, packt stattdessen seine Hand, drückt sie so fest, dass es weh tut, presst sie heftig gegen ihre Lippen. Volmar ist bestürzt über ihre wortlose Haltlosigkeit. Er hat so verbissen gegen die Sünde gekämpft, die sich in seinem Fleisch einnisten will, gegen den Teufel, der ihn mit nächtlichen Bildern von Hildegards seltenem Lächeln und ihrer weichen, zerbrechlichen Glieder locken wollte. Jedes Mal hat ihm Gott den rechten Weg gewiesen, hat ihn wieder auf den Pfad der Tugend geführt, zumal Hildegard unzüchtige Gedanken vollkommen fremd sind. Aber jetzt wirft sie sich ihm zu Füßen, außerstande, sich zu kontrollieren, und er fürchtet, die Schlange habe Besitz von ihr ergriffen und sie sei gekommen, um ihn in Versuchung zu führen.

»Du musst mir helfen«, fleht sie, und seine Hand wird nass von Atem, Tränen, Rotz.

»Steh auf, Hildegard!«

»Wir müssen einen Brief schreiben«, redet sie einfach weiter, als höre sie nicht, was er sagt.

»Um Himmels willen, steh auf, Hildegard«, ruft er und reißt seine Hand weg. Hildegard fällt vornüber, liegt auf allen vieren vor ihm. Die Scham, sich über die Absicht ihres Erscheinens geirrt zu haben, pocht in seinen Schläfen. Verwirrt und benommen fängt er an, Tintenflecke vom Tisch zu wischen. Er schabt und schabt mit dem Rasorium über das Pergament, obwohl deutlich zu sehen ist, dass es nicht zu retten ist. Pergament ist kostbar, und er kann sich nicht erlauben, es zu vergeuden, wenn der Abt und der Kantor Calligraphicus akzeptieren sollen, dass er seine Nachtruhe opfert und Lichter anzündet, um zu kopieren.

Hildegard bleibt auf den Knien liegen.

»Einen Brief?«, schnaubt er und schüttelt den Kopf. Das Rasorium durchstößt den Bogen, ein sternförmiges Loch. »Du kommst mitten in der Nacht, weil du willst, dass ich einen Brief schreibe?«

Hildegard sagt nichts. Sie vergräbt das Gesicht in den Händen, und ihre Beschämung stimmt ihn ein wenig milder. Seine Hände kommen zur Ruhe, er reinigt das Messer und den Kiel und faltet den ruinierten Bogen zusammen. Sie sitzt zusammengesunken da und weint.

»Hildegard, hör zu«, setzt er an. Zuerst wirkt es nicht, aber er fährt fort, mit beruhigenden und tröstenden Worten zu ihr zu sprechen, bis sie die Hände sinken lässt und ihr verweintes Gesicht zeigt.

Sie steht auf, klammert sich am Schreibpult fest.

»Wirst du für mich schreiben, Volmar?«, fragt sie und sieht auf seine Hände. Die weinrote Tinte ist eingetrocknet und gleicht blutunterlaufenen Malen. Er spuckt auf den Handrücken und versucht, sie mit dem Daumen abzureiben.

Er wird den Brief sowieso schreiben, das hätte er sich gleich denken können. Hildegard weint nicht mehr, sondern erzählt gewissenhaft, was sie gesehen hat.

»Eines von Gottes Kindern kann vielleicht gerettet werden«, sagt sie, und ein Menschenleben ist wichtig genug, um sie beide wach zu halten. Graf Gerbert muss gewarnt werden, und obwohl Volmar mehrere Male den Kiel weglegt und den Kopf über die Nutzlosigkeit der Warnung schüttelt, besteht sie darauf, dass er fortfährt. Sollen sie Graf Gerbert verbieten, auf Falkenjagd zu reiten, solange die Erde schneebedeckt ist? Und gilt es nur diesen Winter oder auch den nächsten? Hildegard beschwichtigt ihn und breitet verärgert die Hände aus.

»Was soll ich darauf antworten?«, faucht sie. »Sind die Schauen, die der Herr mich sehen lässt, gleichgültig? Sollen du und ich darüber bestimmen? Ob Gott Gerbert wohl nicht wissen lassen will, was er tun soll?«

Daraufhin schweigt er und schreibt den Brief zu Ende. Es sind nur wenige Zeilen, und obwohl es gegen die Regeln verstößt, besteht Hildegard darauf, dass er vor dem Absenden versiegelt wird. Als Volmar Einwände vorbringt, sagt sie nur, dass nicht sie sich für das Schweigen entschieden habe. Es wurde ihr auferlegt, er selbst habe beigepflichtet, es sei zu ihrem eigenen Besten. Wenn sie einen offenen Brief abschickt, in dem sie die Gabe der Seherin unverhohlen beschreibt, könnte sie es den Boten gerade so gut auf dem Marktplatz jeder Stadt verkünden lassen, durch die ihn sein Weg führt. Dennoch ist sie gezwungen einzuwilligen, den Abt den Brief vorher sehen zu lassen. Volmar muss ihr versprechen, ihn Kuno sobald wie möglich zu zeigen.

Volmar kann nicht schlafen. Er reibt und reibt an den Tintenflecken, bis die Haut wund wird. Anschließend badet er die Hände mehrere Male in eiskaltem Wasser. Das meiste verschwindet, aber eine Kette aus Flecken, die dem Biss eines Menschen ähneln, kann er nicht wegbekommen.

Abt Kuno ist nicht wohlwollend gestimmt und ist dagegen, den Brief abzuschicken. Volmar gibt nicht so leicht auf. Auf seine übliche bescheidene Art fragt er, wie er es Hildegard erklären soll. Er bittet den Abt, ihm den Weg aus dem Dilemma zu weisen, die Stimme des Herrn zu überhören. Kuno stöhnt. Einmal ist es Jutta und ihre fanatische Askese, die ihm Schwierigkeiten bereitet, dann wieder Hildegard. Ganz gewiss wäre das Kloster nicht so rasch wieder errichtet worden und nicht so reich, hätte es nicht Juttas und Hildegards großzügige Mitgift bekommen und würden ihre Familien nicht weiterhin mit großherzigen Gaben für sie Sorge tragen. Obwohl das Kloster allmählich selbstversorgend ist, kann er sich nicht vorstellen, wie sie die Mittel auftreiben sollten, die Kirche fertigzubauen, ganz zu schweigen von ihrer Ausgestaltung, wenn nicht die Pilger zur Ökonomie des Klosters beitragen würden. Der Wein in der Gegend um den Disibodenberg wächst gut, aber sie sind erst seit kurzem in der Lage, mehr zu produzieren, als sie selbst brauchen. Außerdem kann die Weinernte missraten, Mäzene können sterben, und es braucht nicht mehr als einen kleinen Brand oder kleinere Sturmschäden, um die Reserven aufzuzehren, die Kuno angesammelt hat. Solange nur vage und unbestätigte Gerüchte über Hildegard im Umlauf sind, kann sie Pilger anziehen, ohne dass der Klosterfrieden beeinträchtigt wird. Er ist sich mit Jutta einig, dass Hildegard noch zu jung ist, um Pilger zu empfangen, aber das hindert die Kranken im Infirmarium nicht daran, nach ihr zu fragen. Viele, besonders Frauen, sind davon überzeugt, dass die Behandlung am wirkungsvollsten ist, wenn Hildegard ihnen vorsteht. Aus seiner Sicht sind es nicht weniger und nicht mehr, die am Disibodenberg gesunden, seit Hildegard Dienst unter den Kranken tut, obwohl niemand bestreiten kann, dass sie tüchtig ist in allem, was sie tut. Aber Hildegards besondere Gabe bringt den Abt auch in Verlegenheit. Wenn er sagte, er glaube nicht, dass Hildegards Schauen von Gott kommen, wäre dies im Großen und Ganzen gesehen so, als würde er einräumen, den Engel des Satans zu beherbergen.

Kuno hat Vertrauen zu Volmar. Seit er zum Kloster kam, hat er ihn mit seinem demütigen und gehorsamen Wesen erfreut und sich niemals aufgespielt. Gibt es Streitigkeiten unter den Mönchen, hat es immer einen beruhigenden Effekt, Volmar als Vermittler einzusetzen. Ist er im Zweifel über das Strafmaß für die Verfehlungen unter den Brüdern, ist es stets Volmar, den er um Rat fragt. Aber jetzt steht er hier, mit seinen schwarzen Augen, die dem Blick des Abts ausweichen, aber genauso beharrlich auf dessen Rücken brennen, wenn er sich abwendet. Er bleibt einfach stehen mit seinem versiegelten Brief. Diesem törichten Brief, der eine kinderlose Schwester, die Hildegard nicht mehr gesehen hat, seit sie ein kleines Mädchen war, vor dem Tod ihres Ehemanns warnt. Und als sei das an sich nicht schon töricht genug, wohnen die Schwester und ihr Graf Gerbert obendrein auch noch mehrere Tagesreisen entfernt.

»Was, wenn es schon geschehen ist?«, fragt Kuno mit dem Rücken zu Volmar.

»Das weiß ich nicht.«

»Was, wenn es nicht die Zukunft ist, die sie gesehen hat, sondern die Gegenwart oder gar die Vergangenheit?«

»Ich weiß nichts anderes als das, was Hildegard mich zu sagen gebeten hat.«

»Das ist ein Problem«, sagt Kuno und setzt sich an den Tisch. Er winkt Volmar zu sich, aber entweder sieht er es nicht oder er ist ungehorsam, jedenfalls bleibt er direkt vor der Tür stehen.

»Graf Gerbert?«, fragt er.

»Ja, Graf Gerbert von Aachen.«

»Ein gottesfürchtiger Mann?«

»Das weiß ich nicht.«

»Hm.«

»Aber Gott will offenbar seine Hand über ihn halten, wenn er Hildegard eine solche Schau sehen lässt. Ob der Herr einen Zweck mit dem Grafen verfolgt?«

Kuno sieht auf. Volmar erwidert seinen Blick, anstatt die Augen zu Boden zu richten, und Kuno versteht: Diese Schwester Clementia wird Hildegards Warnung fürsprechen, aus Angst, ihren Mann zu verlieren, oder weil sie die besondere Fähigkeit ihrer Schwester kennt. Wenn dem Grafen nicht bereits etwas zugestoßen ist, wird sie ihn im besten Fall überzeugen können, dass er aus großer Gefahr errettet wurde, und er wird seine Dankbarkeit vermutlich in Form von Geschenken an das Kloster Disibodenberg zeigen. Kuno kratzt sich das kahle Haupt, er räuspert sich, hustet, sieht aus dem Fenster. Volmar steht unbeweglich da und betrachtet den unebenen Boden.

Es kommt genau so, wie Kuno es gehofft hat. Obwohl er es vorgezogen hätte, wenn Graf Gerbert dem Kloster Land oder Besitztümer hätte zukommen lassen, ist es doch ein schöner Seitenaltar, den er in der Kirche errichten lassen wird. Volmar erhält die Erlaubnis, Hildegard Graf Gerberts Antwortbrief vorzulesen, und sie lauscht konzentriert seiner Danksagung. Er hatte gerade eine größere Jagdgesellschaft geplant, die, wenige Tage nachdem er den Brief erhielt, stattfinden sollte. Die Gäste waren bereits auf seiner Burg angekommen, und zunächst – das räumt er gerne ein – war er verärgert über den merkwürdigen Brief der Schwägerin, die er zuletzt in Bermersheim gesehen hatte, als sie noch ein Kind war. Da die Erde nicht wie in ihrer Schau von Schnee bedeckt war, entschied er, die Jagd dennoch durchzuführen, auch wenn Clementia, die ihrer kleinen Schwester blind vertraute, ihn anflehte, davon abzulassen. An dem Tag, an dem die Jagd beginnen sollte, ging er nach der Morgenmahlzeit hinunter, um nach den Falken zu sehen und eins der Tiere auszuwählen. Er war gerade erst auf den Hofplatz getreten, als es zu schneien begann. Erst hatte er es als einen unbedeutenden Schauer abgetan, aber im nächsten Augenblick war die Luft von großen, weißen Flocken erfüllt, und als er sein Gespräch mit dem Falkner beendet hatte, war die Erde bereits von einer feinen Schneeschicht bedeckt. Er hatte keinen Zweifel: Die Jagd musste abgesagt werden. Zunächst überlegte er, den Rest der Jagdgesellschaft auf eigene Faust losziehen zu lassen, um seine Gäste nicht zu enttäuschen, aber Clementia riet ihm, auch dies nicht zu tun, und er hörte auf sie. Er hatte es erklärt, wie es war: Hildegard habe seit ihrer Kindheit Schauen gehabt, und nun habe sie ihm ihre Warnung vom Disibodenberg bis hierher zukommen lassen.

Hildegard seufzt, und Volmar liest weiter. Sie nickt geistesabwesend, als er zu dem Absatz über den Seitenaltar kommt, kommentiert ihn aber nicht. Nachher wirkt sie zunächst erleichtert, dann ängstlich bei dem Gedanken daran, wie die Jagdgesellschaft wohl auf Gerberts Bescheid reagiert haben mag. Volmar denkt das Gleiche, begnügt sich aber damit, festzustellen, dass sowohl die Schau als auch der Brief seine Bedeutung hatte und sie also davon ausgehen können, dass es auch so sein sollte, dass der Graf sein Wissen mit seinen Gästen teilte. Hildegard sieht ihn an, ohne etwas zu sagen. Ihr Gesicht ist blank wie die Schneide eines Messers, sie reibt sich das Ohrläppchen, bis es rot wird. Dann lächelt sie plötzlich groß und breit. So lächelt Hildegard selten, und Volmar freut sich.

Graf Gerberts Altar soll aus goldenem Sandstein gemeißelt werden, ein schwerer und unornamentierter Tisch in der Seitenkapelle schräg gegenüber Juttas und Hildegards Gitterfenster. Die Rückwand soll mit einer Malerei verziert werden, und Graf Gerbert hat einen Meister aus Köln rufen lassen, der zum Disibodenberg reist, sobald der Frost aus der Erde ist. Er hat seine zwei stiernackigen Söhne dabei und staucht sie von morgens bis abends zusammen. Hildegard verfolgt den Fortgang der Arbeit von ihrem Fenster aus – im Laufe des Tages wachsen Finger und Augen und Blumen in klaren Farben. Gleich hinter der Stelle, an der der Altar aufgestellt werden soll, wird ein Bild des heiligen Eustathius, dem Schutzheiligen der Jäger, aufragen. Er kniet vor dem Kronenhirsch, der ihm während einer Jagd erschienen ist. In dessen Geweih strahlte ein Kreuz, und eine Stimme sagte, er werde leiden müssen, um Christus zu finden. Er ließ sich bekehren, und sowohl er als auch seine Familie wurden getauft. Er musste die Prüfungen des Herrn ertragen, aber ebenso wie Hiob verlor er nie seinen Glauben. Als er sich weigerte, Götzen anzubeten, wurde er zusammen mit seiner Frau und seinen Kindern in einer Bronzestatue in der Form eines Stiers eingeschlossen und über einem mächtigen Feuer zu Tode geröstet. Unter dem Bild des Heiligen kommt ein Band mit verschiedenen kleineren Motiven zum Vorschein: Der bronzene Stier über den Flammen, das Jagdhorn, rennende Hunde, Eichenblätter und ein Jagdfalke, so wie ihn Gerbert eingehend beschrieben hat. Links des großen Bildes malt der Meister Graf Gerbert und Clementia und ihre beiden lebend geborenen Kinder. Hinter einem tiefroten Vorhang, so naturgetreu gemalt, dass man meinen könnte, es sei echtes Tuch, knien sie mit gefalteten Händen.

Es war klug von Gerbert, einen einfachen Steintisch und ein Gemälde als Verzierung zu wählen. So kann der Altar schon am Festtag des heiligen Eustathius, dem 20. September, geweiht werden. Graf Gerbert hat versprochen, einen besonderen Reliquienschrein mit einem der Fingerknochen des Eustathius mitzubringen, der vor langen Zeiten von einem seiner Verwandten aus dem Bronzestier gerettet worden war.

Hildegard hat die Erlaubnis erhalten, ihre Familienmitglieder auf dem Hofplatz vor der Kirche zu empfangen, als sie ankommen, um der Weihe beizuwohnen. Sie hat die Kirche aus diesem Winkel nicht mehr gesehen, seit sie vor beinahe zwölf Jahren zum Disibodenberg gekommen war, und sie traut ihren Augen kaum. Natürlich waren die Tage im Kloster von den Meißeln der Steinmetze durchdrungen, aber sie hätte sich in ihrer wildesten Fantasie nicht vorgestellt, dass das Resultat so großartig sein würde: Über dem Portal thront Gott am Tag des Jüngsten Gerichts auf seinem Herrschersitz, gekleidet in ein faltenreiches Gewand. Sein Gesicht ist streng und elegant, jede einzelne Strähne seines steinernen Bartes ist sorgfältig in den Sandstein gemeißelt. Um seinen Glorienschein ragt eine ganze Flut sechszackiger Sterne hervor, zu seinen Füßen thronen Engel mit Fackeln und Posaunen. Gott breitet die Arme zur Seite aus, wie sein lebendig gewordener Sohn am Kreuz, er trennt die Schafe von den Böcken, führt die Erretteten an seiner rechten Hand in den Garten des Paradieses und die Verlorenen zur Linken in die Hölle. Unter den Heiligen an seiner rechten Hand erkennt Hildegard sofort Maria, Petrus mit den Schlüsseln und den heiligen Disibod mit seinem Wanderstab. Zwischen Gott und den Verlorenen wachen vier beschützende Engel mit Weihrauchfässern, heiligen Schriften, Schilden und Lanzen. Das Feld über der verzierten Bronzetür ist so detailliert, dass Hildegard bei dessen Anblick schwindlig wird. Rechts sitzen die geretteten Seelen schön und ordentlich zwischen Säulen und Arkaden, aber obwohl ein heiliger Friede über ihren Gesichtern liegt, wird ihr Blick vom Chaos der anderen Seite angezogen. Ein nackter Teufel mit zottigen Haaren jagt die Verlorenen mit erhobener Keule in den Schlund der Hölle, die als ein Ungeheuer mit langer, dicker Zunge, scharfen Zähnen und kleinen, boshaften Augen dargestellt ist. Ein Mann hat schon den Kopf im Schlund des Ungeheuers, die anderen drücken sich ängstlich aneinander. Ganz unten schlagen Flammen um die Beine der Schar, ganz oben stehen die Nackten und Hageren und werden von kleinen Teufeln mit Schwänzen und Hörnern gepeinigt. Als Hildegards Blick auf einen Mönch Seite an Seite mit einer nackten Frau fällt, so gemeißelt, dass nichts verborgen bleibt, greift sie sich an die Brust.

»Geht weg von mir, ihr Verfluchten!«, flüstert sie, und Abt Kuno, der neben ihr steht, fährt fort: »In das ewige Feuer, das bereitet ist dem Teufel und seinen Engeln.«

Obwohl sie weiß, dass er dort steht, fährt sie beim Klang seiner Stimme zusammen. Sie legt eine Hand über ihren Mund, außerstande, mehr zu sagen, so gewaltig wirken die Bilder auf sie ein.

19

Augen, die aus ihren Höhlen springen, Rippen, die die Körper der Verlorenen wie Aas aussehen lassen.

Der reiche Mann kleidet sich in Purpur und liebt Luxuria mehr als den Herrn, während der fromme Lazarus am Tor des Reichen liegt und Hunde seine Wunden lecken lässt. Todesengel legen den armen Lazarus in Abrahams Schoß, während der Tod für den Reichen voller Schmerzen und Angst ist. Einer erhält seine Pracht auf Erden, ein anderer im Tod. Luxuria ist direkt unter den Flammen der Hölle in Stein gemeißelt, ihr nackter Körper entzündet ein Brennen im Blick. Luxuria hat langes, welliges Haar, sie leistet dem Teufel keinen Widerstand, der seinen Unterleib an sie presst, sie hebt nur ihre Hände. Luxuria spreizt ihre Beine, der Bauch wölbt sich sanft wie ein Pfirsich, des Teufels Schwanz steht geradewegs in die Luft, ein Jagdhund, der die Fährte seiner Beute aufgenommen hat. Luxuria spreizt ihre Beine, die Schlange beißt ihr in die Brüste, eine Kröte greift ihr Geschlecht an, aber sie zeigt keine Anzeichen des Leidens, nur dieses ewiglich ausdruckslose Gesicht.

Hildegard starrt und starrt auf das Relief über dem Kirchentor, starrt, bis ihr die Augen tränen. Nasse Wangen, salzige Tropfen über dem Mund. Sie sieht Hildebert so deutlich vor sich, als sei er wirklich da. Sein Gesicht ist ein Lichtfleck, der über die Steinfiguren flimmert und sich wechselweise über Lazarus und den reichen Mann legt, und sie weiß, dass alle Seelen am Jüngsten Tag gewogen werden.

Der Abt ruft nach ihr. Sie nickt, hört aber nicht, wonach er fragt. Sie lauscht dem Geräusch der Wagen, dem Knirschen der Räder zwischen Blättern und Pferdehufen. Der Bischof soll der Weihe des neuen Seitenaltars vorstehen, sein Gefolge vermischt sich mit dem Clementias und Graf Gerberts, dem Geruch nach Pferd und stehendem Flusswasser, die Sonne ist heute weich wie ein Wollknäuel.

Die Pferde haben Augen wie Frauen, lange, starke Wimpern, der feuchte Blick. Hildegard neigt den Kopf vor der Reihe von Geistlichen, rauschende Seidenumhänge, ein Ring wird ihr hingehalten, sie späht suchend nach Clementia.

Graues Licht trifft auf einen grauen Himmel, wird in Hunderte Flügel verwandelt, ein Vogelschwarm, der den Himmel zerteilt, das Licht hervorquellen lässt. Die Kirche erglüht rot und lila, der Himmel grün und golden. In der Ferne rumort ein Donner, die Vögel flüchten den Hang hinunter, hinein zwischen die schwarzen Tannen.

Hildebert warf sie hoch in den Himmel, als sie ein kleines Mädchen war. Er warf einen Strick über den Ast des Birnbaums, zurrte ein Schaukelbrett fest und rief sie Drossel und Spatz. Eine Frau kommt direkt auf sie zu, sie lächelt, aber für Hildegards Augen ist es, als triefe ihr Gesicht von Kirschsaft, es sieht aus wie Blut, duftet aber so süß.

»Hildegard, ich bin es, Clementia. Hildegard, bist du es wirklich? Du siehst wohl aus, du siehst gesund aus, du bist eine erwachsene Frau, Hildegard. Wo sind all die Jahre geblieben?«

Die Jahre, die Tage, Fischschuppen, die mit dem scharfen Messer abgestrichen werden, ein Rad, das sich dreht und dreht, bis es auseinanderfällt. Fünfzehn Jahre sind vergangen, seit sie sich gesehen haben.

»Ja, ich bin es, Clementia, ich danke dir und deinem Mann für den schönen Altar, den ihr unserer Kirche geschenkt habt.«

»Wir sind es, die danken. Du hast das Leben meines Mannes gerettet.«

»Danke Gott, nicht mir, ich bin nur sein armseliger Bote«, antwortet Hildegard tonlos.

»Oh, Hildegard, dass ich endlich wieder vor dir stehe! Ich wünschte, an diesem Festtag müsste ich nicht auch traurige Neuigkeiten überbringen ...«

»Du musst dir keinen Kummer machen, Clementia, ich habe bereits Nachricht bekommen.«

»Was meinst du? Wer hat dir Nachricht gebracht, und worüber?«

»Vater ist tot.«

»Wer ist mir zuvorgekommen?«

»Niemand, überhaupt niemand.«

20

Hildegard hat heftige Schmerzen in den Beinen. Während der Weihezeremonie kann sie kaum stehen, der Duft des Rauchs lässt ihren Kopf schmerzen, der Schmerz verwickelt sich mit dem Gesang der Mönche und zieht sie herunter. Unendliche Reihen flacher, bräunlicher Töne, ein Schlammloch, plötzlicher Frost und dickes Eis, das an der Stirn schabt. An dem anschließenden Festessen kann sie nicht teilnehmen, Uda muss ihr ins Bett helfen.

Volmar kommt sofort, nachdem das Essen mit den vornehmen Gästen überstanden ist. Wenn er mit einer Ahle in die Außenseite ihrer Beine sticht, merkt sie es überhaupt nicht. Aber sie jammert vor Schmerz, noch bevor er sich der Innenseite nähert. Die Lähmungen sind ausgeprägter, als sie es bislang waren, aber Volmar kennt weder die Krankheit noch ihre Kur. Nach der Non kommt er mit einem Extrakt aus Bilsenkraut wieder, der den Schmerz lindert und sie ruhig schlafen lässt. Jutta schließt die Läden, aber Uda folgt ihm auf Schritt und Tritt, plappernd und dramatisierend wie immer. Sie will den Krug mit dem Extrakt dabehalten, damit sie Hildegard mehr geben kann, wenn sie im Laufe der Nacht aufwacht, aber Volmar erklärt ihr ruhig, dass das Kraut den Tod der Patientin herbeiführen kann, wenn es nicht richtig dosiert wird. Uda schnalzt beleidigt mit der Zunge und stochert mit dem Feuerhaken in der Glut. Ihre Augen verschwinden in Falten, und obwohl sie ihm auf die Nerven fällt, fragt er nach ihren Hüften und dem Rücken. Es steht gerade so elend wie gewöhnlich um sie. Sie beklagt sich ohne einen Gedanken daran, dass Hildegard verglichen mit ihren eigenen Altersgebrechen mit größeren und kaum erklärlichen Schmerzen daliegt. Hildegard ist noch nicht eingeschlafen, sie ruft nach Volmar.

»Mein Vater«, schnieft sie.

»Ich habe es gehört«, sagt Volmar, »Graf Gerbert und Clementia haben es Kuno gleich nach der Messe berichtet.«

»Mein Vater«, wiederholt Hildegard mit geschlossenen Augen, aber Volmar beruhigt sie.

Er steht erst auf, als sie zu schlafen scheint, aber sie wimmert wie ein kleines Mädchen. »Herr, strafe mich nicht mit deinem Zorn, züchtige mich nicht in deinem Groll! Deine Pfeile sind tief in mich eingedrungen, deine Hand ruht schwer auf mir«, flüstert sie.

»Hildegard«, sagt er, »du musst schlafen.«

»Es brennt in meinen Gliedern, nichts in meinem Körper ist

unbeschadet. Ich bin gelähmt und vollkommen zerschlagen, mein Herz schreit vor Unruhe.« Sie spricht langsam, bewegt kaum die Lippen.

»All meine Hoffnung setzte ich auf den Herrn, er beugte sich zu mir herab und hörte meinen Hilferuf«, antwortet Volmar. Hildegard weint mit geschlossenen Augen.

»Du weinst wegen deines Vaters«, flüstert Volmar. Uda hustet, Jutta rührt sich hinter der Wand.

Hildegard schüttelt matt den Kopf. »Nein, Volmar, ich weine wegen meiner eigenen Sünden«, flüstert sie, »wegen meiner schlechten Gedanken und meines üblen Herzens. Der Herr ist gerecht, er sieht. meinen Hochmut und meine Wut, er sieht meinen Trotz ...«

»Und ob ich schon wanderte im finstern Tal, fürchte ich kein Unglück, denn du bist bei mir, dein Stecken und dein Stab trösten mich«, flüstert Volmar, aber Hildegard ist eingeschlafen und hört ihn nicht mehr.

Der Körper gewinnt schneller an Kraft als das Gemüt. Hildegard ist schweigsam und in sich gekehrt. Die Gedanken folgen dem Rhythmus des Jahres, die Kälte und die Dunkelheit legen sich um die Stimme und ziehen sich zusammen. Wenn sie beichtet, wird jeder Gedanke und jede Erinnerung gedreht und gewendet und destilliert, sodass sie ihrem Beichtvater den trüben Bodensatz der Sünde hinhalten kann. Danach hat sie in der Regel einige ruhige Stunden, aber Morgen für Morgen erwacht sie mit demselben nagenden Schuldgefühl. Sie murmelt nicht leise vor sich hin, wie sie es normalerweise tut, wenn sie in ihre eigenen Gedanken versunken umhergeht. Sogar Volmar kann nur wenige zusammenhängende Worte aus ihr herausbekommen. Wenn sie spricht, kreisen ihre Gedanken zumeist darum, welche Buße sie tun soll, um es gegenüber dem Herrn wiedergutzumachen, und welche Sünden es sind, die sie selbst nicht sehen kann und für die er sie so hart bestraft.

Volmar sieht, wie sehr ihre Gedanken sie plagen, kennt aber keine Linderung. Auch er grübelt darüber, warum Hildegard, die sicher nicht vollkommen, aber immer bestrebt ist, sich zu verbessern, so gepeinigt werden soll, wenn andere und schlimmere Sünder offenbar verschont bleiben. Zu Beginn des Weihnachtsmonats müssen sie einen der Brüder für seine wiederholten Sünden bestrafen, indem sie ihn vom Kloster fortschicken. Er zeigte weder Mäßigung noch Demut oder Gehorsam, und keine Strafe konnte ihn dazu bringen, sich zu ändern. Volmar brachte ihn zum Tor, aber wenn er erwartet hatte, von einem schuldbeladenen und gebrochenen Menschen Abschied zu nehmen, so lachte ihm der Verstoßene gerade ins Gesicht.

Ganz gewiss wird sich die Gerechtigkeit des Herrn am Jüngsten Tag ganz und gar erfüllen, dennoch ist es schwer zu verstehen, wo in dieser Form von Ungleichheit die Gerechtigkeit zu finden ist. Volmar nimmt diese Gedanken mit in seine eigene Beichte, und der Beichtvater erlegt ihm Tage des Schweigens dafür auf, dass er sich nicht in allem, was er denkt, Gottes Willen unterordnet. Es scheint, als bemerke Hildegard nicht, ob Volmar spricht oder nicht, wenn sie Seite an Seite im Infirmarium die Kranken pflegen. Selbst bittet sie darum, weitere Strafe und Buße auferlegt zu bekommen, muss sich aber ihrem Beichtvater fügen, der ihr nur anrät, zu fasten und über bestimmte Stellen der Schrift zu meditieren.

Erst Anfang Mai scheint es, als würden die dunklen Gedanken ihren Griff um Hildegard lösen. Sie spielt wieder auf dem Psalterium, schöner als jemals zuvor, und Jutta öffnet die Läden, um zu lauschen. Uda ist im Laufe des Winters gealtert und steht nicht mehr aus ihrem Bett auf. Hildegard füttert sie mit Suppe und weichem Brot und kümmert sich wie eine Tochter um sie. An einem der wärmsten Tage im August erweist der Herr sich gnädig und nimmt sie zu sich. Nach der Beisetzung bleibt Hildegard am Grab stehen. Die Erde ist trocken und hell, die Luft zittert vom Gesang der Grashüpfer und der stehenden Hitze.

> Niemals sollst du wanken,
> so du wirst geprüft.
> Der Herr lässt den Tod erzittern,
> die Schlange er vernichtet,
> die in des Paradieses Garten
> zu Eva sprach und sie verlockte.

Der Konduk hält am Friedhofstor inne. Sie lauschen. Hildegard singt, aber niemand kennt den Psalm.

> Niemals sollst du wanken,
> so du wirst geprüft.
> Eine Frau, die brachte den Tod,
> eine Jungfrau, die ihn überwand,
> denn Gott wurde Mensch
> in einer Jungfrau, die gesegnet ward.

Ihre Stimme ist klar und hell wie die der jüngsten Novizen. Es ist etwas Beunruhigendes in ihrem Gesang, etwas Fremdartiges und gleichzeitig Wohlbekanntes. Abt Kuno treibt die jüngeren Brüder an, weiterzugehen, bleibt aber selbst gemeinsam mit Volmar stehen. Sie schweigen, Hildegard singt den Psalm noch einmal. Dieses Mal dringt der Klang noch klarer zu ihnen, ein kühles Bad in der Mittagshitze. Dann kniet sie einen kurzen Augenblick am Grab nieder, bevor sie sich abwendet und den schmalen Pfad zurück unter die Ulmen geht.

»Der Psalm?« Abt Kuno schwitzt, sucht Schatten.

Hildegard nickt ernst. Sie sieht über den Friedhof. Als sie zum Disibodenberg kam, war die Friedhofsmauer an vielen Stellen völlig zusammengefallen, jetzt ist sie wieder aufgebaut, und die Anzahl der Gräber hat sich verdoppelt.

»Ich habe ihn selbst erdacht, ehrwürdiger Vater«, sagt sie geradeheraus.

»Und die Worte?«

»Sowohl die Worte als auch die Melodie.«

»Wann?«

»Während ich an Udas Bett wachte, die Worte waren ein Blitz, der niederfuhr. Sie zogen die Melodie nach sich wie eine ...«, sie zögert und lächelt verlegen.

»Wie eine ...?«

»Wie eine Blumenranke, die sich windet und über einen steinernen Wall kriecht, sich um die Stämme der Bäume schlingt, ihre zarten Trompeten öffnet und ihren duftenden Gesang abgibt.«

Abt Kuno lässt seinen Blick über die Gräber schweifen. So hat er Hildegard noch nie sprechen hören. Auch Volmar ist verwundert. Er kennt Hildegards Liebe zur Musik, und natürlich hat er sie schon singen und auf dem Psalterium spielen hören. Aber es sind immer Davids Psalmen gewesen, dieselben Worte und Melodien, die die Brüder jede Woche singen.

»Das war schön«, sagt Kuno, während er sich mit dem Ärmel den Schweiß von der Stirn trocknet, »anders, aber schön.«

Hildegard sucht Volmars Blick. Da ist ein fremdes und triumphierendes Blitzen in ihren Augen. »Vielleicht beinahe zu schön«, sagt Kuno und tritt wieder hinaus in die Sonne. »Unter keinen Umständen kann ich zulassen, dass die Brüder solches zu hören bekommen.«

Hildegard bleibt auf dem Friedhof stehen. Volmar verharrt zwischen ihr und Kuno, breitet die Arme aus und folgt seinem Abt.

»Musik ist, Gott zu preisen! Wie kann etwas zu schön sein für Gott?« Hildegard holt sie ein. Volmar kann sehen, dass sie verletzt ist.

»Frauenstimmen können das Feuer der Sünde in des Mannes Gedanken und Fleisch entfachen«, antwortet Kuno, ohne anzuhalten.

»Lobgesang hält zur Frömmigkeit an und entfacht keine Sünde!«, fährt sie auf, obwohl Volmar hinter Kunos Rücken signalisiert, sie solle ihr Temperament zügeln.

»Hildegard!« Kuno dreht sich wütend zu ihr um. »Wie kannst du es wagen, mir zu widersprechen?«

Hildegard steigen Tränen in die Augen, und Kuno, der ihre Unbeherrschtheit mit Gram und Kummer über den Tod des Dienstmädchens verwechselt, lässt sich besänftigen. Er fertigt sie mit einer Handbewegung ab und geht in sein Haus, ohne noch etwas zu sagen. Die Tür fällt mit einem Schlag hinter ihm ins Schloss.

Ratlos bleibt Volmar vor dem Haus des Abts stehen. Er kann jedes Gefühl lesen, das in Hildegard tobt, sie macht auf dem Absatz kehrt.

Auf halbem Weg zum Infirmarium hält sie an. Sie hebt die Hand, der Zeigefinger schwingt wie ein Pendel durch die Luft, aber sie sagt nichts.

»Hildegard«, Volmar ist ihr dicht auf den Fersen, seine Stimme beruhigt sie nicht. Sie schnaubt, hebt den Saum ihrer Tracht und stürmt weiter Richtung Infirmarium.

Den Rest des Tages sprechen sie nicht darüber. Als sie sich vor der Non trennen, kann Volmar nicht länger an sich halten.

»Wenn es ein Nonnenkloster wäre, Hildegard«, beginnt er.

»Ja?«

»Dann könnte dein Psalm vielleicht besser...«, er zuckt mit den Schultern.

»Es sollte ausreichen, dass es ein Kloster ist, Volmar. Ich bin mir darüber im Klaren, dass die Sünde am Herzen eines jeden Menschen nagt, aber...«, sie zuckt mit den Schultern.

Volmar weiß nicht, was er sagen soll. Es kommt ihm idiotisch vor, das Gespräch überhaupt begonnen zu haben, und jetzt wünscht er sich nur, es möge so schnell wie möglich beendet sein. Er wollte die Wogen glätten, hat die Wunde aber stattdessen weiter aufgerissen.

»Du liebst den Frieden, Volmar«, sagt Hildegard. Ihre Stimme ist plötzlich sanft und leicht. »Aber es ist nicht gerecht, mir zu verbieten, den Herrn mit den Fähigkeiten zu preisen, die er mir selbst gegeben hat.«

»Gerechtigkeit...« Volmar faltet die Hände vor der Brust. Über Gottes Gerechtigkeit können sie nichts wissen.

»Dies ist ein Kloster, Volmar. Wir beten und arbeiten und singen zum Lobpreis des Herrn. Gott hat die Schönheit geschaffen, um uns zu erfreuen.«

»Es gibt Unterschiede zwischen Männern und Frauen«, versucht er. »Die Begierde des Mannes entzündet sich leichter, sein Feuer ist stärker, sein Kampf gegen die Lust des Fleisches größer.«

»Der Kampf gegen die Sünde ist eines jeden Menschen Kampf«, antwortet sie scharf, »die fromme Schönheit brennt die Sünde fort.«

»Es gibt Mönche in diesem Kloster, die so heftig von den

Versuchungen des Fleisches geplagt werden, dass ich ihnen Extrakt des Schierlings verabreichen muss, um den Trieb zu dämpfen«, flüstert er, und ausnahmsweise schweigt Hildegard. »Ich weiß, dass es damals große Proteste dagegen gab, dir und Jutta überhaupt Einlass ins Kloster zu gewähren, und zwar aus ebendiesem Grund.«

»Dann sollte ich vielleicht fortgehen«, antwortet sie mit harter Stimme. »Einen Ort finden, wo es keine Männer gibt, sondern nur Frauen, die aus reinem Herzen den Herrn anbeten.«

Volmar fällt nichts ein, was er darauf antworten könnte. Hildegards Worte klingen wie eine Drohung, und das macht ihm Angst. Vielleicht wird der Herr ihn doch dafür strafen, dass er sich zu stark an Hildegard gebunden hat? Gedanken daran, sie zu verlieren, bereiten ihm die größte Sorge, und für gewöhnlich schiebt er sie beiseite. Aber sowohl, als er Udas Leib im Grab verschwinden sah, als auch jetzt, da Hildegard den Gedanken äußert, Disibodenberg zu verlassen, zieht sich sein Herz zusammen. Er beugt sich vor, stützt die Hände auf die Knie.

»Volmar?« Die Härte in Hildegards Stimme ist verschwunden, »Volmar, bist du krank?«

Er schüttelt den Kopf, richtet sich auf und fährt sich mit der Hand übers Gesicht. Hierüber kann er nicht mit Hildegard sprechen, das wäre nicht richtig.

»Volmar, sprich zu mir.«

»Gott wird dir den Weg zeigen und dir bedeuten, was du tun sollst«, sagt er neutral, während Hildegard stehen bleibt, ratlos und plötzlich traurig.

21

Einige der Brüder brauchen Extrakt vom Schierlingskraut, um die Lust des Fleisches zu bekämpfen, und trotzdem sind sie bei guter Gesundheit. Hildegard denkt darüber nach, ob ihre eigene Sünde größer ist als die der Brüder, da sie mit so heftigen Schmerzen gestraft wird.

Uda ist tot und hat eine gewaltige Stille hinterlassen. Hildegard fragt Jutta, ob sie nach einem neuen Dienstmädchen schicken sollen. Jutta will mit dem Abt sprechen und ihn bitten, die Sache zu entscheiden. In der Zwischenzeit muss Hildegard für Jutta sorgen. Sie holt das Essen in der Küche und trägt den Topf hinaus.

Nur wenn Hildegard für Jutta spielt, findet sie Ruhe vor ihren Gedanken. Jutta öffnet die Läden und lauscht. Da ist eine neue Traurigkeit, ein verzweifelter Ton, der von Hildegard ausgeht und ins Psalterium strömt. Jutta bemerkt es.

»Wir trauern über die, die wir verlieren, obwohl wir wissen, dass wir sie im Garten des Paradieses wiedersehen werden«, sagt sie, und Hildegard nickt.

Sie hört sowohl Kummer als auch Zorn in der Musik und spürt, dass es den Ton tiefer und schöner macht als zuvor.

»Zuerst dein Vater, dann Uda. Das ist der Grund, warum wir uns nicht mehr an einen Menschen binden sollen als an den anderen«, sagt Jutta. »Tun wir das nicht, werden die unvermeidlichen Verluste unsere Aufmerksamkeit für Gott nicht stören.«

Hildegard antwortet nicht, denn das Einzige, was sie sagen könnte, wagt sie kaum für sich selbst zu formulieren.

Weder Hildeberts noch Udas Tod haben etwas mit ihrer Verzweiflung zu tun. Was sie plagt, sind die Gedanken an das Verbot des Abts, nicht singen zu dürfen, von denen sie sich nicht befreien kann. Sie schämt sich ihres Starrsinns: Es sollte ihr genügen, dass Jutta und der Herr ihre Lobpreisungen hören, aber sie verlangt nach mehr. Sie lauscht den Tönen, die die Stille hervorlockt. Da ist eine Stelle in ihr, an der die Laute und Anblicke des Alltags mit ›Dem Lebenden Licht‹ verschmelzen und schön und verwandelt wieder auferstehen. Sie konzentriert sich und greift nach den neuen Tönen, dem Vogel im Käfig, dem Herz zwischen den Gitterstäben der Rippen. Kummer ist Rauch, der im Licht sichtbar wird, der zu einem Bogen gespannt wird und einen Pfeil schwirrend in den Himmel schickt. Hildegard kann sich nicht zufriedengeben. Flatterhafte Finger fliegen über die Saiten, dicke Stängel verwickeln sich ineinander, die zarten, hellroten Kelche der Zaunwinden, ein Chor offener Münder, eine Himmelsleiter aus Kristall.

Nachts träumt Hildegard vom Schlund der Hölle. Zahnstocherdünne Beine stechen zwischen den scharfen Zähnen hervor, an den Füßen tragen sie Hildeberts Stiefel. Sie packt die Beine, um den Mann herauszuziehen, damit sie sehen kann, ob es wirklich ihr Vater ist, aber stattdessen wird sie selbst in den stinkenden Schlund gerissen. Sie kämpft dagegen an, kratzt dem Ungeheuer Löcher in die weichen Innenseiten seines Munds, kann aber nicht freikommen. Tief unten in dem Schlund lacht jemand, es klingt wie Hildebert. Sie gibt den Kampf auf, ergibt sich, die Beine geben unter ihr nach, sie fällt und fällt, bis die Angst ihren Griff löst. Weit weg kann sie immer noch Hildeberts Lachen hören, es wird heller und heller, bis ein Brausen aus Tausenden von Stimmen über ihr zusammenschlägt.

Als sie aufwacht, ist sie ruhig, bis sie anfängt zu denken. Ist es der Gesang, der sie in den Höllenschlund stößt? Zerrt die Sünde so stark an ihr, dass sie ihre Frömmigkeit aufgeben will, um ihren Willen zu bekommen? Oder ist es im Gegenteil der Gesang, der den Sünder vor der Verdammnis rettet, indem er seine Taue bis hinauf in den Himmel windet?

Im Infirmarium ist eine schwangere Frau. Sie wird von Schuld und Schmerzen geplagt. Die Brüder warten auf Hildegard, denn sie wollen sie nicht selbst berühren. Sie liegt in der Abteilung der Wohlhabenden, sie hat das Gesicht zur Wand gedreht und schläft unter einer dünnen Wolldecke. Eine Säule aus Licht öffnet sich vor Hildegard, ›Das Lebende Licht‹ spricht zu ihr, obwohl sie nicht alleine ist. Sie wendet die Handflächen zur Decke.

»So zeige es mir«, flüstert sie, »zeige mir, was ich wissen soll.«

Die Wand verschwindet in einem Meer aus tanzenden Lichtpunkten. Der ganze Raum schwebt in Licht, ein tiefer und breiter Brunnen tut sich auf, voll von stinkendem Nebel. Sie muss sich eine Hand vor den Mund halten, so ekelhaft ist der Gestank. Der Nebel kriecht aus dem Mund des Brunnens, wird zu einer Schlange mit kleinen Augen. Direkt neben dem Brunnen liegt ein schöner Mann, er trägt keine Kleider, schämt sich seiner Nacktheit nicht. Die Schlange schneidet durch seinen Rücken, er legt eine Hand hinter sein Ohr und horcht in den dunklen Brunnen hinab. Durch die Rippen des Mannes geht eine blendend weiße Wolke in der Form einer Frau, ihr Schoß ist mit glitzernden Sternen besprenkelt. Die Schlange haucht die Wolke an, es ist schwer, Luft zu holen. Es ist Luzifer, den Gott zu seinem schönsten Engel gemacht hat, der aber so in seine eigene Schönheit vernarrt war, dass er Gott gleich sein und seinen eigenen Thron im Himmel bauen wollte. Luzifer musste fallen: Feuerräder, verbrannte Zungen, schwarze Federn, die zur Faust geballte Hand, Finger, die nicht mehr ausgestreckt werden, um Gottes Gaben entgegenzunehmen. Zwei Herzen können nicht in einer Brust schlagen, zwei Götter können nicht im Himmel regieren. Der Satan kleidet sich in Chaos und Schlangenhaut, er erhebt sich vor Hildegards Gesicht, sie kann seinen glühend heißen Atem spüren. Genauso deutlich wie sonst den Herrn, hört sie nun die Schlange zu sich sprechen: Meine Macht ruht auf des Menschen Empfängnis. Auf diese Weise wird er mein Eigentum. Im Schoß der Frau werde ich meine Herrschaft wiedererrichten, mein Gift verbreiten, das sich in die ganze Menschheit fortpflanzen wird.

Hildegard starrt auf die Wand, während die Schau verschwindet. Sie hat keine Angst. Eva ließ sich durch die Rede der Schlange verführen, sie wollte ihre eigene Herrin sein und Gott den Rücken kehren. Hildegard beugt den Kopf. Sie versteht. Sie muss sich mit allen Kräften dagegen stemmen und ein Teil von Gottes Heilsvorsehung werden. Er lässt seine Menschenkinder nicht im Stich, er siegte über den Sündenfall, indem er seinen Sohn im Schoß einer Jungfrau zur Welt kommen ließ. Sie muss geduldig darauf warten, dass Gott ihr zeigt, was sie tun soll. Sie muss passiv sein wie eine Feder, die sich vom Fluss treiben lässt.

22

Die schwangere Frau kam spätabends zum Disibodenberg und hat seitdem kein Wort gesagt. Erst als sie aufwacht und entdeckt, dass Hildegard an ihrem Bett sitzt, bricht sie in Tränen aus. Sie heißt Margreth von Schmie, ist fünfzehn Jahre alt und unverheiratet. Sie erklärt Hildegard, dass ein Freund der Familie sich an ihr vergangen habe. Sie stammelt und bringt die Worte kaum heraus, als Hildegard sie nach einigen weiteren Dingen fragt. Hildegard hat keinen Zweifel, dass sie die Wahrheit sagt. Das Mädchen ist aus guter Familie, ihr Bruder hat sie hergebracht, er selbst übernachtet in der Gästeherberge. Margreth hatte von Hildegards Frömmigkeit und ihrer Heilkunst gehört und weigerte sich rundweg, sich von jemand anderem untersuchen zu lassen. Der Täter hat der Familie eine Mitgift bezahlt, nachdem unübersehbar wurde, dass sie schwanger war, und da er gewillt ist, das Mädchen zu heiraten, sollte das Problem gelöst sein. Obwohl die Aussicht, das Kind nicht außerehelich gebären zu müssen, Margreth eigentlich beruhigen sollte, löste es den genau gegenteiligen Effekt aus. Der Täter hatte ihr frech ins Gesicht gelacht, und sie hatte nach ihm gespuckt. Am selben Abend war sie von großen Schmerzen ergriffen worden, und seitdem ist sie nicht imstande gewesen, selbstständig aus dem Bett aufzustehen. Den ganzen Weg zum Disibodenberg hatte sie am Boden des Wagenkastens gelegen und gejammert, und ihr Bruder hat sie ins Infirmarium tragen und sie ins Bett legen müssen.

Sie will Hildegards Hand nicht loslassen. Sie flüstert, und Hildegard muss sich über sie beugen, um hören zu können, was sie sagt. Sie schlägt die Decke zur Seite, sie will Hildegard ein Geheimnis zeigen, das sie angstvoll mit sich trägt. Vom Knie bis zum Schoß verläuft eine dicke, rote Narbe. Da, wo die Geschlechtsbehaarung beginnt, teilt sie sich in zwei Verläufe. Auf jeder Seite der Narbe bildet die Haut einen kleinen, harten Wall. Vorsichtig berührt Hildegard das Mal. Er hatte ihr ein Messer an die Kehle gehalten und ihre Beine mit einem Feuerhaken auseinandergezwungen, nachdem er ihn über die glühenden

Kohlen der Feuerstelle gehalten hatte. Er hat sie gebrandmarkt wie ein Tier. »Du gehörst mir«, hatte er geflüstert, »denn jetzt will dich kein anderer Mann mehr.«

Hildegard fragt, ob sie geschrien habe, ob sie versucht habe zu fliehen, ob sie Begierde gefühlt habe. Margreth schließt die Augen und schüttelt den Kopf. Dann lehnt sie sich über die Bettkante und übergibt sich.

Hildegard bleibt stehen, während einer der Novizen das Erbrochene aufwischt. Margreth trägt das Mal der Schlange, aber sie hat ihren Kampf gegen den Satan nicht aufgegeben. Hildegard betet für sie, und sie kommt zur Ruhe. Margreth hat kein Fieber, aber ihr Gesicht glänzt, und ein scharfer Gestank umgibt sie. Mit geschlossenen Augen erzählt sie von ihrer Familie. Seit sie ein kleines Mädchen war, wollte sie ins Kloster, aber ihre Familie wollte ihrem Wunsch nicht nachkommen. Hin und wieder halten ihre Brüder sie zum Narren und rufen sie *die Heilige*. Seit dem Unglück wird sie von Erscheinungen geplagt. Den einen Augenblick durchlebt sie die Vergewaltigung noch einmal, den anderen ist sie sicher, dass sie ein Teufelskind in sich trägt. Nachts wird sie von hässlichen Träumen heimgesucht, in denen mehrere Männer sie jagen und ihr die Kleider vom Leib reißen, um sich an ihr zu vergreifen.

Hildegard schweigt, während Margreth spricht. Danach ermahnt sie sie, Nahrung zu sich zu nehmen, und sagt, dass es eine ebenso große Sünde ist, nicht auf sein ungeborenes Kind zu achten wie einem Neugeborenen Nahrung vorzuenthalten.

Volmar ist im Kräutergarten, er liegt auf den Knien vor einem Beet mit Mutterkraut und Kamille. Er trägt einen breitkrempigen Hut zum Schutz gegen die Sonne. Hildegard lächelt, sagt, er gleiche einem Bauern.

»Ein Bauer des Herrn«, antwortet er, steht auf und bürstet den Staub von seinen Knien.

»Ich habe die Schwangere noch nicht ordentlich untersuchen können«, beginnt Hildegard, »sie ist so sehr von Angst und Versuchungen geplagt, dass ich für sie beten und ihr zuhören musste, bis sie zur Ruhe kam.«

»Vernünftig«, antwortet Volmar und nickt. Er weiß sofort, dass es etwas anderes als Krankenpflege ist, was Hildegard auf dem Herzen hat.

»Sie ist unverheiratet, und der Vater erzwang sich Zugang zu ihr.« Sie zögert, Volmar nickt nachdenklich. »Ich weiß nicht...«, setzt sie wieder an und sieht weg. Giftiger Eisenhut wächst entlang der Mauer, Trauben blaulilafarbener Blüten nicken im Wind.

Volmar kneift den Kopf von einer Kamille, reibt damit über einen Riss am Handrücken.

»Sie schlief, als ich kam, und ich setzte mich an ihr Bett, um sie zu wecken. Ich sah... ›Das Lebende Licht‹ offenbarte sich... oder es war tatsächlich....« Sie presst die Handflächen gegen die Schläfen. Als sie Volmars verwirrten Gesichtsausdruck sieht, muss sie lachen.

»Luzifer«, sagt sie, ohne die Stimme zu senken, sodass Volmar zusammenzuckt.

»Luzifer sprach zu mir, aber es war das Licht, das ihn mir zeigte«, sagt sie, als begreife sie es selbst erst jetzt. »Genau so war es.«

Volmar legt den Kopf zurück und sieht in den Himmel. Das tiefe Blau des Oktoberhimmels tut gut, er stellt sich vor, es fließe direkt in ihn hinein.

»Ich spreche nicht klar«, sagt Hildegard entschuldigend. »Ich hatte überhaupt nicht daran gedacht, dass ich dich mit meinen Worten erschrecken könnte, Volmar.«

Er wedelt abwehrend mit der Hand vor sich in der Luft herum.

»In der Schau sah ich die Erklärung dafür, wie die Sünde in die Welt kommt ... ich verstand ... ich muss mich fügen ... nicht so eigenwillig sein ... ich verstand ... ich sah, dass das Schöpfungswerk noch immer im Werden ist ... Volmar, die Frau hat eine Schlangenzunge auf ihrem Schenkel, sie schnappt nach ihrem Geschlecht ... Im Übrigen kann sie dort drinnen nicht gebären, aber wir müssen sie hierbehalten, sie muss also unter allen Umständen einen Raum für sich alleine haben.«

»Hildegard, ich verstehe nicht, was du sagst«, er schüttelt langsam den Kopf, »nicht ein einziges Wort.«

»Dass wir die schwangere Frau hierbehalten müssen, das hast du doch wohl verstanden?«, fragt sie neckisch, und er nickt verbissen, kniet sich vor das Beet und setzt seine Arbeit fort.

Hildegard geht neben ihm in die Hocke. Sie legt die Hand für einen Augenblick auf seine Schulter. Als sie sie wegnimmt, kann er sie immer noch spüren.

»Entschuldige, Volmar, ich kann es dir zu einem anderen Zeitpunkt besser erklären.«

Er nickt, ohne aufzusehen. Niemals hat er sich so sicher gefühlt, dass Jutta und der Abt recht haben, wenn sie Hildegard verbieten, über ihre Schauen zu sprechen.

»Manchmal muss ich es sagen, um es selber zu verstehen«, flüstert sie und richtet sich auf. Sie bleibt hinter ihm stehen. Das Mutterkraut duftet süß und kräftig, ihre Gedanken jagen in verschiedene Richtungen auseinander.

»Hast du den jüngeren Mann bemerkt, der auf einer Seite solche Schmerzen im Kopf hatte und erzählte, es sei in einem Anfall gekommen? Er erholte sich, wie ich es gehofft hatte, als ich ihm Mutterkraut gab. Aber er bekam eine Wunde im Mund, die ganz genau so geformt war wie das Blatt, das er unter der Zunge hatte ... es klingt vielleicht so, aber Luzifer ... die Schau war nicht furchterregend, Volmar ... was meinst du also, wo wir sie hinlegen sollen?«

Volmar legt eine Hand voll Blütenköpfchen in den Korb.

»Die Wunde verschwindet, wenn die Kur beendet ist, und die Frau müssen wir in den Lagerraum neben der Kräuterküche legen. Du musst die Brüder bitten, das Bett dort hineinzubringen. Aber es ist das Beste, wenn nur du nach der Schwangeren siehst ... ein Kind können wir nicht hierbehalten, sie muss sogleich entscheiden, wer sich darum kümmern soll, wenn es zur Welt gekommen ist.«

Margreth stöhnt, wenn Hildegard ihren Bauch berührt. Hildegard hat Schwierigkeiten zu ertasten, wie das Kind liegt, denn sie ist ungeübt und der Bauch hart und angespannt. Margreth in das Kräuterlager zu bringen ist ein Kampf, denn sie kann kaum gehen und stützt sich so schwer auf Hildegards Schulter, dass sie beinahe in die Knie geht. Ganz gleich, welche Kräuter sie ihr verabreicht, es hilft nicht im Geringsten. Ausnahmsweise einmal wird Hildegard nicht krank, nachdem sie ›Das Lebende Licht‹ gesehen hat. Sie registriert es zwar, hat aber mit der Pflege Margreths und ihren anderen Pflichten so viel zu tun, dass sie keine Zeit findet, länger darüber nachzudenken.

Nach einer Woche greift sie auf einen Aderlass zurück, aber es sieht so aus, als würde auch das nichts nützen. Margreth ist leicht als phlegmatisch zu identifizieren: Ihre Farben sind dunkel, ihr Kinn ist flaumig, ihre Züge sind wuchtig und ein klein wenig männlich. Der phlegmatische Typ zieht leicht Männer an, und eigentlich ist es gut für solche Frauen, mit einem Mann zusammenzuleben. Doch was ihre Konstitution angeht, macht es sich nicht besonders bemerkbar, wenn sie es nicht tun. Es ist nicht wie bei der sanguinischen Frau, die die am besten entwickelte Gebärmutter hat und oft von großen Schmerzen befallen wird, wenn sie kinderlos bleibt. Aber auch nicht wie bei der melancholischen Frau, die eine schwache und gebrechliche Gebärmutter hat, die nur schwer erregbar ist und den Samen des Mannes kaum bei sich behalten kann.

Ab und zu hat Margreth einige ruhige Stunden, dann sitzt Hildegard neben dem Bett und spricht mit ihr. Margreth hat nie lesen und schreiben gelernt, aber sie kennt viele der Psalmen, und Hildegard singt für sie.

Der Bauch wächst Woche für Woche. Wenn das Kind tritt, zuckt Margreth zusammen, und Hildegard macht sich Sorgen. Vielleicht hat sie die Schau mit Luzifer doch missverstanden, vielleicht wollte Gott ihr in Wirklichkeit zeigen, dass diese Frau die Brut des Teufels in sich trägt, eine Missgeburt, die ihre Mutter mit spitzen Hörnern sticht. Volmar, der ihr mit der Zeit alles beigebracht hat, was er weiß, versteht sich auch nicht besser auf Schwangerschaften als sie selbst und kann ihre Fragen nicht beantworten.

Hildegard denkt an Margreth, sobald sie morgens aufwacht. Sie fragt sich, ob sie etwas übersehen hat, etwas, das Frauen mit mehr Erfahrung erkennen würden.

Sie schlägt Volmar vor, einen Boten zu der Hebamme im Dorf zu schicken, damit sie sie um Rat fragen kann. Die Sache muss dem Abt vorgetragen werden; er antwortet, dass davon unter keinen Umständen die Rede sein kann, und Volmar muss unverrichteter Dinge den Gang zu Hildegard antreten.

Stattdessen sucht Hildegard die Frauenabteilung im Armenbereich des Infirmariums auf. Hier liegen ein paar alte und drei jüngere, verheiratete Frauen. Die eine ist so mitgenommen, dass es keine Hoffnung mehr für sie gibt. Dieser Herbst ist hart zu den Menschen in der Gegend um das Kloster, und es gibt keine freien Plätze in der Abteilung für die Sterbenden. Stattdessen liegt sie unter ihrer Wolldecke verborgen und hustet in einem fort. Sie wird von fiebrigen Visionen geplagt, und die jüngste der anderen Frauen weint vor Schrecken, wenn sie schreit und mit den Armen in der Luft herumfuchtelt. Der fäulnissüße Gestank des Todes umgibt sie bereits, obwohl Hildegard ihr Gesicht und ihre Füße mit Rosenwasser wäscht.

»Ich habe in diesem Kloster gelebt, seit ich zehn war«, beginnt Hildegard und setzt sich zwischen die Frauen. Die Betten stehen so dicht, dass sich die Kranken berühren können, wenn sie die Hände ausstrecken.

»Gesegnete Mutter Hildegard«, röchelt die Alte in ihrem Bett, und die jungen Frauen nicken.

»Ich habe viel gesehen und gelesen, wovon andere Menschen niemals Kenntnis erhalten«, sagt sie, »aber es gibt auch Dinge, die meine Jungfräulichkeit mich zu kennen hindert, und obwohl ich weiß, dass ihr müde und geplagt seid, brauche ich eure Hilfe.«

Hildegard sitzt lange unter den Frauen. Sie hält sich nicht zurück mit ihren Fragen und fordert die anderen so eifrig auf zu erzählen, dass sie ihre Scheu vergessen und ganz erpicht darauf sind, zu erklären. Hildegard hört zu und fügt ihre Erklärungen zusammen. Sie versuchen, auf alles zu antworten, was sie wissen will: die Anziehung zwischen Männern und Frauen, das unbändige Wesen der Lust, der Vollzug der Ehe, der Genuss der Frau, wenn sie den Mann empfängt, wie es sich anfühlt, wenn Leben im Schoß der Frau hervorwächst, und der unbeschreibliche Schmerz, wenn das Kind auf die Welt kommt.

23

Darf man ein Teufelskind stillen? Ist jede lebend geborene Seele eine Schöpfung Gottes?

Margreth hat heftige Wehen. Der Mond wird von blauen Wolken gespalten, Raureif glitzert im Gras. Hildegard muss es alleine schaffen. Volmar wird ihr nur im äußersten Notfall beistehen, denn die Frau ist unrein und das Blut giftig für einen Mann.

Schlitzt ein Teufelskind den Mutterschoß mit seinen Hörnern auf? Zeigt Gott Barmherzigkeit, indem er das Kind sterben oder indem er es leben lässt?

Ein Damm wird zerrissen. Es muss Gleichgewicht zwischen Wärme und Kälte, trocken und feucht, Blut, Galle und Schleim herrschen. Gott schuf Adam aus der trockenen, warmen Erde, zog Eva aus dem kühlen Fleisch.

Kühle Frau, flatterhaft und treulos. Feuchte, gierige Frau. Die Gebärmutter ist kalt, und die Begierde lockt den Mann an, verlangt, dass er sie mit seinem heißen Samen wärmt. Die Schlange zeigte, dass Satans Wut es leichtmacht, eine Frau zu verführen, sie kann ihre Beine nicht zusammenhalten.

Die Frau, eine öde Landschaft geformt von Sturm, Schnee, Regen. Die Frau ist an die Erde gebunden, wie ein Reptil, das in schattigen Höhlen und an kalten Wasserlöchern lebt. Deine Erde ist weich und schwarz, der Sämann hat die Hände voller Samen. Der Mann ist das Feuer, die Sonne, die den Mond erhellt.

Frau, deine Begierde wird Frucht reifen lassen. Sie reißt Stoff nicht entzwei und brandmarkt niemanden. Im Knochenmark schwelt das Verlangen, pulsiert, atmet, keucht. Die Kontraktionen beginnen als Wärme im Kopf, sie breiten sich entlang des

Rückgrats aus, bis sie im Schoß den Samen zu sich rufen, über ihn wachen in dunklen, feuchten Höhlen, wie eine um einen kostbaren Stein zur Faust geballte Hand.

Die Faust ist so fest geballt, dass sie nicht ohne Schmerz geöffnet werden kann. Evas Töchter, verstoßene und bemitleidenswerte Sünderinnen. Margreth jammert nicht mehr, ihr Bauch ist hart wie Stein. Hildegard wäscht sich die Hände. Lieber Gott, verschone diese Sünderin. Lieber Gott, lasse deinen Willen geschehen. Lieber Gott, gib mir Kraft.

Es läuft warm und klebrig über Hildegards Hände. Die Kuh kalbt wie die Frau, aber das Menschenkind ist kein glanzäugiges Kalb. Hildegard kniet zwischen Margreths Beinen, der scharfe, säuerliche Geruch ritzt rote und grüne Muster in den Boden. Der Kopf des Kindes ist mit schwarzen Haaren bedeckt, aber er hat keine Hörner. Ein kleines, fremdes Gesicht, ein dunkler, glänzender Fisch zwischen Hildegards Händen, die Nabelschnur pulsiert, wird abgebunden und durchgeschnitten. Jetzt gehören der Junge und seine Mutter nicht länger zusammen.

Hildegard steht mit dem Kind in den Armen da, eine Unendlichkeit lang atmet er nicht. Selbst ein Kind der Sünde schlägt Wurzeln in einem Mutterherzen. Margreth stemmt sich auf den Ellbogen, sie fürchtet um das Leben des Kleinen. Der Junge schnappt nach Luft, wimmert, schreit lauter und lauter, und Hildegard lacht vor Schreck. Sie wäscht ihn, packt ihn in Tücher, wickelt ihn stramm und warm ein und überlässt ihn Volmar.

24

Nach der Geburt wird Margreth rasch gesund. Die Schmerzen verschwinden im Lauf einer Woche, und sie schläft mehr, als sie wach ist. Obwohl es für die Mönche beschwerlich ist, muss sie die vierzig unreinen Kindbetttage liegen bleiben, und nur Hildegard kann nach ihr sehen und sie untersuchen. Die Mönche sind nervös, und auch Abt Kuno ist nicht glücklich darüber, dass Margreth im Infirmarium liegt.

Hildegard freut sich darüber, dass Margreth mit der Stärke des Glaubens und Gottes Hilfe ihren Kampf gegen den Teufel gewann. Jetzt, da ihr Körper eine leere und weiche Hülle ist, hat sich die Schlange an einen anderen Ort verzogen. Vielleicht ist sie in das neugeborene Kind gefahren, vielleicht ist sie in die Tiefe der Hölle verschwunden, wo sie auf der Lauer liegt, bereit zum Biss. Margreths Bruder nahm das Kind an sich, er wollte auf dem Weg zurück nach Schmie eine kinderlose Frau finden. Wenn Margreth den Vater nicht heiraten will, ist es das Beste, dass niemand weiß, wo das Kind ist.

Margreths Körper versteht es nicht, die Brüste schwellen an mit Milch, sie wird von Sehnsucht nach ihrem Kind geplagt. Sie spricht nicht, antwortet kaum, wenn Hildegard etwas zu ihr sagt. Also lässt sie sie zufrieden. Sollte der Teufel ihr die Fähigkeit zu sprechen genommen haben, ist es trotz allem ein billiges Pfand für die Sünde. Hildegard betrachtet Margreths Rücken. Ihr schmaler Nacken verschwindet in einem Wirbel hochgesteckter Haare. Hildegard frisiert sie. Das Haar ist sogar nach einer Woche im Bett immer noch weich, die Locken gleiten geschmeidig zwischen Hildegards Fingern hindurch.

Nach vierzig Tagen kann der Zuber in der Badestube für Margreth eingelassen werden. Hildegard hilft ihr, die Sachen auszuziehen. Es ist Januar, und sie fröstelt in dem feuchten Raum vor Kälte. Erst als sie in das heiße Wasser eintaucht, bekommen ihre Wangen Farbe. Sie lehnt den Nacken auf die Kante des Zubers, Schweiß perlt von ihrer Nase. Hildegard wäscht ihr das Gesicht mit einem Lappen. Die Wimpern zittern, und die blauen Schatten unter ihren Augen treten deutlicher hervor, wenn Lippen und Wangen glühen. Die Brüste spannen nicht mehr, dennoch läuft aus jeder Brustwarze ein feiner, milchiger Nebel in das Wasser. Ihre Haut ist glatt und hell, ihre Ohren wie Muscheln. Hildegard ist die Körper im Infirmarium gewohnt. Kranke, zusammengefallene, stinkende Körper. Gezeichnete, geplagte Körper mit Wunden und Beulen und Ausschlag. Margreth im Zuber ist eine Fürstin, sie hat die Augen geschlossen, sie formt ihre Hände zu einer Schale und wäscht ihr Gesicht. Das Wasser läuft ihr über Schultern und Hals, duftet nach Seife und Lavendel.

Hildegard reibt sie mit dem Handtuch trocken. Von zu Hause ist Margreth es gewohnt, bedient zu werden, und lässt Hildegard auch ihre Füße abtrocknen. Kleine, rundliche, hellrote Zehen, aufgeweicht und runzelig. Hildegard hält den warmen, weichen Fuß fest und trocknet ihn sorgfältig. Die Schlangenzunge schillert immer noch auf Margreths Schenkel, aber die Narbe ist nicht mehr ganz so dick.

»Du hast mit dem Teufel gekämpft«, sagt Hildegard.

»Da, wo die Narbe ist, ist die Haut gefühllos«, sagt Margreth und zieht die Haut mit beiden Händen auseinander.

»Dein Glaube ist stark«, sagt Hildegard und hilft ihr auf die Beine. Sie knetet Mandelöl in Margreths kräftiges Haar und wickelt ein Handtuch darum.

»Was soll aus mir werden?«, flüstert Margreth.

Hildegard antwortet nicht. Sie schmiert Margreths Rücken

in langen Strichen mit Öl ein. Die Haut ist weicher als das feinste Fell, beinahe wie Pelzwerk.

Margreths Worte lagen Hildegard auf der Seele, als sie aufwachte, und sie hatte ein ungutes Gefühl im Körper. Am Nachmittag ist ihre Stimmung immer noch bedrückt, und als sie nach der Mahlzeit auf dem Psalterium spielt, klingt es nicht richtig. Sie trifft den Ton nicht und muss von vorne anfangen, obwohl sie die einfachsten Psalmen spielt. Schließlich legt sie das Instrument weg. Sie macht sich Sorgen um Margreth, die im Gästehaus auf ihren Bruder wartet. Mit Jutta kann sie nicht darüber sprechen, sie hat die kranke Schwangere erwähnt, aber Jutta zeigt kein besonderes Interesse daran, was im Infirmarium vorgeht. Sie überlegt, Volmar aufzusuchen und ihn zu bitten, an ihrer Stelle zum Abt zu gehen, entscheidet sich aber anders und klopft selbst an Kunos Tür.

Abt Kuno kennt Hildegard gut genug, um zu wissen, dass sie kaum ohne eine wichtige Angelegenheit zu ihm kommt. Er ist trotzdem verärgert darüber, gestört zu werden, und bittet sie nicht herein.

»Ehrwürdiger Vater, es geht um Margreth von Schmie, die kam, als sie schwanger war, und uns nun verlassen soll«, sagt sie geradeheraus.

Der Abt lehnt sich gegen den Türrahmen und verschränkt die Arme vor der Brust. »Soweit ich weiß, ist sie gesund und wartet im Gästehaus darauf, von ihrem Bruder abgeholt zu werden.«

»Ich möchte, dass sie hierbleibt«, sagt Hildegard ohne Umschweife.

Kuno ist verblüfft. Sie ist eine Frau, eineinhalb Köpfe kleiner als er, und trotzdem bringt sie ihren Wunsch mit einer Selbstverständlichkeit vor, als sei sie der Erzbischof selbst.

»Ich habe eine furchtbare Ahnung«, fährt sie unbeirrt fort. »Geht Margreth von hier fort, hat sie nur den Tod zu erwarten.«

»Sagst du, es gibt jemanden, der ihr etwas antun will?«

»Ich sage nur, dass wir sie nicht fortlassen dürfen.«

»Wie in aller Welt stellst du dir das vor?« Kuno ist eher überrascht als wütend.

»Uda ist tot, ihre Kammer ungenutzt«, antwortet Hildegard. Sie hat es durchdacht.

»Soll Margreth Dienstmädchen sein? Sie ist die Tochter eines Grafen, wie ich gehört habe, Hildegard.«

»Sie ist die Tochter eines Grafen, und sie ist berufen von Gott. Sie kann ihr eigenes Dienstmädchen mitbringen, wenn sie das will.«

»Aber was soll Margreth hier tun? Mit den Brüdern herumspazieren?« Kuno schnaubt ob einer solchen Torheit.

»Nein, sie soll in der Klause bleiben und darf nur bis in den Innengarten kommen, das ist klar. Ich stelle mir vor, dass sie unter Juttas Aufsicht als Novizin ins Kloster aufgenommen und nach der Prüfung im Noviziat ihre Gelübde ablegen kann.«

»Du stellst dir vor?« Für gewöhnlich fehlen Abt Kuno nicht die Worte, aber er hat keine Ahnung, was er auf Hildegards Torheiten antworten soll. Er dreht ihr den Rücken zu und geht wieder hinein in den Vorraum. Hildegard bleibt draußen vor der Tür stehen.

»Ich möchte nicht ungehorsam sein, ehrwürdiger Vater«, sagt sie zu seinem Rücken.

»Das hier ist mehr als Ungehorsam, Hildegard.« Er setzt sich auf die Bank an der Wand. »Ich weiß weder, was ich sagen, noch, wie ich dich bestrafen soll.«

»Du hast uns immer mit Gerechtigkeit behandelt«, entgegnet Hildegard leise, »und welche Strafe du auch immer für angemessen hältst, ich werde sie antreten, ohne zu klagen. Aber zuerst will ich dich bitten, mir zu vergeben, dass ich mir nicht die Zeit nahm, mich ordentlich zu erklären, und dich bitten anzuhören, was ich auf dem Herzen habe.«

»Dann sprich, aber trage deine Rede mit Treue zu Gott vor!«, sagt der Abt und breitet die Arme aus.

»Zuallererst hoffe ich inbrünstig, du mögest mit den offenen Ohren deines Herzens hören, statt zu horchen wie ein Tier, das allein Geräusche, nicht aber Worte wahrnimmt. Ich bin es, die spricht, doch es ist ›Das Lebende Licht‹, das nicht Ungerechtigkeit und nicht Unwahrheit kennt, das mich vor deine Tür geführt hat. Ich kleide meine Worte nicht in Schmeicheleien und vergesse, mit der passenden Höflichkeit zu dir zu sprechen. Aber ich lasse mich stets von Gottes Willen und nicht von meinem eigenen leiten.« Hildegard hält einen Augenblick inne. Abt Kuno, der nicht weiß, ob er wütend oder erleichtert sein soll, gibt ihr ein Zeichen, fortzufahren.

»Schon vor einigen Tagen fühlte ich, dass der Herr mich in diese Richtung führt, aber als die Sünderin, die ich bin, habe ich so getan, als verstünde ich nicht, was ich seinem Willen nach tun sollte. Heute Morgen erwachte ich mit einem solchen Kummer im Herzen, dass ich mich nicht länger verweigern konnte. Ich bin nicht gelehrt, ich bin nur eine Frau, ich bin eine zerbrechliche Schale, und ich weiß nicht, wie es sich machen lassen kann, dass Margreth hierbleibt. Ich bin nur eine Posaune des Herrn, und geradeso wie eine Posaune, die keinen Ton von sich gibt, wenn niemand hineinbläst, spreche ich nur vom Willen des Herrn, wenn er mir den Weg weist im ›Lebenden Licht‹. Ich sage die Worte weiter, die ich selbst höre, und mir gebührt nicht die Ehre dafür. Margreth von Schmie hat gesündigt, aber ihre Sünde beruht auf dem unzüchtigen Verhältnis, das gegen ihren Willen vollzogen wurde. Sie hat sich während ihrer Krankheit an die heiligen Worte und die Psalmen geklammert, und nicht ein einziges Mal habe ich sie im Glauben wanken sehen. Sie hat mir anvertraut, dass sie sich berufen fühlt, Gott zu dienen, seit sie ein kleines Mädchen war, doch haben ihre älteren Brüder sie dafür verhöhnt. Jetzt wird sie zurückkehren auf die Burg ihres Vaters, ihrer Jungfräulichkeit beraubt, was das Wertvollste und Edelste ist, das eine Frau besitzt. Du und ich können uns nur vorstellen, welch unmenschlichem Schicksal sie entgegengeht – kein ordentlicher Mann wird sich mehr mit ihr verheiraten wollen, und kein anderes Kloster hat Kenntnis von ihrer Frömmigkeit und dem Kampf gegen das Böse in ihrem eigenen Fleisch, den sie gekämpft und gewonnen hat. Gott liebt alle seine Kinder und verlangt von uns, allen zu helfen, die in seinem Namen zu uns kommen. Deshalb möchte ich, dass Margreth am Disibodenberg bleibt.« Hildegard schweigt und atmet tief.

»Du sprichst gut für deine Sache, Hildegard, und es ist viel Wahrheit in deinen Worten. Dennoch können wir die Frau, die ich nur vom Namen kenne, unmöglich hierbehalten. Obwohl eine solide Mauer zwischen deiner und Juttas Zelle und dem Rest des Klosters ist, und obwohl du Erlaubnis erhalten hast, mit den Brüdern zusammen im Infirmarium zu wirken, ist ein Mönchskloster kein Platz für Frauen.«

»Aber mancherorts leben Schwestern und Brüder fromm und gut innerhalb derselben Mauern zusammen. Physisch getrennt, aber in der Arbeit für Gott vereinigt. Warum sollte es nicht am Disibodenberg auch möglich sein?«

»Weil es nicht so IST, Hildegard! Weil der Ort nicht dafür geschaffen ist. Das war nicht die Absicht!« Kuno ist aufgestanden. Es weht durch die offene Tür, und er schließt sie.

»Die Welt verändert sich. Manchmal schickt Gott uns die größten Gaben bis zur Unkenntlichkeit verkleidet«, sagt Hildegard ruhig. »So prüft er uns, und so erforscht er unsere Herzen. Wäre Margreth nicht geschändet worden, wäre sie nie zum Disibodenberg gekommen, und so hätte sie wohl nie Gelegenheit bekommen, mit mir über ihre Ergebenheit in Gott zu sprechen. Es ist kein Geheimnis, das wissen sowohl du als auch ich, dass viele der Brüder und Schwestern nicht aus Frömmigkeit ins Kloster eintreten, sondern nur aus Ursachen praktischer Natur. Wie können wir da jemandem die Tür weisen, der Gottes Ruf gehört hat? Und wie soll ich es wagen, die Stimme zu überhören, die stets die Wahrheit spricht und mir auferlegt hat, meinem Gelübde zum Trotz über die Dinge zu sprechen, für die ich keinen Verstand habe; die mich zu deiner Tür schickt, weil du des Klosters Schäfer bist, immer gerecht und gut.«

»Ich will auf andere Weise fragen: Wie in aller Welt sollen wir sie hierbehalten? Sollen wir als Zufluchtsstätte für junge Frauen in Schwierigkeiten bekannt werden? Wir wissen beide, dass es für gewisse Klöster nichts Ungewöhnliches ist, Frauen aufzunehmen. Aber ich muss mich doch fragen, ob im ganzen Reich das Gerücht umgehen soll, Disibodenberg sei ein solcher Ort? Du musst verstehen, Hildegard, wenn diese Margreth den ganzen Weg von Schmie bis hierher gekommen ist, dann nicht, weil sie unterwegs nicht an die Tür anderer Klöster hätte klopfen können. Sie ist den Gerüchten über dich gefolgt, Hildegard, und obwohl einige davon möglicherweise wahr sind, ist es weder für dich noch für uns wünschenswert, dass du im Norden wie im Süden bekannt bist. Es wird über dich gesprochen, Hildegard, und wo Menschen reden, verändern sie die Wahrheit und machen sie oft hässlicher, als sie ist. Und nein, du sollst nichts erwidern. Ich kann dir nichts anderes versprechen, als dass ich über deine Worte nachdenken und Gott bitten werde, mir zu zeigen, was ich tun soll. Geh, Hildegard, und zeig dich nicht, bevor ich dich rufe.« Kuno kneift die Augen zusammen. Hildegard irritiert ihn, aber er kann die Weisheit in ihren Worten nicht überhören. Jedes Mal, wenn sie von dem spricht, was sie sieht und hört, ist er sich darüber im Klaren, dass eine solche Klugheit unmöglich von ihr selbst kommen kann.

Schon am nächsten Morgen lässt der Abt nach Hildegard schicken. Er hat Volmar gebeten, sie gleich nach der Terz zu seinem Haus zu begleiten. Volmar hat keine Ahnung, worum es geht, und so setzt Hildegard ihn auf dem Weg über den Hofplatz ins Bild. Zum Glück sind es nur wenige Schritte, sodass er keine Gelegenheit bekommt, sie etwas zu fragen. Aber er kann nicht verbergen, dass er nicht gerade erfreut ist über das, was er hört, und das merkt Hildegard deutlich.

Der Abt erwartet sie im Vorraum und vertut keine Zeit mit unnötigem Gerede.

»Ich will gleich zur Sache kommen«, sagt er und bittet sie mit einer Handbewegung, am Tisch Platz zu nehmen. Nur Volmar kommt seinem Wunsch nach. »Dein Vater war ein frommer und großherziger Mann, Hildegard. Er beschied sich nicht damit, das Kloster mit reichen Gaben zu bedenken, als du damals hierherkamst, sondern zeigte seine Freigebigkeit Jahr für Jahr. Gab es aus dem einen oder anderen Grund eine Ausgabe, die unsere Mittel überstieg, konnte ich immer mit seinem Wohlwollen rechnen, und er brachte ebenfalls große Summen unter seinen Freunden auf. Nachdem er starb, kamen schwerere Zeiten für Disibodenberg, und es ist allein der Sparsamkeit geschuldet, dass darunter bislang noch niemand zu leiden hatte. In diesem Jahr war der Winter streng, und wir wissen nicht, wann der Frost aus der Erde weicht. Es ist nicht vorhersehbar, was die Weinernte einbringen wird, das hängt von vielen Dingen ab. Die Südmauer ist kurz vor dem Einsturz und muss erneuert werden, die Decke der Kirche wartet noch immer auf ihre Ausgestaltung zur Zierde des Klosters, und viele andere Dinge müssen in Ordnung gebracht werden. Juttas Familie steuert bei, wo sie kann, aber nachdem auch Sophia gestorben ist, ist es nicht mehr besonders viel, was Meinhardt entbehren zu können meint. Deshalb habe ich beschlossen, auf dich zu hören und Margreth Novizin am Disibodenberg sein zu lassen, sofern ihre Familie bereit ist, eine passende Mitgift zu bezahlen.« Er schweigt und wartet Hildegards Reaktion ab. Er kann nicht ausmachen, ob sie schnieft oder schnaubt.

»Ich schätze deine Ehrlichkeit, ehrwürdiger Vater«, beginnt sie, immer noch ohne sich an den Tisch zu setzen. »Und daher will auch ich dir gegenüber ehrlich sein, auch wenn du mich nicht gebeten hast zu sprechen. Die Worte, die aus deinem Munde kommen, sind die eines Mannes, der dieser Welt angehört«, fährt sie fort, aber der Abt steht auf und lässt sie mit einer entschiedenen Handbewegung verstummen.

»Schweig still, Hildegard. Ich habe genug gehört und bitte dich nicht um deine Meinung. Ich habe die Entscheidung getroffen, um die du mich gebeten hast, und jetzt sollst du sie nicht mit deiner törichten Rede in Frage stellen.« Er kommt um den Tisch herum, kehrt aber auf halbem Weg um und geht zurück zu seinem Platz.

Hildegard sieht den Abt direkt an, sagt aber nichts mehr.

»Ich werde mit Margreths Bruder sprechen, der hier ist, um sie abzuholen. Seine Worte werden diese Sache entscheiden«, sagt Kuno und lässt seine Handflächen schwer auf die Tischplatte fallen.

Nun macht sich auch Volmar bemerkbar. »Darf ich ... aber ...«, beginnt er stammelnd, und der Abt sieht ihn an, als habe er vergessen, dass auch er anwesend ist.

»Ja?«

»Wo soll sie ... ich meine, wie?«

»Es wird eine kleine Gesellschaft frommer Frauen geben«, sagt der Abt. »Jutta wird ihre Übergeordnete sein, doch ist sie natürlich nach wie vor mir unterstellt. Solange es nicht mehr sind, können sie in der Klause sein. Sollten wir später beschließen, weitere aufzunehmen, werden wir gezwungen sein zu erweitern. Da die Klause an der Nordseite der Kirche liegt, ist dazu ausreichend Platz, und ...«

»Weitere?« Hildegard kann ihre Verblüffung nicht verbergen.

»Das wird die Zeit erweisen«, fertigt der Abt sie ab.

»Ja, aber...«

»Schweig still, Hildegard! Nur Gott weiß, was die Zeit bringen wird. Nur Gott weiß, was in Zukunft gut für das Kloster sein wird. Ich werde mich mit ihm beraten und habe mehr in dieser Sache nicht zu sagen. Du kannst nun hinüber in deine Zelle gehen und dort bleiben, bis ich dich rufe. Für den Rest des Tages verbiete ich dir, auf dem Psalterium zu spielen, und auf die Mahlzeit wirst du heute verzichten. Das ist eine milde Strafe für deinen Ungehorsam, Hildegard, und ich weiß, dass du dir darüber im Klaren bist.«

Hildegard nickt. Sie sehnt sich danach, alleine zu sein.

Margreths Bruder hält sich nicht lange mit der Entscheidung auf, und Jutta wird mehr informiert als gefragt. Hildegard lauscht von ihrer Zelle aus, während Kuno mit ihr spricht. Überraschenderweise widerspricht Jutta ihm nicht. Hildegard ist nie im Gästehaus gewesen, aber jetzt soll sie Kuno begleiten und mit Margreth sprechen.

Inmitten ihres Kummers über das Kind entfacht die Neuigkeit eine unruhige Freude in Margreth. Sie fällt vor Hildegard auf die Knie, als sie zusammen mit Kuno ins Gästehaus kommt. Ihr Bruder ist ein hochgewachsener Mann mit einem rundlichen, kindlichen Gesicht. Es war nicht schwer für den Abt, eine zufriedenstellende Absprache mit ihm zu treffen. Der Bruder war erleichtert, eine Lösung für seine Schwester zu finden, die ihn sowohl von Nachreden als auch von der Schande befreit, sie nach Schmie zurückzubringen. Die einzige Bedingung, die er stellt, ist, dass umgehend ein Dienstmädchen gefunden werden muss, das im Kloster für seine Schwester sorgen kann.

25
Das Jahr 1123

Es gibt jetzt vier Frauen, wo vorher zwei waren. Hildegard und Jutta, Margreth und Elisabeth, eine Witwe aus dem Dorf, die für die drei anderen sorgen soll. Elisabeth schläft auf einer Matratze vor der Feuerstelle im Gelass, Margreth in Udas Bett.

Margreths Schmuck rasselte in der Hand ihres Bruders. Im Kloster darf niemand etwas besitzen. Zuerst gab sie ihm die Goldkette mit dem tropfenförmigen Amethyst. Ohrringe, drei Fingerringe und ein mit Saphiren besetztes Armband. Hildegard half ihr in die Novizentracht, denn weder Margreths Bruder noch der Abt meinten, es bedürfe einer weiteren Prüfung, bevor sie ins Kloster eintreten könne.

Die schwarze Tunika war so lang, dass sie aufpassen musste, nicht darauf zu treten. Hildegard musste auf einem Schemel stehen, um den weißen Schleier zu befestigen. Margreths Augen leuchteten grau inmitten des Weiß und Schwarz. Sie weinte und sagte, es sei aus Erleichterung. Ihre Lippen schimmerten, als seien sie mit Öl eingerieben.

Nachts kann Hildegard sie weinen hören. Sie fragt nie, was sie bedrückt. Der Kummer ist eines jeden Menschen Eigentum, ihn kann kein anderer tragen. Margreth spricht mit Jutta, sie stickt, geht zur Hand, betet und schweigt. Volmar stellt keine Fragen, und Hildegard erzählt nichts. Er legt kleine, scharfe Steine in seine Schuhe, um sich selbst für besitzerische Gedanken zu strafen. Die Flüsse des Paradieses entspringen an der Quelle des Lebens: Gihon, Pison, Euphrat, Tigris. Das Wasser ist rein, Buße brennt die Sünde fort, der Aschehaufen, der zurückbleibt, ist des Demütigen Wohnstatt. Die Wunden unter Volmars Füßen heilen, als er die Steine herausnimmt.

Hildegard will von der Welt zwischen Schmie und Disibodenberg hören. Volmar hat ihr vom Investiturstreit und dem Konkordat in Worms erzählt, aber davon weiß Margreth nichts. Bischöfe und Äbte sollen nicht Diener des Königs sein wie in der alten Zeit, erklärt Hildegard. Der Papst ist Gottes Stellvertreter auf Erden, und Laien sollen nicht das Recht haben, die Oberhäupter der Kirche zu benennen, denn sie nehmen mehr Rücksicht auf ihre eigenen Interessen als auf Gottes Wille. Der Streit begann, bevor Hildegard geboren wurde, und wurde im vergangenen Jahr durch das Wormser Konkordat beendet. Auf Vermittlung der Fürsten trafen Kaiser Heinrich V. und Papst Calixtus II. im September 1122 eine Vereinbarung, die dem Papst die Macht gibt, die ihm zusteht. Jutta wird wütend, als sie Hildegard so reden hört. Margreths Gedanken sollen nur auf Gott gerichtet sein und nicht auf das, was dieser Welt angehört. Hildegard ist trotzig.

»Wir müssen auch die Welt kennen«, beharrt sie, »auch sie hat Gott erschaffen.«

Jutta betet für Hildegards gebrechliche Seele. Und für die ängstliche Margreth, die meint, die Welt ginge sie nichts an, die aber leicht in die Irre geführt werden kann. Der Weg zu Gott ist hart und steil, Jutta behält Margreth im Auge: Sie soll beweisen, dass sie tatsächlich Gott sucht und nicht nur Zuflucht im Kloster, um der Verdammnis zu entgehen. Sie soll Eifer im Dienst für Gott zeigen, gehorsam sein und ausdauernd. Sich selbst zu finden und eins mit Gott zu werden, das ist eine lange Wanderung.

Öl lässt Margreths Lippen schimmern, ihre Stimme ist wie Wind. Sie hört auf zu weinen. Sie hält das Tuch, das sie gestickt hat, für Hildegard hoch. Hohlstich und Plattstich, Weiß auf Weiß, und der Heilige Geist als klobige Taube.

Zwischen Vesper und Komplet können Margreth und Hildegard miteinander sprechen. Sie sitzen im Innengarten und entkernen Kirschen. Margreth erzählt von der Landschaft bei Schmie und von ihrem ältesten Bruder, dem bei einem Turnier die Hand abgehauen wurde. Danach konnte er mehrere Jahre lang nicht sprechen, und als er endlich die Kraft der Stimme zurückgewann, klang er wie eine Frau.

Hildegard schlägt das Kreuzzeichen vor Mund und Brust. Es ist Sommer, und dunstige Hitze dringt schwül durch die Kleidung. Margreth schwitzt selten, ihre Haut ist warm und trocken. Ihre Lippen schimmern, aber nicht alle Worte sind sanft und glatt:

»Sie sprechen über dich, Hildegard, von Schmie bis Disibodenberg. Sie sagen, du brauchst den Kranken nur die Hände aufzulegen, so werden sie gesund. Sie sagen, du bist Gottes Auserwählte und dass die Erde unter deinen Füßen leuchtet. Sie sagen, du kannst in die Zukunft sehen und den Tod vorhersagen.«

»Das ist nicht wahr«, sagt Hildegard ruhig, »das hast du wohl erkannt, Margreth?«

»Sie sagen, deine Mutter und dein Vater wollten dich nicht haben, weil deine Sinne verdunkelt waren. Sie sagen, dass man in Bermersheim wochenlang gefeiert habe, als du fort warst, und das Kloster habe ungeheure Reichtümer bekommen, um dich aufzunehmen. Sie sagen, dass nur Jutta mit ihrem starken Glauben es wage, in deiner Nähe zu sein. Sie sagen, dass schwarze Dämonen auf der Innenseite deiner Augenlider tanzen, dass du in Wahn fällst und mit der Stimme eines Mannes sprichst. Sie sagen, du musst ab und zu eingeschlossen werden, weil du wie ein wildes Tier auffährst. Einmal sollst du beinahe einen der Mönche mit deinen bloßen Händen erschlagen haben, weil dir ein Dämon gewaltige Kräfte verlieh.«

Margreths Lippen schimmern, Kirschsaft spritzt auf ihre Schürze und ihre Hände. In der Hitze duftet der Innengarten nach Saft und Holz und Stein.

»Margreth, du trägst boshafte Gerüchte mit dir, und nur wenn du deine Gedanken enthüllst, kannst du frei werden. Du weinst die Tränen der Scham, und darin tust du recht. Was Menschen sagen, ist nicht viel wert, denn die Schlange kann nur mit Gottes Worten erstickt werden.«

Margreth beugt den Kopf und richtet den Blick auf die Arbeit. In der Nachmittagssonne baden kleine Vögel im Staub. Sie schlagen mit den Flügeln, legen die Köpfe zurück und entblößen die Kehlen. Die Stille besteht aus Wogen, die Hildegards Wut fortspülen.

Sie wischt ihre Hände an der Schürze ab. Die Sonne sinkt,

die Wolken sind ein Strauß fleischfarbener Federn vor einem blassen, blauen Himmel. Margreth friert im Schatten.

»Sei geduldig, und ich werde zu dir sprechen«, sagt Hildegard endlich. »Das Einzige, was du jetzt wissen musst, ist, dass ich nicht bin, wie sie sagen. Ich bin schwach, mein Körper wird von Krankheiten befallen, meine Sinne werden von Versuchungen geplagt. Wie der Bach im Winter vom Eis verschlossen ist, ist meine Stimme versiegelt. Sie gehört nicht mir, und dennoch peinigt es mich so furchtbar, zu schweigen. Sei geduldig, Margreth, und mit der Zeit werde ich zu dir sprechen. Du hörst nicht mit deinen Augen, du siehst nicht mit deinen Ohren, du bist der Mond, der kalt und schön scheint. Ich dagegen sauge alle Laute auf, vermische sie in wirrem Durcheinander mit den Farben der ganzen Welt, ich brenne, dass mein Schweiß stinkt vor Ruß. Sei geduldig, Margreth. Sei gehorsam, sanftmütig und still.«

III

Disibodenberg
1140-1148

I

Dezember 1140

Hildegard ist nur noch selten im Infirmarium, um Volmar dort zur Hand zu gehen. Seit Jutta vor vier Jahren starb, ist es Hildegards Aufgabe, die Frauenklause zu leiten. Abt Kuno hat offenbar Angst davor, zu viel Macht an sie abzugeben, also ernannte er sie zur Subpriorin und nicht zur Äbtissin. Hildegard hatte keine Einwände, und es beruhigte die Brüder, denen die Anwesenheit der Frauen nicht gefällt.

Als Jutta starb, waren sie bereits zehn Schwestern. Jetzt sind sie achtzehn, und es ist unmöglich, noch mehr in die beengten Räumlichkeiten hineinzupferchen. Gott zeigt seinen Willen auf viele Arten. Wenige Jahre nachdem Margreth sich ihnen angeschlossen hatte, brannte die Mauer nieder, die den Innengarten umgab. Einige der Brüder meinten, das sei ein Zeichen dafür, die Frauen schleunigst fortzuschicken. Aber Hildegard ließ sie unverblümt wissen, dass sie die Zeichen Gottes falsch deuten und sich somit aufführten wie kopflose Hühner.

Niemand konnte erklären, wie es zu dem Feuer gekommen war. Stichflammen schossen geradewegs in die Luft, obwohl die Mauer aus soliden, behauenen Steinen gebaut und nicht um ein Holzgerüst herumgemauert war. Ganz gleich, wie viele Eimer Wasser die Brüder aus dem Brunnen zogen und in die Flammen schütteten, wollte das Feuer nicht nachlassen. Es war gegen Ende des Sommers, und Gras und Bäume waren knochentrocken. Der Abt stand nur da und rang die Hände, Volmar musste die Arbeiten delegieren. Die Frauen suchten in der Kirche Zuflucht, und Volmar schlug vor, die Mauer zu Hildegards Zelle niederzureißen. Wie zu erwarten war, weigerte sich Jutta und bekam ihren Willen.

Während des Brandes konnte Hildegard nicht stillstehen und abwarten. Sie lief aus der Kirche und ging zur Hand, wo sie konnte. Das Feuer tobte unbändig, die Eimer waren schwer und schlissen ihr Blasen in die Hände. Genauso plötzlich, wie das Feuer ausgebrochen war, verlosch es. Es war, als ob es seine wilde Kraft aus dem Licht hole und in der Dämmerung sterben müsse. Schwitzende Gesichter, plötzliche Stille, der würzige Gestank von Rauch und verbranntem Gras. So unlogisch es war, dass die Steine Feuer fingen, so unbegreiflich war es, dass die Funken nicht auf die Frauenklause oder das Stallgebäude auf der anderen Seite übergesprungen waren. Niemand konnte es verstehen, und als Hildegard Volmars schwarze und zerkratzte Hände wusch, trat in der einen Handfläche ein kreuzförmiges Mal deutlich hervor.

Der neu ernannte Prior war mit seinen Prophezeiungen vom Jüngsten Gericht vorgeprescht und hatte im Namen der Brüder gefordert, die Frauen in ein anderes Kloster zu bringen. Aber als Hildegard mit dem verletzten Volmar dazukam, konnte der Abt ihr nicht widersprechen. Der Prior wusste mit Worten umzugehen und hatte einen Teil der Brüder hinter sich. Aber Kuno war immer noch Abt, und er kannte Hildegards Fähigkeiten ebensogut wie Volmar. Der Prior war ein paar Jahre vor Juttas Tod ins Kloster gekommen, zunächst als gewöhnlicher Ordensbruder, später war er zum Prior ernannt worden. Der Abt selbst hatte den Erzbischof gebeten, ihm einen strengen und erfahrenen Mönch zu schicken, nachdem er einen ganzen Winter über von Versuchungen und Zweifel heimgesucht worden war. Mit dem Prior an seiner Seite wurde ein solider Pfeiler errichtet, auf den er sich stützen konnte. Jedes Mal, wenn

Abt Kuno der Versuchung erlag, das Klosterleben etwas zu angenehm zu gestalten, zog der Prior in die andere Richtung.

Hildegard deutete das Feuer als Zeichen Gottes, die Frauen mögen mehr Platz bekommen. Der Abt musste sich Bedenkzeit erbitten. Ihre Worte brachten ihn durcheinander, und er wollte nicht mit seinem eigenen Prior in Streit geraten. Aber Hildegard blieb stehen, als habe sie nicht gehört, was er sagte.

»Ehrwürdiger Vater, wir können den Bereich hinter dem Stallgebäude einbeziehen und eine neue Mauer zwischen der Frauenklause und dem Männerbereich bauen, dichter am Küchenhaus, sodass mehr Platz für uns entsteht«, sagte sie.

Ein blutiges Kreuz in der Hand eines frommen Mannes, eine Mauer, die gegen alle Vernunft in Brand gerät. Volmar zog die Hand zurück, als Hildegard ihren Zeigefinger mitten in die Wunde legte.

»Nicht alle werden meinen, das sei eine gute Idee«, antwortete der Abt ungeduldig.

»›Er ist unser Friede, der aus beiden eines gemacht hat und den Zaun abgebrochen hat, der dazwischen war, nämlich die Feindschaft. Durch das Opfer seines Lebens‹«, flüsterte Hildegard so leise, dass der Abt es gerade noch hören konnte.

Ob es Dreistigkeit oder Gedankenlosigkeit war, die sie mit den Worten der Bibel über die Vereinigung von Heiden und Juden in Christus sprechen ließ, konnte er nicht ausmachen. Aber da Volmar völlig unbeeindruckt aussah, entschied auch er sich, die Bemerkung zu überhören. Nichtsdestotrotz war es das Bild der gefallenen Mauer, das ihm danach im Gedächtnis blieb, nicht die Höllenflammen des Priors.

Jeder Mensch hat einen schwachen Punkt. Der des Abts ist seine Ängstlichkeit vor Armut und Mangel, die leicht mit Gier verwechselt werden kann. Die Aufnahme von adligen Jungfrauen ins Kloster bescherte Disibodenberg weitere Mittel. Hildegard kennt den Abt und brauchte keine Umwege zu gehen, um ihn dazu zu bringen, die Vernunft ihrer Worte zu erkennen. Dank Volmars Vermittlung gelang es ihm obendrein, den Prior zu beruhigen. Trotz allem wird dieser immer noch als Neuankömmling betrachtet und ist gezwungen, ein Gleichgewicht zu finden zwischen seinem gottesfürchtigen Drang, sich Geltung zu verschaffen, und den Traditionen, die im Kloster herrschen.

Selbst nach der Erweiterung steht den Frauen nicht viel Platz zur Verfügung. Hildegard hat ihre eigene Schlafkammer, die anderen Schwestern schlafen im Dormitorium. Es gibt einen Raum für Gespräche, in dem mit etwas gutem Willen Platz für vier Personen ist, und drei kleine Zellen, in die sich die Schwestern zurückziehen und ins Gebet vertiefen können. Es gibt ein kleines Küchenhaus, in dem Elisabeth regiert und den Schwestern Aufgaben zuteilt, die wechselweise den Küchendienst verrichten. Den Mittelpunkt bildet das Refektorium, in dem gegessen und gearbeitet wird. Dort beten sie die Stundengebete, singen die Psalmen, so wie es die Brüder tun, und erhalten von Hildegard Unterricht in den elementarsten Kenntnissen des Lateinischen. Hildegard freut sich über den Gesang der Schwestern, denn nur zum Hochamt und an besonderen Tagen haben die Frauen Zutritt zur Kirche.

Es ist Ende Dezember, und Hildegard war im Infirmarium, um Volmar zu helfen. Sie kommt durch die Tür zur Frauenabteilung und bleibt im Innengarten stehen. Ein Eichhörnchen klettert über die Mauer und sucht zwischen den nackten Büschen nach Futter. Sein rotes Fell leuchtet zwischen den kahlen, schwarzen Gewächsen, es dreht die Ohren ein ganz klein wenig und gräbt auf gut Glück mal hier und mal da, als habe es vergessen, wo es seinen Vorrat versteckt hat.

Die meisten der Schwestern haben sich im Refektorium versammelt. Zwischen Non und Vesper können sie reden und sticken. Durch die Tür kann sie ihre Worte nicht verstehen, sie hört nur den Klang der Stimmen. Der Gedanke an die Wärme dort drinnen, an ihre Gesichter und ihr Gerede und ihre Handarbeiten, die sie sich gegenseitig hochhalten und zeigen, saugt die Kräfte aus ihr. Sie deutet auf sich selbst, als sie eintritt, und macht das Zeichen des Schweigens. Wenn sie glauben, sie habe sich selbst Schweigen auferlegt oder von ihrem Beichtvater auferlegt bekommen, werden sie sie in Frieden lassen. Sie wenden sich wieder ihren Plaudereien und Arbeiten zu, nur die junge Richardis von Stade, Juttas jüngere Kusine, folgt ihr mit den Augen. Sie nickt ihr zu und hofft, die scheinbare Ruhe, die sie ausstrahlt, möge ihre eigene Angst überschatten. Richardis zieht die Brauen zusammen und senkt den Blick.

In ihrer Kammer nimmt sie den Schleier ab und legt sich aufs Bett. Kälte dringt aus den Wänden, aber sie kann sich weder dazu aufraffen, die Glut anzufachen noch die feuchte Wolldecke über sich zu ziehen. Morgen ist es genau vier Jahre her, dass Jutta starb, und im Laufe des letzten Jahres hat eine stille und stetig wachsende Verzweiflung von ihr Besitz ergriffen. Sie vermisst Jutta nicht und entschuldigt es damit, dass sie Jutta bei ihrem himmlischen Bräutigam weiß. Sie versucht, sich die ausbleibende Trauer mit der Gewissheit zu erklären, dass alles Irdische verloren werden muss und nur das ewige Leben gewonnen werden kann. Aber das stimmt nicht. Jedes Mal, wenn sie daran denkt, dass Volmar sterben könnte, ist sie außer sich vor Angst. Und letzten Winter, als Richardis mit Fieber niederlag, fand sie keine Ruhe, bevor sie außer Gefahr war. Sie schließt die Augen und faltet ihre Hände. Richardis kam ins Kloster im Jahr, bevor Jutta starb. Sie war damals erst zwölf Jahre alt, und Hildegard war strikt dagegen, ein Kind aufzunehmen. Ihr war es nicht genug, dass es Juttas Kusine war oder dass Jutta Richardis für fast erwachsen hielt. In Hildegards Augen war sie ein Kind, und sie fühlte einen heftigen Widerwillen, der bald in Wut umschlug, sodass sie mit Fasten und Schweigen Buße tun musste. Hildegard will, dass die Schwestern kommen, weil sie Gott suchen. Verheulte, rotznäsige Kinder haben im Kloster nichts zu suchen. Abt Kuno sagt, dass der Ruf in einem Menschen wachsen kann, dass Gott seine Kinder nicht stets mit gleicher Stärke ruft. Aber Hildegard ist unbeugsam in ihrem Anspruch, ihr Ärger größer als ihre Fürsorge. Weil Richardis aber kam und auch noch Juttas Nichte Agatha mitbrachte, erhielt Hildegard das Recht zu bestimmen.

Richardis war hoch gewachsen für ihr Alter und sah als Zwölfjährige älter aus, als sie war. Sie war ein bemerkenswert kluges Kind mit feinen Zügen und rabenschwarzem Haar. Hildegard wurde von einem Gefühl der Verlegenheit überrascht, als sie sie das erste Mal begrüßte. War Richardis zu Anfang still und sanft, weinte Agatha in einem fort, genau, wie Hildegard es befürchtet hatte. Sie vermisste ihre Mutter, ihre Geschwister, ihren Vater, ja sogar wegen ihres Hofhunds hatte sie geflennt. Hildegard war verärgert über die Unruhe und strafte Jutta mit demonstrativem Schweigen. Nach vierzehn Tagen war die Wut mit ihr durchgegangen, und sie hatte mit der Hand vor dem heulenden Kind auf den Tisch geknallt. Agatha fuhr so erschrocken zusammen, dass sie sich die Lippe blutig biss. Daraufhin erlegte der Beichtvater Hildegard auf, sieben Tage lang barfuß zu gehen, weil sie einmal mehr nicht die Vorgaben Benedikts eingehalten hatte, die Kinder liebzuhaben und ihre Wut zu zügeln. Dennoch sah es so aus, als habe es gewirkt. Agatha hatte sich mit ihrem Schicksal abgefunden. Auch wenn sie nicht besonders aufgeweckt ist, unterwirft sie sich doch mit Eifer den Regeln des Klosterlebens, und sie hat eine feine und reine Stimme, der es leicht fällt, die anderen im Gesang zu führen.

Hildegard reibt die Handflächen aneinander und denkt an Richardis. Anfangs konnte sie nicht die richtigen Worte finden, wenn sie etwas zu dem Kind sagen wollte, und das hatte sie geärgert und verwirrt. Jetzt spricht sie am liebsten mit ihr und wird ihrer Fragen selten müde. Als Richardis als Fünfzehnjährige die Klostergelübde abgelegt hatte, gab der Abt die Erlaubnis, dass sie Hildegard einmal in der Woche im Infirmarium zur Hand gehen könne. Obwohl Volmar sehen konnte, dass Richardis durchaus klug und hilfsbereit war, warnte er Hildegard mehrere Male davor, sich an sie zu binden. Zuerst tat sie es ab, inzwischen aber spürt sie deutlich, dass andere ihr Verhältnis zu der jungen Frau misstrauisch beäugen und sich mit Getuschel hinter ihrem Rücken nicht zurückhalten. Solchen Dingen begegnet man am besten mit Schweigen, aber als Abt Kuno sie um eine Erklärung bat, fiel es ihr schwer, die Fassung zu bewahren. »Als sie hierherkam, war sie ein Kind, und ich kümmerte mich um sie wie eine Mutter«, antwortete sie ihm. Der Abt mahnte sie, eine Mutter müsse ihre Liebe zu gleichen Teilen an ihre Kinder weitergeben. Damit hatte er sie entlassen und machte kein weiteres Aufheben um die Sache.

Bald ist Juttas Todestag, und der Priester wird nach der Lesung in der Kirche darauf eingehen. Hildegard weinte nicht, als Jutta starb, und sie weint auch jetzt nicht. Sie sieht hinauf zur Decke und denkt an Juttas letzte Zeit, aber sie fühlt nichts. In ihr ist eine Stille gewachsen. Eine Stille, die sich wie Fäulnis ausbreitet, die schwarze Blumen in der Seele pflanzt. Es ist eine unerklärliche Mattheit, die ihr die Freude an beinahe allem nimmt und die mit ihrer Niedertracht Gottes Worte daran hindert, ihre Seele zu erfreuen. Nach Juttas Tod hat sie mehr zu tun als je zuvor. Aber ist sie gereizt und unzufrieden, verfällt im Gebet oft in Unaufmerksamkeit. Es fällt ihr schwer, sich für irgendetwas zu begeistern. Sie verbirgt es, so gut sie kann. Die jungen Schwestern fragen sie um Rat wie immer, und es ist ihre Aufgabe, sie anzuleiten. Ihr Mund formt Worte und Sätze, die die anderen zufriedenstellen, für sie selbst aber keinen Sinn ergeben. Sie fragen sie nach dem Tod und nach dem Leben, ab und zu vermissen sie ihr Zuhause und ihre Eltern. Sie sagt, dass die Welt nicht ihr Zuhause ist, dass sie im Tod vereint werden mit ihrem heiligen Bräutigam. Sie sagt: *Ein fröhliches Herz tut dem Leibe wohl; aber ein betrübtes Gemüt läßt das Gebein verdorren.* Sie antwortet auf ihre Fragen und tröstet sie mit dem Wort Gottes, aber ihr Verstand stolpert dumm hinterher wie ein alter Hund. Sie hat Lust zu fragen: Woher soll ich das wissen? Lust zu sagen: Frag einen anderen, lass mich in Frieden.

Sie hat sich Volmar anvertraut, ihm erzählt, was sie plagt. Aber als er andeutete, der Frauenklause vorzustehen sei womöglich eine so große Aufgabe, dass Hildegard sie nicht bewältigen könne, wies sie ihn mit einer Heftigkeit zurück, dass sie beide erschraken. Seitdem hat sie nichts mehr zu ihm gesagt und es auch ihrem Beichtvater nicht anvertraut. Sie fühlt sich wie eine Verräterin. Es ist schwer, so zu tun, als sei nichts, wenn sie doch innerlich zugrunde geht. Es ist schwer, Zuflucht im Schweigen zu suchen, wenn man nicht schweigt, um mit Gott zu sprechen, sondern nur, weil es leichter ist, nicht mit anderen sprechen zu müssen. Es ist nicht so, dass sie Gott nicht länger sucht. Sie öffnet ihr stummes, dumpfes Herz für ihn, sodass er den

Wind durch die einsamen Kammern rauschen hören kann. Sie wendet sich ihm zu mit aller Kraft, doch er antwortet nicht.

Sie kann sich dunkel an den ersten Winter im Kloster erinnern. Es war, als existiere nichts anderes als eine kalte und fremde Welt, es fühlte sich an, als sei Gott fort und wolle nichts mehr mit ihr zu tun haben. Sie denkt, dass es jetzt das Gleiche ist, nur schlimmer. Jutta, der Abt und Volmar haben sie Gottes Sprachrohr genannt, aber das sagt jetzt niemand mehr. Diese Stille ist ihre Hölle. Ohne die strömende Kraft der Stimme ist es nicht nur, als höre sie auf zu existieren, sondern als sei sie gezwungen, ruhelos und verflucht umherzuwandern. Wenn sie an Jutta denkt, kann sie sich nur mit Mühe an ihr Gesicht erinnern, und wenn sie in ihren Träumen erscheint, hat Hildegard immer etwas Schreckliches getan und weigert sich, es zu büßen.

Jutta ist fort, und von außen betrachtet hat sich das Kloster kaum verändert. Ende Dezember sind die Hänge mit Raureif bedeckt. Schon am Nachmittag kriecht die Dunkelheit zwischen den Fichten und Weinbergen hervor. Dieselbe Glocke ruft zum Gebet. Aber im Innern ist alles verwandelt. Hildegard ist sicher, wenn Jutta sie jetzt sehen könnte, würde ihr nicht gefallen, was sie zu sehen bekäme. Hildegard bläst mit weißem Atem ihre Hände warm. Durch das Fenster unter der Decke kann sie einen Streifen des Himmels erahnen. Die Wolken ähneln dem Bauch eines Fischs, die Böen stapfen mit kleinen, nassen Füßen über die Mauer.

Vor der Vesper klopft Richardis vorsichtig an die Tür zu Hildegards Kammer, aber heute kann sie nicht aufstehen. Etwas später kommt Elisabeth, um zu sehen, ob sie krank ist, aber sie kehrt mit der Mitteilung zu den Schwestern zurück, dass Hildegard fastet und allein sein will. Durch die Wand kann Hildegard Margreth aus der Sankt Benediktusregel lesen hören, während die anderen essen. Hildegard hatte die Worte schon viele Male im gleichen Takt aufgesagt, wenn sie krank in ihrer Zelle lag. Doch jetzt verschwinden sie in einem ungeordneten Summen. Sie zwingt Juttas Gesicht aus der Dämmerung hervor, zwingt Hildebert, Mechthild, Drutwin und Benedikta hervor, aber ihre Gesichter sind blank wie ein Spiegel und ausdruckslos. Sie ballt die Hände, sie fällt durch die Jahre hindurch, die sich in umgekehrter Reihenfolge wie ein dunkler und bodenloser Brunnen um sie schließen.

Sie weiß, sie wurde am Tag vor Maria Magdalena geboren, im Jahr 1098, nachdem Gottes Sohn Mensch geworden war. Sie erinnert sich dunkel an die Felder bei Bermersheim und die Aufmerksamkeit, die Jutta ihr entgegenbrachte, als sie nach Sponheim kam. Sie weiß, dass sie aller Wahrscheinlichkeit nach den Rest ihres Lebens zwischen diesen Mauern auf genau die gleiche Weise verbringen wird, wie jeder einzelne Tag sein wird. Sie weiß, dass das Schweigen der Weg zu Gott ist und dass das Schweigen sie gleichzeitig versteinert. Jetzt ist es, als wisse sie von nichts anderem auf der Welt. Das, was sie zu wissen glaubte, ist unbemerkt aus ihr herausgesickert. Früher fühlte sie sich oft verwirrt, erdrückt von Fragen und wimmelnden Ideen. Damals konnte es vorkommen, dass sie wie eine Idiotin von der absoluten Stille des Geistes träumte, aber jetzt versteht sie, dass die Abgestumpftheit der Gedanken viel qualvoller ist. Sie ist ein Stück ausgetrocknetes Holz, das früher oder später mit einem leeren und knirschenden Laut mitten entzweibrechen wird.

Bereits im Jahr vor ihrem Tod hatte Jutta begonnen, immer häufiger über die Prophezeiung nachzudenken, die die alte Trutwib an dem Tag ausgesprochen hatte, als sie und Hildegard im

Kloster ankamen: Nach vierundzwanzig guten Jahren werde Jutta im Kloster sterben.

Im Laufe der folgenden Monate rief Jutta Hildegard zu jeder passenden und unpassenden Zeit zu sich, um ihr Instruktionen für ihren bevorstehenden Tod zu geben. Jutta war voller Sehnsucht, Christus von Angesicht zu Angesicht gegenüberzustehen, und unruhig bei dem Gedanken daran, wieweit er wohl Gefallen an ihr finden werde. Sie sprach von ihrem Sterbelager wie von einer Hochzeitsfeier, und Hildegard musste ihre Wünsche so lange wiederholen, bis sie sicher war, dass Hildegard ihnen nachkommen würde: Sobald Jutta erste Anzeichen einer ernsten Schwäche oder tödlichen Krankheit zeige, solle die Mauer niedergerissen werden, damit sie das heilige Abendmahl jeden Tag empfangen und sicher sein könne, von allen Sünden rein vor ihren Bräutigam zu treten. Sie war so überzeugt davon, dass Trutwibs Prophezeiung eintreten werde, dass Hildegard nichts zu sagen wagte. Erst als der Winter einsetzte, spürte Hildegard eine gewisse Ungeduld. Jutta rief Hildegard nicht mehr ganz so oft zu sich, sondern verharrte die meiste Zeit über hinter den Läden.

Drei Wochen vor ihrem tatsächlichen Todestag öffnete sie ihre Läden und blickte wie ein Geist durch die Gitterstäbe hindurch. Sie hatte eine Schau gehabt und den genauen Zeitpunkt ihres Todes erfahren. Obwohl sie niemals zuvor die Gabe der Seherin erfahren hatte, war ihr der angelsächsische König und Märtyrer Sankt Oswald leibhaftig erschienen. Er war zum Kampf gerüstet gewesen, und Jutta beschrieb seine Gesichtszüge, sein blondes Haar und die blauen Augen in so zahlreichen Einzelheiten, dass Hildegard ihn selbst vor sich sehen konnte. In der Schau hatte er ein Holzkreuz in den Steinboden gepflanzt und sie mild und hintergründig angelächelt. Jutta überkam ein

Gefühl großen Friedens und Glücks, Oswald in Empfang zu nehmen. Hinterher wurde ihr schwindelig, dann richtiggehend übel, was sie als sicheres Zeichen deutete, dass der heilige angelsächsische König tatsächlich als Bote Gottes gekommen war. Sie bat Hildegard, ein paar Tage abzuwarten. Doch schon am selben Abend redete sie im Wahn, und als Hildegard, Margreth und auch Elisabeth ihr durch das Gitterfenster zuriefen, antwortete sie ihnen nicht. Die Nacht wurde lang und unerträglich. So sanftmütig und still, wie Jutta gelebt hatte, so ungestüm und lautstark kam ihr Tod. War sie bei Bewusstsein, lag sie still da und betete mit gefalteten Händen. Sobald aber die Fieberdämonen wieder tanzten, schrie und kratzte sie, als wolle sie sich mit allen Kräften dem Tod widersetzen, nach dem sie sich so sehr gesehnt hatte.

Hildegard wachte die ganze Nacht über am Fenster, ohne Jutta in der Dunkelheit sehen zu können. Mehrere Male war sie kurz davor, Juttas Gebot zu trotzen, einen Tag und eine Nacht vergehen zu lassen, bevor sie die Brüder herbeirief und die Mauer einreißen ließ. Am Morgen war Jutta zur Ruhe gekommen. Sie erwachte erst nach der Prim, war schrecklich durstig und außerstande, aus eigener Kraft aufzustehen.

So solide die Mauer gewesen war, so unbarmherzig sie Jutta von der Welt abgeschieden hatte, so leicht war sie unter Hacke und Hammer der Brüder zerfallen. Hildegard wartete nicht, bis sie die letzten Brocken entfernt hatten, bevor sie zu Jutta hineinging. Sie kniete sich neben ihr Bett und drückte die Stirn an ihre brennend heiße Wange. Der Priester kam mit der heiligen Sterbekommunion, um ihr geistlichen Beistand zu leisten und ihr zu der Gewissheit zu verhelfen, ohne Sorge in die Ewigkeit reisen zu können. Jeden einzelnen Tag bis zu ihrem Tod war er zu ihr gekommen, mit der weißen Stola um den Hals und der seidenen Tasche mit der mit Edelsteinen besetzten Pyxis darin, die das heilige, gewandelte Brot enthielt. Jeden Tag zündete er zwei fein gearbeitete Wachskerzen auf einem kleinen Tisch an, den er am Fußende von Juttas Bett aufgestellt hatte. So konnte sie mühelos sowohl das kleine Elfenbeinkruzifix als auch das Glas mit dem Weihwasser sehen. Er reichte ihr den Leib Christi zwischen Daumen und Zeigefinger.

Sankt Oswalds Prophezeiung sollte sich erfüllen. Nach einem kurzen und dunklen Thomastag wachte Jutta am zweiundzwanzigsten Dezember auf und wirkte lebhafter als in den Wochen zuvor. Zum ersten Mal seit zwanzig Tagen setzte sie sich im Bett auf und bat um ihren Schleier. Hildegard band ihn sorgfältig um ihr mageres Gesicht. Danach mussten Margreth, Hildegard und Elisabeth mit vereinten Kräften eine stechende, mit Haaren gefüllte Matratze direkt neben den Eingang zur Frauenklause schaffen und mit kalter Asche bestreuen. Die anderen Frauen saßen stumm im Refektorium, erwartungsvoll oder ängstlich, aber Jutta beorderte sie nach draußen, während Hildegard ihr auf das Sterbelager half.

Im Innengarten biss der Frost in Rachen und Nase. Wie eine versprengte Schar Tiere suchten sie Schutz an der Mauer, schlugen mit den Armen und bedeckten die Gesichter mit ihren Ärmeln. Hildegard konnte Juttas schmächtigen Körper leicht tragen, auch wenn die Kette es erschwerte. Als Jutta auf der mit Asche bestreuten Matratze lag, wollte Hildegard eine Wolldecke über sie legen, aber sie wies den unnötigen Luxus zurück. Ihre nackten Füße waren weiß vor Kälte und stachen unter dem Kleid hervor, als gehörten sie bereits einer Toten. Die Frauen wurden wieder hereingerufen, sie sangen die Psalmen, und der Priester kam, um aus der Heiligen Schrift über Christi letzte Tage zu lesen.

Jutta hatte sich in dem Moment, bevor sie starb, bekreuzigt. Bis dahin hatte sie die Frauen ermahnt, ihre Begegnung mit Christus nicht mit ihrem sinnlosen Weinen zu beeinträchtigen. Als Jutta entschlief, wurden die Schwestern wieder hinaus in die beißende Kälte gejagt, denn Jutta hatte Hildegard auf das Strengste ermahnt, nur sie und Margreth dürften ihren toten Leib zurechtmachen.

Hildegard weinte nicht. Sie schloss Juttas Augen und ignorierte Margreths Schniefen. Hildegard streichelte die Wangen der Toten und ihre Hände und berührte die schmalen, weißen Lippen, aber sie weinte nicht. Sie kniete neben Jutta und wartete, bis Margreth ihre Gefühle unter Kontrolle bekam. Gerne hätte Hildegard Richardis um Hilfe gebeten, die Tote zurechtzumachen, aber sie wollte Juttas Wunsch nicht trotzen und auch kein Gerede riskieren. Damals war Richardis nicht älter als dreizehn und erst seit einem Jahr am Disibodenberg. Hildegard hätte ihre Entscheidung damit entschuldigen können, dass Richardis Juttas Kusine war. Aber sie selbst war es, die sich danach sehnte, durch die Nähe des Mädchens getröstet zu werden, und das war falsch. Es war, als ob Richardis in sie hineinsehen und ihre Gedanken lesen konnte, denn sie hatte den Blick auf ihr ruhen lassen und war einen Moment in der Tür stehen geblieben, bevor sie den anderen Schwestern hinaus in die Dunkelheit und die Kälte folgte.

Obwohl Hildegard sie darauf vorbereitet hatte, dass Jutta eine Kette um den Leib trug, hatte Margreth vor Schreck aufgestöhnt, als sie die Tote entkleideten. Nur mit vereinten Kräften war es ihnen gelungen, die Kette zu lösen, um sie abnehmen zu können. Sie hatte so stramm gesessen, dass sie Kanäle in das Fleisch gefressen hatte, drei rote Querstreifen von der Schulter bis zur Hüfte. Hildegard kommentierte es nicht und ignorierte Margreths nervöse Hände. Um sie nicht weiter zu peinigen, hatte sie Margreth nicht darum gebeten, ihr beim Waschen der Leiche zu helfen, und sie stattdessen angewiesen, Juttas Haar zu frisieren. Margreth hatte dagesessen und dem entstellten Körper halb den Rücken zugewandt, während sie mit ruckartigen Zügen den Kamm durch Juttas dünnes Haar zog. Nachdem sie ihr die Ordenstracht angezogen hatten, besprenkelte Hildegard sie mit Blütenöl und wickelte den Rosenkranz zwischen ihre Finger.

Einige Tage später hörte Hildegard, wie die jüngsten Schwestern darüber sprachen, welch ein bezaubernder Duft von Rosen den toten Körper eingehüllt habe. Agatha meinte sogar, sie habe ein leuchtendes Kreuz am Himmel gesehen, als sie in der Dunkelheit im Innengarten gestanden und darauf gewartet hatten, wieder hereingelassen zu werden. Hildegard musste nicht einmal die Stimme heben, um sie zum Schweigen zu bringen. Die Zurechtweisung war in keiner Weise missverständlich, und Agatha hatte den Nacken gebeugt und in die Pantoffeln geweint, die sie für den Abt stickte.

Es ist still in der Frauenklause. Gleich läutet es zur Komplet, und Hildegard muss aufstehen. Ihre Knie fühlen sich schwach und geschwollen an, und sie reibt durch die Tracht hindurch ihre Beine. Sie kniet vor dem Kruzifix an der Wand. *Hilf mir,* flüstert sie. *Hilf mir, denn ich kann weder sehen noch hören.*

Die Brüder beten das letzte Gebet des Tages im Kapitelsaal, während Hildegard die Schwestern zur Kirche führt. Die Stimmen der Frauen steigen und fallen im Takt mit Hildegards Händen. Sie glaubte einmal, sie würde von einer himmlischen Seligkeit erfüllt, wenn es ihr vergönnt wäre, Augenblicke wie diesen zu erleben. Jetzt berühren die Töne sie nicht im Geringsten. Was ist überhaupt schön? Was ist hässlich? Jeder sprunghafte Gedanke wird überwuchert von zähen, wilden Gewächsen, wie Spuren, die im Wald verschwinden.

Als sie ein Kind war, verfolgte sie einmal einen Hasen im Garten bei Bermersheim. Falk hatte das erschrockene Tier wie verrückt angebellt, und sie hatte ihn im Hundezwinger eingesperrt. Danach konnte sie den Hasen nicht mehr finden. Sie suchte und suchte, aber er musste einen Spalt in der Mauer gefunden und sich nach draußen in die Freiheit gezwängt haben. Sie war traurig, obwohl sie dem Tier nur aus dem Garten hatte helfen wollen. Sie hockte sich ins Gras und weinte mit geschlossenen Augen. Als sie die Augen wieder öffnete, fiel Licht durch die Wolken, und der Bach bahnte sich sprudelnd seinen Weg durch das Schilf. Sie warf sich auf die Knie und dankte Gott für all die Schönheit. Jetzt kann sie nicht einmal beim Klang der Psalmen Freude empfinden, die zuerst zart und vibrierend aus einem einzelnen Mund kommen, gefolgt von vielen Stimmen, wie Silberglocken für den Herrn.

Hildegard hebt die Hände, und die Schwestern verstummen. Der Priester liest, sie klammert sich an seine Worte, die zusammenhanglos unter der mit Malereien verzierten Kirchendecke tanzen. Was ist Schönheit, was ist hässlich?, denkt sie wieder. Was bin ich für ein Mensch, wenn ich nicht länger unterscheiden kann und nicht länger von Gottes Schöpfungswerk berührt werde?

Krankheiten können auf der Haut ausbrechen, als Geschwülste, Male oder Ausschlag, der Blüten ähnelt. Manchmal nimmt ihr der eintönige Gesang der Mönche alle Luft, sodass sie meint, sie werde erstickt. Die hellen Stimmen der Frauen haben ihr immer gefallen, Gott sicher ebenso, aber selbst wenn ihr Klang so rein wie nur möglich erschallt, kann ein schwerer und bräunlicher Ton wie ein Erdrutsch durch den Gesang gehen. Dann bittet sie sie für gewöhnlich, von vorn zu beginnen, auch wenn der Psalm beinahe beendet ist. Normalerweise erklärt Hildegard unermüdlich, wie der Gesang klingen soll, obwohl weder Agatha noch Margreth verstehen, was sie meint, wenn sie sagt: Der Wind im April, morgendlicher Tau, Septemberhimmel, der Duft im Apfelgarten meines Vaters.

Sie singen, wie sie es sie gelehrt hat, aber da ist eine Trägheit in ihren Stimmen, dass der Gesang sich nicht aufschwingen kann. Heute Abend unterbricht sie nicht, sondern wünscht nur, den Gesang hinter sich zu bringen, um endlich Ruhe zu haben. Die zehn größten Schwestern stehen hinten und bilden eine halbkreisförmige Mauer um die vorderen sieben. Richardis steht ganz links, der Klang ihres Namens ist eine steinerne Kirche mit zwei soliden Türmen. Sie hat die Angewohnheit, die Augenbrauen mit den Daumen zu glätten, wenn sie in Gedanken versunken dasteht.

Margreth steht neben Richardis, sie hat das Kind, das ihr genommen wurde, als sie ins Kloster kam, nie erwähnt, ihre Haut ist fein wie Weizenteig, sie schweigt lieber, als zu sprechen. Elf junge Mädchen mit Adelstiteln. Liebt sie sie allesamt, wie sie es sollte? Ist sie wirklich ihre Mutter? Sie sieht in ihre Gesichter, auf ihre gefalteten Hände. Sie kennt ihre innersten Gedanken, sie kommen zu ihr und vertrauen sich ihr an. Hildegard belehrt sie, dass sie aus den Unterschieden zwischen ihnen lernen sollen, auch aus der Irritation, die sie ab und an untereinander wecken. Menschen können loyal sein und sich lieben, allein weil sie in dieselbe Familie hineingeboren sind, ohne jemals die Handlungen des anderen zu verstehen. Menschen können zusammen aufwachsen, können Seite an Seite leben, ohne sich wirklich zu kennen, aber hier bedeutet das nichts. Hier sollen sie ihre gegenseitige Gesellschaft wertschätzen und aushalten, ohne starke Bande zu anderen als zu Gott zu knüpfen. Sie sollen sich nicht gegenseitig kontrollieren, sondern nur sich selbst auf Sünde und Schwäche prüfen. Innerhalb der Klostermauern sollte sich kein Mensch einsam fühlen. Hier vereinen sie ihre Kräfte, um Gott anzubeten. Hier entzündet Gott Licht in ihren Herzen, Licht für jede einzelne Seele, für die sie beten. Dennoch fühlt sich Hildegard mit der Zeit wie ein Büschel Gras, das der Fluss vom Ufer losgerissen hat. Ständig wirbeln ihre Gedanken in alle Richtungen, sodass sie nicht länger zu erklären versucht, was sie denkt und sieht. Obwohl sie oft mit Richardis spricht, ist sie nicht sicher, ob sie sie wirklich versteht. Verstanden werden zu wollen ist ein schändlicher Wunsch. Dass Gott in ihre Seele sieht und Böse und Gut gegeneinander abwägt, muss genug sein. Dennoch fühlt sie eine stille und sündige Freude, wenn Richardis ab und an Sätze zu Ende führt, die sie, Hildegard, begonnen hat, oder ihr eine besonders gute Frage stellt, die zeigt, dass sie weiter darüber nachdenkt, was Hildegard gesagt hat. Volmar ist immer noch der Einzige, mit dem sie reden kann, ohne sich Gedanken machen zu müssen, ob er ihr folgen kann. In seiner Gesellschaft hat sie viele Ideen entwickelt, die sie Gott nähergebracht haben. Einmal sagte sie spaßeshalber, ihre Seelen seien in der Mitte zusammengewachsen, aber das erheiterte ihn nicht. Er zuckte zusammen und stürzte hinaus in den Kräutergarten. Ruhiger, geduldiger Volmar, das sah ihm gar nicht ähnlich. Sie hatte nicht gewagt, ihm zu folgen, sondern musste mehrere Tage in quälender Stille warten. Endlich hatte er sie aufgesucht, während sie Hagebutten wusch, um Öl zu machen, das bei Brandwunden helfen würde. Er hatte sich für sein unangemessenes Verhalten entschuldigt, es kopflos und kindlich genannt. Sie hatte seine Entschuldigung angenommen, aber als sie ihn fragen wollte, warum er es sich so zu Herzen genommen habe, hob er nur die eine Hand und legte die andere über seinen Mund.

Es zieht im Kirchenschiff, Hildegards Augen tränen, und die Lichter fließen zu undeutlichen Kränzen ineinander. Sie blinzelt, um wieder einen klaren Blick zu bekommen, blinzelt und blinzelt, macht mit dem Zeigefinger das Kreuzzeichen über ihren Augenlidern, und der Blick verändert sich: Über die Gesichter der Schwestern flackern Zeichen eines unbekannten Alphabets. Der Priester hebt die Hände, um den Segen über die Frauen zu sprechen, zwischen seinen Händen aufgespannt wallt ein Banner, unsichtbar für andere als Hildegard. *Lingua ignota*, die unbekannte Sprache, steht dort mit hochroten Buchstaben. Als er die Arme wieder sinken lässt, verschwinden die Worte. Da sind dreiundzwanzig Buchstaben. Richardis hat als einzige drei Buchstaben auf der Stirn, alle anderen tragen zwei. Hildegard tritt einen Schritt näher, als wolle sie die Buchstaben berühren. Obwohl sie die fremden Zeichen nie zuvor gesehen hat, kennt sie bereits ihre Bezeichnungen. Sie kennt sonderbare Worte, die die Buchstaben bilden: Liuionz, Dieuliz, Jur, Vanix.

Als der Priester verstummt, verschwindet die Schau. Hildegard trippelt von einem Fuß auf den anderen. Sie muss sofort mit Volmar sprechen.

2

Der Wind hat sich gelegt. Hildegard weiß nicht genau, was sie zu Volmar sagen soll, aber es liegt eine Freude darin, zielgerichtet durch die Dunkelheit zu gehen. Es ist, als zertrete sie mit jedem Schritt die stumme Apathie, trete sie durch die harte Erde hindurch hinunter zum Teufel, wo sie hingehört. Mit der Hand gestikuliert sie vor ihrem Gesicht in der Luft herum, zeichnet jedes einzelne der dreiundzwanzig Symbole nach.

Sie findet Volmar wie erwartet im Infirmarium. Er hält Nachtwache über die Kranken und schlummert auf einer Matratze im Kräuterlager. Rasch kommt er auf die Beine und stößt dabei gegen den Arbeitstisch.

Sie beginnt zu reden, ohne darüber nachzudenken, was sie sagt. Als sie schweigt, ist sie ganz außer Atem und kann sehen, dass er kein einziges Wort verstanden hat. Sie lacht, mit einem Pst legt er einen Finger auf die Lippen, aber sie kann nicht aufhören. Das Lachen legt Feuer an das aufgehäufte Schweigen, es explodiert im Zwerchfell, alles in ihr krümmt sich zusammen. Nachher weint sie, und Volmar schenkt dünnes Bier für sie ein. Sie bricht völlig zusammen, als er es endlich schafft, sie zu überreden, sich auf einen Schemel zu setzen. Sie sitzt da und lässt die vorgeschobene Unterlippe hängen wie ein unglückliches Kind. Er geht vor ihr in die Hocke, sie weicht seinem Blick aus.

»Hildegard«, flüstert er, »bist du gekommen, um mir etwas Wichtiges zu sagen?«

Sie macht eine zweideutige Bewegung mit dem Kopf, dreht die Handflächen zur Decke, bevor sie die Hände wieder schlaff auf die Knie sinken lässt.

»Ich weiß nicht länger, was wichtig ist«, flüstert sie.

Volmar nickt. Er sieht weg. Jemand hat den Deckel des Krugs

mit der Zitronenmelisse schief aufgesetzt. Er steht auf, rückt ihn zurecht, dreht den Krug halb um.

»Ich brauche deine Hilfe, Volmar«, sagt sie in seinem Rücken.

Mit dem Zeigefinger wischt er Staub von den obersten Krügen. Edelkastanie, Lindenblüte, zerstoßener Hopfen. Er nickt, bleibt noch etwas stehen, um Zeit zu gewinnen. Dann setzt er sich wieder vor sie.

Jedes Mal, wenn sie ihm von dem fremden Alphabet erzählen will, fordert er sie mit einem Pst auf zu schweigen und bittet sie zu warten. Stattdessen fragt er sie über das quälende Schweigen aus, das sie beschreibt. Er fragt, ob sie an ausgeprägter Schläfrigkeit gelitten habe, an Formen von Muskelschmerzen oder Schwäche, besonders in den Knien. Sie bekennt alles und nickt geistesabwesend. Unzufriedenheit, Langeweile, mangelnde Aufmerksamkeit im Gebet bekennt sie ebenfalls. Volmar fragt einfach und direkt, und sie antwortet achtlos und wie eine Schlafwandlerin. Als er ihren Puls zählen will, reißt sie sich von ihm los und steht auf.

»Ich bin nicht krank, Volmar«, sagt sie und schlägt mit der Faust auf den Tisch. »Ich bin nicht gekommen, um untersucht oder behandelt zu werden, sondern weil ich will, dass du hörst, was ich gesehen habe.«

Er stellt sich mit dem Rücken zur Wand. Nickt schweigend.

»Was fürchtest du, Volmar?«, fragt sie, aber er antwortet nicht. Sie wartet, er räuspert sich, sie sieht ihn weiter an, ohne etwas zu sagen.

»Ich dachte daran«, setzt er endlich an, »dass du so lange geschwiegen hast. Und nun kommst du hier hereingestürmt zu einer Zeit, zu der alle Menschen schlafen sollten ... In den fünfundzwanzig Jahren, in denen ich dein Lehrer gewesen bin ... Hildegard, als du das letzte Mal in dieser Seelenlage zu mir kamst, warst du nichts als ein großes und verwirrtes Mädchen, aber jetzt! Ich verstehe nicht, warum es nicht bis morgen warten kann. Ich meine ...«

Hildegard wartet, aber er sagt nichts mehr. Er legt die Arme über Kreuz.

»Ja?« Hildegard trommelt auf den Tisch. Sie weiß, es nützt nichts, gleich von vorne zu beginnen. Bevor Volmar nicht gesagt hat, was er auf dem Herzen hat, kann sie nicht sicher sein, dass er richtig zuhört.

»Traurigkeit, die der Welt angehört, Unentschlossenheit, Leiden an der Welt«, sagt er und seufzt, bevor er fortfährt, »das sind einige der garstigsten dämonischen Gedanken, die den Weg zur Versuchung öffnen, Hildegard.«

Sie zuckt verärgert mit den Schultern. Sie hat überhaupt keine Lust, darüber zu sprechen. »Ich habe geschwiegen, weil keine Worte in mir waren. Obwohl ich mich für gewöhnlich bändigen muss, um zu schweigen, wie es mir auferlegt wurde, habe ich doch über eine lange Zeit nichts in mir getragen, das es zu sagen wert gewesen wäre. Die Schau, die ich heute Abend in der Kirche hatte, jagte einen Pfeil durch die unerträgliche Leere.«

Volmar setzt sich auf die Matratze und zieht die Beine an. Es ist ein langer Tag gewesen. Die Kranken können ihn alsbald stören und er hatte sich darauf gefreut, zu schlafen. Hildegard sagt nichts, aber er kann ihren Blick spüren. Er hat ihre Gespräche vermisst.

»Dann erzähl es mir noch einmal, Hildegard«, sagt er leise.

»Es waren dreiundzwanzig Buchstaben, die niemand anderer zuvor gesehen hat«, beginnt sie, »quer über den Gesichtern der Schwestern. Sie bildeten fremde Worte für Erlöser, Teufel, Frau und Mann. Und als ich hier herüberging, kamen weitere

Worte zu mir, so natürlich, als wäre es eine alltägliche Sprache, die ich seit langem gekannt hätte.«

»Aber du hast die Sprache vorher nicht gehört?«

»Wo sollte ich sie gehört haben, Volmar? Es ist eine Sprache, die niemand spricht, sie hat einen Namen, aber der Name ist *lingua ignota*.«

»Das sahst du auch?«

»Es stand auf einem Banner zwischen den Händen des Priesters geschrieben.«

»Des Priesters?«

»Zwischen seinen Händen.«

»Zwischen den Händen des Priesters?«

»Buchstaben, Volmar. Ein Alphabet, das eine Sprache bildet – *lingua ignota, litterae ignotae,* verstehst du denn gar nicht?«

»Ich weiß nicht.«

»Gott gewährte mir einen kleinen Einblick in seine Geheimnisse, und du siehst aus, als wirst du jeden Moment einschlafen.«

»Es ist spät, Hildegard. Ich habe geschlafen. Gottes Geheimnisse sind nicht flüchtig, sie verschwinden nicht, weil man wartet, bis es Tag wird.«

Hildegard schüttelt den Kopf. Sie weint, aber Volmar steht nicht auf. Erst als sie zur Tür geht, bittet er sie doch, zu bleiben.

»Entschuldige«, flüstert sie, »kannst du mir meine Selbstsicherheit vergeben, Volmar?«

»Es fällt mir nicht schwer, dir zu vergeben, Hildegard, es ist mehr ...«

»Ja?«

»Meine Vergebung ist nicht ...«, er wägt seine Worte ab.

»Was? Wovon sprichst du?«

»Nichts ist anders geworden«, sagt er und steht auf. »Dass du im letzten Jahr so still gewesen bist, hat das Gerede anderer Menschen nicht verstummen lassen. Obwohl der Abt die Brüder für ihr Geschwätz züchtigt, und obwohl er aus demselben Grund im letzten Jahr gezwungen war, zwei Brüder vom Disibodenberg fortzuschicken, ist das Gerede da, wo Menschen versammelt sind, auch dort, wo sie in frommer Einmütigkeit leben sollten, eine ansteckende Krankheit. Und wenn der Abt die Brüder endlich dazu gebracht hat zu schweigen, kommen Reisende mit bösen Zungen. Sie reden von deinen Schauen, Hildegard, das ist nichts Neues, aber sie reden auch davon, dass die Strenge, mit der Jutta die Frauenklause leitete, nicht länger im Kloster herrscht.«

»Ich bin nicht Jutta, ich habe nie . . .«

»Nein, du bist nicht Jutta, und es will auch niemand, dass du sie sein sollst, Hildegard. Aber du teilst die Wasser. Es gibt viele, die zu dir stehen, sowohl hier im Kloster als auch außerhalb der Mauern, aber es gibt auch diejenigen, die gegen dich sind und nur darauf aus, dir zu schaden und boshafte Gerüchte zu verbreiten. Sie sagen, das Leben in der Frauenklause sei ausgelassen . . .«

Hildegard schnaubt verächtlich. »So haben sündige Menschen allzeit gesprochen«, sagt sie und legt die Arme über Kreuz. Volmar schweigt.

»Aber du glaubst ihnen vielleicht, Volmar?« Sie lacht trocken. Sie kam, um ihm etwas Wichtiges zu erzählen, und jetzt muss sie sich mit diesem törichten Gerede herumschlagen.

»Du weißt genau, dass ich das nicht tue«, sagt er leise. »Ich will nur, dass du darüber nachdenkst und dich darauf einrichtest.«

»Mich einrichten?«

»Du darfst ihrem Gerede keinen Nährboden geben. Du

kannst nicht mitten in der Nacht angelaufen kommen, du darfst nicht ... nein, das ist gleichgültig, Hildegard.«

»Was darf ich nicht, Volmar?«

»Du weißt selbst, was zu tun das Beste ist«, weicht er aus. »Ich kenne deine Frömmigkeit und die Klarheit deiner Gedanken, Hildegard, ich muss dir keinen Rat geben.«

»Du bist mein Freund«, flüstert sie, »ich will deinen Rat gerne entgegennehmen.«

Er hebt warnend die Hand. »Wir dürfen nicht von Freundschaft sprechen, Hildegard. Hier müssen wir unsere Nächsten alle gleich lieben.«

»Du *bist* mein Freund«, flüstert sie wieder. »Es ist ein größere Sünde, sich selbst und andere Menschen zu belügen, als ...«

»Und Richardis?« Volmar betont jede Silbe des Namens.

»Richardis?«

»Richardis von Stade? Ist auch sie dein Freund?«

Hildegard steigen Tränen in die Augen. Sie setzt sich auf den Schemel, ohne ihn anzusehen.

»Was deutest du an, Volmar?«

»Das ist es ja gerade, Hildegard! Ich deute nichts an, aber da sind andere, die es tun. Sie reden von Bevorzugung, sie sagen, dass du ...«

»Schweig still«, ruft Hildegard und hält sich die Ohren zu. »Verstehst du denn überhaupt nicht, Volmar? Ich möchte nicht von schlechten Gedanken infiziert werden, und ich weigere mich, mir die sündigen Vorstellungen anderer anheften zu lassen. Ich will es nicht hören, ich will es nicht hören, ich will es nicht hören!«

Einer der Kranken wacht von dem Radau auf, er jammert und ruft, und Volmar muss Hildegard allein lassen, um nach dem Patienten zu sehen.

Als er zurückkommt, hofft ein Teil von ihm, dass Hildegard gegangen ist, aber sie sitzt auf seiner Matratze und hat die Arme um die Knie geschlungen.

»Ich bin dumm«, flüstert sie. »Ich bin so schrecklich schwach und dumm, und ich kann nicht ertragen, dass du für meine Dummheit bezahlst, indem deine Ohren das Gerede anhören müssen.«

»Gedankenlosigkeit und Dummheit sind nicht dasselbe«, sagte er müde und bleibt in der Türöffnung stehen. »Der einzige Grund, der mir dafür einfällt, dass du die Boshaftigkeit ihres Geredes nicht verstehst, ist, dass du nicht denkst wie sie.«

Hildegard nickt. Sie hat Kopfschmerzen. Sie versucht, sich die geheimen Buchstaben vor Augen zu rufen, um die energische Freude zurückzugewinnen, mit der sie herkam. Sie steht auf und Volmar macht Platz, um sie vorbeizulassen.

»Ich weiß nicht, ob ich jemals so darüber sprechen kann, dass irgendein Mensch es wirklich versteht, Volmar. Es ist, als ob meine Lebenskraft, ja selbst mein Atem mit ›Dem Lebenden Licht‹ und der Stimme, die Gott mir geschenkt hat, verwoben sind. Wenn er sich mir nicht zeigt, wenn ich nicht sprechen kann, ist es wie ein böser Tod, wie eine Verdammnis ... Volmar, du musst mir vergeben, dass ich so unbeholfen spreche. Wenn ich versuche, es dir zu erklären, ist es, als bemächtige sich der Teufel meiner Zunge und verdrehe meine Stimme, und es klingt wie eine Rede der Sünde.«

»Sollen die Buchstaben aufgeschrieben werden?«, fragt Volmar leise.

Sie hebt die Augenbrauen, die Andeutung eines Lächelns lockert ihr Gesicht auf.

Sie öffnet die Außentür. Er nickt, sie macht mit drei Fingern das Zeichen des Schweigens.

3

Hildegard schüttelt verärgert den Kopf und zeichnet zum zehnten Mal dasselbe Zeichen in die Wachstafel. Ihre Schrift ist ungelenk, ihre Hände gehorchen nur langsam. Sie besteht darauf, dass Volmar die Zeichen zu Pergament bringt. Es ist, als wolle er seine Augen nicht gebrauchen, als täte er es, um sie zu ärgern. Die Zeichen sind so einfach, und trotzdem sind sie noch nicht weitergekommen als bis zum dritten Zeichen. Volmar schwitzt, und seine Hände zittern. Als Hildegard sehen will, was er macht, stößt sie gegen das Pult. Der Kiel verrutscht und alles ist ruiniert. Einer der Brüder sitzt über ein Manuskript gebeugt am anderen Ende des Skriptoriums. Er glotzt sie an, aber Hildegard achtet nicht darauf. Volmar versucht es erneut, und dieses Mal gelingt es offenbar, denn Hildegard klatscht lautlos in die Hände. Der Kampf beginnt von vorne mit dem vierten Zeichen: Hildegard ritzt in die Wachstafel, er ritzt das gleiche Zeichen daneben, bis sie zufrieden ist, aber sobald er mit Tinte schreibt, geht es schief. Abt Kuno fragte, welchem Zweck ihre Arbeit dienen solle, aber Volmar konnte ihm keine andere Antwort geben, als dass Hildegard das Alphabet während eines Stundengebets in einer Schau gesehen habe. Ein Jahr Schweigen und Stillstand, und dann sieht sie ein völlig unverständliches Alphabet. Sie haben die Erlaubnis erhalten, aussortierte Stücke Pergament zu benutzen, unebene, abgehackte Stücke, die von den Mönchen sonst nur für Schreibübungen verwendet werden.

Mit dem sechsten Zeichen geht es besser, aber beim siebten wird Hildegard so wütend, dass sie geht.

Nach der Non kommt sie mit Richardis ins Infirmarium. Volmar weiß nicht, ob sie ihn absichtlich ignoriert oder ob sie wirklich so sehr darin vertieft ist, der jungen Frau die Behandlung von Geschwüren zu erläutern, dass sie ihn überhaupt nicht bemerkt. Er sieht nach seinen eigenen Patienten, weicht ihr nicht direkt aus, wartet aber doch, damit sie nicht Seite an Seite bei den Kranken zu stehen kommen. Kurz bevor Hildegard zur Vesper zurück in die Frauenklause geht, begegnen sie sich im Kräuterlager. Unter Hildegards Anleitung reinigt Richardis Akanthuswurzeln, die für Umschläge gegen gefühllose Hände und Füße gebraucht werden.

»War es Absicht?«, flüstert Hildegard ihm zu. Er erstarrt, weil sie sich erlaubt, so mit ihm zu sprechen, und dabei sind sie noch nicht einmal alleine. Richardis lässt das Messer ruhen.

»Ich verstehe nicht ...«, versucht er, aber sie fährt barsch dazwischen.

»Die Buchstaben? Ist es, weil du nicht willst? Ist es der Abt? Hat er etwas gesagt?« Er schüttelt resignierend den Kopf. Er nickt zu Richardis hin, und Hildegard zuckt mit den Schultern.

»Wir können dennoch reden, Volmar«, sagt sie gedämpft. Ihre Stimme schlägt um, sie klingt nicht mehr ganz so aufgebracht.

»Ich wurde so unruhig im Skriptorium«, flüstert er, als Richardis die Arbeit wieder aufnimmt. »Vielleicht sind es die Buchstaben, vielleicht ist es auch ...«, er schüttelt den Kopf. »Ich konnte dem Abt nicht einmal erklären, wozu es gut sein soll!«

»Gott spricht zu mir, aber nicht stets mit den Worten, die wir am liebsten hören wollen«, antwortet Hildegard neutral. »Was wünscht der Abt? Vielleicht eine Worterklärung?« Sie lacht kurz auf, und Volmar gefällt der Ton in ihrer Stimme nicht.

»Hildegard, ich ...«

»Vergib mir, Volmar«, unterbricht sie ihn, »es ist nicht meine Absicht zu spotten, aber was soll ich tun? Meine eigenen Fähigkeiten sind so ärmlich, und dennoch hat Gott auf mich gezeigt und entschieden, durch mich zu sprechen. Was soll ich anfangen? Soll ich Gottes Wunsch ignorieren und so tun, als hörte ich nicht, was er sagt, weil wir nicht die volle Bedeutung verstehen? Soll ich Gott anweisen, als ob er mein Diener sei, und ihm auferlegen, alles so deutlich zu zeigen, dass ich sein Schöpfungswerk bis ins kleinste Detail erklären kann, obwohl ich seinen Umfang niemals verstehen werde? Gott zeigt mir ein Alphabet und eine Sprache, was soll ich anderes tun als es niederschreiben und mich bemühen, die Worte präzise so auszusprechen, wie er es wünscht? Meine Stimme gehört mir nicht, und sie hat mir nie gehört.« Sie tritt ganz nah an ihn heran. »Verstehst du das nicht, Volmar? Ich vertraue keinem anderen als dir.«

Richardis lässt die Hände wieder ruhen. Sie schnieft. Hildegard steht mit dem Rücken zu ihr und bemerkt es nicht. Erst als sie noch einmal schnieft, dreht sie sich um.

»Richardis?«

»Ja, Mutter Hildegard.«

»Setz dich draußen vor die Tür und warte auf mich.«

Das Mädchen wischt sich die Hände an der Schürze ab und gehorcht. In der Türöffnung dreht sie sich um und sieht Volmar mit ihren schwarzen Augen direkt ins Gesicht.

»Ich weiß nicht, was du tun sollst«, flüstert Volmar aufrichtig. »Ich habe dir immer vertraut, Hildegard, und das werde ich auch weiterhin tun. Der Abt wünscht, dass du und die Frauen hier im Kloster bleiben sollen, und er zweifelt nicht an der Echtheit deiner Schauen. Der Prior ist eine misstrauische Natur, aber er will sich nicht offen gegen den Abt stellen. Ich will dich nicht länger mit dem boshaften Gerede und dem Widerstand unter einigen der Brüder ermüden. Aber ich bin gezwungen dir noch einmal einzuschärfen, dass du vorsichtig sein sollst. Ich sage das nicht, um dir zu schaden oder dich zu bitten, Gottes Stimme zu überhören. Ich weiß, dass Er dich als sein Instrument gebraucht und dass Er damit nicht nur zu dir spricht, sondern zu uns allen. Ich höre zu, so gut ich kann, Hildegard. Ich strenge meine Gedanken und meine Ohren an. Ich starre und starre auf alles, was ich deinem Willen nach sehen soll, ich schüttle meine Müdigkeit und meine umherschweifenden Gedanken ab, um Gott zu dienen, indem ich dir diene. Dennoch werde ich von Zeit zu Zeit von bangen Ahnungen erfüllt. Und selbst wenn du mich bittest, dir die Hintergründe für meine unruhigen Gedanken zu erklären, bleibe ich dir die Antwort schuldig. Ich besitze nicht die Gabe, Schauen zu sehen, ich kann nicht, so wie du es kannst, im Laufe eines Augenblicks Zusammenhänge verstehen, die meinen Verstand überschreiten. Ich will dir dienen Hildegard, aber ich bin kein leerer Bottich. Ich bin ein Sünder, ich verliere den Mut, ich...« Volmar hält inne, er verliert den Faden, und Tränen steigen ihm in die Augen.

»Du weinst«, flüstert sie, »das habe ich dich nie tun sehen.«

Er schüttelt den Kopf.

»Ich bin dein Lehrer, ich bin dein Diener. Ich bin dein Vater, dein Beschützer, dein Bruder, dein Schüler ... ich bitte dich nicht, mich zu schonen, aber du musst mir die Zusammenhänge so gut erklären, dass ich dem Misstrauen entgegentreten kann, dass ich weiß, was ich dem Abt sagen soll, wenn er mich im Namen anderer Menschen fragt. Jedes Mal, wenn jemand dich angreift, treffen sie auch mich, Hildegard.«

Hildegard nickt nachdenklich.

»Ich weiß nicht, wie ich so gedankenlos sein konnte. Du musst mir glauben, wenn ich sage, dass ich gerade so verwirrt bin wie du. Als ich heute früher am Tag das Skriptorium verließ, weil ich meine Wut nicht bändigen konnte, dachte ich, wir müssten es aufgeben, das Alphabet niederzuschreiben. Ich dachte, ich sei vielleicht nur von meiner kindlichen Erleichterung darüber verleitet worden, wieder die Gegenwart des Herrn in mir zu fühlen, und dass ich deshalb seinen Wünschen nicht gehorchte, sondern meinem eigenen, trotzigen Willen folgte. Nach der Non dachte ich das Gegenteil. Dass es vielmehr mein sündiger Wille sei, der das Alphabet am liebsten wieder vergessen wollte, und der Herr geduldig weiter nach mir ruft. Nun weiß ich wieder nichts. Wer kann mir helfen, auf diese Art von Fragen Antwort zu finden, Volmar? Und wer pflanzt sie in mir? Ist es Gott oder der Teufel?«

Volmar sagt nichts. Er schiebt die Wurzeln, die Richardis zuvor gereinigt hat, zu einem Haufen zusammen. Er sammelt die Schalen zu einem weiteren und reinigt das Messer mit einem Lappen. Hildegard sagt nichts mehr. Als er alles zur Seite geräumt hat, sieht er, dass sie zittert. In plötzlichem Fieber klappert sie mit den Zähnen. Sie weigert sich, ein Bett im Infirmarium in Anspruch zu nehmen, sondern stützt sich auf die erschrockene Richardis, die ihr zurück in die Frauenklause helfen muss. Volmar folgt ihnen bis hinunter zur Mauer. Richardis fragt immer wieder, was geschehen sei, aber weder Hildegard noch Volmar antworten ihr. Krankheiten kommen und gehen. Hildegard wurde schon so oft vom Fieber befallen.

4

Richardis hat starke Hände. Sie streicht Hildegard übers Haar. Sie ist wie ein Kind, das im Bett liegt und weint und sich nicht bewegen kann, ohne dass es weh tut. Elisabeth kommt mit Salbe von Volmar, sie kocht Wein und Kräuter, rührt das warme Getränk mit Eiweiß auf und füttert Hildegard mit einem Löffel.

Der Löffel stößt gegen die Zähne, kreideweiße Blumen, wie Hildegard sie noch nie gesehen hat, wachsen zum Fenster herein. In den Augen des Raben glüht die Kälte, Pferdehufe klappern im Wind. Der Fluss folgt dem Fuß des Berges, in der Fiebernacht tritt er über seine Ufer und schiebt seine kalte Zunge unter Hildegards Decken. Der Fluss ist ein schwarzer Hengst, den der Reiter am kurzen Zügel hält, Schaumflocken, dunkle Felder aus Schweiß. Das Wasser lässt die Kleider am Körper kleben, es tut weh bis in die Knochen, die Welt dreht sich herum und herum, sodass Hildegard durch den Lärm rufen muss, rufen, dass Richardis sie nicht verlassen darf, dass Richardis ein Netz aus Haaren knüpfen und in den wilden Fluss werfen muss, denn sonst ertrinkt sie.

Feine Tropfen in der Luft verwischen Richardis' Gesicht. Ein grüner Heiligenschein umgibt ihr schwarzes Haar, sie streckt die Arme nach Hildegard aus, aber sie kann sie nicht erreichen. Die Kälte schabt an Schenkeln und Geschlecht, der Fluss ist dick wie breiiges Eis. Es ist der Samen des Winters, Hildegard trägt einen Fötus aus Schnee. Ein heftiger Schmerz spaltet den Körper, ein wildes Tier brüllt zwischen den Stämmen. Richardis kriecht auf allen vieren über einen Waldboden, das hellgrüne Frühjahrsgras teilt sich an der Stelle, an der sie hervorkommt, sodass sie eine Spur schwarzer Erde hinter sich herzieht. Sie kniet bei Hildegard, sie flüstert in der geheimen Sprache, als sei es ihre Muttersprache, und Hildegard lacht.

Als Hildegard nach fast einem Tag und einer Nacht erwacht, sitzt Margreth da, wo Richardis saß, als sie einschlief. Margreth hat die Augen geschlossen, ihre Wimpern berühren die breiten Wangenknochen. Hildegards Körper fühlt sich schwer an, die Schmerzen sind fort und das Fieber ist verschwunden. Die Krankheit ist durstig und hat einen sauren Geruch aus Schweiß, Schwefel und Galle hinterlassen. Hildegard will Margreth rufen, sagt aber stattdessen Richardis. Margreth erwacht so ruhig, wie sie geschlafen hat. Sie reicht ihr den Becher ohne ein Wort, sie wäscht ihr das Gesicht mit einem rauen Lappen.

Hildegard kann ihre Beine weiterhin nicht bewegen, also bleibt sie liegen, während die Frauen zur Vesper gehen. Es fällt nicht viel Licht in die Kammer, die Decke flimmert blau und gelb. Sie denkt an das Alphabet und die geheime Sprache. Wenn sie gesund ist, wird sie selbst mit dem Abt sprechen. Es ist nicht recht, Volmar für sie antworten zu lassen. Sie wird dem Abt sagen, die Welt sei voll von verborgenen und geheimen Dingen, die Gott nur in einem kurzen Aufscheinen offenbart. Es ist wie die Musik. Sie hat nie Unterricht in Komposition erhalten, aber die Töne sind bereits da, bevor sie sie selbst hört. Es ist, als werfe der Gesang des Himmels, den Menschen nicht hören können, ein Echo in Bäumen und Blättern, in Steinen und Tieren und Menschen. Als entstünden die Töne aus dem Fleisch und der Seele und müssten von innen gehört werden, bevor sie anderen zu Ohren kommen können. Die Schwestern loben Hildegard für ihre Psalmen, und nach und nach, seit es viele geworden sind, hat der Abt seinen Widerstand aufgegeben. Sie will keinen Dank, denn das Einzige, was sie tut, ist, still zu sein und zu lauschen. Die Welt ist ein Psalm, der Gott preist, und nur Gott kann bestimmen, wie viele Töne zu hören sie die Erlaubnis bekommt. Auf die gleiche Art muss die geheime Sprache ein Teil von Gottes Herrlichkeit sein. Sie schließt die Augen. Das wird der Abt verstehen, und sie kann sich nur selbst dafür anklagen, sollte sie in ihrer Ungeduld noch einmal vergessen, sich verständlich zu erklären.

Girlanden aus Schatten ziehen sich unter der Decke der Kammer zusammen. Weit weg singen die Schwestern. Der Klang ist wohlriechender Rauch, der durch die Öffnungen und Spalten dringt und verdünnt über den Boden ihrer Kammer wabert. Der Traum von dem Fluss kehrt in einem kurzen Aufblitzen zurück, das Schneekind schmilzt in ihrem Schoß. Sie drückt die Nägel in ihre Schenkel. Fieber erwärmt das Blut, die kleinen Teufel der Hölle nehmen menschliche Gestalt an und tanzen und feiern in lebensecht wirkenden Träumen. Sie öffnet die Augen wieder. Die Schmerzen in den Beinen sind beinahe weg. Sie setzt sich auf und dankt Gott. Die Farbe verschwindet aus ihrer Zelle, die Dämmerstunde ist grau und weiß. Sie fasst sich an den Kopf, obwohl es nicht weh tut. Ihre Augen sind offen, aber der Blick fällt flackernd durch alles hindurch, federleicht und unbeschwert. Sie kann Gottes Stimme in ›Dem Lebenden Licht‹ hören, sie muss bereit sein.

In ›Dem Lebenden Licht‹ steht eine gleißende Flamme. Sie wechselt die Farbe von Gelb und Rot zu glühendem Weiß, sie speit eine dunkle Kugel aus Luft aus, die wächst und größer als das ganze Kloster wird. Die Flamme reckt sich zu der Kugel hin, als versuche sie, sie mit Funken zu entzünden. Die Flamme macht die Kugel zu Himmel und Erde, vollkommen und leuchtend. Aus der Erde wächst ein gewaltiger Berg, aus dem Berg eine Frau so groß wie eine Stadt. Ihr Kopf ist mit Gold und Edelsteinen gekrönt, sie trägt eine leuchtend weiße Tracht mit weiten Ärmeln, die vom Himmel bis zur Erde reichen. Ihr Schoß ist ein Flechtwerk aus Spalten und Öffnungen, dicht über der Erde schwimmen schwarze Mädchen durch die Luft, wie Fische durch das Wasser. Ihre glänzenden Körper schlängeln und winden sich durch die Öffnungen in ihrem Schoß. Die Frau erbebt, sie atmet tief ein, saugt die Kinder den ganzen Weg bis hinauf in ihren Kopf und entlässt sie durch ihren Mund. Wieder erglüht die lebende Flamme, streckt erlösende Hände aus und zieht die Haut von jedem der Kinder, um sie in weiße Trachten und Schleier zu kleiden. Gott spricht ganz deutlich zu ihr: *Lege ab den alten, sündigen Menschen und kleide dich in die neue Heiligkeit. Du hast dich zu mir bekannt, und ich habe dich angenommen. Da sind zwei Wege: Der eine führt nach Osten, der Gottes Ort ist, der andere führt nach Norden, der Satans Ort ist. So du mich aufrichtig liebst, werde ich das tun, worum du mich bittest.*

Die Augen der Frau sind so mild. Sie ist die Kirche, und ihre Kinder werden durch sie wiedergeboren in der Taufe, auf dass sie niemals wieder in Dunkelheit wandeln mögen. *Ich werde empfangen und gebären*, sagt sie. *Viele gereichen mir zum Kummer, denn sie bekämpfen sich in törichten Streitigkeiten, aber viele werden auch umkehren und teilhaben am ewigen Leben.*

Der Berg und die Frau und das Feuer und die Kugel verschwinden. Zurück bleibt ein Chor aus jungen Mädchen, in Weiß gekleidet. Sie tragen Seidenschleier um ihr offenes Haar und Goldkronen um die Stirn. Sie singen schöner als irgendein irdischer Gesang, und Hildegard erkennt Richardis' schmales Gesicht wieder.

5

Als die Frauen aus der Kirche zurückkehren, ist Hildegard auf den Beinen. Elisabeth will sie zurück ins Bett jagen, aber Hildegard weigert sich. Sie sitzt am Tisch im Refektorium und behauptet, sie sei gesund. Elisabeth besteht darauf, nach der letzten Nacht wenigstens Volmar zu rufen, da war Hildegard glühend heiß und redete im Fieberwahn. Um des lieben Friedens willen willigt Hildegard ein, und Elisabeth stürzt augenblicklich davon, um ihn zu suchen. Die Frauen drängen in ihren schwarzen Trachten ins Dormitorium, als Volmar an die Tür klopft. Er sieht auf ihre Zunge und nimmt ihren Puls. Er nickt, sie nickt, sie sitzen sich stumm gegenüber.

»Wir warten mit dem Alphabet«, sagt sie, und er hebt verblüfft die Brauen. »Ich hatte die schönste Schau, Volmar.«

»Heute Nacht?«

»Nein, während die Mädchen zur Vesper waren und ich in meinem Bett lag. Das Fieber und die Schmerzen waren weg, und ich lag matt und kraftlos in meinem Bett und dachte über das Alphabet nach, darüber, dass ich selbst dem Abt erklären muss, wie es zusammenhängt. Plötzlich fühlte ich mich kräftig genug, um mich aufzusetzen, und da geschah es, dass Gott sich mir wieder zeigte. Ich kann es dir jetzt nicht erklären, aber ich möchte dich bitten, mit mir zum Abt zu gehen, denn ich habe wichtige Dinge auf dem Herzen.«

»Jetzt?«, fragt Volmar und reibt seine Hände, damit sie warm werden.

»Nein, morgen«, antwortet Hildegard.

Wie gewöhnlich nimmt Hildegard nicht Platz, als ihr beim Abt ein Stuhl angeboten wird, sondern bleibt direkt vor der Tür stehen. Sowohl Volmar als auch der Prior müssen die Stühle halb umdrehen, um nicht mit dem Rücken zu ihr zu sitzen. Der Abt sitzt zwischen ihnen in seinem hochlehnigen Stuhl. Passend für den Prior waren er und der Kellermeister gerade gekommen, um die Inventarlisten durchzugehen, als Hildegard und Volmar an die Tür klopften. Während der Kellermeister mit dem Bescheid, später wiederzukommen, hinausgeschickt wird, soll er bleiben und hören, was Hildegard auf dem Herzen hat. Der Abt will es sich nicht mit seinem Prior verderben und hält es für das Beste, ihn zu Rate zu ziehen und ihn in alles einzuweihen, was ihm angebracht erscheint.

Ob Hildegards Anliegen angebracht ist, weiß noch niemand. Sie sagt nichts, bewegt aber schwach die Lippen. Sie ist vierzig Jahre alt und nicht mehr jung. Wenn man sie nur von hinten sieht, ähnelt sie noch immer einem Jungen. Es liegt eine Schnelligkeit und Entschlossenheit in ihren Bewegungen, die sie stärker und gesünder erscheinen lässt, als sie tatsächlich ist. Vor einiger Zeit sah es so aus, als sei ihre Gesundheit mit den Jahren besser geworden, aber nach Juttas Tod wurde sie wieder hart getroffen. Ihr Gesicht hat sich nicht sehr verändert, auch wenn sie feine Falten am Mund und auf der Stirn bekommen hat. Sie hat einen sonderbaren, durchdringenden Blick in ihren unnatürlich hellen Augen, einen Blick, an den sich der Abt nie gewöhnen wird.

»Sprich, Hildegard«, fordert der Abt sie auf. »Da du zusammen mit Volmar kommst, gehe ich nicht davon aus, dass du mit mir über eine seelische Angelegenheit sprechen willst. Deshalb habe ich den Prior gebeten zu bleiben«, fährt er fort und macht eine ausladende Handbewegung.

Hildegard nickt. »Der Prior kann bleiben. Das, was ich zu sagen habe, wird ohnehin im ganzen Kloster bekanntwerden.«

Der Prior bewegt sich auf seinem Stuhl. Natürlich weiß er von Hildegards Gabe, hat sie aber noch nie selbst darüber sprechen hören. Die Mühe, die es ihr bereitet, einen Anfang zu finden, und ihr verschlossener Ausdruck zeugen davon, dass das, was sie sagen will, ernst ist.

Sie lässt den Blick von einem zum anderen gleiten. Als er auf Volmar fällt, ist der Prior sicher, dass ein unmerkliches Lächeln über ihr Gesicht huscht. Volmar bewegt den Oberkörper ruhig vor und zurück, als ob er mit einem Kind in den Armen dasäße, das in den Schlaf geschaukelt werden soll.

»Ehrwürdiger Vater, gestern Abend sah ich wieder ›Das Lebende Licht‹«, beginnt sie und schließt die Augen. »Gott zeigte sich mir und offenbarte mir seinen Willen in einer Schau. Ich sah die Kirche die Form einer Frau annehmen, ich sah, wie meine Schwestern in der heiligen Taufe von Sünde gereinigt wurden, ich hörte Gott von Erlösung und Verdammnis sprechen.« Sie hält inne und öffnet die Augen.

Die drei Männer sehen sie an. In dem, was sie gesagt hat, ist nichts Aufsehenerregendes, und der Prior kratzt sich zerstreut im Ohr. Wenn es das ist, was sie zu sagen hat, können sich alle und ein jeder Gottes Posaune nennen. Sie schweigt so lange, dass sogar Volmar sich wundert. Er macht eine unruhige Bewegung, der Stuhl knirscht, sie betrachtet Volmar ausdruckslos und beginnt wieder zu sprechen. Sie erklärt die Schau detailliert und gibt genau die Worte wider, die Gott zu ihr sprach. Besonders ausführlich schildert sie den Chor der Jungfrauen und deren Kleidung: die bis zum Boden reichenden, hauchdünnen Seidenschleier über dem offenen Haar der Mädchen, die Goldkronen, die mit drei Edelsteinen als Symbol der heiligen Dreieinigkeit verziert waren, die bodenlangen Kleider mit den weiten Ärmeln und den mit Gold bestickten Ärmellöchern.

»So sollen meine Schwestern beim feierlichen Hochamt und an Festtagen gekleidet sein«, schließt sie überraschend, und der Prior richtet sich auf.

»Was sagst du?«, ruft er aus, und Hildegard wiederholt ohne Zögern ihre letzten Worte.

»Davon kann nicht die Rede sein, Hildegard«, sagt der Abt und schlägt die Handflächen auf den Tisch. »Das ist gegen die Benediktusregel.«

»Das ist gegen die Heilige Schrift«, übertrumpft der Prior ihn und steht auf. Zuerst sprach sie schön und lebendig von ihrer Schau, er war ergriffen, sogar entzückt, und jetzt überrumpelt sie sie mit ihrer ungeheuerlichen Forderung.

Hildegard sagt nichts. Volmar rutscht unruhig auf seinem Stuhl herum und breitet stumm und zweideutig die Hände aus, als der Prior ihn fragend ansieht.

»Das ist völlig unerhört«, faucht der Prior, und der Abt muss eine Hand auf seinen Arm legen, um ihn dazu zu bringen, sich wieder zu setzen.

»Der Prior hat recht«, sagt der Abt, »und ich höre, dass du krank warst, als du deine Schau hattest.«

Hildegard schüttelt den Kopf. Es ist keine Gefühlsregung in ihrem ausdruckslosen Gesicht zu erkennen. »Ich hatte in der Nacht Fieber gehabt, das ist wahr. Ich fühlte mich immer noch schwach, aber ich war nicht mehr krank. Das kann Volmar bezeugen, er hat mich aufgesucht, unmittelbar nachdem Gott sich mir gezeigt hatte.«

Der Prior und der Abt sehen Volmar an, der nichts anderes tun kann, als zu nicken. Sie war bleich und müde, aber weder krank noch durcheinander.

»Als ich hier herüber ging, lagen dicke weiße Wolken wie ein Band über dem Kirchturm. Es glich den Kronen, die Gott mir in der Schau zeigte«, sagt sie, ohne eine Miene zu verziehen.

»Was stellst du dir vor?«, schnaubt der Prior. »›Desgleichen, daß die Frauen in schicklicher Kleidung sich schmücken mit Anstand und Zucht, nicht mit Haarflechten und Gold oder Perlen oder kostbarem Gewand, sondern, wie sich's ziemt für Frauen, die ihre Frömmigkeit bekunden wollen, mit guten Werken.‹ So steht es in der Heiligen Schrift, sollte dir Benedikts Regel nicht genug sein«, tobt er.

»›Denn die Hochzeit des Lammes ist gekommen, und seine Braut hat sich bereitet. Und es wurde ihr gegeben, sich anzutun mit schönem reinem Leinen‹«, antwortet Hildegard ruhig mit den Worten der Bibel.

»›Lieblich und schön sein ist nichts; ein Weib, das den Herrn fürchtet, soll man loben‹«, gibt der Prior rasend zurück. »Wie kannst du es wagen ...«

Der Abt macht eine gebieterische Handbewegung und unterbricht ihn. »Lass Hildegard sich erklären«, sagt er, ohne den Prior anzusehen.

»Ich möchte an anderer Stelle beginnen«, sagt Hildegard. »Wie oft habe ich mich geirrt?«, fragt sie und lächelt ihr unseliges Lächeln.

»Nicht oft, aber ...«, setzt der Abt an.

»Du hast dich geirrt, als du angenommen hast, dass ihr das neue Altartuch bis zur Segnung der Wachskerzen bei der Marienmesse fertig haben würdet«, unterbricht Volmar, »als du deine Wut Elisabeth gegenüber nicht zügeln konntest, als sie das Fastenbrot vergessen hatte. Du hast einem Lungenkranken Baldrian verordnet, woraufhin es dem Patienten schlechterging, weil er stattdessen Brustalant hätte bekommen sollen«, fährt er fort und sieht weg. Er zählt Hildegards Irrtümer nur ungern auf, spürt aber, dass die Frage aufrichtig gemeint war.

Sie nickt und sieht ihn erleichtert an. »Es ist genau so, wie Volmar berichtet, ehrwürdiger Vater. Ich begehe oft Fehler, und ich sündige öfter, als ich sollte. Wut und Ungeduld stellen meine Sinne auf die Probe, und es fällt mir schwer, mein Mundwerk zu zügeln, wenn ich gebeten werde zu schweigen. Keiner weiß das besser als du«, sagt sie direkt zu dem Abt, der nickt, während der Prior wie auf glühenden Kohlen dasitzt. »Aber gestattet mir zu fragen, wie oft ich mich irre, wenn Gott sich mir offenbare oder ich Zutritt zur Gabe der Seherinnen erhielt, mit dem sich meine Seele zu den Höhen des Firmaments aufschwingt, so wie Gott es will. Wie viele Male waren meine Prophezeiungen und Warnungen falsch? Wie viele Male habe ich Gottes Worten meinen eigenen Stempel aufgedrückt?«

Der Abt sieht vom Prior zu Volmar. Der Prior schnappt nach Luft, doch fällt ihm nichts ein, das er sagen könnte.

»Euer Schweigen ist Antwort genug«, sagt Hildegard, nachdem sie so lange gewartet hat, dass der Prior sich kaum noch beherrschen kann. »Ich weiß, er hat eine Frau so zerbrechlich, schwach und ungelehrt wie mich erwählt, damit niemand die Wahrheit seiner Worte anzweifeln kann. Ich könnte mir unmöglich selbst Zugang zu solchen Mysterien erzwingen oder solch große Wahrheit mit meiner eigenen dummen Stimme sprechen«, fährt sie fort. »Gott ist klug in allem, was er tut«, fügt sie flüsternd hinzu.

Es ist still im Arbeitszimmer des Abts, bis der Prior, ansonsten als ein strenger und beherrschter Mann bekannt, nicht länger ruhig auf seinem Stuhl sitzen kann.

»Das ist unzulässig«, ruft er und springt auf. »Es kann unter keinen Umständen die Rede davon sein, dass die Schwestern Kronen und Seidenschleier um ihr offenes Haar tragen.«

»Ich wurde selbst davon überrascht«, flüstert Hildegard, »doch kann ich mit Gottes Wille nicht ins Gericht gehen.«

»Was glaubt ihr, werden die Leute sagen?«, keucht der Prior und sieht von einem Gesicht zum anderen. Volmar blickt zu Boden, der Abt verzieht keine Miene.

»»Denn wer das Leben lieben und gute Tage sehen will, der hüte seine Zunge, daß sie nichts Böses rede, und seine Lippen, daß sie nicht betrügen««, flüstert sie, ohne dem Blick des Priors zu begegnen. »Desgleichen können wir uns in unserer Anbetung nicht nach Gerede richten.«

»Unserer Anbetung?« Der Prior macht einen Satz auf sie zu, baut sich wenige Schritte vor ihr auf. Sie blickt zu Boden, anscheinend unbeeindruckt von seinem Wutausbruch.

Der Abt und Volmar sind aufgestanden. Kuno legt die Hand auf den Arm des Priors, um ihn zu beruhigen. Es ist Sünde, in dieser Weise den Kopf zu verlieren, obwohl er seinem Prior zugutehalten muss, dass es schwerfällt, von Hildegards Worten unberührt zu bleiben.

»Hildegard«, beginnt er. Der Prior entzieht sich dem Griff seiner Hand und stürmt zum Fenster. Er steht mit dem Rücken zu ihnen, stützt sich mit beiden Händen auf das Fensterbrett.

»Ja?« Ihr Blick ist schwer zu ertragen. Freimütig, durchdringend, offen wie der eines kleinen Kindes.

»Du bekommst noch eine Möglichkeit, dich zu erklären«, sagt er und fordert sie wieder mit einer Handbewegung auf, sich zu setzen. Aber sie ignoriert es und bleibt stehen.

Volmar räuspert sich und muss husten. Der Prior dreht sich nicht um, sein langer Körper bebt. Draußen dringt das Licht in verstreuten Bündeln durch den weißen Himmel.

»Lasst uns erst zusammen beten«, schlägt Hildegard vor und kniet sich hin. Der Abt ist auf dem Stuhl zusammengesunken, auf dem zuvor der Prior saß, ihr Gesicht ist direkt vor seinem.

Niemand kann den Wunsch nach einem Gebet ausschlagen. Volmar kniet, der Abt steht auf, schwankt ratlos von Seite zu Seite, bevor auch er auf dem Steinboden auf die Knie fällt. Nur der Prior bleibt am Fenster stehen. Schweigend warten sie auf ihn, aber er sieht nicht so aus, als wolle er am Gebet teilnehmen.

»Prior Simon?«, sagt der Abt streng. »Willst du nicht am Gebet teilnehmen?«

Der Prior dreht sich langsam zu ihnen um, sein Gesicht ist ein Mosaik aus Rot und Weiß. Er sieht zur Tür, als hoffe er, jemand möge ihm zu Hilfe kommen. Er beugt seinen Kopf und stützt sich gegen die Wand. Dann kniet er sich endlich hin.

Nach dem Gebet erklärt sich Hildegard.

»Die heiligen Schriften berichten ausschließlich von verheirateten Frauen«, behauptet sie. »Denn im Gegensatz zu den unberührten und frommen Frauen im Kloster sind sie der Schlange bereits erlegen. Die Jungfrauen können Eva gleichgestellt werden, bevor sie sich verlocken ließ. Die unberührte Frau ist bewundernswert und erhaben; ungeachtet wie alt sie ist, wird sie voller Kraft in jugendlicher Frische verbleiben. Eine verheiratete Frau ist eine Blume, deren Blütenblätter der Winter genommen hat. Ihre einstmals so unschuldige Schönheit ist verwüstet und zersetzt, und sie darf Gold und Perlen nur in Maßen tragen und ausschließlich, um ihrem Mann zu behagen.«

»Woher weißt du das?«, schnaubt der Prior. »Wer hat dir das gesagt?«

Hildegard schließt die Augen und legt die Hände auf ihr Herz, ohne etwas zu sagen.

»Willst du dem Prior antworten?«, fragt der Abt plump. »Woher hast du dein Wissen über verheiratete Frauen?«

Hildegard sieht ihn überrascht an. Sie öffnet und schließt den Mund, als sei sie über seine Frage schockiert. Der Abt prüft seine Worte, ohne verstehen zu können, warum sie so reagiert.

»Ich bin versucht zu fragen, was ihr über fromme Frauen wisst, das ich nicht weiß«, fragt sie, anstatt eine Antwort zu geben. »Obwohl ich nur eine Frau bin und obwohl ich nie meine Schwäche verbergen kann, kenne ich meine Schwestern und Töchter besser als irgendjemand anders. Das, glaube ich, wird niemand anzweifeln.« Sie sieht von einem zum andern, aber keiner antwortet. Welcher Ordensbruder würde es wagen, sich auf eine Weise zu äußern, die darauf hindeuten könnte, er habe Kenntnis vom verborgenen Leben der Frauen?

»Ich weiß nur von eurer Frömmigkeit«, sagt Volmar langsam. Zuvor zeigte er Hildegards Irrtümer auf, und jetzt wagt er es, mutig zu sein und ihr zu Hilfe zu kommen. »Niemand hat Grund, das anzuzweifeln.«

Hildegard nickt nachdenklich. »Obwohl Jutta, die Frömmste unter uns allen, mir durch ihr vorbildliches Beispiel gezeigt hat, wie die Frauenklause geleitet werden soll, gab es dennoch Fragen sowohl praktischer als auch geistlicher Art, in die sie keinen Einblick hatte, allein aus dem Grunde, dass sie so treu war in ihrer Hingabe an den Herrn und so stark gebunden war an ihren heiligen Bräutigam. Sie musste oft den Blick von dieser tristen Welt abwenden. Glücklicherweise habe ich in allem, was ich tue und was ich zu meinen Schwestern sage, von dir, Abt Kuno, gelernt. Ich weiß, du hattest Last mit ungehorsamen Brüdern, und manchmal war es nicht genug, sie hier im

Kloster zu bestrafen. Du musstest sie fortschicken, nachdem du sie oft zuvor ermahnt hattest. Es ist ein großes Glück, dass das unter den Frauen nie notwendig gewesen war. Aber sollte es jemals dazu kommen, werde ich nicht zögern, die Strenge und die klare Urteilskraft auszuüben, die ich von dir erlernt habe«, sagt sie und nickt mehrere Male.

Keiner der drei Männer sagt etwas. Verwirrt sieht der Abt Volmar an, der seinem Blick absichtlich ausweicht. Der Prior atmet flach und hastig, kleine Windstöße in der Stille.

Bevor einer von ihnen entscheiden kann, ob Hildegard den Abt beleidigt oder ihm und den Brüdern ein Kompliment gemacht hat, fährt sie fort.

»Die Jungfrau steht in der unbesudelten Reinheit des Paradieses«, sagt sie und lächelt. »Sie ist schön und unvergänglich wie eine Rosenknospe. Sie braucht ihr Haar nicht zu bedecken, tut es aber aufgrund ihrer großen Demut. Ein frommer Mensch wird seine Schönheit verbergen aus Furcht davor, dass Habicht und Wolf ihre Klauen danach ausstrecken und sie stehlen«, flüstert sie und hebt eine Hand. »Deshalb geziemt es sich für die Jungfrau am meisten, weiße Kleider und den weißen Schleier als leuchtendes Symbol dafür zu tragen, dass sie Christus gehört und ihre Sinne verbunden sind mit Gott, dass sie eines von den Lämmern ist, ›die Seinen Namen und den Namen Seines Vaters geschrieben haben auf der Stirn‹ und zu jeder Zeit ›die sind, die folgen dem Lamm nach, wohin es geht‹.« Sie lässt die Hand sinken und schweigt, sieht über ihre Köpfe hinweg, zum Fenster hinaus, als überlege sie, ob sie etwas vergessen habe.

»Das ist ...«, beginnt der Prior und steht wieder auf. »Du bist ...«, er zeigt auf Hildegard, die ihn unverwandt ansieht.

»Ja?« Sie wendet die Handflächen zur Decke.

Er schüttelt den Kopf. Etwas in ihm hat sich losgerissen. Ihre Worte haben ihn verwirrt, und er weiß nicht, was er antworten soll. Dennoch hat er das untrügliche Gefühl, dass es zwingend notwendig ist, den Mund aufzumachen und all das zu sagen, das sich als stumme Anklagen in ihm aufgestaut hat, gegen Hildegard und die Frauen, die sie trotz ihres fehlenden Äbtissinnentitels ihre Schwestern zu nennen wagt.

»Es ist nicht angemessen, dass du nur adelige Frauen in der Klause akzeptieren willst«, sagt er hitzig. »Wie soll ich dich verteidigen, wenn die Leute sagen, du machst Unterschiede zwischen den Menschen, obwohl Christus alle seine Kinder mit gleicher Kraft liebt?«

»Lieber Freund«, sagt sie und breitet ihm zugewandt die Hände aus. »Wie froh bin ich, dass du mit deinen Sorgen und Fragen zu mir kommst. Nicht zuletzt, wenn es etwas ist, von dem ich glaube, es trotz meiner Ungelehrtheit befriedigend beantworten zu können. Ich hoffe, du wirst meine Worte annehmen. Dann musst du nicht länger unruhig sein, wenn Leute dich danach fragen, sondern kannst ihnen einfach und verständlich antworten, wie es ist. Gott hat die Menschen auf die gleiche Art nach Hierarchien geordnet wie die Engel. So wie es verschiedene Temperamente und verschiedene Eigenschaften unter den Menschen gibt, so ist auch des Mannes Saat nicht eins«, sagt sie ruhig.

Der Prior zuckt zurück.

»Darin liegt nichts Sonderbares«, sagt sie und nickt wohlwollend. »Gott liebt alle seine Geschöpfe, und nicht zuletzt die Menschen liebt er mit ungeteilter Kraft, und wir sollten danach streben, es auch zu tun. So sollen wir die Kranken aufnehmen, ohne nach Stand oder ihrer früheren Lebensführung zu unterscheiden. Darum behandeln wir sowohl die Hure wie auch die Hausfrau. Trotzdem müssen wir die verschiedenen Ordnungen getrennt halten, um zu vermeiden, dass sich die niederen Ordnungen über die höheren erheben und Unruhe in der Hierarchie schaffen. Das Einzige, was dabei herauskommt, ist Zerstörung und letzten Endes Untergang. Wer wollte all die Tiere, die Gott erschaffen hat, in denselben Pferch sperren? Rinder, Esel, Schafe, Gänse, Zicklein und Schweine? Auf die gleiche Weise kann man fragen, was Adelstöchter und Bauerntöchter unter einem Dach zu tun haben.«

»Unter den Brüdern unterscheiden wir nicht«, sagt der Prior fest. »Das ist nie notwendig gewesen.«

»Nein«, Hildegard sieht von Volmar zum Abt, »aber ihr seid Männer, und wir sind Frauen, geboren um eurer überlegenen Stärke und Klugheit unterworfen zu sein. Wir besitzen nicht die seelische Stärke, die es braucht, Brücken über die Klüfte zu schlagen, die Gott geschaffen hat.«

Wieder bleiben die Männer stumm. Der Prior hat das nagende Gefühl, Hildegard habe sich an ihn herangeschlichen und einen Strick um seine Beine geschlungen. Jetzt kann sie daran ziehen und ihn umwerfen, bevor er reagieren kann. Sagt er mehr, wird er als dumm und ungelehrt dastehen, antwortet er nicht, wird es aussehen, als gebe er ihr recht. Er ist dankbar, als ihm Volmar zu Hilfe kommt.

»Vielleicht möchten der Prior und der Abt diese Angelegenheit allein besprechen. Ein so ernstes Anliegen darf nicht übereilt entschieden werden.«

Hildegard faltet stumm die Hände über dem Bauch und wippt auf den Füßen vor und zurück. Der Abt sieht aus, als sei er ganz woanders und höre kaum, was Volmar vorschlägt. Der Prior jedoch zögert nicht, die ausgestreckte Hand anzunehmen.

Nach sieben Tagen wird Hildegard in das Arbeitszimmer des Abts gerufen. Dieses Mal ist weder der Prior noch Volmar anwesend, und der Laienbruder, der sie einlässt, wird weggeschickt.

»Zuerst möchte ich mit dir über das Alphabet sprechen, *Lingua ignota*«, sagt der Abt langsam. Hildegard nickt stumm.

»Es ist nicht mehr als ein paar Wochen her, dass Volmar um Erlaubnis bat, mit deiner Hilfe ein geheimes Alphabet und eine geheime Sprache niederzuschreiben, die dir angeblich offenbart wurde. Er sprach so gut, dass ich euch die Erlaubnis erteilte, damit zu beginnen. Inzwischen verstehe ich Volmar so, dass dabei nichts herausgekommen ist.«

»Es war schwieriger, als ich es mir vorgestellt hatte, ehrwürdiger Vater«, antwortet Hildegard kurz.

»Warum? Wenn du die Zeichen so deutlich gesehen hast, ist es wohl ein Leichtes, sie niederzuschreiben. Ich bin beinahe geneigt zu glauben, du brauchtest Volmars Hilfe gar nicht.«

»Ich lese besser, als ich schreibe«, antwortet Hildegard schroff.

»Ich habe geglaubt, es ginge um die Grammatik dabei, aber das kann nicht der Fall sein, wenn dir in einer Schau sowohl Grammatik als auch Buchstaben geschenkt wurden.«

»Ich sah die Buchstaben, und ich hörte einige Worte, aber Lingua ignota ist eine Sprache, die nicht die lateinische Grammatik anwendet, da sie nur aus Hauptwörtern besteht«, erklärt sie.

»Das ist doch wohl ohne Bedeutung?«, fragt der Abt und rückt das Elfenbeinkruzifix auf dem Tisch zurecht. »Wenn du nur Zeichen und Worte schreiben sollst?«

Hildegard antwortet nicht. Sie lässt den Blick auf ihm ruhen, aber antwortet nicht.

»Hast du nichts zu sagen?«

»Es kommt mir vor, als ob du deine eigentliche Frage hinter

deinen Worten versteckst«, sagt sie unverblümt, »und ich weiß nicht, ob ich auf das eine oder das andere antworten soll. Du fragst mich nach den Buchstaben, willst aber wissen, warum ich Volmars Hilfe brauche. Du bittest mich, von der Grammatik zu sprechen, aber du fragst in Wahrheit nach dem Verhältnis zu meinem Lehrer.«

Der Abt nickt. Dass Hildegard ihre Sache so gut vorträgt, ist nichts Neues, aber die Schärfe ihrer Worte und ihre Unbefangenheit verblüffen ihn nach wie vor.

»Du sollst auf das antworten, was du für das Wichtigste hältst«, sagt er und fummelt an dem Kruzifix herum.

»Ich halte beide Teile für vollkommen unwesentlich«, antwortet Hildegard, und der Abt beugt sich vor und lehnt sich über den Tisch. »Aber ich vernehme deine liebevolle Fürsorge für mich wie für deine anderen Kinder, und ich will deiner Sorge gerne abhelfen«, fährt sie fort. »Ich verstand selber nicht, warum ich das Alphabet zu sehen bekam, ebenso wie ich nur eine schwache Ahnung habe, welche göttliche Weisheit in den Zeichen verborgen liegt. Sie besitzen eine Stärke und eine Kraft, von der auch Volmar beeinträchtigt wird. Ich hatte ihn um Hilfe gebeten, weil er in seiner Frömmigkeit die Wichtigkeit der Schauen nie in Frage gestellt hat und weil ich selbst fürchterlich ungeschickte Hände habe, wenn es gilt, einen Kiel zu halten. Die Aufgabe fiel ihm nicht leicht, wie ich bald merkte, obwohl sie noch so einfach war. Er wurde unruhig und unkonzentriert, und du weißt ebenso gut wie ich, dass ihm das nicht ähnlich ist. Deshalb dachte ich, es müsse der besondere heilige Charakter der Zeichen sein, der seine Sinne beeinträchtigt, und entschloss mich, Gott zu fragen, ob ich etwas missverstanden oder übersehen hätte. Unmittelbar darauf wurde ich krank, wie so oft, wenn ich ›Das Lebende Licht‹ geschaut habe. Ich weiß nicht, warum das so ist. Ich glaube, Gott will mich damit strafen, weil ich eine elende Sünderin bin, die Tag für Tag ihr Äußerstes tun muss, um ihm zu behagen und mich ihm auch nur ein wenig zu nähern. Als das Fieber überstanden war, lag ich in meinem Bett, um mich zu erholen, während die Schwestern zur Vesper waren. Ich bat aus meinem ganzen kummervollen Herzen darum, Er möge mir zeigen, was ich mit dem Alphabet tun soll und ... besonders mit dem Alphabet. Da war es, dass ich ›Das Lebende Licht‹ und die Offenbarung sah, wegen der ich vor einer Woche zu dir kam, um mit dir darüber zu sprechen.«

Der Abt nickt. Jedes Mal, wenn er mit Hildegard spricht, kommen ihm jähe Zweifel, inwieweit sich hinter ihren vernünftigen Worten ein Splitter des Wahnsinns verbirgt. Sie ist nicht verrückt, wie einige der Brüder es immer wieder andeuten und wofür er sie bestrafen muss. Sie hat eine Gnadengabe, aus der er nicht klug wird. Sie spricht selten mit harten Worten, dennoch kann man sich an ihrer Zunge schneiden. Jedes Mal, wenn er glaubt, er wisse, welchem Weg ihre Rede folgen wird, schlägt sie einen Bogen in eine unerwartete Richtung oder teilt sich entzwei. Er muss sich Mühe geben, seine Verwirrung zu verbergen. Er reibt sich das Kinn, er beugt und streckt den Spann.

»Du bekamst also keine Antwort?«, hakt er nach. Die Frage nach dem abstrusen Alphabet ist der Grundstein seiner Argumentation, und er ist nicht bereit, sie aufzugeben.

»Doch, gerade das war es, was ich bekam«, antwortet sie ruhig. »Gott wünscht, dass wir unsere Liebe zu ihm in allem zeigen, was wir sagen und denken und tun. Er wünscht, den Menschen vor der Verdammnis zu erretten, weil er jede einzelne Seele mit einer Kraft liebt, die die Liebe des Menschen weit übersteigt. Er opferte seinen Sohn für unsere Schuld.« Hildegard treten Tränen in die Augen. »Wie oft weinen wir über die Leiden Jesu? Wie groß ist nicht unser Schmerz darüber, dass Menschen ihm Böses zufügen, indem sie Gott den Rücken kehren? Nur ein Herz aus Stein bleibt davon unberührt, und versteinerte Herzen können nicht einmal die Flammen der Hölle schmelzen lassen«, fährt sie fort. Der Abt wendet den Blick ab. Tränen laufen ihre Wangen herunter, und sie macht sich nicht die Mühe, sie wegzuwischen.

»Ob Gott mir seine geheime Sprache zeigt, eine Warnung, die den Tod eines Menschen verhindern kann, oder die Kirche in Gestalt einer Frau, alles dient dem gleichen Zweck: uns zu lehren, Gott innig zu lieben und zu fürchten und alles, was wir tun, ihm zu Ehren zu tun. Ich bin überzeugt davon, dass Gott mich wieder an das Alphabet erinnern wird, wenn die Zeit so weit ist«, fügt sie hinzu. »Und zusammen mit den festlich gekleideten Jungfrauen wird es als ein nie endender Lobgesang zum Himmel aufsteigen.«

Der Abt steht auf. Er sucht nach einem Schlupfloch, doch Hildegards Worte sind wie Steine, die sie zu einer Festung aufeinanderlegt. Wäre der Prior hier, würde seine Wut wieder aufflammen, aber das würde nichts ändern. Es ist unmöglich, Hildegard zu widersprechen. Ganz egal, was er vorbringt, sie hat eine Antwort, die seine Auffassungsgabe übersteigt und die deshalb von Gott kommen muss. Er hat selbst nichts dagegen, dass Hildegard nur Adelsfrauen im Kloster haben will. Dass sie sich schön und kostbar kleiden sollen, werden ihre Familien nur begrüßen. Sie profitieren von den Gerüchten über Hildegards besondere Fähigkeiten und fassen die Anwesenheit ihrer Töchter am Disibodenberg als ehrenvoll auf. Die meisten haben große Summen als Mitgift bezahlt. Seidenkleider können sie sich ohne weiteres leisten, und Goldkronen sind keine schlechte Art und Weise, Reichtum zu bewahren. Das Problem ist, dass er den Prior nicht überzeugen kann. Und es ist schwierig, die Brüder zum Schweigen zu bringen, wenn ihnen alles genommen wird, sobald sie über die Schwelle des Klosters treten, und sie immerfort an ihre eigene Armut erinnert werden. Die Frauen in prächtigen Gewändern gegenüber den zerschlissenen, schwarzen Kutten der Brüder zu sehen wird das Gerede kaum verstummen lassen. Um dem Prior und seinen Unterstützern gefällig zu sein, hat der Abt Hildegard nach Juttas Tod verboten, Pilger zu empfangen. Seelsorge soll nicht ihre Angelegenheit sein, und fromme Brüder haben die Gespräche mit den Reisenden übernommen. Im Infirmarium fragen die Kranken nach ihr, aber der Prior hat verlangt, niemand dürfe Hildegard mit den Gerüchten schmeicheln, die über sie im Rheintal im Umlauf sind. Der Abt wandte ein, es liege nicht in Hildegards Art, sich von Schmeicheleien blenden zu lassen, aber der Prior blieb hart. Deshalb wird sie in der Regel von einem der älteren Brüder begleitet, wenn sie unter den Kranken arbeitet. Nicht, um sie im Auge zu behalten, sondern um das Gerede der Patienten zu überwachen. Der Abt versinkt in Gedanken. Glauben ist auch stillzuschweigen, sagte der Prior, und der Abt gab ihm recht. Hildegard holt ihn mit einem trockenen Husten zurück.

»Du hast meine Erlaubnis«, sagt er. Nicht ein Wort mehr.

Die Kleider können die Schwestern selbst nähen, die Kronen dagegen müssen bei einem Goldschmied in einem Kloster in der Nähe von Trier bestellt werden. Bei den Mädchen wird an den Köpfen Maß genommen, und sie zerspringen beinahe vor freudiger Erwartung, als das erste Probeexemplar aus billigem Eisen ankommt, mitgebracht von dem Bruder, der als Bote losgeschickt wurde. Hildegard wickelt die Krone aus dem Stoff, in den sie eingepackt ist. Sie hält sie vor sich hin, ruft Richardis zu sich und krönt deren Kopf damit. Dann schüttelt sie unzufrieden den Kopf. Sie ist nicht so, wie sie sie haben will. Sie ist zu klobig und zu schwer, und selbst wenn sie aus Gold gefertigt und mit den schönsten Steinen besetzt wäre, würde sie nicht so sein wie jene, die sie vor sich sah. Sie versuchte wirklich, es dem Mönch begreiflich zu machen, der losgeschickt wurde. Sie konnte sie nicht mit ihren Händen zeichnen, beschrieb sie aber so lebendig mit ihren Worten, dass alle, die es hörten, sie vor sich sehen mussten. Trotzdem ist es schiefgegangen, und sie stürzt quer über den Hof und klopft mit der Krone in der Hand an die Tür des Abts.

Sie legt sie vor ihm auf den Tisch, nachdem der Laienbruder sie hereingelassen hat. So ruhig und gefasst sie war, als sie ihre Sache dem Abt und dem Prior vortrug, genauso aufgebracht ist sie jetzt. Sie lässt sich darüber aus, wie hoffnungslos schlecht die Krone und wie unmöglich es ist, dass jemand ihre Zeit damit verschwendet hat, ein so minderwertiges Handwerk auszuführen. Der Abt dreht und wendet die Metallkrone in seinen Händen.

»Sie wird sicher fein, wenn sie aus Gold gemacht wird«, versucht er es, aber sie schnaubt verächtlich. Gut und schön, Gold schimmert in einem Glanz, der den Gedanken auf die Pracht des Himmelreichs lenkt. Eine so klobige Form kann jedoch nicht einmal das feinste Material retten. Der Abt schlägt vor, den Boten noch einmal loszuschicken, doch Hildegard stemmt die Arme in die Seiten. Sie will den Weg selbst auf sich nehmen. Und obwohl der Abt es ihr verweigert und der Prior den Kapitelsaal später wutschnaubend verlässt, kommt es so, wie Hildegard es wünscht.

6

Es ist mehr als dreißig Jahre her, dass Hildegard das Kloster von außen gesehen hat. Mehr als drei Jahrzehnte, seit sie zusammen mit Jutta an diesen Ort kam, der damals noch im Bau war, jetzt aber einem abgeriegelten Königreich gleicht, das die Arme um seine Kinder schlingt. Das Tor wird hinter dem halb abgedeckten Wagen zugeworfen. Volmar wollte nicht mit nach Trier, und Hildegard drängte ihn nicht. Sie weiß, er tut klug daran, behutsam vorzugehen und nicht unnötig Aufmerksamkeit auf sich zu ziehen in einer Zeit, in der die Klostermauern von böswilligem Gerede nahezu vibrieren. Hildegard betet die ganze Zeit über, aber sie hat keine Angst. Sie kann sehen, dass der Abt besorgt ist, obwohl er nichts zu ihr sagt. Den Brüdern gegenüber tut er so, als gebe es nichts Besonderes, und das ist vielleicht auch das Beste. Er spricht nie mit ihr über das, was ihm Sorgen bereitet, aus Angst, ihre Worte würden es nur schlimmer machen. Hildegard hat Gott um Rat gefragt und sich selbst Schweigen gelobt, was wichtige Angelegenheiten angeht, bis sie seine Antwort deutlich hört.

Es ist Anfang März. Es ist einer der ersten milden Tage im Jahr. Die Luft erzittert von der sprießenden, grünen Kraft der Welt. Der Wind schlägt ihr ins Gesicht, sie hält den Rücken gerade, auf dem steilen Weg fasst der Kutscher die Zügel kurz, die großen Tiere schlagen mit den Schweifen, wedeln den scharfen, süßen Geruch nach Tier und Pferdedung zu den Passagieren. Bruder Heine begleitet sie. Sie kennt ihn kaum, obwohl er beinahe genauso lange im Kloster lebt wie sie selbst. Er spricht selten, seine Hände zittern.

Der Fluss blendet, in der Sonne muss sie die Augen zusammenkneifen. Es ist spät am Vormittag, und Tauwetter hat eingesetzt. Die plötzliche Wärme hat den Fluss befreit, die Eisschollen gleichen großen, aufgespannten Tierhäuten. Es funkelt im Wasser, der Fluss ist aus Gold, das man mit den bloßen Händen scheffeln kann.

Dreißig Jahre lang hat sie kaum an die Welt außerhalb von Disibodenberg gedacht. Sie hat die Häuser, die Bäume, die Menschen, die Tiere, die ganze gewaltige Welt gelöscht, die nun Rache nimmt und auf sie eindringt. Das Dorf verschwindet in einem Gestank nach Urin und schmutzigen Kindern. Die Stämme im Wald sind unnatürlich hoch, vor dem Himmel gleichen ihre Kronen lose gewebtem Stoff.

Hildegard betet die ganze Zeit. Sie hält Juttas Rosenkranz zwischen den Händen, die Welt wächst aus ihren Augen und Ohren heraus: eine Radspur, das Dickicht, Landstreicher und Vagabunden mit nackten Füßen. Ein Gebet für jede Perle im Kranz, einmal hielt sie auf einer solchen Fahrt Juttas Hand, einmal verschlug ihre Schönheit ihr die Sprache.

Als sie sich Trier nähern, zeigt sie stumm in alle Richtungen, aber Bruder Heine schläft und bekommt nichts mit. Sieh die Ziegen, sieh den Jungen, sieh den Mann mit dem Stock, der einen Bären an der Kette führt, sieh den Ochsen und die Erde und das Kind, das ganz alleine auf dem Weg steht und weint. Einmal war sie selbst ein Kind, das vor Einsamkeit weinte und mit dem Mond sprach. Sie denkt an Hildebert und Mechthild, denkt an ihre Geschwister und die Ausflüge nach Mainz während ihrer Kindheit. Denkt an einen Bruder, der verschwand, an eine Schwester, die starb, versucht, sich an die Namen der Mägde und Knechte zu erinnern, und wird unruhig, als sie nicht gleich auf Agnes' Namen kommt. Als sie ein Kind war, hatte sie Hunde, und Hildeberts Pferde waren die schönsten der Welt. Sie ritt mit ihrem Vater durch den Wald, die Bäume seufzten, die Steine sangen mit kalten und wehmütigen Stimmen. Als sie das Zuhause ihrer Kindheit verließ, erzählte der Kutscher, ein Kind wohne alleine im Wald. Es war ein Mädchen in ihrem Alter, das wild umherstreifte und bei den Tieren schlief. Ab und zu meinten die Leute, sie gesehen zu haben. Mit der Zeit war ihre Haut fleckig geworden, grün und braun und schwarz, bis sie eins war mit dem Wald. Im Winter ließ der Schnee ihre Wimpern wachsen, und sie wurden dick und borstig wie Tierhaare.

Hildegard verliert sich in Erinnerungen. Die Sonne steht tief am Himmel, lässt alles silberfarben schimmern, die Steine, die Pferde, den Wagen, den Weg, sogar die Haut. Alles wird vom Licht zusammengebunden und glitzert in der lebensspendenden Kraft. Als sie sich dem Stadttor von Trier nähern, ist da jemand, der auf den Wagen zeigt, jemand, der lacht, jemand, der sich vor ihr verbeugt. Ein Mädchen treibt Gänse vor sich her, ein dünner Hund ähnelt einem Wolf, er gehört zu einem Handelsreisenden mit einem Handkarren, beladen mit schmutziger Wolle. Die Klostermauer und das offene Tor verschlingen Menschen, der Kirchturm ist hundertmal höher als der Turm der Klosterkirche am Disibodenberg, graue und braune Steine. Die Wolken ziehen sich schwer und schiefergrau zusammen, es beginnt zu regnen.

Hildegard zieht sich in den Schutz der Plane zurück. Zuerst fallen die feinen Tropfen als schwerer Staub, dann hart und prasselnd, das Fell der Pferde trieft vor Nässe, die großen Tiere zittern vor Kälte, als sie endlich da sind und der Kutscher sie in den Stall zieht. Hildegard steht auf dem Platz vor der Klosterherberge, in der sie schlafen soll, bevor sie morgen den Goldschmied aufsuchen kann. Sie hat Schmerzen in Beinen und Rücken, nachdem sie so lange in dem unbequemen Wagen gesessen hat. Ihre Augen brennen von all dem, was sie gesehen hat. Es ist ein Brüderkloster, und Heine wird zusammen mit den Brüdern essen. Sie muss in der Herberge schlafen.

Bruder Heine ist verschwunden. Hildegard steht auf dem schlammigen Platz und wartet darauf, dass jemand sie empfängt und ihr zeigt, wo sie essen kann und wo ihr Bett steht. Der Regen hat nachgelassen, aber ihr Umhang ist durchnässt. Der Lärm der Menschen ist unerträglich. Sie presst die Hände auf die Ohren, und als sie sie wieder sinken lässt, ist es, als seien alle Geräusche verstärkt worden. Menschenkörper, Tiere, die Kälte aus der Erde, dieser Ort kommt ihr nicht entgegen. Heine hat sie stehenlassen, sie wartet und betet, späht und starrt in das Gewimmel, kann sich nicht aufraffen über den Platz zur Herberge zu gehen. Endlich kommt ein alter Mönch, er zieht ein Bein nach und grüßt sie stumm. Seine Augen sind freundlich und forschend, er nickt mehrere Male. Es ist, als wüchsen die Menschen hier aus der Erde, eine Schar Frauen und Kinder kommt plötzlich zum Vorschein und streckt die Hände nach ihr aus. »Mutter Hildegard, Mutter Hildegard.«

Arme Frauen mit Kindern in Schürzen, offene, zahnlose Münder.

»Hilf mir, Mutter Hildegard, heile mich, bete für mich, hilf mir.« Eine Frau schiebt sich durch die Schar, sie zieht das graue Hemd zur Seite und entblößt eine Brust. Sie ist schwer und aufgedunsen, die Haut ist von lilafarbenen und blauen Rissen überzogen, verkrusteter Eiter umgibt die Brustwarze. Sie trägt einen Säugling auf dem einen Arm, das kleine rote Gesicht baumelt hintenüber und zerreißt in einem Schrei.

Hildegard streckt die Hand aus und berührt das Gesicht der Frau, das vor Fieber brennt.

»Beichte deine Sünden, mein Kind, nur Gott kann dir jetzt helfen.«

»Nein, nun werde ich gesund, denn Mutter Hildegard berührte mich an der Stirn.« Triumphierend drückt die Frau das Kind an sich, ihre Augen glimmen fiebrig.

»Mutter Hildegard, hier, Mutter Hildegard, ich habe so viele Kleine verloren.« Ein junges Mädchen hebt ein schwächliches Kind hoch und hält es Hildegard hin. Das Kind ist sicher über ein Jahr alt, kann aber kaum den Kopf aufrecht halten. Hildegard geht ein wenig in die Knie, um das Kind genau ansehen zu können. Die Augen des Kleinen blicken leer und dumm, es sabbert, und der Speichel hat das Kinn rot gefärbt.

Der alte Mönch führt Hildegard durch den Speisesaal in das beste Zimmer der Herberge. Überall sind Menschen, Leute mit schönen, kostbaren Kleidern, Bauern mit gewebten Hemden und wettergegerbten Gesichtern. Sie sprechen nur noch gedämpft, als sie hereinkommt, sie starren und flüstern miteinander. Ihr wird unbehaglich zumute. Sie bittet darum, das Essen auf ihr Zimmer gebracht zu bekommen, um alleine essen zu können. Die Fastensuppe riecht säuerlich und undefinierbar, das dünne Brot zerfällt zwischen ihren Fingern.

Anschließend öffnet sie den kleinen Reisealtar, den der Abt ihr mitgegeben hat. Es ist ein sehr schön gearbeiteter, dreiflügeliger Elfenbeinaltar, den sie auf den Tisch stellt. Sie streicht mit den Fingerspitzen über Christi Leib und das Kreuz, lässt sie über eine Weinrebe mit Blättern und Trauben gleiten. Sie betet, bis es im Zimmer ganz dunkel ist. Gott hat ihr nichts zu sagen. Sie nimmt den Schleier ab und hängt ihn über die Rückenlehne des Stuhls, bevor sie in das breite Bett kriecht. Die Decken riechen nach ranzigem Fett und schwerem Blütenöl. Auf der anderen Seite der Wand herrscht Unruhe, es klingt, als ziehe jemand Klauen über den Boden. Ihre Gedanken fallen übereinander: Die Frauen vor dem Kloster kannten ihren Namen. Körper gehen entzwei, aber die geretteten Seelen gehören Gott, er hält sie an Zügeln aus Gold und Kristall.

Ihre Glieder schmerzen vor Erschöpfung, aber sie kann nicht schlafen. Viele Male steht sie auf und kniet sich neben das Bett. Sie betet für ihr eigenes, unruhiges Herz und die unglücklichen Seelen in aller Welt. Sie betet für die kranke Frau und für deren Kinder, die bald auf ihre Mutter werden verzichten müssen. Sie betet für das Kind mit den leeren Augen und die Kinder, die die junge Frau verloren hat. Sie betet für Volmar und den Abt und ihre Schwestern, für Disibodenberg, das sich viele Meilen weit weg in der Nacht auflöst.

Als sie endlich eingeschlafen ist, wird sie vom Donnern der Dunkelheit geweckt. Das Frühlingsgewitter kommt ganz plötzlich, Blitze leuchten kalt und hüllen alles in gleißendes Licht. Am Disibodenberg haben einige der Schwestern Angst vor dem Gewitter, obwohl der Blitz noch nie im Kloster eingeschlagen ist. Hildegard stellt sich vor, sie liege in ihrem eigenen Bett. Auf der anderen Seite der Wand kauert sich Richardis in ihrem Bett zusammen, während sie auf das Donnern der Nacht lauscht. Richardis' Haut leuchtet hinter dem schwarzen Haar, sie besitzt die gleiche Schönheit, wie Jutta sie besaß, bevor sie sich selbst so sehr folterte, dass sie alle Lebenskraft verlor. Ihre Schläfen wölben sich sanft nach innen, ihre Adern pulsieren blau unter der dünnen, weißen Haut. Menschen können sich so sehr aneinander gewöhnen, dass sich ihre Gedanken ineinanderwickeln. Hildegard streicht Richardis über das Rabenhaar, nennt sie ihre geliebte Tochter. Menschen können einander kennen, sodass sie den Blick des anderen mit geschlossenen Augen spüren. Richardis trinkt von dem Licht, ihr reines Herz strahlt durch die Brust. Ihre Glieder sind schmächtig und weich, ihre Hände schlank. Hildegard arbeitet gut und ruhig mit ihr an ihrer Seite. Um ihren Kopf soll die erste Goldkrone funkeln. Richardis, Christi schönste Braut.

7

Hildegard erwacht vor dem Morgengrauen. Sie hat Kopfschmerzen und will den Goldschmied aufsuchen, sobald es möglich ist. Sie will wieder zurück in ihr eigenes Kloster. Während der Nacht begriff sie, wodurch sie in Gedanken gesündigt hatte. Richardis hängt wie eine Klette in ihren Gedanken, ist in ihnen, kleine krumme Widerhaken überall dort, wo sie sie nicht erreichen kann, um sie abzustreifen.

»In meiner Einsamkeit«, flüstert sie mit gefalteten Händen, »habe ich hochmütig geglaubt, du schicktest mir Richardis, sodass sie meine geliebte Tochter sein könne. Aber wie kann ich mich einsam fühlen, wenn du mich doch nie verlässt, Herr? Wie kann ich den Drang zu reden verspüren, wenn deine Worte für alle Zeiten in den heiligen Schriften erklingen?«

Die Werkstatt des Goldschmieds liegt hinter dem Kloster, südlich der Kirche zwischen dem Backhaus der Brüder und der Brauerei auf der einen und dem Grobschmied auf der anderen Seite. Der Goldschmied ist kein Ordensbruder, er wohnt mit Frau und Kindern hinter der Werkstatt. Hildegard wird von Bruder Heine und einem der Brüder aus dem Kloster begleitet, einem jungen blonden Mann, der mit seiner Erscheinung Zeugnis dafür ablegt, dass man in diesem Kloster Mäßigung nicht sonderlich schätzt.

Vor der Schmiede hat sich eine Schar Frauen und Männer

versammelt. Sie warten auf Hildegard, sie strecken die Hände nach ihr aus und flehen um ihren Segen. Der blonde Mönch stößt sie grob zurück, und Hildegard weist ihn zurecht, als sich die Tür zur Werkstatt hinter ihnen geschlossen hat.

»Diese Menschen suchen Erlösung«, sagt sie scharf, »und ihr schlagt nach ihnen, als seien sie Hunde.«

Dem fremden Bruder steigt die Hitze in die Wangen. Er blickt geradewegs ins Feuer und verteidigt sich nicht.

Es ist nicht schwer, mit dem Goldschmied darüber einig zu werden, wie die Arbeit ausgeführt werden soll, und Hildegard kann es sich nicht verkneifen zu fragen, was schiefgegangen ist, als vom Disibodenberg die Botschaft mit ihren Anweisungen kam. Der Schmied sieht weg und zuckt mit den Schultern, offenbar hält er nicht viel davon zu antworten.

»War es böser Wille oder mangelnde Fähigkeit?«, fragt Hildegard direkt, um ihm auf die Sprünge zu helfen.

»Nein, böser Wille war es gewiss nicht«, flüstert der Schmied, ohne aufzublicken, und Hildegard nickt. Nun ist sie selbst nach Trier gereist, und es gibt keinen Grund, noch weiter darin zu bohren. Wenn ein Bote ihres eigenen Klosters gegen sie arbeitet, wird sie das Problem ohnehin nicht mit einem fremden Schmied lösen können. Stattdessen will sie die Steine auswählen, mit denen die Kronen verziert werden sollen. Der Goldschmied öffnet seinen Schrein, in dem die Steine in schnurgeraden Reihen liegen.

»Alle Edelsteine enthalten Energie und Feuchtigkeit, denn sie sind aus Feuer und Wasser geschaffen«, sagt Hildegard. »Sie besitzen starke Eigenschaften und lassen den Teufel entsetzt zurückschrecken. Er hasst und verachtet sie, weil sie ihn daran erinnern, dass die gleiche Schönheit, die sie besitzen, auch einmal in ihm wohnte, bevor er von dem Platz stürzte, den Gott ihm zugeteilt hatte.« Sie zögert einen Augenblick, berührt Rubine und Granate. »Der Teufel hasst diese Steine auch, weil einige von ihnen aus dem Feuer geschaffen sind, mit dem er selbst gestraft wurde. Durch Gottes Willen stürzte der Satan in das Feuer hinein, und auf die gleiche Weise wird er von der Flamme des Heiligen Geistes überwunden, jedes einzelne Mal, wenn ein Mensch durch den lebensspendenden Atem des Heiligen Geistes aus seinen Klauen errettet wird.« Hildegard hebt den Kopf und sieht die drei Männer streng an.

Bruder Heine schweigt wie immer, das Halbdunkel legt einen milden Zug über sein Gesicht. Der blonde Mönch fällt auf die Knie.

»Das Gerücht über dich spricht die Wahrheit, Mutter Hildegard«, flüstert er in seine gefalteten Hände. »Du sprichst nichts anderes als Frömmigkeit, und ich wünschte, ich könnte immer in deiner Nähe leben.«

Hildegard weicht zurück, erschrocken über die Heftigkeit, die in seinen Worten liegt.

»Ein Gerücht ist kein Zeugnis meiner Frömmigkeit«, erwidert sie scharf. »Du sollst niederknien, um den Herrn anzuflehen, nicht um die Frömmigkeit einer unbedeutenden Schwester zu preisen.«

Der Mönch kommt auf die Beine, verwirrt und beschämt.

»Ich, ich ...« Er weicht ihrem Blick aus. Verstummt und bürstet nervös mit der Hand über seine Kutte.

Hildegard nickt. Sie hebt die Hand vor sein Gesicht, als wolle sie ihn segnen. Dann wendet sie ihre Aufmerksamkeit wieder dem Schrein des Goldschmieds zu, der nervös den Goldring an seinem kleinen Finger dreht.

Er räuspert sich, doch fällt ihm nichts ein, das er sagen könnte, und so breitet er nur die Arme aus.

»Was ist mit euch?«, fragt Hildegard. »Habt ihr die Stimme nun voll und ganz verloren?«

Der Goldschmied späht unruhig zu den beiden Ordensbrüdern. Bruder Heine sieht aus, als habe er das Gespräch nicht gehört. Der Blonde verschränkt die Hände und löst sie wieder voneinander, zieht sich ängstlich an den Ohrläppchen. Hildegard schüttelt den Kopf. Sie legt die Hand über ihren Mund und reißt kindisch die Augen auf.

»Sag mir also, ob du von der Kraft der Steine weißt?«, sagt sie ungeduldig zu dem Goldschmied.

Er nestelt an dem Schrein herum, räuspert sich wieder.

»Etwas habe ich von den Brüdern gelernt«, sagt er endlich, »über Saphire, die von denen als Amulette getragen werden, die in das Heilige Land reisen, um für das Kreuz zu kämpfen. Über den Bergkristall, der dem Träger etwas von der Kraft des Berges gibt, über...«, er zuckt mit den Schultern.

Hildegard nickt nachdenklich. »Gott hinterlässt seinen Stempel auf allen Dingen«, sagt sie. »Der Edelstein stammt aus dem Osten, wo die Sonne besonders stark brennt. Die Berge in diesen Gegenden sind heiß und trocken wie Feuer. Die Flüsse sind kochend warm, und wenn sie von Zeit zu Zeit über ihre Ufer treten, steigen sie zu den Bergen hinauf, die Schaum ausspeien, wenn das Wasser auf ihre Hänge trifft. Gerade so, wie wenn Wasser auf glühendes Eisen trifft und es dampft und zischt. Der Schaum ist wie ein Leim, der trocknet und sich im Laufe weniger Tage zu Edelsteinen verwandelt, die wie Schuppen in den Sand fallen. Wenn der Fluss wieder steigt, trägt er die Edelsteine mit sich fort und hinterlässt sie an verschiedenen Stellen, wo Menschen sie finden und sich an ihnen erfreuen.« Sie deutet nickend auf den Schrein. »Ich habe gewählt.«

Die Kronen werden aus einer Reihe flacher Glieder bestehen, verbunden mit Scharnieren. Auf diese Weise können die Schwestern sie selbst anpassen, wenn mit der Zeit neue Nonnen zum Disibodenberg kommen. Jedes Glied wird mit einer Goldrose verziert. In der Mitte soll ein kleiner weißer Opal ihre Reinheit symbolisieren. Das Glied, das an der Stirn liegen soll, wird mit drei Steinen versehen, genau so, wie Hildegard es in ihrer Schau gesehen hat. Die Novizenkronen sollen mit einem Saphir und zwei weißen Perlen geschmückt werden, die der Schwestern mit Saphir und Opal, Hildegards eigene mit Saphir und Smaragd. Die Einzige, die keine Krone tragen wird, ist Margreth, die keine Jungfrau war, als sie ins Kloster kam. Ihr schwarzes Kleid unter den weißen Gewändern wird die Schwestern und die Gemeinde daran erinnern, dass Jungfräulichkeit eine unschätzbare Gabe ist, und zeigen, wie schnell sie verraten werden kann.

Als sie bei dem Goldschmied fertig sind, ist Hildegard erleichtert. Er hat versprochen, die Kronen im Laufe des Sommers fertig zu haben, sodass die Frauen sie am Geburtstag der Jungfrau Maria im September tragen können.

Sie will sogleich aufbrechen, aber Bruder Heine sagt, sie könnten Disibodenberg unmöglich erreichen, bevor es Abend wird. Trotz allem hat Hildegard weniger Lust, in einer zufälligen Herberge zu übernachten, als noch eine Nacht in Trier zu verbringen. Sie nimmt an der Messe teil und zieht sich anschließend auf ihr Zimmer zurück. Zum ersten Mal seit langer Zeit wird sie von Ruhe und Freude durchströmt und hat keine Schwierigkeiten, sich voll und ganz auf das Gebet zu konzentrieren.

Am nächsten Morgen ist ein fürchterlicher Radau vor Hildegards Kammer zu hören. Sie denkt nicht, dass es etwas mit ihr zu tun hat, faltet vorsichtig den Reisealtar zusammen und macht sich für die Abreise bereit. Sie will nicht nach draußen gehen, bevor der Wagen bereitsteht und nach ihr geschickt wird.

Es klopft an die Tür, und jemand rüttelt ungeduldig am Griff.

»Mutter Hildegard?« Ein Mann ist auf der anderen Seite der Tür. Wieder drückt er den Griff, aber der Riegel versperrt die Tür.

»Ich bin Hildegard vom Disibodenberg, aber wer bist du?« Sie presst die Hände auf die Brust, um ihr galoppierendes Herz zu beruhigen.

»Ich bin Ewald von Echternach, du kennst mich nicht, aber ich habe wie alle im ganzen Reich von dir gehört, und ich brauche deine Hilfe.«

»Ich kenne weder deinen Namen, noch weiß ich, ob deine Absichten reinen Herzens sind«, sagt sie und stellt sich ganz dicht an die Tür. »Und dennoch bittest du eine Jungfrau, dich in ihrer Kammer zu empfangen?«

Auf der anderen Seite der Tür wird es still. Es raschelt und rumort da draußen. Jemand hustet, ein Kind heult.

»Ich bin nicht der Einzige, der gekommen ist, Mutter Hildegard«, sagt er. »Leute sind von überall aus der Gegend gekommen. Wir warten allesamt auf deinen Segen.«

8

Hildegard begrüßt nicht einmal ihre Schwestern, bevor sie in der Dämmerung zum Haus des Abts stürzt. Sie klopft ein paar Mal an die Tür, erst dann wird geöffnet, und obwohl der Diener sie bittet, im Vorraum zu warten, hört sie nicht auf ihn und geht geradewegs ins Arbeitszimmer. Abt Kuno steht von seinem Tisch auf, ist verwirrt, macht verblüfft eine fragende Handbewegung.

»Warum hast du es mir nicht erzählt?«, fragt sie. Sie trägt immer noch den Umhang, bis zur Brust kleben graue Sprenkel von Schlamm darauf.

»Warum hast du mich in Unwissenheit gelassen wie ein Kind? Wie kannst du zulassen, dass ich der Welt unvorbereitet und wie ein Dummkopf begegne? Warum hast du nicht gesagt, wie schlimm es steht?«

Der Abt ist vollkommen unvorbereitet. Er denkt nur daran, diesen Redeschwall zu bremsen.

»Hildegard«, sagt er wütend, »was ist das für eine Art, hier hereinzustürmen und mich auf diese Weise zu stören?«

Sie hebt zwei geballte Fäuste, und er muss sich beherrschen, um nicht zu lachen. Sie geht ihm bis zum Kinn, plustert sich aber auf wie ein streitlustiger Hahn.

»Hol Volmar«, sagt er zu dem glotzenden Diener, der immer noch in der Tür zum Arbeitszimmer des Abts steht. »Und du, Hildegard, setzt dich hin und erklärst mir in Ruhe, was geschehen ist.«

Ausnahmsweise setzt sie sich tatsächlich. Sinkt auf dem Stuhl zusammen und sagt kein Wort. Erst als der Diener wieder herbeigeeilt kommt, gefolgt von Volmar, bricht sie ihr Schweigen und schluchzt hemmungslos. Volmar sieht den Abt fragend an, der die Augen verdreht und sich an den Kopf fasst. Dann kniet Volmar sich vor Hildegard auf den Boden und umfasst ihren Arm.

Bei seiner Berührung beruhigt sie sich, er legt zwei Finger an ihr Handgelenk und gibt vor, seine Arbeit als Heilkundiger zu tun. Er zählt nicht die Pulsschläge, versucht nur, Hildegards Blick aufzufangen.

»Es ist aufwühlend, nach so vielen Jahren hinaus in die Welt zu kommen«, sagt der Abt freundlich und setzt sich. »Zuallererst war das der Grund, weshalb ich nicht wollte, dass du die Reise antrittst«, sagt er. »Es ist nicht dienlich, die Sinne so plötzlich dem Treiben der Welt auszusetzen, darin wird mir Volmar, so glaube ich, recht geben«, fährt er fort.

Hildegard schüttelt den Kopf.

»Wenn Gott mir gebietet, die Reise zu unternehmen, so gibt er mir die Stärke«, sagt sie. Die Tränen laufen ihr immer noch über die Wangen.

»Stärke?« Der Abt beginnt zu lachen. »Warum in aller Welt kommst du dann in dieser unbeherrschten Art hier hereingefahren?«

Volmar legt die Hand an ihre Stirn, aber sie rückt von ihm weg und steht auf.

»Weil . . .«, sie zittert vor Wut. Schließt die Augen, um Kontrolle über ihre Atemzüge zu gewinnen. Sie presst die Hände vors Gesicht.

Lange sagt keiner von ihnen etwas. Ein Stuhl schabt kratzend über den Boden, der Diener des Abts geht auf der anderen Seite der Tür vorbei.

»Da waren überall Menschen«, flüstert sie dann.

»Was hast du erwartet? Es ist ein enorm großes Kloster, und Trier ist eine große Stadt, Hildegard!« Der Abt zuckt mit den Schultern und blickt Volmar fragend an.

»Ich habe erwartet, dass dort sowohl Tiere als auch Menschen sein würden, ehrwürdiger Vater«, sagt sie leise, »aber ich habe nicht erwartet, dass sie meinen Namen kennen, und schon gar nicht, dass sie mich Mutter Hildegard und die Sibylle des Rheins nennen.« Sie hält inne und sieht Volmar verzweifelt an. »Sie kamen mit ihren Kindern und glaubten, ich könne sie vor

Krankheit und Tod erretten. Sie kamen mit Sünden und Seelenleid und baten mich um Weissagungen. Ein junger Herr aus Echternach klopfte früh morgens an meine Tür, um mich um Rat in weltlichen Angelegenheiten zu fragen«, sagt sie. »Sie kannten meinen Namen, Volmar, hörst du? Sie kannten meinen Namen!« Sie lehnt sich gegen die Wand und verstummt.

»Hildegard, du musst dich nach der Reise erst einmal ausruhen«, versucht Volmar.

»Aber zuerst soll der Abt mir erklären, warum sie meinen Namen kannten«, antwortet sie störrisch.

Der Abt steht auf. »Ich habe dir unzählige Male gesagt, dass Gerüchte über dich umgehen, Hildegard, und ich weiß, dass Volmar dir das auch gesagt hat. Wir haben schon davon gesprochen, als Margreth damals ins Kloster kam. Du kannst nicht behaupten, dass ich es dir verheimlicht hätte. Obwohl es dem Prior nicht gefällt, dass du es weißt, hörst du wohl auch, dass die Kranken im Infirmarium nach dir fragen, und du weißt genug über Geografie, um zu verstehen, dass sie nicht allesamt aus der unmittelbaren Umgegend des Disibodenbergs kommen«, antwortet er.

»Gerüchte«, flüstert sie, »ihr habt von Gerüchten gesprochen, aber nie von solchen Ausmaßen! Ein wenig boshaftes Gerede unter den Brüdern mit schwacher Seele, dumme, naive Gerüchte über magische Fähigkeiten, aber nicht das hier! Jutta hatte Pilger, sie pflegte der Sündigen Gemüt, aber ich pflege nur die Kranken.« Sie rutscht an der Wand herunter bis in die Hocke. Volmar versucht, sie wieder hoch auf die Beine zu ziehen.

»Mir ist schwindelig und ich bin müde«, flüstert sie. »Das ist alles. Ich bin voller Kummer über die Unwissenheit und das Leid der Menschen. Ich weine darüber, wie sich die Menschen gegen Gott versündigen, der seinen Sohn für uns am Kreuz sterben ließ. Ich bin verzweifelt darüber, dass mein eigener Abt mir den vollen Umfang der Wahrheit vorenthalten und mich daran gehindert hat, das Meinige zu tun, die wahnwitzigen Gerüchte aufzuhalten, ich sei eine lebende Heilige.«

»Begreifst du nichts, Hildegard?«, knurrt der Abt. »Begreifst du nicht, dass ich nur versuche, dich zu beschützen? Dass der Prior zu Recht und in Übereinstimmung mit dem, was du selbst gerade gesagt hast, fordert, dass du keine Pilger empfängst, weil wir alle gleich sind, und kein Mensch über den anderen erhoben werden soll? Du weißt sehr wohl, dass die Brüder, denen es nicht gefällt, von Frauen umgeben zu sein, sagen, es sei falsch, dass ihr überhaupt hier seid, und dass nur du und Jutta damals willkommen geheißen wurden. Sie fürchten, dass sich der moralische Verfall Disibodenbergs ankündigte, als Margreth ins Kloster kam. Ihr Gerede kann ich im Zaum halten, Hildegard. Sie sind gehorsam und fromm, sie wünschen, Gott näher zu kommen. Die, die den Mund nicht halten können, kann ich fortschicken, die anderen kann ich entweder an deine Frömmigkeit oder an die Mitgiften der Adelstöchter erinnern. Aber außerhalb dieses Klosters haben meine Worte keine Macht. In den Augen der gewöhnlichen Leute ist Disibodenberg dein Kloster, ich bin irgendein Abt, und der Prior existiert überhaupt nicht. Wie sollten diejenigen, die nicht daran glauben, dass deine Worte von Gott kommen, von jemandem auf den rechten Pfad geleitet werden, dessen Namen sie nicht einmal kennen? Warum sollten die Gottlosen sich etwas anderes vorstellen, als dass es mein Hauptanliegen ist, wohlhabende Jungfrauen in mein Kloster zu rufen? Ein jeder weiß, dass sich in den Klöstern das Gold häuft, während die Moral verfällt. Du, Hildegard, wirst in den Augen einiger zu einem Teil dieses Verfalls. Andere suchen nach einer rettenden Erscheinung in der Welt. Die Mutter, die ihre Kinder verliert, ist willens, an was auch immer zu glauben, um sie zurückzubekommen. Der reuige Sünder sucht nach einem Schlupfloch ins Paradies und glaubt, er habe es gefunden, wenn er den Zipfel deines Umhangs berührt. Immer wieder treten auch falsche Propheten unter den Leuten auf, und oft können dann nicht einmal mehr Kirchenleute trennen zwischen dem, was von Gott stammt, und dem, was Satans Blendwerk ist. Wie sollten gewöhnliche Menschen also eine Chance haben? Die Leute reden über dich, Hildegard, und du selbst trägst einen Teil der Schuld. Das Einzige, was ich wünsche, ist, dich zu beschützen, wie ich meine anderen Kinder beschütze. Begreifst du das nicht?«

»Der Schuld?« Hildegard kommt auf die Beine. »Wenn ich schuldig bin an dem, so verstehe ich nicht wie. In dieser Angelegenheit beschützt Unwissenheit mich nicht, sie macht mich nur noch dümmer.«

»Schweigen beschützt dich«, sagt der Abt kühl. »Und das ist das Einzige, das ich dir jemals abverlangt habe. Ich verstehe nicht, warum dieses Opfer schwerer für dich zu erbringen sein sollte als für andere. Hättest du nur von Anfang an geschwiegen, wäre nichts von alldem geschehen.«

»Wie soll ich schweigen können, wenn Gott zu mir spricht?«, fragt sie aufgebracht. »Es ist eine Sünde, die Worte Gottes zu überhören, und nur Warnungen und Dinge von äußerster Wichtigkeit sind jemals an dein Ohr gedrungen, Abt. Dinge, von denen ich mir nicht vorstellen kann, dass du gewünscht hättest, ich solle sie alleine tragen.«

Der Abt wendet ihr den Rücken zu. Er nickt mehrere Male, als ob er mit sich selbst rede.

»Du hast recht, Hildegard«, sagt er. »Aber mein Glaube oder meine Meinung überzeugen anscheinend niemanden.«

9

Die Schwestern haben sich nach der Komplet wach gehalten, um Hildegard in Empfang zu nehmen, als sei sie monatelang weg gewesen. Sie selbst wünscht, in diesem Augenblick für die Welt unsichtbar zu sein. Sie weicht ihren Blicken und den entgegengestreckten Händen aus und sucht Zuflucht in ihrer Kammer, um zu schlafen. Ihr ist schwindelig, sie lässt das Licht brennen. Eine Schar Läuse wandert durch ihren Blick, vervielfältigt sich zu Haufen, strömt über Wände und Decke, sodass sie die Finger hart auf die Augen pressen muss, damit das Flimmern verschwindet. Hinter den geschlossenen Augen tanzt es gelb und orange. Sie schickte Ewald von Echternach weg, schalt ihn aus und zeigte auf all die Kranken und Leidenden, die größeren Kummer hatten als er. Er hätte sich schämen sollen, wurde aber stattdessen wütend. Die Flüche eines jungen Adligen treffen sie nicht, sie schließt ihn in ihr Gebet mit ein.

»»Vergeltet nicht Böses mit Bösem oder Scheltwort mit Scheltwort, sondern segnet vielmehr, weil ihr dazu berufen seid, daß ihr den Segen ererbt'«, flüstert sie. Das Licht flackert, als ginge ein Wind durch den Raum, die Flamme verlischt, die Dunkelheit um sie herum ist dicht und lebendig. Dann flammt das Feuer wieder auf, steht gerade am Docht, zieht lange, schwarze Schatten vom Bett bis zum Stuhl über die Wand.

»Du hast mir das Leben und die Stimme gegeben«, flüstert sie. Es prickelt auf ihrem Gesicht. »Lehre mich, sie nach deinem Willen zu gebrauchen.«

Es fühlt sich an, als zerbreche etwas in einem ihrer Augen, aber da ist kein Schmerz. Einem leisen Knall folgt das Licht, das tausendmal stärker ist als die Sonne. Sie wartet darauf, was sie sehen wird. Sie lauscht, aber lange kann sie nur ihre eigenen Atemzüge hören. Dann geht ein Ruf durch die Kammer und durch das Fleisch: »Du schwächlicher Mensch, du Staub und vergängliche Asche: Verkünde und schreibe nieder, was du siehst und hörst. Schreibe nicht nach deinem eigenen oder anderer Menschen Gutdünken, sondern so, wie es Sein Wille ist. Er, der alles weiß, alles sieht und alles lenkt.«

Die Stimme und das Licht verschwinden gleichzeitig. Nichts bleibt zurück. Nur der Krampf im Fleisch. Sie hält mit beiden Händen an der Matratze fest, hält und hält, bis die Knochen weiß werden und die Finger pochen. Ihr Bett ist die Zelle der Bienenkönigin, die voller Süße durch die Dunkelheit fliegt. Ihre Worte werden wie Honig über die Menschen fließen und sie näher zu Gott führen. Alles, was sie erlitten hat, soll einen Weg öffnen so breit wie ein Meer. Das Einzige, was sie tun muss, ist niederzuschreiben und zu verkünden. Und der Herr hätte ihr keine schwerere Aufgabe auferlegen können.

Hildegard steht zur Matutin auf, als sei nichts geschehen. Sie erzählt ihren Schwestern nicht von den Erlebnissen im Kloster bei Trier. Nur als sie und Richardis nach der Terz gemeinsam zum Infirmarium gehen, berichtet sie von der Werkstatt des Goldschmieds. Richardis' Gesicht leuchtet, und ihre Begeisterung erfüllt Hildegard mit Freude.

»Du sollst die erste Krone haben«, sagt sie und bereut ihre Sünde im selben Moment.

Richardis sieht sie ernst an. Dann lacht sie. Es ist ein Regen aus Opalen und Perlen, und Hildegard wünscht, das Gefühl möge niemals aufhören.

»Du sollst die Erste sein, geradeso wie alle deine Jungfrauenschwestern«, fügt sie mit so leiser Stimme hinzu, als sie das Infirmarium betreten, dass Richardis sie unmöglich hören kann.

Volmar beobachtet sie. Er sieht ihr an, dass da immer noch etwas ist, das sie plagt. Er horcht auf ihre Stimme, als sie Richardis instruiert, und hört die leise Verzweiflung, die sich unter ihre alltäglichen Worte schlängelt. Er wartet darauf, dass sie nach der Arbeit zu ihm kommt, aber er wartet vergeblich. Die folgenden Tage bekommt er sie ebenfalls nicht zu sehen und denkt, dass sie nach der Reise wohl nur müde war und er sich geirrt hat.

Erst fünf Tage nach ihrer Rückkehr schickt sie nach ihm. Elisabeth klopft an seine Tür und redet zusammenhanglos von Lähmung und Blindheit. Er bekommt Angst und eilt Elisabeth hinterher, das Licht ihrer Lampe tanzt vor ihren Füßen, doch da, wo er hintritt, ist es dunkel. Hildegard sagte einmal, ihre Seelen seien in der Mitte zusammengewachsen, und er meinte, es klinge wie die Rede des Teufels. Jetzt fühlt er es stärker als jemals zuvor. Ihre Seele durchdringt die Klostermauer und verschmilzt mit seiner.

Sie weint, als sie seine Stimme hört. Sie schickt alle weg und klammert sich an seine Hand. Er hebt das Licht, um ihr Gesicht sehen zu können, ihre Pupillen flackern wild in ihren Augen. Es kam ganz plötzlich. Sie hatte einen starken Antrieb verspürt, während der Mahlzeit aus der Benediktusregel zu lesen, obwohl das normalerweise nicht sie, sondern eine andere der Schwestern macht. Nach der Hälfte des Textes war es, als fließe Wasser über ihre Augen. Zunächst war es nicht unangenehm, und sie fuhr mit der Lesung fort. Bevor sie fertig war, begann es zu jucken und zu brennen, und das Wasser wurde zu einem Nebel, in dem sie nicht mehr klar sehen konnte. Sie hielt es für Müdigkeit, denn das Licht war schlecht, aber dann legte sich diese heftige Erschöpfung über sie. Sie kippte zur Seite, als sie vom Lesepult heruntertreten wollte, und die Schwestern mussten sie ins Bett tragen. Es ist, als habe sich das Gewicht ihres Körpers um ein Tausendfaches erhöht, als seien ihre Knochen aus brennendem Blei. Sie weint vor Schmerzen und vor Angst. Volmar weiß nicht, was er tun soll. Er kniet neben dem Bett, und seine Gebete lassen sie zur Ruhe kommen.

»Es gibt keine größere Sünde, als sich von Gott abzuwenden«, flüstert sie, und er nickt, ohne etwas zu sagen.

»Ich kann nur den Umriss deines Gesichts sehen«, jammert sie, »deine Augen sind wie die Spuren zweier Pfoten im Schnee, nichts anderes.«

Er versucht, sie zu beruhigen. Sagt, er habe gespürt, dass die Reise eine unzumutbare Anstrengung für sie war und dass sie nicht vergessen darf, dass sie niemals robust war.

Sie schüttelt heftig den Kopf. »Ich bin eine Sünderin, verstehst du das nicht? Ich verbringe meine Tage im Gebet, verschließe aber meine Ohren vor den Worten des Herrn«, weint sie.

Er versteht nicht, was sie meint. Sie solle versuchen zu schlafen und wieder zu Kräften zu kommen.

»Gott hat sich mir gezeigt«, sagt sie und versucht, sich aufzusetzen. Sie zittert vor Anstrengung. »Er sagte, ich solle schreiben und verkünden, Volmar, aber ich will nichts hören davon. Er straft mich für meinen Ungehorsam. Er macht mich erhaben mit seiner Gegenwart, er nimmt all mein Leiden auf sich, und ich kehre ihm den Rücken zu. Was für ein Mensch bin ich nur, Volmar? Was für ein elendiger Mensch bin ich?«

Volmar schüttelt den Kopf, bringt aber kein Wort heraus.

»Er macht mich zu seiner Posaune, ich jedoch stopfe die Posaune zu. Das Einzige, was zu hören ist, sind hässliche Misstöne. Er kettet mich an dieses Bett, und ich weiß, dass ich erst wieder das Recht bekomme, mich zu erheben, wenn ich aus meinem ganzen Herzen gelobt habe, seinem Gebot zu folgen.« Sie atmet unnatürlich schnell.

»Wie kann ich dir helfen?«, flüstert er und legt seine Hand auf ihren Arm. »Sag mir, was ich deinem Willen nach tun soll.«

Sie wendet ihm wieder das Gesicht zu. Sie weint.

»Du musst mir helfen, Volmar. Ich weiß, wie schön du die Zeichen setzt, wenn du Abschriften anfertigst, und ich kenne die Freude, die du dabei empfindest, es zu tun. Du sollst das schreiben, was ich höre, und das zeichnen, was ich sehe. Du musst noch heute Abend zum Abt gehen und um seine Erlaubnis bitten, nein, sie einfordern. Ich vertraue auf dich, Volmar, ich weiß, er wird auf dich hören.« Sie befeuchtet ihre Lippen mit der Zunge, und er trocknet ihre Wangen mit seinem Ärmel. Sie weiß, dass er nickend einwilligt, obwohl sie es nicht sehen kann.

10
Sankt Veits Tag, 15. Juni 1146

In der Nacht träumt Hildegard, das Frühjahr habe gerade begonnen. Dennoch duftet es schwer und würzig nach reifen Äpfeln und Pflaumen, nach Thymian und Salbei. Sie geht alleine in ihrem dünnen Unterrock durch den Kräutergarten. Die Blumen sollten gerade knospen, aber einige sind bereits verwelkt, andere lassen die Köpfe hängen. Das Gras ist trocken wie im September. Es knirscht wie gefrorener Schnee unter den Füßen, eine gelbe Spur aus Asche hinter ihr.

Hildegard erwacht, und es ist immer noch Juni. Es ist der Tag des heiligen Veit, ein kleiner Feuerfalter flattert lebhaft zwischen den hoch aufgeschossenen, dürren Blüten des Sauerampfers herum. Die Gänse beißen nach ihren Jungen, der Farn entfaltet junge Triebe entlang der Mauer.

Es ist mehr als fünf Jahre her, dass sie außerhalb des Klosters war. Mehr als fünf Jahre, dass sie den Goldschmied bei Trier aufsuchte und danach lahm und krank wurde, weil sie zunächst Gottes Willen nicht gehorchen wollte. Jetzt sieht es so aus, als höre Abt Kuno ebenfalls auf Gott. Seit sie damals aus dem Krankenbett aufstand, ist sie jeden Mittwoch nach der Terz denselben Weg von der Frauenklause zum Arbeitszimmer des Abts gegangen. Mittwochs lässt der Abt seinen Sekretär und seinen Diener andernorts arbeiten, während er zusammen mit dem Prior die Arbeit im Kloster inspiziert. Unterdessen lässt er Hildegard und Volmar heimlich in seinem Arbeitszimmer tätig sein, das war die Lösung, die er sich hatte einfallen lassen. Hildegard ist gestärkt, sie liegt jetzt nur noch selten mit Fieber danieder. Der Abt entgeht auf diese Weise ihren aufrührerischen Anklagen und der Prior schöpft entgegen jeder vernünftigen Annahme bislang keinen Verdacht.

Anfangs wollte Hildegards Euphorie kein Ende nehmen. Der Abt gab seinen Segen, alle die Offenbarungen, die sie gehabt hatte und zukünftig noch haben werde, niederschreiben zu dürfen. Sie war ein Adler und ein Falke, der ohne blind zu werden in die Sonne starren konnte. Die Worte des Herrn sprudelten aus ihr heraus und verwandelten sich in Tinte. Mit der Zeit hat die erste nervöse Freude tausend wechselnde Stimmungen angenommen, ein Fischernetz, aus dem sie mit Volmars Hilfe alle Arten von glänzenden und springlebendigen Fischen herauslöst.

Fischschuppen, Fischhaut, Kiemen. Wer kann frei atmen, wenn die Anordnung zu schweigen von einer neuen Anordnung abgelöst wird: Geheimhaltung um jeden Preis? Zu Beginn war es kein Problem. Damals war sie voller Dankbarkeit gegenüber dem Abt, der nach nichts fragte, sondern ihr und Volmar einfach sein Arbeitszimmer zur Verfügung stellte. Wenn Hildegard an die Tür klopft, ist es Volmar, der öffnet. Sie sitzt in dem niedrigen Stuhl oder steht neben ihm. Er steht am Schreibpult mit dem Rücken zum Fenster, das Tageslicht fällt schräg auf das Pergament. Sie arbeiten nur, wenn das Tageslicht es zulässt. Volmars Augen ermüden inzwischen schnell, sie tränen, und er macht Fehler. Dennoch ist es undenkbar, dass jemand anderer den Kiel führt. Nur der, dessen Seele in die ihre gewachsen ist, kann ihre Worte als Bilder sehen, ihre Gedanken als Sätze lesen. Sie kritzelt in rasender Hast Worte auf die Wachstafel. Währenddessen arbeitet er an einer Skizze des Bildes, das sie ihm in der vorigen Woche beschrieben und über das er seitdem meditiert hat. Dann liest er das, was sie geschrieben hat, fragt nach dem, was er nicht versteht, und berichtigt ihre holprige Grammatik, bevor er anfängt, es mit Tinte aufzuschreiben.

Die eine Woche ist Hildegard munter, sie hüpft herum wie ein Hase, und Volmar wird von ihrer energischen Freunde angesteckt. Sie zeigt auf seine tintenbefleckten Hände, nennt ihn ihr kleines, fleckiges Lamm. Die nächste Woche kann sie plötzlich still und mutlos sein.

»Ich bin alt«, sagt sie zu Volmar und fummelt eine Haarlocke unter dem Schleier hervor. Es ist nicht mehr rotblond, sondern beinahe weiß.

»Ich bin älter als du, Hildegard«, hält er dagegen, »ich bin fünfundfünfzig Jahre alt.«

»Warum schreiben wir die Worte Gottes nieder, wenn es doch nur du und ich und der Abt sind, die sie zu sehen bekommen? Sie sind bereits in meine Seele eingeritzt, und du erinnerst dich ohnehin an alles, was ich zu dir sage. Diese unermüdliche Arbeit ergibt ja doch keinen Sinn.«

»Gott hat einen Plan, in den er uns nicht einweiht«, antwortet Volmar. Er weiß keine bessere Antwort. »Dass es einen Sinn ergibt, ist das Einzige, das wir mit Sicherheit wissen.«

»Wir sind beide alt«, sagt sie. »Soll es wirklich so sein? Hat Gott so erhabene Gedanken über uns, dass er uns allein seine Herrlichkeit offenbart? Dass er mich seine Stimme hören lässt, nur damit ich darüber wachen möge, wie ein wohlhabender Mann seinen Schrein bewacht?«

Volmar beugt sich über das Schreibpult und koloriert sorgfältig Kreis um Kreis, die einander umgeben, die neun Engelchöre, ein Rad aus Rot und Gold und Blau und Weiß.

»Den mittleren Kreis darfst du nicht kolorieren«, sagt Hildegard und zeigt darauf. Ihre Hand ist voller Sommersprossen, ihre Fingernägel sind kurz und rissig.

»Soll ich ihn in Weiß malen?«, fragt er und richtet sich auf, um das Bild mit etwas Abstand zu betrachten.

»Er soll überhaupt nicht koloriert werden«, sagt sie, »das Pergament soll bleiben, wie es ist.« Sie seufzt und schüttelt den Kopf.

»Ich kann so nicht weitermachen«, flüstert sie. Sie steht am Fenster, versperrt dem Licht den Weg und wirft einen Schatten ins Zimmer.

Volmar zeichnet die Heiligenscheine der äußeren Engel mit schwarzer Tinte. Er lässt sie dem scharfen Kreis folgen, sodass bei einigen Engeln der Heiligenschein in der Mitte durchschnitten wird.

»All diese Engel werden vom Winde vorangetragen wie brennende Fackeln«, flüstert er, ohne sich zu ihr umzudrehen.

»Des Meeres Lobgesang bedeutet des Schöpfungswerkes Lob-

gesang von Mensch und Engel...«, fährt sie fort. »Vielleicht bin nur ich es, Volmar? Eine Frau hat die Pflicht, zu schweigen und Gott anzubeten in Demut und Stummheit. Eine Frau muss sich einordnen, dem Herrn fügen und ihm in Stille dienen. Zu glauben heißt, Gottes Willen gehorsam zu folgen, Volmar! Bin ich es? Ist es meine sündige Natur, die bewirkt, dass ich nicht gehorsam sein kann? Ist es nur meine Eitelkeit, die mich den Gedanken nicht ertragen lässt, dass niemand diese Herrlichkeit Gottes zu sehen bekommt? Sieh die Schönheit, Volmar, sieh Gottes Lobpreis in allem, was du zeichnest und tust. Wenn wir es sehen, erfreut es uns gleichermaßen, und dennoch zerspringt mein Herz vor Kummer.«

Hildegard geht zwischen den Frauen, ohne sie richtig zu sehen. Sie ist sehr gewissenhaft mit ihren Pflichten, denkt daran, wie flüchtig der Frieden ist. Im Oktober entdecken sie, dass in fast allen Äpfeln, die sie für den Winter eingelagert haben, Würmer sind. Schwarze Stiche, braune Druckstellen. Sie steht im Keller und stiert auf die Äpfel. Richardis hält ihr eine Hand voll verdorbener Früchte vors Gesicht, und sie reagiert kaum. Sie zuckt nur mit den Schultern, sagt: »Solange es nicht die Trauben sind.« Richardis nickt, sie versteht Hildegard nicht, die manchmal wegen Kleinigkeiten aus der Haut fährt, andere Male wirkt, als gehe sie nichts etwas an. Einmal, als sie auf dem Weg ins Infirmarium waren, blieb Hildegard mitten auf dem Pfad mit geschlossenen Augen stehen. Richardis wagte nicht, sie anzusprechen, also blieb sie direkt neben ihr stehen.

»Edler Adler, schwächliches Lamm«, hatte Hildegard geflüstert, »umarme mich, denn mein Körper und mein Blut gehören dir.« Als sie die Augen öffnete, sah sie Richardis mit einem Blick an, der sie gleichzeitig stolz machte und beschämte.

Damals, als sie aus Trier zurückgekommen war, hatte sie Richardis' Gesicht zwischen ihre Hände genommen, sobald sie alleine waren. Sie hatte geflüstert, ihre Augen hätten sich brennend danach gesehnt, das Gesicht ihrer Tochter zu sehen, und dass sie nur wünschte, sie hätte sie für den Rest ihres Lebens an ihrer Seite. Richardis vermisst ihre Aufmerksamkeit. Sie erfüllt ihre Pflichten und vertieft sich ins Gebet. Sie weiß, dass Hildegard zusammen mit Volmar im Haus des Abts schreibt, und wenn Hildegard wie umnebelt und abwesend ist, erwärmt sie sich daran, dass keine der anderen Schwestern es weiß.

Hildegards Blick geht durch die verfaulten Äpfel in Richardis' Händen hindurch, sie sieht direkt auf die Knöchel des Mädchens. Der säuerliche Geruch singt wie ein Chor Grashüpfer. Erde und Wein und Schimmel, sie muss wieder hinaus in die frische Luft. Richardis geht mit schleppenden Schritten, ein irritierender, schnarrender Laut. Hildegard fährt herum, um sie zurechtzuweisen, erkennt im selben Moment, dass es sinnlos ist, und fächert sich stattdessen mit der Hand Luft ins Gesicht. Sie schwitzt, geht die Treppe hinauf, denkt an Tinte und Pergament, fürchtet und sehnt sich danach, dass es wieder Mittwoch wird.

»Im Tod«, sagt sie unvermittelt und dreht sich zu Richardis um, die sie erstaunt anstarrt, »erst da wird sich zeigen, ob die Kämpfe, die man gekämpft hat, nutzlos gewesen sind, ob sie der Sünde oder der Frömmigkeit entsprungen sind.«

11

Hildegard hat von Bernard von Clairvaux gehört, ist ihm aber nie begegnet. Sie weiß, dass er einer der frömmsten Männer auf Erden ist. Eines Nachts träumt sie von ihm. Er steht auf einem Felsen und starrt direkt in die Sonne, ohne zu blinzeln. In dem Traum sitzt Drutwin zu seiner Rechten und isst an seinem Tisch. Als sie aufwacht, ist sie erleichtert und bedauert es gleichzeitig.

Volmar liest ab und zu aus Bernards Schriften für sie. Er will die Einfachheit und Strenge wieder einführen, auf die der Benediktinerorden ursprünglich gegründet war. Bernard leitet einen Zisterzienserorden, und von dem Kloster in Clairvaux aus, in dem er Abt ist, wettert er gegen die Fehlinterpretationen der heiligen Schriften und spricht davon, das Klosterwesen zu reformieren. Manchmal sind seine Worte so scharf, dass sie wie ein Skalpell durch Hildegards Gedanken schneiden und sie zerteilen. Ein Mönch auf der Durchreise hat Volmar von der Osterpredigt erzählt, die Bernard in Vézelay in Frankreich in diesem Jahr gehalten hat. Unter den Gemeindemitgliedern saßen Ludwig VII. von Frankreich, seine Gemahlin Eleonor von Aquitanien und andere vornehme Leute. Sie waren aufmerksame Zuhörer, als Bernard auf Veranlassung von Papst Eugen III. darüber predigte, noch einen Kreuzzug zu unternehmen. Pilger sind nach Hause zurückgekehrt und haben den Hilferuf der Christen in Syrien mitgebracht. Edessa ist in die Hände der Ungläubigen gefallen, Hilfe ist dringend nötig. Die vornehmen Leute in der Kirche von Vézelay warfen sich sogleich vor Bernard auf die Knie und schworen, das Kreuz tragen zu wollen. Sogar Eleonor, die obendrein auch noch Mutter eines kleinen Kindes ist, bestand darauf, mitzureiten. Der deutsch-römische Kaiser Konrad III. soll das heilige Heer nach Konstantinopel führen.

Hildegard hört zu und denkt, es ist ein Zeichen, das sie noch nicht richtig deuten kann. Der Erste Kreuzzug fand in dem Jahr statt, in dem sie geboren wurde. Jetzt bricht der Zweite Kreuzzug ins Heilige Land auf, während sie sich stärker als je zuvor nach etwas sehnt, für das sie keine Worte hat.

Volmar erschrickt, als sie einen Brief an Bernard von Clairvaux schreiben will. Er lehnt es rundweg ab. *Bernard hat wichtigere Dinge, um die er sich kümmern muss, als Briefe von Hildegard entgegenzunehmen,* sagt er scharf. Volmar hat gehört, dass Bernards Zisterzienserbruder Radulf ins Rheinland gekommen ist und gegen die Juden predigt. Obwohl Bernard wünscht, der Kreuzzug möge das Heidentum in aller Welt ausrotten, strebt er doch nach Frieden. So ist er Radulf sporenstreichs nachgeeilt, um ihn dazu zu bringen, mit seinen hasserfüllten Worten einzuhalten. In Köln versuchten Christen, den Rabbiner Simeon zu zwingen, die heilige Taufe entgegenzunehmen. Als der sich weigerte, enthaupteten sie ihn kurzerhand. Andernorts durchbohrten die Kreuzritter einem Rabbiner Hände und Füße, um ihm Christi Leiden und Schmerzen in Erinnerung zu rufen. Hildegard ist darüber erfreut, dass Bernard gegen die Metzeleien wettert. Dass er aufrichtig gegen die Barbarei kämpft, bestärkt sie nur in ihrem Wunsch, ihm zu schreiben. Sie spricht davon, welche Ehre es sein würde, ihn zum Disibodenberg einzuladen und ihm begegnen zu dürfen.

Sie verbrennt sich die Zunge am Fastenbrei, sie denkt an das Heilige Land und an das Kreuz, das unter glühender Sonne siegen soll, an Asche und Sand, die den Himmel weiß erstrahlen lassen, die christlichen Herzen entzünden. Sie denkt an einen Frieden so flüchtig wie die Freude, an den Tod, der im grauen

Feuer des Lichts lauert. Mitten in einem Gespräch mit Margreth und Agatha hält sie inne, sie denkt an Spuren von Pferdehufen in schwarzer Humuserde, einen Reiter im Galopp, der einen wichtigen Brief in seiner Tasche hat, und plötzlich steht sie auf. Die Schwestern bleiben mit geneigten Köpfen sitzen, haben Angst vor Hildegards Wut, Angst davor, etwas Falsches gesagt zu haben. Aber Hildegard geht einfach, ohne ein Wort zu sagen.

»Ich werde einen Brief an Bernard von Clairvaux schreiben«, wiederholt sie gegenüber Volmar. »Wenn du mir nicht hilfst, tue ich es selbst.«

»Aber der Abt . . .«, versucht Volmar zaghaft.

»Ich werde dafür sorgen, dass er rechtzeitig informiert wird«, sagt sie schnell.

»Vor oder nachdem er abgeschickt wird?«

»Er wird zur rechten Zeit informiert!«

»Das wird ihm nicht gefallen.«

»Was wissen wir davon? Und was weißt du schon, was ich Bernard schreiben will?«

Volmar willigt ein. Er würde lieber weiter an der Feuerzunge des Drachen in dem Bild malen, das Hildegards Vision vom Satan illustriert, der die Menschen verführt, indem er sie glauben lässt, er existiere nicht. Hildegard kann seine Gedanken lesen, wird einen Augenblick milde gestimmt.

»Hab Dank für deine Treue«, sagt sie und deutet nickend auf das Bild. »Du wirst sehen, dass du all diese Bögen nicht vergebens bebildert hast. Du wirst sehen, dass Gott uns beide für unsere Geduld belohnen wird.«

Sie schreibt: *Ehrwürdiger Vater Bernard*. Sie schreibt: *Du, der du brennst in der Liebe zu Gottes Sohn*, schreibt, *ich flehe dich an: Beim strahlenden Licht des Vaters, bei seinem wundervollen Wort, bei dem heiligen Klang, von dem alles Geschaffene widerhallt, bei dem Wort, aus dem die ganze Welt erschaffen wurde, beim höchsten Vater, der durch seine liebliche grüne Kraft das Wort in den Leib der Jungfrau gesandt hat, wo es zu Fleisch und Blut wurde wie der Honig in der Bienenwabe.*

Sie fleht demütig um sein Verständnis. Sie vertraut sich ihm an, schreibt, sie weine vor Kummer, weil Gerede und Entzweiung sie zum Schweigen gezwungen haben, sodass sie sich nur Volmar und dem Abt anvertrauen könne. Seit sie ein Kind war, habe sie wunderbare Dinge gesehen, die für das gewöhnliche Auge nicht sichtbar seien. So habe sie Erklärungen der Psalmen und Evangelien empfangen, die ihr Herz und ihre Seele mit der tiefsten Einsicht berührt haben. Seit ihrer Kindheit habe sie sich nicht einen einzigen Augenblick sicher gefühlt. Sie bittet ihn aus ganzem Herzen zu sagen, was sie tun soll: Soll sie stillschweigen oder soll sie sprechen? Jedes Mal, wenn sie schweigt, straft der Herr sie mit Krankheit, aber sie vertraut nicht auf ihre eigene Urteilskraft.

Du, schreibt sie, *bist nicht wankelmütig, wie ich es bin.*
Du erhebst die ganze Welt zum Heil!
Du bist der Adler, der in die Sonne starrt.

Volmar liest die Worte auf der Wachstafel mehrere Male durch. Seine Wangen werden heiß, füllen sich mit einem unbestimmten Gefühl, das sowohl an Angst als auch an Erwartung erinnert. Er fragt sie nicht länger, ob sie sicher sei, dass es klug ist. Er fühlt sich plötzlich nicht wie ihr Lehrer, eher wie ihr langsamer Schüler, der sich einzig und allein auf die milde Geduld seines Meisters verlassen muss. Er liest den Abschnitt über die Bienenwabe mehrere Male. Er bekommt Atemnot und muss sich hinsetzen. Besorgt schenkt Hildegard Bier für ihn ein und reicht ihm den Becher. Sie fragt ihn nicht nach seiner Meinung, sie wartet, ohne eine Miene zu verziehen. Süßeschwerer und goldener Honig, das unruhige Summen der Bienen. Er lehnt sich über das Schreibpult, er streicht über das Pergament, obwohl es bereits glatt ist. Er tunkt den Kiel in die dunkle Tinte, sein Wille ist nicht länger sein Eigen.

12

Der Prior schätzt seine Mittwoche mit dem Abt. Obwohl sie viele Dinge unterschiedlich sehen, weiß er Kunos ruhige Art, zu den Brüdern zu sprechen, inzwischen zu schätzen, und er genießt es, den Vorratskeller zu sehen, die Weberei, die Weinberge, Ställe, Scheune und Tenne. Er legt Wert darauf, die Abrechnung über den Zehnten der Dorfbauern durchzugehen, auf das gründliche Zählen, wenn die Listen des Kellermeisters inspiziert werden. Große Veränderungen von Woche zu Woche sind nicht festzustellen, das Jahr geht seinen immer gleichen Gang.

Es ist August, mitten in der arbeitsreichsten Zeit des Jahres. Die Trauben werden größer und duften süßlich, der Geruch von Hopfen und Thymian strömt einem aus dem Kräutergarten entgegen. In diesem Jahr haben sie zum ersten Mal Flachs angepflanzt. Der Prior hatte so entschieden, obwohl die meisten meinen, es sei nutzlos. Flachs darf nicht wie Wein gepflanzt werden, sagen sie, die Erde ist hier nicht fruchtbar genug. Aber er träumt davon, Flachs nicht länger von auswärts importieren zu müssen. Sowohl er als auch der Abt teilen die Hoffnung, dass sich das Kloster mit der Zeit vollständig selbst versorgen kann. Jeden Tag sieht er nach den Flachspflanzen. Sobald die Samenkapseln anfangen, sich gelb zu färben, müssen die Pflanzen abgeerntet werden, damit man sicher sein kann, den feinen Faden zu bekommen, der für die Altartücher gebraucht wird. Wartet man zu lange, wird die Faser brüchig und grob. Darum ärgert es ihn, als der Abt ihn nach der Terz zu sich ruft und auffordert, ihn zu begleiten. Hildegard hat darum gebeten, mit ihnen beiden sprechen zu dürfen, sie und Volmar warten bereits im Arbeitszimmer des Abts. Die letzten fünf Jahre hat sie sich einigermaßen ruhig verhalten. Dennoch nagt es bei jedem feierlichen Hochamt an ihm, sie und die Schwestern in Seide und Gold gekleidet in der Kirche zu sehen. Er beugt den Nacken und schweigt. Er will keinen Unfrieden schaffen, und außerdem hatte es die beabsichtigte Wirkung, den Einfällen der verrückten Frau zu folgen: Sie ist seitdem sehr viel umgänglicher und zurückhaltender als früher. Nur ganz vereinzelt geriet das Kloster in Aufruhr, weil sie den einen oder anderen vor diesem und jenem gewarnt hatte. Selbst die frommsten Brüder werden dumm wie Schafe, wenn sie von der Zukunft spricht. Sie lauschen verschreckt und stumm und tun, was sie sagt. Der Prior versteht nicht, wie sie eine solche Macht über Menschen besitzen kann, aber er sagt nichts. Ab und zu beichtet er beim Abt seine Wut und seinen Ungehorsam, aber irgendwo auf dem Grunde seiner Seele rechtfertigt er sein Misstrauen gegenüber Hildegard mit seiner gesunden Vernunft und der Hingabe an den Herrn.

Anstatt selbst zu gehen, muss er ein paar der Brüder schicken, um nach den Flachspflanzen zu sehen, und das stört ihn. Der Bereich, den sie bepflanzt haben, ist so klein, dass es kein gewaltiger Verlust ist, wenn der Versuch misslingt. Aber es würde ihn doch freuen zu beweisen, dass er recht hatte. Die Brüder scheinen unaufmerksam dreinzublicken, als er sie instruiert, und es passiert ihm, dass er die Stimme auf eine Art hebt, über die er sich hinterher ärgert. Die Sonne brennt, aber die Luft ist feucht. Flachspflanzen sind anspruchslos; als sie blühten, bewegten sich die zarten, blauen Blüten wie Schmetterlingsflügel und fielen bei dem kleinsten Windstoß zur Erde. Sämtliche Blüten hielten nicht einmal einen ganzen Tag, aber als die ersten blauen Blätter die Erde bedeckten, standen neue Blumen in voller Blüte.

Hildegard sieht gesund und munter aus. Wie gewöhnlich fragt sie den Prior nach seiner Gesundheit. Sie fragt auch nach den Flachspflanzen und ob sie ihn begleiten und sie sehen dürfe, bevor sie abgeerntet werden. Sie finde, es sei eine glänzende Idee, und er weiß nicht, was er antworten soll.

Der Abt wirkt nervös und ungeduldig. Weder Hildegard noch Volmar haben ihn davon in Kenntnis gesetzt, worüber sie sprechen wollen, und er befürchtet das Schlimmste. Er ist froh über die Lösung mit den heimlichen Mittwochen, dennoch kommt es ab und zu vor, dass er voller Sorge über die Zukunft aufwacht. Sollte jemand ihr Tun entdecken, würde eine Spaltung durch sein Kloster gehen.

Volmar hält ein Stoffbündel in den Armen. Hildegard hat etwas Leichtes, beinahe Mädchenhaftes an sich, während sie sich mit dem Prior über seine albernen Flachspflanzen unterhält.

Der Prior und der Abt setzen sich in die niedrigen, gepolsterten Stühle. Volmar bleibt neben Hildegard stehen, er blickt zu Boden, sogar hier in dem kühlen, aus Stein gemauerten Raum glänzt sein Gesicht vor Schweiß.

»Über dies hier, ehrwürdiger Vater«, sagt Hildegard und zeigt auf das Bündel in Volmars Armen, »möchte ich mit euch sprechen.«

Der Abt stöhnt, der Prior ändert die Haltung, draußen laufen die Gänse lärmend über die Wiese.

Erst als sie ihm zum dritten Mal ein Zeichen gegeben hat, reagiert Volmar und packt das Bündel vorsichtig aus. Die schlimmsten Ahnungen des Abts bewahrheiten sich. Behutsam legt Volmar den ersten Stoß beschriebener Bögen auf den Tisch. Dann wickelt er den Stoff von einem ganz dünnen Stapel und enthüllt drei Bögen, auf denen der Text von kunstfertigen Illustrationen flankiert wird. Er legt sie einen nach dem anderen oben auf den Stoß der übrigen Bögen und tritt einen Schritt zurück. Der Prior ist sprachlos. Er beugt sich über den Tisch, um die Bilder zu studieren. Etwas Ähnliches hat er nie zuvor gesehen. Auf dem ersten Bild sitzt eine schwarz gekleidete Nonne in einer detaillierten und faltenreichen Tracht, die deutlich die Umrisse ihrer Beine erkennen lässt. Sie hält eine Wachstafel und einen Griffel in der Hand, ihre Hände sind schmal und hell, ihre Finger lang und elegant. Sie sitzt unter einem Halbbogen, einen Turm an jeder Seite, sie hat große, weit geöffnete Augen, ihre Stirn ist halb von Flammen bedeckt, die genau bis zur Deckenwölbung gehen. Rechts von ihr steckt ein buckliger und bärtiger Mönch den Kopf durch eine Öffnung in der Wand. Er ist kleiner als die Nonne, es sieht aus, als schwebe er über der Erde, von unsichtbaren Kräften gehalten. Er hält einen Pergamentbogen fest und sieht die Frau mit seinen milden Augen aufmerksam an.

»Das ist . . .«, beginnt der Prior und gerät ins Stocken.

»Das ist Volmars Werk«, sagt Hildegard schnell, »keiner kann Bilder schöner erschaffen als er.«

»Volmar?« Der Prior blickt auf. Sieht von Hildegard zu Volmar und wieder zurück. Der Schweiß läuft in kleinen Bächen Volmars Hals hinunter.

»Ja, es ist verblüffend, nicht wahr?«, fährt Hildegard fort. »Seht die Einzelheiten, seht den Stoff, ja selbst die Einzelheiten im Gürtel des Mönchs hat er gezeichnet.«

Der Prior starrt auf die Bilder. Dann schiebt er den Stuhl vom Tisch zurück und steht ungestüm auf. Auch der Abt steht auf. Er streckt die Hände nach seinem Prior aus, der vor Wut glühendrot anläuft.

»Nein, keiner erschafft Bilder wie Volmar«, wiederholt Hildegard nachdenklich, »abgesehen vom Herrn.«

Der Prior erstarrt. Der Abt legt eine Hand auf seinen Arm, um ihn zurückzuhalten.

»Dem Herrn?«, schnaubt er. »Dass du es wagst, den Herrn in diese Sünde hineinzuziehen.«

»Wie könnte ich es unterlassen«, sagt Hildegard sanft. »Er ist es und kein anderer, der mir das gezeigt hat, was wir alle nun zu sehen bekommen.«

Der Prior reißt sich vom Griff des Abts los. Er geht auf Hildegard zu, besinnt sich, als er wenige Schritte von ihr entfernt ist, dreht um, schlägt mit der Faust auf den Tisch.

»Vor fünf Jahren hatte ich eine Offenbarung, in der Gott sagte, ich solle niederschreiben, was er mir gezeigt hat. Seitdem haben Volmar und ich uns jeden Mittwoch hier im Arbeitszimmer des Abts getroffen, um zu schreiben.«

»Du?« Der Prior zeigt auf den Abt, der sich zusammenkrümmt, als habe er die Leitung des Klosters bereits abgegeben.

Volmar setzt sich. Er nestelt an den Bögen herum, seine Hände zittern.

»Du musst verstehen, lieber Prior, es war niemals meine Absicht, dass diese Worte anderen als Hildegard und Volmar vor Augen kommen sollten. Solange wir die Schriften hier im Kloster verstecken, ist es an dem Herrn, Hildegard zu strafen oder zu belohnen«, sagt der Abt unruhig.

Der Prior starrt auf die Bögen. Auf einem der Bilder umkränzt eine Borte ein himmelblaues Feld. In dem Feld ist ein weißer Kreis, der einen kleineren roten und gelben Kreis umgibt. Mitten in dem Bild steht eine saphirblaue Gestalt, die Handflächen dem Betrachter zugewandt. Sowohl seine Tracht als auch seine Haut haben die gleiche blaue Farbe, nur sein langes, wallendes Haar ist schwarz.

»Oh, ja. Das ist die Dreieinigkeit«, sagt Hildegard und folgt dem Blick des Priors, »und Gottes mütterliche Liebe.« Sie zeigt auf das blaue Feld. »Das mütterliche Meer.«

»Sie müssen vernichtet werden«, sagt der Prior, »Niemand darf diese entsetzlichen Bilder sehen.«

Der Abt steht immer noch da. Drei rote Streifen laufen von seinem Kiefer zur Kutte, so heftig hat er sich am Hals gekratzt.

»Das geht nicht an«, sagt er mit brüchiger Stimme. »Du selbst kennst Hildegards Frömmigkeit und weißt, dass niemand sie je dabei ertappt hat, die Unwahrheit zu sagen«, fährt er fort.

»Unwahrheit? Das hier überschreitet jede Grenze«, faucht der Prior, »es geht nicht um Wahrheit oder Lüge, es geht darum, inwieweit wir die Saat des Bösen an unserem Busen nähren, die Inkarnation des Satans selbst. Volmar? Kuno? Seid ihr blind und taub? Versteht ihr nicht, dass es nicht nur um Hildegard geht, sondern um die Zukunft des ganzen Klosters? Seht ihr nicht, dass sie uns allesamt mitreißt in ihrem Fall? So geht das Böse vor, so sind die verschlagensten Kräfte der Finsternis. Die Schlange hört niemals auf, sich die Schwachheit der Frau zu Nutze zu machen, um uns in den Hinterhalt zu locken, der den Weg in unser Verderben weisen wird.«

Volmar steht mit einem Ruck auf. Hildegard hat ihn gebeten, nichts zu sagen, aber jetzt kann er sich nur noch mit Mühe zurückhalten. Hildegard sieht ihn streng an und hebt warnend die Hand. Er streicht sich mit der Hand durch den Bart.

»Diesen Standpunkt teile ich nicht«, sagt der Abt, »und so solltest du nicht sprechen.«

»Ich spreche nur aus, was andere bereits denken«, prescht der Prior weiter vor. Er wendet das Gesicht demonstrativ von den illustrierten Bögen ab. »Es geht an, dass du meinst, wir brauchen Hildegard, um den Reichtum der jungen Adelsfrauen an uns zu ziehen. Es kann auch angehen, dass du meinst, ein wenig Aberglaube und Magie ziehen Pilger und deren Mittel an und sind daher mehr von Nutzen, als dass sie Schaden anrichten. Aber du vergisst den Teufel in dieser Rechnung!« Er hat die Wut unter Kontrolle bekommen und spricht scharf und kalt.

»Ich traue meinen eigenen Ohren nicht«, sagt der Abt und fährt hoch. »Ist es mein eigener Prior, der so spricht?«

»Er hat nicht mit allem unrecht, was er sagt«, flüstert Hildegard. »Der Teufel verlockt schwache Seelen zu aller Art der Sünde. Er bietet sie als billig und unschädlich feil. Er bildet uns ein, dass wir sie brauchen und nicht ohne sie leben können. Das gilt irdischem Gold und das gilt Sünden wie Hochmut und Eitelkeit. Und der Prior hat recht. Es ist an der Zeit, ein für alle Mal den Zweifel hinwegzufegen und eine Fackel zu entzünden, die so stark ist, dass sie jeden Winkel meiner Seele erleuchten und enthüllen kann, ein für alle Mal herauszufinden, ob es Eitelkeit oder Frömmigkeit ist, die bewirkt, dass ich nicht stillschweigen kann.«

»Sie ist selbst im Zweifel!«, ruft der Prior triumphierend aus.

»Du hast es ebenso gut gehört wie ich.« Sein Zeigefinger ist dicht vor dem Gesicht des Abts.

»Nein, ich bin nicht im Zweifel. Da ist nichts, was ich zu verbergen hätte, das fühle ich. Ich weiß aus meinem ganzen Herzen, dass Gott wünscht, seine Worte mögen durch die Welt gehen wie eine alles verzehrende Flamme. Und dennoch«, sagt sie und setzt sich, »dennoch weiß ich so gut wie kaum ein anderer, dass die Schlange zu ihrer Zeit das Weib auswählte, um sich über sie zu werfen, da ihre Natur schwächer ist als die des Mannes. Ich weiß, dass die Sündhaftigkeit des Weibes größer ist als alle andere Sünde in der Welt.« Sie schließt die Augen. »Weib, dein Name ist Eva, du verlocktest Adam, den der Satan nicht verlocken konnte, und deshalb bist du des Satans Pforte«, flüstert sie.

Volmar sieht aus dem Fenster. Er versteht nicht, worauf Hildegard hinauswill und meint, sie stellt sich schlechter dar, als sie es nötig hat.

»Das ist wahr«, sagt der Prior ruhig. »Und deshalb können wir unter keinen Umständen zulassen ...«

»Darum muss es ein für alle Mal untersucht werden«, unterbricht ihn der Abt. »Was schlägst du vor, sollen wir tun?«, fragt er und sieht den Prior direkt an.

»Wir müssen an den Erzbischof in Mainz schreiben«, sagt der Prior und betrachtet Hildegard. So wie er es sieht, müsste sie vor Angst zittern, aber sie sitzt aufrecht auf dem Stuhl, anscheinend ungerührt. »Er kennt unser Kloster und hat unsere Kirche geweiht, als sie fertig war. Er benutzt jede Gelegenheit, gegen Ketzer und Ungläubige zu predigen, er weiß sehr wohl zwischen Gott und Teufel zu unterscheiden. Er wird ohne Zweifel wissen, was zu tun das Richtige ist.«

»Ich hatte gehofft, ihr würdet das sagen«, flüstert Hildegard und lächelt, »und um euch meine Aufrichtigkeit zu zeigen, habe ich selbst einen Schritt in diese Richtung unternommen«, fügt sie hinzu. Ihre Augen strahlen vor Freude, und der Prior meint, ein schelmisches Funkeln darin auszumachen.

»Vor vierzig Tagen schrieb ich an Bernard von Clairvaux, und letzten Mittwoch, als ihr draußen nach den Weinstöcken gesehen habt, kam ein reitender Bote und lieferte einen Brief ab. Volmar hat ihn entgegengenommen, nicht wahr, Volmar?«

Volmar richtet sich auf und nickt. Er kann sich nicht erklären, warum sie ihn in diese Sache so ausdrücklich hineinzieht und damit riskiert, dass er Ärger bekommt.

»Ich habe den Brief hier«, lächelt sie und zieht ihn aus den Falten ihrer Tracht. »Er ist ganz kurz, denn er schreibt, dass er in diesen ereignisreichen und schweren Stunden keine Zeit für eine längere Antwort erübrigen kann. Das Wichtigste steht hier...« Sie kneift die Augen zusammen und fixiert die wenigen Zeilen. »*Du hast eine Gnadengabe erhalten, die du demütig und mit größtem Eifer annehmen musst.* Er schreibt auch, dass er sich selbst nicht als den besten Berater in solchen Angelegenheiten ansieht, da sein Wissen gering ist«, sie lacht kurz auf und sieht die drei Männer vielsagend an. Dass Bernard von Clairvaux es wagt, in einem Brief an Hildegard sein Wissen als gering zu bezeichnen, bedeutet offensichtlich, dass er ihren Brief schätzt und überzeugt ist, dass das, was sie hört, von Gott kommt.

Der Prior ist weit davon entfernt, zufrieden zu sein, aber er beruhigt sich ein wenig, als Ende Oktober ein Brief vom Erzbischof ankommt. Er hat an Papst Eugen III. geschrieben, der durch ein glückliches Zusammentreffen gerade im Rheinland ist, um in Trier an einer Synode teilzunehmen, und daher in der

Lage war, schnell zu antworten. Der Papst hat den Erzbischof gebeten, dafür zu sorgen, dass eine Delegation hochrangiger Geistlicher zum Disibodenberg geschickt wird, um eine gründliche Untersuchung der Verhältnisse vorzunehmen. Es wird erwartet, dass Hildegard selbst zur Verfügung steht und auf deren Fragen antwortet, aber das Wichtigste ist, dass dem Komitee von allem, was sie mit Volmars Hilfe geschrieben hat, Zeugnis vorgelegt wird.

Es freut den Prior, dass sowohl der Erzbischof als auch der Papst prompt reagiert haben. Abt Kuno ist unruhiger als der Prior. Zeigt es sich, dass das Komitee Hildegards Schriften als ketzerisch und die Autorität des Papstes untergrabend beurteilt, ist kaum abzusehen, was die Konsequenzen sein werden. Natürlich wird Hildegard hart bestraft werden, aber da er nicht nur Kenntnis von den Schriften hatte, sondern selbst zu deren Entstehung beigetragen hat, wird er nicht ungeschoren davonkommen. Dass Bernard von Clairvaux Hildegards prophetische Gabe offenkundig ohne weiteres gutheißt, beweist nichts. Obwohl er fromm ist und streng, können ihn Hildegards verführerische Worte leicht genarrt haben. Unter allen Umständen wird er sich den Rücken freihalten können, indem er sagt, dass er zum einen nicht ein einziges Wort von Hildegards niedergeschriebenen Visionen gelesen und zum anderen genug damit zu tun habe, den Kreuzzug zu mobilisieren.

Der Abt wacht zwischen den Stundengebeten auf und sieht von Tag zu Tag mitgenommener aus. Schließlich verlangt er, Hildegards unvollkommenes Werk von der Bibliothek ausgehändigt zu bekommen. Anstatt sich des Nachts in seinem Bett zu wälzen und zu drehen, steht er auf und zündet ein Licht in seiner Kammer an. Er liest Seite um Seite von Hildegards Werk und studiert eingehend Volmars sonderbare Illustrationen. Zuerst ist er erschrocken über all das Wissen, das Hildegard zu besitzen scheint. Ihre Einsicht in theologische Themen wirkt sehr viel weitreichender als die irgendeines Mannes, dem er begegnet ist. Dass eine Frau so weise und umfassende Gedanken niemals selbstständig wird denken können, tröstet ihn. Dann gibt es keine andere Möglichkeit als die, der er die ganze Zeit zugeneigt war: Hildegard hört wirklich Gottes Stimme.

Ein paar Mal versucht er, mit dem Prior über das zu reden, was er liest. Aber der Prior weigert sich zuzuhören. Jedes Mal wiederholt er, dass er auf die Delegation warten und das Ganze bis dahin am liebsten vergessen will. Er beharrt darauf, so zu tun, als sei nichts vorgefallen. Er überhört Hildegards Wunsch, die Arbeit auf dem Flachsfeld zu begleiten, vollständig. Ohnehin ist dort nicht viel zu sehen. Die Ernte verlief nach Plan, die Garben trockneten im Wind, wie sie es sollten, und nun wurden sie auf die Erde gelegt, um sie im Tau einzuweichen.

13

Ende November schreien Raben und Krähen grau und schwarz. Der erste Nachtfrost zieht seinen weißen Schleier durch das Gras. Hildegard steht am Tor und sieht ihnen nach, bis sie verschwunden sind. Die Delegierten des Papstes waren fünf Tage am Disibodenberg. Jeden Nachmittag mussten sie und Volmar im Arbeitszimmer des Abts zusammen mit den Gesandten, dem Abt und dem Prior verbringen. Sie wollten wissen, ob Volmar etwas aus eigener Fantasie hinzugefügt habe, ob er Worte geändert habe oder Details in den Bildern. Sie haben ihn über den Charakter des Verhältnisses zwischen ihm und Hildegard ausgefragt, und er hatte mit ruhiger Stimme geantwortet. Zu dieser Zeit des Jahres sucht das Ungeziefer Zuflucht in den Häusern, und während die Delegation jedes von Volmars Worten drehte und wendete wie ein Prisma, betrachtete Hildegard eine kleine Schar Spinnen, die sich über dem Fenster versammelt hatte. Ein Weberknecht stürzte zwischen Fensterrahmen und Decke hin und her, während sich die anderen in einem dichten, weißlichen Spinngewebe zu einem Klumpen zusammendrängten.

Scivias, wisse den Weg. Ja, auch der Titel hat sich in einer Vision offenbart. Nein, ich bin stets bei Bewusstsein. Nein, es ist nicht, als sei ich in Ekstase oder würde träumen, meine Augen und Ohren sind offen, ich höre Gottes Stimme, er hebt meinen Willen auf, ich bin eine Feder, die nur von seinem Atem bewegt wird. Ja, das ist nur der Anfang, das Werk ist noch nicht vollbracht, es werden insgesamt drei Teile: Die Zeit des Vaters, die Zeit des Sohnes, die Zeit des Heiligen Geistes, es ist Gottes Schöpfungswerk und sein Heilsplan. Ich habe den Erlöser gesehen, den neuen Adam, die Lichtgestalt besiegte den Tod, ich habe das Mysterium der Dreieinigkeit geschaut und Gottes feurige Kraft gespürt.

Jetzt verlassen sie das Kloster, und sie hat sie bis zum Tor begleitet. Das Gesicht des Anführers der Delegation verrät nichts, seine Augen sind aus Stein. Sie hat die Müdigkeit in den Tagen, in denen sie hier waren, nicht gespürt, aber jetzt ist es, als dringe sie mit der Kälte durch die Fußsohlen und bemächtige sich ihrer Gedanken und ihres Körpers. Richardis wartet im Innengarten auf sie. Sie hat lange dort gestanden, und sie zittert vor Kälte. Sie streckt Hildegard die Hand entgegen, aber sie nimmt sie nicht. Hildegard setzt sich auf die kalte Bank, Richardis setzt sich neben sie. Weder der Umhang noch der Schleier schützen gegen den Wind, den die Abenddämmerung mit sich bringt. Hildegard schlägt die Arme um den Körper. Der Fluss rauscht, die Nacht sammelt ihr Heer aus dunklen Wolken.

»Wir entstehen im Wasser und verschwinden wie Wind«, flüstert Hildegard und legt ihre Hand über Richardis'. »Denk an das, was sich nie verändert, selbst wenn bald alles anders wird. Denk an die Jahreszeiten, die auf dieselbe Weise wechseln Jahr für Jahr, denk daran, dass, ganz gleich, wie oft man denselben Weg geht, der Fuß nie in genau dieselbe Spur treten kann.«

Richardis zögert. Hildegard spricht in Rätseln, und der Ernst in ihrer Stimme beunruhigt sie.

»Darf ich das Manuskript sehen?«, fragt sie ganz leise. Das hat sie lange schon gewollt, danach fragen, aber die Gelegenheit hat sich nicht geboten.

»Sie haben es mitgenommen«, antwortet Hildegard, ohne sie anzusehen. Sie hat Tränen in den Augen. »Wenn es zurückkehrt, wird sich die Welt verändert haben.«

Hildegard liegt den ganzen November und die meiste Zeit des Dezembers im Bett. So lange hält die Krankheit für gewöhnlich nicht an. Sie fragt Gott und sich selbst und Richardis und Volmar, womit sie die Wut des Herrn auf sich gezogen hat. Sämtliche Glieder tun ihr weh, kleine mit gelblichen Krusten überzogene Wunden breiten sich auf ihren Schenkeln aus. Sie ruft die Heiligen an, ruft ihre Mutter und ihren Vater, ruft nach Drutwin und Volmar, nach Benedikta und anderen, von denen Richardis nie gehört hat. Kurz vor Weihnachten wendet es sich zum Guten. Sie kann aufrecht im Bett sitzen und Suppe essen. Sie sieht klein und erschöpft aus, aber am Weihnachtstag wirkt sie beinahe munter.

»Jetzt bekommen wir bald Bescheid«, flüstert sie Volmar zu,

als er kommt, um nach der Patientin zu sehen. »Das wird eine große Freude.«

Jetzt bekommen wir bald Bescheid! Was soll man mit so einer Aussage anfangen? Volmar ist außer sich vor Sorge, seit die Delegation abgereist ist. Gewiss hat Hildegards Krankheit seine Gedanken von den panischen Vorstellungen abgelenkt, der Ketzerei beschuldigt zu werden, aber jedes Mal, wenn sein Herz Ruhe gefunden hat, ist es, als ginge es Hildegard schlechter. Er hat versucht sich darauf vorzubereiten, dass er sie dieses Mal verlieren wird. Doch er muss sich eingestehen, dass es unmöglich ist, sich mit dem Gedanken vertraut zu machen. Sie ist meine Tochter, meine Schwester, meine Mutter, sagte er der Delegation. Als sie ihn fragten, ob etwas Unzüchtiges zwischen ihnen sei oder jemals gewesen ist, hatte er ohne Kalamitäten mit Nein antworten können. Damals, als Hildegard ihn auswählte, war es schwer gewesen zu vergessen, dass sie eine Frau und er ein Mann war. Als sie sagte, ihre Seelen hingen zusammen, war er erschrocken. Jetzt weiß er, dass sie recht hat. Und die Seele ist getrennt vom Fleisch.

Der Prior setzte ihm mehrere Male zu. Beim ersten Mal fragte er, ob er eine Vorstellung davon habe, was die Gesandten des Papstes mit Ketzern anstellten. Er wartete Volmars Antwort nicht ab, ließ ihn einfach wie versteinert im Refektorium zurück. Beim zweiten Mal war die Frage die gleiche, aber da blieb er stehen und wartete auf Volmars Antwort.

»Was ist die Strafe für Ketzerei?«, wiederholte der Prior, und sein Gesicht verriet keinerlei Regung.

Volmar musste dastehen wie ein gescholtener kleiner Junge, seine Wangen brannten vor Scham.

»Das weiß ich ebenso gut wie du, Prior«, wich er aus, aber der Prior schüttelte den Kopf.

»Wirklich?«, fragte er spöttisch, »Warum bist du Hildegard dann auf Schritt und Tritt nachgelaufen wie ein Hund?«

Volmar unterließ es, zu antworten. Er dachte nur daran, fortzukommen, aber der Prior war noch nicht fertig mit ihm.

»Exkommunikation«, sagte der Prior langsam, als sei Volmar schwerhörig. »Du wirst verbannt, der vollständige Ausschluss aus der Kirche und von ihren Sakramenten ist die Folge, das Verbot für fromme Menschen, mit dem Verbannten Umgang zu haben.« Er schwieg und wartete auf Volmars Reaktion. Als Volmar stumm blieb, fuhr er selbst fort.

»Und werden die Sünden nicht innerhalb eines Jahres vergeben, wird man öffentlich hingerichtet.« Er zuckte mit den Schultern. »Welcher Tod wartet dann, Volmar? Ich kann es an der Farbe in deinem Gesicht sehen, dass du die Antwort kennst, aber lass sie mich dennoch laut aussprechen: die ewige Verdammnis im Höllenschlund.« Er nestelte an dem Kreuz, das er an einer Kette um den Hals trug.

Volmar blieb mit gesenktem Kopf stehen, außerstande, etwas zu sagen.

»Aber du, Volmar«, fuhr der Prior mit milderer Stimme fort, »kannst immer noch errettet werden.«

Volmar blickte auf, blitzartig und misstrauisch. In der Stimme des Priors war etwas, das ihm nicht gefiel.

»Wenn du von Hildegard abrückst, wenn du erklärst, sie habe dich verleitet«, flüsterte der Prior, »dann könnten die Männer des Papstes verstehen, dass du nicht du selbst warst. Wenn sowohl der Abt als auch ich bezeugen, dass du für gewöhnlich die Frömmigkeit selbst bist, gibt es eine gute Chance, dass dir deine Sünden vergeben werden. Dann gilt es nur, sich lange genug am Leben zu halten.«

Volmar konnte sich nicht länger beherrschen. »Du sprichst,

als sei das Urteil bereits gefällt, obwohl nichts entschieden ist«, fuhr er auf.

»Ah, ja, die Delegation«, lächelte der Prior. »Es freut mich wirklich, dass sie die strengsten Herren der Kirche geschickt haben, sodass wir dieser Sache hier auf den Grund gehen können und keinerlei Nachgiebigkeit erwarten müssen. Volmar, du bist nicht dumm. Ich möchte dir nur helfen, also nimm meinen Rat an. Rücke von Hildegard ab, bekenne deine Sünden und büße. Tust du das nicht, wirst du ihr in ihren Fußstapfen direkt in die Hölle folgen. Ich verspreche dir, dass ihr Ungehorsam und ihre Ketzerei nicht vergeben werden. Und obwohl sie auf der Suche nach Obdach umherirren und dankbar jedes Lager annehmen wird, das ihr der Wald und die schmutzigen Scheunen der Bauern bieten, werden ihre letzten Jahre ein milder Vorgeschmack auf das sein, was sie nach ihrem Tod erwartet.«

»Du sprichst, als habest du an der Seite des Herrn gesessen«, antwortete Volmar wütend, »aber du bist ein Richter ohne Ermächtigung.«

»Du willst dich mit deinem Prior überwerfen? Du willst freiwillig von dem Gift trinken, das Hildegard dir reicht? Dann bist du bereits verloren.« Der Prior faltete die Hände vor der Brust und nickte ruhig.

Volmar konnte es nicht länger ertragen. Er machte auf dem Absatz kehrt und musste sich beherrschen, nicht zu laufen.

Das ist jetzt mehrere Wochen her, aber die Angst sitzt immer noch in ihm, als der Abt ihn nach der Kapitelversammlung zur Seite nimmt. Kuno fragt höflich nach Hildegards Gesundheit, aber Volmar spürt sofort, dass er etwas anderes auf dem Herzen hat.

»Bernard von Clairvaux nimmt an der Synode in Trier teil, wo Papst Eugen III. und alle hochrangigen Geistlichen aus dem ganzen Land versammelt sind. Er hat nach mir geschickt, damit ich dabei sein kann, wenn Hildegards Manuskript vorgelegt und besprochen wird. Hat Hildegard irgendeine Vorahnung, wie es verlaufen wird?«, fragt er und sieht Volmar forschend an.

Volmar nickt, sagt aber nichts. Der Abt bleibt stehen, verlagert das Körpergewicht von einem Fuß auf den anderen. Er schlägt die Kapuze hoch, und ein Schaudern durchläuft ihn. Er fragt nicht noch einmal.

Der Abt steht kurz vorm Morgengrauen auf. Volmar ist erleichtert darüber, dass er ihn nicht bittet, ihn auf der Reise zu begleiten, sondern nur den Prior und einen Laienbruder mitnimmt. Die Beschäftigung im Kloster lenkt ihn ab, und da Hildegard das Bett wieder verlassen hat, kann er sie nicht länger unter dem Vorwand aufsuchen, nach seiner Patientin sehen zu müssen. In der Kirche vermeidet er, sie anzusehen, ins Infirmarium kommt sie in diesen Tagen nicht. Es ergibt keinen Sinn, miteinander zu sprechen, wenn die Gedanken voller Angst und Fragen sind, die niemand am Disibodenberg beantworten kann.

Eine Woche nach der Abreise des Abts kommt Richardis zum Infirmarium. Es verstößt gegen die Regeln, dass sie alleine kommt, und Volmar ist gezwungen, sie zu tadeln.

»Ich weiß es sehr wohl«, sagt sie, »aber Mutter Hildegard hat mich geschickt.«

Es fühlt sich an, als habe ihm jemand einen Schlag auf die Brust versetzt, er bekommt kaum noch Luft.

»Ja?«

»Sie bittet mich, Hustensirup zu holen, da drei von unseren Schwestern von nächtlichem Husten schlimm mitgenommen sind.«

»Hustensirup?«

Richardis nickt. Sie hat Fischaugen und einen Himbeermund.

Wortlos gibt Volmar ihr, worum sie bittet. Sie wartet vor der Tür des Infirmariums, während er die Flasche versiegelt.

Sie zittert vor Kälte, als er zurückkommt.

»Hildegard muss die Regeln befolgen wie alle anderen und darf dich nicht alleine hierherschicken«, sagt er und wird von der Strenge in seiner Stimme überrascht. »Nur wenn sie an einer Krankheit leidet und nicht imstande ist, sich zu bewegen, darfst du alleine kommen, und in diesem Fall auch nur, um nach mir oder dem Abt zu schicken.«

Richardis neigt den Kopf. Ihre Wangen färben sich rot vor Wut über seinen herablassenden Tonfall.

»Ist das verstanden?«

»Mutter Hildegard hat ein Schweigegelübde abgelegt, bis der Abt von der Synode zurück ist«, sagt sie und hebt den Kopf. Sie kneift den Mund zusammen und sieht ihn weiter an.

»Und dennoch kann sie dir Anweisungen geben?«

»Sie gab Zeichen ... es ist ... die Schwestern sollen wohl nicht wissen...« Richardis zuckt mit den Schultern. In ihrem Blick ist etwas Trotziges.

Volmar hebt die Hand wie einer, der ein ungehorsames Kind schlagen will. Richardis weicht einen Schritt zurück. Er lässt die Hand sinken, das Herz hämmert, er dreht ihr den Rücken zu und schlägt die Tür zum Infirmarium mit einem Krachen zu.

Danach ist er verzweifelt. Sowohl der Abt als auch Hildegard preisen ihn für sein ruhiges Gemüt, aber nun kann er weder seine Wut noch seine Unruhe im Zaum halten. Er hatte Lust, die Hand durch die Luft fahren zu lassen und Richardis direkt ins

Gesicht zu schlagen. Es lag ein dreister Trotz in der Art, auf die sie ihn anstarrte. Und Hildegard schickte sie, anstatt selbst zu kommen, obwohl sie gar nicht krank ist und sich ihm auch ohne Worte verständlich machen könnte. Der Zweifel nagt an ihm. Vielleicht sagte Richardis nicht die Wahrheit, vielleicht hatte Hildegard sie gebeten zu lügen, weil sie ihm nicht in die Augen sehen will. Vielleicht hatte sie eine Offenbarung, die ihr gezeigt hat, sie solle ihn nicht länger als ihren Vertrauten ansehen, sondern sich auf ihre Schwestern konzentrieren? Vielleicht ist sie wütend auf ihn, weil er etwas Falsches gesagt hat, während des Verhörs durch die Delegation oder als er an ihrem Krankenlager saß und versuchte sie zu trösten? Nirgendwo kann er Ruhe finden, die Wärme und die Ausdünstungen der kranken Körper machen die Luft erstickend dick. Er stürzt zur Tür hinaus. Die Kälte reißt in seinem Hals und in der Kehle, drückt ihm Tränen in die Augen. Mit hastigen Schritten geht er die Pfade im Kräutergarten entlang. Zitronenmelisse und Löwenohr sind in sich zusammengefallen, versengt vom Frost. Es rauscht in den Kronen der Bäume. Er fällt auf die Knie, schluchzt, kennt sich selbst nicht. Kenne den Weg, kenne Gott, kenne dich selbst. Ein spöttischer Chor leiert in seinen Gedanken, es tut weh, auf der kalten Erde zu liegen. Ruhiger, besonnener Volmar. Die Eifersucht ist ein Wurm. Richardis wärmt Hildegards Hände und springt auf ihr Geheiß hierhin und dorthin. Er tastet auf der Erde, füllt die Hände mit kleinen scharfen Steinen und ballt sie so hart zu Fäusten, dass der Schmerz beinahe das wahnsinnige Rasen der Gedanken übertönt.

»Du hast Angst, Volmar«, sagt er zu sich selbst. »Deine Zukunft ist genauso ungewiss wie die ihre.«

Aber Angst ist auch eine Sünde, wenn man sein Leben Gott geweiht hat. Er steht taumelnd auf, stützt sich auf die Knie.

Er wäscht die Hände im Infirmarium. Er reibt sie mit fetter Seife ein, um Erde und Blut abzuwaschen. Er bittet den Herrn um Vergebung und überlegt, auf welche Art und Weise er seine Reue zeigen und Buße tun kann. Er überlässt die Kranken einem seiner Brüder. Er kniet in der Kirche, er spricht mit dem Priester. Die Ruhe will sich nicht einfinden. Er hat nie an der Wahrheit in Hildegards Worten gezweifelt. Jetzt weiß er nicht, ob das seine größte Sünde ist. Oder ob der Teufel ihn zum Narren hält und mit Zweifel und alles verschlingender Leere lockt.

14

Die Nacht ist ohne Wolken. Der gespaltene Mond hängt so dicht über den Bäumen, dass es aussieht, als würden die Äste ihn entzweibrechen. Die Dunkelheit ist angefüllt von Atemzügen, Betten, die unter dem Gewicht der Körper knirschen, von Husten und unverständlichen Worten, im Schlaf geflüstert. Hildegard geht hinaus in den Innengarten und legt den Kopf in den Nacken. Sie spricht mit Gott oben in seinem samtenen Himmel, ruhige Worte, die nur Er hören kann. Zwei der Schwestern mussten nach der Vesper mit Fieber und Husten ins Infirmarium verlegt werden. Am schlimmsten hat es die kleine Endlin getroffen, die erst seit dem Herbst bei ihnen ist.

Am Morgen ist das Kloster in Nebel eingepackt. Obwohl es gewöhnlich die kälteste Zeit des Jahres ist, hat die Natur seit Neujahr den Frühling angekündigt. Der Frost hat seinen Griff von der Erde gelöst. Endlin hat die Nacht nicht überstanden und muss unverzüglich in die Erde. Die Schwestern richten das Leichentuch her. Es muss eng um den Körper genäht werden. Margreth weint als Einzige. Sie hatten Endlin noch nicht wirklich kennenlernen können, aber die stille Margreth, die sonst nie ihre Gefühle zeigt, wird jedes Mal schwach, wenn jemand stirbt.

In der Frauenklause hat Gott die Hand über sie gehalten. Nur zweimal im Laufe der letzten fünf Jahre mussten sie von einer Schwester Abschied nehmen. Bei den Mönchen stehen deutlich häufiger Begräbnisse an, und obwohl sie mehr als doppelt so viele wie die Frauen sind, ist die Schieflage offensichtlich. Die Schwestern singen am Grab. Der Nebel plättet die Erde, fällt wie Tropfen über den Leichensack und die Kleidung der Schwestern.

Hildegard hat dem Herrn gelobt zu schweigen, bis Nachricht aus Trier kommt. Sie stellt sich vor, dass Gott ihr kostbares Schweigen entgegennimmt, dass er ihre Stimme in seiner Hand hält und sie begutachtet wie der Goldschmied, wenn er den Preis für Edelsteine festsetzt.

»Möge meine Stimme zu deiner Ehre walten«, betet sie, »möge Stille sein in meinen Gedanken, dass ich allzeit von deiner Stimme erfüllt werde, möge ich sein wie der Wassertrog der Tiere in der Trockenzeit.«

Margreth weint für sie alle. Sie weint für die, die tot sind, und für die, die noch leben. Sie weint für ihre eigenen Geheimnisse, und sie kann nicht aufhören, obwohl Hildegard mahnend ihre Hand hebt. Die jüngste Schwester wechselt das Bettstroh in Endlins leerem Bett und verteilt frische Streu auf dem Boden. Es duftet nach Tanne, der Gestank der Krankheit ist bereits vertrieben.

Erst im Laufe des Abends scheint sich der Nebel zu lichten. Hildegard pustet die Kerze aus, aber sie schläft nicht. In der Nacht prügeln sich Katzen und schreien dabei wie kleine Säuglinge. Kurz vor der Matutin verlässt sie das Bett. Sie sitzt am Tisch im Refektorium und wartet auf ihre Schwestern. Sie wachen auf, bevor die Glocken läuten. Vielleicht ist es eine Gnadengabe des Herrn, dass sie zu dieser Stunde nichts mehr fühlt. Weder Erwartung noch Unruhe oder Freude.

Zur Mittagszeit klopft es heftig an die Pforte der Frauenklause. Richardis springt auf, um zu öffnen, aber Hildegard hält sie mit einem Nicken zurück. Sie weiß, dass die Zeit gekommen ist, und sie muss alleine gehen. Volmar bringt kein Wort heraus. Nach Nächten ohne Schlaf liegen dunkle Ringe unter Hildegards brennenden Augen. Er öffnet den Mund, aber kein einziges Wort kommt heraus.

»Sind sie zurückgekommen?«, flüstert sie, und er nickt.

»Sag es mir, Volmar, hast du schon gehört, was beschlossen wurde?«

Volmar legt eine Hand auf ihre Schulter. Er schließt die Augen. Sie kann sehen, dass er geweint hat, aber jetzt lächelt er, und sie darf ihn umarmen, ohne dass er zurückweicht.

»Es ist gut«, flüstert er gegen ihre Schulter. »Bernard von Clairvaux hat in der Kirche für deine Sache gesprochen. Der Abt hat einen Brief von Papst Eugen mitbekommen. Du hast die Billigung des Papstes. Er bestätigt, dass du die Gabe der Seherin hast, er bestätigt, dass es Gott ist, der zu dir spricht. Er sagt, du sollst in die Welt hinausgehen und alles sagen, was du hörst und siehst, denn niemand darf eine Stimme zurückhalten, die vom Herrn kommt.«

Nachwort

Hildegard von Bingen wurde um das Jahr 1098 im Süden Deutschlands geboren und starb 1179. Sie war Benediktinernonne und ist der Nachwelt als Mystikerin, Heilkundige, Poetin und Komponistin bekannt.

Die Zeugnisse über das Leben der Hildegard von Bingen sind, abgesehen von dem, was man in ihren eigenen Werken lesen kann, begrenzt. Es ist nie meine Absicht gewesen, eine Hildegard-Biografie zu schreiben, und obwohl ich versuche, historisch so genau wie möglich zu sein, sowohl was Orte, Jahreszahlen als auch Personen anbelangt, ist dieser Roman zuallererst eine literarische Fantasie.

Alle Werke der Hildegard von Bingen sind in lateinischer Sprache verfasst. Für Stellen, an denen ich die Aussagen meiner Hildegard auf den Schriften der wirklichen Hildegard von Bingen aufbaue, habe ich Mark Athertons englische Übersetzung der Originalschriften (Hildegard of Bingen, *Selected writings*. Penguin Classics 2001) und die dänische Übersetzung von Kirsten Kjærulff (Kirsten Kjærulff und Hans Jørgen Frederiksen, *Hildegard af Bingen. Det Levende Lys*. Forlaget Anis 1998) zur Inspiration und als Quelle verwendet.

Anmerkung des Übersetzers:

Die Bibelzitate der deutschen Übersetzung sind der Ausgabe der Deutschen Bibelgesellschaft Stuttgart von 1985 entnommen. Die Textstellen, die von Hildegard von Bingens Schrift *Scivias* inspiriert oder dieser entnommen sind, wurden nach dem dänischen Originaltext ins Deutsche übertragen.

Anmerkungen

Teil I

Kapitel 23

Seite 137: Aber wie nun die Gemeinde sich Christus unterordnet, so sollen sich auch die Frauen ihren Männern unterordnen in allen Dingen.
Das Neue Testament. Epheserbrief. Kapitel 5, Vers 24.

Kapitel 31

Seite 188: Er wird dich mit seinen Fittichen decken, und Zuflucht wirst du haben unter seinen Flügeln.
Das Alte Testament. Das Buch der Psalmen. Psalm 91, Vers 4.

Teil II

Kapitel 4

Seite 230: Und er heißt Wunder-Rat, Gott-Held, Ewig-Vater, Friede-Fürst.
Das Alte Testament. Das Buch Jesaja. Kapitel 9, Vers 5.

Seite 230: Aber deine Toten werden leben, deine Leichname werden auferstehen. Wachet auf und rühmet, die ihr liegt unter der Erde! Denn ein Tau der Lichter ist dein Tau, und die Erde wird die Toten herausgeben.
Das Alte Testament. Das Buch Jesaja. Kapitel 26, Vers 19.

Seite 231: *Veni, Creator Spiritus, mentes tuorum visita, imple superna gratia quae tu creasti pectora.*
Komm, Heilger Geist, der Leben schafft, erfülle uns mit deiner Kraft.
Dein Schöpferwort rief uns zum Sein: nun hauch uns Gottes Odem ein.

Seite 231: *Suscipe me, Domine, secundum eloquium tuum, et vivam et non confundas me in expectatione mea.*
Nimm mich auf, o Herr, nach deinem Wort, und ich werde leben; lass mich in meiner Hoffnung niemals scheitern.

Seite 232: *De terra formasti me et carne induisti me. Redemptor meus, domine, resuscita me in novissimo die.*
Aus Erde hast du mich gemacht und mich ins Fleisch geführt. Herr, mein Erlöser, erwecke mich am jüngsten Tage.

Seite 233: Herr, du erforschest mich und kennest mich. Ich sitze oder stehe auf, so weißt du es; du verstehst meine Gedanken von ferne.
Das Alte Testament. Das Buch der Psalmen. Psalm 139, Vers 1-2.

Seite 233: Und du wirst im Alter zu Grabe kommen, wie Garben eingebracht werden zur rechten Zeit.
Das Alte Testament. Das Buch Hiob. Kapitel 5, Vers 26.

Seite 233 f.: Wahrlich, wahrlich, ich sage euch: Wenn das Weizenkorn nicht in die Erde fällt und erstirbt, bleibt es allein; wenn es aber erstirbt, bringt es viel Frucht. Wer sein Leben lieb hat, der wird's verlieren; und wer sein Leben auf dieser Welt haßt, der wird's erhalten zum ewigen Leben.
Das Neue Testament. Evangelium nach Johannes. Kapitel 12, Vers 24-25.

Kapitel 5

Seite 234: Ich bin nicht mehr in der Welt.
Das Neue Testament. Evangelium nach Johannes. Kapitel 17, Vers 11.

Seite 235: Dies ist die Stätte meiner Ruhe ewiglich; hier will ich wohnen.
Das Alte Testament. Das Buch der Psalmen. Psalm 132, Vers 14.

Kapitel 10

Seite 262: In der Zeit meiner Not suche ich den Herrn; meine Hand ist des Nachts ausgestreckt und läßt nicht ab; denn meine Seele will sich nicht trösten lassen.
Das Alte Testament. Das Buch der Psalmen. Psalm 77, Vers 3.

Kapitel 11

Seite 269: Denn wenn ihr nach dem Fleisch lebt, so werdet ihr sterben müssen; wenn ihr aber durch den Geist die Taten des Fleisches tötet, so werdet ihr leben.
Das Neue Testament. Römerbrief. Kapitel 8, Vers 13.

Seite 269: Die aber Christus angehören, die haben ihr Fleisch gekreuzigt samt den Leidenschaften und Begierden.
Das Neue Testament. Galaterbrief. Kapitel 5, Vers 24.

Kapitel 12

Seite 279: Und es werden Zeichen geschehen an Sonne und Mond und Sternen, und auf Erden wird den Völkern bange sein, und sie werden verzagen vor dem Brausen und Wogen des Meeres.
Das Neue Testament. Evangelium nach Lukas. Kapitel 21, Vers 25.

Kapitel 15

Seite 295: Der Herr ist nahe denen, die zerbrochenen Herzens sind, und hilft denen, die ein zerschlagenes Gemüt haben. Der Gerechte muß viel erleiden, aber aus alledem hilft ihm der Herr.
Das Alte Testament. Das Buch der Psalmen. Psalm 34, Vers 19-20.

Seite 295 f.: Nun gar, wenn du sprichst, du könntest ihn nicht sehen – der Rechtsstreit liegt ihm vor, harre nur seiner!
Das Alte Testament. Das Buch Hiob. Kapitel 35, Vers 14.

Seite 296: Denn ich bin überzeugt, daß dieser Zeit Leiden nicht ins Gewicht fallen gegenüber der Herrlichkeit, die an uns offenbart werden soll.
Das Neue Testament. Römerbrief. Kapitel 8, Vers 18.

Seite 299: Ich elender Mensch! Wer wird mich erlösen von diesem todverfallenen Leibe?
Das Neue Testament. Römerbrief. Kapitel 7, Vers 24.

Seite 300: Selig sind die, die da geistlich arm sind, denn ihrer ist das Himmelreich. Selig sind, die da Leid tragen, denn sie sollen getröstet werden.
Das Neue Testament. Evangelium nach Matthäus. Kapitel 5, Vers 3-4.

Kapitel 18

Seite 331: Geht weg von mir, ihr Verfluchten, in das ewige Feuer, das bereitet ist dem Teufel und seinen Engeln!
Das Neue Testament. Evangelium nach Matthäus. Kapitel 25, Vers 41.

Teil III

Kapitel 1

Seite 375: Denn er ist unser Friede, der aus beiden eines gemacht hat und den Zaun abgebrochen hat, der dazwischen war, nämlich die Feindschaft. Durch das Opfer seines Lebens.
Das Neue Testament. Epheserbrief. Kapitel 2, Vers 14.

Seite 380: Ein fröhliches Herz tut dem Leibe wohl; aber ein betrübtes Gemüt läßt das Gebein verdorren.
Das Alte Testament. Das Buch der Sprichwörter. Kapitel 17, Vers 22.

Seite 391: In der Zeit zwischen 1150 und 1160 schrieb Hildegard eine Sprache mit etwa 900 Wörtern auf. Es ist unklar, wozu diese »Lingua ignota« benutzt werden sollte. Liuionz, Dieuliz, Jur, Vanix bedeuten Retter, Teufel, Mann, Frau.

Kapitel 5

Seite 412: Desgleichen, daß die Frauen in schicklicher Kleidung sich schmücken mit Andacht und Zucht, nicht mit Haarflechten und Gold oder Perlen oder kostbarem Gewand, sondern wie sich's ziemt für Frauen, die ihre Frömmigkeit bekunden wollen, mit guten Werken.
Das Neue Testament. Der erste Brief an Timotheus. Kapitel 2, Vers 9-10.

Seite 412: Denn die Hochzeit des Lammes ist gekommen, und seine Braut hat sich bereitet. Und es wurde ihr gegeben, sich anzutun mit schönem reinem Leinen.
Das Neue Testament. Die Offenbarung des Johannes. Kapitel 19, Vers 7-8.

Seite 412: Lieblich und schön sein ist nichts; ein Weib, das den Herrn fürchtet, soll man loben.
Das Alte Testament. Das Buch der Sprichwörter. Kapitel 31, Vers 30.

Seite 414: Denn wer das Leben lieben und gute Tage sehen will, der hüte seine Zunge, daß sie nichts Böses rede, und seine Lippen, daß sie nicht betrügen.
Das Neue Testament. Der erste Brief des Petrus. Kapitel 3, Vers 10.

Seite 417: Siehe, das Lamm hatte seinen Namen und den Namen seines Vaters geschrieben auf der Stirn.
Das Neue Testament. Die Offenbarung des Johannes. Kapitel 14, Vers 1.

Seite 417: Diese sind's, die folgen dem Lamm nach, wohin es geht.
Das Neue Testament. Die Offenbarung des Johannes. Kapitel 14, Vers 4.

Kapitel 9
Seite 443: Vergeltet nicht Böses mit Bösem oder Scheltwort mit Scheltwort, sondern segnet vielmehr, weil ihr dazu berufen seid, daß ihr den Segen ererbt.
Das Neue Testament. Der erste Brief des Petrus. Kapitel 3, Vers 9.

Inhalt

I
Bermersheim 1098-1106 ... 9

II
Disibodenberg 1108-1123 ... 201

III
Disibodenberg 1140-1148 ... 371

Nachwort ... 479

Anmerkungen ... 481

Eine Liebesgeschichte, die ganz Amerika aufwühlte

Es ist eine schicksalhafte Begegnung, als Mamah Borthwick Cheney 1907 den jungen Architekten Frank Lloyd Wright kennenlernt ... Die beiden verlieben sich leidenschaftlich ineinander, doch beide sind verheiratet und haben Kinder. Mamah und Frank fassen einen radikalen Entschluß: Für einen gemeinsamen Neuanfang brechen sie alle Brücken hinter sich ab und fliehen gemeinsam nach Europa: ein Skandal, der ganz Amerika empört – üble Nachrede verfolgt die beiden bis über den Atlantik. Jahre später kehren die beiden in die USA zurück, wo Frank seiner Geliebten die Fluchtburg Taliesin baut. Doch für Mamah scheint es keinen Weg zurück zu geben ...

Ein ergreifender Roman über die Macht der Gefühle, schicksalhafte Entscheidungen und den Mut, als Frau den eigenen Weg gegen alle Widerstände zu gehen.

Nancy Horan, Kein Blick zurück. Roman. Aus dem Amerikanischen von Brigitte Heinrich. insel taschenbuch 4046. 530 Seiten

Eine Geschichte von Liebe, Freundschaft und Verrat – durchdrungen von den treibenden Rhythmen des Jazz

Hiero Falk, ein junger und außergewöhnlich talentierter Jazztrompeter, spielt zusammen mit den »Hot-Time Swingers« im Berlin der dreißiger Jahre in Kellerbars – heimlich, denn »schwarze Musik« ist nicht erlaubt. Seine Hautfarbe macht es nicht einfacher; die Gefahr, als »Mischling« von den Nazis verhaftet zu werden, steigt mit jedem Tag.
Als jedoch die geheimnisvolle und schöne Amerikanerin Delilah auftaucht, scheint nicht nur Hieros Traum wahr zu werden: Sie will die Band nach Paris holen – zu keinem Geringeren als Louis Armstrong, um mit ihm eine Schallplatte einzuspielen. Doch die Ereignisse überschlagen sich und reißen alle Beteiligten mit in eine ungewisse Zukunft …

Shortlist Man Booker Prize 2011
Scotiabank Giller Prize 2011

Esi Edugyan, Spiel's noch einmal. Roman. Aus dem Englischen von Peter Knecht. insel taschenbuch 4083. 395 Seiten

Ein Straßenjunge, der mit seiner Musik die Welt verzaubert …

Die Straßen von Hastinapur sind Kalus Zuhause. Der Junge arbeitet hart für ein paar Rupien und einen einfachen Schlafplatz. Denn er ist glücklich: Er hat Freunde – und er hat die Musik. Mit seinem Flötenspiel verzaubert er die Welt …
Eines Tages bietet sich ihm die Chance seines Lebens. Doch dafür muss er Hastinapur und Malti, seine geliebte Freundin, verlassen. Er verspricht zurückzukommen … Werden sie sich wiedersehen?

Der Klang der Sehnsucht ist ein ergreifender Roman über die Macht der Musik und die alles überdauernde Kraft der Freundschaft.

Manisha Jolie Amin, Der Klang der Sehnsucht.
Roman. Aus dem Englischen von Ursula Gräfe.
insel taschenbuch 4121. 309 Seiten

Eine Liebe in Zeiten des Krieges

Am Vorabend des Ersten Weltkriegs. Adèle und Wilhelm kennen sich seit Kindheitstagen. Aus kindlicher Freundschaft wird eine leidenschaftliche Liebe – eine Liebe, die nicht sein darf. Die Tochter eines elsässischen Weinbauern und den Sohn aus reichem Berliner Hause trennen nicht nur die gesellschaftlichen und politischen Umstände. Denn als sich die deutsch-französischen Auseinandersetzungen zuspitzen, finden sie sich plötzlich auf gegnerischen Seiten wieder …

Ein bewegender Roman über eine Liebe gegen alle Konventionen und Widerstände.

Karsten Flohr, Zeiten der Hoffnung. Roman
insel taschenbuch 4146. 365 Seiten

»Wir lieben uns. Wir mögen uns nur nicht besonders.«

Rosalind, Bianca und Cordelia: Die drei eigenwilligen Schwestern – von ihrem exzentrischen Vater liebevoll nach Shakespeare-Heldinnen benannt – kehren eines Sommers nach Hause zurück, in die kleine Universitätsstadt im Mittleren Westen. Die Freude über das Wiedersehen währt nur kurz, denn die temperamentvollen jungen Frauen und ihre gut gehüteten Probleme stellen die familiäre Harmonie auf eine harte Probe …

Mitreißend und tiefgründig, spritzig und humorvoll erzählt *Die Shakespeare-Schwestern* vom Los und Segen lebenslanger Schwesternbande, die – sosehr man sich bemüht, sie zu lösen – doch allen Stürmen des Lebens standhalten.

Eleanor Brown, Die Shakespeare-Schwestern. Roman. Aus dem Amerikanischen von Brigitte Heinrich und Christel Dormagen. insel taschenbuch 4135. 374 Seiten

»**Ein unglaublich bewegendes Buch.**« *NDR Kultur*

Es ist das Jahr 1961 – das Jahr, in dem John F. Kennedy Präsident wird, Gagarin in den Weltraum fliegt und der Bau der Berliner Mauer beginnt. Der zehnjährige Finn lebt mit seiner Mutter in einer schmucklosen Vorstadt von Oslo. Er ist schmächtig, aber vielleicht der Klügste seiner Klasse.
Eines Tages steht seine kleine Halbschwester Linda mutterseelenallein vor der Tür – mit einem himmelblauen Koffer und jeder Menge emotionalem Sprengstoff im Gepäck.
Für Finn beginnt ein Sommer, den er nie vergessen wird …

Ein Familienroman voller Wärme und Magie und eine ergreifende Geschichte über die große Macht des Kleinen.

Roy Jacobsen, Der Sommer, in dem Linda schwimmen lernte. Roman. Aus dem Norwegischen von Gabriele Haefs. insel taschenbuch 4127. 294 Seiten

Ungeduld des Herzens

Die junge Spanierin Inés Suárez wagt sich an der Seite des charismatischen Feldherrn Pedro de Valdivia an die Eroberung Chiles. Mut und Leidenschaft sind ihre herausragenden Eigenschaften, auch wenn es darum geht, ihre Liebe zu verteidigen und ihren eigenen Weg zu gehen.

»Ein Epos – und was für eines!« *Tages-Anzeiger*

»Eine der spannendsten Frauen der spanischen Geschichte und ein hinreißender Roman.« *Brigitte Woman*

Isabel Allende, Inés meines Herzens. Aus dem Spanischen von Svenja Becker. insel taschenbuch 4004. 394 Seiten